林士敦
林慧雯
姚艾娟
徐弘縉
張椿汸 編著

新譯
古文觀止綜合評鑑

三民書局

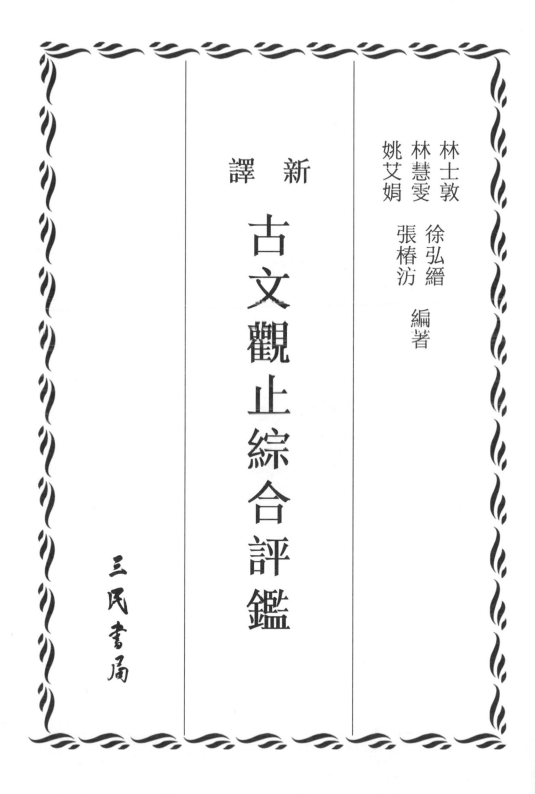

國家圖書館出版品預行編目資料

新譯古文觀止綜合評鑑／林士敦等編著.——三版九刷.——臺北市：三民，2022
面；　公分

ISBN 978-957-14-7154-9（平裝）
1. 古文觀止 2. 注釋 3. 校勘

835　　110001832

新譯古文觀止綜合評鑑

編著者｜林士敦等
發行人｜劉振強
出版者｜三民書局股份有限公司
地址｜臺北市復興北路 386 號（復北門市）
臺北市重慶南路一段 61 號（重南門市）
電話｜(02)25006600
網址｜三民網路書店 https://www.sanmin.com.tw

出版日期｜初版一刷 2003 年 8 月
二版二刷 2011 年 6 月
三版一刷 2012 年 8 月
三版九刷 2022 年 10 月
書籍編號｜S032500
ISBN｜978-957-14-7154-9

新譯古文觀止綜合評鑑

目 次

卷一 周文

左 傳

卷二 周文

卷四 秦文

戰國策

李斯

屈原

宋玉

卷五 漢文

史記

卷七　六朝唐文

卷八 唐文

卷九 唐宋文

柳宗元

王禹偁

卷一〇 宋文

卷一 周文

鄭伯克段于鄢

選擇題（＊為多選題）

（　）1.本文旨在闡明　(A)孝悌　(B)仁義　(C)忠誠　(D)信實。

（　）2.鄭莊公母子失歡，源自　(A)莊公寤生，驚嚇母親　(B)母親為共叔請制　(C)莊公置母於城潁　(D)共叔襲鄭，母將為之啟。

（　）3.下列敘述何者為非？　(A)無生民心：言無使民有二心　(B)大都不過參國之一：謂大城周長以不超過國都城牆三分之一為原則　(C)「制，巖邑也」，虢叔死焉：言制邑險要　(D)不義不暱，「厚」將崩：指武力強大。

（　）4.「國不堪貳」乃言　(A)一國不能分裂為二　(B)一國不能兩制　(C)一山不容二虎　(D)一國不容二君。

（　）5.下列敘述何者為非？　(A)公賜之食，「食舍肉」：潁考叔吃飯時，留下肉不吃　(B)不言出奔，難之也：意在彰顯鄭莊公蓄意殺弟　(C)爾有母遺，緊我獨無：言子欲養而親不待　(D)不義不暱，厚將崩：言多行不義，得不到人民的親附，愈是擴大土地，愈易崩潰。

（　）6.下列敘述何者為非？　(A)大叔完聚，繕甲兵，具卒乘：言大叔修城積糧，整飭軍備，準備偷襲　(B)不及黃泉，無相見也：不到死後，不再相見　(C)〈鄭伯克段于鄢〉的「曰克」意在歸罪段不敬兄　(D)孝子不匱，永錫爾類：孝子有充沛不竭的孝心，我要永遠賜福你族類。

（　）7.下列敘述何者為非？　(A)《春秋》記載「鄭伯克段于鄢」，寓有貶抑之意　(B)引《詩》云：「孝子不匱，永錫爾類。」乃在讚美潁考叔之純孝　(C)本文重點在寫潁考叔撫平莊公母子仇隙　(D)本文最大要義在寫孝悌之間的處理。

（　）8.本文最後一段君子曰：「潁考叔，純孝也！愛其母，施及莊公。《詩》曰：『孝子不匱，永錫爾類。』其是之謂乎！」史官稱讚的是潁考叔，而非莊公。這種意在言外的寫法叫做　(A)《春秋》筆法　(B)如椽大筆　(C)探賾索隱　(D)心織筆耕。

（　）9.「愛其母，施及莊公」句中「施」字義與下列哪個選項相同？　(A)願無伐善，無「施」勞　(B)信義行於君子，而刑戮「施」

於小人 (C)己所不欲，勿「施」於人 (D)「施」及孝文王、莊襄王，享國日淺。

(　)10.(甲)「亟」請於武公：ㄐㄧˊ；(乙)「虢」叔：ㄍㄨㄛˊ；(丙)都城過百「雉」：ㄓˋ；(丁)遂「寘」姜氏于城潁：ㄓㄣ；(戊)「緊」我獨無：ㄧ；(己)若「闕」地及泉：ㄑㄩㄝ。上列「　」內的字，讀音完全正確的選項是 (A)(甲)(丁)(己) (B)(乙)(丙)(戊) (C)(丙)(丁)(戊) (D)(丁)(戊)(己)。

*(　)11.下列「　」內的字義，兩兩相同的選項是 (A)爾有母「遺」／未嘗君之羹，請以「遺」之 (B)姜氏欲之。焉「辟」害／百沴自「辟」易 (C)姜氏何「厭」之有／奉之者有限，而求之者無「厭」 (D)今京不「度」／「度」，然後知長短 (E)國不堪「貳」／大叔又收「貳」以為己邑。

*(　)12.下列文句釋義正確的選項是 (A)「多行不義必自斃」意謂多行不義一定會自取滅亡 (B)「莊公寤生」指莊公出生時，母親先夢見他投世 (C)「蔓，難圖也」意謂事情一旦蔓延就難對付了 (D)「厚將得眾」意謂財富再擴大下去，他就會得到民心 (E)「夫人將啟之」意謂武姜打算開城作內應。

*(　)13.《春秋》記載說「鄭伯克段于鄢」，其義例，下列敘述正確的選項是 (A)段不敬兄長，所以不稱「弟」 (B)兄弟如同兩國之君，對敵所以稱「克」 (C)稱莊公為鄭伯，是譏諷他不教導弟弟 (D)譏諷莊公不符合鄭國人民的意思 (E)所以不說出奔，這是因為難以下筆。

*(　)14.有關〈鄭伯克段于鄢〉一文，下列敘述正確的選項是 (A)「鄭伯克段于鄢」此句是《左傳》的經文 (B)本文記敘此一事件的來龍去脈 (C)批判了母不慈、子不孝、兄不友、弟不恭 (D)表現出作者「正名」和「孝慈」的倫理觀念 (E)人物性格深刻而生動，例如莊公的私心，武姜的陰狠，共叔段的恭順。

*(　)15.凡是在連貫性的語文中，上下文的結構相同或相似，某些詞語依據上下的條件互相補充，合在一起共同表達一個完整的意義，或者敘述上文中省略下文出現的詞語，下文中省略上文出現的詞語，參互以成文，經過綜合而見義的一種修辭技巧，叫做「互文」。下列文句屬於「互文」的修辭選項是 (A)三山半落青天外，二水中分白鷺洲（李白〈登金陵鳳凰臺〉） (B)公入而賦：「大隧之中，其樂也融融。」姜出而賦：「大隧之外，其樂也泄泄。」遂為母子如初 (C)

宮中府中，俱為一體，陟罰臧否，不宜異同（諸葛亮〈前出師表〉） (D)予嘗求古仁人之心，或異二者之為，何哉？不以物喜，不以己悲（范仲淹〈岳陽樓記〉） (E)昔年有狂客，號爾謫仙人；筆落驚風雨，詩成泣鬼神（杜甫〈寄李十二白二十韻〉）。

非選題

(一)字形測驗：

1. 孝子不「ㄎㄨㄟˋ」：　2. 「ㄎㄨㄟˋ」不成軍：

3. 功虧一「ㄎㄨㄟˋ」：　4. 振聾發「ㄎㄨㄟˋ」：

5. 心思「ㄎㄨㄟˋ」亂：

(二)下列短文有三個空格，請就參考選項中選出最恰當者填入各格內：

中國文化早在先秦已形成多采多姿的豐富面貌；就文學言，《詩經》、1.＿＿＿＿開後世言志、抒情傳統之先河；就思想言，百家爭鳴，其中2.＿＿＿＿特富宗教精神，為當世顯學；就史著言，3.＿＿＿＿重在敘述《春秋》所書的史實，廣為後世史家、文家所推崇。

參考選項：

(A)《楚辭》　(B)墨家　(C)道家

(D)陰陽家　(E)《左傳》　(F)《史記》

(G)近體詩　(H)《公羊傳》　(I)《穀梁傳》

周鄭交質

選擇題（*為多選題）

(　　) 1. 本文旨在闡明何種德性的重要？ (A)忠恕 (B)公平 (C)信禮 (D)友愛。

(　　) 2. 「王貳于虢，鄭伯怨王」意謂周平王 (A)對虢有二心，鄭伯不悅 (B)對虢公有私心，也替鄭伯抱不平 (C)想把二個都邑交給虢公，鄭伯知道後對平王很不諒解 (D)想把政務分一半給虢公，鄭伯於是埋怨平王。

(　　) 3. 「信不由中，質無益也」意謂 (A)互信比換人質重要 (B)人質比互信重要 (C)互信與人質同樣重要 (D)互信和人質都不重要。

(　　) 4. 下列何句為譏諷之文？ (A)王貳于虢，鄭伯怨王 (B)信不由中，質無益也 (C)況君子結二國之信，行之以禮，又焉用質 (D)〈風〉有〈采蘩〉、〈采蘋〉，〈雅〉有〈行葦〉、〈泂酌〉，昭忠信也。

(　　) 5. 下列敘述何者為非？ (A)周人將「畀」虢公政：給予 (B)明恕而行，「要」之以禮：邀請 (C)雖無有質，誰能「間」之：離間 (D)澗谿沼沚之「毛」：草。

(　　) 6. 「鄭祭足帥師取溫之麥」言鄭國祭足帶兵到溫地 (A)助民割麥 (B)領取麥糧 (C)偷

割民麥 (D)強取民麥。

( ) 7.《詩經・國風》中的〈采蘩〉、〈采蘋〉，〈大雅〉中的〈行葦〉、〈泂酌〉，這些詩篇皆在強調何者之重要？ (A)交質 (B)畀政 (C)薦鬼神 (D)昭忠信。

( ) 8.「澗谿沼沚之毛」的「毛」意同 (A)五月渡瀘，深入不「毛」 (B)「毛」舉其目，尚不勝為數也 (C)皮之不存，「毛」將焉附 (D)君子不重傷，不禽二「毛」。

( ) 9.下面哪一句原文是周鄭交惡的最後導火線？ (A)王貳于虢 (B)鄭祭足帥師取溫之麥；秋，又取成周之禾 (C)周人將畀虢公政 (D)周鄭交質。

( ) 10.下列何組音義詞性皆同？ (A)令長安君為「質」者／周鄭交「質」 (B)誰能「間」之／「間」不容髮 (C)可「羞」於王公／珍「饈」 (D)信不由「中」／「中」道崩殂。

*( ) 11.下列有關《左傳》的敘述何者正確？ (A)《左傳》屬史部 (B)《左傳》為《春秋》之傳 (C)《左傳》屬編年史 (D)相傳為魯太史左丘明所作 (E)《左傳》在文後有加贊語之例。

*( ) 12.下列何者用法為動詞？ (A)王「貳」于虢 (B)誰能「間」之 (C)為「質」於鄭 (D)昭忠「信」也 (E)「質」無益也。

*( ) 13.下列文意敘述何者正確？ (A)羞於王公：使王公蒙羞 (B)雖無有質，誰能間之：雖然沒有人質，誰能離間他們 (C)潢汙行潦之水：表示微不足道的進獻 (D)信不由中：信中所言虛假不由衷 (E)明恕而行：心存誠意彼此諒解。

*( ) 14.下列何句說明了作者將周鄭視為二國之同等地位？ (A)周鄭交質 (B)周鄭交惡 (C)結二國之信 (D)王貳于虢 (E)鄭伯怨王。

*( ) 15.有關本文的敘述何者正確？ (A)本文紀年為魯隱公三年 (B)交質的目的是用來表示互信 (C)作者稱「結二國之信」，是譏刺周的天子地位 (D)鄭莊公身為臣子竟出師侵周，顯示其篡位之野心 (E)此文重點在明「信不由中，質無益也」，形式需合禮制、講誠信。

非選題

(一)字音測驗：

1. 潢汙行「潦」：　　2. 字跡「潦」草：

3. 白雲「繚」繞：　　4. 眼花「撩」亂：

5. 紅「蓼」灘頭：

(二)請說明周鄭「君不君、臣不臣」之處。

答：

石碏諫寵州吁

選擇題（＊為多選題）

（　）1.本文旨在諫衛莊公要教州吁 (A)行六順六逆 (B)去六順六逆 (C)去順效逆 (D)行義守分。

（　）2.「臣聞愛子，教之以義方，弗納於邪」意謂寵愛兒子要教他 (A)正道法度 (B)處世準則 (C)品德禮節 (D)思想情操。

（　）3.「驕奢淫佚，所自邪也。四者之來，寵祿過也」非謂 (A)驕奢淫佚是邪惡的根源 (B)驕奢淫佚出自寵愛 (C)溺愛是惡根的發端 (D)邪惡是驕奢淫佚的根源。

（　）4.「桓公立，乃老」的「老」意謂 (A)逝世 (B)告老致仕 (C)朝中元老 (D)前朝大老。

（　）5.下列何者為頂針修辭？ (A)父慈，子孝，兄愛，弟敬 (B)賤妨貴，少陵長，遠間親，新間舊 (C)夫寵而不驕，驕而能降，降而不憾，憾而能眕 (D)驕奢淫佚，所自邪也。四者之來，寵祿過也。

（　）6.「去順效逆，所以速禍」的「速」意同 (A)貪慕富貴，枉道「速」禍 (B)「速」裝行矣 (C)欲「速」則不達 (D)不「速」之客。

（　）7.下列敘述何者為非？ (A)「嬖」人之子：寵愛 (B)憾而能「眕」：忍耐 (C)教之以「義方」：指正道而言 (D)有寵而好「兵」：國術。

（　）8.下列敘述何者為非？ (A)教之以「義方」：六順 (B)「階」之為禍：誘導；接引 (C)小「加」大：增加 (D)去「順」效「逆」，所以速禍：順，指六順。逆，指六逆。

（　）9.下列文句中的「是」字，何者用法與「君人者，將禍是務去」中的「是」字相同？ (A)今之孝者，「是」為能養 (B)偃之言「是」也，前言戲之耳 (C)及長，不省所怙，惟兄嫂「是」依 (D)篳路藍縷，以啟山林，至於今「是」賴。

（　）10.「夫寵而不驕，驕而能降，降而不憾，憾而能眕者，鮮矣。且夫賤妨貴，少陵長，遠間親，新間舊，小加大，淫破義，所謂六逆也；君義，臣行，父慈，子孝，兄愛，弟敬，所謂六順也。」石碏這段話的意思是 (A)給國君講教子之道 (B)對國君不滿，借題發揮 (C)自恃老臣，逞一時口舌之快 (D)表面講教子之道，實陳治家治國之理。

＊（　）11.下列各組「　」中字的讀音，何者兩兩相同？ (A)寵命優「渥」/花「塢」春曉 (B)

「煢」煢獨立／「跫」音不響　(C)其娣戴「嬀」／虛「偽」的人　(D)不「悱」不發／文采「斐」然　(E)「咧」嘴一笑／泉香酒「洌」。

＊(　)12.下列文句中的「之」字，何者作「實詞」解釋？　(A)公子州吁，嬖人「之」子也　(B)臣聞愛子，教「之」以義方　(C)衛莊公娶于齊東宮得臣「之」妹　(D)君人者，將禍是務去，而速「之」　(E)其子厚與州吁遊，禁「之」，不可。

＊(　)13.下列文句「　」中的字，詞性相同的選項有哪些？　(A)若猶未也，「階」之為禍　(B)有寵而好「兵」，公弗禁　(C)夫寵而不驕，驕而能「降」　(D)去順「效」逆，所以速禍也　(E)夫賤妨貴，少「陵」長，遠間親。

＊(　)14.以形象化的語言描繪抽象化的情思，可使讀者獲得更鮮明的印象、更確實的感動，如《詩經．碩人》中形容莊姜的「膚如凝脂」，比「皮膚很白」更加具體可感。下列運用這種技巧的選項是　(A)砌下落梅如雪亂，拂了一身還滿　(B)孤獨是一匹衰老的獸／潛伏在我亂石磊磊的心裡　(C)西湖最盛，為春為月。一日之盛，為朝煙，為夕嵐　(D)母愛是曬衣場上曬乾的衣服，暖暖的，有太陽的氣味　(E)忽然想起／但傷感是微微的了／如遠去的船／船邊的水紋。

＊(　)15.樂府〈讀曲歌〉：「千葉紅芙蓉，照灼綠水邊。餘花任郎摘，慎莫罷儂蓮。」詩末的「蓮」為「雙關語」，一方面指蓮花，一方面諧「憐」音，意指憐惜。下列文句「　」內的字詞，同樣運用雙關語來達到暗喻效果的選項是　(A)生孝伯，早死。其娣戴「嬀」，生桓公，莊姜以為己子　(B)憐歡好情懷，移居作鄉里。桐樹生門前，出入見「梧子」　(C)西門豹之性急，故佩韋以自緩；董安于之心緩，故佩「弦」以自急　(D)衛莊公娶于齊「東宮」得臣之妹，曰莊姜。美而無子，衛人所為賦〈碩人〉也　(E)楊柳青青江水平，聞郎江上踏歌聲。東邊日出西邊雨，道是無「晴」卻有「晴」。

非選題

(一)《詩經．碩人》對莊姜的美有一段生動的描寫，試將缺空處填入正確的字：

1.□如柔荑。2.□如蝤蠐。3.□如瓠犀。4.螓首蛾□。5.美□盼兮。

參考答案：領、目、齒、眉、手

㈡語譯：

驕奢淫佚，所自邪也。四者之來，寵祿過也。將立州吁，乃定之矣。

答：

臧僖伯諫觀魚

選擇題（＊為多選題）

（　）1. 本文旨在說明 (A)國君做事要合禮法 (B)觀魚是國家大事 (C)畋獵是國家大事 (D)國君不可輕易遠離國都。

（　）2.「凡物不足以講大事，其材不足以備器用，則君不舉焉」意謂 (A)國君不必躬親辦理國家大事 (B)即使不能用來做禮器、兵器的材料，國君也要去辦理 (C)國君應當關心祭祀和兵戎兩件大事 (D)國君要避免稱霸天下。

（　）3.「君將納民於軌、物者也」意謂 (A)國君要講求體制職責 (B)國君要接納人民呈獻的財物 (C)國君宜視人民財物並重 (D)國君宜重民甚於重物。

（　）4.「春蒐、夏苗、秋獮、冬狩，皆於農隙以講事也」意謂農隙之時宜從事 (A)農事講習 (B)生活講習 (C)保育講習 (D)軍事講習。

（　）5. 下列敘述何者為非？ (A)數軍實：檢查軍備 (B)昭文章：顯示車服旌旗的文采 (C)吾將略地焉：我準備去巡視邊界 (D)三年而治兵：三年內訓練好軍隊。

（　）6. 在臧僖伯的諫言中，認為隱公應關心 (A)觀魚 (B)畋獵 (C)農牧 (D)祭祀、兵戎。

（　）7.「公矢魚于棠」意謂 (A)至棠邑檢視漁具 (B)至棠邑以箭射魚 (C)同如棠觀魚 (D)至棠邑觀畋獵。

（　）8. 下列敘述何者為非？ (A)且言遠「地」：京城 (B)吾將略「地」焉：邊地 (C)陳「魚」而觀之：漁具 (D)亂政「亟」行：同「急」。

（　）9. (甲)「臧」僖伯：ㄘㄤˊ；(乙)亂政「亟」行：ㄑㄧˋ；(丙)秋「獮」：ㄇㄧˇ；(丁)冬「狩」：ㄕㄡˋ；(戊)不登於「俎」：ㄘㄨˋ；(己)「皁」隸之事：ㄗㄠˋ。上列「　」內的字，讀音完全正確的選項是 (A)(甲)(乙)(丙) (B)(乙)(丁)(己) (C)(丙)(戊)(己) (D)(丁)(戊)(己)。

（　）10. 下列各組「　」內的字，讀音完全不同的選項是 (A)春「蒐」／「嵬」峨／「傀」儡 (B)秋「獮」／「彌」封／「獼」猴 (C)川「澤」／袍「襗」／法「斁」 (D)皁「隸」／唐「棣」之花／「逮」臨。

＊（　）11.「春，公將如棠觀魚者」句中「如」的字義，與下列相同的選項是 (A)安見方六七十，「如」五六十，而非邦也者 (B)不義而富且貴，於我「如」浮雲 (C)縱一葦之所「如」，淩萬頃之茫然 (D)坐須臾，沛公起「如」廁 (E)子之燕居，申申「如」也。

＊（　）12. 下列「　」內的詞語，解釋正確的選項是 (A)凡物不足以講「大事」：指祭祀與軍事 (B)則君不「舉」焉：行動 (C)故講事以度「軌量」：度量衡 (D)取材以「章」物采：彰顯 (E)亂政「亟」行：急。

＊（　）13. 下列「　」內的詞語，解釋正確的選項是 (A)「春蒐」：春之祭 (B)入而「振旅」：整齊隊伍 (C)歸而「飲至」：凱旋慶功之宴飲 (D)「辨等列」：辨別階級 (E)不登於「俎」：祭器。

＊（　）14. 凡是在語文中，重複使用同義字的一種修辭技巧，叫做「增字」。下列文句屬於「增字」的修辭選項是 (A)故講事以度「軌量」謂之軌 (B)取材以章「物采」謂之物 (C)「棄捐」勿復道，努力加餐飯 (D)陟罰臧否，不宜「異同」 (E)汝非徒身當「服行」，當以訓汝子孫。

＊（　）15. 下列文句，屬於「排比」的修辭選項是 (A)故春蒐、夏苗、秋獮、冬狩，皆於農隙以講事也 (B)以數軍實、昭文章、明貴賤、辨等列、順少長、習威儀也 (C)若夫山林川澤之實，器用之資，皁隸之事，官司之守，非君所及也 (D)為嚴將軍頭，為嵇侍中血，為張睢陽齒，為顏常山舌 (E)苔痕上階綠，草色入簾青。

非選題

(一)《春秋》曰：「公矢魚于棠」蘊含諷刺之義，請說明之。

答：

(二)寫出下列偏旁相同之字音：

1. 不登於「俎」：　2. 趑「趄」：
3.「沮」喪：　4.「咀」嚼：
5.「殂」逝：

鄭莊公戒飭守臣

選擇題（＊為多選題）

（　）1. 本文旨在 (A)美鄭伯知禮 (B)斥許莊公治國無方 (C)譽齊魯互讓美德 (D)許鄭伯寬恕。

（　）2. 下列敘述何者為非？ (A)「傅」于許：同「附」，迫近 (B)君謂許「不共」，故從君

討之：不守法度　(C)鬼神實「不逞」于許君：無法得逞　(D)鬼神實不逞于許君：鬼神對許君不滿。

(　)3.「寡人唯是一二父兄不能共億」意謂　(A)謙言對臣屬不能輸誠相待　(B)指責許國君臣不能共創和平　(C)慨言國有亂臣，不能相安無事　(D)感傷父老兄弟，不能和睦共處。

(　)4.下列何者乃鄭伯暗示對許無併吞之心？(A)若寡人得沒于地，天其以禮悔禍于許，無寧茲許公復奉其社稷　(B)無滋他族實偪處此，以與我鄭國爭此土也　(C)天而既厭周德矣，吾其能與許爭乎　(D)凡而器用財賄，無寘于許。

(　)5.首先提議伐許的是　(A)魯隱公　(B)齊侯　(C)鄭伯　(D)周天子。

(　)6.作者以為「經國家，定社稷，序民人，利後嗣」宜依據　(A)德　(B)讓　(C)恕　(D)禮。

(　)7.下列敘述何者為非？　(A)若寡人「得沒于地」：言能得到善終　(B)況能「禋祀」許乎：祭祀祖先　(C)亦聊以固吾「圉」也：養馬的人　(D)許「無刑」而伐之：不守法度。

(　)8.鄭莊公得到許國後，不立許叔為君，而將許國分為東西二半，並派自己的大夫居西，可謂　(A)為保許國而用心良苦　(B)設身處地為許國百姓著想　(C)挑明其用心有如虎狼　(D)謹慎將事不失為明君。

(　)9.(甲)「圉」：ㄒㄧㄥˋ；(乙)「與」聞：ㄩˇ；(丙)「蝥」弧：ㄇㄠˊ；(丁)「偪」：ㄅㄧ；(戊)「禋」祀：ㄧㄣ；(己)不「逞」：ㄔㄥˊ。上列「　」內字音正確的選項是哪些？　(A)(乙)(丙)(己)　(B)(甲)(乙)(丙)　(C)(乙)(丙)(丁)　(D)(丙)(丁)(戊)。

(　)10.(甲)日失其「序」／「序」民人；(乙)無寧「茲」許公復奉其社稷／無「滋」他族實偪處此；(丙)無「寘」于許／且「置」於是；(丁)乃「亟」去之／昊天罔「極」；(戊)大岳之「胤」也／餘「蔭」；(己)「傅」于許／日「薄」西山。以上字意解釋相同的有哪些？　(A)(乙)(丙)(己)　(B)(甲)(乙)(丙)　(C)(乙)(丙)(丁)　(D)(丙)(丁)(戊)。

*(　)11.作者用哪一個字評價鄭莊公，其原因為何？　(A)仁：吾子其奉許叔以撫柔此民也　(B)義：定社稷　(C)禮：經國家　(D)義：服而舍之　(E)禮：序民人。

*(　)12.以下作動詞使用的詞語有哪些？　(A)「覆」亡之不暇　(B)如舊「昏媾」　(C)器用「財賄」　(D)「序」民人　(E)「相」時而動。

*(　)13.「慈父見背」說明了對死亡委婉稱呼的修

辭法，這特性使用對象在帝王身上的有哪些詞語？ (A)一旦「山陵崩」 (B)若寡人得「沒于地」 (C)余「收爾骨」焉 (D)中道「崩殂」 (E)我獨「不卒」。

*（　）14.下列詞語何者與「凡而器用財賄」的「而」字用法相同？ (A)人「而」如此，則禍亂敗亡，亦無所不至 (B)某所，「而」母立於茲 (C)字「而」幼孩 (D)任重「而」道遠 (E)生「而」影不與吾形相依。

*（　）15.以下哪些文句為作者稱讚鄭莊公之語？ (A)鄭伯克段于鄢 (B)相時而動，無累後人 (C)許無刑而伐之 (D)服而舍之，度德而處之，量力而行之 (E)經國家，定社稷，序民人。

非選題

(一)注釋：

1.禋祀：

2.蝥弧：

3.周麾：

4.悔禍：

5.餬其口於四方：

(二)語譯：

若寡人得沒于地，天其以禮悔禍于許，無寧茲許公復奉其社稷。

答：

臧哀伯諫納郜鼎

選擇題（*為多選題）

（　）1.本文文旨是 (A)昭德塞違 (B)納郜鼎於大廟 (C)德，儉而有度，登降有數 (D)官之失德。

（　）2.下列何者不是臧哀伯諫納郜鼎的三大理由？ (A)百官象之，其又何誅焉 (B)國家之敗，由官邪也 (C)官之失德，寵賂章也 (D)五色比象，昭其物也。

（　）3.「故昭令德以示子孫」的「令德」是指 (A)文物聲明 (B)賂器百官 (C)寵賂章 (D)遷九鼎於雒邑。

（　）4.下列敘述何者為非？ (A)昭德塞「違」：指違禮背義 (B)大路「越席」：結蒲草為席 (C)「袞冕」黻珽：禮服禮帽 (D)五色「比象」：比照五色的樣子。

（　）5.在臧哀伯諫言中認為國君宜「昭德塞違」，不該 (A)衡紞紘綖，以昭其度 (B)三辰旂旗，以昭其明 (C)登降有數，以紀文物 (D)滅德立違，以示百官。

（　）6.臧哀伯認為當前最迫切且最重要的問題是

(A)滅德立違　(B)郜鼎在廟　(C)官之失德　(D)昭德塞違。

(　) 7.下列敘述何者為非？　(A)將昭德塞違，以「臨照百官」：昭示百官　(B)足以清廟茅屋，「大路」越席：天子祭天所乘坐的車子　(C)「三辰」旂旗，昭其明也：天、地、人　(D)百官象之，其又何「誅」焉：懲罰。

(　) 8.下列敘述何者為非？　(A)儉而有度，登降有數，謂之德　(B)袞冕黻珽：是指火龍黼黻　(C)寘其「賂器」於大廟：是指郜鼎　(D)章孰甚焉：是指郜鼎在廟。

(　) 9.語文中對於數目字的用法，有的實指其數，如「一行白鷺上青天，兩個黃鸝鳴翠柳」；有的虛指其數，如「略知一二」表示知道一點點。試問下列文句「　」中之數字，何者為虛數？　(A)「五」色比象，昭其物也　(B)「三」辰旂旗，昭其明也　(C)武王克商，遷「九」鼎於雒邑　(D)而寘其賂器於大廟，以明示「百」官。

(　) 10.「夫德□儉而有度，登降有數，文物以紀之，聲明以發之□以臨照百官□百官於是乎戒懼，而不敢易紀律。」上列文字□中應填入的標點符號選項是

(A)	。	，	。
(B)	！	。	？
(C)	，	，	。
(D)	：	；	。

*(　) 11.下列文句，何者使用「假設語氣」？　(A)方今之務，莫若使民務農而已矣　(B)孰謂少者歿而長者存，彊者夭而病者全乎　(C)臧孫達其有後於魯乎！君違，不忘諫之以德　(D)苟能充之，足以保四海；苟不充之，不足以事父母　(E)向使四君卻客而不內，疏士而不用，是使國無富利之實，而秦無彊大之名也。

*(　) 12.〈前出師表〉：「陟罰臧否，不宜異同」，句中「異同」一詞由「異」和「同」兩個意義相反的字所組成，但只表示「異」一個意義，此稱之為「偏義複詞」。下列文句「　」內的詞語，非屬偏義複詞的選項是　(A)「榮辱」之來，必象其德　(B)江流天地外，山色「有無」中　(C)歸「去來」兮，田園將蕪，胡不歸　(D)不問可否，不論「曲直」，非秦者去，為客者逐　(E)日出「東南」隅，照我秦氏樓。

*(　) 13.由於「時有先後，地有南北」，文字的創造

或運用偶有同義卻異構的現象，此謂之「通同字」。對於下列文句「　」中字的通同字說明，何者正確？ (A)「郜鼎在廟，章孰甚焉」句中「孰」通「塾」 (B)「而賓其賂器於大廟」句中「大」通「太」 (C)「而賓其賂器於大廟」句中「賓」通「置」 (D)「大路越席，大羹不致，粢食不鑿」句中「致」通「至」 (E)「武王克商，遷九鼎於雒邑，義士猶或非之」句中「或」通「惑」。

*（　）14.下列哪一組「　」中的字詞性相同？ (A)便「要」還家，殺雞、設酒／然而四者之中，恥尤為「要」 (B)後雖小「差」，尤尚殗殜／惟吾年「差」長，憂患頻集，坐此不逮足下耳 (C)國家之敗，由官邪也。官之失德，寵賂「章」也／郜鼎在廟，「章」孰甚焉 (D)臣具以表「聞」，辭不就職／恐恐然惟懼其人之有「聞」也，是不亦責於人者已詳乎 (E)夫子喟然歎曰：吾「與」點也／齊人未嘗賂秦，終繼五國遷滅，何哉？「與」嬴而不助五國也。

*（　）15.《左傳》、《國語》、《戰國策》三書不管是在文學上或是在史學上，皆享有崇高的地位，以下對於這三本書的綜合說明，何者正確？ (A)三書皆為編年體 (B)《戰國策》非一人之作，其名為西漢劉向所定 (C)《左傳》、《國語》作者不可知，《戰國策》傳為賈誼作 (D)《國語》為中國「國別史」之祖，與《左傳》文體不類，非出一人之手 (E)《左傳》亦名《左氏春秋》，為《春秋》三傳之一，記事是以魯史為中心。

非選題

(一)請標示下列「　」中字的注音：

1.「袞」冕黻珽：　2.火龍「黼」黻：

3.衡紞紘「綖」：　4.鍚「鸞」和鈴：

5.「粢」食不鑿：

(二)下列詞語前後調換後，請選出意思改變的選項：

1.結巴——巴結。2.嫌棄——棄嫌。3.和諧——諧和。

4.形象——象形。5.故事——事故。

答：

季梁諫追楚師

選擇題（＊為多選題）

（　）1.本文旨在 (A)明示民為神主，先民後神的重要 (B)強調離間分化在作戰的重要 (C)說明暴短以誘敵的重要 (D)說明明主賢臣相得益彰的重要。

（　）2.下列敘述何者為非？ (A)祝史「正辭」：

言辭真實　(B)「隨張」，必棄小國：隨國自大　(C)使少師「董成」：主持和談　(D)祝史「矯舉」以祭：高舉祭品。

（　）3.下列敘述何者為非？　(A)今民餒而君逞欲：百姓挨餓，而國君卻想滿足私欲　(B)以為後圖，少師得其君：此計意在圖後，少師正得君寵　(C)王毀軍而納少師：楚王退兵向少師示好　(D)動則有成：做什麼事都會成功。

（　）4.「務其三時，脩其五教」的「三時」是指　(A)早晨、中午、晚上　(B)春、夏、秋　(C)三陽開泰　(D)三餘之暇。

（　）5.楚王不敢伐隨乃因隨侯　(A)牲牷肥腯　(B)粢盛豐備　(C)祝史矯舉以祭　(D)脩政而親兄弟之國。

（　）6.季梁以為小國所以能敵大，乃因　(A)民各有心　(B)小道大淫　(C)有馨香、無讒慝　(D)先神後民。

（　）7.下列敘述何者為非？　(A)少師侈，請「羸」師以張之：弱也　(B)王「毀軍」而納少師：減少軍隊　(C)小「道」大淫：此指忠民信神　(D)以為後圖：為以後打算。

（　）8.下列的奉牲告辭，何者敘述錯誤？　(A)博碩肥腯：示人民財力普遍富足　(B)絜粢豐盛：示人民和洽收成好　(C)嘉栗旨酒：乃言獻上鮮果甘酒以示有善德無叛逆　(D)祭物馨香：乃言無讒慝也。

（　）9.(甲)使「薳」章求成焉：ㄨㄟˇ；(乙)「被」吾甲兵：ㄅㄟˋ；(丙)請「羸」師以張之：ㄌㄟˊ；(丁)今民「餒」而君逞欲：ㄋㄟˇ；(戊)吾牲牷肥「腯」：ㄉㄨㄟˋ；(己)絜「粢」豐盛：ㄘˋ。上列「　」內的字，讀音完全正確的選項是　(A)(甲)(戊)(己)　(B)(甲)(丙)(丁)　(C)(乙)(戊)(己)　(D)(丙)(丁)(戊)。

（　）10.(甲)我張吾三軍，而「被」吾甲兵，以武臨之；(乙)外人頗有公孫布「被」之譏；(丙)況仁人莊士之遺風餘思，「被」於來世者何如哉；(丁)匹夫匹婦有與「被」堯舜之澤者；(戊)微管仲，吾其「被」髮左衽矣；(己)操吳戈兮「被」犀甲。上列「　」內的「被」字義，共有幾種？　(A)三種　(B)四種　(C)五種　(D)六種。

*（　）11.下列文句「　」內的字義，兩兩相同的選項是　(A)少師侈，請「羸」師以張之／敝車「羸」馬　(B)以為後「圖」，少師得其君／而天下可「圖」也　(C)今民「餒」而君逞欲／耕，「餒」在其中矣　(D)祝史「矯」舉以祭／臣竊「矯」君命，以責賜諸民　(E)

粢「盛」豐備／一日之「盛」，為朝煙，為夕嵐。

*（ ）12. 下列「 」內的詞語，解釋正確的選項是 (A)使薳章「求成」焉：求和 (B)吾不「得志」於漢東也：得功名利祿 (C)少師「侈」，請羸師以張之：奢侈 (D)吾牲牷肥「腯」：肥 (E)「粢盛」豐備：祭祀所用的三牲。

*（ ）13. 下列「 」內的詞語，解釋正確的選項是 (A)謂其畜之碩大「蕃滋」也：蕃育 (B)謂其不疾「瘯蠡」也：疥癬 (C)所謂馨香，無「讒慝」也：讒言邪惡 (D)脩其「五教」：君臣、父子、夫婦、長幼、朋友 (E)以致其「禋祀」：潔祀。

*（ ）14. 一個詞彙，改變其原來詞性而在語文中出現，叫做「轉品」，下列文句屬於「名詞作動詞」的選項是 (A)蠶食諸侯，使秦成帝業 (B)軍於瑕以待之 (C)仰臥在此，氣候非常夏天 (D)於是齊侯以晏子之觴而觴桓子 (E)公奈何不禮壯士。

*（ ）15. 下列文句，述及事件前因後果的選項是 (A)三折肱而成良醫 (B)臣聞小之能敵大也，小道大淫 (C)獨孤臣孽子，其操心也危，其慮患也深，故達 (D)今民各有心，而鬼神乏主，君雖獨豐，其何福之有 (E)昔者先王知兵之不可去也，是故天下雖平，不敢忘戰。

非選題

(一)下列文句屬於推測語氣者，打個○，不屬於推測語氣者，打個×：

（ ）1. 君姑脩政而親兄弟之國，庶免於難。

（ ）2. 知我者，其惟《春秋》乎！罪我者，其惟《春秋》乎！

（ ）3. 士生於世，使其中不自得，將何往而非病？

（ ）4. 庶竭駑鈍，攘除姦凶。

（ ）5. 豈其徜徉肆恣，而又嘗自休於此邪？

(二)語譯：

故奉牲以告曰「博碩肥腯」，謂民力之普存也，謂其畜之碩大蕃滋也，謂其不疾瘯蠡也，謂其備腯咸有也。

答：

曹劌論戰

選擇題（*為多選題）

（ ）1. 本篇文眼在 (A)遠謀 (B)情 (C)忠 (D)勇氣。

（ ）2. 文中論迎敵作戰的憑藉是 (A)眾志成城 (B)施惠於民 (C)一鼓作氣 (D)盡心民事。

（ ）3. 「肉食者謀之，又何間焉」乃謂 (A)不入

虎穴，焉得虎子　(B)不在其位，不謀其政　(C)非其君不事，非其民不使　(D)何事非君，何使非民。

(　)4. 下列敘述何者為非？　(A)齊師伐「我」：指魯國　(B)「肉食者」謀之：喻富貴者　(C)小信未孚：言未獲民信　(D)彼竭我盈：指士氣而言。

(　)5. 下列敘述何者為非？　(A)又何「間」焉：參與　(B)必以「情」：忠誠　(C)衣食所「安」：恰當　(D)轍亂旗「靡」：傾倒。

(　)6. 齊魯長勺之戰，曹劌運用何種戰術取勝？　(A)乘勝追擊　(B)速戰速決　(C)引敵入甕　(D)設險伏擊。

(　)7. 「忠之屬也，可以一戰」的「忠之屬」是指　(A)肉食者鄙，未能遠謀　(B)衣食所安，弗敢專也，必以分人　(C)犧牲玉帛，弗敢加也，必以信　(D)小大之獄，雖不能察，必以情。

(　)8. 長勺之戰，齊師敗績，曹劌下，視其轍亂，登，望其旗靡，其目的在　(A)確認齊無伏兵　(B)觀測齊無援軍　(C)詳察齊軍是否詐敗　(D)測度齊軍勇氣的盈竭。

(　)9. (甲)望其旗「靡」：ㄇㄧˊ；(乙)下視其「轍」：ㄔㄜˋ；(丙)玉「帛」：ㄅㄛˊ；(丁)小惠未「徧」：ㄆㄧㄢˋ；(戊)又何「間」焉：ㄐㄧㄢˋ；(己)曹「劌」：ㄙㄨㄟˋ。上列「　」內字音正確的選項是哪些？　(A)(乙)(丙)(戊)　(B)(乙)(丁)(戊)　(C)(甲)(丙)(戊)　(D)(丙)(戊)(己)。

(　)10. 曹劌以何種美德標準來判斷魯莊公「可以一戰」？　(A)惠　(B)謀　(C)信　(D)忠。

*(　)11. 以下有關本文的說明何者正確？　(A)曹劌主動請見魯莊公，乃因其認為「國家興亡，匹夫有責」　(B)曹劌與魯莊公三段對話顯示其重視民心凝聚與否為主要致勝關鍵　(C)全文重心在描寫戰爭慘烈景況，然終能一鼓作氣而得勝　(D)「鼓之」、「馳之」的敘述是在說明曹劌的深謀遠慮　(E)曹劌「問何以戰」正呼應前文「公將戰」之伏筆。

*(　)12. 下列有關「信」字字義用法何者相同？　(A)犧牲玉帛，弗敢加也，必以「信」　(B)與朋友交而不「信」乎　(C)「信」手把筆　(D)雁來音「信」無憑　(E)小「信」未孚。

*(　)13. 下列成語使用正確者為何？　(A)望風披靡　(B)靡有孑遺　(C)鉅細靡遺　(D)靡靡之音　(E)入則靡至。

*(　)14. 下列與「一鼓作氣」句義相反者為何？　(A)半途而廢　(B)功敗垂成　(C)打退堂鼓　(D)

功虧一簣 (E)苗而不秀。

*（ ）15.如有兩個以上需要說明之事物，其又有大小輕重不同之比例，行文時依序層層遞進，稱為「層遞」。請問以下例句，何者使用此法？ (A)一鼓作氣，再而衰，三而竭 (B)公之恩在爾心，爾死，在爾子孫 (C)將以實籩豆、奉祭祀、供賓客乎 (D)天下之治亂，候於洛陽之盛衰而知；洛陽之盛衰，候於園囿之興廢而得 (E)先父族，次母族，次妻族，而後及其疏遠之賢。

非選題

(一)注釋：

1.望其旗「靡」：

2.又何「間」焉：

3.小信未「孚」：

4.肉食者：

5.犧牲玉帛：

(二)請依句義將參考選項中適當詞句代號填入括弧處：

問何以戰？

公曰：「（1.　）」對曰：「（2.　）」

公曰：「（3.　）」對曰：「（4.　）」

公曰：「（5.　）」對曰：「（6.　）」

參考選項：

(A)小惠未徧，民弗從也 (B)小信未孚，神弗福也 (C)忠之屬也，可以一戰。戰，則請從 (D)衣食所安，弗敢專也，必以分人 (E)犧牲玉帛，弗敢加也，必以信 (F)小大之獄，雖不能察，必以情

齊桓公伐楚盟屈完

選擇題（*為多選題）

（ ）1.本文旨在說明兩國對峙，強而有力的外交攻防後盾仍有賴於 (A)應變的外交辭令 (B)靈活的外交手腕 (C)強大的國力 (D)堅定的立場。

（ ）2.下列敘述何者為非？ (A)「苞茅不入」是齊責楚目中無齊 (B)「風馬牛不相及」是楚責齊師出無名 (C)「昭王南征而不復」是齊對楚的「欲加之罪」 (D)「君若以德綏諸侯，誰敢不服」是楚訓齊霸諸侯要以德不以力。

（ ）3.「五侯九伯，女實征之」的「五侯九伯」係指 (A)「五、九」為實數 (B)天下諸侯 (C)天下官吏 (D)戰功顯赫的一群。

（ ）4.「豈不穀是為」的「不穀」意同 (A)寡人 (B)不善 (C)無恥 (D)不轂。

（ ）5.下列摘釋何者為非？ (A)不「虞」君之涉吾地也：料想 (B)「爾」貢苞茅不入：而

(C)寡人是「徵」：責問 (D)「次」于陘：駐紮。

(　) 6.下列敘述何者為非？ (A)楚子使屈完「如師」：指前往齊軍駐地求盟 (B)先君之好是「繼」：延續，指延續先君之友好關係 (C)君惠「徼」福於敝邑之社稷：僥倖 (D)「辱收」寡君：不嫌棄。

(　) 7.「賜我先君履」的「履」乃謂 (A)征伐大權 (B)封地 (C)食邑 (D)征伐範圍。

(　) 8.下列敘述何者為非？ (A)風馬牛不相及：牛馬發情追逐，也跑不到對方的地界去，這是楚使責齊的話 (B)管仲責楚「苞茅不入，昭王南征不復」，楚使也接受了 (C)楚使建議齊君，最好是「以德綏諸侯」 (D)「楚國方城以為城，漢水以為池」是楚使表達不惜一戰的決心。

(　) 9.〈齊桓公伐楚盟屈完〉的意思是 (A)齊桓公攻打楚國聯軍，結果兵敗 (B)齊桓公出征，楚國與屈完締結盟約 (C)齊桓公攻打楚國盟邦，委屈完成使命 (D)齊桓公率兵攻打楚國，最後與屈完訂定盟約。

(　) 10.中國向來被稱為「禮儀之邦」，表現在說話行文上有「表敬用法」與「表謙用法」，前者用以稱人，後者用來自稱。下列「　」內不屬於「自謙之詞」的選項是 (A)「僕」自到九江，已涉三載，形骸且健，方寸甚安 (B)君惠徼福於敝邑之社稷，辱收「寡君」，寡君之願也 (C)魯智深道：「洒家」趕不上宿頭，欲借貴莊投宿一宵，明早便行 (D)凡我多士，及我友朋，惟仁惟孝，義勇奉公，以發揚種性：此則「不佞」之幟也。

*(　) 11.試判斷下列各組「　」中形似字之注音，何者兩兩相同？ (A)「潰」散／「喟」歎 (B)堂「棣」／「隸」屬 (C)「陘」地／路「徑」 (D)「綏」遠／芫「荽」 (E)花「苞」／「鮑」魚。

*(　) 12.當「是」字作為虛詞時，有一種用法是用來表示賓語提前，比如說「唯你是問」，意即「唯問你」，這是古人說話行文的一種習慣，目的是透過賓語提前達到強調的效果。因此，句中的「是」字便成了判斷這種句型的重要依據。請你判斷下列何者也具有這種現象？ (A)民之秉夷，「好是懿德」 (B)主上屈法申恩，「吞舟是漏」 (C)召王南征而不復，「寡人是問」 (D)「豈不穀是為」？先君之好是繼，與不穀同好如何 (E)爾貢苞茅不入，王祭不供，無以縮酒，「寡

人是徵」。

*（ ）13. 試研判下列文句，何者屬於「堅定的語氣」？ (A)召王之不復，君其問諸水濱 (B)召王南征而不復，寡人是問 (C)君處北海，寡人處南海，唯是風馬牛不相及也 (D)爾貢苞茅不入，王祭不供，無以縮酒，寡人是徵 (E)君若以力，楚國方城以為城，漢水以為池，雖眾，無所用之。

*（ ）14. 古人為文，有時會使用反詰語氣，增加文句變化，這類文句通常是無疑而問的，只是用問句的形式表示肯定或否定，並不一定要求回答，如〈齊桓公伐楚盟屈完〉：「豈不穀是為？先君之好是繼」，意謂「難道是為了寡人和齊國結盟嗎？（不是的）是為了延續與先君的友好關係」。下列各選項，何者亦屬於反詰語氣？ (A)許君焦、瑕，朝濟而夕設版焉！君之所知也。夫晉，何厭之有 (B)學而時習之，不亦說乎？有朋自遠方來，不亦樂乎 (C)四海之內，皆兄弟也。君子何患乎無兄弟也 (D)嘻！亦太甚矣，先生又惡能使秦王烹醢梁王 (E)君若以德綏諸侯，誰敢不服。

*（ ）15. 下列文句中，語意內容具有「因果關係」的選項是 (A)《虬髯客傳》：靖驟拜，遂環坐 (B)《論語》：慎終追遠，民德歸厚矣 (C)《論語》：如得其情，則哀矜而勿喜 (D)〈齊桓公伐楚盟屈完〉：爾貢苞茅不入，王祭不供，無以縮酒，寡人是徵 (E)〈學問之趣味〉：不怕範圍窄，越窄越便於聚精神；不怕問題難，越難越便於鼓勇氣。

非選題

㈠請說出下列「子」字的用法：

1. 桌「子」、椅子。2. 杜甫，字「子」美。3. 孔「子」。4. 公、侯、伯、「子」、男。5. 之「子」于歸。

答：

㈡成語改錯：

1. 座以待斃： 2. 塗謀不軌： 3. 因地治宜：
4. 人贓俱獲： 5. 含英俎華：

宮之奇諫假道

選擇題（*為多選題）

（ ）1. 本文通篇著眼在 (A)虢亡，虞必從之 (B)晉不可啟，寇不可翫 (C)輔車相依，脣亡齒寒 (D)皇天無親，惟德是輔。

（ ）2. 「晉不可啟，寇不可翫」乃謂 (A)不能向晉示好，不能輕啟戰端 (B)不可啟晉疑竇，

不可輕視敵寇　(C)不可開啓野心，不可疏於防範　(D)不可與晉合兵，不可進犯他國。

(　) 3.「輔車相依，脣亡齒寒」乃謂　(A)胡越一體　(B)休戚與共　(C)方枘圓鑿　(D)沆瀣一氣。

(　) 4.「一之謂甚，其可再乎」乃謂　(A)僅此一次，下不為例　(B)一次就夠你受了　(C)懲戒一次就夠了，何必拒他於千里之外　(D)借一次已經很過分了，豈可再來一次。

(　) 5.公曰：「晉，吾宗也，豈害我哉？」下列何者非宮之奇之意？　(A)皇室至親，功高位顯尚且不保　(B)至親尚且不保，何況疏遠之國　(C)虞雖比桓莊為親，想必亦不能免　(D)凡威迫王室者尚且不能免，何況是為了國家利益。

(　) 6.公曰：「吾享祀豐絜，神必據我。」宮之奇認為神所憑依在　(A)德　(B)人　(C)祭祀　(D)祭品。

(　) 7.下列敘述何者為非？　(A)虢，虞之「表」也：屏障　(B)是以不「嗣」：繼位　(C)虞「不臘」矣：過不了今年臘祭　(D)神「其」吐之乎：將。

(　) 8.下列敘述何者為非？　(A)脣亡齒寒：句中對　(B)桓、莊之族何罪，而以為「戮」：轉品　(C)親以寵偪，猶尚害之，況以國乎：層遞　(D)非人實親，惟德是依：層遞。

(　) 9.社會上最近發生一連串不法人士假借宗教名義斂財的事件，他們之所以能欺世盜名，招搖撞騙，可能是一般民眾誤信下列何種觀念？　(A)未能事人，焉能事鬼　(B)非其鬼而祭之，諂也　(C)吾享祀豐絜，神必據我　(D)身既死兮神以靈，子魂魄兮為鬼雄。

(　) 10.下列成語，何者為反義詞？　(A)脣亡齒寒／輔車相依　(B)假虞滅虢／直搗黃龍　(C)利令智昏／利欲熏心　(D)非人實親／皇天無親。

*(　) 11.下列有關詞語解釋正確的選項是　(A)虞不「臘」矣：農曆十二月　(B)七月「既望」：農曆十六日　(C)「仲夏」：農曆五月　(D)「暮春」：農曆三月　(E)「朔日」：農曆十五日。

*(　) 12.「一之謂甚，其可再乎」，句中之「其」字義與下列哪個選項相同？　(A)奔車朽索，「其」可忽乎　(B)「其」無知，悲不幾時　(C)明德以薦馨香，神「其」吐之乎　(D)修己以安百姓，堯舜「其」猶病諸　(E)微管仲，吾「其」被髮左衽矣。

*(　) 13.有關〈宮之奇諫假道〉，下列敘述正確的選

項是 (A)以「輔車相依，脣亡齒寒」為喻，極言虞虢乃休戚與共 (B)以「鬼神非人實親，惟德是依」，說明有德之人，始獲鬼神保佑 (C)以「親以寵偪，猶尚害之」，說明同宗之不可恃 (D)「虢虞之表也；虢亡，虞必從之」正說明脣亡齒寒的道理 (E)「寇不可翫」意謂對敵人不可輕忽。

＊（　）14. 凡是以基本句式作參照而某些成分語序不同，叫做「倒裝式」。下列文句屬於「倒裝句」的選項是 (A)軍旅之事，未之學也 (B)鬼神非人實親，惟德是依 (C)皇天無親，惟德是輔 (D)惟兄嫂是依 (E)無恥之恥，無恥矣。

＊（　）15. 下列有關歷史教訓的文章，敘述正確的選項是 (A)〈馮諼客孟嘗君〉一文，由馮諼為孟嘗君獻謀，可見從政者「狡兔三窟」之重要 (B)〈宮之奇諫假道〉一文，由虢虞相繼滅亡，得知「脣亡齒寒」之教訓 (C)〈五代史伶官傳序〉一文，由後唐莊宗之敗亡，可見「憂勞興國，逸豫亡身」之道理 (D)〈六國論〉一文，由六國賂秦之相繼滅亡，得知「抱薪救火」之教訓 (E)〈留侯論〉一文，由張良之成就大謀，得知「忍辱負重」的道理。

非選題

(一)〈宮之奇諫假道〉一文，虞公究竟犯了哪些毛病，而遭亡國之禍？

答：

(二)寫出下列文句的修辭格：

1. 將虢是滅：
2. 脣亡齒寒：
3. 師還，館於虞：
4.晉不可啟，寇不可翫：
5. 若晉取虞，而明德以薦馨香，神其吐之乎：

齊桓下拜受胙

選擇題（＊為多選題）

（　）1. 下列敘述何者非本文之意旨？ (A)齊桓公能禮敬「周天子」，完成「尊王」霸業 (B)齊桓公能盡臣節、尊王意 (C)齊桓公正而不譎 (D)周天子能禮賢下士。

（　）2. 「天威不違顏咫尺」乃謂 (A)天威不因人而異 (B)天威就在眼前 (C)天威不可違 (D)天威雖然看不見。

（　）3. 「恐隕越于下，以遺天子羞」乃謂 (A)恐敗壞禮法，令天子蒙羞 (B)恐遭貶謫，乃獻珍饈 (C)恐失職位，不能為天子效命

(D)恐生活墮落，令天子蒙羞。

( ) 4.下列敘述何者為非？ (A)尋盟：重申前盟 (B)天子「有事于文、武」：指祭祀文王、武王 (C)加勞：太過勞累 (D)敢「貪」天子之命：受。

( ) 5.齊桓公堅持下階拜謝，乃因 (A)齊為同姓諸侯之首 (B)恐負天子寵命，失大國風範 (C)天威不違顏咫尺，不敢貪天子之命 (D)為強調「尊王」以號召諸侯。

( ) 6.「下，拜；登，受」意在描寫齊桓公 (A)拜受天子之命的四個動作 (B)領受天子賞賜的四個動作 (C)待人謙恭的四個動作 (D)老態龍鍾的模樣。

( ) 7.「會于葵丘。尋盟，且脩好。禮也」下列敘述何者正確？ (A)會：諸侯朝見天子 (B)尋盟：商訂盟約 (C)脩好：增進友誼 (D)且：連詞，無義。

( ) 8.王使宰孔賜齊侯胙，且有後命，令無下拜，乃因 (A)齊侯為霸主，周天子要籠絡齊侯 (B)齊侯為天子之同姓宗親 (C)齊侯與會的聲勢，令周天子震懾 (D)齊侯老邁有功。

( ) 9.下列字音相同的選項為何？ (A)耋／耆／耄 (B)尋／潯／燖 (C)胙／作／昨 (D)違／闈／瑋。

( ) 10.齊桓公「恐隕越于下」其所恐「隕越」之美德為何？ (A)禮 (B)義 (C)廉 (D)恥。

*( ) 11.〈齊桓下拜受胙〉其在形式與內容上之意義說明何者正確？ (A)此事維繫了天子諸侯秩序禮法 (B)維持了周天子之尊嚴 (C)九合天下諸侯 (D)無損於齊桓公霸主之威望 (E)得天下諸侯之歸心。

*( ) 12.以下成語何者意義相同？ (A)近在咫尺 (B)迢遞千里 (C)天涯海角 (D)朝發夕至 (E)朝令夕改。

*( ) 13.下列有關年齡的代稱所指何者正確？ (A)及笄：女子十五歲 (B)耆：八十、九十歲 (C)耄：六十、七十歲 (D)耋：七十、八十歲 (E)強仕之年：四十。

*( ) 14.下列所列字句中「尋」字字義用法相同者為何？ (A)「尋」盟 (B)「尋」向所誌 (C)「尋」病終 (D)「尋」常百姓家 (E)「尋」蒙國恩。

*( ) 15.「激問」明為問句，在問句中隱含著答案，實為相反層面的肯定句或否定句，其答案在問題的反面，是為「反詰語氣」。以下例句何者使用此種修辭法？ (A)小白余敢貪天子之命，無下拜 (B)覽物之情，得無異乎 (C)予嘗求古仁人之心，或異二者之為，

何哉？不以物喜，不以己悲　(D)恐隕越于下，以遺天子羞，敢不下拜　(E)尋聲闇問彈者誰？琵琶聲停欲語遲。

非選題

(一)注釋：

1.胙：

2.「遺」天子羞：

3.天威不「違」顏咫尺：

4.尋盟：

5.隕越：

(二)請將以下文句依句義重組：

(A)敢不下拜　(B)天威不違顏咫尺　(C)以遺天子羞

(D)小白余敢貪天子之命　(E)恐隕越于下　(F)無下拜

答：

陰飴甥對秦伯

選擇題（＊為多選題）

(　)1.本文旨在記述晉派陰飴甥與秦穆公講和，下列何者非其成功要件？　(A)立場堅定　(B)言辭委婉　(C)表達巧妙　(D)有備無患。

(　)2.下列何者為陰飴甥向秦穆公宣達晉人復仇的決心？　(A)不憚征繕以立圉　(B)不憚征繕以待秦命　(C)我毒秦，秦豈歸君　(D)我知罪矣，秦必歸君。

(　)3.下列何者為陰飴甥巧妙表達晉人對秦的期待？　(A)必報讎，寧事戎狄　(B)必報德，有死無二　(C)貳而執之，……刑莫威焉　(D)此一役也，秦可以霸。

(　)4.下列敘述何者為非？　(A)晉國和乎：晉國願意講和嗎　(B)「不憚征繕」的是晉國臣民　(C)小人慼，謂之不免：晉人民憂慮，認為國君不免被殺　(D)君子恕，以為必歸：在位者，將心比心，認為晉君一定會得到釋放。

(　)5.下列敘述何者正確？　(A)征繕：徵稅治軍　(B)小人恥失其「君」：指晉文公　(C)有死無二：至秦伯死，也不變心　(D)貳而執之：俘虜二次。

(　)6.下列敘述何者為非？　(A)改「館」晉侯：名詞，接待賓客的館舍　(B)我「毒」秦：動詞，害　(C)秦可以「霸」：動詞，做諸侯盟主　(D)「餼」七牢焉：動詞，贈送。

(　)7.「貳而執之，服而舍之」可收何效？　(A)我知罪矣，秦必歸君　(B)德莫厚焉，刑莫威焉　(C)服者懷德，貳者畏刑　(D)納而不定，廢而不立。

(　)8.「以德為怨，秦不其然」乃謂　(A)秦必以

德為怨　(B)秦不會以德為怨　(C)秦不會恩怨分明　(D)秦必有德報德，有怨報怨。

（　）9.對於晉惠公失信被俘一事，陰飴甥說晉國中有兩派看法：一為小人所說的「必報讎，寧事戎狄」；一為君子所言「必報德，有死無二」。這兩派的看法是　(A)前者主戰，後者主和　(B)前者悲觀，後者樂觀　(C)前者勇敢，後者畏怯　(D)兩派看法其實一致。

（　）10.在〈陰飴甥對秦伯〉一文中，多以「君子」、「小人」陳言，以下說明何者不妥？　(A)「君子」、「小人」以在位不在位而言　(B)將「君子」與「小人」二分，是陰飴甥刻意的安排　(C)「小人」積極求戰，不惜一死　(D)君子識大體，深知錯在己方，是故求和。

*（　）11.下列各組「　」內的字，讀音相同的選項是　(A)「怦」然心動／「抨」擊權貴／「砰」然作響　(B)檣傾「楫」摧／通「緝」兇嫌／「戢」兵息戰　(C)「斐」然成章／纏綿「悱」惻／傳出「緋」聞　(D)箕「踞」而遨／「倨」傲鮮腆／刀「鋸」鼎鑊　(E)「啜」菽飲水／若「剟」刺狀／「輟」學在家。

*（　）12.〈陰飴甥對秦伯〉：「不和。小人恥失其君而悼喪其親，不憚征繕以立圉也。」句中「恥」字的用法同於　(A)靡廩粟而不知「恥」　(B)南辱於楚，寡人「恥」之　(C)昔者夫差「恥」吾君於諸侯之國　(D)巫、醫、樂師、百工之人，不「恥」相師　(E)靖康「恥」，猶未雪；臣子恨，何時滅。

*（　）13.下列選自〈陰飴甥對秦伯〉的文句，其中「而」字的用法，何者同於「予獨愛蓮之出淤泥而不染」中的「而」字？　(A)君子愛其君而知其罪　(B)貳而執之　(C)服而舍之　(D)納而不定　(E)廢而不立。

*（　）14.〈陰飴甥對秦伯〉：「小人慼，謂之不免；君子恕，以為必歸」文中「君子」的用法意同　(A)人不知而不慍，不亦君子乎　(B)君子和而不同，小人同而不和　(C)君子學道則愛人，小人學道則易使　(D)君子之德，風；小人之德，草。草上之風，必偃　(E)君子食無求飽，居無求安，敏於事而慎於言，就有道而正焉，可謂好學也已。

*（　）15.讀完〈陰飴甥對秦伯〉一文，試問陰飴甥說服秦伯的原因有　(A)堅定的立場　(B)委婉的言詞　(C)巧妙的表達　(D)恰當的時機　(E)外力的奧援。

非選題

(一)請標示「　」中字的注音：

1.陰「飴」甥：　　2.不「憚」征繕：

3.必報「讎」：　　4.小人「慼」：

5.「饋」七牢：

(二)映襯練習：

「映襯」中有對襯一格。所謂對襯是對於兩種不同的人、事、物，從兩種不同的觀點加以描繪，形成強烈正反對比的一種修辭技巧。例如：「信義行於君子，而刑戮施於小人」便是。以下請舉出三個例子。

答：

子魚論戰

選擇題（＊為多選題）

（　）1.本文旨在說明兩國戰爭　(A)必須講求人道　(B)必須心存悲憫　(C)必須團結一致，上下一心　(D)必須制敵機先，求勝第一。

（　）2.大司馬固之諫的用意為何？　(A)興師伐商，是違背天意　(B)興師伐鄭，是罪無可逭　(C)興師伐楚，是罪有應得　(D)興師違天，必遭天譴。

（　）3.本文第一段子魚向宋襄公諫言與第二段諫言不同，係　(A)因應當時的情勢　(B)迫於宋襄公　(C)存心自欺　(D)隨興因應。

（　）4.「天之棄商久矣」的「商」是指　(A)楚國　(B)宋國　(C)商賈　(D)殷商。

（　）5.「彼眾我寡，及其未既濟也，請擊之」，依子魚之意，下列敘述何者為非？　(A)以整擊亂　(B)但用正兵　(C)兵不厭詐　(D)攻其不備。

（　）6.從「君子不重傷，不禽二毛。……不以阻隘也。……不鼓不成列」可見宋襄公是個　(A)勇者之君　(B)仁義之君　(C)假仁假義之君　(D)明恥教戰之君。

（　）7.「宋師敗績」的原因是　(A)喪失天命　(B)喪失先機　(C)敵眾我寡　(D)明恥教戰。

（　）8.下列敘述何者為非？　(A)不鼓不成列：不攻擊尚未列陣敵軍　(B)隘而不列：指楚在險隘，尚未成列　(C)明恥教戰：目的在懲罰好戰之士　(D)金鼓以聲氣：鳴金擊鼓是用來激勵士氣，鼓舞鬥志。

（　）9.(甲)門官「殲」焉：ㄐㄧㄢ；(乙)「勍」敵之人：ㄐㄧㄥ；(丙)雖及胡「耇」：ㄍㄡ；(丁)鼓「儳」可也：ㄔㄢˊ；(戊)不以阻「隘」：ㄞˋ；(己)國人皆「咎」公：ㄐㄧㄡˋ。上列「　」內的字，讀音完全正確的選項是　(A)(甲)(戊)(己)　(B)(乙)(丙)(丁)　(C)(丙)(丁)(戊)　(D)(丁)(戊)(己)。

（　）10.「君子不重傷，不禽二毛。古之為軍也，不以阻隘也。寡人雖亡國之餘，不鼓不成

列」，宋襄公的思想，與下列《論語》所述意含相近的選項是 (A)好仁不好學，其蔽也愚 (B)好知不好學，其蔽也蕩 (C)好信不好學，其蔽也賊 (D)好直不好學，其蔽也絞。

*( ) 11. 下列各組「 」內的字義，兩兩相異的選項是 (A)楚人未既「濟」/同舟共「濟」 (B)既「陳」而後擊之/「陳」力就列，不能則止 (C)君子不「重」傷/滿座「重」聞皆掩泣 (D)不「鼓」不成列/填然「鼓」之 (E)若愛重傷，則「如」勿傷/縱一葦之所「如」。

*( ) 12. 下列有關年齡之敘述，正確的選項是 (A)「周晬」：指滿月 (B)「束髮」：男子十五歲束髮成童 (C)「二八年華」：指女子十六歲的妙齡 (D)「強仕之年」：指七十歲告老辭官 (E)「二毛」：指毛髮半白半黑之年老者。

*( ) 13. 下列「 」內的詞語，屬於同義複詞的選項是 (A)公今可去探他「虛實」，卻來回報 (B)自私自滿之見，可漸漸「蠲除」矣 (C)雖及「胡耇」，獲則取之 (D)哀哀父母，生我「劬勞」 (E)今兒老太太高興，這「早晚」就來了。

*( ) 14. 下列文句釋義，正確的選項是 (A)「既濟而未成列」意謂全部過河而尚未列陣 (B)「門官殲焉」意謂將守城門的官吏殲滅 (C)「勍敵之人，隘而不列」意謂強敵因為地形險隘而尚未列陣 (D)「傷未及死，如何勿重」意謂受傷而沒有死的敵人，為什麼不可以再殺他 (E)「愛其二毛，則如服焉」意謂如果同情年老的敵人，那就該向他投降。

*( ) 15. 有關〈子魚論戰〉，下列敘述正確的選項是 (A)全文依序分為戰前、戰時、戰後，層次非常分明 (B)本文以「宋師敗績」為中心 (C)戰前，重點在於大司馬公孫固的諫言，宋失天命已久，違天命不可赦 (D)戰時，司馬魚堅持「既濟」、「既陳」、「而後擊之」；宋襄公則主張「以整擊亂」，結果是「宋師敗績」 (E)宋襄公既想爭霸於當代，又心存古代的戰術觀念，註定了他霸圖的失敗。

非選題

(一)字音測驗：

1. 門官「殲」焉：　2. 「纖」維：　3. 抽「籤」：

4. 「懺」悔：　5. 一語成「讖」：

(二)語譯：

三軍以利用也，金鼓以聲氣也。利而用之，阻隘可也；

聲盛致志，鼓儳可也。

答：

寺人披見文公

選擇題（＊為多選題）

（　）1.本文旨在記寺人披說服晉文公　(A)仇己之心　(B)對故君之忠義　(C)對新君之欽佩　(D)表達自己之誠。

（　）2.晉文公初拒見寺人披的理由是寺人披　(A)未能遵命行事　(B)太過霸道　(C)圖己急切　(D)斬己衣袖。

（　）3.從本文中可見晉文公是　(A)有勇無謀的人　(B)足智多謀的人　(C)不忘舊惡的人　(D)心胸寬闊的人。

（　）4.下列注釋何者為非？　(A)呂、郤畏「偪」：迫害　(B)公使「讓」之：責備　(C)命女「三宿」：第四天　(D)夫「袪」猶在：怯也。

（　）5.下列何者指陰曆每月的最後一天？　(A)朔　(B)望　(C)晦　(D)宿。

（　）6.下列注釋何者有誤？　(A)乃「如」河上：往　(B)豈唯「刑臣」：閹人，此指寺人披　(C)君若易之：指作法與管仲相反　(D)唯力是視：唯視力。

（　）7.下列敘述何者錯誤？　(A)且「辭」焉：拒絕　(B)女其行乎：你還是走吧　(C)君命無二：執行君命，不得有二心　(D)公見之，以「難」告：指呂、郤。

（　）8.下列敘述何者正確？　(A)齊桓公置射鉤而使管仲相，君若易之：謂文公作法和桓公相同　(B)何辱命焉？行者甚眾：意謂不敢抗命者眾　(C)除君之惡，唯力是視：為君除害當盡力而為　(D)雖有君命，何其速也：蒲、狄之役，君命過疾。

（　）9.下列字音相同的選項為何？　(A)偪／逼／福　(B)濱／繽／儐　(C)瑕／暇／豭　(D)蒲／餔／哺。

（　）10.「君命無二，古之制也」說明了哪一種美德？　(A)忠　(B)孝　(C)仁　(D)義。

＊（　）11.寺人披為勸晉文公，乃機智答辯，以下何者為其輸誠或語帶威脅之語？　(A)夫袪猶在，女其行乎　(B)今君即位，其無蒲、狄乎　(C)行者甚眾，豈唯刑臣　(D)除君之惡，唯力是視　(E)若猶未也，又將及難。

＊（　）12.「齊桓公置射鉤而使管仲相」此事可用哪一句成語來形容齊桓公之態度？　(A)休休有容　(B)謙沖自牧　(C)不念舊惡　(D)寬大為懷　(E)寬宏大量。

*（　）13. 與「唯力是視」之句法相同者為何？ (A)唯利是圖 (B)主義是從 (C)蓮之愛 (D)吾誰與歸 (E)馬首是瞻。

*（　）14. 在文中改變原來詞彙的詞性的修辭法叫做轉品，以下何者使用轉品法來修飾？ (A)豈唯「刑」臣 (B)呂、郤畏「偪」 (C)使管仲「相」 (D)齊桓公置「射鉤」 (E)余從狄君以「田」渭濱。

*（　）15. 以下文句何者說明晉文公對寺人披不信仕之因？ (A)乃如河上，秦伯誘而殺之 (B)蒲城之役，君命一宿，女即至 (C)蒲人、狄人，余何有焉 (D)余從狄君以田渭濱，女為惠公來求殺余，命女三宿，女中宿至 (E)將焚公宮而弒晉侯。

非選題

(一)注釋：

1. 公使「讓」之：
2. 寺人：
3. 一宿：
4. 君若「易之」：
5. 唯力是視：

(二)請依句義將參考選項中適當詞句代號填入括弧處：

寺人披請見。公使讓之，且辭焉，曰：「蒲城之役，（1.　），女即至。其後余從狄君以田渭濱，（2.　），命女三宿，（3.　）。雖有君命，（4.　）？（5.　），女其行乎！」

參考選項：
(A)夫袪猶在 (B)女為惠公來求殺余 (C)何其速也 (D)女中宿至 (E)君命一宿

介之推不言祿

選擇題（*為多選題）

（　）1. 本文旨在 (A)說明晉侯嗣位，乃天意 (B)表明晉侯嗣位，乃從亡者之功 (C)推崇介之推，乃耿介廉潔之士 (D)稱讚晉侯之從諫如流。

（　）2. 介之推不言祿是他認為晉侯所以立乃 (A)二、三子之功 (B)惠、懷之命 (C)晉侯之努力 (D)上天之命。

（　）3. 下列何者非轉品修辭？ (A)下義其罪的「義」 (B)上賞其姦的「賞」 (C)不食其食的上「食」 (D)且旌善人的「旌」。

（　）4. 下列敘述何者為非？ (A)天實置之：上天故意考驗他 (B)貪天之功以為己力：是指二、三子 (C)下義其罪：是指二、三子 (D)上賞其姦：是指晉侯。

（　）5. 其母曰：「盍亦求之？以死，誰懟？」又

曰：「亦使知之，若何？」觀此二句問話，可知介之推的母親 (A)鼓勵兒子求祿 (B)暗示兒子要以死要脅 (C)教導兒子要欲擒故縱 (D)反激兒子要去名除利。

( ) 6. 下列敘述何者為是？ (A)以緜上為之田：以緜上田酬謝之推從亡之功 (B)難與處矣：是指之推認為「晉上下相蒙」 (C)賞從亡者：發放撫卹金給陣亡將士遺族 (D)尤而效之，罪又甚焉：贊同他們，罪加一等。

( ) 7. 「言，身之文也」乃謂 (A)堅心不言祿 (B)善辭可增光彩 (C)言教不如身教 (D)坐而言，不如起而行。

( ) 8. 「且出怨言，不食其食」的「不食其食」乃謂 (A)絕食 (B)不接受他賞賜的俸祿 (C)不接受他的宴請 (D)不當他的賓客。

( ) 9. 〈介之推不言祿〉：「且出怨言，不食其食。」句中兩個「食」字的詞性與讀音應為 (A)前者：名詞，音ㄙˋ/後者：動詞，音ㄕˊ (B)前者：動詞，音ㄕˊ/後者：名詞，音ㄙˋ (C)前者：動詞，音ㄕˊ/後者：名詞，音ㄕˊ (D)前者：名詞，音ㄙˋ/後者：動詞，音ㄙˋ。

( ) 10. 古人為文，有時會使用反詰語氣，增加文句變化，這類文句通常是無疑而問的，只是用問句的形式表示肯定或否定，並不一定要求回答，如《左傳．燭之武退秦師》：「許君焦、瑕，朝濟而夕設版焉，君之所知也。夫晉，何厭之有？」下列各選項，何者屬於反詰語氣？ (A)其母曰：亦使知之，若何 (B)其母曰：能如是乎？與汝皆隱 (C)母曰：盍亦求之？以死，誰懟 (D)天實置之，而二三子以為己力，不亦誣乎。

*( ) 11. 下列各組「 」內讀音相同的選項是 (A)「詆」毀/「胝」足 (B)通「緝」/編「輯」 (C)蚊「蚋」/木「訥」 (D)失「怙」/「祜」佑 (E)怨「懟」/「對」策。

*( ) 12. 〈介之推不言祿〉：「下義其罪，上賞其奸，上下相蒙，難與處矣」句中「上下」是就地位、階級而分，下列何者非屬之？ (A)映花鶯「上下」，過水蝶悠颺 (B)「上」有加餐食，「下」有長相憶 (C)吾見「上下」交相賊，以成此名也 (D)吾「上」恐負朝廷，「下」恐愧吾師也 (E)江聲裡過東西寺，樹影中行「上下」方。

*( ) 13. 下列五句，皆有「盍」字，何者與「盍亦求之」之「盍」字用法相同？ (A)「盍」不起為寡人壽乎 (B)子曰：「盍」各言爾

志　(C)「盍」不出從乎？君將有行　(D)「盍」不為行，無行則不信　(E)君如愛其才，「盍」擢用之。

*（　）14. 語言裡有時會有將語音合併的「合音連讀」現象，如現今口語中「最ㄅㄧㄤˋ的感覺」，其中「ㄅㄧㄤˋ」的語音就是「不一樣」三個字的合音。此種「合音連讀」的現象有時可用文字形式呈現。下列有關合音的敘述，正確的選項是　(A)「子路問：聞斯行諸」，「諸」為「之乎」二字的合音連讀　(B)「尤而效之，罪又甚焉」，「焉」為「於之」二字的合音連讀　(C)「這個自然，何消吩咐」，「消」為「需要」二字的合音連讀　(D)「關於那件事，以後就甭提了」，「甭」為「不用」二字的合音連讀　(E)「母曰：盍亦求之？以死，誰懟」，「盍」為「何不」二字的合音連讀。

*（　）15. 動詞前加上「相」字，有的表示其動作、事況、情態是雙向的，如「滿日荷花千萬頃，紅碧相雜敷清流」中「相」可理解為「相互、彼此」之意，此句可譯為「紅色的荷花和綠色的荷葉交相參雜著漂在清澈水面上」；有的表示單向的，如「兒童相見不相識，笑問客從何處來」中的「相」字則是代指第一人稱「我」，可譯為「兒童看到我卻已經不認識我了」。試問，下列文句「　」內的「相」字，也表示單向的是　(A)下義其罪，上賞其奸，上下「相」蒙，難與處矣　(B)我聞琵琶已嘆息，又聞此語重唧唧。同是天涯淪落人，「相」逢何必曾相識　(C)寒雨連天夜入吳，平明送客楚山孤。洛陽親友如「相」問，一片冰心在玉壺　(D)夫人之「相」與，俯仰一世，或取諸懷抱，晤言一室之內；或因寄所託，放浪形骸之外　(E)於是有英人之役，有美船之役，有法軍之役，外交兵禍，「相」逼而來，而舊志不備載也。

非選題

(一)語譯：言，身之文也。身將隱，焉用文之？是求顯也。

答：

(二)請就本文中介之推與母親間的對話略作分析。

答：

展喜犒師

選擇題（*為多選題）

(　) 1.本文文旨在於 (A)恃先王之命 (B)使下臣犒執事 (C)齊孝公伐我北鄙 (D)世世子孫無相害也。

(　) 2.下列敘述何者為非？ (A)齊孝公伐我北「鄙」：邊境 (B)齊侯未入「竟」：盡；全 (C)齊孝公伐「我」北鄙：魯國 (D)其「率」桓之功：遵循。

(　) 3.下列敘述何者為非？ (A)我「敝」邑用不敢保聚：謙詞 (B)將「辱」於敝邑：謙詞 (C)使下臣犒「執事」：謙詞 (D)寡君聞君親舉「玉趾」：敬詞。

(　) 4.下列詞性何者為非？ (A)昔周公、大公，「股肱」周室：名詞 (B)「夾輔」成王：動詞 (C)太師「職」之：動詞 (D)其「率」桓之功：動詞。

(　) 5.下列敘述何者為非？ (A)親舉玉趾，將辱於敝邑：親自出動大駕，將要光臨本國 (B)室如懸罄，野無青草：家徒四壁，野地如赭 (C)股肱周室，夾輔成王：衛護周室，輔佐成王 (D)我敝邑用不敢保聚：我國窮民困，不敢聚眾防守。

(　) 6.「匡救其災，昭舊職也」的「舊職」是指 (A)周公太公夾輔之職 (B)桓公糾合諸侯之職 (C)其率桓之功 (D)齊孝公嗣世九年之職。

(　) 7.由本文可知諸侯希望齊侯能「昭舊職」是指 (A)謀不協 (B)救其災 (C)棄命廢職 (D)率桓之功。

(　) 8.下列敘述何者為是？ (A)夾輔成王：是指周公 (B)恃「先王」之命：是指周文王 (C)嗣世：出生 (D)其若先君何：言不如先君遠甚。

(　) 9.(甲)其「率」桓之功；(乙)子路「率」爾而對曰；(丙)「率」由舊章；(丁)「率」獸食人；(戊)「率」性之謂道。上列「　」內的字義共有幾種？ (A)二種 (B)三種 (C)四種 (D)五種。

(　) 10.「載在盟府，太師職之。」句中「載」字義與下列哪個選項相同？ (A)白雲千「載」空悠悠 (B)「載」欣載奔 (C)其所記「載」，僅隸有清一朝 (D)「載」舟覆舟，所宜深慎。

*(　) 11.下列各組成語寓意相近或完全相同的選項是 (A)室如懸罄／家徒壁立／蓬戶甕牖 (B)櫛風沐雨／宵衣旰食／戴月披星 (C)斷虀畫粥／炊金饌玉／醬酒藿肉 (D)河東獅吼／季常之癖／乾綱不振 (E)鶼鰈情深／天造地設／秋扇見捐。

*（　）12. 下列文句中「君子」與「小人」之涵義，是指「上位者」與「人民」的選項是　(A)君子懷德，小人懷土　(B)君子易事而難說也；小人難事而易說也　(C)小人恐矣，君子則否　(D)君子之德，風；小人之德，草。草上之風，必偃　(E)君子之交淡若水，小人之交甘若醴。

*（　）13. 在語文中改變詞彙其原來詞性的修辭法，叫「轉品」。下列文句，由名詞作動詞的選項是　(A)昔周公、大公，股肱周室，夾輔成王　(B)我只是為學問而學問，為勞動而勞動　(C)桂棹兮蘭槳　(D)飄飄乎如遺世獨立，羽化而登仙　(E)遷客騷人，多會於此。

*（　）14. 下列各組「　」內的字義，兩兩相同的選項是　(A)齊孝公伐我北「鄙」／越國以「鄙」遠　(B)使下臣犒「執事」／平常我們從自己家裡走到朋友的家裡，或是我「執事」的地方　(C)太師「職」之／而匡救其災，昭舊「職」也　(D)「恃」先王之命／無母何「恃」　(E)彌縫其「闕」／荷人鄭氏之事，「闕」而弗錄。

*（　）15. 下列「　」內的詞語，解釋正確的選項是　(A)齊孝公伐我「北鄙」：北方邊境　(B)「彌縫其闕」：縫補衣服的破洞　(C)「謀其不協」：調解他們的不和　(D)我敝邑「用」不敢保聚：因此　(E)「小人恐矣，君子則否」：我非常恐懼，國君則不懼怕。

非選題

(一)語譯：

桓公是以糾合諸侯，而謀其不協，彌縫其闕，而匡救其災，昭舊職也。

答：

(二)請正確填入括弧內的標點符號：

對曰（　）「恃先王之命（　）昔周公（　）大公（　）股肱周室（　）夾輔成王（　）成王勞之（　）而賜之盟，曰（　）（　）（　）世世子孫（　）無相害也（　）（　）載在盟府，太師職之。（　）（　）

燭之武退秦師

選擇題（*為多選題）

（　）1. 本文旨在記述鄭大夫燭之武以何理由說退秦師？　(A)利害　(B)背信忘恩　(C)亡鄭陪鄰　(D)貪得無厭。

（　）2. 〈燭之武退秦師〉一文中，燭之武說辭中有合乎實際者，有虛構以設辭者，下列何者為虛辭以設說？　(A)夫晉，何厭之有？

既東封鄭，又欲肆其西封 (B)越國以鄙遠，君知其難也 (C)舍鄭以為東道主，……君亦無所害 (D)焉用亡鄭以陪鄰。

( ) 3.下列敘述何者為是？ (A)既東封鄭，又欲肆其西封：上封字為動詞，下封字為名詞 (B)且貳於楚：謂鄭國對楚國有二心 (C)行李之往來，共其乏困：謂使來往行旅都獲得物資供應 (D)焉用亡鄭以陪鄰：鄭國背叛鄰國必亡。

( ) 4.「越國以鄙遠，君知其難也；焉用亡鄭以陪鄰」意謂 (A)越國地處鄙遠，無力亡鄭 (B)越過晉國，以鄭為秦之邊鄙，反而有利於晉 (C)越國地處邊鄙，秦欲滅之，實非易事 (D)晉國處秦鄭之間，左右為難。

( ) 5.「行李之往來，共其乏困」意謂 (A)使來往的行旅都能得到休息，以消除其疲困 (B)使來往的行李都獲得供應，使不虞缺乏 (C)使來往的使者都能得到休息，以消除其疲困 (D)使來往的使者，都獲得供應，使不虞缺乏。

( ) 6.「公曰：『不可。微夫人之力不及此。因人之力而敝之，不仁；失其所與，不知；以亂易整，不武。』」其意為 (A)秦穆公為燭之武所說服，罷兵而還 (B)晉文公權衡得失，不願與秦為敵 (C)秦穆公終於領悟亡鄭無益於秦之理 (D)晉文公不再東封，又不肆其西封。

( ) 7.「以其無禮於晉，且貳於楚」乃言鄭 (A)對晉無禮，對楚有二心 (B)受晉之辱，受楚之欺 (C)曾對晉侯無禮，且對晉有二心 (D)對晉無禮在先，又對楚三心兩意。

( ) 8.下列敘述何者為非？ (A)夜，「縋」而出：以繩繫物，垂之而下 (B)舍鄭「以為東道主」：以鄭為秦東道之主人 (C)「行李」之往來：亦作行理、行吏 (D)失其「所與」：依靠。

( ) 9.「夫晉，何厭之有？既東封鄭，又欲肆其西封；若不闕秦，將焉取之？」燭之武分析晉國乃心存何計？ (A)滅楚攻鄭之計 (B)聯鄭滅秦之計 (C)分化鄭、秦之計 (D)亡鄭攻秦之計。

( ) 10.下列字義何者用法相同？ (A)闕秦以利晉／「唯」君圖之／「唯」殿下實昭鑒之 (B)「闕」秦以利晉／「闕」地及泉 (C)失其所「與」，不知／昔者仲尼「與」於蜡賓 (D)「焉」用亡鄭以陪鄰／五十之年忽「焉」已至。

*( ) 11.下列成語形容忘恩負義或變化之迅速者為

何？ (A)魚游沸鼎 (B)朝三暮四 (C)口蜜腹劍 (D)過河拆橋 (E)朝濟夕版。

*（ ）12. 下列有關《春秋》三傳的敘述何者正確？ (A)十三經不包括《穀梁傳》 (B)《公羊傳》與《穀梁傳》均長於解經，記史事較少 (C)三傳記載年代並不相同 (D)《左傳》為左丘明所作，詳於記事，文字優美 (E)三書均為古文家。

*（ ）13. 下列「與」字字義用法何者相同？ (A)齊人未嘗賂秦，終繼五國遷滅，何哉？「與」嬴而不助五國也 (B)子喟然嘆曰：吾「與」點也 (C)秦伯說，「與」鄭人盟 (D)「與」人為善 (E)失其所「與」，不知。

*（ ）14. 下列各句何者說明秦晉兩國間利害關係？ (A)國危矣！若使燭之武見秦君，師必退 (B)焉用亡鄭以陪鄰？鄰之厚，君之薄也 (C)且君嘗為晉君賜矣，許君焦、瑕，朝濟而夕設版焉 (D)若舍鄭以為東道主，行李之往來，共其乏困，君亦無所害 (E)夫晉，何厭之有？既東封鄭，又欲肆其西封。

*（ ）15. 有關〈燭之武退秦師〉一文之修辭說明何者正確？ (A)「既東封鄭，又欲肆其西封」：轉品 (B)「因人之力而敝之，不仁；失其所與，不知；以亂易整，不武」：排比 (C)「臣之壯也，猶不如人；今老矣，無能為也已」：婉曲 (D)「許君焦、瑕，朝濟而夕設版焉」：映襯 (E)「秦、晉圍鄭，鄭既知亡矣」：頂針。

非選題

(一)注釋：

1. 陪鄰：
2. 設版：
3. 東道主：
4. 貳於楚：
5. 以亂易整：

(二)請依句義將參考選項中適當詞句代號填入括弧處：子犯請擊之。公曰：「（1. ）。微夫人之力不及此。因人之力而敝之，（2. ）；失其所與，（3. ）；以亂易整，（4. ）。（5. ）。」亦去之。

參考選項：

(A)不可 (B)吾其還也 (C)不知 (D)不武 (E)不仁

蹇叔哭師

選擇題（*為多選題）

（ ）1. 本文旨在說明 (A)秦穆公不能尊賢納諫 (B)鄭國不知居安思危 (C)勞師襲遠必敗 (D)蹇叔拙於權變。

（ ）2. 蹇叔何以哭師？ (A)蹇叔之子與師 (B)孟

明、西乞、白乙才拙，出征必敗 (C)鄭人使杞子掌北門之管，其中必有詐 (D)勞師襲遠，必遭挫敗。

(　) 3.「若潛師以來，國可得也」的「潛師以來」乃謂 (A)勞師襲遠 (B)出兵偷襲 (C)夜晚奇襲 (D)傾巢出擊。

(　) 4.「師勞力竭，遠主備之」的「遠主備之」乃謂 (A)有勞遠方國家協助 (B)偏勞遠國招待 (C)遠方之敵容易準備 (D)遠行襲敵，先要整備裝備。

(　) 5.「勤而無所，必有悖心」的「勤而無所」乃謂 (A)勞累而無斬獲 (B)徒勞無功 (C)勞累過度 (D)苦無定所。

(　) 6.「勞師以襲遠」與「師勞力竭」二句的「勞」係指 (A)皆為動詞，勞動之意 (B)皆為形容詞，勞累之意 (C)上「勞」字為動詞，勞動；下「勞」字為形容詞，勞累 (D)上「勞」字為形容詞，疲憊；下「勞」字為動詞，過動。

(　) 7.「吾見師之出，而不見其入也」，下列敘述何者為非？ (A)勞師襲遠，故不見其入 (B)不告而襲，故不見其入 (C)師勞力竭，遠主備之，故不見其入 (D)勤而無所，必有悖心，故不見其入。

(　) 8.「爾何知？中壽，爾墓之木拱矣」乃謂 (A)蹇叔活不過六十歲 (B)秦穆公活不到六十歲 (C)穆公責蹇叔，年老失智，實不堪用 (D)蹇叔責來人，年富力強，頑固不通。

(　) 9.下列敘述何者錯誤？ (A)秦軍此次出戰鄭國，即春秋史上有名的「秦晉殽之戰」 (B)秦穆公欲趁鄭國不備而偷襲，卻忽略了戰略計謀，所以秦師覆滅敗亡 (C)蹇叔告諫秦穆公的一番話，可以其中一句作代表，即「勞師以襲遠，非所聞也」以下數言，皆從此句發揮 (D)秦軍遠行千里去偷襲鄭國，出兵的消息自然走漏，結果遭到晉國的截擊而潰敗，正合蹇叔之言「且行千里，其誰不知」。

(　) 10.蹇叔力勸秦穆公，勿襲鄭國的理由是 (A)勞師以襲遠，是兵家大忌 (B)敦睦邦交才是人君的作為 (C)若以強淩弱，將招致天下恥笑 (D)鄭國是其祖國，亡鄭無益於秦。

*(　) 11.下列文句中的「若」字，何者意義相同？ (A)吾兒，久不見「若」影 (B)「若」潛師以來，國可得也 (C)乃「若」其情，則可以為善矣 (D)「若」使燭之武見秦師，師必退 (E)彼與彼年相「若」也，道相似也。

*(　) 12.「師勞力竭」是由兩個主謂短語（「師勞」、

「力竭」)所構成。主謂短語可拆解為「主語」+「表語」(具有形容詞性)兩個部分。如「師」為主語，是被說明的對象；「勞」則為表語，用以說明主語的狀態。以下成語何者結構相同？ (A)心廣體胖 (B)分庭抗禮 (C)守株待兔 (D)色厲內荏 (E)移樽就教。

*( ) 13.「秦穆公本為賢能之君主，魯僖公三十年秦晉聯合圍鄭，秦穆公聽從燭之武之言，固知鄭非秦所能有，自動退兵，並派杞紫、逢孫、楊孫三人協防鄭國。於此可知秦穆公之賢。今卻聽信杞子潛師襲鄭之建議，而不聽老臣蹇叔之忠諫，豈非□□□□歟！」句中□□□□處宜填入何者？ (A)利令智昏 (B)相形見絀 (C)見利忘義 (D)利用厚生 (E)倒屣相迎。

*( ) 14.下列文句中的「北」字，何者確實指「北方」？ (A)「北」通巫峽，南極瀟湘 (B)鄭人使我掌其「北」門之管 (C)凡為大明臣子，無不長跽「北」向，頂禮加額 (D)當獎率三軍，「北」定中原，庶竭駑鈍，攘除姦凶 (E)遂命將二十隻船，用長索相連，徑望「北」岸進發。

*( ) 15.下列文句，哪一組「 」中的詞語相同？ (A)「早晚」下三巴，欲將書報家／今兒老太太高興，這「早晚」就來了 (B)其北陵，文王之所避「風雨」／松柏後凋於歲寒，雞鳴不已於「風雨」 (C)風簷展書讀，「古道」照顏色／余嘉其能行「古道」，作〈師說〉以貽之 (D)一去心知更不歸，「可憐」著盡漢宮衣／「可憐」夜半虛前席，不問蒼生問鬼神 (E)我雖老了，年輕時也「風流」，愛個花兒粉兒的／大江東去，浪淘盡，千古「風流」人物。

非選題

(一)是非問答，對的打○，錯的打×：

( ) 1.「杞子自鄭使□告于秦」□中可填：「仁」。

( ) 2.「穆公訪諸蹇叔」句中「諸」字為「之於」的兼讀。

( ) 3.「且行千里，其誰不知？」「其」通「期」，解作「希望」。

( ) 4.「晉人禦師必於殽」本句可調整為「晉人必於殽禦師」。

( ) 5.「蹇叔之子與師，□□而送之。」□□處為「穆公」。

(二)請將下列「 」中可代換的成語選項，填入各句的括弧處：

( ) 1.他因一時衝動鑄成大錯，失學多年之後，

這次「改過遷善」，料想是要用心讀書吧！

（　）2. 一時的困阨或挫辱並不代表失敗，只要你能化悲憤為力量，終有「時來運轉」的一天。

參考選項：

(A)咎由自取　(B)罪不容死　(C)枯樹逢春　(D)幡然歸正
(E)峰迴路轉　(F)洗心革面　(G)化險為夷　(H)痛改前非
(I)天理昭彰　(J)否極泰來　(K)杜漸防萌　(L)撥雲見日

卷二　周文

鄭子家告趙宣子

選擇題（＊為多選題）

（　）1.本文旨在說明　(A)鄭國地小力弱，唯晉是從　(B)鄭國貳心於楚，故晉侯不見鄭伯　(C)鄭國事晉，恭順有加，若再加逼，則會鋌而走險的與晉一戰　(D)鄭居大國之間，而從於強令。

（　）2.下列何者非用來說明「貳於楚」？　(A)寡君即位三年，召蔡侯而與之事君……雖我小國，則蔑以過之矣　(B)以陳、蔡之密邇於楚，而不敢貳焉　(C)居大國之間，而從於強令，豈其罪也　(D)古人有言曰「畏首畏尾，身其餘幾」，又曰「鹿死不擇音」。

（　）3.下列何者乃言鄭不惜傾全力訴諸一戰？　(A)將悉敝賦以待於鯈　(B)鋌而走險，急何能擇　(C)鹿死不擇音　(D)大國若弗圖，無所逃命。

（　）4.下列敘述何者為非？　(A)鄭子家使「執訊」而與之書：通信官　(B)寡君是以不得與蔡侯「偕」：同行　(C)十一月；「克減」侯宣多：消滅　(D)隨蔡侯以朝于「執事」：指晉靈公。

（　）5.下列敘述何者為非？　(A)陳、蔡之「密邇」於楚：靠近　(B)往年正月，燭之武往，「朝夷」也：朝見太子夷　(C)寡君又朝，以「蕆」陳事：完成　(D)夷與「孤」之二三臣，相及于絳：鄭穆公。

（　）6.「夷與孤之二三臣，相及于絳」的「相及」乃謂　(A)相遇　(B)相約　(C)同時　(D)相繼來到。

（　）7.下列敘述何者為非？　(A)雖我小國，則「蔑」以過之矣：輕視　(B)鹿死不擇「音」：通「蔭」，庇護之意　(C)將悉敝「賦」以待於鯈：軍隊　(D)為齊侵蔡，亦獲「成」於楚：講和。

（　）8.下列敘述何者為非？　(A)爾未逞吾志：你沒有讓我滿意　(B)敝邑有亡，無以加焉：敝國只有滅亡，也不會再增加禮數　(C)小國之事大國也，不德，則其鹿也：小國事大國，不德則像鹿會鋌而走險　(D)大國若弗圖，無所逃命：大國若不謀小國，則小國就可生存了。

（　）9.下列文句含有「自謙」之辭的正確選項是　(A)洒家是五臺山來的僧人　(B)叫渾家把陽

子煮了 (C)敝邑以侯宣多之難，寡君是以不得與蔡侯偕 (D)克減侯宣多，而隨蔡侯以朝于執事。

（ ）10.(甲)晉侯合諸侯于「扈」：ㄧˋ；(乙)寡君又朝，以「蕆」陳事：ㄔㄢˇ；(丙)相及于「絳」：ㄒㄧㄤˊ；(丁)將悉敝賦以待於「儵」：ㄧㄡˊ；(戊)則「蔑」以過之矣：ㄇㄧㄝˋ；(己)歸生佐寡君之「嫡」夷：ㄕˋ。上列「 」內的字，讀音完全正確的選項是 (A)(甲)(丙)(己) (B)(乙)(丁)(戊) (C)(丙)(丁)(己) (D)(丁)(戊)(己)。

*（ ）11.下列各組「 」內的字義，兩兩相異的選項是 (A)以為「貳」於楚也／不遷怒，不「貳」過 (B)寡君又「朝」／非一「朝」一夕之故 (C)以陳、蔡之密「邇」於楚／行遠必自「邇」 (D)「爾」未逞吾志／出乎「爾」者反乎爾者也 (E)命之「罔」極／昊天「罔」極。

*（ ）12.下列「 」內的詞語，解釋正確的選項是 (A)以為「貳於楚」也：與楚國有勾結 (B)寡君又朝，以「蕆」陳事：完備 (C)「往年」正月：去年 (D)「鹿死不擇音」：鹿在臨死前，也顧不得鳴聲是否好聽了 (E)大國若弗「圖」：設想。

*（ ）13.本文重心在第二段鄭子家給趙宣子的信，其重點，敘述正確的選項是 (A)鄭對晉奉事唯謹，禮數周到 (B)鄭國極力拉攏原本親楚的陳、蔡二國以奉事晉 (C)陳述小國夾在強權中間的困窘 (D)圍繞著首段「貳於楚」這個中心，企圖化解晉國對鄭的猜疑心結 (E)也表明鄭國可屈不可辱的立場。

*（ ）14.下列文句屬於反詰語氣的選項是 (A)鋌而走險，急何能擇 (B)居大國之間，而從於強令，豈其罪也 (C)軻也，請無問其詳，願聞其旨，說之將何如 (D)豈其徜徉肆恣，而又嘗自休於此邪 (E)若不鬬秦，將焉取之。

*（ ）15.下列各組成語，涵義完全相同的選項是 (A)畏首畏尾／藏首躲尾／出生入死 (B)螳臂擋車／蚍蜉撼樹／夸父逐日 (C)摧枯拉朽／反掌折枝／探囊取物 (D)曾參殺人／三人成虎／赤舌燒城 (E)月暈而風／見微知著／礎潤而雨。

非選題

(一)字形測驗：

1.死心踏地：　2.身體魁武：　3.西裝畢挺：

4.別出新裁：　5.剎車不及：

(二)下列是一段古文，請依文意選出排列順序最恰當的

選項：

古人有言曰：「畏首畏尾，身其餘幾。」又曰：「鹿死不擇音」

(甲)鋌而走險，急何能擇 (乙)小國之事大國也

(丙)不德，則其鹿也 (丁)德，則其人也

(戊)命之罔極，亦知亡矣

將悉敝賦以待於鯈，唯執事命之。

答：

王孫滿對楚子

選擇題（＊為多選題）

（ ）1.本文旨在闡明 (A)統治天下「在德不在鼎」 (B)「鑄鼎象物」的道理 (C)使「民知神姦」的形象 (D)「以承天休」的作法。

（ ）2.「楚子伐陸渾之戎，遂至於雒，觀兵于周疆」的「觀兵于周疆」用意是 (A)慶祝勝利 (B)炫耀武力 (C)演練攻防 (D)試探虛實。

（ ）3.楚子問鼎之大小、輕重，意在 (A)謀周天下 (B)考察歷史 (C)展現威風 (D)基於好奇。

（ ）4.古代鑄鼎象物，意在 (A)備百物 (B)使民知神姦 (C)以承天休 (D)協于上下。

（ ）5.「故民入川澤、山林，不逢不若」乃謂人民進入川澤山林 (A)不會碰到螭魅罔兩等不利於人之物 (B)不會遇到毒蛇猛獸等傷人之物 (C)不會工作不順 (D)不會遇到不祥之事。

（ ）6.「用能協于上下，以承天休」意謂 (A)因此上下得以和協，神人得以互助 (B)如法炮製，不具任何意義 (C)因此能上下和協，而得到上天的福祐 (D)協調上下，承受上天懲罰。

（ ）7.下列敘述何者為非？ (A)桀有昏德，鼎遷于商：夏桀昏亂無德，商取而代之 (B)商紂暴虐，鼎遷于周：商紂無道，周取而代之 (C)成王定鼎于郟鄏：成王在郟鄏受鼎，統一天下 (D)周德雖衰，天命未改：周德雖已衰退，天命並未改變。

（ ）8.下列敘述何者為非？ (A)天祚明德，有所厎止：上天賜福給有德的人，有固定的天命 (B)其姦回昏亂，雖大，輕也：天子奸邪昏亂，鼎雖大，卻是輕的 (C)德之休明，雖小，重也：天子德行美善光明，鼎雖小，卻是重的 (D)鼎之輕重，未可問也：無德之人，不能過問鼎事。

（ ）9.(甲)「祚」：ㄗㄚˋ；(乙)「郟」：ㄐㄧㄚˊ；(丙)「螭」：ㄔ；(丁)「雒」：ㄌㄨㄛˋ；(戊)有所「厎」止：

ㄉㄧˇ；(己)使王孫滿「勞」楚子：ㄌㄠˋ。上列「 」內字音正確的選項是哪些？ (A)(乙)(丙)(丁) (B)(甲)(丙)(己) (C)(丙)(丁)(戊) (D)(丙)(戊)(己)。

（ ）10.有關此文可用哪句成語來形容楚莊王之野心行為？ (A)一言九鼎 (B)問鼎中原 (C)魚游沸鼎 (D)三國鼎立。

*（ ）11.下列何者為「年」之別稱？ (A)載 (B)祀 (C)朔 (D)稔 (E)歲。

*（ ）12.王孫滿如何說明「德」與「鼎重」之關係？ (A)鼎之輕重，未可問也 (B)德之休明，雖小，重也 (C)用能協于上下，以承天休 (D)鑄鼎象物，百物而為之備 (E)其姦回昏亂，雖大，輕也。

*（ ）13.下列「休」字用法何者相同？ (A)嗚呼「休」哉 (B)而又嘗自「休」於此耶 (C)德之「休」明 (D)永保無疆之「休」 (E)以承天「休」。

*（ ）14.語文中上下兩句，字數相等，句法相稱，有時還講究平仄相對者，稱為對偶。請問下列何者使用此種修辭法？ (A)德之休明，雖小，重也。其姦回昏亂，雖大，輕也 (B)卜世三十，卜年七百 (C)在德不在鼎 (D)鑄鼎象物 (E)商紂暴虐，鼎遷于周。

*（ ）15.王孫滿如何說明周天子之位乃天命所與？ (A)在德不在鼎 (B)鼎遷于商，載祀六百 (C)天祚明德，有所底止 (D)卜世三十，卜年七百，天所命也 (E)周德雖衰，天命未改。

非選題

(一)注釋：

1.莫能「逢」之：

2.鑄鼎「象」物：

3.底止：

4.不若：

5.姦回：

(二)請將以下文句依句義重組：

(A)鼎遷于周 (B)鼎遷于商 (C)商紂暴虐 (D)桀有昏德 (E)載祀六百

答：

齊國佐不辱命

選擇題（＊為多選題）

（ ）1.本文旨在記述 (A)齊國國佐以不惜背城一戰，逼晉議和 (B)晉人乘勝追擊齊軍，逼齊議和 (C)齊頃公驕傲輕敵，戰敗而歸的教訓 (D)齊晉爭霸的故事。

（ ）2.下列敘述何者正確？ (A)齊侯談和的條件是賂以紀甗玉磬與地，否則不惜一戰 (B)晉人開出議和的條件是以蕭同叔子為質，

並割讓齊國東疆　(C)國佐請晉大夫郤克「以君師辱於敝邑，不腆敝賦，以犒從者」(D)晉大夫郤克決定「收合餘燼，背城借一」。

（　）3.下列敘述何者為非？　(A)先王「疆」理天下：劃疆界　(B)聽「客」之所為：公正人士　(C)必以蕭同叔「子」為質：女兒　(D)「物」土之宜而布其利：觀察。

（　）4.下列敘述何者為非？　(A)以逞「無疆」之欲：無盡　(B)樹德而「濟」同欲：完成　(C)以「役」王命：幫助　(D)其晉實有「闕」：過失。

（　）5.下列敘述何者為非？　(A)若以「匹敵」：對等　(B)晉師「從」齊師：追逐　(C)齊之「封內」：境內　(D)「四王」之王：堯舜禹湯。

（　）6.「以不孝令於諸侯，其無乃非德類也乎」是國佐駁斥　(A)晉人「質母」　(B)晉人「盡東其畝」　(C)《詩經》「孝子不匱，永錫爾類」　(D)晉人求合諸侯，以逞無疆之欲。

（　）7.晉人提出「盡東其畝」是著眼於　(A)先王疆理天下　(B)先王物土之宜而布其利　(C)戎車是利　(D)以役王命。

（　）8.下列敘述何者為非？　(A)不腆敝賦，以犒從者：言不惜一戰　(B)收合餘燼，背城借一：言率殘兵再決一死戰　(C)布政優優，百祿是遒：言晉國作法是自棄百祿　(D)孝子不匱，永錫爾類：責齊人提質母的要求。

（　）9.下列文句「　」中的數詞，何者虛指？　(A)「四」王之王也，樹德而濟同欲焉　(B)《詩》曰：布政優優，「百」祿是遒　(C)「五」伯之霸也，勤而撫之，以役王命　(D)子又不許，請收合餘燼，背城借「一」。

（　）10.下列文句「　」中的方位詞，何者作動詞用？　(A)召王「南」征而不復，寡人是問　(B)齊孝公伐我「北」鄙，公使展喜犒師　(C)既東封鄭，又欲肆其「西」封　(D)必以蕭同叔子為質，而使齊之封內盡「東」其畝。

*（　）11.下列形近字的注音比較，哪些是相同的？　(A)玉「磬」／「罄」竹難書　(B)賞「賜」／永「錫」爾類　(C)崩「潰」／孝子不「匱」　(D)「猶」如／百祿是「遒」　(E)「碘」酒／不「腆」敝邑。

*（　）12.下列文句的語序調整，何者正確？　(A)入自丘輿→自丘輿入　(B)敢不唯命是從→敢不唯從命　(C)唯吾子戎車是利→唯利吾子戎車　(D)今吾子求合諸侯→今諸侯求合吾子　(E)齊侯使賓媚人賂以紀甗玉磬與地→齊侯使賓媚人以紀甗玉磬與地賂（之）。

*（　）13.當事情真相未明，說話的人嘗試提出一種假說，用以徵詢看法的語氣，稱為「推測語氣」，如白居易〈慈烏夜啼〉：「應是母慈重，使爾悲不任」便是。試問下列文句何者有之？　(A)若以不孝令於諸侯，其無乃非德類也乎　(B)子以君師辱於敝邑，不腆敝邑，以犒從者　(C)必以蕭同叔子為質，而使齊之封內盡東其畝　(D)唯吾子戎車是利，無顧土宜，其無乃非先王之命也乎　(E)齊侯使賓媚人賂以紀甗玉磬與地。「不可，則聽客之所為」。

*（　）14.本文中，齊國佐面對強晉，能以一番說詞，力挽頹勢，足見語言之威力。下列對於齊國佐說理的概述，何者正確？　(A)以人母為人質——不孝　(B)唯圖一己之力——不義　(C)徒逞吾疆之欲——不優　(D)造成多次覆敗——不腆　(E)背城決一死戰——不幸。

*（　）15.以下對於《詩經》一書的介紹，何者正確？　(A)亦稱《詩》或《詩三百》　(B)是中國最早的詩歌總集，亦是韻文之祖　(C)各篇作者大都已不可考，大抵為庶民之作　(D)是西周初年到東周春秋中葉五六百年間的作品　(E)作品共三百十一篇，其中六篇有目無辭，舉其成數，統稱《詩三百》。

非選題

(一)成語填空：

1.左支右（　）　2.成長（　）壯　3.（　）逼人　4.（　）於言辭　5.屢遭罷（　）

參考選項：

(A)絀　(B)黜　(C)拙　(D)茁　(E)咄咄

(二)借代修辭：

「借代」是指在語文中，借用其他詞句或名稱，來代替一般經常使用的詞句或名稱的一種修辭技巧。如：「崇以奢靡誇人，卒以此死東市」（東市為「刑場」之借代）。以下請寫出「　」中詞語所借代的對象。

1.潯陽地僻無音樂，終歲不聞「絲竹」聲：

2.「紅顏」棄軒冕，「白首」臥松雲：

3.有「龍泉」之利，乃可以議於斷割：

4.桂棹兮蘭槳，擊「空明」兮泝流光：

5.莫道不消魂，簾捲西風，人比「黃花」瘦：

楚歸晉知罃

選擇題（＊為多選題）

（　）1.本文旨在說明　(A)知罃忠貞愛國　(B)知罃的忍辱偷生　(C)楚王縱虎歸山　(D)楚王強知罃懷惠。

（　）2.楚國願意交換戰俘的原因為何？　(A)知罃

父親升任晉中軍副帥　(B)楚國為圖其社稷而求紓其民　(C)二國纍臣得歸骨於祖國　(D)楚國被俘人數多。

(　)3.楚王送知罃曰：「子其怨我乎？」目的乃在　(A)數落知罃不才　(B)指責知罃不勝其任　(C)譏諷知罃成為俘馘　(D)要知罃感激不釁鼓之恩。

(　)4.楚王送知罃曰：「然則德我乎？」目的乃在　(A)要晉國懲忿相宥　(B)要晉國釋纍囚以恢復友好　(C)要晉國多為消解二國人民痛苦著想，勿再發動戰爭　(D)要知罃為釋囚而懷惠在心。

(　)5.楚王送知罃曰：「子歸，何以報我？」一節之問答，下列敘述何者為非？　(A)楚王期望知罃能感恩圖報　(B)知罃認為無怨無德故不知所報　(C)楚王認為知罃是一個滴水之恩湧泉以報的人　(D)楚王認為知罃是個忠貞不二之士。

(　)6.下列敘述何者為非？　(A)二國「治戎」：交戰　(B)以為「俘馘」：俘虜　(C)「執事」不以釁鼓：指楚王　(D)各懲其忿以「相宥」：互相指責。

(　)7.下列敘述何者為非？　(A)兩釋纍囚：兩次釋放囚犯　(B)二國有好，臣不「與及」：參與　(C)臣「不任」受怨：未嘗　(D)必告「不穀」：寡人。

(　)8.下列敘述何者為非？　(A)纍臣得歸骨於晉：罪臣得以回晉就死　(B)若從君之惠而免之，以賜君之外臣首；首其請於寡君，而以戮於宗，亦死且不朽：即使被楚君治罪而死，也死得光榮　(C)若不獲命，而使嗣宗職：如不獲賜死，而使我繼承父親的職位　(D)雖遇執事，其弗敢違：縱使遇到楚王您，我也不敢違背我的職責。

(　)9.(甲)以求知「罃」：ㄧㄥˊ；(乙)以為俘「馘」：ㄏㄨㄛˋ；(丙)執事不以「釁」鼓：ㄒㄧㄣˋ；(丁)兩釋「纍」囚：ㄌㄟˊ；(戊)各懲其忿以相「宥」：ㄩˋ；(己)使歸即「戮」：ㄌㄨˋ。上列「　」內的字，讀音完全正確的選項是　(A)(甲)(乙)(丙)　(B)(乙)(戊)(己)　(C)(丙)(丁)(己)　(D)(丁)(戊)(己)。

(　)10.下列詞語之敘述，錯誤的選項是　(A)「於是荀首佐中軍」句中的「佐」是動詞，意為任中軍佐　(B)「臣不任受怨」句中的「不任」意同於「無由會晤，不任區區向往之至」之「不任」　(C)「雖然，必告不穀」句中「不穀」意異於「民莫不穀，我獨不卒」之「不穀」　(D)「執事不以釁鼓」句中「釁鼓」指殺戮。

*（　）11.下列各組「　」內的字義，兩兩相同的選項是　(A)二國「圖」其社稷而求紓其民／大國若弗「圖」，無所逃命　(B)故楚人「許」之／明足以察秋毫之末，而不見輿薪，則王「許」之乎　(C)晉人歸楚公子穀臣與連尹襄老之「尸」于楚／彼「尸」居餘氣，不足畏也　(D)使「歸」即戮，君之惠也／微斯人，吾誰與「歸」　(E)各「懲」其忿以相宥也／「懲」忿窒慾，遷善改過。

*（　）12.有關本文篇旨要點，下列敘述正確的選項是　(A)知罃以「臣實不才」的自責，「又誰敢怨」的結語，巧妙撇開楚王「怨我乎」的問題　(B)以「臣不與及」表示釋囚之事與己無干，因而以「其誰敢德」來回應楚王　(C)又以「無怨無德，不知所報」迴避楚王「何以報我」之期待　(D)知罃所採取的是以其人之道，還諸其人之身，立場強硬　(E)由於知罃言辭中所表現的國家立場、愛國情操，使得楚王由對人的敬畏推而對晉國產生敬畏。

*（　）13.「臣不與及，其誰敢德」句中的「與」字義相同於下列哪個選項？　(A)齊人未嘗賂秦，終繼五國遷滅，何哉？「與」嬴而不助五國也　(B)仲尼「與」於蜡賓　(C)天下有道，丘不「與」易也　(D)「與」其進也，不與其退也　(E)取諸人以為善，是「與」人為善者也。

*（　）14.下列文句屬於「倒裝句」的正確選項是　(A)臣實不才，又誰敢怨　(B)身為宋國笑　(C)皇天無親，惟德是輔　(D)天下之權重望崇者莫我若也　(E)把我丟在後門外。

*（　）15.下列「　」內的詞語，解釋正確的選項是　(A)「各懲其忿」以相宥也：各自抑止其怨恨　(B)二國圖其社稷而求「紓其民」：希望消解人民的痛苦　(C)「然則德我乎」：那麼，感激我嗎　(D)以君之「靈」：靈魂　(E)「次及於事」：依次序承擔任務。

非選題

(一)注釋：

1.兩釋「纍囚」：

2.必告不「穀」：

3.以賜君之「外臣」首：

4.「纍臣」得歸骨於晉：

5.雖遇執事，其弗敢「違」：

(二)語譯：

若不獲命，而使嗣宗職，次及於事，而帥偏師以脩封疆，雖遇執事，其弗敢違。

答：

呂相絕秦

選擇題（＊為多選題）

（　）1. 本文旨在 (A)數秦罪過，孤立秦國，為逼秦媾和找藉口 (B)數秦罪過，瓦解秦民信心，是一篇向秦統戰文章 (C)詆誣秦過，醜化秦君，鼓舞秦之反動力量 (D)歷數秦晉友好，且結成婚姻，理應盟好，以化解秦晉過惡。

（　）2. 下列敘述何者正確？ (A)無祿：不久 (B)獻公「即世」：即位 (C)俾我惠公，用能「奉祀于晉」：回晉繼位 (D)亦悔于厥心：晉惠公對韓原一戰後悔莫及。

（　）3. 下列敘述何者為非？ (A)是穆之成也：指秦穆公助晉文公回國即位 (B)虞、夏、商、周之胤，而朝諸秦：此皆文公征東之功 (C)諸侯疾之，將致命于秦：諸侯痛恨，打算與秦共存亡 (D)則是我有大造于西也：乃指秦師克還無害。

（　）4. 「穆公是以不克逞志于我」乃因 (A)秦晉圍鄭，擅與鄭盟 (B)秦晉殽之戰，秦師敗績 (C)晉襄公猶願赦罪於穆公 (D)楚成王隕命。

（　）5. 下列敘述何者為非？ (A)用集我文公：成全晉文公回國即位 (B)文公恐懼「綏靖諸侯」：安撫諸侯 (C)奸絕我好：斷絕秦晉友好關係 (D)康公，我之自出：秦康公出生於晉。

（　）6. 下列敘述何者為非？ (A)我君景公引領西望：殷切期望秦國能重修舊好 (B)芟夷我農功：強行割取農作物 (C)虔劉我邊陲：屠殺邊境人民 (D)吾與女同好棄惡：言秦晉兩國乃患難之交。

（　）7. 「君有二心於狄」意謂 (A)秦一面向狄示好，一面要晉伐狄 (B)秦認為狄君三心二意 (C)秦以為狄有背叛之心 (D)秦君背叛了狄國。

（　）8. 下列敘述何者為是？ (A)楚人惡君之二三其德：楚惡秦君三心二意 (B)余雖與晉出入，余唯利是視：我們雖與晉來往，但只唯利是圖 (C)以懲「不壹」：不專心 (D)「承寧」諸侯以退：平定。

（　）9. (甲)「徼」亂：ㄒㄧˊ；(乙)「徼」福：ㄐㄧㄠˇ；(丙)「芟」夷：ㄧˋ；(丁)「胤」：ㄧㄣˋ；(戊)躬「擐」：ㄏㄨㄢˋ；(己)疆「埸」：ㄧˋ。上列「 」內字音正確的選項是哪些？ (A)(甲)(乙)(丙) (B)(乙)(丁)(戊) (C)(甲)(丙)(己) (D)(丁)(戊)(己)。

（　）10. 晉秦二國交戰起因之導火線為何？ (A)蔑

死我君　(B)擅及鄭盟　(C)不能成大勳，而為韓之師　(D)令狐之會，君又不祥，背棄盟誓。

＊(　　)11.以下敘述何者為呂相細數秦德之失？(A)我寡君是以有令狐之會。君又不祥，背棄盟誓　(B)穆公不忘舊德，俾我惠公，用能奉祀于晉　(C)蔑死我君，寡我襄公，迭我殽地　(D)即楚謀我　(E)康公，我之自出，又欲闕翦我公室，傾覆我社稷。

＊(　　)12.形容欺騙不誠、不專心之用語為何？(A)不壹　(B)出爾反爾　(C)二三其德　(D)貳心　(E)朝秦暮楚。

＊(　　)13.「是」能使句子產生賓語提前的作用，請問下列何句即為此種作用？(A)是用宣之　(B)我是以有令狐之役　(C)唯好是求　(D)穆公是以不克逞志于我　(E)唯利是視。

＊(　　)14.對於同範圍、同性質的幾個事物或意象，在分項列舉時，分別以結構相同或相似的語句接二連三的說出來，就是排比的修辭。請問以下何者使用此種修辭法？(A)入我河縣，焚我箕、郜，芟夷我農功，虔劉我邊陲　(B)入我河曲，伐我涑川，俘我王官，翦我羈馬　(C)闕翦我公室，傾覆我社稷，帥我蝥賊，以來蕩搖我邊疆　(D)蔑死我君，寡我襄公，迭我殽地，奸絕我好，伐我保城，殄滅我費滑，散離我兄弟，撓亂我同盟，傾覆我國家　(E)躬擐甲冑，跋履山川，踰越險阻。

＊(　　)15.下列有關〈呂相絕秦〉中以「不」字為開頭的詞語意義何者相同？(A)不佞　(B)不祥　(C)不壹　(D)不弔　(E)不克。

非選題

(一)注釋：

1.胤：

2.虔劉：

3.芟夷：

4.蝥賊：

5.應且憎：

(二)請將以下文句依句義重組：

(A)君若不施大惠，寡人不佞，其不能以諸侯退矣　(B)寡人帥以聽命，唯好是求　(C)其承寧諸侯以退，豈敢徼亂　(D)君若惠顧諸侯，矜哀寡人而賜之盟，則寡人之願也　(E)敢盡布之執事，俾執事實圖利之

答：

駒支不屈于晉

選擇題(＊為多選題)

(　　)1.本文旨在記述駒支答辯諸侯事晉不如昔者

乃因 (A)戎言語漏洩 (B)晉實有所闕 (C)晉賜我南鄙之田 (D)戎亢其下。

( ) 2.「范宣子親數諸朝」的「數」乃謂 (A)指責 (B)逐一計算 (C)屢次 (D)稱述。

( ) 3.「范宣子將執戎子駒支」的理由是 (A)晉對戎有收容之恩 (B)戎人洩密，使諸侯事晉不如昔 (C)戎人對晉有二心 (D)戎非諸侯盟國。

( ) 4.下列敘述何者為非？ (A)詰朝之事，爾無與焉：明天卿大夫之會，你不必參加 (B)惠公蠲其大德，謂我諸戎，是四嶽之裔胄也，賜我南鄙之田：晉對戎有收容大恩 (C)毋是翦棄：言不可棄絕秦國 (D)至于今不貳：不貳心於晉。

( ) 5.下列敘述何者為非？ (A)吾離：為四嶽之祖 (B)以為「先君」不侵不叛之臣：指晉惠公 (C)秦人竊與鄭盟而「舍戍」：安置兵力助鄭防守 (D)晉禦其上，戎亢其下：言晉腹背受敵。

( ) 6.「秦師不復，我諸戎實然」乃謂 (A)秦軍覆滅，戎居首功 (B)秦軍不來，戎實首功 (C)秦軍不敢報復，有我戎在也 (D)秦軍敗逃，實戎人之力也。

( ) 7.捕鹿之喻乃言 (A)晉戎合力敗秦師於殽 (B)晉戎合力對抗諸侯，無往不利 (C)秦晉結盟，天下無敵 (D)晉若獵，戎可助之。

( ) 8.下列敘述何者為非？ (A)猶殽志也豈敢離逷：言晉國所有戰役，我姜戎全族出動，如殽之戰一樣 (B)官之師旅，無乃實有所闕：晉之官吏，實有過失 (C)贄幣不通，言語不達：言戎與中原不相往來 (D)賦〈青蠅〉而退：吟誦〈青蠅〉詩譏范宣子聽讒言。

( ) 9.駒支代表諸戎，對晉國心存感激；說到晉惠公所賜南鄙之田，是「狐狸所居，豺狼所嗥」，與范宣子所言：「我先君惠公有不腆之田，與女剖分而食之」，兩相對照，自有何種效果？ (A)嘲弄 (B)掩飾 (C)生動 (D)幽默。

( ) 10.〈駒支不屈于晉〉：「宣子辭焉，使即事於會」二句，應做如何解釋？ (A)宣子辭絕了（駒支），使他離開了盟會 (B)宣子告辭了，使（駒支）參加盟會工作 (C)宣子向（駒支）道歉，使（他）參加盟會的工作 (D)宣子向（駒支）告罪，使（他）立即參加盟會的工作。

*( ) 11.〈駒支不屈于晉〉：「今官之師旅，無乃實有所闕，以攜諸侯，而罪我諸戎」中的

「官之師旅」是指執政大臣，這種稱呼方式是 (A)夸飾 (B)呼應 (C)婉曲 (D)敬稱 (E)諂媚。

*（　）12.〈前出師表〉：「陟罰臧否，不宜異同」，句中「異同」一詞由「異」和「同」兩個意義相反的字所組成，但只表示「異」一個意義，此稱為「偏義複詞」。下列文句「　」內的詞語，屬於偏義複詞的選項是 (A)「榮辱」之來，必象其德 (B)江流天地外，山色「有無」中 (C)歸「去來」兮，田園將蕪，胡不歸 (D)惠公蠲其大德，謂我諸戎，是四嶽之「裔胄」也 (E)日出「東南」隅，照我秦氏樓。

*（　）13.下列「　」中字義的比較，何者相同？ (A)我諸戎「實」然／無乃「實」有所闕 (B)將執戎「子」駒支／范宣「子」親數諸朝 (C)詰朝之事，爾無「與」焉／我諸戎飲食衣服不「與」華同 (D)今諸侯之「事」我寡君不如昔者／詰朝之「事」，爾無與焉 (E)昔秦人迫逐「乃」祖吾離于瓜州／「乃」祖吾離披苫蓋、蒙荊棘。

*（　）14.駒支面對范宣子的質疑，臨退前賦詩〈青蠅〉以明志，並獲得范宣子的道歉，為己方贏回尊嚴。此例可呼應孔子所說過的哪些話？ (A)不學《詩》，無以言 (B)邇之事父，遠之事君 (C)《詩》可以興、觀、群、怨 (D)多識於鳥獸草木之名 (E)興於《詩》，立於禮，成於樂。

*（　）15.下列文句中「之」的用法，何者作實詞解？ (A)贄幣不通，言語不達，何惡「之」能為 (B)賜我南鄙「之」田，狐狸所居，豺狼所嘷 (C)我先君惠公有不腆之田，與女剖分而食「之」 (D)譬如捕鹿，晉人角「之」，諸戎掎之，與晉踣之 (E)今諸侯之事我寡君不如昔者，蓋言語漏洩，則職女「之」由。

非選題

(一)請寫出「　」中字的注音與部首：

1.將「執」戎子：

2.詰「朝」之事：

3.「蠲」其大德：

4.與晉「踣」之：

5.「贄」幣不通：

(二)下列詩中有五個括弧，請就參考選項中選出最適當的答案代號填入括弧中：

吾愛孟夫子，（1.　）天下聞。紅顏棄（2.　），白首臥（3.　）。醉月頻中聖，迷花不事君。（4.　）安可仰，徒此揖（5.　）。

參考選項：
(甲)紱冕 (乙)高山 (丙)松風 (丁)風範 (戊)風流 (己)高軒
(庚)軒冕 (辛)清芬 (壬)松雲 (癸)清明

祁奚請免叔向

選擇題（＊為多選題）

（　）1.本文旨在 (A)頌揚祁奚憂國愛賢，正直無私 (B)頌揚晉侯從善如流 (C)斥責樂王鮒落井下石 (D)揭示晉侯不能明辨是非。

（　）2.「子離於罪，其為不知乎」乃謂 (A)你遭受這樣的罪，豈是不知法嗎 (B)你觸犯刑罰，難道是不夠聰明嗎 (C)你犯了這樣的罪，恐怕是你不夠聰明吧 (D)你已免罪，難道還不知道嗎。

（　）3.「與其死亡若何」乃謂 (A)受囚與死亡，你選擇哪一樣 (B)受囚與那些死的和逃亡的人相比，怎麼樣 (C)與其受囚，不如去死 (D)與其受囚，不如逃亡。

（　）4.樂王鮒為叔向求情，叔向弗應，乃因 (A)樂王鮒是個真小人 (B)樂王鮒是個好貨的人 (C)樂王鮒是個懷惠的人 (D)樂王鮒是個順從國君的人。

（　）5.下列敘述何者為非？ (A)祁大夫所不能也：指祁大夫無法使國君言聽計從 (B)祁大夫外舉不棄讎，內舉不失親：言祁大夫薦人唯才，不計親疏 (C)不棄其親，其有焉：叔向愛護弟弟，大概有通謀吧 (D)於是祁奚老矣：這時祁奚年歲大了。

（　）6.祁奚為救叔向乘馹去見范宣子的說辭，下列敘述何者為非？ (A)叔向與弟弟確有通謀 (B)叔向是個賢人，能使國家安定 (C)叔向是個有謀無過、教誨不倦的人 (D)叔向是一個十代子孫有罪都應寬赦的人。

（　）7.祁奚援引《詩經》、《書經》意在 (A)希望范宣子為善救賢 (B)言父子兄弟，罪不應相及 (C)言叔向具備美德，應予赦免 (D)言叔向子孫十惡不赦。

（　）8.下列敘述何者為非？ (A)管蔡為戮，周公右王：言兄弟罪不相及 (B)若之何其以虎也棄社稷：豈可因弟之故而棄國家賢臣 (C)不見叔向而歸：言祁奚未見叔向一面就回去了 (D)叔向亦不告免焉而朝：叔向也沒向祁奚告知得赦，就返家了。

（　）9.(甲)「夫子」覺者也；(乙)「夫子」之道，忠恕而已矣；(丙)外人皆稱「夫子」好辯，敢問何也；(丁)往之女家，必敬必戒，無違「夫子」；(戊)故「夫子」之論士曰：行己有恥。上列「　」內的詞語意義共有幾種？ (A)

二種　(B)三種　(C)四種　(D)五種。

(　) 10.(甲)優哉游哉；(乙)一蹋糊塗；(丙)離鄉背景；(丁)真知灼見；(戊)旁門走道；(己)名不副實。上列成語，完全無錯別字的選項是　(A)(甲)(丁)(己)　(B)(乙)(丙)(戊)　(C)(丙)(丁)(戊)　(D)(丁)(戊)(己)。

*(　) 11.談話或行文中，放棄通常使用的本名或語句不用，而另找其他名稱或語句來代替，稱為「借代」。下列文句中，屬於「借代」的修辭格的正確選項是　(A)今壹不免其身，以棄「社稷」，不亦惑乎　(B)有「龍泉」之利，乃可以議於斷割（曹植〈與楊德祖書〉）　(C)私家收拾，半付「祝融」（連橫〈臺灣通史序〉）　(D)錦「鱗」游泳（范仲淹〈岳陽樓記〉）　(E)「舳艫」千里，旌旗蔽空（蘇軾〈前赤壁賦〉）。

*(　) 12.下列文句屬於「反詰語氣」的正確選項是　(A)祁大夫所不能也，而曰必由之，何也　(B)子離於罪，其為不知乎　(C)祁大夫外舉不棄讎，內舉不失親，其獨遺我乎　(D)今壹不免其身，以棄社稷，不亦惑乎　(E)管蔡為戮，周公右王，若之何其以虎也棄社稷。

*(　) 13.下列各組「　」內的字義，兩兩相異的選項是　(A)子「離」於罪，其為不知乎／多情自古傷「離」別　(B)與其死「亡」若何／追「亡」逐北　(C)求赦吾子，吾子不「許」／夫子當路於齊，管仲、晏子之功，可復「許」乎　(D)有「覺」德行，四國順之／先知「覺」後知　(E)惠我無「疆」，子孫保之／永保無「疆」之休。

*(　) 14.下列「　」內的詞語，解釋正確的選項是　(A)「聊以卒歲」：無聊到年底　(B)「優哉游哉」：自在逍遙　(C)「其人皆咎叔向」：左右的人都埋怨叔向　(D)「室老」聞之：德高望重的老臣　(E)「有覺德行」，四國順之：有正直的德行。

*(　) 15.下列「　」內的詞語，解釋正確的選項是　(A)「四國順之」：四方都順從　(B)「出，不拜」：樂王鮒離去，叔向不拜送　(C)「惠我無疆」：賜我恩惠無窮盡　(D)「子孫保之」：子孫永遠被保佑　(E)叔向有焉，「社稷之固」也：他是使國家安定的賢人。

非選題

(一)字形測驗：

1.按步就班：　2.固步自封：　3.挺而走險：　4.殺生成仁：　5.眼花瞭亂：

(二)語譯：

夫謀而鮮過、惠訓不倦者，叔向有焉，社稷之固也，猶將十世宥之，以勸能者。

答：

子產告范宣子輕幣

選擇題（＊為多選題）

（　）1.本文旨在闡說治國者應　(A)重德輕財　(B)重幣以厚實國家財政，減收民稅　(C)重視美德和令名　(D)只愁無賄，不愁無名。

（　）2.「范宣子為政，諸侯之幣重」的「諸侯之幣重」乃謂　(A)令諸侯重視國家財政　(B)各國諸侯的財政都發生困難　(C)諸侯朝見晉國貢品的負擔很重　(D)晉國很重視朝見天子的貢品。

（　）3.「鄭人病之」乃言　(A)鄭國對晉加重貢品感到痛苦　(B)鄭國對加重貢品感到不滿　(C)鄭國因貢品加重而更困乏　(D)鄭國對此事感到憤恨不平。

（　）4.下列敘述何者為非？　(A)非無賄之患，而無令名之難：不愁沒有財貨，只愁沒有美名　(B)諸侯之賄聚於公室，則諸侯貳：諸侯之財聚在晉的王室，諸侯便有二心　(C)若吾子賴之，則晉國貳：若財聚在您，則晉國就會分裂　(D)子為晉國，四鄰諸侯不聞令德而聞重幣：您治晉以來，晉國越以富聞名。

（　）5.「何沒沒也？將焉用賄」乃言　(A)財貨為害如此，何須貪戀　(B)小人物無法貪取財物　(C)赤手空拳，拿什麼去行賄　(D)不去行賄，必沒沒無聞。

（　）6.「夫令名，德之輿也」乃言　(A)有美名必有美德　(B)有美德不必有美名　(C)美德須靠美名傳揚　(D)美名須靠美德彰顯。

（　）7.下列敘述何者為非？　(A)欲「令名載而行之」須「恕思以明德」　(B)《詩》云：「樂只君子，邦家之基」，乃指有美德也　(C)子實生我：你確實養活了自己　(D)象有齒以焚其身：喻人為財而死。

（　）8.下列注釋何者為非？　(A)上帝「臨」女：監視　(B)無亦是「務」乎：專力　(C)若吾子「賴」之：取　(D)子「浚」我以生乎：疏導。

（　）9.下列字音相同的選項為何？　(A)悛／浚／逡　(B)焚／棼／梵　(C)幣／弊／嬖　(D)芟／股／殳。

（　）10.子產認為如何做才能使「令名載而行之」？　(A)子浚我以生乎　(B)夫諸侯之賄聚於公室，則諸侯貳　(C)恕思以明德　(D)樂只君子，邦家之基。

*（　）11. 子產如何以說明或譬喻引出晉聚賄將遭受之危難？ (A)子為晉國，四鄰諸侯不聞令德而聞重幣 (B)樂只君子，邦家之基 (C)象有齒以焚其身，賄也 (D)夫諸侯之賄聚於公室，則諸侯貳 (E)諸侯貳則晉國壞，晉國貳則子之家壞。

*（　）12. 下列「如」字的用法何者相同？ (A)鄭伯「如」晉 (B)縱一葦之所「如」 (C)沛公起「如」廁 (D)「如」其禮樂，以俟君子 (E)宗廟之事，「如」會同。

*（　）13. 以下成語何者與「無貳爾心」之義相同？ (A)二三其德 (B)開誠布公 (C)推心置腹 (D)披肝瀝膽 (E)朝秦暮楚。

*（　）14. 下列「　」中的字，何者為語助詞？ (A)「毋」寧 (B)宣子「說」 (C)樂「只」君子 (D)則晉國「貳」 (E)鄭人「病」之。

*（　）15. 如有兩個以上需要說明之事物，其又有大小輕重不同之比例，行文時依序層層遞進，稱為「層遞」。請問以下例句，何者使用此法？ (A)夫令名，德之輿也；德，國家之基也 (B)實籩豆，奉祭祀，供賓客 (C)諸侯貳則晉國壞，晉國貳則子之家壞 (D)所守者道義，所形者忠義，所惜者名節 (E)先父族，次母族，次妻族，而後及其疏遠之賢。

非選題

(一)注釋：

1. 幣：
2. 浚：
3. 「寓」書：
4. 象有齒以「焚」其身：
5. 沒沒：

(二)請將以下文句依句義重組：

(A)何沒沒也？將焉用賄 (B)晉國貳則子之家壞 (C)諸侯貳則晉國壞 (D)夫諸侯之賄聚於公室，則諸侯貳 (E)若吾子賴之，則晉國貳

答：

晏子不死君難

選擇題（＊為多選題）

（　）1. 本文旨在說明晏嬰不殉死，不逃亡，是因為 (A)君臣相殘 (B)有喪德之虞 (C)有喪禮之失 (D)君非為社稷死。

（　）2. 「其人曰：死乎」下列敘述何者為是？ (A)其人：指晏子隨從 (B)其人：指崔氏的隨從 (C)死乎：莊公死了嗎 (D)死乎：想看死者嗎。

（　）3. 「獨吾君也乎哉？吾死也」意謂 (A)只有

國君一個人嗎？我真該死　(B)只是我一個人的國君嗎？是的話，我就為他殉死　(C)我有死罪的國君嗎？有，我就為他死　(D)國君不應要我一個人去面對死亡。

(　) 4.「吾罪也乎哉？吾亡也」乃謂　(A)我有罪嗎？有，我就去死　(B)是我的罪嗎？是，我就逃走　(C)我犯了什麼罪，為何要我死　(D)是我的罪嗎？我走就是了。

(　) 5.「君民者，豈以陵民？社稷是主」乃謂　(A)國君在萬民之上，是一國之主　(B)國君不是用來高踞眾民之上的，是來主持國家大政的　(C)國君不是來淩虐百姓的，因為百姓是一國之主　(D)治民者應以提高人民生活福祉為優先。

(　) 6.「人有君而弒之，吾焉得死之」乃謂　(A)有人只顧一己之利，把君主給殺了，我怎能為他殉死呢　(B)人君被殺害，我豈可為此而犧牲自己　(C)那個只顧君臣大義的人，卻把國君給殺了，我怎能為他殉死　(D)那個得國君寵信的人，把國君給殺了，我怎能為他殉死。

(　) 7.下列敘述何者為非？　(A)臣君者，豈為其口實？社稷是養：做臣子的，難道是為了俸祿？是來保護國家的　(B)君為社稷死，則死之：君為國死，就該為他殉死　(C)若為己死，而為己亡，非其私暱，誰敢任之：君若因己而死，因己而逃，非其寵信，誰敢那樣做　(D)枕尸股而哭：自己把頭靠在莊公腿上哭著。

(　) 8.下列敘述何者為非？　(A)文章從「死、亡、歸」三層設問，認為君臣，都是主持國政的人，都應以社稷為主　(B)崔杼之罪，在於不顧君臣大義，以私怨弒其君　(C)莊公不應私通崔杼之妻，喪失人君之德　(D)晏子「枕尸股而哭。興，三踊而出」，而不死君難，有失忠君之義。

(　) 9.「其人曰：死乎」、「且人有君而弒之」、「人謂崔子必殺之」。試判斷以上三句中的「人」用法　(A)三者皆同　(B)三者皆異　(C)前二者同　(D)後二者同。

(　) 10.讀完〈晏子不死君難〉一文，尋思其意，全文重心應是　(A)民之所望也，舍之得民　(B)吾焉得死之？而焉得亡之　(C)君民者，豈以陵民？社稷是主　(D)故君為社稷死則死之，為社稷亡則亡之。

*(　) 11.在〈晏子不死君難〉一文中，晏子責備了哪些人？　(A)晏子　(B)崔杼　(C)棠姜　(D)齊莊公　(E)崔杼身邊的人。

*( ) 12.下列對於「 」中字的敘述，何者正確？ (A)「且人有君而弒之」之「人」，是指晏子 (B)「興，三踴而出」之「踴」，是跳躍的意思 (C)「莊公通焉；崔子弒之」之「焉」，之也，指棠姜 (D)「社稷是主」、「社稷是養」兩句中之「是」，此也，指齊莊公 (E)「晏子立於崔杼之門外，其人曰：死乎」之「其人」，指崔杼左右之人。

*( ) 13.下列文句中的「任」字，何者義同？ (A)勇於「任」事 (B)仁以為己「任」 (C)周后「任」成王於身 (D)非其私暱，誰敢「任」之 (E)生子者，不能「任」其必孝。

*( ) 14.動詞和賓語之間不是支配關係，而是「使……怎樣」的關係。這種動詞與賓語間的關係叫做「使動關係」，表示使動關係的動詞叫「使動詞」，其用法叫「使動用法」。如：「大孝尊親，其次不辱，其下能養。」(《禮記・曾子大孝》) 句中「尊親」意為「使親尊」(使父母受到別人的尊崇、敬重)，而非「尊敬父母」。下列文句「 」中的動詞同屬於使動詞的是 (A)既來之，則「安」之 (B)崔武子見棠姜而「美」之 (C)門啟而入，「枕」尸股而哭。興，三踴而出 (D)邑人奇之，稍稍「賓客」其父，或以錢幣乞之 (E)天將降大任於是人也，必先「苦」其心志，勞其筋骨。

*( ) 15.下列對於「史書」的綜合說明，哪些是正確的？ (A)《漢書》，為第一部紀傳體斷代史 (B)歐陽脩撰《新五代史》，褒貶仿《春秋》，記事效《史記》 (C)《左傳》又名《春秋內傳》，長於敘事記史，有功於《春秋》者良多 (D)司馬遷作《史記》，以《左傳》為重要參考書之一，仿其體裁而為編年體通史 (E)孔子據魯史記而作《春秋》，筆則筆，削則削，寓褒貶，別善惡，世稱《春秋》筆法。

非選題

(一)下列「三」字，為實數的請在( )打○，不是的請打×：

( ) 1.興，「三」踊而出。

( ) 2.「三」折肱，知為良醫。

( ) 3.杭人遊湖，止午、未、申「三」時。

( ) 4.命汝「三」宿，汝中宿至。

( ) 5.一鼓作氣，再而衰，「三」而竭。

(二)語譯：

故君為社稷死，則死之；為社稷亡，則亡之。若為己死，而為己亡，非其私暱，誰敢任之

答：

季札觀周樂

選擇題（*為多選題）

（ ）1.本文旨在 (A)欣賞魯國所保存的周朝樂舞 (B)表現季札深厚的樂舞鑑賞才華 (C)評析魯國所保存的各國樂舞得失 (D)把樂舞當作體察政情民風的依據。

（ ）2.下列敘述何者為非？ (A)吳公子札來「聘」：訪問 (B)勤而不怨：猶言「勞而不怨」 (C)其細已甚：猶言人過瑣碎了 (D)表東海者，其大公乎：猶言太公在東海的表現。

（ ）3.「此之謂夏聲」的「夏聲」意謂 (A)華夏的樂調 (B)西夏的樂調 (C)〈小雅〉的樂調 (D)〈大雅〉的樂調。

（ ）4.「美哉！泱泱乎！大風也哉」的「泱泱」意同 (A)美哉！「淵」乎 (B)美哉！「蕩」乎 (C)美哉！「渢渢」乎 (D)廣哉！「熙熙」乎。

（ ）5.季札認為樂工演唱的樂曲中，最好的是 (A)〈周南〉、〈召南〉 (B)〈小雅〉 (C)〈大雅〉 (D)〈頌〉。

（ ）6.季札認為在樂舞中最好的是 (A)〈大武〉 (B)〈韶濩〉 (C)〈大夏〉 (D)〈韶箾〉。

（ ）7.下列敘述何者為非？ (A)大而婉，險而易行：言樂音粗獷婉轉，雖難卻容易推行 (B)其有陶唐氏之遺民乎：言有唐堯的遺風 (C)「五聲」和：指五官所產生的共鳴 (D)「八風」平：指金石絲竹匏土革木八類樂器，又稱八音。

（ ）8.下列敘述何者為非？ (A)自〈鄶〉以下無譏焉：從〈鄶風〉以下，他不曾譏評 (B)哀而不愁，樂而不荒：哀傷而不憂愁，歡樂而不荒淫 (C)勤而不德：勤勞而不自以為有德 (D)雖甚盛德，其蔑以加於此矣：即使再大的盛德，恐怕也不能超過它了。

（ ）9.下列是一節現代詩，請依詩意選出排列順序最恰當的選項：

「在早年，弓馬刀劍本是比辯論修辭更重要的課程
(甲)所以我封了劍，束了髮，誦《詩》三百
(乙)子路暴死，子夏入魏
(丙)自從夫子在陳在蔡
(丁)我們都悽惶地奔走於公侯的院宅
儼然一能言善道的儒者了……」(楊牧〈延陵季子掛劍〉)

(A)(丙)(丁)(甲)(乙) (B)(丙)(乙)(丁)(甲) (C)(丁)(甲)(丙)(乙) (D)(丁)(丙)(乙)(甲)。

( ) 10. (甲)吳公子札來「聘」：ㄔㄥˇ；(乙)美哉，「渢渢」乎：ㄈㄥˊ ㄈㄥˊ；(丙)為之歌「豳」：ㄅㄧㄣ；(丁)為之歌「邶」：ㄆㄧˊ；(戊)猶有「慙」德：ㄓㄢˇ；(己)天之無不「幬」也：ㄉㄠˋ。上列「 」內的字，讀音完全正確的選項是 (A)(甲)(丁)(戊) (B)(乙)(丙)(己) (C)(丙)(丁)(己) (D)(甲)(戊)(己)。

*( ) 11. 下列有關《詩經》之敘述，正確的選項是 (A)有三百零五篇，是中國最早的一部詩歌總集，各篇作者多不可考 (B)分〈風〉、〈雅〉、〈頌〉三部分；〈風〉有十五〈國風〉，〈雅〉分〈小雅〉、〈大雅〉，〈頌〉分〈周〉、〈魯〉、〈商〉三頌 (C)〈風〉為民間歌謠，〈雅〉為宴饗或朝會樂歌，〈頌〉以祭祀神明祖先樂歌為主 (D)漢代傳《詩經》者，有魯、齊、韓、毛四家，其中《毛詩》為毛亨所傳，為今文經 (E)季札觀周樂，就樂曲風格及歌辭或舞蹈，推論其政情民風。

*( ) 12. 下列文句屬於「推測語氣」的正確選項是 (A)國無主，其能久乎 (B)美哉！思而不懼，其周之東乎 (C)美哉！其細已甚，民弗堪也。是其先亡乎 (D)思深哉！其有陶唐氏之遺民乎 (E)美哉！勤而不德，非禹其誰能修之。

*( ) 13. 下列各組「 」內的字義，兩兩相同的選項是 (A)如地之無不「載」也／「載」舟覆舟 (B)吳公子札來「聘」／朝「聘」以時，厚往而薄來 (C)「思」而不懼／學而不「思」則罔 (D)「表」東海者其大公乎／荊人欲襲宋，使人先「表」澭水 (E)復而不「厭」／不奪不「厭」。

*( ) 14. 下列「 」內的詞語解釋正確的選項是 (A)美哉！「始基」之矣：王業已經奠基 (B)淵乎！「憂而不困」者也：人民憂思而不困窮 (C)蕩乎！「樂而不淫」：歡樂而有節制 (D)夫「能夏則大」，大之至也：夏天自然能廣大 (E)「國無主」，其能久乎：國家沒有賢君。

*( ) 15. 下列「 」內的詞語解釋正確的選項是 (A)「思而不貳」，怨而不言：專注思考不分心 (B)廣哉！「熙熙」乎：和樂貌 (C)「直而不倨」，曲而不屈：正直而不傲慢 (D)「邇而不偪」，遠而不攜：親近而不侵逼 (E)「處而不底」，行而不流：靜止而不停滯。

非選題

(一)《詩》有六義，請寫出此六義，並大略說明。

答：

(二)語譯：

德至矣哉！大矣！如天之無不幬也，如地之無不載也。

答：

子產壞晉館垣

選擇題（＊為多選題）

（　）1.本文旨在 (A)責晉對諸侯小國的輕慢 (B)讚美晉平公知錯能改 (C)抨擊晉國大夫士文伯傲慢無禮 (D)闡明外交辭令的重要。

（　）2.「子產壞晉館垣」的主要原因是 (A)鄭伯未獲晉平公接見 (B)鄭伯進貢的貢品無處儲存 (C)館內通風欠佳，生怕貢品腐敗 (D)為了將貢品陳列，依禮呈獻。

（　）3.下列何者非士文伯責備子產拆牆的理由？ (A)政刑不修，寇盜充斥 (B)以我喪故 (C)故令吏人完客所館，繕完葺牆 (D)從者能戒，其若異客何。

（　）4.下列敘述何者為非？ (A)晉侯以「我」喪故：鄭國 (B)無若諸侯之屬辱「在」寡君者何：指朝聘 (C)以無憂客使：使客使無憂 (D)其何以「共命」：供賓客需求。

（　）5.下列修辭何者為非？ (A)高其「閈閎」：鑲嵌 (B)「厚」其牆垣：轉品 (C)館如公寢：明喻 (D)敢請執事，將何所命之：激問。

（　）6.下列何者為子產批駁士文伯「無憂客使」的最有力文句？ (A)諸侯舍於隸人 (B)門不容車，而不可踰越 (C)盜賊公行，而天厲不戒 (D)賓見無時，命不可知。

（　）7.「晉文公之為盟主也，館如公寢，車馬有所，賓從有代；公不留賓，而亦無廢事，憂樂同之，事則巡之」言晉文公 (A)禮遇諸侯 (B)傲慢無禮 (C)同甘共苦 (D)架勢十足。

（　）8.下列敘述何者為非？ (A)子產有辭，諸侯賴之：本文的主旨文句 (B)以隸人之垣以「贏」諸侯：接待 (C)辭之「輯」矣：和睦 (D)若獲「薦幣」：進獻貢禮。

（　）9.下列字音相同的選項為何？ (A)殫／憚／簞 (B)繹／懌／譯 (C)扁／翩／篇 (D)閈／閎／閔。

（　）10.「子產使盡壞其館之垣」所提出的主要理由為何？ (A)薦幣其暴露之，則恐燥濕之不時而朽蠹，以重敝邑之罪 (B)諸侯舍於隸人 (C)門不容車 (D)賓見無時，命不可知。

＊（　）11.在文中改變原來詞彙的詞性的修辭法叫做

轉品，以下何者使用轉品法來修飾？ (A)子產「相」鄭伯以如晉 (B)而朽蠹以「重」敝邑之罪 (C)辭之「繹」矣 (D)巾車「脂」轄 (E)「寇盜」充斥。

*（ ）12.以下詞語何者為宮室「車馬有所，賓從有代」之差役？ (A)巾車 (B)隸人 (C)圉 (D)司空 (E)牧。

*（ ）13.「僑聞文公之為盟主」來對比如今諸侯所受之處境對待，請問下列說明何者正確？ (A)「宮室卑庳，無觀臺榭，以崇大諸侯之館」對比「今銅鞮之宮數里，而諸侯舍於隸人」 (B)「館如公寢」對比「庫廄繕修」 (C)「諸侯賓至；車馬有所，賓從有代，巾車脂轄」對比「門不容車，而不可踰越」 (D)「公不留賓，而亦無廢事」對比「賓見無時，命不可知」 (E)「賓至如歸，無寧菑患；不畏寇盜，而亦不患燥濕」對比「盜賊公行，而夭厲不戒。若又勿壞，是無所藏幣以重罪也」。

*（ ）14.在詞語中故意插入數字、虛字、特定字、同義字或異義字等來拉長文句，叫做「鑲嵌」。而其中「增字法」是以同義字重複出現，以使語氣更加完足、語意更加充實的修辭方法。請問以下詞語何者使用此種修辭法？ (A)敝邑「褊小」 (B)無觀「臺榭」 (C)宮室「卑庳」 (D)厚其「牆垣」 (E)高其「閈閎」。

*（ ）15.下列有關通同字的替換何者正確？ (A)敢「憚」勤勞：殫 (B)辭之「繹」矣：懌 (C)無寧「菑」患：災 (D)繕「完」葺牆：院 (E)其何以「共」命：供。

非選題

(一)注釋：

1.讓：

2.輸幣：

3.夭厲：

4.民之「莫」矣：

5.以隸人之垣以「贏」諸侯：

(二)請依句義將參考選項中適當詞句代號填入文中括弧處：

館如公寢，庫廄繕修，（1. ）以時平易道路，（2. ）以時塓館宮室。諸侯賓至，（3. ）設庭燎，（4. ）巡宮；車馬有所，賓從有代，（5. ）脂轄，（6. ）各瞻其事；百官之屬，各展其物。

參考選項：

(A)隸人、牧、圉 (B)圬人 (C)巾車 (D)僕人 (E)甸 (F)司空

子產論尹何為邑

選擇題（＊為多選題）

（　　）1.本文旨在寫　(A)愛人以政，其傷必多　(B)子產忠誠盡言　(C)子皮愛才惜才　(D)行政經驗的重要。

（　　）2.下列敘述何者為非？　(A)子皮欲使尹何「為」邑：治理　(B)「少」，未知可否：年輕　(C)「愿」，吾愛之：忠厚　(D)使「夫」往而學焉，「夫」亦愈知治矣：助詞，無義。

（　　）3.子產以為「子皮欲使尹何為邑」是　(A)棟折而榱崩　(B)操刀而使割　(C)美錦而學製　(D)登車而射御。

（　　）4.下列譬喻何者為非？　(A)未能操刀使割：喻尹何　(B)棟折榱崩：喻子皮　(C)美錦學製：喻子皮　(D)田獵射御：喻尹何。

（　　）5.下列敘述何者為非？　(A)人之愛人，求利之也：喜歡他，就會替他謀福利　(B)愛人則以政：喜愛他，就把政事交給他　(C)子之愛人，傷之而已：你喜愛這個人，等於傷害這個人　(D)其誰敢求愛於子：誰還敢期待你的喜歡。

（　　）6.下列敘述何者為是？　(A)子有美錦，不使人學製焉：漂亮的綢緞，是學習裁剪的最佳布料　(B)棟折榱崩，僑將厭焉：棟梁折斷了，屋椽崩塌，我（子皮）也將壓在下面　(C)子於鄭國，棟也：尹何是鄭國的棟梁　(D)大官、大邑，身之所庇也：大官大邑，是自身的託庇。

（　　）7.下列敘述何者為非？　(A)其為美錦，不亦多乎：把美錦看得比大官大邑更重要　(B)「僑」聞學而後入政：指子產　(C)敗績厭覆是懼：只怕人仰馬翻　(D)善哉！「虎」不敏：指子皮。

（　　）8.下列敘述何者為非？　(A)衣服附在吾身，我知而慎之：子皮用來說喻子產僅知其一，不知其二　(B)吾豈敢謂子面如吾面乎：子產謙喻人各有主張，不一定事事不謀而合　(C)學而後入政，未聞以政學者也：為本文綱領句　(D)全篇純以譬喻作態，前後凡六喻。

（　　）9.〈子產論尹何為邑〉：「善哉！虎不敏。吾聞君子務知大者、遠者，小人務知小者、近者。我，小人也。」句中「君子」、「小人」二者的區分依據是　(A)地位　(B)才智　(C)德行　(D)年紀。

（　　）10.〈子產論尹何為邑〉：「子為鄭國，我為吾家，以庇焉，其可也。」意謂　(A)您為

了鄭國，我為了我的家族，用他來庇蔭我們，不也是可以嗎　(B)您為了鄭國，我為了我的家族，使我的身子有所寄託，這就可以了　(C)您治理鄭國，我治理自己的家邑，在您的庇蔭下，還可以把家治理好　(D)您治理鄭國，我只治理自己的家邑，使我自己的身子有所寄託，也就足夠了。

*（　）11. (甲)「微」夫人之力不及此；(乙)人心惟危，道心惟「微」；(丙)「微」斯人，吾誰與歸；(丁)「微」行，入古寺；(戊)「微」管仲，吾其被髮左衽矣。以上五個「微」字，用法相同的是　(A)(甲)　(B)(乙)　(C)(丙)　(D)(丁)　(E)(戊)。

*（　）12. 下列文句中的「為」字用法，哪些是相同的？　(A)子皮欲使尹何「為」邑　(B)庭中始「為」籬，已為牆　(C)為國者，無使「為」積威之所劫哉　(D)予嘗求古仁人之心，或異二者之「為」　(E)惟川者決之使導，「為」民者宣之使言。

*（　）13. 〈子產論尹何為邑〉一文，(甲)「操刀使割」；(乙)「棟折榱崩」；(丙)「美錦學製」；(丁)「田獵射御」；(戊)「衣服附身」五者，其中哪些是用來說明（烘托）「學而後入政」這個主題　(A)(甲)　(B)(乙)　(C)(丙)　(D)(丁)　(E)(戊)。

*（　）14. 〈子產論尹何為邑〉一文中使用了許多的譬喻修辭，以下對此說明，何者正確？　(A)全篇純以譬喻作態，故文章氣勢跌宕不群　(B)「學而後入政，未聞以政學者也。」此言管理政事可以從邊做邊學開始　(C)子產以田獵射御為喻，告訴子皮，想讓尹何「夫亦愈知治矣」是不可能的　(D)通篇文章，子產以譬喻勸說，子皮又以譬喻表明，問答之間共用了六個譬喻　(E)在子產勸說子皮的譬喻中，「操刀而使割」、「使學製美錦」、「田獵射御」三者均喻尹何，「棟折榱崩」則喻子產。

*（　）15. 對下列文化常識的解說，正確的是　(A)《詩經・桃夭》：「之子于歸，宜其室家」古代女子出嫁後回娘家，叫做「歸」　(B)古代對卑幼自稱「字號」，對平輩或尊輩則自稱「名」，以見尊卑有別　(C)兄弟排行分別是：伯，老大；仲，老二；叔，老三；季，老四　(D)古時男子二十歲，結髮戴冠（加巾）以示成年，是謂「冠禮」　(E)七旬老翁過世，可謂之「得年七十」。

非選題

(一)下列「　」中字的注音兩兩相同的請在括弧打○，不同的打×：

（　）1.「庇」蔭／「癖」好

（　）2.「榱」崩／「催」促
（　）3.鄉「愿」／蠑「螈」
（　）4.舞「蹈」／「舀」水
（　）5.引「擎」／弓「弩」

㈡下列文句中有五個錯字，請把它們找出來：
站在高處鳥看雲霧條忽萬變，間隔若干秒就從雲層後爆亮一次的閃電，有著雷霆萬斤的氣勢，既像一種深沉的呼煥，又是一種駭異的撞擊。
答：

子產卻楚逆女以兵

選擇題（＊為多選題）

（　）1.本文旨在 (A)記楚公子圍帶兵入城迎親的故事 (B)記子產識破楚公子圍以兵迎娶的陰謀 (C)記鄭楚兩國成親的大事 (D)記小國侍大國的無奈。
（　）2.「子產卻楚逆女以兵」乃言 (A)子產以兵斥退楚公子迎娶 (B)子產拒絕楚國公子帶兵入城迎娶 (C)子產強迫楚退兵而後迎娶 (D)子產害怕楚公子帶兵入城迎娶。
（　）3.下列敘述何者為非？ (A)伍舉為「介」：副使 (B)鄭人惡「之」：楚公子圍 (C)使「行人」子羽與之言：外交官 (D)乃「館」於外：動詞，住也。
（　）4.「子產患之」乃患 (A)圍聘于鄭 (B)圍娶公孫段氏 (C)圍將以眾逆 (D)圍館於外。
（　）5.下列敘述何者為非？ (A)「聘」于鄭：聘問 (B)請「墠」聽命：設立土臺 (C)撫有「而」室：汝也 (D)「布」几筵：陳列。
（　）6.下列何者非楚公子圍拒絕在城外成親的理由？ (A)圍布几筵，告廟而來 (B)委君貺於草莽，不得列於諸卿 (C)使圍蒙其先君，將不得為寡君老 (D)若野賜之，其蔑以復矣。
（　）7.下列敘述何者為非？ (A)撫有而室：無家可歸 (B)若野賜之：如在城外舉行婚禮 (C)不寧唯是：不僅如此 (D)其蔑以復矣：恐怕無法回國了。
（　）8.下列敘述何者為非？ (A)無乃包藏禍心以圖之：只怕大國存心不良，暗中進攻我國 (B)小國失恃而懲諸侯，使莫不憾者：鄭國亡滅，各國諸侯將聯合懲罰楚國 (C)敝邑，館人之屬也：鄭國就像替楚國看守館舍的人 (D)「垂櫜」而入：倒掛弓袋，表示不帶武器。
（　）9.(甲)楚公子圍「聘」于鄭：ㄆㄧㄣˋ；(乙)以敝邑「褊」小：ㄆㄧㄢ；(丙)請「墠」聽命：ㄔㄢˊ；(丁)小國失「恃」而懲諸侯：ㄕˋ；(戊)其敢愛

豐氏之「祧」：ㄊㄧㄠ；(己)請垂「櫜」而入：ㄊㄨㄛˊ。上列「　」內的字，讀音完全正確的選項是　(A)(甲)(丁)(戊)　(B)(乙)(丙)(己)　(C)(丙)(戊)(己)　(D)(甲)(乙)(丙)。

(　) 10.「謂圍將使豐氏撫有而室」句中「而」字義，與下列哪個選項的「而」字相同？　(A)且「而」與其從辟人之士也，豈若從辟世之士哉　(B)人「而」如此，則禍敗亂亡，亦無所不至　(C)左手之拇有瘮焉，隆起「而」粟　(D)士不可以不弘毅，任重「而」道遠。

*(　) 11.下列「　」內各組的字義，兩兩相同的選項是　(A)鄭人「惡」之／眾「惡」之，必察焉　(B)既聘，將以眾「逆」／鄭伯肉袒牽羊以「逆」　(C)謂圍將使豐氏撫有「而」室／士「而」懷居，不足以為士矣　(D)其蔑以「復」矣／信近於義，言可「復」也　(E)距「違」君命／夜氣不足以存，則其「違」禽獸不遠矣。

*(　) 12.下列有關〈子產卻楚逆女以兵〉一文之敘述，正確的選項是　(A)子產派人拒絕楚公子圍而讓他住在城外，原因是怕公子圍帶兵進城會對鄭國不利　(B)子產要楚公子在城外行婚禮，這是禮的規定　(C)對迎娶事的雙方交涉的言辭，子羽是以剛柔互用、軟硬兼施的辭令使楚知難而退　(D)「以敝邑褊小，不足以容從者」，骨子裡是指斥公子圍不必帶那麼多的兵入城　(E)公子圍的兵眾解除武裝後，子產才答應他入城迎娶。

*(　) 13.下列詞語解釋正確的選項是　(A)「將入館」：將要進住城內的賓館　(B)「請墠聽命」：請允許我們在城外設墠來聽候您的命令　(C)「布几筵」：陳列几筵　(D)是委君「貺」於草莽也：賜　(E)又使圍「蒙其先君」：欺騙了先君。

*(　) 14.下列文句屬於自謙之詞的選項是　(A)鄭人惡之，使行人子羽與之言　(B)以敝邑褊小，不足以容從者，請墠聽命　(C)若野賜之，是委君貺於草莽也　(D)小國無罪，恃實其罪　(E)又使圍蒙其先君，將不得為寡君老。

*(　) 15.下列有關《左傳》之敘述，正確的選項是　(A)為魯太史左丘明撰　(B)以魯史為中心，旁及同時代其他諸侯之國史事　(C)編年記事　(D)善於記史事，疏於解經　(E)與《公羊傳》、《穀梁傳》合稱三傳。

非選題

(一)字音測驗：

1.請「墠」聽命：　2.「殫」精竭慮：

3. 肆無忌「憚」：　4. 千里共「嬋」娟：

5. 「簞」食壺漿：

㈡語譯：

小國失恃而懲諸侯，使莫不憾者，距違君命，而有所壅塞不行是懼。

答：

子革對靈王

選擇題（＊為多選題）

（　）1. 本文旨在 (A)讚揚楚靈王雄才大略，經營四方 (B)讚美子革能言善諫 (C)勸諫楚靈王要克己私欲，切勿貪婪不悟 (D)惋惜楚靈王，雖然有所感動，終究不能克制欲念。

（　）2. 下列敘述何者為非？ (A)四國皆有分：四國都獲頒寶器 (B)右尹子革「夕」：晚上晉見 (C)「我」獨無有：指魯國 (D)王其與我乎：周天子會給嗎。

（　）3. 下列敘述何者為非？ (A)去冠、被，舍鞭，與之語：楚王極為禮敬子革 (B)求鼎以為分：請求把鼎作為賞賜 (C)篳路藍縷：朝饔夕飧 (D)舊許是宅：原住許國故地。

（　）4. 「今鄭人貪賴其田而不我與」乃謂 (A)鄭國貪利舊許之地，不歸還楚國 (B)鄭國貪圖這片土地，不歸還魯國 (C)鄭國貪愛這塊土地，並且賴著不走 (D)鄭國貪圖這塊地的私利，不歸還周天子。

（　）5. 「賦皆千乘」乃謂 (A)皆能出兵車千輛 (B)賦稅可徵收到千兩 (C)皆可徵調到千輛兵車 (D)把責任託付給卿大夫。

（　）6. 「是四國者，專足畏也」乃謂 (A)四國是指陳、蔡和東、西不羹四個大城 (B)四國是指齊、衛、晉、魯四個國家 (C)這四個諸侯國，已足夠令人害怕了 (D)這四個大城，最怕楚國了。

（　）7. 下列敘述何者為非？ (A)今與王言如響：諷刺子革一味附和楚王意見 (B)摩厲以須：言備好一切，以待一試 (C)子革引《詩經・祈招》：諫楚靈王要權衡民力，不可貪婪不悟 (D)能讀《三墳》、《五典》、《八索》、《九丘》：言能通鬼神、天文之事。

（　）8. 下列敘述何者為非？ (A)楚靈王若能如是，豈其辱於乾谿：言靈王最後落得自縊身亡 (B)形民之力，而無醉飽之心：能利用民力，不荒淫無度 (C)饋不食，寢不寐：言靈王深受感動 (D)式如玉，式如金：好像金玉一樣的堅重。

（　）9. (甲)豹「舄」：ㄒㄧˋ；(乙)不「羹」：ㄍㄥ；(丙)

熊「繹」：ㄕㄜˊ；(丁)去冠「被」：ㄅㄟˋ；(戊)「燮」父：ㄒㄧㄝˋ；(己)鉞「柲」：ㄅㄧˋ。上列「　」內字音正確的是哪些？ (A)(甲)(乙)(丙) (B)(乙)(丁)(戊) (C)(丙)(丁)(戊) (D)(甲)(戊)(己)。

（　）10. 楚靈王言：「今吾使人於周，求鼎以為分，王其與我乎？」與下列哪一事跡中之楚王擁有共同野心？ (A)王孫滿對楚子 (B)楚歸晉知罃 (C)宮之奇諫假道 (D)燭之武退秦師。

*（　）11. 從本文中何處的敘述，可以了解楚靈王對子革的敬重，並因其言而受到極大的影響？ (A)饋不食，寢不寐 (B)數日，不能自克 (C)王揖而入 (D)王見之。去冠、被，舍鞭 (E)王出，吾刃將斬矣。

*（　）12. 「雨雪」二字中，「雨」字的用法已在文中改變原來詞彙的詞性，以下何者使用轉品法的方式與之相同？ (A)相與「枕」藉乎舟中 (B)右尹子革「夕」 (C)饘粥以「餬」口 (D)「遠」罷豐家 (E)楚囚「纓」其冠。

*（　）13. 譬喻是指「借彼喻此」的修辭法，由喻體、喻詞、喻依三者配合而成，喻體、喻詞有時可省略。請問本文何者使用此種修辭法？ (A)唯命是從 (B)摩厲以須 (C)王出，吾刃將斬矣 (D)思我王度，式如玉，式如金 (E)今與王言如響，國其若之何。

*（　）14. 下列成語何者意義相同？ (A)跋涉山林 (B)克己復禮 (C)篳路藍縷 (D)摩厲以須 (E)唯命是從。

*（　）15. 以下詞語何者為「典籍」之義？ (A)桃弧棘矢 (B)《三墳》《五典》 (C)風雨名山 (D)簡策 (E)編戶之民。

非選題

(一)注釋：

1. 共禦：
2. 剝圭：
3. 「次」于潁尾：
4. 右尹子革「夕」：
5. 篳路藍縷：

(二)請依句義將參考選項中適當詞句代號填入文中括弧處：

1. 使（　），帥師圍徐以懼吳。
2. 王（　），執鞭以出。
3. 昔我先王（　）並事康王，四國皆有分，我獨無有。
4. 昔諸侯遠我而畏晉，今我大城（　），賦皆千乘，子與有勞焉；諸侯其畏我乎？
5. 是良史也，子善視之！是能讀（　）。

參考選項：

(A)《三墳》、《五典》、《八索》、《九丘》　(B)蔿侯、潘子、司馬督、囂尹午、陵尹喜　(C)陳、蔡、不羹　(D)皮冠，秦復陶，翠被，豹舄　(E)熊繹與呂伋、王孫牟、燮父、禽父

子產論政寬猛

選擇題（＊為多選題）

（　）1. 本文旨在說明　(A)為政在舉賢任能　(B)為政要草偃風從　(C)為政宜先猛後寬　(D)為政須寬猛並濟。

（　）2. 大叔為政最先是　(A)以德服民　(B)以猛而寬　(C)以寬服民　(D)以猛服民。

（　）3. 子產論政的主張是　(A)以寬服民　(B)以猛治民　(C)以猛濟寬　(D)以寬為上，其次莫如猛。

（　）4. 下列敘述何者為非？　(A)夫火烈，民望而畏之，故「鮮死焉」：死於火者少　(B)水懦弱，民狎而翫之，則「多死焉」：死於水者多　(C)不忍猛而寬：不忍心先猛後寬　(D)鄭國多盜，源於大叔執政寬人。

（　）5. 「夫火烈，民望而畏之，故鮮死焉」乃喻　(A)政嚴則民畏刑　(B)政暴則民起盜心　(C)政猛則民刑死　(D)政詭則民殘傷。

（　）6. 「水懦弱，民狎而翫之，則多死焉」乃喻　(A)政寬則民殘　(B)政寬則民慢　(C)政寬則民盜　(D)政寬則民蕩。

（　）7. 下列敘述何者為非？　(A)吾早從夫子，不及此：乃言太叔後悔行寬政，愧對子產教誨　(B)慢則糾之以猛：怠慢就用嚴厲來糾正　(C)殘則施之以寬：嚴厲就實行寬大　(D)古之遺愛也：指子產是一個能留給百姓恩惠的人。

（　）8. 下列敘述何者為非？　(A)民亦勞止，汔可小康。惠此中國，以綏四方：人民已甚辛苦，只要達到小康即可，先加惠王畿之地，用來安撫四方　(B)毋從詭隨，以謹無良。式遏寇虐，慘不畏明：不放縱詐騙的人，要約束不善的人，要制止侵奪殘暴、不怕正道的人　(C)柔遠能邇，以定我王：安撫遠方，親善近地，來安我王室　(D)不競不絿，不剛不柔。布政優優，百祿是遒：不急不緩，不剛不柔，施政溫和，福祿就有。

（　）9. 下列文句出自〈子產論政寬猛〉，何者是歌詠施行寬政的詩句？　(A)毋從詭隨，以謹無良。式遏寇虐，慘不畏明　(B)民亦勞止，汔可小康。惠此中國，以綏四方　(C)不競不絿，不剛不柔。布政優優，百祿是遒　(D)

政寬則民慢，慢則糾之以猛；猛則民殘，殘則施之以寬。

（ ） 10.〈虬髯客傳〉：「時方弈棋，起揖而語；少焉，文靜飛書迎文皇看棋。」文中的「少焉」為「時間副詞」，是「不久」的意思。下列文句，何者並無使用「時間副詞」？ (A)〈子產論政寬猛〉：「政寬則民慢，慢則糾之以猛」 (B)〈口技〉：「旋聞女子殷勤聲，九姑問訊聲，六姑寒暄聲」 (C)〈桃花源記〉：「南陽劉子驥，高尚士也，聞之，欣然規往，未果，尋病終」 (D)〈秦士錄〉：「已而煙塵漲天，但見雙劍飛舞雲霧中，連斫馬首墮地，血涔涔滴」。

*（ ） 11.下列文句中「焉」字的用法，何者相同？ (A)美哉輪「焉」，美哉奐焉 (B)「焉」之二十載，重上君子堂 (C)善哉，吾聞庖丁之言，得養生「焉」 (D)水懦弱，民狎而翫之，則多死「焉」 (E)持五十金，涕泣謀於禁卒，卒感「焉」。

*（ ） 12.下列各組「 」中字的詞性比較，何者相同？ (A)鄭子產有「疾」／「疾」數月而卒 (B)秦師遂「東」／使出于「東」門之外 (C)吾子「布」大命於諸侯／物土之宜而「布」其利 (D)昔文公「與」秦伐鄭／不「與」於會，亦無瞢焉 (E)惠此中國，以綏四「方」／是以地無分四「方」，民無異國。

*（ ） 13.有一些詞語，在古文中的意義和現代通用的意義已經有了改變。如韓愈〈張中丞傳後敘〉：「巡就戮時，『顏色』不亂，陽陽如平常。」文中「顏色」是指臉色、容貌，現代的意思則是指色彩。請依此原則判斷，下列選項中「 」內的詞語何者亦具有古今義變的現象？ (A)「小學」而大遺，吾未見其明也 (B)水「懦弱」，民狎而翫之，則多死焉 (C)銀瓶乍破水漿迸，鐵騎「突出」刀槍鳴 (D)商旅「不行」，檣傾楫摧；薄暮冥冥，虎嘯猿啼 (E)苟以天下之大，而從六國破亡之「故事」，是又在六國下矣。

*（ ） 14.下列文句的「不□不□」，何者是表示正面肯定的意思？ (A)不疾不徐 (B)不說不快 (C)不剛不柔 (D)不蔓不枝 (E)不是不愛。

*（ ） 15.下列對於《左傳》的敘述，何者正確？ (A)《春秋》三傳之一，以紀傳體記事，別稱《春秋外傳》 (B)左丘明因孔子史記，具論其語，以明夫子不以空言立說 (C)以記事為主，釋經義較少，有別於《公羊》、《穀梁》的釋義例 (D)所記起自魯哀公元年，

迄於隱公二十七年，歷十二公，二百五十五年事 (E)敘事詳明，描述生動，為先秦時代歷史散文的佳構，漢之馬、班，唐之韓、柳，皆受其沾溉。

非選題

(一)請寫出下列「　」中字的注音與部首：

1.故民「鮮」死：

2.「狎」而翫之：

3.以「綏」四方：

4.毋「從」詭隨：

5.不「競」不絿：

(二)請以語體概述本文要旨，字數控制在一百字以內。

答：

吳許越成

選擇題（＊為多選題）

（　）1.本文旨在 (A)說明「去疾莫如盡」的道理 (B)說明「樹德莫如滋」的道理 (C)責備吳王夫差剛愎自用 (D)表揚句踐能深謀遠慮。

（　）2.本文寫少康詳，寫句踐略，乃 (A)平提側注 (B)以賓形主 (C)旁驗遠引 (D)相題立柱。

（　）3.下列敘述何者為非？ (A)逃出自「竇」：孔穴 (B)因吳大宰嚭以「行成」：求和 (C)去「疾」莫如盡：惡 (D)有田「一成」：十里。

（　）4.「使大夫種因吳大宰嚭以行成」的「因」字用法同於 (A)殷「因」於夏禮，所損益可知也（〈為政〉） (B)願「因」先生得結交於荊卿可乎（〈荊軻傳〉） (C)「因」平原君說趙王（〈魯仲連義不帝秦〉） (D)「因」其降民使脩之（《韓詩外傳》）。

（　）5.「樹德莫如滋，去疾莫如盡」乃謂 (A)為德宜漸，治病要速 (B)有恩必報，有病必除 (C)樹德務多，除惡必盡 (D)為德求細，去惡除根。

（　）6.「能布其德而兆其謀」乃謂 (A)少康開始計劃推行德政 (B)少康頒布先王大德和復國計畫 (C)少康能布施德政，計劃未來 (D)少康能廣施恩德，開始進行復國計畫。

（　）7.下列敘述何者為非？ (A)或將豐之，不亦難乎：使越豐大，必為吳難 (B)施不失人，親不棄勞：句踐能親而務施 (C)與我同壤：言吳越同宗 (D)後雖悔之，不可食已：猶言噬臍莫及。

（　）8.「二十年之外，吳其為沼乎」乃謂二十年

後 (A)吳國將盡為沼澤 (B)吳國都城將廢成汙池 (C)吳將為越所滅 (D)吳國將成為越國的護城河。

（ ）9.(甲)甲「楯」：ㄕㄨㄣˇ；(乙)「會」稽：ㄎㄨㄞˋ；(丙)后緡方「娠」：ㄕㄣ；(丁)逃出自「竇」：ㄉㄡˋ；(戊)為之「庖」正：ㄆㄠˊ；(己)世為仇「讎」：ㄔㄡˊ。上列「 」內的字，讀音完全正確的選項是 (A)(甲)(乙)(戊) (B)(乙)(戊)(己) (C)(丙)(丁)(己) (D)(丁)(戊)(己)。

（ ）10.下列各組「 」內的字，讀音完全相同的選項是 (A)為之「庖」正／玉「枹」／「咆」哮 (B)后緡方「娠」／海市「蜃」樓／「宸」妃 (C)買「櫝」還珠／尺「牘」／「瀆」職 (D)吳其為「沼」／千里「迢」迢／黃髮垂「髫」。

*（ ）11.下列「 」內的詞語，使用動詞的「使動用法」的選項是 (A)而越大於少康，或將「豐」之，不亦難乎 (B)大孝「尊親」，其次不辱，其下能養（《禮記·曾子大孝》） (C)今之眾人，其下聖人也亦遠矣，而「恥學於師」（韓愈〈師說〉） (D)筆落「驚風雨」，詩成「泣鬼神」（杜甫〈贈李白〉） (E)最是秋風管閒事，「紅」他楓葉「白」人頭（趙翼〈野步〉）。

*（ ）12.下列文句屬於「推測語氣」的正確選項是 (A)今吳不如過，而越大於少康，或將豐之，不亦難乎 (B)越十年生聚，而十年教訓，二十年之外，吳其為沼乎 (C)人而不仁，如禮何？人而不仁，如樂何 (D)聖人之所以為聖，愚人之所以為愚，其皆出於此乎 (E)豈其徜徉肆恣，而又嘗自休於此邪。

*（ ）13.「樹德莫如滋，去疾莫如盡」句中「樹」的字義，相同於下列哪個選項 (A)十年樹木，百年「樹」人 (B)「樹」德務滋，除害務盡 (C)「樹」藝五穀 (D)人道敏政，地道敏「樹」 (E)「樹」大招風。

*（ ）14.下列「 」內的詞語，解釋正確的選項是 (A)后緡方「娠」：生子 (B)有田一成，有眾「一旅」：步卒五百人 (C)「妻之以二姚」：把兩個女兒嫁給他 (D)「邑諸綸」：封給他綸邑 (E)祀夏配天，「不失舊物」：不遺失舊有的物品。

*（ ）15.下列「 」內的字詞，屬於「名詞」轉變成「動詞」的正確選項是 (A)吳子將「許」之 (B)虞思於是「妻」之以二姚 (C)而「邑」諸綸 (D)或將「豐」之，不亦難乎 (E)後雖「悔」之，不可食已。

非選題

㈠字形測驗：

1. 去「ㄐㄧˊ」莫如盡：

2. 負「ㄐㄧˊ」從師：

3. 「ㄐㄧˊ」手難辨：

4. 旁敲側「ㄐㄧˊ」：

5. 圖書編「ㄐㄧˊ」：

㈡語譯：

句踐能親而務施，施不失人，親不棄勞。與我同壤，而世為仇讎。

答：

卷二 周文

祭公諫征犬戎

選擇題（＊為多選題）

（　）1. 本文旨在記敘 (A)周穆王越禮將征犬戎，祭公謀父諫以先王耀德不觀兵的道理 (B)祭公謀父建議周穆王征犬戎 (C)祭公謀父諷諫周穆王勞師遠征、師必不成 (D)周穆王窮兵黷武，祭公謀父進諫。

（　）2. 「王不聽，遂征之」乃謂 (A)穆王不聽諸侯勸告，諸侯於是征討之 (B)穆王好大喜功，一意孤行 (C)穆王不聽信謠言，於是派兵進攻甸服 (D)以上皆是。

（　）3. 「自是荒服者不至」乃謂 (A)貧民不來朝見 (B)拾荒者不見,國泰民安 (C)宣告周王朝威勢淪喪 (D)荒淫無度的君王不再有。

（　）4. 下列敘述何者為非？ (A)本文出自《國語・周語上》 (B)全篇以「先王耀德不觀兵」為中心 (C)穆王一意孤行，結果因小失大 (D)《國語》一書又稱《春秋內傳》。

（　）5. 「奕世載德，不忝前人」乃謂 (A)世代相傳，承繼祖德，不敢辱沒祖先 (B)好的世代，美的品德，絕不玷辱先聖先賢 (C)美好德行媲美先王 (D)克紹箕裘，踵繼前賢，不敢數典忘祖。

（　）6. 下列敘述何者為非？ (A)甸服者祭：供給天子祭祀祖父、父親的日祭所需 (B)侯服者祀：供應天子每月朔望祭祀高祖、曾祖的月祀所需 (C)荒服者王：於新君即位或周天子嗣位時進京朝見天子 (D)蠻夷之地是荒服。

（　）7. 下列解釋何者為是？ (A)朝夕「恪」勤：敬謹 (B)兵「戢」而時動：兵器 (C)耀德不「觀兵」：閱兵 (D)動則「威」：威武。

（　）8. 「其無乃廢先王之訓，而王幾頓乎」乃謂 (A)沒有士兵無異是廢除先王的訓誡，而君王幾乎是停頓不前的 (B)這豈不是會廢棄了先王的明訓，而荒服者一世一朝的禮制大概也會被破壞罷 (C)廢除了先王的教訓，王朝就會停頓隳敗 (D)先王之訓不可廢。

（　）9. (甲)載「櫜」弓矢：ㄌㄨㄛˋ；(乙)「懋」：ㄇㄠˋ；(丙)樹「惇」：ㄉㄨㄣ；(丁)載「戢」干戈：ㄐㄧˇ；(戊)「要」服者貢：ㄧㄠ；(己)朝夕「恪」勤：ㄍㄜˋ。上列「　」內字音正確的選項是哪些？ (A)(甲)(乙)(丙) (B)(乙)(丙)(戊) (C)(甲)(丙)(己)

(D)(丙)(丁)(戊)。

( ) 10. 下列詞語何者與「奕世載德，不忝前人」之義不能相通？ (A)克紹箕裘 (B)繩其祖武 (C)繼志述事 (D)菽水承歡。

*( ) 11. 〈祭公諫征犬戎〉之重要論點有哪些？ (A)有刑罰之辟，有攻伐之兵，有征討之備 (B)先王耀德不觀兵 (C)先王非務武也，勤恤民隱而除其害 (D)布令陳辭而又不至，則增修於德，而無勤民於遠 (E)吾聞夫犬戎樹惇，帥舊德而守終純固，其有以禦我矣。

*( ) 12. 對於同範圍、同性質的幾個事物或意象，在分項列舉時，分別以結構相同或相似的語句接二連三的說出來，就是排比的修辭。請問以下何者使用此種修辭法？ (A)有不祭則修意，有不祀則修言，有不享則修文，有不貢則修名，有不王則修德。序成而有不至則修刑 (B)時序其德，纂修其緒，修其訓典 (C)邦內甸服，邦外侯服，侯、衛賓服，蠻、夷要服，戎、狄荒服 (D)甸服者祭，侯服者祀，賓服者享，要服者貢，荒服者王 (E)日祭、月祀、時享、歲貢、終王。

*( ) 13. 以下成語之意義何者相同？ (A)朝夕恪勤 (B)櫛風沐雨 (C)披星戴月 (D)摩頂放踵 (E)風餐露宿。

*( ) 14. 以下詞語何者指稱為「中國」之義？ (A)殷商 (B)漢唐 (C)中原 (D)中土 (E)華夏。

*( ) 15. 下列當「動詞」使用之詞語為何？ (A)吾聞夫犬戎「樹惇」 (B)時「序」其德 (C)載「戢」干戈 (D)載「櫜」弓矢 (E)「懋」正其德而厚其性。

非選題

(一)注釋：

1. 懋：
2. 樹惇：
3. 奕世：
4. 幾頓：
5. 載「櫜」弓矢：

(二)請將以下文句依句義重組：

夫先王之制：

(A)有不祭則修意，有不祀則修言，有不享則修文，有不貢則修名，有不王則修德，序成而有不至則修刑。
(B)於是乎有刑不祭，伐不祀，征不享，讓不貢，告不王。
(C)日祭、月祀、時享、歲貢、終王，先王之訓也！
(D)邦內甸服，邦外侯服，侯、衛賓服，蠻、夷要服，戎、狄荒服。
(E)甸服者祭，侯服者祀，賓服者享，要服者貢，荒服者王。

答：

召公諫厲王止謗

選擇題（＊為多選題）

（　）1.本文旨在記述 (A)厲王使衛巫監謗 (B)厲王以暴力殺害進諫者 (C)召公諫厲王，止謗莫如「宣之使言」 (D)厲王「以殺止謗」的措施。

（　）2.「民不堪命」乃謂 (A)百姓已經快活不下去了 (B)百姓無法忍受命運的擺布 (C)百姓已經無法忍受暴虐的政令 (D)人民不能輕忽生命。

（　）3.「道路以目」乃謂 (A)在路上相見連眨眼都不敢 (B)在路上相見，也只是用目光示意罷了 (C)在路上只敢用目光斜視對方，不敢正面交談 (D)在道路上反目成仇。

（　）4.「防民之口，甚於防川」乃謂 (A)防止民眾發言，比防止河水氾濫更應注意 (B)堵住人民的嘴，比堵住大河的水更危險 (C)預防民眾鼓譟，比防止洪水氾濫更重要 (D)預防人民隨時進諫，比預防山洪爆發更重要。

（　）5.「事行而不悖」乃謂 (A)一切政事都能順利實施而不悖情理 (B)按照計畫進行，不會有所違背 (C)謂事情得以進行而不悖於先王之道 (D)謂事情順利進行而不違逆民心。

（　）6.下列敘述何者為非？ (A)補察：補救天子的過失，察辨庶政之是非 (B)耆艾：年高有德之人 (C)原隰：指高臺和平原 (D)衍沃：指溝渠和沃野。

（　）7.「行善而備敗」乃謂 (A)是好的就施行，壞的就加以防範 (B)行善是用來防備失敗 (C)日行一善，幫助那些失敗的人 (D)行善之人必能度過失敗。

（　）8.文中「民不堪命」、「國人莫敢言」這一類否定句的重複出現 (A)有利於營造某種不確定的緊繃氣氛 (B)是作者對君王施政的否定 (C)是一種透露意志怯懦的表現 (D)反襯國君施政的嚴正。

（　）9.〈召公諫厲王止謗〉：「厲王虐，國人謗王。召公告曰：『民不堪命矣！』①使監謗者②國人莫敢言③王怒，得衛巫④道路以目⑤以告，則殺之。」上文或有錯置，請思索文意，還原之。 (A)③①⑤②④ (B)②③①⑤④ (C)③⑤④②① (D)②①⑤③④。

（　）10.〈召公諫厲王止謗〉一文中，召公諫辭：「故天子聽政，使公卿至於列士獻詩，瞽

獻曲，史獻書，師箴，瞍賦，矇誦，百工諫，庶人傳語，近臣盡規，親戚補察，瞽、史教誨，耆艾修之。」的目的是 (A)指出民不堪命 (B)主張宣之以言 (C)質疑衛巫之監 (D)打算流王於彘。

*（ ）11.下列文句何者完全沒有錯別字？ (A)你知道嗎？勞累是最容易摧人老的 (B)在多方面難以兼顧之下，便不免變得脾氣暴躁 (C)浮現在淚光中的，是母親憔悴的容顏和艱忍的眼神 (D)要現代的年輕人鞠躬如也地對長輩仗履追隨，是很困難的 (E)萬能的電腦，能像媽媽的手，炒出一盤色、香、味俱佳的菜嗎。

*（ ）12.下列出自〈召公諫厲王止謗〉的文句，其中「之」字何者指稱對象相同？ (A)以告，則殺「之」 (B)召公曰：是障「之」也 (C)瞽史教誨，耆艾修「之」 (D)人民慮之於心，而宣「之」於口 (E)川壅而潰，傷人必多，民亦如「之」。

*（ ）13.以下對於〈召公諫厲王止謗〉文中詞語的相關說明，正確的選項是 (A)「若壅其口，其與能幾何」之「幾何」，意同「幾何不從汝而死」之「幾何」 (B)「猶其有原隰衍沃也」之「原隰」，意同「羊山曠渺，南望原隰」之「原隰」 (C)「耆艾修之，而後王斟酌焉」之「斟酌」，意同「至於斟酌損益，進盡忠言」之「斟酌」 (D)「三年，乃流王於彘」之「三」與「一鼓作氣，再而衰，三而竭」之「三」，皆為虛數，表示多 (E)「口之宣言也，善敗於是乎興」之「善敗」與「不問可否，不論曲直，非秦者去，為客者逐」之「曲直」，皆為偏義複詞。

*（ ）14.儒家認為「個人」、「社會」、「國家」是彼此依存、相互影響的共同體。下列文句，符合此一觀念的選項是 (A)覆巢之下無完卵 (B)民之有口，猶土之有山川 (C)天下之本在國，國之本在家，家之本在身 (D)君子之於天下也，無適也，無莫也，義之與比 (E)無恆產而有恆心者，惟士為能。若民，則無恆產，因無恆心。

*（ ）15.詩文有直接抒發主觀感受、看法者，也有安排人物、事件、對話加以敘述者，下列詩句，屬於後者的選項是 (A)對酒當歌，人生幾何？譬如朝露，去日苦多。慨當以慷，憂思難忘 (B)夫民慮之於心而宣之於口，成而行之，胡可壅也？若壅其口，其與能幾何 (C)下馬飲君酒，問君何所之？君言不得意，歸

臥南山陲。但去莫復問，白雲無盡時 (D)吏呼一何怒！婦啼一何苦！聽婦前致詞，三男鄴城戍，一男附書至，二男新戰死。存者且偷生，死者長已矣 (E)問女何所思？問女何所憶？女亦無所思，女亦無所憶。昨夜見軍帖，可汗大點兵。軍書十二卷，卷卷有爺名。

非選題

(一)語言裡有時會有將語音合併的「合音連讀」現象，請寫出下列「 」中的字是哪些文字的合音連讀？

1. 居心「叵」測：
2. 只「消」三日：
3. 什麼也「甭」想：
4. 子曰：「盍」各言爾志：
5. 修己以安百姓，堯、舜其猶病「諸」：
6. 子曰：君子求「諸」己，小人求「諸」人：

(二)語譯：

口之宣言也，善敗於是乎興。行善而備敗，其所以阜財用衣食者也。

答：

襄王不許請隧

選擇題（＊為多選題）

（ ）1. 本文旨在記述 (A)周襄王不許晉文公開鑿隧道 (B)周襄王不准晉文公請封於隧地 (C)周襄王回絕晉文公請隧葬的要求 (D)晉文公要求周襄王伐隧的經過。

（ ）2. 「王勞之以地。辭，請隧焉」，晉文公「辭」的原因是 (A)想要隧這個封邑 (B)想要有古代天子挖掘墓道下葬的待遇 (C)想請周襄王開隧道以運兵糧 (D)想請求與周天子共用墓地。

（ ）3. 「內官不過九御，外官不過九品」的「內官」、「外官」係指 (A)女官、妃嬪；朝廷之官 (B)朝廷之官；女官、妃嬪 (C)宰相府；樞密府 (D)宰相；諸侯。

（ ）4. 「改玉改行」比喻 (A)入境隨俗 (B)尊卑不同 (C)改朝換代 (D)金盆洗手。

（ ）5. 「縮取備物以鎮撫百姓」乃謂 (A)採用天子的大禮去統治安撫百姓 (B)鼓勵生產多備財物來安撫百姓 (C)用減少賦稅、齊備糧食的方法來收編百姓 (D)以減少徭役，多施恩德來安定百姓。

（ ）6. 「流辟於裔土，何辭之有與」下列敘述何者為非？ (A)即使流亡到邊地，又能有什麼怨言呢 (B)與：語尾助詞 (C)裔土：指邊遠之地 (D)辭：指推辭。

（ ）7. 下列敘述何者為非？ (A)自顯「庸」也：

採用　(B)以亂「百度」：各種典章制度　(C)豈有「賴」焉：依恃；依賴　(D)以「臨長」百姓：治理。

(　)8.下列敘述何者為非？　(A)君臣貴賤之差等唯在死生之服物采章，不容更改　(B)襄王寧失溫、原等邑，而不許文公請隧，亦可說是周王畿日蹙原因之一　(C)襄王在對話中不斷凸顯二人之間的差異，並從正反兩面設論　(D)襄王不許文公請隧是僭禮的表現。

(　)9.(甲)請「隧」焉：ㄓㄨㄟˋ；(乙)以為「甸」服：ㄉㄧㄢˋ；(丙)足以供給神「祇」：ㄑㄧˊ；(丁)不「佞」：ㄋㄧㄥˋ；(戊)「懋」昭明德：ㄇㄠˊ；(己)流辟於「裔」土：ㄕㄤ。上列「　」內的字，讀音完全正確的選項是　(A)(甲)(戊)(己)　(B)(乙)(丙)(丁)　(C)(丙)(丁)(戊)　(D)(丁)(戊)(己)。

(　)10.下列各組「　」內的字，讀音完全不相同的選項是　(A)供給神「祇」／「舐」犢情深／「紙」醉金迷　(B)實應且「憎」／彩帨「增」輝／味「噌」　(C)「孿」生兄弟／層「巒」疊嶂／牽「攣」乖隔　(D)「緋」聞／「蜚」聲國際／「俳」優。

*(　)11.下列何者在文章中屬「自謙」之辭？　(A)又「不佞」以勤叔父　(B)快哉此風！「寡人」所與庶人共者耶　(C)「僕」自到九江，已涉三載　(D)遂命「僕」過湘江，緣染溪　(E)更姓改物，以創制天下，自顯「庸」也。

*(　)12.下列「　」內各組的字義，兩兩不同的選項是　(A)王「勞」之以地／恭而無禮則「勞」　(B)「辭」，請隧焉／余一人其流辟於裔土，何「辭」之有與　(C)「規」方千里／輮以為輪，其曲中「規」　(D)以待不庭不「虞」之患／爾不「虞」我，我不詐爾　(E)尚將列為公侯，以「復」先王之職／舉一隅，不以三隅反，則不「復」也。

*(　)13.有關《國語》，下列敘述正確的選項是　(A)為劉向所撰　(B)又稱《春秋外傳》，以記言為重心　(C)成書約在戰國時代，出於史官之手　(D)為國別史之祖　(E)記載自西周穆王起，至東周定王止，五百多年間八國的史實。

*(　)14.下列「　」內的詞語解釋正確的選項是　(A)「規方千里」：規劃方千里之地為甸服　(B)以備「百姓」兆民之用：人民　(C)使各有「寧宇」：安居　(D)以順及天地，無「逢」其災害：遭遇　(E)內官不過「九御」：九輛車子。

*(　)15.下列文句屬於反詰語氣的選項是　(A)使各

有寧宇，以順及天地，無逢其災害。先王豈有賴焉 (B)豈敢厭縱其耳目心腹以亂百度 (C)亦唯是死生之服物、采章，以臨長百姓而輕重布之，王何異之有 (D)其叔父實應且憎，以非余一人。余一人豈敢有愛 (E)余一人其流辟於裔土，何辭之有與。

非選題

㈠字義測驗：

下列五句，句中皆有「度」字，請寫出其涵義：

1. 豈敢厭縱其耳目心腹以亂百「度」：
2. 吾寧信「度」，無自信：
3. 王請「度」之：
4. 試使山東之國，與陳涉「度」長絜大：
5. 商君佐之，內立法「度」，務耕織：

㈡題組：

柳宗元自言每為文章皆有所本，所謂「參之《穀梁氏》以厲其氣，參之《孟》、《荀》以暢其支，參之《莊》、《老》以肆其端，參之《國語》以博其趣，參之〈離騷〉以致其幽，參之太史公以著其潔。」若以《四庫全書》經、史、子、集之分類而言，則太史公（《史記》）是史部。試問文中畫線部分，分屬哪一部？

分類	書籍
經	
史	
子	
集	

單子知陳必亡

選擇題（＊為多選題）

（　）1. 本文旨在記述 (A)陳亡和單襄公之間的關係 (B)單襄公見陳侯廢政荒淫而論其必亡 (C)單襄公預謀亡陳的經過 (D)單襄公對陳亡的一語成讖。

（　）2. 「九月除道，十月成梁」乃謂 (A)九月清除道路的障礙，十月完成上梁的工作 (B)九月修路，十月造橋 (C)九月開路，十月造屋 (D)九月鋪路，十月完成。

（　）3. 「列樹以表道」乃謂 (A)排列樹木用來表明道統必須劃一 (B)種植封樹以表彰道德 (C)兩旁排列了等高的松樹，用來表彰儒道 (D)種植成列的樹木，用來標明道路。

（　）4. 「使單襄公聘於宋」的「聘」意為 (A)受宋國的聘用 (B)帶聘禮到宋國 (C)遣使訪問 (D)聘書。

（ ）5.下列敘述何者為非？ (A)不奪「民時」：耕耘收穫的時令 (B)門尹「除門」：清掃門庭 (C)畚梮：畚箕 (D)場功：戰功；疆場上的功勞。

（ ）6.在「棄先王之法制」中，下列敘述何者為非？ (A)道路不可知 (B)功成而不收 (C)民罷於逸樂 (D)列樹以表道。

（ ）7.「官正涖事」乃謂 (A)官大的就可以親臨政事 (B)由官長執行職務 (C)出身正統的官才能親自處理政事 (D)大官親政。

（ ）8.「棄袞冕而南冠以出」的「南冠」指的是 (A)南方的君王 (B)楚冠 (C)「南關」的諧音 (D)官名。

（ ）9.(甲)民「罷」於逸樂：ㄆㄧˊ；(乙)「偫」而畚梮：ㄉㄞˋ；(丙)澤不「陂」：ㄆㄛ；(丁)「袞」冕：ㄍㄨㄣˇ；(戊)獻「餼」：ㄒㄧˋ；(己)致「饔」：ㄙㄨㄣ。上列「 」內字音正確的選項是哪些？ (A)(甲)(乙)(丙) (B)(乙)(丁)(戊) (C)(甲)(丙)(己) (D)(甲)(丁)(戊)。

（ ）10.「居大國之間，而無此四者，其能久乎？」下列何者不包括其中所指之四者？ (A)先王之官 (B)先王之曆 (C)先王之法制 (D)先王之教。

*（ ）11.陳國荒政與周制之規定的強烈對比，清楚顯示陳必亡之因，請問以下對比何者正確？ (A)「澤不陂」對比「藪有圃草」 (B)「野有庾積，場功未畢」對比「民無懸耜，野無奧草」 (C)「道無列樹」對比「列樹以表道」 (D)「候不在疆」對比「立鄙食以守路」 (E)「膳宰不致餼，司里不授館」對比「膳宰致饔，廩人獻餼」。

*（ ）12.對於同範圍、同性質的幾個事物或意象，在分項列舉時，分別以結構相同或相似的語句接二連三的說出來，就是排比的修辭。請問以下何者使用此種修辭法？ (A)雨畢而除道，水涸而成梁，草木節解而備藏，隕霜而冬裘具，清風至而修城郭宮室 (B)司里授館，司徒具徒，司空視塗，司寇詰姦 (C)民無懸耜，野無奧草，不奪民時，不蔑民功 (D)野有庾積，場功未畢，道無列樹，墾田若蓺 (E)辰角見而雨畢，天根見而水涸，本見而草木節解，駟見而隕霜，火見而清風戒寒。

*（ ）13.在文中改變原來詞彙的詞性的修辭法叫做轉品，以下何者使用轉品法來修飾？ (A)致「饔」 (B)南「冠」以出 (C)川不「梁」 (D)澤不「陂」 (E)其餘無非「穀」土。

*（ ）14.陳侯荒淫亂政，其不合古制之處為何？

(A)犯先王之令　(B)蔑先王之官　(C)守先王之規　(D)棄先王之法制　(E)廢先王之教。

＊（　）15.以下何者所指為古代星宿之名？　(A)火師　(B)辰角　(C)天根　(D)營室　(E)駟。

非選題

(一)注釋：

1.民「罷」於逸樂：

2.「偫」而畚梮：

3.澤不陂：

4.節解：

5.場功：

(二)請依句義將參考選項中適當詞句代號填入括弧處：

故先王之教曰：「（1.　）而除道，（2.　）而成梁，（3.　）而備藏，（4.　）而冬裘具，（5.　）而修城郭宮室。」

參考選項：

(A)雨畢　(B)草木節解　(C)清風至　(D)隕霜　(E)水涸

展禽論祀爰居

選擇題（＊為多選題）

（　）1.本文旨在記述柳下惠根據傳統的祭祀標準，從政治上批評　(A)臧文仲使國人祭海鳥爰居是非禮的　(B)臧文仲素居不簡是非禮的　(C)中國歷代祭祀的瑕疵　(D)古來祭祀只對人不對物。

（　）2.下列何者不在祭祀之列？　(A)能扞大患　(B)以勞定國　(C)能禦大災　(D)以利利民。

（　）3.「共工氏之子被祀以為社」之因為何？　(A)能平九土　(B)能伯九有　(C)能殖百穀　(D)能治九病。

（　）4.下列敘述何者為非？　(A)單均刑法以「儀民」：使人民向善　(B)黃帝能「成命」百物：定名　(C)前哲令德之人，所以為明「質」也：人質　(D)「廣川」之鳥獸：大海。

（　）5.下列何者非「國之典祀」？　(A)禘　(B)郊　(C)祖　(D)儀。

（　）6.下列敘述何者為非？　(A)序「三辰」以固民：日月星　(B)以明民「共」財：供應　(C)武王「去民之穢」：助民收割　(D)使書以為「三筴」：三冊。

（　）7.「仁者講功，而智者處物」的「講功」、「處物」係指　(A)講求功效；處理事物　(B)講求功德；（與萬物）和睦相處　(C)講求效率；待人接物　(D)講求記功；處變不驚。

（　）8.有關本文的敘述，下列何者有誤？　(A)展禽以「非仁」、「非智」批評祭海鳥的失當　(B)

文中所敘種種在祀典之列的，都因其有功　(C)以「有功」來決定祭祀，是一種肯定和感念的崇拜行為　(D)展禽的能容能改，值得鼓勵。

(　) 9. 下列「　」內各字讀音皆正確無誤的是：(甲)「櫌」而不輟：ㄖㄠˇ；(乙)能「扞」大患：ㄍㄢ；(丙)「怔」怔地：ㄌㄥˋ；(丁)「悖」禮犯義：ㄅㄛˋ；(戊)人為刀「俎」：ㄘㄨˊ；(己)無禮則「葸」：ㄒㄧˇ；(庚)轉「圜」餘地：ㄏㄨㄢˊ；(辛)「泝」流光：ㄙㄨˋ。(A)(甲)(丁)(戊)(己)　(B)(甲)(丙)(丁)(己)　(C)(丙)(己)(庚)(辛)　(D)(乙)(丙)(戊)(庚)。

(　) 10. 「無功而祀之，非仁也□不知而不能問，非智也。今茲海其有災乎□夫廣川之鳥獸，恆知避其災也。」以上缺空處應填入　(A)；／！　(B)；／？　(C)，／。　(D)。／？。

*(　) 11. 下列對於通同字的替代說明，何者正確？(A)其子曰柱，能「殖」百穀百蔬：通「植」　(B)今乃棄黔首以資敵國，「卻」賓客以業諸侯：通「郤」　(C)是以衣錦褧衣，惡文太「章」；賁象窮白，貴乎反本：通「彰」　(D)夫以慕容超之強，身送東市；姚泓之盛，「面」縛西都：通「偭」　(E)海鳥曰爰居，「止」於魯東門之外三日，臧文仲使國人祭之：通「只」。

*(　) 12. 下列句中「其」字的用法，何者解說正確？(A)「今茲海其有災乎」，「其」解釋作「大概」，推測的語氣　(B)「昔烈山氏之有天下也，其子曰柱」，「其」解釋作「若；如果」，是假設的語氣　(C)「則天下其有不亂，國家其有不亡者乎」，「其」解釋作「豈；難道」，是反問的語氣　(D)「聖人之所以為聖，愚人之所以為愚，其皆出於此乎」，「其」解釋作「恐怕；大概」，亦為推測語氣　(E)「彼其有所忍也，然後可以就大事」，「其」為無義的語氣助詞，意同「悠悠蒼天，曷其有極」之「其」字。

*(　) 13. 以下選項中，對於「史書」的相關敘述，正確的有　(A)《戰國策》非一人之手，其名為西漢劉向所定　(B)《國語》為中國「國別史」之祖，有《春秋內傳》之稱　(C)《左傳》、《國語》與《戰國策》三書皆編年記事，是為「編年體」　(D)《春秋》三傳有今、古文之分，《左傳》多釋義例，《公羊傳》、《穀梁傳》多記史事　(E)《左傳》亦名《左氏春秋》、《春秋左氏傳》，以魯史為中心，旁及同時代諸國之事，「十三經」之一。

*(　) 14. 下列有關人物說話技巧的敘述，正確的選

項是 (A)展禽說：「共工氏之伯九有也，其子曰后土，能平九土，故祀以為社。」這是舉實例來說明先王祭祀的原則，藉以指出臧文仲之非 (B)紅拂問明虬髯客姓「張」後，隨即說：「妾亦姓張，合是妹。」是欲以「結為兄妹」的方式，抑制虬髯客的愛慕之意，並消除李靖因此所產生的不滿 (C)燭之武對鄭文公說：「臣之壯也，猶不如人；今老矣，無能為也已。」是以坦承自己「技不如人」的謙遜，避免鄭文公因為過去未曾重用他而感到內疚 (D)劉老老向眾人說：「我雖老了，年輕時也風流，愛個花兒粉兒的，今兒索性做個老風流！」是以「調侃自己」的方式，將鳳姐插了她滿頭花的捉弄轉化成詼諧的笑料 (E)劉邦請項伯轉告項羽：「吾入關，秋毫不敢有所近，籍吏民，封府庫，而待將軍。所以遣將守關者，備他盜之出入與非常也。」是以「甘為前鋒」的姿態，降低項羽對他的敵意。

*（ ）15. 所謂的「倒裝句」，一般而言是指古今詞序的差異。古人行文在特定的語法環境中，有調整先後語序的習慣。因此，所謂的「倒裝句」，是指和「基本句型」語序不同（賓語提前、謂語提前）的句子。下列有關「倒裝句」的調整，正確的選項是 (A)「吾誰欺？欺天乎」，句中「吾誰欺」可調整為「吾欺誰」 (B)「越哉！臧孫之為政也」，本句可調整為「臧孫之為政也越哉」 (C)「無恥之恥，無恥矣」，句中「無恥之恥」可調整為「恥無恥」 (D)《詩》三百，一言以蔽之，曰：思無邪」，句中「一言以蔽之」可調整為「以一言蔽之」 (E)「不患人之不己知，患不知人」，句中「不患人之不己知」可調整為「不患人之不知己」。

非選題

(一)參考備選答案，研判下列詩句□□中，宜填入的詞語，並寫出詩中所描述的季節：

1. □□飄颻錦袍暖，春風蕩漾霓裳翻。歡娛未足燕寇至，弓勁馬肥胡語喧：
2. □□衣著為君舞，蛺蝶飛來黃鸝語。落絮游絲亦有情，隨風照日宜輕舉：
3. 砧杵寥寥□□長，遠枝寒鵲客情傷。關山雲盡九秋月，門柳葉凋三徑霜：
4. 沉沉□□蘭堂開，飛蚊伺暗聲如雷。嘈然欻起初駭聽，殷殷若自南山來：

備選答案：秋色、夏夜、春天、冬雪。

(二)請研判以下詩句所歌詠的對象：

1. 憨直的小子／幾度落髮／幾度還俗：

2. 咬定青雲不放鬆，出身原在破崖中；千錘萬擊還堅韌，任爾東西南北風：

3. 碧玉妝成一樹高，萬條垂下綠絲絛。不知細葉誰裁出，二月春風似剪刀：

里革斷罟匡君

選擇題（＊為多選題）

（　）1. 本文旨在敘述　(A)魯宣公不顧時令，下網捕魚，里革當場割破魚網，強行勸阻的經過　(B)魯宣公捕魚被漁人割破魚網　(C)魯宣公捕魚不成，一氣之下割破魚網　(D)魯宣公不善捕魚。

（　）2. 「宣公夏濫於泗淵」意謂宣公　(A)在夏天河水氾濫時去捕魚　(B)在夏天時到泗水的深處下網捕魚　(C)夏天時在泗淵這個地方捕魚　(D)在夏天河水氾濫時到泗淵這個地方。

（　）3. 下列敘述何者為非？　(A)罛罶：捕魚的工具　(B)罝羅：捕鳥獸的網　(C)「矠」魚鱉：刺取　(D)「寘」里革於側：褒揚。

（　）4. 「以實廟庖」乃謂　(A)以供宗廟祭祀　(B)以充實廟內的設備　(C)以供應廟祝的生活　(D)以充實廟祝的知識。

（　）5. 有關「古之訓也」之敘述，下列何者為非？　(A)澤不伐夭　(B)鳥翼鷇卵　(C)魚禁鯤鮞　(D)夏濫泗淵。

（　）6. 「貪無藝」乃謂　(A)貪心無度　(B)貪戀沒有才藝之人　(C)貪心是沒有益處的　(D)貪求者達不到藝術的境界。

（　）7. 「是良罟也，為我得法」的「良罟」是指　(A)宣公　(B)里革　(C)魚網　(D)師存。

（　）8. 里革諫言中所隱含的意思是　(A)君王不可妄自捕魚　(B)人要在尊重自然秩序的前提下，適度取得自然資源　(C)一國興亡盛衰在於君王能否用罟　(D)以上皆是。

（　）9. (甲)里革斷其「罟」而棄之：ㄍㄨˇ；(乙)「矠」魚鱉：ㄔㄨㄛˋ；(丙)實廟「庖」：ㄆㄠˊ；(丁)山不「槎」蘖：ㄔㄚˊ；(戊)蟲舍「蚳」蝝：ㄔˊ；(己)使吾無忘「諗」：ㄋㄧㄢˋ。上列「　」內的字，讀音完全正確的選項是　(A)甲丙戊　(B)乙丁己　(C)丙丁己　(D)乙戊己。

（　）10. 本文敘述人要尊重自然秩序，維護動植物生機，適度合時地取用自然資源。下列選項何者不屬於這種理念？　(A)助宣氣　(B)助生阜　(C)畜功用　(D)貪無藝。

＊（　）11. 下列各組「　」內的字義，兩兩相異的選

項是 (A)里革斷其「罟」而棄之／數「罟」不入洿池 (B)古者大寒降，土蟄「發」／不憤不啟，不悱不「發」 (C)而「嘗」之寢廟／「嘗」一臠肉，而知一鑊之味，一鼎之調也 (D)禁罝「羅」／紅榴白蓮，「羅」生池砌 (E)以實廟庖，「畜」功用也／拊我「畜」我。

*（ ）12.下列「 」內的詞語屬於捕魚器或捕鳥獸器的正確選項是 (A)水虞於是乎講「罛罶」 (B)取名魚，登「川禽」 (C)獸虞於是乎禁「罝羅」 (D)設「穽鄂」 (E)水虞於是禁罝「罜麗」。

*（ ）13.下列「 」內的字詞，屬於官名的正確選項是 (A)「里革」斷其罟而棄之 (B)「水虞」於是乎講罛罶 (C)「獸虞」於是乎禁罝羅 (D)而嘗之「寢廟」 (E)「師」存侍。

*（ ）14.下列「 」內的詞語解釋正確的選項是 (A)「取名魚」：捕大魚 (B)「行諸國人」：令國人也去捕捉 (C)以為「夏槁」：曬乾儲存，供夏天食用 (D)「助生阜」：幫助鳥獸的生長繁殖 (E)鳥獸成，「水蟲孕」：蛇懷孕。

*（ ）15.下列有關〈里革斷罟匡君〉之敘述，正確的選項是 (A)記魯國大夫里革破網諫君的故事 (B)首段記魯宣公捕魚，里革割網和他的諫言 (C)二段記宣公納諫，藏網以示決心 (D)樂師存則進一步以藏網不如留人為諫 (E)本文具有維護生態環境的深層意義。

非選題

(一)字音測驗：

1.夏「槁」：　2.「蒿」目：　3.「犒」勞：

4.「縞」衣：　5.「嚆」矢：

(二)下列成語皆以魚蟲鳥獸為喻，屬於正面讚美的成語請打○，屬於負面批評的成語請打×：

（ ）1.鶴立雞群
（ ）2.駑馬十駕
（ ）3.蜚聲鵲起
（ ）4.教猱升木
（ ）5.鳥面鵠形
（ ）6.犬不夜吠
（ ）7.狗苟蠅營
（ ）8.麞頭鼠目

敬姜論勞逸

選擇題（*為多選題）

（ ）1.本文旨在記述 (A)敬姜和公父文伯討論勞逸的言論 (B)敬姜論勞逸的為人 (C)敬姜

告誡其子公父文伯要務勤勞去淫逸 (D)敬姜如何勤勞的過程。

( ) 2.「擇瘠土而處之，勞其民而用之」的功效在於 (A)民勞則思，思則善心生 (B)聖人足以長王天下 (C)人民向義 (D)以上皆是。

( ) 3.「祖識地德」乃謂 (A)熟習認識地利 (B)認識祖先傳下來的好風水 (C)在遠古時期，就流傳下來的地靈之氣 (D)考察地理環境。

( ) 4.「使潔奉禘、郊之粢盛」乃謂 (A)把祭祀、祭天的黍稷準備好 (B)把祭祀的東西清洗乾淨 (C)準備好豐盛的祭品 (D)派潔備辦隆重的祭祀大典。

( ) 5.「自庶士以下，皆衣其夫」的「皆衣其夫」是指 (A)皆幫丈夫更衣 (B)皆替丈夫縫製衣裳 (C)皆穿著丈夫不要的衣服 (D)皆替丈夫洗衣。

( ) 6.「慆則有辟」的「慆」、「辟」係指 (A)過失；閃避 (B)過失；懲罰 (C)掩飾；躲藏 (D)遷移；偏僻。

( ) 7.「淫心舍力」乃謂 (A)淫蕩心志，放棄權力 (B)放縱怠惰 (C)淫亂心志不露痕跡 (D)勞心、勞力。

( ) 8.下列敘述何者為非？ (A)「晦」而休：天黑 (B)晝講其「庶政」：各種政務 (C)余懼穆伯之「絕祀」：無人祭祀 (D)夜庀其「家事」：家內之事。

( ) 9.(甲)「粢」：ㄘˊ；(乙)「禘」：ㄊㄧˋ；(丙)「紞」：ㄉㄢˇ；(丁)「紘」：ㄏㄨㄥˊ；(戊)「庀」：ㄆㄧˇ；(己)「忓」：ㄏㄢˋ。上列「 」內字音正確的選項是哪些？ (A)(甲)(乙)(丙) (B)(乙)(丁)(戊) (C)(丙)(丁)(戊) (D)(丙)(戊)(己)。

( ) 10.仲尼對「季氏之婦」之讚賞為何？ (A)命婦成祭服 (B)思則善心生 (C)不淫 (D)淫心舍力。

*( ) 11.「公父文伯退朝，朝其母」其母斥責之主要理由為何？ (A)況有怠惰，其何以避辟 (B)余懼穆伯之絕祀 (C)勞其民而用之 (D)君子勞心，小人勞力 (E)夫民勞則思，思則善心生。

*( ) 12.一位高中生（包括女生）在古代可能會用怎樣的稱呼來表示？ (A)僮子 (B)總角 (C)束髮 (D)及笄 (E)弱冠。

*( ) 13.在文中改變原來詞彙的詞性的修辭法叫做轉品，以下何者使用轉品法來修飾？ (A)淫心「舍」力 (B)「蒸」而獻功 (C)「王」天下 (D)「衣」其夫 (E)「社」而賦事。

＊（　）14.下列何者使用「頂針」之修辭法？ (A)公父文伯退朝，朝其母 (B)夫民勞則思，思則善心生 (C)逸則淫，淫則忘善 (D)淫則忘善，忘善則惡心生 (E)明而動，晦而休。

＊（　）15.在本文中一日之內的時間先後排序哪兩者顛倒？ (A)士朝受業 (B)明而動 (C)日中考政 (D)晦而休 (E)夕而習復。

非選題

(一)注釋：

1.懼「忓」：

2.家事：

3.糾虔天刑：

4.淫心舍力：

5.蒸而獻功：

(二)字音測驗：

1.懼「忓」：　2.「扞」格不入：

3.宵衣「旰」食：　4.「邗」溝：

5.顢「頇」無能：

叔向賀貧

選擇題（＊為多選題）

（　）1.本文旨在記述叔向 (A)幸災樂禍 (B)賀晉卿韓宣子之貧，並勉其立德 (C)貧賤不能移 (D)以貧窮賀貧窮。

（　）2.下列敘述何者為非？ (A)「離」桓之罪：遭受 (B)以「泰」于國：奢侈驕縱 (C)稽首：叩頭至地 (D)行刑不「疚」：內疚。

（　）3.叔向為何賀貧？ (A)認為韓宣子有欒武子之貧，而以為能其德矣 (B)認為貧方能有德 (C)幸災樂禍 (D)見不得人好。

（　）4.「一卒之田」是指 (A)百頃之田 (B)一個士卒看守之田 (C)一畝之田 (D)一夫百畝之田。

（　）5.「略則行志」乃謂 (A)忽略他的品行、志向 (B)違反法度、任意妄為 (C)忽略他畢生的志趣 (D)平常則做他想做的事。

（　）6.「賴武之德以沒其身」乃謂 (A)靠著欒武子的遺德，安然度過他的一生 (B)依靠武藝高強，安然度過一生 (C)依恃武力治國，度過一生 (D)終其一生全仰賴一身武藝。

（　）7.「將弔不暇」中，所弔者何？ (A)憂德之不逮 (B)憂欒武子之貧 (C)叔向賀貧 (D)患貨之不足。

（　）8.下列敘述何者非叔向規諫成功之因？ (A)充分掌握對方的好奇心，營造出有利於規諫的氣氛 (B)例證確鑿，近在眼前 (C)委婉其辭，正面鼓勵 (D)親身為鑑。

（　）9.〈桃花源記〉：「南陽劉子驥，高尚士也，

聞之，欣然規往，未果，尋病終。」文中的「尋」為「時間副詞」，是「不久」的意思。下列文句，其中使用「時間副詞」的選項是 (A)「若」不憂德之不建，而患貨之不足 (B)叔「向」見韓宣子，宣子憂貧，叔向賀之 (C)「昔」欒武子無一卒之田，其宮不備其宗器 (D)「夫」郤昭子，其富半公室，其家半三軍，恃其富寵。

(　) 10. 試將下列文字加以標點斷句：「吾有卿之名而無其實無以從二三子吾是以憂子賀我何故」（《國語・叔向賀貧》）。正確的答案是 (A)吾有，卿之名，而無其實，無以從。二三子，吾是以憂子，賀我，何故？ (B)吾，有卿之名而，無其實，無以從。二三子吾是以憂，子賀我，何故？ (C)吾有卿之名，而無其實，無以從二三子，吾是以憂。子賀我，何故？ (D)吾有卿，之名而無，其實無以從二三子，吾是以憂子，賀我，何故？

*(　) 11. 下列常用的題辭，何者用法正確？ (A)「宜室宜家」、「妙選東牀」：賀人嫁女 (B)「慶瓦弄璋」、「樂享含飴」：賀人生子 (C)「妙手回春」、「賓至如歸」：賀醫院開業 (D)「新鶯出谷」、「繞梁韻永」：賀音樂比賽 (E)「母儀足式」、「天不假年」：哀輓老年女喪。

*(　) 12. 下列對於通同字的替代說明，何者正確？ (A)「將弔不暇」句中「暇」通「遐」 (B)「行刑不疚」句中「疚」通「咎」 (C)「而離桓之罪」句中「離」通「罹」 (D)「文王之所辟風雨也」句中「辟」通「避」 (E)「崔武子見棠姜而美之，遂取之」句中「取」通「娶」。

*(　) 13. 下列文句「　」內字義不相同的選項是 (A)其「宮」不備其宗器／父母聞之，清「宮」除道 (B)正襟危坐而問客曰：何為其「然」也／蒼顏白髮，頹「然」乎其間 (C)孟嘗君曰：食之，「比」門下之客／汝去年書云：「比」得軟腳病，往往而劇 (D)若不憂德之不建，「而」患貨之不足／吾年未四十，「而」視茫茫，而髮蒼蒼 (E)王粲長於辭賦，徐幹「時」有齊氣／吾「時」俯而不答。異哉！此人之教子也。

*(　) 14. 白話文的語氣可以經由標點符號而得知，文言並不使用標點符號，其語氣表現往往透過語氣詞（包含歎詞、助詞和副詞）來呈現，是以掌握語氣詞，是閱讀文言文的重要策略。請你研判以下諸句的語氣，何

者為「推測語氣」？ (A)齊有處士曰鍾離子，無恙耶 (B)召王之不復，君其問諸水濱 (C)蘇秦曰：臣固疑大王之不能用也 (D)若不憂德之不建，而患貨之不足，將弔不暇，何賀之有 (E)桓子，驕泰奢侈，貪欲無藝，略則行志，假貸居賄，宜及於難。

*(　) 15.所謂的「倒裝句」，一般而言是指古今詞序的差異。古人行文在特定的語法環境中，有調整先後語序的習慣。因此，所謂的「倒裝句」，是指和「基本句型」語序不同(賓語提前、謂語提前)的句子。下列有關「倒裝句」的調整，正確的選項是 (A)「久矣，吾不復夢見周公」，本句可調整為「吾不復夢見周公久矣」 (B)「國人莫敢言，道路以目」，句中「國人莫敢言」可調整為「莫敢言國人」 (C)「一朝而滅，莫之哀也，唯無德也」，句中「莫之哀也」可調整為「莫哀之也」 (D)「不患人之不己知，患不知人」，句中「不患人之不己知」可調整為「不患人之不知己」 (E)「若不憂德之不建，而患貨之不足，將弔不暇，何賀之有」，句中「何賀之有」可調整為「有何賀」。

非選題

(一)如果你想寫一篇有關中國豪俠英雄的論文報告，你會選擇以下哪些書籍作為參考？

(甲)《明夷待訪錄》 (乙)《太平廣記》 (丙)《花間集》 (丁)《水滸傳》 (戊)《史記》

答：

(二)填詞測驗：

「虛妄往往是一種膨脹作用，相當於＿1.＿，蛇欲吞象。幽默則是一種反膨脹作用，好像一帖瀉藥，把一個胖子瀉成一個瘦子那樣。可是幽默並不等於尖刻，因為幽默針對的不是荒謬的人，而是荒謬本身。高度的幽默往往源自高度的嚴肅，不能和殺氣、怨氣混為一談。不少人誤認尖酸刻薄為幽默，事實上，＿2.＿中只有恨，並無幽默。幽默是一個＿3.＿的開刀醫生，他要殺的是病，不是病人。」

1.中宜填：(A)緣木求魚 (B)驚鴻一瞥 (C)守株待兔 (D)螳臂擋車。

2.中宜填：(A)刀光血影 (B)浮光掠影 (C)吉光片羽 (D)靈犀相通。

3.中宜填：(A)眼高手低 (B)嘔心絞腦 (C)心熱手冷 (D)眼明手快。

答：

王孫圉論楚寶

選擇題(*為多選題)

(　) 1.本文旨在 (A)王孫圉評論楚寶的好壞 (B)

寫趙簡子鳴玉的挑釁和王孫圉維護楚國的尊嚴 (C)楚寶觀射父的人品 (D)楚寶不是楚國之寶。

（　）2.「鳴玉以相」乃謂趙簡子 (A)態度輕佻，企圖汙辱王孫圉 (B)以擊打玉器歡迎王孫圉 (C)以擊打玉器請王孫圉觀賞 (D)長得很好看。

（　）3.下列何者非指「楚寶」？ (A)觀射父 (B)左史倚相 (C)雲夢 (D)王孫圉。

（　）4.「上下說乎鬼神」乃謂 (A)全部的事都告訴鬼神知道 (B)全部的人都崇拜鬼神 (C)上下取悅鬼神 (D)四方都有鬼神。

（　）5.王孫圉所聞之「國之寶六」，下列敘述何者非是？ (A)明王聖人能制議百物 (B)玉足以庇廕嘉穀 (C)龜足以憲臧否 (D)事足以知興替。

（　）6.「先王之玩」是指 (A)楚寶 (B)白珩 (C)王孫圉 (D)珠寶。

（　）7.「譁囂之美」是指 (A)只會叮噹做響的美玉 (B)嘈雜之美 (C)大眾情人 (D)東施效顰。

（　）8.下列敘述何者為非？ (A)順道：順從 (B)不虞：意外的 (C)幾何：多少 (D)以「實享」於諸侯：請人招待。

（　）9.(甲)王孫「圉」：ㄒㄧㄥˋ；(乙)楚之白「珩」：ㄒㄧㄥˊ；(丙)又有「藪」曰雲：ㄙㄡˇ；(丁)龜足以憲「臧」否：ㄔㄤˊ；(戊)譁「囂」之美：ㄒㄧㄠ；(己)玉足以「庇」廕：ㄅㄧˋ。上列「　」內的字，讀音完全正確的選項是 (A)(甲)(乙)(丁) (B)(乙)(丙)(戊) (C)(丙)(戊)(己) (D)(丁)(戊)(己)。

（　）10.(甲)又能上下「說」乎鬼神；(乙)秦伯「說」，與鄭人盟；(丙)世衰道微，邪「說」暴行有作；(丁)及郡下，詣太守，「說」如此；(戊)我將見秦王，「說」而罷之。上列「　」內的字義，共有幾種？ (A)二種 (B)三種 (C)四種 (D)五種。

*（　）11.下列文句屬於「排比」的修辭格正確選項是 (A)龜足以憲臧否，則寶之；珠足以禦火災，則寶之；金足以禦兵亂，則寶之 (B)故居處不莊，非孝也；事君不忠，非孝也；蒞官不敬，非孝也；朋友不信，非孝也；戰陳無勇，非孝也（《大戴禮記‧曾子大孝》） (C)論戰鬥之事，則縮頸而股慄；聞盜賊之名，則掩耳而不願聽（蘇軾〈教戰守策〉） (D)為嚴將軍頭，為嵇侍中血，為張睢陽齒，為顏常山舌；或為遼東帽，清操厲冰雪；或為〈出師表〉，鬼神泣壯烈；或為渡江楫，慷慨吞胡羯；或為擊賊笏，

(E)逆豎頭破裂〈文天祥〈正氣歌并序〉〉其容闃然，其色渥然，其氣充然〈方孝孺〈指喻〉〉。

*（　）12.下列各組「　」內的字義，兩兩相異的選項是　(A)鳴玉以「相」／端章甫，願為小「相」焉　(B)能道訓典，以敘百「物」／傲「物」則骨肉為行路　(C)順道其欲「惡」／眾「惡」之，必察焉　(D)所以備「賦」用／橫槊「賦」詩　(E)所以「共」幣帛／行李之往來，「共」其乏困。

*（　）13.下列「　」內的詞語，解釋正確的選項是　(A)定公「饗」之：祭祀　(B)能作「訓辭」：得體的言辭　(C)使無以寡君為「口實」：話柄　(D)又有左史倚相，能道「訓典」：先王之典籍　(E)以朝夕獻「善敗」于寡君：善惡興衰的道理。

*（　）14.下列「　」內的詞語，解釋正確的選項是　(A)順道其「欲惡」：好惡　(B)龜、珠、角、「齒」：指象牙　(C)以戒「不虞」者也：意外的　(D)以賓「享」於諸侯者也：款待　(E)而皇神「相」之：觀看。

*（　）15.有關〈王孫圉論楚寶〉，下列敘述正確的選項是　(A)記楚國大夫王孫圉訪問晉國時，沉著回應晉趙簡子的言辭挑釁，維護了國家尊嚴　(B)趙簡子「鳴玉以相」其態度是輕佻失禮的　(C)王孫圉以「未嘗為寶」直接回絕趙簡子的輕蔑　(D)「若夫譁囂之美，楚雖蠻夷，不能寶也」，諷刺意味甚為犀利　(E)「國之寶六」的論述，其主要觀點乃在於對保國衛民有利的人、事、物才是國寶。

非選題

(一)字音測驗：

1.「庇」蔭：　2.「砒」霜：　3.「紕」漏：

4.「毗」鄰：　5.「仳」離：

(二)語譯：

山林藪澤足以備財用，則寶之。若夫譁囂之美，楚雖蠻夷，不能寶也！

答：

諸稽郢行成於吳

選擇題（*為多選題）

（　）1.本文旨在記述　(A)夫差向句踐求和的經過　(B)文種建議夫差向句踐求和的經過　(C)句踐派請稽郢以卑辭厚禮向吳王夫差求和的經過　(D)文種向夫差建議求和的經過。

（　）2.「一人善射，百夫決拾」乃謂　(A)一個人敵不過一百人　(B)寡不敵眾　(C)只要有一

個人擅長射箭，就會有一百個人帶箭拉弦爭著去學　(D)一個善於射箭的人，是由眾人之力造就而成。

（　）3.「約辭行成」意謂　(A)卑辭求和　(B)用簡要的言辭達成協議　(C)卑辭言事容易成功　(D)事先約定，必可成功。

（　）4.下列敘述何者為非？　(A)簡服：簡單的服飾　(B)素見：預見　(C)頓顙：叩頭　(D)「申禍」無良：再次遭禍。

（　）5.「必許吾成而不吾足」的「不吾足」乃謂　(A)不滿足我　(B)不以敗我為滿足　(C)以我為不足　(D)不值得幫我。

（　）6.「安受其燼」乃謂　(A)安心地接受他的骨灰　(B)安穩地收拾殘局　(C)心安理得地接受天命的安排　(D)平安地接受他遺留的事業。

（　）7.「緊起死人而肉白骨」的「緊」、「肉」係指　(A)醫；食　(B)是；使生肉　(C)掛；露　(D)繄；露。

（　）8.「春秋貢獻，不解於王府」乃謂　(A)《春秋》的貢獻對王府而言是不斷的　(B)王府不能理解《春秋》的貢獻　(C)王府內永遠是春花秋月的生活　(D)每年春秋向王府進貢，不敢懈怠。

（　）9.(甲)「搰」：ㄍㄨˇ；(乙)槃「匜」：ㄧˊ；(丙)「晐」姓於王宮：ㄍㄞ；(丁)頓「顙」：ㄙㄤˇ；(戊)「繄」起死人：ㄧˋ；(己)「罷」弊：ㄅㄚˋ。上列「　」內字音正確的選項是哪些？　(A)(甲)(乙)(丙)　(B)(乙)(丙)(丁)　(C)(甲)(丙)(己)　(D)(丙)(丁)(戊)。

（　）10.「天王親趨玉趾」意指吳王從事何種活動？　(A)御駕親征　(B)微服出巡　(C)臥薪嘗膽　(D)尊王攘夷。

*（　）11.「吳王夫差起師伐越，越王句踐起師逆之江」越國求和所開出的條件為何？　(A)一介嫡女，執箕帚以晐姓於王宮　(B)一介嫡男，奉槃匜以隨諸御　(C)春秋貢獻，不解於王府　(D)句踐用帥二三之老，親委重罪，頓顙於邊　(E)一人善射，百夫決拾。

*（　）12.何者與「今句踐申禍無良」之「無良」詞義相同？　(A)不祥　(B)不佞　(C)不壹　(D)不弔　(E)不善。

*（　）13.在文中改變原來詞彙的詞性的修辭法叫做轉品，以下何者使用轉品法來修飾？　(A)「布」幣行禮　(B)百夫「決拾」　(C)天王親趨玉「趾」　(D)緊起死人而「肉」白骨　(E)而後「履」之。

*（　）14.「以廣侈吳王之心」所希望成就吳王之敗

德為何？ (A)自命不凡 (B)睥睨一切 (C)夜郎自大 (D)崖岸自高 (E)倨傲不遜。

*（ ）15.下列詞語何者指「邊境」之義？ (A)邊陲 (B)方隅 (C)邊界 (D)區脫 (E)幅員。

非選題

(一)注釋：

1.決拾：

2.槃匜：

3.頓顙：

4.罷弊：

5.晐姓於王宮：

(二)請依句義將參考選項中適當詞句代號填入文中括弧處：

大夫種乃獻謀曰：「夫吳之與越，唯天所授，王其（1.）戰。夫申胥、華登，簡服吳國之士於甲兵，而未嘗有所挫也。夫一人善射，百夫（2.），勝未可成也。夫謀，必（3.）成事焉，而後履之，不可以授命。王不如設戎，（4.）行成，以喜其民，以廣侈吳王之心。吾以卜之於天，天若棄吳，必許吾成而不吾足也，將必寬然有（5.）之心焉。既罷弊其民，而天奪之食，安受其燼，乃無有命矣。」

參考選項：

(A)約辭 (B)決拾 (C)伯諸侯 (D)無庸 (E)素見

申胥諫許越成

選擇題（*為多選題）

（ ）1.本文旨在記述 (A)吳王夫差北上伐齊爭霸中原的企圖 (B)句踐密謀伐吳的第一步 (C)申胥告諫許越成的計畫 (D)吳王夫差不聽伍員之諫，允越求和的經過。

（ ）2.「許越成」是 (A)人名 (B)地名 (C)答應越國的求和 (D)答應在越城簽約。

（ ）3.「蓋威以好勝」的「蓋」為 (A)發語詞，無義 (B)崇尚 (C)氣蓋山河 (D)蓋世英雄。

（ ）4.「淫樂於諸夏」乃謂 (A)在與中原各國的交往中，沉溺於虛榮 (B)在夏天中荒淫逸樂 (C)在夏朝荒淫逸樂 (D)以上皆非。

（ ）5.「日長炎炎」乃謂 (A)太陽非常炎熱 (B)白天時間很長 (C)國勢蒸蒸日上 (D)太陽光線充足。

（ ）6.下列敘述何者為非？ (A)「荒」成不盟：空 (B)「曾」足以為：竟然 (C)為「虺」弗摧：小蛇 (D)「胡」重於鬼神：誰。

（ ）7.「口血未乾」係指 (A)方訂盟誓不久 (B)尚未實現盟約 (C)結盟只是形式 (D)前盟的經驗不佳。

（ ）8.有關申胥的敘述，下列何者正確？ (A)他

以為取越有如探囊取物　(B)洞燭越國求和的背後陰謀　(C)他認為越已臣服，吳之後方已無憂　(D)終於說服夫差回心轉意。

（　）9.〈申胥諫許越成〉：「若其不改，反行，吾振旅焉。」意謂　(A)若越國不知悔改，待我回國後，再興師討伐他　(B)如果越國不知悔改，違反正道行事，我將興師討伐他　(C)如果越國不知悔改，待我率軍回國後，再逐一整頓軍隊　(D)如果越國不改往日積習，反其道而行，我將為他整頓軍隊。

（　）10.〈申胥諫許越成〉：「為虺弗摧，為蛇將若何？」以喻　(A)應及時將敵人消滅　(B)應及時發展自己的勢力　(C)凡事應及早準備，以防後患　(D)應及時立志，起步要早，以免錯過時機。

*（　）11.〈申胥諫許越成〉：「將還玩吳國於股掌之上」句中「還」、「玩」應做如何解釋？(A)「還」：ㄒㄩㄢˊ，通「旋」，轉也　(B)「還」：ㄏㄞˊ，又也；再也　(C)「還」：ㄏㄨㄢˊ，回也　(D)「玩」：ㄨㄢˊ，玩耍　(E)「玩」：ㄨㄢˋ，玩弄。

*（　）12.〈申胥諫許越成〉：「越曾足以為大虞乎？若無越，則吾何以春秋曜吾軍士？」以上文字出自吳王夫差之口，從中可以看出夫差　(A)自愛心態　(B)博施眾濟　(C)奴隸心態　(D)自大輕敵　(E)剛愎自用。

*（　）13.下列文句「　」中字的詞性，何者詞性相同？(A)孟子「去」齊／比如「去」一果子園　(B)孤將有大「志」於齊／將還玩吳國於股掌之上，以得其「志」　(C)將盟，越王又「使」諸稽郢辭曰／「使」吾甲兵鈍弊，民人離落　(D)常存報柱「信」，豈上望夫臺／「信」義行於君子，而刑戮施於小人　(E)沛公則置車騎，脫身獨騎，與樊噲、夏侯嬰、靳彊、紀信等四人，持劍盾「走」／范進道是哄他，只裝不聽見，低著頭，往前「走」。

*（　）14.觀〈申胥諫許越成〉一文，伍子胥謀國之誠，用計之智，自不在越國文種之下，然越國以興而吳國終於滅亡，下列說明，何者不妥？　(A)吳王不好殺戮　(B)吳王婦人之仁而誤大事　(C)伍子胥措辭過當，故諫言不入　(D)吳王過於驕傲輕敵，致諍諫不入　(E)伍子胥雖有智謀，然口吃不善言說。

*（　）15.文言文中，賓語（受詞）常倒裝於動詞之前以表示強調，如「唯利是圖」。下列各句中，何者亦有賓語前置的句型？　(A)嘗讀《漢・天文志》，載海旁蜃氣象樓臺，初未

之信 (B)弼怒曰：君終不我從，必殺君！亡命走山澤耳，不能忍君苦也 (C)素驕貴，又以時亂，天下之權重望崇者莫我若也，奢貴自奉，禮異人臣 (D)吳王曰：「大夫奚隆於越？越曾足以為大虞乎？若無越，則吾何以春秋曜吾軍士」 (E)或扶而起之，或擠而止之，皆隨其豐殺繁瘠，就勢取景，而莫之夭閼，故仍名曰隨園。

參考答案：

非選題

(一)〈申胥諫許越成〉：「大夫奚隆於越？越曾足以為大虞乎？」句中「奚」字可用哪些字代換？

何	夫	烏	焉	顧
乃	安	若	豈	宜

答：

(二)寫出下列文字所使用的修辭法：

1. 逝者如斯，而未嘗往也；盈虛者如彼，而卒莫消長也。(蘇軾〈前赤壁賦〉)
2. 古之學者必有師。師者，所以傳道、受業、解惑也。(韓愈〈師說〉)
3. 夫戰，勇氣也。一鼓作氣，再而衰，三而竭。(《左傳．曹劌論戰》)

答：

春王正月

選擇題(*為多選題)

( ) 1. 本文旨在記述 (A)魯隱公之立，《春秋》經文所以不書即位的用意 (B)記述魯隱公之賢欲治平魯國，然後還政於桓公的經過 (C)說明魯隱公的用心與操守昭然無遺 (D)以上皆是。

( ) 2. 下列敘述何者為非？ (A)「相」幼君：輔助 (B)「扳」隱而立之：攀附 (C)「平」國：平定 (D)「王」正月：指魯隱公。

( ) 3. 「何言乎王正月」意謂？ (A)順應古制 (B)為了表示對天下統一的尊重 (C)為了表示君王的崇高 (D)因應潮流。

( ) 4. 魯隱公何以不言即位？ (A)為了成全隱公想治理好魯國，然後歸還君位給桓公的心意 (B)因為隱公非嫡傳只能用「僭位」 (C)權位較高 (D)隱公無意君位。

( ) 5. 「其為尊卑也微」乃謂 (A)他們沒有尊卑關係 (B)他們的地位相差甚多 (C)他們的尊卑差距很小 (D)他們的身分太卑微。

( ) 6. 「未知桓之將必得立」意指 (A)不知桓公是否一定會被立為國君 (B)不知桓公必將獲得國君的身分 (C)桓公的即位亦未可知

(D)不知桓公的墓碑是否將立。

( ) 7.下列何句之修辭為頂針兼回文？ (A)立適以長不以賢，立子以貴不以長 (B)子以母貴，母以子貴 (C)桓幼而貴，隱長而卑 (D)何言乎王正月？大一統也。

( ) 8.有關「立適以長不以賢，立子以貴不以長」的敘述，下列何者為非？ (A)適：通「嫡」 (B)立正妻之子，依長幼順序，不問其賢不肖 (C)立庶子則依身分之尊貴，而不問其長幼 (D)以賢、貴為立子的標準。

( ) 9.「公何以不言即位？」句中的「公」是指 (A)周公 (B)周文王 (C)魯隱公 (D)魯桓公。

( ) 10.「元年者何？君之始年也」，「君之始年」意謂 (A)國君年幼時 (B)國君即位的第一年 (C)國君始成年 (D)國君出生時。

*( ) 11.下列各組「 」內的字義，兩兩相異的選項是 (A)春者何？歲之「始」也／望西山，「始」指異之 (B)「大」一統／唯天為「大」，唯堯則之 (C)公將平國而「反」之桓／出不入兮往不「反」 (D)其為尊卑也「微」／「微」管仲，吾其被髮左衽矣 (E)則恐諸大夫之不能「相」幼君也／桓公殺公子糾，不能死，又「相」之。

*( ) 12.下列「 」內的詞語，解釋正確的選項是 (A)「大一統」：對天下一統的尊重 (B)「公將平國而反之桓」：隱公想要治理好魯國，然後把君位歸還給桓公 (C)「桓幼而貴」：桓公年幼而尊貴 (D)隱於是焉而「辭立」：站起來告別 (E)立「適」以長不以賢：通「嫡」。

*( ) 13.有關《公羊傳》，下列敘述正確的選項是 (A)《春秋》三傳之一 (B)也稱《春秋公羊傳》、《公羊春秋》 (C)戰國時齊國人公羊高受子夏之學而撰述，經公羊家世代相傳 (D)至漢景帝時，公羊壽才和齊人胡毋生著於竹帛 (E)此書解經，往往逐字逐句，詳加解釋，設問設答，重在闡發《春秋》的微言大義。

*( ) 14.下列文句屬於「提問」的修辭格正確選項是 (A)元年者何？君之始年也 (B)春者何？歲之始也 (C)王者孰謂？謂文王也 (D)曷為先言王而後言正月？王正月也 (E)何言乎王正月？大一統也。

*( ) 15.下列有關〈春王正月〉一文，敘述正確的選項是 (A)全篇善運用設問設答成文 (B)隱公不說即位的原因是「將平國而反之桓」 (C)桓公長而貴，隱公幼而卑 (D)「諸大夫扳隱而立之」的原因是「隱長又賢」 (E)

依「立子以貴不以長」的原則，隱公長而卑，桓公幼而貴，故應立桓公。

非選題

㈠題組：

如要說的有兩個以上的事物，這些事物又有大小輕重等比例，於是說話行文時，依序層層遞進，叫做「層遞」。下列文句屬於「層遞」修辭者打○，不屬於「層遞」修辭者打×：

（　）1.公何以不言即位？成公意也。何成乎公之意？公將平國而反之桓。曷為反之桓？桓幼而貴，隱長而卑。

（　）2.使老有所終，壯有所用，幼有所長。

（　）3.吾十有五而志於學，三十而立，四十而不惑，五十而知天命，六十而耳順，七十而從心所欲，不踰矩。（《論語・為政》）

（　）4.養可能也，敬為難；敬可能也，安為難；安可能也，久為難；久可能也，卒為難。（《大戴禮記・曾子大孝》）

（　）5.青青河畔草，綿綿思遠道；遠道不可思，宿昔夢見之。

㈡語譯：

隱長又賢，何以不宜立？立適以長不以賢，立子以貴不以長。

答：

宋人及楚人平

選擇題（＊為多選題）

（　）1.本文旨在敘述　(A)宋、楚二國和平相處的情形　(B)《春秋》「宋人及楚人平」的褒貶和史實　(C)宋人和楚人平分秋色　(D)華元和子反的坦誠不欺。

（　）2.下列敘述何者正確？　(A)請「處」于此：處置　(B)君子見人之厄則「矜」之：驕矜　(C)「憊」矣：備　(D)以「區區」之宋：小小的。

（　）3.「外平不書」乃謂　(A)外國的和平是不刊載的　(B)外國之間的講和，《春秋》是不記載的　(C)外患平靖，《春秋》不記載　(D)外國的平靖，國史不書。

（　）4.「乘堙而闚宋城」乃謂　(A)乘煙霧迷漫，一舉進攻宋城　(B)乘烽煙升起之際，進攻宋城　(C)登上土山去窺探宋國城內的情況　(D)乘炊煙升起一窺宋城情況。

（　）5.「析骸而炊之」乃謂　(A)拆屍骨為柴火　(B)拆屍骨為食　(C)抽取骨髓來烹調　(D)以骨骸當炊具。

（　）6.「柑馬而秣之」乃謂　(A)放逐馬匹、自由覓食　(B)以木勒馬口，使不能進食　(C)以

柑餵馬 (D)殺馬作食。

（ ）7.「舍而止」意謂 (A)捨棄、停止 (B)築屋住下 (C)停止蓋宿舍 (D)房子蓋好了卻不住。

（ ）8.「平者在下」係指 (A)和平相處是下下之策 (B)平板的個性列為下等 (C)講和之人是在下位的大夫 (D)在下（本人）就是和平的主導者。

（ ）9.下列字音相同的選項為何？ (A)堙／湮／禋 (B)蒿／嚆／篙 (C)概／慨／愾 (D)闔／闓／闠。

（ ）10.《春秋》以哪些字眼表示對此次「楚國圍宋」和談之「貶」？ (A)宋「人」及楚「人」平 (B)宋人及楚人「平」 (C)平者在「下」也 (D)此皆「大夫」也。

*（ ）11.以下對〈宋人及楚人平〉一文之說明何者正確？ (A)此篇為《左傳》闡釋《春秋》對此次和談褒貶之因 (B)〈宋人及楚人平〉以「平」字貶之 (C)貶因於「平者在下」大夫卻私自媾和 (D)此次和談符合「君在大夫不得擅專」之禮制 (E)「外平不書，此何以書」，乃因《春秋》褒宋華元、楚子反能促成和談免去此戰。

*（ ）12.「莊王圍宋」宋城之慘況為何？ (A)盡此不勝，將去而歸爾 (B)柑馬而秣之，使肥者應客 (C)軍有七日之糧爾 (D)易子而食之 (E)析骸而炊之。

*（ ）13.下列「幸」字用法哪些義同於「幸運；慶幸；幸虧；僥倖」？ (A)小人見人之厄則「幸」之 (B)教吾子與汝子，「幸」其成 (C)「幸」其未發，以為虞而不知畏 (D)不「幸」早世 (E)不苟「幸」生。

*（ ）14.下列字句有關「舍」字的用法何者使用轉品？ (A)「舍」而止 (B)東西二「舍」 (C)屋「舍」儼然 (D)「舍」生取義 (E)唐浮屠慧褒始「舍」於其址。

*（ ）15.華元、子反二人互告實情其理由為何？ (A)外平不書 (B)以區區之宋，猶有不欺人之臣，可以楚而無乎 (C)君子見人之厄則矜之 (D)小人見人之厄則幸之 (E)君子大其平乎己。

非選題

(一)注釋：

1. 堙：
2. 「區區」之宋：
3. 平者在下：
4. 外平不書：
5. 柑馬而秣之：

(二)請依句義將參考選項中適當詞句代號填入文中括弧處：

莊王曰：「(1.　)」

司馬子反曰：「(2.　)」

莊王怒曰：「(3.　)」

司馬子反曰：「(4.　)」

莊王曰：「(5.　)」

司馬子反曰：「(6.　)」

莊王曰：「(7.　)」

參考選項：

(A)子去我而歸，吾孰與處于此？吾亦從子而歸爾。(B)諾，舍而止。雖然，吾猶取此，然後歸爾。(C)不可，臣已告之矣，軍有七日之糧爾。(D)然則君請處于此，臣請歸爾。(E)吾使子往視之，子曷為告之？(F)嘻！甚矣憊。雖然，吾今取此，然後而歸爾。(G)以區區之宋，猶有不欺人之臣，可以楚而無乎？是以告之也。

吳子使札來聘

選擇題（＊為多選題）

(　) 1.本文旨在 (A)記吳國季札兄弟爭國之事 (B)記敘吳國季札兄弟讓國之事 (C)解釋《春秋》「吳君季札來聘」這件事 (D)稱讚吳國是夷狄之邦，卻仍有賢者。

(　) 2.「季子弱而才」是說季子 (A)體弱卻有才幹 (B)勢力薄弱卻有才華 (C)性格懦弱卻有才能 (D)年紀最小卻有才幹。

(　) 3.下列敘述何者為非？ (A)「迮」而與：倉促 (B)「惡」得為君：何 (C)「弱」而才：瘦弱 (D)「迭」為君：輪流。

(　) 4.「有悔於予身」乃謂 (A)身體有宿疾 (B)降災禍到我身上 (C)自己懊悔不已 (D)有令人悔恨之事發生。

(　) 5.「使而亡」乃謂 (A)出使外國時死亡 (B)命他自盡 (C)出使未歸 (D)出使外國途中逃亡。

(　) 6.下列何者非為季子不受君位的理由？ (A)避免有共謀篡位之嫌 (B)避免骨肉相殘 (C)不屑君位 (D)善盡仁義。

(　) 7.「不壹而足」乃謂 (A)不必統一就可以了 (B)不以一事之美善為滿足 (C)不只一次而已 (D)多得數不完。

(　) 8.「許人臣者必使臣」的「許」、「使」係指 (A)讚美；出使 (B)允諾；起用 (C)許配；讚揚 (D)稱讚；安放。

(　) 9.下列各組「　」中字的字義比較，哪一組用法相同？ (A)餘祭「也」死，夷昧也立／僚者，長庶「也」，即之 (B)吳無「君」

無大夫／以季子為臣，則宜有「君」者也 (C)季子使而反，至而君之「爾」／「爾」殺吾兄，吾又殺爾 (D)如不從先君之命「與」／吾受爾國，是吾「與」爾為篡也。

（ ）10.司馬遷《史記》以記人物為主，其中「列傳」所占篇幅最大，有專記一人之單傳，如〈孟嘗君列傳〉；有合併相關二人事跡成章之合傳，如〈屈原賈生列傳〉；有合併同類人物之類傳，如〈刺客列傳〉。下列文字所述屬類傳：「酒既酣，公子光佯為足疾，入窟室中，使專諸置匕首魚炙之腹中而進之。既至王前，專諸擘魚，因以匕首刺王僚，王僚立死。左右亦殺專諸，王人擾亂。公子光出其伏甲以攻王僚之徒，盡滅之，遂自立為王，是為闔閭。闔閭乃封專諸之子為上卿。」試依其內容判斷，這段文字應出自 (A)〈刺客列傳〉 (B)〈游俠列傳〉 (C)〈滑稽列傳〉 (D)〈循吏列傳〉。

*（ ）11.下列各組「 」內的字，讀音相同的選項是 (A)作「陪」／躓「踣」 (B)「啜」泣／危「惙」 (C)嬌「婉」／手「腕」 (D)修「葺」／「楫」摧 (E)「夷」狄／「姨」媽。

*（ ）12.文字所屬的「部首」，往往與「字義」相關。下列與文字部首相關的敘述，正確的選項是 (A)「許」有「應許答應」之意，故屬於「言」部 (B)「魚」須「火烤」才能吃，故屬於「火」部 (C)「韌」與「皮革」有關，故屬於「韋」部 (D)「昧」有「不明」之意，故屬於「未」部 (E)「惡」從「心」起，故屬於「心」部。

*（ ）13.下列「 」中的字，何者在句中作動詞用？ (A)何「賢」乎季子？讓國也 (B)許夷狄者，不「壹」而足也 (C)故諸為君者，皆「輕」死為勇 (D)天苟有吳國，尚速有「悔」於予身 (E)於是「使」專諸刺僚，而致國乎季子。

*（ ）14.下列選項「 」中的詞語，何者在原詩文中指的是作者自己？ (A)季子使而反，至而「君」之爾 (B)「不才」明主棄，多病故人疏 (C)「醉翁」之意不在酒，在乎山水之間也 (D)座中泣下誰最多？「江州司馬」青衫溼 (E)惟仁惟孝，義勇奉公，以發揚種性；此則「不佞」之幟也。

*（ ）15.下列詩、文、對聯所描繪人物的說明，正確的選項是

(甲)	(乙)	(丙)	(丁)	(戊)
滄海得壯士，椎秦博浪沙。報韓雖不成，天地皆振動	楓葉四經秋，悵觸天涯遷謫恨；潯陽千尺水，勾留江上別離情	英傑那堪屈下僚？使栽門柳事蕭條。鳳凰不共雞爭食，莫怪先生懶折腰	功成享天祿，建旗還南昌。千金答漂母，百錢酬下鄉	一騎紫鯨去，空掩謝山塋。落月今誰弔，長庚夜自明。乾坤沉秀氣，江水帶哀聲。天上多官府，文章不可輕
豪情跌宕，文采風流，新月新詩〈廣陵散〉；逸興遄飛，黃泉碧落，奇人奇死破天荒	青史上你留下一片潔白/朝朝暮暮你行吟在楚澤/江魚吞食了二千多年/吞不下你的一根傲骨	顧曲有閑情，不礙破曹真事業；飲醇原雅量，偏嫌生亮并英雄	秦時有漂母，於此飯王孫。王孫初未遇，寄食何足論。後為楚王來，黃金答母恩	那一雙傲慢的靴子至今還落在/高力士羞憤的手裡，人卻不見了/把滿地的難民和傷兵/把胡馬和羌馬交踐的節奏/留給杜二去細細苦吟

(A)(甲)描述對象均為「韓愈」　(B)(乙)描述對象均為「屈原」　(C)(丙)描述對象均為「陶潛」　(D)(丁)描述對象均為「韓信」　(E)(戊)描述對象均為「李白」。

非選題

(一)成語填空：

1. 同□操戈：　2. □儻不群：　3. 千□一髮：
4. 三□其口：　5. 固若□石：

(二)詠物詩常常以一種既靈巧又傳神的方式，刻劃出所詠之物的形貌與精神。試判斷下列各則詩作所詠之物為何？

1.	2.	3.	4.	5.
對折的情書，尋找花的住址。	飲露身何潔，吟風韻更長。斜陽千萬樹，無處避螳螂。	感謝你們/對於我/小小的存在/還報予/生命最熱烈的掌聲。	兩座聯綿的山巒/倚潭而生/偶爾/也會有一些悲喜心情/攀爬而上。	何其愁慘而微弱的閃爍，有火還似無火，儘依草繞籬而飛，卻飛不到陶隱居的眼底。

鄭伯克段于鄢

選擇題（＊為多選題）

（　）1.本文旨在貶抑鄭莊公與共叔段兄弟，下列敘述何者非是？ (A)以「克」言二人不守君臣之義 (B)莊公不友 (C)共叔段不恭 (D)兩者做到親親之道。

（　）2.下列敘述何者為非？ (A)「母弟」目君：舅父 (B)「甚」鄭伯也：極 (C)弗謂：不稱 (D)克：能。

（　）3.「以其目君，知其為弟」乃謂 (A)因為他將對方視為君王，因此知道段是弟弟 (B)因為經文稱君，就知道段是弟弟 (C)因為他尊君，所以知道段是友愛兄弟的 (D)因為他很禮敬君主，因此知道他是弟弟。

（　）4.「段失子弟之道」的「子弟之道」是 (A)為人子女的道理 (B)為學生的本分 (C)做子弟的本分規矩 (D)生育子女的方法。

（　）5.「成於殺也」乃謂 (A)置之於死地 (B)成功地謀殺了段 (C)有計畫的殺段 (D)成就正是在殺段。

（　）6.「緩追逸賊」乃謂 (A)緩緩地追蹤逃逸的賊寇段 (B)慢慢地追，讓段逃走 (C)追賊的動作太慢了 (D)緩一緩追賊的步調。

（　）7.「親親之道」的敘述，何者正確？ (A)親親是形容詞 (B)上親是動詞，下親是名詞 (C)上親是親人，下親是親愛 (D)整句是指相親相愛的道理。

（　）8.有關本文的敘述，下列何者為非？ (A)鄭伯和段是君臣關係 (B)不稱段為弟，是貶段 (C)文中責段甚於鄭伯 (D)指出鄭伯應「緩追逸賊」才是「親親之道」。

（　）9.(甲)「親親」之道也；(乙)「親親」之殺；(丙)「親親」而仁民，仁民而愛物；(丁)「親親」，仁也，敬長，義也。上列文句「　」內的字義，共有幾種？ (A)一種 (B)二種 (C)三種 (D)四種。

（　）10.「親親之道也」，上一「親」字為動詞，下一「親」字為名詞。下列文句哪個選項詞性結構與此相同？ (A)為「學問」而「學問」 (B)以晏子之「觴」而「觴」桓子 (C)民不易「物」，惟德繄「物」 (D)既東「封」鄭，又欲肆其西「封」。

＊（　）11.有關本文之篇旨下列敘述正確的選項是 (A)本文解說魯隱公元年《春秋》「鄭伯克段于鄢」之經文 (B)鄭伯和段是兄弟，是君臣，鄭伯殺段，經文不說殺而說克，好像兩國交戰，是含貶抑之義 (C)不稱段為弟，為公子，是貶段「失子弟之道」 (D)經文貶鄭伯更甚於段，因為鄭伯早就處心積慮

想殺這個弟弟 (E)提出鄭伯應「緩追逸賊」，才是「親親之道」。

*（ ）12. 下列設問修辭法，何者為「提問」之修辭？ (A)豈敢厭縱其耳目心腹，以亂百度 (B)克者何？能也。何能也？能殺也 (C)何以不言殺？見段之有徒眾也 (D)何甚乎鄭伯？甚鄭伯之處心積慮，成於殺也 (E)然則為鄭伯者宜奈何？緩追逸賊，親親之道也。

*（ ）13. 下列「 」內的解釋，正確的選項是 (A)見段之有「徒眾」也：弟子 (B)殺「世子」：天子及諸侯之嫡長子，為君位之繼承者 (C)母弟「目」君：看待 (D)而弗謂弟；「公子」也：諸侯之子，除嫡長為繼承者之外，皆稱公子 (E)「賤」段而甚鄭伯也：低賤。

*（ ）14. 下列各組「 」內的字義，兩兩相異的選項是 (A)段，鄭伯「弟」也／孝「弟」也者，其為仁之本與 (B)「殺」世子／親親之「殺」 (C)而弗謂公子。「貶」之也／寓褒「貶」，別善惡 (D)于鄢，「遠」也／「遠」罪豐家 (E)緩追「逸」賊／或恐尚「逸」墜，未集太史氏。

*（ ）15. 有關《春秋》三傳下列敘述正確的選項是 (A)《春秋》本魯國之史，孔子因之而作 (B)三傳即《左氏傳》、《公羊傳》、《穀梁傳》，均為十三經之一 (C)《左傳》記事與《春秋》相同，皆起於魯隱公元年，終於魯哀公十四年 (D)三傳各有所長，《公羊》、《穀梁》以解經為主，《左氏傳》則以敘事為主 (E)《左氏傳》又名《左氏春秋》，或名《春秋內傳》，相傳為左丘明所撰。

非選題

(一)《春秋》經文記鄭伯克段于鄢，其中「于鄢」所隱含的意義為何？

答：

(二)語譯：

段，鄭伯弟也。何以知其為弟也？殺世子、母弟目君；以其目君，知其為弟也。

答：

虞師晉師滅夏陽

選擇題（＊為多選題）

（ ）1. 本文旨在 (A)闡明虞公貪小失大的道理 (B)闡揚寶物鎮國的道理 (C)說明夏陽的重要 (D)說明同盟的可貴。

（ ）2. 「屈產之乘，垂棘之璧」的「乘」、「璧」係指 (A)馬車；美玉 (B)馬匹；美玉 (C)

戰車；美玉　(D)風；月。

（　）3.「達心而懦」乃指　(A)內心通達，個性懦弱　(B)心思敏捷卻懦於實踐　(C)內心善良卻過於懦弱　(D)心境通達、內心柔順。

（　）4.「不便於虞」的敘述，何者正確？　(A)不便：不方便　(B)虞：指虞國　(C)全句乃指對虞國不方便　(D)以上皆是。

（　）5.「脣亡則齒寒」下列敘述何者為非？　(A)血肉相連　(B)川竭谷虛　(C)一衣帶水　(D)輔車相依。

（　）6.「馬齒加長」意謂　(A)時光已逝　(B)人老珠黃　(C)物是人非　(D)自然興替。

（　）7.下列敘述何者為非？　(A)為「主」乎滅夏陽：引導　(B)中知：中智　(C)挈：帶領　(D)外府：宮外藏財貨的府庫。

（　）8.有關本文敘述，下列何者為非？　(A)荀息計策成功是因他掌握了晉虞強弱形勢　(B)虞君貪小利而無遠慮　(C)經文言「虞師」是表示對虞的責備　(D)良馬和美玉送給虞對晉不過是九牛一毛，不值得惋惜，故晉採用荀息借道之計。

（　）9.下列字音相同的選項為何？　(A)廄/既/唧　(B)棘/辣/棘　(C)虢/琥/唬　(D)懦/糯/儜。

（　）10.在文中改變原來詞彙的詞性的修辭法叫做轉品，以下何者使用轉品法來修飾？　(A)辭「卑」而幣重　(B)「脣」亡　(C)虞無「師」　(D)屈產之「乘」。

*（　）11.《穀梁傳》說明《春秋》記載「虞師晉師滅夏陽」之因為何？　(A)宮之奇挈其妻子以奔曹　(B)宮之奇存焉，必不使虞受之也　(C)非國而曰滅，重夏陽也　(D)虞無師，其曰師何也？以其先晉，不可以不言師也　(E)其先晉何也？為主乎滅夏陽也。

*（　）12.晉獻公欲伐虢，下列何者為荀息所獻計之判斷？　(A)宮之奇達心則其言略，懦則不能強諫　(B)晉國之使者，其辭卑而幣重，必不便於虞　(C)小國之所以事大國也。彼不借吾道，必不敢受吾幣　(D)君何不以屈產之乘，垂棘之璧，而借道乎虞也　(E)宮之奇存焉，必不使受之也。

*（　）13.荀息所獻計俾使晉所獲者為何？　(A)滅夏陽　(B)亡虢　(C)舉虞　(D)璧則猶是也　(E)馬齒加長矣。

*（　）14.下列成語何者與「脣亡則齒寒」意義相同？　(A)休戚與共　(B)皮之不存，毛將安附　(C)唇齒輔車　(D)覆巢之下無完卵　(E)歲寒，然後知松柏之後凋也。

＊（　）15. 如有兩個以上需要說明之事物，其又有大小輕重不同之比例，行文時依序層層遞進，稱為「層遞」。請問以下例句，何者使用此法？ (A)達心則其言略，懦則不能強諫 (B)彼不借吾道，必不敢受吾幣；如受吾幣而借吾道，則是我取之中府而藏之外府，取之中廄而置之外廄也 (C)天下之治亂，候於洛陽之盛衰而知；洛陽之盛衰，候於園囿之興廢而得 (D)使天下之人，思之於心，則存之於目；存之於目，故其思之於心也固 (E)一鼓作氣，再而衰，三而竭。

非選題

(一)注釋：

1. 屈產之「乘」：
2. 為「主」乎滅夏陽：
3. 不便：
4. 馬齒加長：
5. 達心而懦：

(二)請依句義將參考選項中適當詞句代號填入文中括弧處：

晉獻公欲伐虢，荀息曰：「(1.　)」

公曰：「(2.　)」

荀息曰：「(3.　)(4.　)(5.　)(6.　)」

參考選項：

(A)此晉國之寶也！如受吾幣而不借吾道，則如之何？ (B)君何不以屈產之乘，垂棘之璧，而借道乎虞也？ (C)如受吾幣而借吾道， (D)則是我取之中府而藏之外府，取之中廄而置之外廄也。 (E)此小國之所以事大國也。 (F)彼不借吾道，必不敢受吾幣；

晉獻公殺世子申生

選擇題（＊為多選題）

（　）1. 本文旨在說明 (A)申生被晉獻公處死的經過 (B)申生被害自殺，至死仍不忘家國之憂 (C)重耳勸申生逃亡的理由 (D)狐突勸申生逃亡。

（　）2. 下列敘述何者為非？ (A)子「蓋」言子之志於公：何不 (B)君「安」驪姬：寵愛 (C)何行「如」之：往 (D)使人「辭」於狐突：報告。

（　）3. 「是我傷公之心」乃謂 (A)是我傷了大家的心 (B)是我傷了父王的心 (C)我要是這樣做，就會傷了父王的心 (D)對公務之事我很傷心。

（　）4. 「申生不敢愛其死」乃謂申生 (A)不敢死 (B)不怕死 (C)不去死 (D)不愛死。

（　）5. 「子少」是指 (A)兒子年幼 (B)弟弟年幼 (C)我還年輕 (D)你還年輕。

(　) 6.「不出而圖吾君」乃謂 (A)不肯出來弒殺國君 (B)不肯出來參見君王 (C)不肯出來幫君王謀劃國事 (D)不出來幫君王畫圖。

(　) 7.下列何者為申生諡「恭」的原因？ (A)陷父於殺子之惡 (B)自殺 (C)忠君愛國 (D)恭敬兄長。

(　) 8.有關本文敘述，下列何者為非？ (A)申生忠孝之情，令人感動 (B)主要以記言方式寫申生逆來順受，委屈求全 (C)申生死前仍記掛兒子的安危 (D)申生的行為符合封建禮制的要求。

(　) 9.〈晉獻公殺世子申生〉中，申生說：「不念伯氏之言也。」句中之「言」是指 (A)狐突曾暗示申生，晉獻公乃昏庸無道之君，當取而代之 (B)狐突臨終交代申生，晉獻公是個反覆無常的人，應當迅速出亡以避禍 (C)晉獻公命申生伐東山皋落氏時，狐突曾囑咐申生出亡以避禍，但申生沒有聽從 (D)狐突曾告訴申生，晉獻公寵愛驪姬之子奚齊，應自求廢除世子之身，以免惹來殺身之禍。

(　) 10.〈晉獻公殺世子申生〉一文，何以申生死後諡為「恭世子」，而非「孝世子」？ (A)申生鼓動伯氏為己報仇 (B)申生明知君老子少，仍受賜而死 (C)申生不念伯氏之言，又不言己之志 (D)申生順事父母，有冤不伸，結果陷親於不義。

*(　) 11.「古人多禮，若受人之恩，必定□□□□一再致謝。」缺空的詞語可以是 (A)再拜稽首 (B)拱手讓人 (C)拱肩縮背 (D)拱手作別 (E)拱手作揖。

*(　) 12.〈晉獻公殺世子申生〉：「子蓋言子之志於公乎？」句中之「蓋」字，音義同於下列何者？ (A)以一服八，何以異於鄒敵楚哉？「蓋」亦反其本矣 (B)「蓋」不廉則無所不取，不恥則無所不為 (C)嘻，善哉！技「蓋」至於此乎 (D)仲尼之歎，「蓋」歎魯也 (E)風則襲裘，雨則御「蓋」。

*(　) 13.〈晉獻公殺世子申生〉：「君謂我欲弒君也，天下豈有無父之國哉？吾何行如之？」句中之「如」字，其義同於下列何者？ (A)「如」其禮樂，以俟君子 (B)坐須臾，沛公起「如」廁 (C)縱一葦之所「如」，凌萬頃之茫然 (D)子之燕居，申申「如」也，夭夭「如」也 (E)方六七十，「如」五六十，求也為之，比及三年，可使足民。

*(　) 14.下列對於《禮記》一書的相關介紹，何者正確？ (A)原為百三十一篇 (B)班固以為

是孔子弟子及其後學所記　(C)戴聖與戴德嘗師事禮學家后倉，傳《周禮》之學　(D)內容豐富繁雜，可以說是一部古代生活大全，禮學叢書　(E)〈檀弓〉是《禮記》之篇名，內容雜記先秦禮儀，而以婚禮為主。

*（　）15.下列文學史上的名詞，哪一組是依照出現時間先後順序排列？　(A)《禮記》／〈永州八記〉／〈赤壁賦〉　(B)《太平御覽》／《昭明文選》／《夢溪筆談》　(C)「古文運動」／「五四運動」／「新樂府運動」　(D)「建安七子」／「初唐四傑」／「唐宋八大家」　(E)《靖節先生集》／《武林舊事》／《白氏長慶集》。

非選題

(一)如果你想找有關儒家「大同思想」的作品，以下哪些書中可以找到？

1.《春秋》　2.《禮記》　3.《搜神記》　4.《道德經》　5.《呂氏春秋》

答：

(二)下列題目中，運用層遞修辭法的句子有哪些？

1.夫戰，勇氣也。一鼓作氣，再而衰，三而竭。

2.古之學者必有師。師者，所以傳道、受業、解惑也。

3.一日之計在於晨，一年之計在於春，一生之計在於勤。

4.逝者如斯，而未嘗往也；盈虛者如彼，而卒莫消長也。

5.十三能織素，十四學裁衣。十五彈箜篌，十六誦《詩》《書》。十七為君婦，心中常苦悲。

答：

曾子易簀

選擇題（*為多選題）

（　）1.本文旨在記敘　(A)曾子臨終換簀以示尊卑之禮不敢廢　(B)曾子愛人以德的道理　(C)曾子病危，弟子隨侍在側　(D)曾子病革，季孫賜簀。

（　）2.「華而睆」乃謂　(A)寬大又美好　(B)華麗又美好　(C)美麗如花　(D)華麗似錦。

（　）3.「不可以變」乃謂　(A)不可以改變睡姿　(B)不宜常常翻身　(C)不可更換牀鋪　(D)不可以移動。

（　）4.「細人之愛人也以姑息」的「細人」、「姑息」意指　(A)女子；姑婆　(B)小人；苟容取安　(C)小人；姑息養奸　(D)女子；暫且休息。

（　）5.「得正而斃」乃謂　(A)合乎禮而死　(B)得到功名而死　(C)修得正道而死　(D)得以扶正而死。

（　）6.「未安而沒」乃謂 (A)還沒請安就死了 (B)還沒請安就睡著了 (C)還沒躺好就去世了 (D)還未起牀就去世了。

（　）7. 下列敘述何者為非？ (A)寢疾：臥病在牀 (B)隅坐：坐在角落 (C)童子：未成年者 (D)瞿然：生氣貌。

（　）8. 有關本文敘述，下列何者為非？ (A)曾子易簀，就是不敢僭禮 (B)樂正子春說：「別講！」顯示心情氣急敗壞 (C)童子一問再問：「大夫之簀與？」顯見曾子易簀的不得已 (D)吾得正而斃焉，斯已矣：足徵曾子守禮，至死不渝。

（　）9. (甲)童子「隅」坐而執燭：ㄡˇ；(乙)華而「睆」：ㄨㄢˇ；(丙)大夫之「簀」：ㄗㄜˊ；(丁)「瞿」然：ㄑㄩˊ；(戊)病「革」：ㄍㄜˊ；(己)曾子「寢」疾：ㄑㄧㄣˇ。上列「　」內的字，讀音完全正確的選項是 (A)甲丁戊 (B)乙丙己 (C)丙丁戊 (D)丁戊己。

（　）10. (甲)斯季孫之賜也，我未之能「易」也；(乙)省刑罰，薄賦斂，深耕「易」耨；(丙)以亂「易」整，不武；(丁)滔滔者，天下皆是也，而誰以「易」之；(戊)當其「易」也，惜旦夕之力。上列「　」內的字義，共有幾種？ (A)一種 (B)二種 (C)三種 (D)四種。

---

*（　）11. 下列詞語含有「病危急」意義的正確選項是 (A)危惙 (B)綿惙 (C)病革 (D)病亟 (E)殗殜。

*（　）12. 下列文句屬於「映襯」的修辭格正確選項是 (A)君子之愛人也以德，細人之愛人也以姑息 (B)信義行於君子，而刑戮施於小人 (C)親賢臣，遠小人，此先漢所以興隆也；親小人，遠賢臣，此後漢所以傾頹也 (D)草木為之含悲，風雲因而變色 (E)然始發之時，終日可愈；三日，越旬可愈；今疾已成，非三月不能瘳。

*（　）13. 下列「　」內的詞語解釋正確的選項是 (A)「大夫之簀」：大夫用的竹蓆 (B)斯季孫之「賜」也：賜給 (C)「我未之能易也」：意謂我沒有力氣起牀換掉它 (D)夫子之病革矣，不可以「變」：移動 (E)爾之愛我也不如「彼」：指季孫。

*（　）14.「夫子之道，忠恕而已矣。」句中「夫子」涵義與下列文句中的「夫子」不同的選項是 (A)外人皆稱「夫子」好辯，敢問何也 (B)「夫子」之病革矣 (C)「夫子」言之，於我心有戚戚焉 (D)往之女家，必敬必戒，無違「夫子」 (E)故「夫子」之論士曰：行己有恥。

*（　）15.有關《禮記》，下列敘述正確的選項是 (A)《禮記》原為《周禮》的附記 (B)大抵是孔子弟子及其後學所記 (C)是研究中國古代禮樂制度、儒家思想的重要典籍 (D)〈檀弓〉是《禮記》的一篇，分上下，多記春秋、戰國時代有關禮儀的故事 (E)檀弓是魯國人，善於禮。

非選題

(一)字音測驗：

1.童子「隅」坐：　2.不期而「遇」：

3.「喁」喁而談：　4.無獨有「偶」：

5.「藕」斷絲連：

(二)下列成語含有謠言可畏的意義者請打○，沒有者請打×：

（　）1.曾子易簀

（　）2.曾參殺人

（　）3.三人成虎

（　）4.眾口鑠金

（　）5.吠影吠聲

有子之言似夫子

選擇題（*為多選題）

（　）1.本文旨在記敘 (A)曾子與有子之言，以明有子深知夫子之言 (B)曾子不識夫子 (C)有子模仿夫子說話的內容 (D)子游評判夫子之論。

（　）2.下列敘述何者為非？ (A)若是其「靡」：奢侈 (B)「問喪」於夫子：問弔喪事 (C)速朽之「愈」：好 (D)夫子失魯「司寇」：官名。

（　）3.「有為言之」乃謂 (A)有必要作說明 (B)有替他人說話之嫌 (C)另有原因，而這樣說 (D)有所作為才說。

（　）4.「載寶而朝」乃謂 (A)載滿了寶物上朝 (B)欲以行賄而求復位 (C)早晨即匆忙起行 (D)穿戴珠光寶氣面見君王。

（　）5.「若是其貨」的「貨」係指 (A)救濟品 (B)賄賂 (C)一般財貨 (D)珍珠寶玉。

（　）6.「制於中都」意指 (A)在治理中都時，曾制訂法令 (B)受制於中都 (C)定中都的封邑 (D)在中都立朝為官。

（　）7.「蓋先之以子夏，又申之以冉有」意指 (A)先派子夏出征，再派冉有支援 (B)先叫子夏去表達意願，接著又叫冉有再次重申 (C)子夏和冉有先後入世為官 (D)子夏和冉有先後辭世。

（　）8.有關本文的敘述，下列何者為非？ (A)孔子並不主張「喪欲速貧，死欲速朽」 (B)

可提供我們在認識上的一些分際　(C)「喪不如速貧」是針對南宮敬叔的奢侈而發　(D)曾子不能分辨出一般和特殊之間的差異。

（　）9. 下列字音相同的選項為何？(A)槨／郭／墎　(B)靡／糜／縻　(C)寇／怐／蔻　(D)速／涑／倏。

（　）10. 下列有關〈檀弓〉之敘述何者錯誤？(A)是《禮記》的一篇，分上下，多記春秋時有關禮儀故事　(B)篇首以魯國人檀弓為名而訂，其人善禮　(C)漢戴聖選四十九篇，稱《小戴禮記》，戴德選八十五篇，稱《大戴禮記》　(D)《大戴禮記》收入十三經，即《禮記》，與《周禮》、《儀禮》合稱三禮。

*（　）11. 有關孔門弟子四科之介紹，下列何者正確？(A)德行：顏淵、閔子騫　(B)言語：宰我、子貢　(C)德行：顏淵、曾參　(D)文學：子游、子夏　(E)政事：冉有、季路。

*（　）12. 曾子曰：「聞之矣。『喪欲速貧，死欲速朽。』」然實情並非如此，請問曾子之行為可以用哪些成語來形容？(A)不求甚解　(B)斷章取義　(C)游談無根　(D)無徵不信　(E)無稽之言。

*（　）13. 「南宮敬叔反，必載寶而朝。夫子曰：『若是其貨也。』」下列哪一個成語與「貨也」之「貨」意思相同？(A)苞苴公行　(B)賄賂公行　(C)經世濟民　(D)政以賄成　(E)貨暢其流。

*（　）14. 下列敘述何者較接近孔子之思想？(A)喪欲速貧，死欲速朽　(B)夫子失魯司寇，將之荊，蓋先之以子夏，又申之以冉有，以斯知不欲速貧也　(C)夫子制於中都，四寸之棺，五寸之椁，以斯知不欲速朽也　(D)南宮敬叔貨也，喪不如速貧之愈也　(E)桓司馬靡也，死不如速朽之愈也。

*（　）15. 「夫子有為言之也」中之「有為」二字請問其因為何？(A)夫子曰：「若是其靡也，死不如速朽之愈也」　(B)死之欲速朽，為桓司馬言之也　(C)喪之欲速貧，為敬叔言之也　(D)夫子制於中都，四寸之棺，五寸之椁　(E)夫子失魯司寇，將之荊，蓋先之以子夏，又申之以冉有，以斯知不欲速貧也。

非選題

(一)注釋：

1. 其「貨」也：
2. 其「靡」也：
3. 問「喪」於夫子：

4. 有為：

5. 載寶而朝：

(二)請依句義將參考選項中適當詞句代號填入括弧處：

子游曰：「甚哉！有子之言似夫子也。(1.)(2.)(3.)(4.)(5.)(6.)」

參考選項：

(A)南宮敬叔反，必載寶而朝。(B)夫子曰：『若是其靡也，死不如速朽之愈也。』(C)夫子曰：『若是其貨也，喪不如速貧之愈也。』(D)喪之欲速貧，為敬叔言之也！(E)死之欲速朽，為桓司馬言之也。(F)昔者夫子居於宋，見桓司馬自為石槨，三年而不成，

公子重耳對秦客

選擇題（＊為多選題）

( ) 1.本文旨在記敘重耳 (A)教訓來使大逆不道 (B)婉拒來使復國圖位之意 (C)對來使的弔唁表示感謝 (D)以不理會表示對來使的生氣。

( ) 2.下列敘述何者為非？ (A)儼然：矜持莊重貌 (B)憂服：憂愁貌 (C)致命：覆命 (D)寡人：諸侯自稱之謙詞。

( ) 3.「父死之謂何」乃謂 (A)父親死了是何等重要之事 (B)父親死了應該怎麼說呢 (C)父親死了我能說什麼 (D)父親死了，該怎麼辦。

( ) 4.「稽顙而不拜」乃謂 (A)僅行稽顙之禮而不拜謝 (B)僅鞠躬而不跪拜 (C)跪下卻不捻香祭拜 (D)匍匐在地痛哭而不能行祭拜之禮。

( ) 5.「稽顙而不拜」的動作，係用來表示 (A)喪父帶孝在身 (B)因哀父喪而無心於君位 (C)對強權的控訴 (D)應重視入土為安。

( ) 6.「起而不私」乃謂 (A)起用自己人 (B)不錄用自己人 (C)起身而不再私下交談 (D)站起來不再哭泣。

( ) 7.「未為後」意指 (A)不為後代著想 (B)不以繼承人自居 (C)不為往後著想 (D)不圖後果是好是壞。

( ) 8.「則遠利也」的「利」係指 (A)謀取君位的私利 (B)利害關係 (C)蠅頭小利 (D)財富名望。

( ) 9.綜觀本文，秦穆公使客說服重耳不成，對公子重耳的看法是 (A)以力威之 (B)以情動之 (C)以仁許之 (D)以德服之。

( ) 10.晉獻公卒，秦穆公有意助公子重耳回晉國，重耳以告舅犯。舅犯曰：「孺子其辭焉。喪人無寶，仁親以為寶。父死之謂何？又

因以為利，而天下其孰能說之？孺子其辭焉！」由這段文字可推知舅犯認為秦穆公此舉 (A)一片赤誠，鼎力相助 (B)惺惺相惜，兔死狐悲 (C)挑撥離間，覬覦晉國 (D)心懷不軌，別具肺腸。

*（　）11.下列各組「　」中的字，何者兩兩同義？(A)以亂「易」整，不武／賢賢「易」色 (B)孺子「其」圖之／爾「其」勿忘乃父之志 (C)「微」夫人之力不及此／「微」斯人，吾誰與歸 (D)闕秦以利晉，「惟」君圖之／伏「惟」聖朝以孝治天下 (E)行李之往來，「共」其乏困／此獨大王之雄風耳，庶人安得「共」之。

*（　）12.下列有關「經」、「史」的敘述，何者正確？(A)《春秋》三傳，《左傳》重記事，《公羊傳》、《穀梁傳》重釋例 (B)《漢書》與《資治通鑑》都是編年體 (C)兩漢今古文之爭，大抵而言，古文占優勢 (D)宋代經學之特色在於不拘守成說，具創新精神 (E)清顧祖禹撰《天下郡國利病書》，意在經世致用。

*（　）13.說話或作文時，不直講本意，而用委婉的言詞，曲折地烘托或暗示出本意，這種修辭稱做「婉曲」。下列選項何者使用這種修辭？(A)沛公不勝杯杓，不能辭 (B)若亡鄭而有益於君，敢以煩執事 (C)臣之壯也，猶不如人；今老矣！無能為也已 (D)齊王謂孟嘗君曰：「寡人不敢以先王之臣為臣」 (E)最近身體欠安，行動諸多不便，大約離大去之期不遠矣。

*（　）14.下列文句，何者使用「假設語氣」？(A)或有弗諱，寡人將誰屬國 (B)身喪父死，不得與於哭泣之哀，以為君憂 (C)苟能充之，足以保四海；苟不充之，不足以事父母 (D)若舍鄭以為東道主，行李之往來，共其乏困，君亦無所害 (E)向使四君卻客而不內，疏士而不用，是使國無富利之實，而秦無彊大之名也。

*（　）15.同一詞語在不同語境中，常有不同的詞義，下列各組「　」中詞語，在考量整體文意後，意義相同的選項是 (A)雖吾子「儼然」在憂服之中／土地平曠，屋舍「儼然」 (B)晉侯、秦伯圍鄭，以其「無禮」於晉／對長輩不得「無禮」 (C)微「夫人」之力不及此／義賣會上，眾「夫人」雲集，為善不落人後 (D)若舍鄭以為東道主，「行李」之往來，共其乏困／登機之前，「行李」要接受安全檢查 (E)然鄭亡，子亦有「不利」焉／美國和阿富汗的戰爭爆發後，對全世

界的經濟產生「不利」的影響。

非選題

(一)成語填空：

1.風行草□：　2.爾□我詐：　3.人謀不□：　4.按□就班：　5.爬羅□抉：

(二)下列「　」中的詞語，何者為「外來語」？是的請打○，不是的請打×：

（　）1.他做事很「機車」，常讓人忍不住要發火。

（　）2.他失業了，只好暫時在家做個「英英美代子」。

（　）3.你的腦筋「秀逗」了嗎？這麼簡單的題目也不會。

（　）4.電視的「叩應」節目很流行，拉近了主持人與觀眾的距離。

（　）5.現在交友已不流行寫信了，用「伊媚兒」互通消息方便多了。

杜蕢揚觶

選擇題（＊為多選題）

（　）1.本文旨在記述　(A)杜蕢的勇諫和平公的能容　(B)「杜舉」乃規諫僭禮之意　(C)杜蕢對師曠、李調的不滿　(D)杜蕢將宰夫之過告誡平公。

（　）2.有關「杜蕢揚觶」的「觶」，下列敘述何者非是？　(A)樂器名，其音若號角　(B)音ㄓˋ　(C)與爵同為酒器名　(D)青銅製。

（　）3.「歷階而升」乃謂杜蕢　(A)越禮登階，形容內心急迫　(B)越級面對君王　(C)一步一步面對君王　(D)進入君王寢宮後快速升職。

（　）4.「曩者爾心或開予」意謂　(A)剛才你的舉動，或許心裡有話要開導我　(B)從前你曾經使我開心　(C)從前你的心境是很開放的　(D)過去你的胸襟或許是開闊的。

（　）5.「子卯不樂」的「子卯」是指　(A)甲子、乙卯之日　(B)忌諱之日　(C)紂以甲子日亡，桀以乙卯日亡　(D)以上皆是。

（　）6.「非刀匕是共，又敢與知防」乃謂杜蕢　(A)不和刀匕之徒為伍，又膽敢談論國防之事　(B)不去做供應刀匙之事，還敢參與知諫防閑　(C)不去處理廚房之務，竟膽敢告訴君王防範小人之事　(D)不去清潔廚房用具，還敢對國防之事高談闊論。

（　）7.「堂上北面」的「北面」是指　(A)北方　(B)古代臣見君的方向　(C)北方的那面牆　(D)坐北朝南之向。

（　）8.有關本文敘述，下列何者為非？　(A)故事以圓滿收場　(B)禮的精神得以維護　(C)杜蕢的勇氣和技巧與晉平公的大度能容、知錯能改，是促成故事圓滿收場之因　(D)杜

蕢身為宰相，委實做到相君的職責。

( ) 9. (甲)知「悼」子：ㄉㄠˋ；(乙)杜「蕢」：ㄎㄨㄟˋ；(丙)洗而揚「觶」：ㄓˋ；(丁)子卯不「樂」：ㄌㄜˋ；(戊)曠也，「大」師也：ㄉㄚˋ；(己)爾「飲」調，何也：ㄧㄣˇ。上列「 」內的字音完全正確的選項是 (A)(甲)(乙)(丙) (B)(乙)(丙)(丁) (C)(丙)(丁)(戊) (D)(丁)(戊)(己)。

( ) 10. (甲)非刀匕是共，又敢「與」知防；(乙)仲尼「與」於蜡賓；(丙)齊人未嘗賂秦，終繼五國遷滅，何哉？「與」嬴而不助五國也；(丁)天下有道，丘不「與」易也；(戊)「與」其進也，不「與」其退也。上列文句「 」內的字義共有幾種？ (A)二種 (B)三種 (C)四種 (D)五種。

*( ) 11. 下列文句中提到「酒器」的正確選項是 (A)杜蕢洗而揚觶 (B)飛羽觴而醉月 (C)瑩玉杯，青王罍 (D)舉匏樽以相屬 (E)缾之罄矣，惟罍之恥。

*( ) 12. 下列有關「南」、「北」方位之敘述，正確的選項是 (A)堂上「北面」，坐飲之：面向北，古代臣見君北面覲見 (B)古代中國國君向來以「南面」臨民，故「南面」為「君主」的代稱 (C)「北堂」為主人所居之堂，也是「父親」的代稱 (D)「南柯」為「夢」的代稱。「南柯一夢」，今形容人生虛幻 (E)「南箕北斗」比喻有虛名而無實用。語本《詩經・小雅・大東》：「維南有箕，不可以簸揚；維北有斗，不可以挹酒漿」。

*( ) 13. 「子卯不樂」句中的「樂」字義，與下列何句「 」內的「樂」字相同？ (A)獨「樂」樂，與眾「樂」樂，孰樂 (B)「樂」般遊，則思三驅以為度 (C)今王鼓「樂」於此 (D)仁者「樂」山 (E)樂宴「樂」。

*( ) 14. 下列「 」內的字詞，解釋正確的選項是 (A)師曠李調侍，「鼓鐘」：敲鐘助興 (B)杜蕢入「寢」：上牀睡覺 (C)「降」，趨而出：走下臺階 (D)坐「飲之」：指飲罰酒 (E)「亡君之疾」：忘了國君有宿疾。

*( ) 15. 有關本文篇旨之敘述，正確的選項是 (A)晉平公在大夫喪期飲酒奏樂，這是失禮的事 (B)杜蕢知道自己的職責是供應刀匕，備辦酒食，不該諫諍防閑，故自罰 (C)杜蕢不顧身分，直闖寢宮，可見他諍諫的決心 (D)晉平公對杜蕢的舉動，惱羞成怒 (E)師曠、李調犯了「亡君之疾」的過失，故罰他們飲酒。

非選題

(一)字音測驗：

1.知「悼」子：　2.泥「淖」：　3.風姿「綽」約：　4.桂「棹」兮蘭槳：　5.籠「罩」：

(二)請寫出本文中師曠、李調、杜蕢三人，其原本的官職是什麼？

答：

晉獻文子成室

選擇題（＊為多選題）

（　）1.本文旨在反映晉大夫張老和晉正卿趙文子的何種用心？　(A)善於祝賀　(B)善於祈禱　(C)居安思危、持盈保泰　(D)美輪美奐。

（　）2.「成室」係指　(A)成家　(B)新屋落成　(C)登堂入室　(D)為政為朝。

（　）3.「晉大夫發焉」乃謂晉大夫　(A)都跟著發起成室的運動　(B)發橫財　(C)都送禮致賀　(D)都送禮致賀，並起而傚效。

（　）4.「美哉輪焉！美哉奐焉」乃謂　(A)高大美麗　(B)煥然一新　(C)空前絕後　(D)氣勢滂沛。

（　）5.有關「是全要領以從先大夫於九京」之敘述，下列何者為非？　(A)全要領：保全腰頸，免受腰斬頸斬之刑　(B)先大夫：指已歿之先賢　(C)九京指九原，地名　(D)乃謂能夠善終而不愧對祖先。

（　）6.「稽首」意為　(A)同「稽顙」　(B)叩頭　(C)鞠躬　(D)拱手作揖。

（　）7.所謂「善頌善禱」的「頌」、「禱」係指　(A)祝福；祈福　(B)歌頌；禱告　(C)褒揚；祈禱　(D)頌詞；禱詞。

（　）8.張老的賀辭中，隱含的規箴不含　(A)持盈保泰　(B)薪傳萬代　(C)居安思危　(D)善頌善禱。

（　）9.下列字音相同的選項為何？　(A)煥／奐／逭　(B)輪／侖／籥　(C)迢／沼／韶　(D)沮／詛／狙。

（　）10.以下詞語何者符合本文「全要領」之意？　(A)絕妙好辭　(B)保全性命　(C)體大思精　(D)文不加點。

＊（　）11.下列成語何者可為祝賀新居落成之用？　(A)美輪美奐　(B)肯堂肯構　(C)竹苞松茂　(D)君子攸居　(E)螽斯衍慶。

＊（　）12.下列成語何者形容建築物之豪華富麗、氣派十足？　(A)美輪美奐　(B)桂殿蘭宮　(C)金碧輝煌　(D)畗皇典麗　(E)山楶藻棁。

＊（　）13.「是全要領以從先大夫於九京也」可知文子能居安思危並接納雅言，以下成語何者足以形容文子之行為？　(A)防患未然　(B)未雨綢繆　(C)防微杜漸　(D)懲羹吹齏　(E)

曲突徙薪。

*（　　）14. 對於同範圍、同性質的幾個事物或意象，在分項列舉時，分別以結構相同或相似的語句接二連三的說出來，就是排比的修辭。請問以下何者使用此種修辭法？ (A)歌於斯，哭於斯，聚國族於斯 (B)美哉輪焉！美哉奐焉 (C)實籩豆、奉祭祀、供賓客 (D)所守者道義，所形者忠義，所惜者名節 (E)其聲清以浮，其節數以急，其辭淫以哀，其志弛以肆。

*（　　）15. 「北面再拜稽首」表示人臣之禮，有關南北之說明下列何者正確？ (A)「南面」為君主之代稱 (B)「南冠」喻被羈囚之人 (C)「南箕北斗」比喻有虛名而無實用 (D)「南轅北轍」比喻彼此背道而馳 (E)「北斗崇高」為母親之代稱。

非選題

(一)注釋：

1. 發：
2. 輪：
3. 奐：
4. 聚國族：
5. 全要領：

(二)請依句義將參考選項中適當詞句代號填入文中括弧處：

1. （　　）輪焉！（　　）奐焉！
2. 歌（　　），哭（　　），聚國族（　　）！
3. 是全要領以從先大夫於（　　）也。
4. 北面再拜（　　）。
5. 君子謂之（　　）頌（　　）禱。

參考選項：

(A)稽首 (B)善 (C)於斯 (D)美哉 (E)九京

卷四 秦文

蘇秦以連橫說秦

選擇題（*為多選題）

（　）1. 本文旨在說明蘇秦 (A)以連橫之術遊說秦惠王失敗後，又以相同之術遊說趙國而獲致成功 (B)以連橫之術遊說秦惠王失敗，復以合縱之術遊說趙國而成功之經過 (C)善於詭辯而秦王善於辭令 (D)讓趙國成為七國之足以抗秦者。

（　）2. 下列敘述何者為非？ (A)山東之國：指齊國 (B)革車：指兵車 (C)朞年：滿一年 (D)章理：明顯的道理。

（　）3. 「羸縢履蹻，負書擔橐」乃謂 (A)身體多病，又沒盤纏，肩挑一籮筐的書 (B)裹著綁腿，穿著草鞋，背著書籍，挑著行李 (C)身體虛弱，穿著膠鞋，丟棄書本，挑著行囊 (D)體弱多病，又遇饑荒，賣書求生，擔著竹簍。

（　）4. 「讀書欲睡，引錐自刺其股，血流至足」這種精神可謂 (A)擢髮難數 (B)罄竹難書 (C)險象環生 (D)怵惕自勵。

（　）5. 「父母不子」與「子元元」二句的「子」字用法分別為 (A)名詞，兒子；動詞，統治 (B)形容詞，親愛的兒子；名詞，子女 (C)動詞，照顧子女；名詞，子女 (D)動詞，養育子女；動詞，養育子女。

（　）6. 下列敘述何者正確？ (A)「蓋」可以忽乎哉：發語詞，無義 (B)前「倨」而後卑：富裕 (C)天下莫之「伉」：抗衡 (D)妻不下「紝」：衣服。

（　）7. 下列敘述何者為非？ (A)蘇秦的目的只在取得世俗的譭譽而非基於自我認知的堅持 (B)蘇秦在說秦失敗後，引錐刺骨，發憤自勵亦只是為了完成他取得俗世譭譽的目的 (C)蘇秦說趙成功，有客觀的環境變化幫助，可謂有相當大比重的機運成分在 (D)蘇秦成功與否，最大的關鍵在於國君是否有遠見。

（　）8. 「轉轂連騎，炫熿於道」乃謂 (A)稻米成倉、騎兵成群，在甬道中放火禦敵 (B)車馬成群，聲勢顯赫地往來於各國 (C)轉動車軸，連接車馬在甬道中前進 (D)車馬騎兵，在甬道中廝殺。

（　）9. 下列有關通同字的敘述，何者為非？ (A)文士並「飭」：通「飾」 (B)孟嘗君不「說」：

通「悅」 (C)黃帝伐涿鹿而「禽」蚩尤：通「擒」 (D)蘇秦特窮巷、「掘」門、桑戶、棬樞之士：通「倔」。

( ) 10.下列敘述，何者正確？ (A)南朝宋荀伯子著有《臨川集》 (B)漢劉向撰有《新序》、《說苑》、《列女傳》 (C)王羲之的〈蘭亭集序〉可稱為楷書千古之冠 (D)《戰國策》至北宋時，僅存十一篇，賴蘇軾搜尋校正而三十三篇復完。

*( ) 11.找名人依其處世態度或學識經驗，撰寫職場應用書籍，可說是近來出版的潮流。如果讓古人寫一系列「實用智慧叢書」，就作者經歷與著作內容須做最適切組合的考量下，不可能提出哪一個編輯企劃？ (A)請蘇秦寫《面對挫折之道》 (B)請馮諼寫《如何追求利潤》 (C)請馮道寫《亂世謀職二十六計》 (D)請諸葛亮寫《跨國企業之競爭策略》 (E)請孟子寫《二十一世紀圓融處世法則》。

*( ) 12.下列關於典故的出處與說明，何者正確？ (A)「狡兔有三窟」語出馮諼，見《戰國策．齊策》 (B)「抱薪救火」意謂於事無濟，語出《戰國策．魏策》 (C)「郢書燕說」意謂穿鑿附會之說，事見《韓非子．外儲說》 (D)「揠苗助長」意喻躁急妄為，欲益反損，事見《孟子．公孫丑上》 (E)「世外桃源」指與塵世隔絕之安樂土，語出陶淵明〈桃花源記〉。

*( ) 13.下列對於《戰國策》一書的相關介紹，哪些是正確的？ (A)記載自春秋之後，到西漢初年，共十二國二百四十五年間事 (B)內容多為戰國策士遊說王侯之事，屬縱橫家之言 (C)今本所見是北宋司馬光收集校訂的成果 (D)內容出自眾手，非一時一地一人之作 (E)西漢劉向為之整理、命名。

*( ) 14.以下對於《戰國策》、《左傳》二書之比較，哪些說法正確？ (A)以時代言：前者記戰國史事；後者記春秋史事 (B)以作者言：前者不知；後者相傳是孔子 (C)以《四庫》分類言：前者屬史部；後者屬經部 (D)以異稱言：前者為《春秋外傳》；後者為《春秋內傳》 (E)以價值言：二者兼具史學文學成就，且為司馬遷寫史參考資料。

*( ) 15.下列有關人物說話技巧的敘述，正確的選項是 (A)齊湣王對孟嘗君說：「寡人不祥，被於宗廟之祟，沉於諂諛之臣，開罪於君。」是欲以「受到迷惑」的託辭，取得孟嘗君對他罷免其相位的諒解 (B)紅拂問明虬髯

客姓「張」後，隨即說：「妾亦姓張，合是妹。」是欲以「結為兄妹」的方式，抑制虬髯客的愛慕之意，並消除李靖因此所產生的不滿 (C)蘇秦曰：「嗟乎！貧窮則父母不子，富貴則親戚畏懼。人生世上，勢位富厚，蓋可以忽乎哉？」由這段文字可知，蘇秦認為人生在世不可忽視的是勢位富厚 (D)劉老老向眾人說：「我雖老了，年輕時也風流，愛個花兒粉兒的，今兒索性做個老風流！」是以「調侃自己」的方式，將鳳姐插了她滿頭花的捉弄轉化成詼諧的笑料 (E)劉邦請項伯轉告項羽：「吾入關，秋毫不敢有所近，籍吏民，封府庫，而待將軍。所以遣將守關者，備他盜之出入與非常也。」是以「甘為前鋒」的姿態，降低項羽對他的敵意。

非選題

(一)簡答題：

1. 五經：
2. 五服：
3. 五霸：
4. 五聲：
5. 五色：

(二)古今中外許多諺語、俗語，常以動物作為比喻的對象，往往令人印象深刻。請舉出五個以「十二生肖」為喻依的諺語、俗語。

答：

司馬錯論伐蜀

選擇題（＊為多選題）

(　)1. 本文旨在闡明 (A)司馬錯論述伐蜀之利 (B)司馬錯鄙視蜀國的武力 (C)張儀和司馬錯兩策士的針鋒相對 (D)秦惠王稱霸西戎的經過。

(　)2.「爭名者於朝」乃謂 (A)爭名必須趁早 (B)爭名者在早上行動 (C)爭名要在朝廷上去爭 (D)在朝人士皆為爭名之流。

(　)3.「三資者備」的「三資」意為 (A)地廣、民富、德博 (B)土地、人民、主權 (C)土地、政府、軍隊 (D)土地、政府、人民。

(　)4. 有關「故拔一國，而天下不以為暴」之因，下列敘述何者為非？ (A)蜀為西僻之國 (B)蜀有桀紂之亂 (C)恃秦國之強 (D)蜀為戎狄。

(　)5. 司馬錯何以認為攻天下危？ (A)秦國的地理位置太偏僻 (B)避免周韓聯合其他國家的強大武力對秦不利 (C)目前尚非稱霸時

機 (D)螳螂捕蟬，黃雀在後。

( ) 6.「輕諸侯」乃謂 (A)諸侯較秦貧弱 (B)收編諸侯 (C)傲視諸侯 (D)親近諸侯。

( ) 7.下列敘述何者為非？ (A)謁：告 (B)與國：友邦 (C)圖籍：地圖戶籍 (D)敝：頹敗。

( ) 8.有關本文的敘述，下列何者為非？ (A)張儀並未尊重周室 (B)封建體制對司馬錯仍有約束力 (C)司馬錯較張儀更具當時策士的形象 (D)司馬錯的實踐方式較張儀迂迴和緩。

( ) 9.(甲)韓，周之「與」國也；(乙)齊人未嘗賂秦，終繼五國遷滅，何哉？「與」嬴而不助五國也；(丙)舜、禹之有天下也，而不「與」焉；(丁)吾「與」點也；(戊)迷途知反，往哲是「與」。上列文句「 」內的字義，共有幾種？ (A)二種 (B)三種 (C)四種 (D)五種。

( ) 10.下列「 」內的詞語，解釋錯誤的選項是 (A)「當屯留之道」意謂當作屯兵的方法 (B)「敝兵勞眾」意謂勞師動眾地去征伐 (C)「爭名者於朝」意謂爭名要在朝廷 (D)「富民繕兵」意謂富民強兵。

*( ) 11.下列文句屬於「排比」修辭格的正確選項是 (A)今攻韓，劫天子；劫天子，惡名也，而未必利也，又有不義之名 (B)取其地，足以廣國也；得其財，足以富民繕兵，不傷眾而彼已服矣 (C)敝兵勞眾，不足以成名；得其地，不足以為利 (D)欲富國者，務廣其地；欲強兵者，務富其民；欲王者，務博其德 (E)夫蜀，西僻之國也，而戎狄之長也，而有桀紂之亂。

*( ) 12.下列文句屬於「譬喻」修辭格的選項是 (A)以秦攻之，譬如使豺狼逐群羊也 (B)班聲動而北風起，劍氣沖而南斗平 (C)我是天空裡的一片雲，偶爾投影在你的波心 (D)菊，花之隱逸者也；牡丹，花之富貴者也；蓮，花之君子者也 (E)歲寒，然後知松柏之後凋也。

*( ) 13.下列各組「 」內的字義兩兩相異的選項是 (A)則必將二國并力合謀，以「因」于齊趙，而求解乎楚魏／「因」人之力而敝之，不仁 (B)「敝」兵勞眾／願車、馬、衣、輕裘，與朋友共，「敝」之而無憾 (C)韓自知「亡」三川／日知其所「亡」，月毋忘其所能 (D)今王之地小民貧，故臣願從事於「易」／深耕「易」耨 (E)今攻韓，「劫」天子／萬「劫」不復。

*（　）14.下列有關《戰國策》之敘述，正確的選項是 (A)劉向以為所編皆戰國遊士為輔所用之國而定的策謀，故定名《戰國策》 (B)簡稱《國策》，又名《短長書》 (C)其書漢、魏以後，頗有散佚，至宋曾鞏加以搜求訂正，重新編成 (D)其時代上自春秋，下迄五代，約二百四十六年 (E)司馬遷《史記》多採其說。

*（　）15.下列有關本文篇旨，敘述正確的選項是 (A)張儀認為伐蜀不足以成威名、得實利，所以反對 (B)司馬錯認為伐蜀易，且可得廣地、強兵之利，禁暴亂之名，立王業之根基 (C)張儀主張伐韓，認為藉此可進一步聲討周天子，挾之以號令天下，成就秦之王業 (D)司馬錯認為成王業須有地廣、民富、德博的條件，而秦已經具備 (E)司馬錯的實踐方式是直接而強勁的，張儀則較為迂迴而和緩。

非選題

(一)先秦之時，百家並起，下文為司馬談對各家的評述，則＿＿內應填入的選項是：

1.＿＿博而寡要，勞而少功，是以其事難盡從；然其序君臣父子之禮，列夫婦長幼之別，不可易也。2.＿＿儉而難遵，是以其事不可遍循；然其彊本節用，不可廢也。3.＿＿嚴而少恩；然其正君臣上下之分，不可改矣。（《史記．太史公自序》）

參考選項：

(A)墨家　(B)名家　(C)道家

(D)法家　(E)儒家　(F)農家

(G)陰陽家　(H)縱橫家　(I)小說家

(二)語譯：

故拔一國，而天下不以為暴；利盡西海，諸侯不以為貪。是我一舉而名實兩附，而又有禁暴正亂之名。

答：

范雎說秦王

選擇題（*為多選題）

（　）1.本文旨在敘述 (A)范雎說秦王直指太后和魏冉專權會造成「宗廟滅覆，身以孤危」的禍害 (B)范雎要秦王擺脫左右的耳語 (C)范雎說服秦王要遠交近攻 (D)范雎揭示對秦王的忠誠。

（　）2.「變色易容」乃謂 (A)因生氣而改變面容 (B)臉色肅敬 (C)喬裝打扮 (D)為躲避而變換裝扮。

（　）3.「唯唯」是指 (A)唯唯諾諾的樣子 (B)顧

左右而言他貌　(C)表示恭敬的應答之辭　(D)表示躑躅的話語。

(　)4.下列敘述何者為非？(A)秦王「跽」曰：長跪貌　(B)「即」使：假使；如　(C)「賢」於生也：勝過　(D)慁：瞞混。

(　)5.「羈旅之臣」是指　(A)因罪而被流放的大臣　(B)寄居作客於外的大臣，即客卿　(C)率兵出征的大臣　(D)管理軍馬的大臣。

(　)6.「杜口裹足」是指　(A)閉口不言，停步不前　(B)「杜口」、「裹足」的兩種刑罰　(C)禁聲、禁足　(D)無所適從。

(　)7.范雎所恐，下列敘述何者為是？(A)窮辱之事，死亡之患　(B)秦王上畏太后之嚴，下惑姦臣之態　(C)漆身為厲　(D)膝行蒲伏，乞食於吳市。

(　)8.「不棄其孤」是指　(A)秦昭王　(B)范雎　(C)先王之廟　(D)太后。

(　)9.(甲)「賁」、育：ㄈㄣˋ；(乙)「橐」載而出昭關：ㄊㄨㄛˊ；(丙)「箕」子：ㄑㄧˊ；(丁)以寡人「慁」先生：ㄏㄨㄣˋ；(戊)「闇」惑：ㄧㄣ；(己)「蒲」伏：ㄆㄨˊ。以上「　」內的字，讀音完全正確的選項是　(A)(甲)(乙)(丙)　(B)(乙)(丁)(戊)　(C)(乙)(丁)(己)　(D)(丙)(戊)(己)。

(　)10.范雎說明「所以王三問而不對」的原因在　(A)交疏而不敢言深　(B)恐盡忠而身蹶　(C)憂己無呂尚之賢　(D)恐太后報復。

*(　)11.下列「　」中的詞語，解釋正確的選項是　(A)「擅」天下：據有　(B)「烏獲」：秦王的謀士　(C)「接輿」：秦王時的力士　(D)天下見臣盡忠而身「蹶」：跌倒，此指仕途受挫　(E)秦王「屏」左右：斥退。

*(　)12.「卒擅天下」句中「卒」字義，與下列何者相同？(A)「卒」然臨之而不驚　(B)其因及期，而「卒」自歸　(C)盈虛者如彼，而「卒」莫消長　(D)寧能知人之「卒」不救，棄城而逆遁　(E)走「卒」類士服。

*(　)13.一個詞彙，改變原來詞性而在語文中出現，叫做「轉品」。下列「　」中的詞語，何者為轉品？(A)「漆」身而為厲　(B)無以「餌」其口　(C)處人「骨肉」之間　(D)臣死而秦治，「賢」於生也　(E)「蠶」食諸侯，使秦成帝業。

*(　)14.宣誓忠誠，曉以利害，是典型的策士手法。以下何句可看出，范雎欲表現出處處不為個人，只為秦國著想的言論？(A)臣死而秦治，賢於生也　(B)使臣得同行於箕子、接輿，漆身可以補所賢之主，是臣之大榮也　(C)願以陳臣之陋忠，而未知王心也

(D)處必然之勢，可以少有補於秦，此臣之所大願也　(E)此天以寡人慁先生，而存先王之廟也。

*（　）15.下列「　」中，文句釋義正確的選項是　(A)「漆身而為厲」，被髮而為狂：刺青使外貌兇惡　(B)伍子胥「橐載而出昭關」，夜行而晝伏：佯裝駝背之人，易容而混出昭關　(C)「膝行蒲伏」，乞食於吳市：匍匐爬行於地　(D)居深宮之中，「不離保傅之手」：不離保母師傅左右　(E)「此天所以幸先王，而不棄其孤也」：這是上天福佑先王，不拋棄先王的遺孤啊。

非選題

(一)字形測驗：

1.再接再「ㄌㄧˋ」：　2.變本加「ㄌㄧˋ」：

3.奮發淬「ㄌㄧˋ」：　4.「ㄆㄧˋ」遠：

5.「ㄆㄧˋ」美：

(二)語譯：

使臣得進謀如伍子胥，加之以幽囚，終身不復見，是臣說之行也，臣何憂乎？

答：

鄒忌諷齊王納諫

選擇題（*為多選題）

（　）1.本文旨在記述　(A)鄒忌和齊威王的交情匪淺　(B)鄒忌諷刺齊威王採納諫言　(C)鄒忌勸諫齊威王採納忠言　(D)鄒忌和齊威王合力戰勝朝廷的諛臣。

（　）2.下列敘述何者為非？　(A)「孰」視之：仔細　(B)「私」我也：偏袒　(C)「刺」寡人之過：諷刺　(D)間進：斷續而進。

（　）3.「宮婦左右」是指　(A)后妃及近侍　(B)太后與宰相　(C)後宮及太監　(D)皇后與兄弟。

（　）4.「王之蔽甚矣」乃謂　(A)齊威王的毛病太多　(B)齊威王的身體太差　(C)齊威王受到的蒙蔽太嚴重　(D)齊威王蒙騙世人的事太多了。

（　）5.「謗議於市朝」乃謂　(A)在大庭廣眾下毀謗朝廷　(B)在市集和朝廷上評論朝政　(C)在公共場所指責議論朝政　(D)在市街上指責並建議朝政。

（　）6.下列何者可以形容人又多又熱鬧？　(A)高頭大馬　(B)門庭若市　(C)閉門造車　(D)眾口鑠金。

（　）7.「戰勝於朝廷」乃謂　(A)戰勝周天子和諸侯　(B)推翻朝政　(C)修明朝政而服他國　(D)在朝廷君臣一氣。

（　）8.有關本文的敘述，下列何者為非？　(A)鄒忌可謂「能近取譬」　(B)齊威王能察納雅言　(C)全文主要以對話構成　(D)重複話語過多卻少有變化是不足之處。

（　）9.〈鄒忌諷齊王納諫〉：「吾妻之美我者，私我也□妾之美我者，畏我也□客之美我者，欲有求於我也。」試問句中□處的標點符號是　(A)；／；　(B)，／；　(C)；／，　(D)，／，。

（　）10.下列文句中「若」字的用法，何者異於其他三者？　(A)客曰：徐公不「若」君之美也　(B)「若」使燭之武見秦君，師必退　(C)「若」亡鄭而有益於君，敢以煩執事　(D)「若」晉曲虞，則名得以薦馨香，神其吐之乎。

＊（　）11.請選出「　」內讀音兩兩相同的選項　(A)「拚」命／七「拼」八湊　(B)半身「癱」瘓／一「灘」血跡　(C)盤「桓」小徑／青蘿牆「垣」　(D)言簡意「賅」／「駭」人聽聞　(E)銀行擠「兌」／心生怨「懟」。

＊（　）12.「在〈鄒忌諷齊王納諫〉一文中，鄒忌能從自身而推想到齊王，從生活的體驗覺察政治的道理，使齊王納諫，政治修明，真可謂是□□□□。」句中缺空處宜填　(A)能近取譬　(B)愛屋及烏　(C)支吾其詞　(D)秦鏡高懸　(E)將心比心。

＊（　）13.歐陽脩〈醉翁亭記〉：「已而，夕陽在山，人影散亂，太守歸而賓客從也」句中的「已而」為「時間副詞」，是「過了一會兒」的意思。下列文句，其中使用「時間副詞」的選項是　(A)「既而」漸近，則玉城雪嶺，際天而來，大聲如雷霆　(B)南陽劉子驥，高尚士也，聞之，欣然規往，未果，「尋」病終　(C)「少頃」，旱寨內弓弩手亦到，約一萬餘人，盡皆向江中放箭，箭如雨發　(D)士不可以不弘毅，任重而道遠。仁以為己任，不亦重乎！死「而後」已，不亦遠乎　(E)令「初」下，群臣進諫，門庭若市；數月之後，時時而間進；朞年之後，雖欲言，無可進者。

＊（　）14.下列「　」內屬於自謙之詞的選項是　(A)「竊」會計之餘功／問「渠」哪得清如許　(B)宮婦「左右」，莫不私王／所以「朕」以為弟弟這樣稱呼父親　(C)「臣」誠知不如徐公美／群臣吏民能面刺「寡人」之過者，

受上賞 (D)「公」退之暇，被鶴氅衣，戴華陽巾/每歲，「京尹」出浙江亭教閱水軍 (E)「愚」以為宮中府中，事無大小，悉以咨之/快哉此風！「寡人」所與庶人共者耶。

＊(　) 15. 對於下列文句的說明，哪些是正確的？ (A)「為國者無使為積威之所劫哉！」意謂治國者要堅定意志，不畏國內反對勢力 (B)「燕趙韓魏聞之，皆朝於齊。此所謂戰勝於朝廷」，句中二「朝」字所指對象相同 (C)「窮遐方絕域，盡天下古文奇字之志」，句中「窮」、「盡」二字義同，是謂「互文同義」 (D)「不為伊尹、太公之謀」，句中所謂「伊尹、太公之謀」是指忍小忿，除暴政，深謀遠慮 (E)「每次聽他說書之後，總有好幾天耳朵裡無非都是他的書音，無論做什麼事，總不入神」，這是形容音樂轉腔換調，百變不窮。

非選題

(一)下列是描寫各種昆蟲的詩句，請填入正確的答案：

(　) 1. 零零落落的掌聲/卻是生死交關的/捕風，捉影。

(　) 2. 驚鴻一瞥的靈感/在黝暗的飄忽追尋中/稍縱即逝。

(　) 3. 什麼都不必多說/平凡的真諦，我/早已了然於胸。

(　) 4. 褪去昔日的羞澀/展翅後的翩翩，綻放著/春的笑容。

(　) 5. 在不同的唇吻間，游移/等待的愛/終是苦釀後的回甘。

(二)請找出下列文句中的錯別字，若沒有錯別字，請打○：

(　) 1. 龐大的烏鴉群，給人一種震嚇的淒涼感。

(　) 2. 都會五光十射的夜生活，讓人趨之若騖。

(　) 3. 藝術家的悲情，在文中、畫裡迴盪不已。

(　) 4. 他從不對現實妥協，但也固步自封，自以為是。

(　) 5. 梵谷雖然生活困頓，但對於藝術，卻始中若一。

顏斶說齊王

選擇題(＊為多選題)

(　) 1. 本文旨在說明 (A)顏斶說服齊王不應趨炎慕勢 (B)顏斶規勸齊王應禮賢下士，進用人才 (C)顏斶和齊王爭辯玉的好壞 (D)顏斶勸齊王應反璞歸真。

(　) 2. 「有說乎」乃謂 (A)快樂嗎 (B)有此一說嗎 (C)有根據嗎 (D)有聽說過嗎。

（　）3.「自取病耳」乃謂 (A)咎由自取 (B)不重養身而病 (C)自取其辱 (D)自暴其短。

（　）4.「與寡人遊」意指 (A)與齊王交往 (B)與齊王一同巡狩 (C)與齊王一同雲遊山水 (D)與齊王遊歷諸侯國。

（　）5.「食必太牢」乃謂 (A)吃東西一定要精緻 (B)吃得很講究，同周天子的禮制 (C)吃的一定是祭祀用的牛羊豕 (D)吃的東西一定要太宰做的。

（　）6.下列敘述何者為非？ (A)柳下季「壟」：墳墓 (B)妻子衣服「麗都」：華美 (C)清淨貞正以自「虞」：憂慮 (D)推選則祿焉，非不「尊遂」也：尊貴顯達。

（　）7.「太璞不完」乃謂 (A)玉石失去其天然本質 (B)不完整的璞玉 (C)玉石不夠堅硬 (D)沒有任何瑕疵的玉石。

（　）8.有關本文的敘述，下列何者為非？ (A)首段記顏斶堅持士人的尊嚴較君王重要 (B)二段記顏斶寧保全本真而不受籠絡 (C)三段記君子的評論，以為顏斶能知恥近乎勇 (D)「願請受為弟子」表示齊王承認錯誤、願意受教，具有使雙方緊張降溫的作用。

（　）9.(甲)斶亦曰：王前。宣王不「說」；(乙)有「說」乎；(丙)學而時習之，不亦「說」乎；(丁)我將見秦王，「說」而罷之；(戊)世衰道微，邪「說」暴行有作。上列文句「　」內的字義，共有幾種？ (A)二種 (B)三種 (C)四種 (D)五種。

（　）10.下列文句屬於「激問」修辭格的正確選項是 (A)王曰斶前，斶亦曰王前，可乎 (B)王者貴乎？士貴乎 (C)王曰：「有說乎？」 (D)先生何以幸教寡人。

＊（　）11.下列「　」內的詞語解釋正確的選項是 (A)斶前為「慕勢」：貪慕權勢 (B)王前為「趨士」：禮賢下士 (C)有敢「去」柳下季壟五十步而樵采者，死不赦：到達 (D)「生王之頭」，曾不若死士之壟也：活著的王的腦袋 (E)寡人自取「病」：恥辱。

＊（　）12.下列各組「　」內的字義，兩兩相異的選項是 (A)有敢「去」柳下季壟五十步而樵采者／孟子「去」齊 (B)生王之頭，「曾」不若死士之壟也／視兆人萬姓之血肉，「曾」不異夫腐鼠 (C)寡人自取「病」耳／仲父「病」漬矣 (D)清淨貞正以自「虞」／爾無「虞」我，我無詐爾 (E)太「璞」不完／歸真反「璞」。

＊（　）13.下列「　」內的詞語，解釋正確的選項是 (A)「制則破焉」：經玉工製造就被破壞了

(B)「推選則祿」：一旦被推薦選拔就有祿位 (C)「形神不全」：精神形體不能保全 (D)「晚食以當肉」：情願遲些吃飯，可以當作吃肉一般 (E)「安步以當車」：安閒地步行，可以當作坐車一般。

*（　）14.下列詞句，形容氣憤而變臉色的正確選項是 (A)瞿然注視 (B)悄然變色 (C)忿然作色 (D)勃然變色 (E)愀然變色。

*（　）15.下列有關題辭，配對正確的選項是 (A)反璞歸真——賀男壽 (B)瓜瓞綿綿——賀生子 (C)杏林春暖——賀醫界 (D)竹茂松苞——賀新居 (E)秦晉之好——賀結婚。

非選題

(一)字形測驗：

1.無「ㄒㄧㄝˋ」可擊：　2.香「ㄒㄧㄝˋ」大道：

3.狎「ㄒㄧㄝˋ」親昵：　4.「ㄒㄧㄝˋ」逅雨中：

5.沆「ㄒㄧㄝˋ」一氣：

(二)下列短文有四個空格，請就參考選項中選出最恰當者填入各空格內：

中國文化早在先秦已形成多采多姿的豐富面貌：就文學言，《詩經》、1.____開後世言志、抒情傳統之先河；就思想言，百家爭鳴，其中2.____特富宗教精神，為當世顯學；就史著言，3.____尤有功於春秋，廣為後世史家、文家所推崇。4.____保存戰國史料，司馬遷作《史記》，多采其說。

參考選項：(A)《楚辭》 (B)《戰國策》 (C)道家 (D)陰陽家 (E)《呂氏春秋》 (F)墨家 (G)《尚書》 (H)《左傳》

馮諼客孟嘗君

選擇題（*為多選題）

（　）1.本文旨在說明 (A)孟嘗君善養士 (B)馮諼為孟嘗君出謀策以鞏固其政治地位 (C)馮諼和孟嘗君的過節 (D)孟嘗君能禮賢下士。

（　）2.下列敘述何者為非？ (A)使人「屬」孟嘗君：請託 (B)市義「奈何」：怎麼樣 (C)「約車」治裝：準備車馬 (D)先生「休」矣：住口。

（　）3.「食以草具」意指 (A)提供粗劣的飯菜 (B)提供蔬菜白飯等素食 (C)吃簡單可口的食物 (D)供給他自己生產的飯菜。

（　）4.「先生不羞」乃謂 (A)你不覺得害羞 (B)你不知羞恥 (C)你不以為恥 (D)你不惱羞成怒。

（　）5.「責畢收，以何市而反」乃謂 (A)債收完了以後，用這些錢買些什麼回來 (B)責任

全部完畢後，從哪個城市回來 (C)責任盡了之後，想買什麼東西回來 (D)責備完了以後，從什麼城市回來。

( ) 6.「狡兔有三窟」，下列何者非孟嘗君之三窟？ (A)市義於民 (B)立宗廟於薛 (C)邀魏禮聘，再登齊相 (D)矯命燒券。

( ) 7.「寡人不祥」意指 (A)守寡之人是不吉祥的 (B)齊王自稱是自己不善 (C)齊王自稱自己是災星 (D)齊王自稱更相位是不祥之兆。

( ) 8.有關本文的敘述，下列何者為非？ (A)重心在於馮諼的特異、智謀和孟嘗君的器度、雅量 (B)前寫馮諼的無能，是實筆 (C)對無好無能之人孟嘗君笑而受之，是寫孟氏的能容 (D)馮諼替孟嘗君造就了「三窟」。

( ) 9.(甲)計「會」／狡「獪」；(乙)收「責」／「嘖」嘖稱奇；(丙)「憒」於憂／未成一「簣」；(丁)性「懧」愚／「懦」弱；(戊)合「券」／羊「圈」；(己)「齎」黃金／「齋」戒。上列「 」內字音相同的選項是哪些？ (A)(甲)(丙)(丁) (B)(丙)(丁)(戊) (C)(乙)(丁)(己) (D)(丙)(丁)(己)。

( ) 10.「孟嘗君予車五十乘，金五百斤」句中省略了賓語「馮諼」，請問此賓語應該穿插在哪一個字後面才完整？ (A)君 (B)予 (C)車 (D)乘。

*( ) 11.「因而賈利之」中的「賈」字用法為名詞作動詞用，以下選項「 」中的字同於此用法的是 (A)「食」以草具 (B)不拊愛「子」其民 (C)「衣冠」而見之 (D)「市」義 (E)「統」萬人。

*( ) 12.以下通同字何者使用正確？ (A)以何市而「反」：返 (B)收「責」：債 (C)纖「介」：芥 (D)「懧」愚：懦 (E)「拊」愛：付。

*( ) 13.(甲)計使梁遣使往聘孟嘗君；(乙)馮諼寄食；(丙)馮諼自願前往薛地收債；(丁)馮諼矯命燒券；(戊)孟嘗君就國於薛；(己)馮諼請立宗廟於薛；(庚)齊王迎孟嘗君回任齊相。請問以上發生事件的先後順序何者正確？ (A)(丙)(丁)(戊)(甲) (B)(乙)(丙)(丁)(戊) (C)(戊)(甲)(庚)(己) (D)(丁)(甲)(戊)(庚) (E)(丁)(戊)(甲)(庚)。

*( ) 14.雖馮諼言己「無好」、「無能」，相對的孟嘗君莫大的雅量在哪些方面表現出來？ (A)笑而受之 (B)左右以告 (C)食之 (D)為之駕 (E)使人給其食用。

*( ) 15.有關《戰國策》的敘述何者正確？ (A)屬於雜史類 (B)編者為劉歆 (C)專記魯國事 (D)非一時一地之作 (E)大率為戰國遊士為

人君謀策之言。

非選題

㈠注釋：

1.齎：

2.區區：

3.矯命：

4.憒於憂：

5.宗廟之祟：

㈡語譯：

臣竊計，君宮中積珍寶，狗馬實外廄，美人充下陳。君家所寡有者以義耳。竊以為君市義。

答：

趙威后問齊使

選擇題（＊為多選題）

（　）1.本文旨在指陳 (A)齊使的不才 (B)齊王用人失當 (C)趙威后的善言巧辯 (D)趙威后以民為主的政治主張。

（　）2.下列敘述何者為非？ (A)鍾離子：人名 (B)嬰兒子：襁褓中的幼童 (C)子仲：人名 (D)葉陽子：人名。

（　）3.「書未發」係指 (A)書信尚未寄出 (B)書信尚未啟封 (C)書信尚未收到 (D)書信尚未寫好。

（　）4.「至今不業」意謂 (A)至今尚沒有職業 (B)至今尚不居官 (C)至今尚未建立功名 (D)至今尚未成家立業。

（　）5.「助王息其民」的「息」義為 (A)休養生息 (B)繁育；生養 (C)救助教育 (D)平息。

（　）6.「徹其環瑱」乃謂 (A)清純無飾 (B)撤除金銀珠寶等擺飾 (C)將珠玉翠鈿徹底清掃乾淨 (D)毀棄身上飾物。

（　）7.「王齊國、子萬民」的敘述，下列何者為非？ (A)「王」、「子」皆動詞 (B)「王」、「子」分別有治理和統領之意 (C)全句有治理齊國、統領百姓之意 (D)做一個真正統一齊國萬民的國君。

（　）8.有關本文的敘述，下列何者為非？ (A)第一段凸顯趙威后以民為本的思想 (B)通篇圍繞「民」字下筆 (C)全文以問為主 (D)第二段從趙威后的四問中顯示她對齊國觀察力的深刻敏銳。

（　）9.〈趙威后問齊使〉：「齊王『使』使者問趙威后」、「臣奉使『使』威后」，上述兩句中「使」字的詞性分別是 (A)動詞／動詞

(B)動詞／名詞　(C)名詞／動詞　(D)名詞／名詞。

（　　）10. 下列文句中「然」字的用法，何者異於其他三者？　(A)縱一葦之所如，淩萬頃之茫然　(B)威后曰：不「然」。苟無歲，何以有民　(C)所以「然」者，人之不廉而至於悖禮犯義，其原皆生於無恥也　(D)范雎謝曰：非敢「然」也。臣聞始時呂尚之遇文王也，身為漁父，而釣於渭陽之濱耳。

*（　　）11. 下列各組「　」內文字，讀音相同的選項是　(A)「諮」商／「錙」銖／「恣」意　(B)「窒」息／水「漬」／停「滯」　(C)紙「屑」／剝「削」／「雪」恥　(D)貪「婪」／「襤」褸／山「嵐」　(E)丘「陵」／「淩」駕／「零」錢。

*（　　）12. 下列對於通同字的替代說明，何者正確？：(A)朱鮪「涉」血於友于，張繡剚刃於愛子：通「喋」　(B)今乃棄黔首以資敵國，「卻」賓客以業諸侯：通「隙」　(C)是以衣錦褧衣，惡文太「章」；賁象窮白，貴乎反本：通「張」　(D)里語曰：家有「敝」帚，享之千金。斯不自見之患也：通「蔽」　(E)北宮之女嬰兒子無恙耶？「徹」其環瑱，至老不嫁，以養父母：通「掣」。

*（　　）13. 《論語・子路》：「名不正則言不順」的語意關係是「若名不正，則言不順」。下列文句，也具有此種「若不……則不……」語意關係的是　(A)不悱不發　(B)不怨天，不尤人　(C)其身不正，雖令不從　(D)不在其位，不謀其政　(E)上不臣於王，下不治其家。

*（　　）14. 「親親而仁民，仁民而愛物」，此二句之文意有程序上的層層推進。下列文句，屬於此種表現方式的是　(A)威后問使者曰：「歲亦無恙耶？民亦無恙耶？王亦無恙耶」　(B)對長輩謙恭，是本分；對平輩謙遜，是和善；對晚輩謙沖，是高貴；對所有人謙虛，是安全　(C)不違農時，穀不可勝食也；數罟不入洿池，魚鱉不可勝食也；斧斤以時入山林，材木不可勝用也　(D)吾十有五而志於學，三十而立，四十而不惑，五十而知天命，六十而耳順，七十而從心所欲，不踰矩　(E)少年讀書，如隙中窺月；中年讀書，如庭中望月；老年讀書，如臺上玩月；皆以閱歷之淺深，為所得之淺深耳。

*（　　）15. 下列對於古代文化知識解說完全正確的選項是　(A)古代帝王死稱「崩」，諸侯死稱「薨」，大夫死稱「卒」，士死稱「不祿」，

庶民死稱「死」 (B)古人乘車，尊者在左，御者在中，另有一人在右陪乘。如「公子從車騎，虛左，自迎夷門侯生」，句中「虛左」就是留出左邊的尊位 (C)「項王按劍而跽曰：客何為者？」句中「跽」是受驚而聳身欲起的樣子，這時雙膝尚在地上，只是挺直了腰。這與「長跪」不同，「長跪」是長時間跪著的意思，如「長跪讀素書」便是 (D)古人座席也有尊卑高下之分，如《史記．鴻門宴》：「項羽、項伯東向坐，亞父南向坐；亞父者，范增也；沛公北向坐；張良西向侍。」這段文字中，只有「南向」，即坐北朝南的位置為尊位 (E)周、秦、漢尚右，在官職方面以右為上。如「以相如功大，拜為上卿，位在廉頗之右」，就是說藺相如位居廉頗之上。右與左相對，如「諸士在己之左」，就是說諸士比自己的地位低，而「左遷」則表示官員降職。

非選題

(一)成語填空：

1.□介之禍： 2.忐□不安： 3.洞燭□先： 4.□驢技窮： 5.不□不求：

(二)錯別字訂正：

1.假如說樹降旗是換取耳跟清靜的權移之計，那也得有個分寸，誤用不僅無繼於事，反足增添煩惱：

2.仔細簡視一下，屋子裡似乎真的有許多鹿的蹤跡，在朋友的推波助攔下，梅花鹿、長頸鹿的慊影幾乎無所不在：

莊辛論幸臣

選擇題（＊為多選題）

（　）1.本文旨在莊辛勸楚頃襄王 (A)當見賢思齊 (B)當遠離小人，以圖振作 (C)當亡羊補牢 (D)當居安思危。

（　）2.下列敘述何者為非？ (A)本文中，莊辛是採用譬喻的方法和頃襄王對話 (B)文中州侯、夏侯、鄢陵君和壽陵君均為幸臣 (C)莊辛認為郢破之後，楚國已無可為 (D)由本文可知莊辛的基本態度是及時補救，猶有可為。

（　）3.有關各段大意，下列敘述何者為非？ (A)首段以「亡羊而補牢」勉頃襄王 (B)二至四段說明居安思危，則禍害必至 (C)五段指出蔡靈侯亡於寵奸貪佚 (D)末段直指頃襄王親小人、樂佚遊之失。

（　）4.下列敘述何者為非？ (A)鄙語：俚語 (B)「調」飴「膠」絲：皆形容詞 (C)奮其六

「翮」：指鳥翅 (D)見兔而「顧」犬：回頭。

(　) 5.「折清風而抎矣」乃謂 (A)從清風中掉了下來 (B)在清風中自由穿梭飛翔 (C)鳥在風中翻滾，在雲海中自由來去 (D)震動羽翼、蕩起清風。

(　) 6.莊辛以蜻蜓為喻旨在說明 (A)勿不知變通 (B)勿自以為是 (C)勿不知警惕 (D)勿朝秦暮楚。

(　) 7.「馳騁乎雲夢之中」乃謂 (A)在夢想中自在奔馳 (B)在雲夢澤之中遨遊 (C)享受在歡愛之中 (D)幻想能在雲端奔馳。

(　) 8.「夕調乎酸鹹」乃謂 (A)到了傍晚就有美食可享 (B)到了夕陽西下時就要下廚做飯 (C)到了晚上就開始謀辦晚餐 (D)到了晚上就被烹調成食物。

(　) 9.(甲)蜻「蛉」：ㄌㄧㄥˊ；(乙)俛啄蚊「虻」：ㄇㄤˊ；(丙)「螻」蟻：ㄌㄡˊ；(丁)奮其六「翮」：ㄍㄜˊ；(戊)治其矰「繳」：ㄐㄧㄠˇ；(己)南游乎高「陂」：ㄆㄧ。上列「　」內的字，讀音完全正確的選項是 (A)(甲)(丙)(己) (B)(乙)(丁)(戊) (C)(丙)(戊)(己) (D)(丁)(戊)(己)。

(　) 10.下列各組成語，意義完全相近似的選項是 (A)見兔顧犬／亡羊補牢／亡羊歧路 (B)江心補漏／臨陣磨槍／臨渴掘井 (C)抱殘守缺／改弦易轍／革故鼎新 (D)讓棗推梨／灼艾分痛／鬩牆之釁。

*(　) 11.下列各組「　」內的字義，兩兩相同的選項是 (A)「亡」羊而補牢，未為遲也／桀、紂以天下「亡」 (B)「俛」啄蚊虻而食之／「俛」仰之間，已為陳跡 (C)引微「繳」／思援弓「繳」而射之 (D)「飯」封祿之粟／「飯」疏食，飲水 (E)左「挾」彈，右攝丸／「挾」泰山以超北海。

*(　) 12.下列「　」內的文句，釋義正確的選項是 (A)「絕長續短」意謂土地有廣狹，將之拼湊在一起計算 (B)「調飴膠絲」意謂調糖飴黏於絲 (C)「飄搖乎高翔」意謂飄搖地在高空中飛翔 (D)「夕調乎鼎鼐」意謂晚上已被放在鼎鼐裡烹調了 (E)「脩其碆盧」意謂修理弓箭。

*(　) 13.下列「　」內的字詞，解釋正確的選項是 (A)猶以數千里，豈「特」百里哉：特別 (B)「加」己乎四仞之上：加害 (C)以其類為「招」：招喚 (D)「淹」乎大沼：止息 (E)「被礛磻」：中利箭。

*(　) 14.下列文句屬於「人性化」修辭格的正確選項是 (A)六足四翼，飛翔乎天地之間，俛

啄蚊虻而食之，仰承甘露而飲之，自以為無患，與人無爭也 (B)俯噣白粒，仰棲茂樹，鼓翅奮翼，自以為無患，與人無爭也 (C)游乎江海，淹乎大沼，俯噣鱔鯉，仰囓蔆衡，奮其六翮，而凌清風，飄搖乎高翔，自以為無患，與人無爭也 (D)南游乎高陂，北陵乎巫山，飲茹谿之流，食湘波之魚，左抱幼妾，右擁嬖女，與之馳騁乎高蔡之中，而不以國家為事 (E)左州侯，右夏侯，輦從鄢陵君與壽陵君，飯封祿之粟，而戴方府之金，與之馳騁乎雲夢之中，而不以天下國家為事。

*（　）15.依文意推敲，下列敘述正確的選項是 (A)本文主旨在莊辛諫楚頃襄王若能「亡羊而補牢」，楚猶有可為 (B)本文以蜻蛉、黃雀、黃鵠為喻，說明居安不思危，則禍害必至 (C)「見兔而顧犬，未為晚也」意謂見到兔子之後再回頭叫獵犬去追，不能算晚 (D)本文明白指出頃襄王之蔽，表現出莊辛的耿耿之心 (E)莊辛的諫言，先以勉勵，再加警惕，以物喻人，以古證，今層層推進，步步深入。

非選題

(一)六書測驗：

下列各題「　」內的字，屬於「形聲」字的請打○，不屬於「形聲」字的請打×：

（　）1.亡「羊」補牢。

（　）2.王獨不見夫「蜻」蛉。

（　）3.俯噣白「粒」。

（　）4.飲茹「谿」之流。

（　）5.輦「從」鄢陵君。

(二)題組：

下列成語是生肖成語，請寫出□內應填上的十二生肖名稱：

1.見□顧犬：　2.□衣對泣：　3.為□作倀：

4.獐頭□目：　5.□蟠虎踞：　6.杯弓□影：

7.□突狼奔：　8.亡□補牢：　9.□鳴狗盜：

10.殺雞儆□：　11.□首是瞻：　12.□尾續貂：

觸龍說趙太后

選擇題（*為多選題）

（　）1.本文旨在說明趙臣觸龍 (A)藉長安君質齊說太后，使知令長安君有功於國才是慮遠之計 (B)藉問候太后之機，欲立幼子為衛士 (C)和太后商議應該男女平等，善待長安君 (D)向太后建議以燕后代長安君出質於齊。

（　）2.下列敘述何者為非？ (A)觸龍以迂迴的方

式和太后對話 (B)太后並未對觸龍「唾面」 (C)最後長安君依舊到秦國為質 (D)觸龍委實做到了「攻心為上」。

( ) 3.下列敘述何者為非？ (A)膏腴之地：指肥沃的土地 (B)山陵崩：即山崩 (C)「微」獨趙：不是 (D)異甚：指特別厲害。

( ) 4.下列敘述何者為非？ (A)恃輦而行：依靠人力推挽之輦車行動 (B)新用事：剛剛執掌政事 (C)挾「重器」：寶器 (D)「賢」於長安君：賢德。

( ) 5.「補黑衣之數」的「黑衣」乃謂 (A)出殯 (B)死亡 (C)衛士 (D)平民。

( ) 6.「持其踵，為之泣」乃謂 (A)抱著她的腳哭泣 (B)緊抓著她坐車後面的橫木，為她哭泣 (C)握著她的鞋子傷心哭泣 (D)背著她偷偷哭泣。

( ) 7.觸龍以為真正有利於長安君的是 (A)封之以膏腴之地，多予之重器 (B)守金玉之重 (C)自託於趙 (D)令有功於國。

( ) 8.「少益嗜食」乃謂 (A)食慾稍微好些 (B)多少對貪食有益處 (C)對貪食的益處不多 (D)對貪食的益處不少。

( ) 9.「一旦山陵崩，長安君何以自託於趙？」其原因為何？ (A)趙太后愛長安君不若燕后 (B)長安君位尊奉厚 (C)長安君無功於趙 (D)秦急攻之。

( ) 10.觸龍說服太后的手法為何？ (A)先敘家常，伺機勸說 (B)直言死諫 (C)喚回母子親情 (D)旁徵博引。

*( ) 11.下列何者使用借代手法？ (A)願及未填溝壑而託之 (B)一旦山陵崩 (C)位尊而無功，奉厚而無勞 (D)願令得補黑衣之數 (E)近者禍其身，遠者及其子孫。

*( ) 12.下列「於」字何者用法相同？ (A)何至「於」此 (B)求救「於」齊 (C)甚「於」婦人 (D)有功「於」國 (E)賢「於」長安君。

*( ) 13.在觸龍的勸說下，從太后的哪些反應可以看出她的情緒漸漸舒緩？ (A)老婦必唾其面 (B)太后之色稍解 (C)諾！恣君之所使之 (D)盛氣而胥之 (E)太后笑曰。

*( ) 14.下列通同字代換何者正確？ (A)恃「鬻」耳：粥 (B)稍「解」：懈 (C)必勿使「反」：返 (D)「微」獨趙：非 (E)不「肖」：似。

*( ) 15.有關本文的敘述何者正確？ (A)趙將長安君送至齊，與之交質 (B)秦因趙太后初執政而欲趁機攻打趙國 (C)長安君怯懦不肖不敢至齊國 (D)齊國出兵解趙之危 (E)太后聽觸龍之勸將長安君送至齊國。

非選題

(一)注釋：

1. 竊自「恕」：
2. 膏腴之地：
3. 持其踵：
4. 新用事：
5. 山陵崩：

(二)語譯：

1. 父母之愛子，則為之計深遠。

答：

2. 人主之子也，骨肉之親也，猶不能恃無功之尊、無勞之奉，而守金玉之重也，而況人臣乎？

答：

魯仲連義不帝秦

選擇題（＊為多選題）

（　）1. 本文旨在說明 (A)魯仲連秉持正義、折服魏使辛垣衍說趙帝秦之害 (B)魯仲連仗義直陳秦國的好戰奸詐 (C)辛垣衍如何銜命說趙尊秦為帝 (D)尊秦為帝只是權宜之計，不必耿耿於懷。

（　）2. 下列敘述何者為非？ (A)間入：乘隙而入 (B)已而復「歸帝」：登基稱帝 (C)使事有「職」：任務 (D)世以鮑焦「無從容」而死者：猶言「心地狹隘」。

（　）3.「勝已泄之」意謂 (A)勝已經告訴他了 (B)勝利已經表露出來了 (C)勝利已不可能 (D)勝利在望。

（　）4. 下列敘述何者為非？ (A)「虜」使其民：奴隸 (B)上「首功」之國：斬首之功 (C)彼則肆然而為帝：秦若恣意稱帝 (D)過而遂正於天下：甚至於統治天下。

（　）5. 下列敘述何者為非？ (A)欲舍之死：欲置他於死地 (B)拘之於牖里之「康」百日：監獄 (C)天子下席：天子去世 (D)且秦無已為帝：並且秦不止是稱帝而已。

（　）6. 下列敘述何者為是？ (A)納于筦鍵：獻出鑰匙 (B)「交」有稱王之名：結交 (C)鬼侯「有子而好」：有個好兒子 (D)梁王安得「晏然」而已：享受。

（　）7.「飯含」是指 (A)在口中含著米飯 (B)將珠玉米貝等物放於死者口中 (C)猶言含哺鼓腹 (D)在臨死前吃的一頓飯。

（　）8. 魯仲連之所以能說服辛垣衍的原因，下列敘述何者為非？ (A)魯的議論有堅實的例證 (B)魯將秦稱帝之害與魏之安危結合 (C)點出秦既稱帝，則辛亦將因而失其故寵 (D)魯能適時曉以大義、動之以情。

( ) 9.〈魯仲連義不帝秦〉中，魯仲連說：「昔齊威王嘗為仁義矣，率天下諸侯而朝周。」他的意思是 (A)齊威王所作所為，皆是仁風義舉，足為天下楷模 (B)周貧且微，諸侯莫朝，而齊國獨朝之，為天下表率 (C)齊威王率領天下諸侯去朝拜周天子，是居仁由義的君子 (D)齊威王欲稱王於天下，故意向周天子稱臣，向周天子示好。

( ) 10.下列各句中「所以」的用法，何者異於其他三者？ (A)秦「所以」急圍趙者 (B)王公貴人「所以」養其身者 (C)凡「所以」慮患之具，莫不備至 (D)「所以」動心忍性，曾益其所不能。

*( ) 11.下列各組「 」內文字，讀音相同的選項是 (A)天崩地「坼」/「拆」卸 (B)管「籥」之音/「月」圓 (C)羽「旄」之美/「冒」失 (D)疾首蹙「頞」/「蛾」眉 (E)酒「酣」耳熱/顢「頇」。

*( ) 12.〈魯仲連義不帝秦〉一文，魯仲連義不帝秦的原因有許多，下列何者屬之？ (A)秦國是棄禮義而尚首功之國 (B)今秦萬乘之國，梁亦萬乘之國 (C)秦國一旦稱帝，必對天下有害 (D)秦稱帝，必將變易諸侯之大臣 (E)秦將使其子女讒妾為諸侯妃姬。

*( ) 13.下列文句當中，「 」內成語使用最適當的選項是 (A)父親因戰亂來臺，和大陸親人「兩地懸隔」將近半世紀 (B)許多古代文人在重陽節賞菊飲酒，享受「明日黃花」的閒情逸致 (C)這家遠近馳名的牛肉麵，湯頭濃郁而不油膩，可說是「清新脫俗」 (D)小華生性膽小，看恐怖片時在戲院裡被嚇到哭出來，大家笑她「小心翼翼」 (E)處在物慾橫流，「五光十色」的大染缸中，更要注意自己的行為，以免沉淪於墮落的生活。

*( ) 14.對於下列文句的闡釋說明，哪些說法是正確的？ (A)「野芳發而幽香，佳木秀而繁陰」二句描繪夏、秋之景致 (B)「問渠哪得清如許？為有源頭活水來」句中「渠」字為文言第二人稱，通「汝」 (C)「負者歌於途，行者休於樹」此為「互文見義」，意為「負者、行者皆歌於途、休於樹」 (D)「春風又綠江南岸，明月何時照我還」句中「綠」字活用為使動詞，有「使江南岸變綠」之意 (E)「趙誠發使尊秦昭王為帝，秦必喜，罷兵去。」句中「誠」為假設語氣副詞，作「如果」解釋。

*( ) 15.試分析下列文句，何者使用「假設語氣」？

(A)孰謂少者歿而長者存，彊者夭而病者全乎 (B)從許子之道，相率而為偽者也，惡能治國家 (C)苟能充之，足以保四海；苟不充之，不足以事父母 (D)向使四君卻客而不內，疏士而不用，是使國無富利之實，而秦無彊大之名也 (E)所貴於天下之士者，為人排患釋難、解紛亂而無所取也。即有所取者，是商賈之人也。

非選題

(一)下列各詩分別描述了什麼節日？

1. 牽牛出河西，織女處其東。萬古永相望，七夕誰見同：
2. 去年元夜時，花市燈如畫。月上柳梢頭，人約黃昏後：
3. 獨在異鄉為異客，每逢佳節倍思親。遙知兄弟登高處，遍插茱萸少一人：
4. 春城無處不飛花，寒食東風御柳斜。日暮漢宮傳蠟燭，輕煙散入五侯家：
5. 爆竹聲中一歲除，春風送暖入屠蘇。千門萬戶曈曈日，總把新桃換舊符：

(二)請說明以下文章畫線處的修辭技巧：

我抬起眼來，無數的雪白的雲朵向上飛翔，我細心觀望，原來是1.浴著朝陽的鴿群，愉悅的飛向藍天的闊胸。那邊，2.高摩天際的大樹的高枝上，正有小鳥快樂地叫跳著；一頭小松鼠，鑽到尖頂，揚著鼻子望過那一片無垠的湛藍，便迅速地沿著樹幹奔下來了。那樹還纏繞著青青的藤蔓，開著小藍花，在空隙的所在，還有像安放在那裡的小圓菌。3.美麗而驕傲的牽牛，從黑夜的磨難中過來，滿心都是淚，迎著初起的太陽。小草頂著一滴露水，一星光輝，昂著它們的頭。土地都微微地動著，原來那下面還有不被看到的想翻到地面上來……。（靳以〈生命與愛〉）

答：

魯共公擇言

選擇題（＊為多選題）

（　）1. 本文旨在記述 (A)梁王是一位善於言聽計從的人 (B)魯共公以酒、味、色、景不可沉溺來勸戒梁王，以免招致亡國 (C)魯共公口若懸河能贈人以言 (D)讚揚魯共公善察言觀色。

（　）2. 下列敘述何者為非？ (A)避席擇言：指離席致辭 (B)五味：指辛酸鹹苦甘五種味道 (C)陂池：指水池 (D)儀狄：即「夷狄」。

（　）3. 「夜半不嗛」乃謂 (A)半夜覺得不舒服 (B)到了子時仍睡不著 (C)過了三更仍吃不下 (D)整個晚上有一半時間睡不好。

（　）4.「得南之威」意指 (A)南面稱王 (B)嗣位為君 (C)得到美女南威 (D)在南方稱霸。

（　）5.「遂盟強臺而弗登」乃謂 (A)在高臺上結盟，誓言不踐越其權位 (B)於是立誓不再登這高臺 (C)終於和列強結盟但沒有明文登記 (D)在強臺和齊國結為盟友。

（　）6.「稱善相屬」乃謂 (A)連連稱讚 (B)這一群人都是和善的 (C)互相叮囑行善 (D)好事不斷。

（　）7.下列敘述何者為非？ (A)白臺、閭須：皆古代美女 (B)魏嬰「觴」諸侯於范臺：作動詞用 (C)煎敖燔炙：皆指烹飪的方法 (D)今主君之「尊」：崇高。

（　）8.有關本文之架構，下列敘述何者為非？ (A)全用故事表達，沒有說教意味 (B)首段記梁王宴請諸侯，酒酣而請魯君敬酒 (C)二段記魯君致辭 (D)三段記梁王稱讚魯君的嘉言，為全文重心所在。

（　）9.(甲)梁王魏嬰「觴」諸侯於范臺；(乙)酒酣，請魯君舉「觴」；(丙)齊侯以晏子之「觴」而「觴」桓子；(丁)飛羽「觴」而醉月。上列「　」內的「觴」字，作「動詞」用的有幾個？ (A)一個 (B)二個 (C)三個 (D)四個。

（　）10.下列各組「　」內的字，讀音完全相同的正確選項是 (A)煎熬「燔」炙／被磁「璠」／龍「蟠」虎踞 (B)夜半不「嗛」／「謙」卑為懷／兩小無「嫌」猜 (C)酒「酣」／「蚶」殼／「柑」橘 (D)舉「觴」／國「殤」／「傷」心。

*（　）11.下列成語形容「女人之美」的正確選項是 (A)南威之美 (B)環肥燕瘦 (C)傾國傾城 (D)沉魚落雁 (E)螓首蛾眉。

*（　）12.下列成語形容「美男子」的正確選項是 (A)子都之姣 (B)貌比潘安 (C)傅粉何郎 (D)看殺衛玠 (E)擲果潘郎。

*（　）13.晉文公曰：「後世必有以色亡其國者」，徵之史實，下列配對正確的選項是 (A)夏桀——妹喜 (B)商紂——褒姒 (C)周幽王——妲己 (D)唐玄宗——楊玉環 (E)陳後主——張麗華。

*（　）14.下列「　」內的詞語，解釋正確的選項是 (A)魯王「興」：高興 (B)「避席」擇言：離開坐席，起立以表敬意 (C)禹飲而「甘」之：認為酒美 (D)「絕旨酒」：戒絕美酒 (E)以臨「彷徨」：指徘徊不歸。

*（　）15.有關〈魯共公擇言〉一文，下列敘述正確的選項是 (A)選自《戰國策》 (B)引述歷

史，以夏禹、齊桓公、晉文公、楚莊王的故事作梁惠王之借鏡 (C)說明美酒、美味、美色、美景不可沉溺，否則必招致亡國之禍 (D)魯共公認為梁王的作為，已四者全犯，不可不戒 (E)儀狄是廚師，易牙是造美酒者，白臺是樓閣名。

非選題

(一)字音測驗：

1.高臺「陂」池：　2.陡「坡」：　3.「岥」岮：　4.「詖」辭：　5.「跛」腳：

(二)下列文句屬於「譬喻」修辭格者，請打○，不屬於「譬喻」修辭格者，請打×：

(　)1.今媼尊長安君之位，而封之以膏腴之地，多予之重器，而不及今令有功於國。一旦山陵崩，長安君何以自託於趙？……

(　)2.今主君之尊，儀狄之酒也；主君之味，易牙之調也；左白臺而右閭須，南威之美也。……

(　)3.政寬則民慢，慢則糾之以猛。猛則民殘，殘則施之以寬。寬以濟猛；猛以濟寬，政是以和。……

(　)4.人心之不同，如其面焉。……

(　)5.子於鄭國，棟也。棟折榱崩，僑將厭焉，敢不盡言。……

(　)6.夫令名，德之輿也；德，國家之基也。有基無壞，無亦是務乎？……

唐雎說信陵君

選擇題（＊為多選題）

(　)1.本文旨在記述唐雎告誡信陵君 (A)不可忘恩負義 (B)不可恃恩德而驕人 (C)要以德服人 (D)不可據功自傲。

(　)2.「不可得而知」乃謂 (A)不可以讓人知道 (B)無從知曉 (C)無法獲知 (D)不必知道。

(　)3.下列敘述何者為非？ (A)人之「憎」我：恨 (B)「卒然」見趙王：突然 (C)自「郊」迎：郊廟 (D)「謹」受教：敬。

(　)4.「殺晉鄙，救邯鄲，破秦人，存趙國」在修辭學上是 (A)排比法 (B)對仗法 (C)夸飾法 (D)層遞法。

(　)5.「有不可忘者」意指 (A)人之憎我 (B)吾之憎人 (C)人之有德於我 (D)吾有德於人。

(　)6.「臣願君之忘之也」乃謂唐雎 (A)認為信陵君對趙有大德 (B)要信陵君忘記趙王曾捨棄他 (C)要信陵君不拘小節 (D)要信陵君行善積德。

(　)7.信陵君殺晉鄙的原因是 (A)搏取美名 (B)拯救趙國 (C)好大喜功 (D)顯示國力。

（ ）8.「事有不可不忘者」，按唐雎之意下列何者為非？ (A)助人渡河 (B)日行一善 (C)賑災救難 (D)寅食卯糧。

（ ）9.(甲)唐「雎」：ㄐㄩ；(乙)「憎」恨：ㄗㄥˋ；(丙)「邯」鄲：ㄏㄢˊ；(丁)「卒」然見趙王：ㄗㄨˊ；(戊)「岌岌」可危：ㄐㄧˊ ㄐㄧˊ；(己)言簡意「賅」：ㄏㄞˊ。上列選項「 」內的字音，正確的是 (A)(甲)(丙)(戊) (B)(甲)(乙)(丁) (C)(乙)(戊)(己) (D)(丙)(戊)(己)。

（ ）10.文中唐雎所言，信陵君「殺晉鄙，救邯鄲，破秦人，存趙國」是屬於 (A)不可知者 (B)不可不知者 (C)不可忘者 (D)不可不忘者。

*（ ）11.就唐雎所言，以下何者正確？ (A)不可不知也——吾憎人 (B)不可得而知也——人之憎我 (C)不可忘也——人有德於我 (D)不可不忘也——有德於人 (E)趙平原君自郊迎——不可不忘。

*（ ）12.「卒然見趙王」，句中「卒」的用法，與下列哪一個選項相同？ (A)「卒」有盜賊之警，則相與恐懼訛言，不戰而走 (B)「卒」然相遇於草野之間 (C)民莫不穀，我獨不「卒」 (D)寧能知人之「卒」不救，棄城而逆遁 (E)「卒」然臨之而不驚。

*（ ）13.「事有不可知者，有不可不知者；有不可忘者，有不可不忘者」的修辭技巧，同於下列何選項中的文句？ (A)臺灣固無史也。荷人啟之，鄭氏作之，清代營之 (B)殺晉鄙，救邯鄲，破秦人，存趙國 (C)知者不言，言者不知 (D)有席卷天下，包舉宇內，囊括四海之意，并吞八荒之心 (E)或為遼東帽，清操厲冰雪；或為〈出師表〉，鬼神泣壯烈；或為渡江楫，慷慨吞胡羯；或為擊賊笏，逆豎頭破裂。

*（ ）14.關於〈唐雎說信陵君〉，以下何者為是？ (A)此次救邯鄲之危的時間，發生在著名的「長平之役」後 (B)信陵君殺魏國大將晉鄙，方得以解邯鄲之危 (C)本文所寫，為勝利在望時，唐雎所言得勝後的對策 (D)唐雎使用「藉賓形主」的進諫策略，一波三折，委婉誠懇，實為用心良苦 (E)信陵君似被說服，實則仍收下趙王所賞賜之五城池，種下滅亡之因。

*（ ）15.關於《戰國策》，以下敘述何者為是？ (A)所載多戰國策士遊說諸侯之事，非一時一地一人之作 (B)名稱紛歧，西漢劉向定名為《戰國策》 (C)是為國別史之一，以記戰爭場面最具特色 (D)傳至北宋，僅存十

一篇，幸有王安石蒐集校訂，始復其書 (E)委婉善諷、氣勢縱橫，是成就非凡的哲學散文。

非選題

(一)「說服他人」是一件艱難的工作，如何明確表達己意且使對方心悅誠服的接受，實屬不易，請指出哪一位戰國策士之言最令你佩服？並說明原因。

答：

(二)語譯：

「今趙王自郊迎，卒然見趙王，臣願君之忘之也！」信陵君曰：「無忌謹受教。」

答：

唐雎不辱使命

選擇題（＊為多選題）

（ ）1.本文旨在敘述唐雎出使秦國 (A)得到安陵君以五十里地交換 (B)堅持正義而不受脅於強秦 (C)口斥秦王，威震朝野 (D)自我貶抑只為成全國格。

（ ）2.下列敘述何者為非？ (A)秦王自比天子 (B)專諸、聶政、要離皆布衣之士 (C)唐雎成為第四個布衣之士 (D)唐雎不亢不卑、氣勢雄渾。

（ ）3.秦滅韓亡魏，而安陵君以五十里之地存者為何？ (A)安陵有唐雎使秦王氣餒而退 (B)秦王以安陵君為長而敬之 (C)安陵地勢顯要、易守難攻 (D)秦國力稍歇。

（ ）4.下列敘述何者為非？ (A)錯意：放在心上 (B)豈直：豈只 (C)亦免冠徒「跣」：步行 (D)寡人「諭」矣：明白。

（ ）5.「免冠徒跣」乃謂 (A)脫去帽子，赤腳步行 (B)被削官籍 (C)拋棄功名 (D)肉袒請罪。

（ ）6.「休祲降於天」乃謂 (A)憤怒從天而降 (B)吉凶禍福有了徵兆 (C)天氣變化、風雲變色 (D)禍從天降。

（ ）7.「天下縞素」乃謂 (A)天下人皆穿樸素之衣服 (B)天下人皆穿白色喪服 (C)亡國在即 (D)天下人皆虔誠以待。

（ ）8.「秦王色撓」的「色撓」乃謂 (A)惱羞成怒 (B)臉色和悅 (C)臉色緩和 (D)臉有愧色。

（ ）9.對於下列文句「 」中字的字義說明，何者不正確？ (A)先生坐，何至於此！寡人「諭」矣，「諭」有「明白」之意 (B)布衣之怒，亦免冠徒「跣」，以頭搶地耳，「跣」

是指用草編織的鞋子 (C)寡人欲以五百里之地「易」安陵，安陵君其許寡人，「易」是「交換」的意思 (D)今吾以十倍之地，請「廣」於君，而君逆寡人者，輕寡人與，「廣」為「擴大」之意。

（ ）10. 下列各組「 」內的字，讀音相同的選項是 (A)浩浩湯湯，「橫」無際涯／則遇憂患「橫」逆之來 (B)不敢以功名自「矜」／「矜」寡孤獨廢疾者皆有所養 (C)安陵君因「使」唐雎使於秦／齊王「使」使者問趙威后 (D)竊以為與君實游處相「好」之日久／以為人情「好」譽。

*（ ）11. 下列文句中「以」字的用法，何者相同？ (A)布衣之怒，亦免冠徒跣，「以」頭搶地耳 (B)且秦滅韓亡魏，而君「以」五十里之地存者 (C)而安陵以五十里之地存者，徒「以」有先生也 (D)寡人欲「以」五百里之地易安陵，安陵君其許寡人 (E)今吾「以」十倍之地，請廣於君，而君逆寡人者，輕寡人與。

*（ ）12. 試研判以下文句的語氣，何者說明有誤？ (A)「安陵君其許寡人」——命令的語氣 (B)「越哉！臧孫之為政也」——責備的語氣 (C)「今先生儼然不遠千里而庭教之，願以異日」——敷衍的語氣 (D)「嗟乎！貧窮則父母不子，富貴則親戚畏懼」——感歎的語氣 (E)「此二子弗業，一女不朝，何以王齊國子萬民乎」——叮嚀的語氣。

*（ ）13. 下列文句完全無錯別字的選項是 (A)這間百年老屋嚴重漏水，若不經一番修茸，恐怕無法居住 (B)他一生的豐功偉業，多到用一本書都寫不完，可謂功業彪炳 (C)父親為了給孩子最好的物質生活，努力工作掙錢，卻忽略了親子之間情感的交流 (D)在史書當中，歷代昏君的共通之處，都是怠忽職守，貪圖享樂，一任國事糜爛 (E)貝多芬雖然耳聾，但靠著天才和努力，克服一切困難，留下許多震憾人心的作品。

*（ ）14. 修辭學的「設問」一格，有「提問」、「激問」及「懸問」三種方式。其中「激問」亦稱「反問」，問者透過「問而不答」的方式，將答案預藏在問題的反面，而促使讀者深思反省後回答。下列選項中何者屬之？ (A)寡人以五百里之地易安陵，安陵君不聽寡人，何也 (B)今天下多類此，而民莫敢肆其怒與黜罰，何哉？勢不同也 (C)安陵君受地於先生而守之，雖千里不敢易也，豈直五百里哉 (D)賈母因問：「寶

玉怎麼不見？」眾丫頭們答說：「在池子裡船上呢」 (E)後世之君，欲以如父如天之空名，禁人之窺伺者，皆不便於其言，至廢孟子而不立，非導源於小儒乎。

*（ ）15.對於下列文化常識的解說，正確的選項是 (A)頓首、稽首、拜手都是古代「九拜」中的禮節；其中「拜手」在「九拜」中表最重之禮 (B)中國從西漢武帝建元元年一直到清宣統三年，共計兩千零五十二年的歷史，都是用年號來紀年 (C)明代形成了完備的科舉考試制度，共分四級，即院試、鄉試、會試、殿試；考試的主要內容為八股文 (D)古代有多種方式表示年齡。年且九十，表九十歲；耄耋，表八、九十歲；中壽，表七十歲；而立之年，表三十歲；芳齡二八，表二十八歲 (E)古人有名、有字也有號。一般說來，對先輩尊稱其字或號，不能稱名；平輩間則互稱字；對晚輩及卑者則稱其名；自稱或謙稱時亦稱名。

非選題

(一)下列「 」中成語的使用，何者正確？（請以○、×標示）

（ ）1.父母不辭辛勞地把我撫養成人，現在換我以「風木之思」來回報他們了。

（ ）2.當你和朋友樂遊忘歸時，要記得媽媽正「倚閭而望」，還是早點回家吧！

（ ）3.經過父母不厭其煩的「耳提面命」，我的疑惑終於豁然開朗，非常開心。

（ ）4.張老師一向以開明的態度教導我們，與書上所描述的「春風時雨」完全相合。

（ ）5.他是班上的數學小老師，果然「克紹箕裘」，每次考試總是有最好的成績。

(二)語譯：

昔者海鳥止於魯郊，魯侯御而觴之於廟，奏〈九韶〉（舜樂名。）以為樂，具太牢（祭品兼具牛、羊、豬。）以為膳。鳥乃眩視憂悲，不敢食一臠（肉塊。），不敢飲一杯，三日而死。

答：

樂毅報燕王書

選擇題（*為多選題）

（ ）1.本文旨在說明 (A)樂毅報答燕昭王的經過 (B)樂毅逃到趙國後，答覆燕惠王對他責難的信 (C)樂毅陳述逃難經過的信 (D)樂毅上給燕惠王陳述治國的奏章。

（ ）2.下列敘述何者為非？ (A)先王「過」舉：意同一之謂「甚」，其可再乎 (B)假「節」

於魏王：符節　(C)以身得「察」於燕：觀察　(D)高世之心：指的是鴻鵠之志。

（　）3. 就本文而言，作者以為賢君應該是　(A)重視節操　(B)用人唯才　(C)賞罰嚴明　(D)溫柔敦厚。

（　）4. 下列敘述何者為是？　(A)舉錯：舉發過錯　(B)假節：假的符節　(C)免身：免於身受禍患　(D)御者之「親」：親近。

（　）5. 「離毀辱之非，墮先王之名者，臣之所大恐也」的「離」、「墮」係指：(甲)通「罹」、「隳」；(乙)義為「遭受」、「毀壞」；(丙)音為「ㄌㄧˊ」、「ㄉㄨㄛˋ」。其中正確者為　(A)(甲)(乙)(丙)　(B)(乙)(丙)　(C)(甲)(乙)　(D)(甲)(丙)。

（　）6. 下列敘述何者為非？　(A)惠王疑樂毅，係中齊人反間之計　(B)樂毅最後成為燕趙兩國之客卿，足見其外交手腕之滑潤　(C)全文直接稱先王者凡十五次，是有感於昭王的知遇之恩　(D)惠王用人不當，疑忌功臣。

（　）7. 「今王使使者數之罪」的敘述何者為非？(A)使：上字為動詞，下字為名詞　(B)數：數說；責備　(C)意指現在君王派人來數說臣的罪過　(D)今王：指燕昭王。

（　）8. 「以齊為事」乃謂　(A)以報齊仇為己事　(B)當作是齊國的事　(C)以齊國的事當作自己的事　(D)除了有關齊國的事外，都不是事。

（　）9. (甲)臣恐侍御者之不察先王之所以畜「幸」臣之理；(乙)臣自以為奉令承教，可以「幸」無罪矣；(丙)臨不測之罪，以「幸」為利者，義之所不敢出也；(丁)財物無所取，婦女無所「幸」；(戊)隋煬帝之「幸」江都也；(己)教吾子與汝子「幸」其成。上列「　」內的「幸」字義，共有幾種？　(A)二種　(B)三種　(C)四種　(D)五種。

（　）10. 「臣雖不佞，數奉教於君子矣」，句中「數」字義與下列哪個選項相同？　(A)今夫弈之為「數」，小數也　(B)則凡「數」州之土壤，皆在衽席之下　(C)會「數」而禮勤，物薄而情厚　(D)「數」罟不入洿池，魚鼈不可勝食也。

*（　）11. 下列「　」內的詞語，解釋正確的選項是(A)為將軍久「暴露於外」：意謂長久在外　(B)故召將軍「且休計事」：意謂暫時休息，並且商議國事　(C)將軍過聽，以與寡人有「隙」：嫌隙　(D)恐抵「斧質之罪」：意謂死罪　(E)不以官隨其愛，「能當者處之」：意謂使有才能者居其官職。

*（　）12. 下列「　」內的字詞，敘述正確的選項是(A)「高世之心」：意謂隱居之心志　(B)「閑」

於兵甲：熟習 (C)莫「徑」於結趙矣：走小路 (D)「顧反命」：回來覆命 (E)自「五伯」以來，功未有及先王者也：五霸。

*（ ）13.下列各組「 」內的字義，兩兩相同的選項是 (A)燕王乃使人「讓」樂毅／獨有鳳姐、鴛鴦二人撐著，還只管「讓」劉老老 (B)遂「捐」燕而歸趙／棄禮義，「捐」廉恥 (C)「會」先王棄群臣／「會」其怒，不敢獻，公為我獻之 (D)以臣為不「頓」命，故裂地而封之／甲兵「頓」敝 (E)「施」及萌隸，皆可以教於後世／「施」及孝文王、莊襄王，享國日淺。

*（ ）14.有關〈樂毅報燕王書〉，下列敘述正確的選項是 (A)全文稱先王者凡十五次，一方面感於昭王的知遇之恩，一方面也是對惠王疑忠遠賢的慨歎 (B)昭王知人善任，用人不疑，能「察能而授官」，惠王卻用人不當，疑忌功臣 (C)昭王能因功而授祿，裂地而封；惠王卻奪其兵權，欲置之死 (D)昭王能「功立而不廢」，惠王卻七十餘城復失 (E)明為感念昭王之賢聖，實暗示惠王之愚闇，不出惡聲而寓諷諫。

*（ ）15.下列文句運用「排比」修辭格的正確選項是 (A)王若欲攻之，則必舉天下而圖之。舉天下而圖之，莫徑於結趙矣 (B)臣聞賢聖之君，不以祿私其親，功多者授之；不以官隨其愛，能當者處之 (C)故察能而授官者，成功之君也；論行而結交者，立名之士也 (D)大呂陳於元英，故鼎反於曆室，齊器設於寧臺 (E)昔者伍子胥說聽乎闔閭，故吳王遠迹至於郢。夫差弗是也，賜之鴟夷而浮之江。

非選題

(一)歷史的許多典故，化為成語，雖只有簡潔的四個字，我們卻仍能在其中感受到成語故事中相關人物的風貌。試為下列典故，找出主角人物來：

1.韋編三絕：

2.臥薪嘗膽：

3.坦腹東牀：

4.圖窮匕現：

5.四面楚歌：

(二)寫出下列史學之特殊者：

1.中國國別史之祖：

2.中國通史之祖：

3.中國斷代史之祖：

4.中國紀傳體之祖：

5.中國編年史之祖：

諫逐客書

選擇題（*為多選題）

（　）1.本文旨在說明　(A)逐客之令有違舉才之義　(B)客卿對秦之偉大貢獻　(C)逐客秦國必危　(D)以上皆是。

（　）2.下列敘述何者為非？　(A)民以「殷盛」：富足　(B)至今「治彊」：安定強大　(C)乘「纖離」之馬：古良馬名　(D)百姓「樂用」：樂於使用。

（　）3.「遊閒於秦」的「遊閒」乃謂　(A)遊樂偷閒　(B)遊說離間　(C)優遊自在　(D)穿梭往來。

（　）4.下列何者為秦之寶？　(A)太阿之劍　(B)駿馬駃騠　(C)阿縞之衣　(D)以上皆非。

（　）5.「飾後宮、充下陳」的「充下陳」意指　(A)侍妾很多　(B)房舍很多　(C)寶物很多　(D)客士很多。

（　）6.「太山不讓土壤，故能成其大」可用何句成語形容？　(A)厚積薄發　(B)有容乃大　(C)日積月累　(D)安土重遷。

（　）7.「藉寇兵而齎盜糧」乃謂　(A)借給敵兵糧食　(B)向敵人借兵來偷盜糧食　(C)把兵器借給敵兵，將糧食送給盜賊　(D)押解敵兵，並且搜括他們的糧食。

（　）8.有關本文敘述，下列何者為非？　(A)舉實證以明客卿使秦強大　(B)列舉秦王之玩皆出自異國　(C)強調逐客非跨海內、制諸侯的良策　(D)指出藉兵齎糧才能強己制敵。

（　）9.(甲)功「施」到今：ㄧˋ；(乙)樹靈「鼉」之鼓：ㄧˊ；(丙)阿「縞」之衣：ㄍㄠˇ；(丁)損民以益「讎」：ㄔㄡˊ；(戊)彈箏搏「髀」：ㄆㄧˋ；(己)藉寇兵而「齎」盜糧：ㄓㄞ。上列「　」內字音正確的選項是哪些？　(A)(甲)(乙)(丁)　(B)(乙)(丁)(戊)　(C)(甲)(丙)(丁)　(D)(乙)(丙)(己)。

（　）10.本文以何字為論辯主軸貫串全文？　(A)諫　(B)逐　(C)客　(D)書。

*（　）11.錯綜修辭法為了避免字面重複，而使用同義的詞語來替代，稱為「抽換詞面」。下列各選項中何者使用此種修辭法？　(A)拔三川之地，西并巴蜀，北收上郡，南取漢中，包九夷，制鄢郢，東據成皋之險，割膏腴之壤　(B)勝負之數，存亡之理，當與秦相較，或未易量　(C)齊人未嘗賂秦，終繼五國遷滅，何哉？與嬴而不助五國也　(D)奉之彌繁，侵之愈急　(E)是以太山不讓土壤，故能成其大；河海不擇細流，故能就其深；王者不卻眾庶，故能明其德。

＊（　）12. 「借代」是指在語文中借用其他詞句或名稱來代替一般經常使用的詞句或名稱的一種修辭技巧，請選出以下使用這種修辭法借代為「人物」的語句 (A)臣本「布衣」 (B)今乃棄「黔首」以資敵國 (C)所以飾後宮、充「下陳」 (D)「烽火」連三月 (E)「羅紈」之盛。

＊（　）13. 李斯認為「五帝、三王之所以無敵也」的原因為何？ (A)地廣者粟多，國大者人眾，兵彊則士勇 (B)移風易俗，民以殷盛，國以富彊，百姓樂用，諸侯親服 (C)飾後宮、充下陳、娛心意、說耳目者 (D)太山不讓土壤，故能成其大；河海不擇細流，故能就其深；王者不卻眾庶，故能明其德 (E)地無四方，民無異國，四時充美，鬼神降福。

＊（　）14. 有關〈諫逐客書〉，下列敘述何者正確？ (A)文中指出「不問可否，不論曲直，非秦者去，為客者逐」為不當之舉 (B)文中藉三皇五帝重用客卿以成帝業之例，諷逐客之不當 (C)「傅璣之珥」與「象白駝峰」皆指美味珍饈 (D)文中提出用人的標準是「地無四方，民無異國」、「不卻眾庶」 (E)「鄭衛桑間」是靡靡之音，「彈箏搏髀」是粗獷之聲，「〈韶〉虞武〈象〉」為高雅之樂。

＊（　）15. 「移風易俗，民以殷盛」句中「易」字義，與下列何者相同？ (A)以亂「易」整，不武 (B)天下有道，丘不與「易」也 (C)聖人復起，不「易」吾言矣 (D)當其「易」也，惜旦夕之力 (E)省刑罰，薄賦斂，深耕「易」耨。

非選題

(一)字形字音測驗：

1. 「ㄧㄠˇ」窕：　2. 「ㄑㄧㄢˊ」首：

3. 膏「ㄩˊ」之壤：　4. 彈箏搏「髀」：

5. 損民以益「讎」：

(二)語譯：

是以太山不讓土壤，故能成其大；河海不擇細流，故能就其深；王者不卻眾庶，故能明其德。

答：

卜居

選擇題（＊為多選題）

（　）1. 本文旨在藉與漁父之對答以示 (A)不與世俗同流合汙之情懷 (B)借蓍龜不足以決疑 (C)楚國貴族愚闇不明 (D)對楚懷王蔽障於讒諂的控訴。

（　）2. 下列敘述何者為非？ (A)呢呰栗斯、喔咿

儒兒：形容巧言令色、曲己迎人的醜態 (B)神有所不「通」：通曉 (C)「因」先生決之：憑藉 (D)超然高舉以「保真」：保證真實。

( ) 3.「蔽鄣於讒」乃謂 (A)被小人所遮蔽阻攔 (B)為讒言所毒 (C)逃讒避鄣 (D)讒害忠良，蔽遮君聽。

( ) 4.「悃悃款款、朴以忠乎」的「悃悃款款」形容 (A)愚昧貌 (B)緩慢貌 (C)誠懇貌 (D)深情貌。

( ) 5.「將送往勞來斯無窮乎」的「送往勞來」意指 (A)忙於應酬 (B)奔波忙碌 (C)接待辛勞 (D)接送賓客。

( ) 6.「黃鐘毀棄，瓦釜雷鳴」乃謂 (A)君子見放，小人當道 (B)是非混淆，黑白不分 (C)改朝換代，江山易主 (D)禮制崩壞，樂制殘敗。

( ) 7.「尺有所短，寸有所長」比喻 (A)占筮各有定則，難辨孰是孰非 (B)不同的情況不同的標準不能一概而論 (C)君子小人各有所長不能較論 (D)龜卜與蓍筮各有所勝，不能以偏概全。

( ) 8.有關本文的敘述何者為非？ (A)全文從疑惑到苦悶，從求卜到體悟 (B)採先揚後抑筆法為之 (C)採用對比和比喻的方法，把善與惡、光明與黑暗凸顯出來 (D)全文充滿憤世嫉俗的不平之慨。

( ) 9.如果你到圖書館借閱有關屈原的作品，下列哪一書籍應列為優先選擇？ (A)《詩經》 (B)《楚辭章句》 (C)《玉臺新詠》 (D)《唐宋八大家文鈔》。

( ) 10.〈卜居〉：「哫訾栗斯、喔咿儒兒。」其義與下列何者最為接近？ (A)巧言、令色、足恭 (B)齊家、治國、平天下 (C)少苦操勞、中苦飢乏、老苦疾疢 (D)一飯十金、一衣百金、一室千金。

*( ) 11.下列各組句子「 」內的字，意義相同的是 (A)蟬翼為「重」/勳「重」於當世 (B)君「安」驪姬/「安」反側於萬物 (C)衛人以龜為有「知」也/竭「知」盡忠 (D)寧廉潔正「直」以自清乎/「直」以不能內省諸己 (E)從而「謝」焉，終不食而死/詹尹乃釋策而「謝」。

*( ) 12.下列文句中成語的使用，哪些是正確的？ (A)在這個現實的社會裡，不「淈泥揚波」的人，常被讒邪所忌 (B)他自視甚高，雖然屈居下位，但「懷寶迷邦」，不趨炎附勢，令人欽佩 (C)這不過是一首「瓦釜之聲」

的曲子，卻流行到瘋狂的地步，真令人不可思議 (D)社會是一個大染缸，年輕人往往不到幾年，就由堅持理想淪落到「隨波逐流」了 (E)現代社會，人多事雜，遇到突發狀況，千萬不能「痛定思痛」，否則事情一定不能妥善處理。

*（ ）13. 下列各項皆運用了譬喻，選出正確的敘述 (A)「燕巢飛幕」喻幻想 (B)「如脂如韋」喻身軀的潔白 (C)「吞舟是漏」喻法網寬大 (D)將與「雞鶩」爭食乎：喻小人 (E)「汜汜若水中之鳧」喻隨俗浮沉。

*（ ）14. 下列以「屈原」為中心的說明文字，哪些是正確的？ (A)楚之公族，事楚懷王，為三閭大夫，很受信任 (B)上官大夫靳尚與之爭寵，而心害其能，乃向懷王進讒 (C)屈原遭到毀謗誣陷，楚懷王將他流放到江南 (D)頃襄王即位，再遭令尹子蘭、上官大夫靳尚讒言，被放逐到漢北 (E)秦將白起攻破郢都，楚國覆亡在即，屈原懷抱憂憤，自投汨羅江而死。

*（ ）15. 下列對於《楚辭》一書的相關說明，哪些正確無誤？ (A)是戰國時代南方楚國的詩歌 (B)是中國浪漫文學的始祖，戰國南方文學的代表 (C)東漢宋玉著《楚辭章句》，其中有屈原作品二十五篇 (D)內容大抵「書楚語，作楚聲，紀楚地，名楚物」，故謂之《楚辭》 (E)屈原作品比喻新麗、想像奇幻、情感奔放、格律自由，反映出獨特的生命情調。

非選題

(一)請寫出「 」中的通同字：

1.「朴」以忠：

2.蔽「鄣」於讒：

3.竭「知」盡忠：

4.以「潔」楹乎：

5.寧與騏驥「亢」軛乎：

(二)語譯：

世溷濁而不清，蟬翼為重，千鈞為輕；黃鐘毀棄，瓦釜雷鳴。

答：

對楚王問

選擇題（*為多選題）

（ ）1. 本文旨在藉「曲高和寡」的譬喻，致慨於 (A)寧為雞首，不為牛後 (B)刻鵠不成，尚類鶩 (C)聖人奇偉，不見知於世 (D)寧為人中鳳，不為簷下雀。

（　）2.下列敘述何者為非？ (A)鳳凰「上擊」九千里：振翅高飛 (B)「藩籬」之鷃：外地飛來的候鳥 (C)「尺澤」之鯢：極言其小 (D)先生其有「遺行」與：過失的行為。

（　）3.下列敘述何者為是？ (A)夫「聖人」瑰意琦行：指堯舜 (B)〈陽春白雪〉：指冬春之交 (C)〈下里巴人〉：指西秦俗曲 (D)尺澤之鯢：指世俗之民。

（　）4.下列敘述何者為非？ (A)宋玉在文中以聖人自居 (B)就章法結構而言，本篇文字全用借喻 (C)古代音樂中的五音是宮商角徵羽 (D)文中宋玉處處凸顯露才揚己之筆。

（　）5.「翱翔乎杳冥之上」的「杳冥」意謂 (A)冥府 (B)青天 (C)眇遠幽深之處 (D)天際。

（　）6.「引商刻羽」乃謂 (A)用商羽二音 (B)求曲調的變化與和諧 (C)提高商音，降低羽音 (D)用商音去和羽音。

（　）7.「藩籬之鷃」和「尺澤之鯢」都是作者用來比喻 (A)君子 (B)隱士 (C)小人 (D)世俗之人。

（　）8.下列敘述何者為非？ (A)國中「屬」而和者：接續 (B)先生「其」有遺行與：同「豈」 (C)「負」蒼天：背負 (D)崑崙之「墟」：大丘。

（　）9.(甲)〈陽阿「薤」露〉：ㄐㄧㄡˇ；(乙)雜以流「徵」：ㄓㄥ；(丙)魚有「鯤」：ㄎㄨㄣ；(丁)絕雲「霓」：ㄋㄧˊ；(戊)「翱」翔乎杳冥之上：ㄍㄠ；(己)暴「鬐」於碣石：ㄑㄧˊ。上列「　」內的字，讀音完全正確的選項是 (A)(甲)(乙)(戊) (B)(乙)(戊)(己) (C)(丙)(丁)(己) (D)(丁)(戊)(己)。

（　）10.依文意推敲，下列曲調最低俗的正確選項是 (A)〈下里巴人〉 (B)〈陽阿薤露〉 (C)〈陽春白雪〉 (D)引商刻羽。

*（　）11.依文意推敲，有關〈對楚王問〉一文，下列敘述正確的選項是 (A)本段文章的主旨是說明楚襄王聽信讒言，欲加罪於宋玉 (B)依文意，文中所述的曲調，格調最粗俗的是「引商刻羽，雜以流徵」 (C)依文意，文中所述的曲調，格調最高的是〈下里巴人〉 (D)「先生其有遺行與？何士民眾庶不譽之甚也」，意謂先生大概有過失的行為吧？不然，為什麼士人和百姓都很不稱讚你呢 (E)本文以高超卓拔的文字來描寫宋玉之才，藉以反襯出世俗之無知。

*（　）12.下列各組「　」內的字義，兩兩相異的選項是 (A)先生其有「遺」行與／客從遠方來，「遺」我雙鯉魚 (B)國中「屬」而和者

數千人／舉酒「屬」客　(C)「絕」雲霓／「絕」江河　(D)「暴」鬐於碣石／「暴」霜露　(E)使得畢其「辭」／故受命而弗「辭」。

*（　）13.下列文句屬於猜測語氣的正確選項是　(A)夫尺澤之鯢，豈能與之量江海之大哉　(B)先生其有遺行與　(C)夫聖人瑰意琦行，超然獨處，世俗之民，又安知臣之所為哉　(D)聖人之所以為聖，愚人之所以為愚，其皆出於此乎　(E)願請先王之祭器，立宗廟於薛。

*（　）14.下列「　」內的詞語，解釋正確的選項是　(A)「士民眾庶」：士人與百姓　(B)「雜以流徵」：中間加入抑揚流盪的徵調　(C)「曲高和寡」：曲調愈高，唱和的人就愈少　(D)「暮宿於孟諸」：傍晚又游回孟諸澤歇宿　(E)「瑰意琦行」：奇偉不凡的思想和行為。

*（　）15.關於《楚辭》的敘述正確的選項是　(A)由多人撰作，集成一書　(B)內容偏重寫實　(C)為南方文學的代表　(D)王逸取屈原、宋玉、賈誼等人作品合為一集，加以注釋，合為《楚辭章句》　(E)宋玉為屈原弟子。

非選題

(一)下列是一段有關中國古典詩歌發展的敘述，其中對＿＿處敘述正確的選項是：

「中國古典詩歌的發展，先秦時期有北方的《詩經》與南方的《楚辭》，前者句型以(a)＿＿為主，自有莊重之音；後者則以帶有(b)＿＿字的語氣詞構句，別成曼妙之調。(c)＿＿，五言詩的寫作已臻於成熟，由一群佚名作者所作的(d)＿＿，即為此時的代表作。到了(e)＿＿，七言詩也日益流行，並漸漸注重聲韻格律。迄唐代繼承前代句型與聲律的實驗成果，終於確立近體詩的規範。」

(A)(a)應填入「四言」　(B)(b)應填入「兮」　(C)(c)應填入「西漢末期」　(D)(d)應填入「古詩十九首」　(E)(e)應填入「東漢初期」

答：

(二)寫出下列有關形容音樂的成語的意義：

1. 響遏行雲：
2. 高山流水：
3. 下里巴人：
4. 曲高和寡：
5. 金聲玉振：

卷五 漢文

五帝本紀贊

選擇題（＊為多選題）

（　）1.本文旨在說明 (A)諸子的論述五帝文辭多不夠高雅合理，故後人不予採信 (B)因為風俗各異，故無法取得五帝真正的事跡 (C)司馬遷編寫〈五帝本紀〉的理由及根據 (D)由於《尚書》從堯記載，故五帝之事人多不述。

（　）2.下列敘述何者為非？ (A)東「漸」於海：至 (B)固難為淺見寡聞「道」也：知道 (C)余并論「次」：依次 (D)《書》缺有「閒」矣：缺漏。

（　）3.後人往往不信五帝事跡的理由，下列敘述何者為非？ (A)五帝事跡的道德太高尚了 (B)諸子百家言五帝多不合理 (C)《書經》中或有缺漏 (D)《尚書》只從堯開始記錄，故令後人懷疑其真實性。

（　）4.「不離古文者近是」的「古文」指 (A)〈五帝德〉及〈帝繫姓〉 (B)《春秋》及《國語》 (C)《尚書》 (D)《論語》。

（　）5.下列解釋何者為非？ (A)其發明〈五帝德〉、〈帝繫姓〉，「章」矣：明顯 (B)風教「固」殊焉：本來 (C)南「浮」江淮矣：汎 (D)儒者或不「傳」：傳送。

（　）6.「至長老皆各往往稱黃帝堯舜之處，風教固殊焉」乃謂 (A)各地長老意見不同，故五帝事不可信 (B)各地長老所述之五帝事，雖有不同，唯風俗則異，故五帝事可信 (C)各地長老對五帝事各持己見，無法溝通，原因是因為風俗不同，故五帝事可信 (D)各地長老認為五帝事，乃風俗差異所造成的，故不可信。

（　）7.下列敘述何者為是？ (A)學者多稱五帝，尚矣：指學者多認為五帝之事的時代太久遠了 (B)百家言黃帝，其文不雅馴：是說諸子百家對五帝的記載多不合理、不高雅 (C)不離古文者近是：不離開古書的就是了 (D)《書》缺有間矣：《尚書》的缺失是有間隔造成的。

（　）8.「顧弟弗深考」是指 (A)回顧弟弟沒有深入思考的結果 (B)顧及弟弟，所以沒有深入思考 (C)但是弟弟並沒有深入思考 (D)但是一般人並沒有深入思考。

（　）9.(甲)薦「紳」：ㄕㄣ；(乙)宰「予」：ㄩˇ；(丙)

「涿」鹿：ㄓㄨㄛˊ；(丁)顧「弟」：ㄊㄧˋ；(戊)表「見」皆不虛：ㄒㄧㄢˋ；(己)《書》缺有「間」：ㄐㄧㄢˋ。上列「 」內字音正確的選項是 (A)(乙)(丙)(己) (B)(丙)(丁)(戊) (C)(乙)(丁)(己) (D)(甲)(戊)(己)。

（ ）10. (甲)東「漸」於海；(乙)天下苟不免用兵，而用之不以「漸」；(丙)以為生事擾民，「漸」不可長；(丁)其「漸」之滫，君子不近，庶人不服；(戊)西力東「漸」；(己)聖賢起陸之「漸」，際會如期。上列「 」內的字義，共有幾種？ (A)二 (B)三 (C)四 (D)五種。

*（ ）11. 下列各組「 」內的字義，兩兩相同的選項是 (A)學者多稱五帝，「尚」矣／《「尚」書》 (B)其文不「雅」馴／擇其言尤「雅」者 (C)風教「固」殊焉／「固」難為淺見寡聞道也 (D)所表「見」皆不虛／時時「見」於他說 (E)不離古文者近「是」／子於「是」日哭，則不歌。

*（ ）12. 太史公認為《史記》的上限應起於黃帝，是因為從以下哪些古籍中找到可信的資料？ (A)《尚書》 (B)《禮記》 (C)《春秋》 (D)《國語》 (E)《戰國策》。

*（ ）13. 太史公認為《史記》的上限應起於黃帝，其考信根據，以下選項何者為是？ (A)先秦諸子書籍中，有大量關於黃帝的可信記載 (B)各地風教不一，但都傳誦著黃帝的事跡 (C)《春秋》、《國語》等古籍中都有此說法 (D)《尚書》中雖不記黃帝事跡，但其所遺漏的部分，在〈五帝德〉及〈帝繫姓〉都可看見 (E)薦紳先生都肯定如此說法。

*（ ）14. 「中國歷史悠久，典籍殘缺不全或傳抄錯誤勢所難免，若無太史公考證之心，則□□□的情形，將層出不窮。」缺空的詞語可以是 (A)郭公夏五 (B)晉《乘》楚《杌》 (C)魯魚亥豕 (D)三豕涉河 (E)別風淮雨。

*（ ）15. 關於《史記》，以下敘述何者正確？ (A)「史記」本為史書之通稱 (B)司馬遷《太史公書》成書後，世人深感讚佩，故自漢始，《史記》即成為司馬遷著書之專稱 (C)《史記》是通史之祖、正史之首 (D)清金聖嘆列為「天下六才子書」之一 (E)「本紀」記帝王，「世家」記諸侯，「列傳」記人物，因此，《史記》中將項羽列為「世家」，孔子列為「列傳」。

非選題

(一)寫出以下對聯所歌詠的人物：

1. 剛直不阿留得正氣沖霄漢，幽思發憤著成信史照塵寰：
2. 泗水文章昭日月，杏壇禮樂冠華夷：

㈡語譯：

至長老皆各往往稱黃帝堯舜之處，風教固殊焉。總之，不離古文者近是。

答：

項羽本紀贊

選擇題（＊為多選題）

（　）1. 本文旨在評論　(A)項羽興起的過程　(B)項羽成敗的原因　(C)項羽的剛愎自用　(D)項羽的善戰能力。

（　）2.「羽豈其苗裔邪」是說　(A)項羽豈是苗疆之人　(B)項羽豈是堯的後代　(C)項羽難道是舜的後代　(D)項羽難道是苗族的後代。

（　）3. 下列敘述何者為非？　(A)吾聞之周生：是說太史公聽一位姓周的學生談到　(B)豪傑蠭起：是說群雄蜂擁而起　(C)項羽亦重瞳子：項羽的眼睛也是一個眼珠中有兩個瞳孔　(D)政由羽出：政令皆由項羽發布。

（　）4. 下列敘述何者為非？　(A)自「矜」功伐：誇　(B)何興之「暴」也：迅速　(C)遂「將」五諸侯滅秦：率領　(D)「奮」其私智而不師古：奮鬥。

（　）5.「分裂天下」乃謂　(A)造成天下四分五裂　(B)分割天下給群雄　(C)形成群龍無首的分裂情況　(D)與劉邦二人二分天下。

（　）6. 有關太史公對項羽的看法，下列敘述何者為非？　(A)其失敗乃根源於「王侯叛己」　(B)不效法古聖先賢　(C)是近代難得一見的人物　(D)臨死猶怪天，尚不悟己過。

（　）7.「羽非有尺寸」乃謂　(A)項羽不但心中自有分寸　(B)項羽家中並無任何產業　(C)項羽沒有任何分寸　(D)項羽沒有尺寸的土地。

（　）8. 下列敘述何者為非？　(A)陳涉首難：陳涉第一個發難　(B)欲以力征經營天下：想要以武力來治理天下　(C)背關懷楚：背離關中約定，而且懷疑楚人　(D)而不自責「過」矣：錯誤。

（　）9.〈項羽本紀贊〉中引項羽言：「天亡我，非用兵之罪也」項羽此言意謂　(A)滅亡並非由於士卒少　(B)滅亡並非由於武備不足　(C)滅亡並非由於不擅長作戰　(D)滅亡並非由於民心不夠團結。

（　）10. 太史公之所以將「項羽」列入本紀，有其

一定的看法，從以下哪一句中可以看出？ (A)「五年卒亡其國。身死東城，尚不覺寤，而不自責過矣」 (B)「自矜功伐，奮其私智而不師古，謂霸王之業，欲以力征經營天下」 (C)「吾聞之周生曰：『舜目蓋重瞳子。』又聞項羽亦重瞳子。羽豈其苗裔邪？何興之暴也」 (D)「三年，遂將五諸侯滅秦，分裂天下而封王侯，政由羽出，號為霸王。位雖不終，近古以來，未嘗有也」。

*（ ）11. 文言中數目字的使用有虛、實兩種用法。試研判下列選項中的數目字，何者為實數？ (A)「三」綱實繫命 (B)「九」族無可繼者 (C)政通人和，「百」廢具興 (D)凡「百」元首，承天景命 (E)「三」顧臣於草廬之中。

*（ ）12. 下列「 」中的詞語，哪一句經代換，文意仍相同？ (A)「好行小慧」，難矣哉——「好施小惠」 (B)「言之不怍」，則為之也難——「大言不慚」 (C)公道自在人心，此事終有「水落石出」的一天——「真相大白」 (D)劉老老說道：「才說嘴，就打了嘴」——「說曹操，曹操就到」 (E)大戰過後，旗幟「橫三豎四」的插置在地，真是悽慘——「七零八落」。

*（ ）13. 下列對於〈項羽本紀贊〉一文的相關敘述，何者正確？ (A)「身死□東城」句中缺空處宜填「於」 (B)「何興之暴也」意謂項羽興起之速 (C)「怨王侯叛己」「王侯」指項羽所封之王侯 (D)「然羽非有尺寸，乘勢起隴畝之中」「尺寸」意謂權位 (E)「吾聞之周生曰：『舜目蓋重瞳子。』又聞項羽亦重瞳子」一語，為《史記》「太史公曰」中體例之「補軼事」。

*（ ）14. 以下紀念歷史人物的廟宇與歌詠人物事跡之對聯，配對正確的選項是 (A)「三閭大夫祠」：何處招魂香草還生三戶地／當年呵壁湘流應識九歌心 (B)「諸葛武侯祠」：天意欲興劉到此英雄難用武／人心猶慕項至今父老尚稱王 (C)「武聖關公祠」：顧曲有閒情不礙破曹真事業／飲醇原雅量偏嫌生亮並英雄 (D)「延平郡王祠」：開萬古得未曾有之奇洪荒留此山川作遺民世界／極一生無可如何之遇缺憾還諸天地是創格完人 (E)「孔廟」：衛靈公遣公治長祭泰伯於鄉黨中先進里仁舞八佾／梁惠王命公孫丑請滕文在離婁上盡心告子讀萬章。

*（ ）15. 中國文化源遠流長，下列關於各篇章書籍

的說明，何者正確？ (A)《左傳》編年記事，以魯史為中心，是研究春秋史事的重要典籍 (B)《史記》和《資治通鑑》皆為紀傳體，欲研究西漢史事，二書皆可提供參考 (C)《文心雕龍》、《典論．論文》一為專書，一為單篇，皆為研究文學理論之重要依據 (D)《詩經》篇名皆取自詩中引發意興的事物，如〈關雎〉、〈蓼莪〉，是研究「興」體作法的依據 (E)《楚辭》是中國浪漫文學的始祖，戰國南方文學的代表，內容大抵「書楚語，作楚聲，紀楚地，名楚物」，故謂之「《楚辭》」。

非選題

(一)請寫出相對應的人物：

1. 六一先生——
2. 臨川先生——
3. 涑水先生——
4. 醉吟先生——
5. 正學先生——

(二)請就下列詩句的內涵，寫出詩中所歌詠的植物：

(　　) 1. 怕愁貪睡獨開遲，自恐冰容不入時，故做小紅桃杏色，尚餘孤瘦雪霜枝。

(　　) 2. 眾芳搖落獨鮮妍，占盡風情向小園，疏影橫斜水清淺，暗香浮動月黃昏。

(　　) 3. 數樹新開翠影齊，倚風情態被春迷，依依故國樊川恨，半掩村橋半掩溪。

(　　) 4. 落盡殘紅始吐芳，佳名喚作百花王。競誇天下無雙豔，獨上人間第一香。

(　　) 5. 西風昨夜過園林，吹落黃花滿地金。折得一枝還好在，可憐公子惜花心。

秦楚之際月表

選擇題（＊為多選題）

(　　) 1. 本文旨在說明 (A)秦楚紛亂之際，唯有大聖才能承天命而統天下 (B)秦國暴政必亡 (C)項羽用暴虐手段滅秦 (D)秦國滅亡原因及經過。

(　　) 2. 下列敘述何者為非？ (A)踐帝祚：登上帝位 (B)不期而會孟津八百諸侯：與孟津八百諸侯不期而遇 (C)以德若彼：憑功德如虞、夏、商、周 (D)用力如此：像秦這般的使用武力。

(　　) 3. 下列敘述何者正確？ (A)自生民以來：自從生養人民以來 (B)號令三嬗：三次更替號令 (C)軼於三代：銷毀三代事跡 (D)銷鋒鏑：沒收兵器。

(　　) 4. 下列敘述何者為非？ (A)未始有受命若斯之「亟」也：急速 (B)德「洽」百姓：融

洽」 (C)「稍」以蠶食六國：逐漸 (D)「攝行」政事：管理行政。

（　）5.「至始皇，乃能并冠帶之倫」乃謂 (A)到秦始皇才設有冠帶之禮儀 (B)到秦始皇才能併吞六國 (C)到秦始皇才能並行冠、帶之禮節 (D)到秦始皇始知六國冠帶禮儀。

（　）6.太史公在本篇文章中認為漢有天下乃 (A)項羽滅秦 (B)群雄互爭 (C)天意所託 (D)秦自取其亡。

（　）7.下列敘述何者為非？ (A)其後乃放弒：後來才放逐夏桀及誅殺商紂 (B)合從討伐：聯合天下英雄討伐暴秦 (C)維萬世之安：圖謀萬代的安定 (D)鄉秦之禁：如同秦朝的禁令。

（　）8.「無尺土之封」乃謂 (A)沒有多餘的土地可以分封 (B)沒有得到一點點的賞賜 (C)沒有分封諸侯 (D)不求任何土地上的分賞。

（　）9.(甲)初作「難」：ㄋㄢˊ；(乙)踐帝「祚」：ㄗㄨㄛˋ；(丙)號令三「嬗」：ㄊㄢˊ；(丁)德「洽」百姓：ㄒㄧㄚˊ；(戊)「墮」壞名城：ㄉㄨㄛˋ；(己)銷鋒「鏑」：ㄉㄧˊ。上列「　」內的字，讀音完全正確的選項是 (A)(甲)(丙)(戊) (B)(乙)(丁)(己) (C)(丙)(丁)(戊) (D)(丁)(戊)(己)。

（　）10.下列通假字之敘述，錯誤的選項是 (A)「踐帝祚」：祚，通「阼」 (B)「號令三嬗」：嬗，通「禪」 (C)「墮壞名城」：墮，通「惰」 (D)「鄉秦之禁」：鄉，通「向」。

*（　）11.下列「　」內的詞語，解釋正確的選項是 (A)「虐戾」滅秦：殘暴兇狠 (B)「撥亂」誅暴：平亂 (C)「攝行」政事：代理 (D)「考之於天」：受考察於天 (E)「章」於文、繆：善寫文章。

*（　）12.下列「　」內的字屬於「名詞」作副詞的正確選項是 (A)稍以「蠶」食六國，百有餘載 (B)「撥」亂誅暴 (C)銷鋒鏑，「鉏」豪傑 (D)此乃「傳」之所謂大聖乎 (E)豪傑「蠭」起，相與並爭。

*（　）13.「秦既稱帝，患兵革不休，以有諸侯也」，句中「以」字義，與下列哪個選項的「以」字相同？ (A)不「以」物喜，不以己悲 (B)生，事之「以」禮 (C)視其所「以」，觀其所由，察其所安 (D)「以」其無禮於晉，且貳於楚也 (E)「以」地事秦，猶抱薪救火。

*（　）14.下列詩句，屬於歌詠項羽的正確選項是 (A)烏盡良弓勢必藏，千秋青史費評章。區區一飯猶圖報，爭肯為臣負漢王 (B)百戰

疲勞壯士哀，中原一敗勢難回。江東子弟今雖在，肯與君王捲土來 (C)勝敗兵家事不期，包羞忍辱是男兒。江東子弟多才俊，捲土重來未可知 (D)不握兵權只坐籌，苦辭萬戶乞討留。縱令不早尋仙去，天子終無賜醢謀 (E)我來圯橋上，懷古欽英風。唯見碧流水，曾無黃石公。歎息此人去，蕭條徐泗空。

*（　）15.下列「　」內各組字義，兩兩相異的選項是 (A)初作「難」／雖移山填海之「難」，終有成功之日 (B)卒「踐」帝祚／「踐」華山為城 (C)積善累功「數」十年／常「數」月營聚 (D)於是無尺土之「封」／既東「封」鄭，又欲肆其西封 (E)「鄉」秦之禁，適足以資賢者，為驅除難耳／「鄉」為身死而不受，今為宮室之美為之。

非選題

(一)下列四首新詩所歌詠的人物是誰？

1.據說 你喝一斗酒／可以寫詩百篇／在長安市的酒家沉沉睡去／皇帝來喚 你也不應／你說／我是酒中仙／原不侍奉你們人間：

2.南朝的時候／我打此經過／寫了幾首詩／和女子調笑／他們戲稱我為／帝王／歷史要數說我／亡國的罪愆／但是／我的罪／何止亡國？：

3.大江東去，浪濤騰躍成千古／太陽昇火，月亮沉珠／那一波是捉月人／那一波是溺水的大夫／赤壁下，人弔蘇髯似蘇髯在弔古／聽，魚龍東去，擾擾多少水族：

4.他是黑夜中／陡然迸發起來的／一團天火／從江東熊熊焚燒到阿房宮／最後自火中提煉出／一個霸氣磅礡的／名字：

(二)語譯：

然王跡之興，起於閭巷，合從討伐，軼於三代。鄉秦之禁，適足以資賢者，為驅除難耳。

答：

高祖功臣侯年表

選擇題（*為多選題）

（　）1.本文旨在說明 (A)為人臣所應有之責任 (B)漢代功臣驕淫沉淪 (C)漢初封侯功臣興衰之由，以為後人之借鏡 (D)以古非今、以今咎古，皆非所宜。

（　）2.「使河如帶，泰山若厲」乃謂 (A)使黃河變窄，泰山變小 (B)即使黃河變成衣帶那麼細，泰山變成磨刀石那麼小 (C)即使黃河流成帶，泰山如磊 (D)使黃河流布如網

帶，泰山堆疊如礪石。

（　）3.下列敘述何者為非？ (A)積日曰「閱」：經歷 (B)戶益「息」：增長 (C)「篤」于仁義：忠誠 (D)餘皆坐法隕命亡國，「耗」矣：消耗。

（　）4.「而枝葉稍陵夷衰微也」乃謂 (A)其枝葉稍微有些衰敗的跡象 (B)其後代子孫逐漸衰敗下去 (C)其後代子孫稍微有點頹廢 (D)其後代子孫開始衰退。

（　）5.「罔亦少密焉」是說 (A)漢代的法律較不嚴 (B)漢代的法律較秦為遜 (C)漢代的法律稍嫌嚴密 (D)漢代的法律一點也不嚴密。

（　）6.太史公以為功臣後代子孫非為下列何者？ (A)居今誌古，自鑑得失 (B)太過驕溢 (C)太過淫嬖 (D)皆身無兢兢於當世之禁。

（　）7.下列敘述何者為非？ (A)異哉所聞：和我所聽說的不一樣 (B)自全以蕃衛天子：自我保全並且保衛天子 (C)身無兢兢於當世之禁：身體無法與當世的禁令相競爭 (D)豈可緄乎：哪裡可以強求完全相同的呢。

（　）8.「遷于夏商，或數千歲」是指 (A)遷移到夏、商之都，也有數千年了 (B)變化從夏、商開始，一直持續了數千年 (C)遷移到夏、商，至今也經歷了數千年 (D)延續傳到夏朝、商朝，有的已數千年了。

（　）9.(甲)「蕃」衛天子：ㄈㄢ；(乙)「絳」灌之屬：ㄒㄧㄤˊ；(丙)「隕」命：ㄩㄣˇ；(丁)淫「嬖」：ㄅㄧˋ；(戊)豈可「緄」乎：ㄎㄨㄣ；(己)疑者「闕」之：ㄑㄩㄝ。上列「　」內的字，讀音完全正確的選項是 (A)(丙)(丁)(己) (B)(甲)(乙)(丙) (C)(乙)(丁)(戊) (D)(丁)(戊)(己)。

（　）10.(甲)泰山若「厲」；(乙)幽「厲」之後；(丙)未信，以為「厲」己也；(丁)或為遼東帽，清操「厲」冰雪；(戊)即之也溫，聽其言也「厲」；(己)疊是數氣，當之者，鮮不為「厲」。上列「　」內的字義，共有幾種？ (A)三 (B)四 (C)五 (D)六 種。

＊（　）11.下列「　」內的詞語，解釋正確的選項是 (A)「明其等曰伐」：明瞭其階級再去征討 (B)「以言曰勞」：用言語去勸諫帝王，功勞非凡 (C)「小侯自倍」：小侯的封邑為過去的一倍 (D)「察其首封」：考察他們開始受封的情形 (E)「爰及苗裔」：恩澤廣被蠻夷之人。

＊（　）12.「察其首封『所以』失之者」，句中「所以」的字義，與下列哪個選項相同？ (A)志古之道，「所以」自鏡也 (B)觀「所以」得尊

寵 (C)「所以」廢辱 (D)視其「所以」，觀其所由 (E)師者，「所以」傳道、受業、解惑也。

*（ ）13.「隕命亡國」、「以德立宗廟、定社稷曰勳」、「泰山若厲」，以上三句分別使用了何種修辭格？ (A)轉品 (B)轉化 (C)借代 (D)譬喻 (E)對偶。

*（ ）14.有關〈高祖功臣侯年表〉，下列敘述正確的選項是 (A)將人臣之功分五品的制度，始於漢武帝 (B)透過《尚書》和《春秋》的記載，可知「免死狗烹」的情況，由來已久，故司馬遷感歎之 (C)漢興百年間，諸侯銳減的原因，在上則為「罔亦少密」，在下則為「驕溢」「淫嬖」之故 (D)司馬遷嚮往的封建君臣關係為「國以永寧，爰及苗裔」「篤于仁義，奉上法」 (E)暗中譴責帝王寡恩，並為功臣及其後人叫屈。

*（ ）15.下列各組「 」內的字義，兩兩相異的選項是 (A)沛公起「如」廁／小侯自倍，富厚「如」之 (B)「見」侯五，餘皆坐法隕命亡國／表「見」其文 (C)「要」以成功為統紀／張良出，「要」項伯 (D)不欲「固」其根本／與其不孫也，寧「固」 (E)奉「上」法／學者多稱五帝，「尚」矣。

非選題

(一)請寫出以下詩句中，所詠者為何人？

1.不握兵權只坐籌，苦辭萬戶乞討留。縱令不早尋仙去，天子終無賜醢謀：

2.鳥盡良弓勢必藏，千秋青史費評章。區區一飯猶圖報，爭肯為臣負漢王：

(二)語譯：

居今之世，志古之道，所以自鏡也，未必盡同。帝王者，各殊禮而異務，要以成功為統紀，豈可緄乎？

答：

孔子世家贊

選擇題（*為多選題）

（ ）1.本文旨在 (A)景仰孔子的聖德 (B)記述後人對孔子的懷念 (C)考證古代車服禮器 (D)肯定孔子是至聖先師。

（ ）2.「雖不能至，然心鄉往之」乃謂 (A)雖然無法見到孔子，但心中十分嚮往 (B)雖然不能到達孔子的家鄉，但心中十分企慕 (C)雖然不能回到孔子的年代，但心中亦十分嚮往 (D)雖然無法及得上孔子的崇高偉大，但卻一心企慕。

（ ）3.「高山仰止，景行行止」下列敘述何者為

非？ (A)謂高山可以仰望，大道可供循行 (B)行：上指德行，下指行列 (C)止：皆語助詞，無義 (D)景：大。

( ) 4.「余低回留之，不能去云」乃謂 (A)孔廟中有許多車服禮器，目不暇給 (B)太史公景仰孔子對後世影響之深 (C)孔廟十分宏偉壯觀 (D)習禮於孔子的學生很多。

( ) 5.「適魯，觀仲尼廟堂車服禮器，諸生以時習禮其家，余低回留之，不能去云」屬於何種體例？ (A)記述經歷 (B)寓言褒貶 (C)談論去職 (D)補述軼事。

( ) 6.太史公列孔子於世家，乃取因 (A)孔子曾仕魯為司寇 (B)孔子曾作《春秋》 (C)有鑑於孔子對後世影響之深遠，不下於一般君王 (D)讀孔氏書，想見其為人。

( ) 7.「中國言六藝者，折中於夫子」的「折中」乃謂 (A)恰如其分 (B)調和 (C)無過與不及 (D)開始。

( ) 8.「諸生以時習禮其家」乃謂 (A)諸生以時禮來尊敬他 (B)學生到孔廟中學習時禮 (C)學生按時到孔廟中習禮 (D)學生尊敬孔子及其家人。

( ) 9.中國人推崇孔子，各地都設有孔子廟，下列聯語不適用於孔子的是 (A)這一街許多笑話，我二老總不作聲 (B)泗水文章招日月，杏壇禮樂冠華夷 (C)夫子賢於堯舜遠，至誠可與天地參 (D)握其機，半部有以定天下；要之極，一言可以行終身。

( ) 10.下列「 」中之字義，兩兩相同者是 (A)卒「之」為眾人，則其受於人者不至也／問「之」，則曰：彼與彼年相若也，道相似也 (B)諸生以時習禮「其」家／聖人之所以為聖，愚人之所以為愚，「其」皆出於此乎 (C)令作詩，不能稱前時之「聞」／「聞」道有先後，術業有專攻 (D)相去萬餘里，故人心尚「爾」／問君何能「爾」，心遠地自偏。

*( ) 11.下列文句成語使用恰當的選項是 (A)愈談愈投機，愈覺得彼此看法「大相逕庭」 (B)此畫構思精巧，意境悠遠，可謂「匠氣十足」 (C)經過三個月的調查，這起珠寶竊案終於「真相大白」 (D)故宮藝術珍品「童山濯濯」，教人十天半個月也看不完 (E)權貴豪門種種穢行劣跡，縱能遮蓋一時，亦難杜世人「悠悠之口」。

*( ) 12.在文章中往往為了推進論述的意旨，會利用假設句提出一個命題，以便深入分析。下列文句何者運用了「假設語句」？ (A)

《詩》有之：「高山仰止，景行行止。」雖不能至，然心鄉往之 (B)凡有四端於我者，知皆擴而充之矣，若火之始然，泉之始達 (C)悲哉，世也！豈獨一琴哉？莫不然矣！而不早圖之，其與亡矣 (D)使後之為君者，果能保此產業，傳之無窮，亦無怪乎其私之也 (E)如果真正以深情的愛/彌補了嫌隙/碑不再是紀念物/而是信物。

*（　）13. 古人的「名」與「字」有其講究與內在聯繫，請選出敘述正確者 (A)古代稱呼他人時，避其名以表示敬意，故「名」亦稱「諱」 (B)「名」和「字」往往意義相符，如：杜甫，字子美；歸有光，字熙甫 (C)「名」和「字」有時意義相反，互相補足，如：韓愈，字退之；趙孟頫，字子昂 (D)古時兄弟以伯仲叔季排行。先秦時為便於稱呼，常在「字」前加上排行，成為兩個音節，如「仲尼」、「季札」 (E)尊對卑稱「名」，卑對尊自稱也稱「名」。如《論語・先進》子路自稱「由也」，冉有自稱「求也」，孔子亦稱呼他們「由」、「求」。因為子路名「由」，冉有名「求」。

*（　）14. 下列關於孔子言行的敘述，正確的選項是 (A)其為學與教人的態度為「學而不厭，誨人不倦」 (B)「飯疏食，飲水，曲肱而枕之，樂亦在其中矣」 (C)其所憂者為「德之不脩，學之不講，聞義不能徙，不善不能改」 (D)以為君子所由成德的三種境界是：老者安之，朋友信之，少者懷之 (E)從「吾非斯人之徒與而誰與」一語，可知孔子贊成消極悲觀的隱者行徑。

*（　）15. 如果要寫一篇文章，說明「孔子具有美德」這一主題，下列選自《論語》的章句，何者適合作為引證的資料？ (A)三人行，必有我師焉 (B)十室之邑，必有忠信如丘者 (C)自行束脩以上，吾未嘗無誨焉 (D)敏於事而慎於言，就有道而正焉 (E)吾十有五而志於學，三十而立，四十而不惑。

非選題

(一)成語訂正：

1. 箅路藍縷：　2. 戰戰競競：　3. 洸籌交錯：　4. 名僵利鎖：　5. 大快躲頤：

(二)語譯：

1. 高山仰止，景行行止。

2. 自天子、王侯、中國言六藝者，折中於夫子。

答：

外戚世家序

選擇題（＊為多選題）

（　）1.本文旨在說明　(A)禮之用，婚姻尤須謹慎　(B)夫妻之間，關係十分密切　(C)君臣之間，要和諧　(D)父子之間，要有次序。

（　）2.下列敘述何者為非？　(A)內德茂：內在德性美好　(B)《易》基〈乾〉、〈坤〉：《易經》之理，始於〈乾〉、〈坤〉　(C)繼體守文之君：繼承帝位之君　(D)以末喜：因為最後的喜慶之舉。

（　）3.「甚哉妃匹之愛」是說　(A)太過分了，那些嬪妃的爭寵　(B)君王太過分地寵愛後宮嬪妃　(C)夫婦之愛可說是至乎其極了　(D)夫婦之間相愛得太過度了。

（　）4.下列敘述何者為非？　(A)《書》美「釐降」：神仙下凡　(B)《春秋》譏不「親迎」：婿自迎娶　(C)人道之「大倫」也：重大的倫常　(D)幽王之「禽」：同「擒」，被捕。

（　）5.「不能成子姓」乃謂　(A)不能成全孩子　(B)不能成全子孫　(C)不能繁衍子孫　(D)把孩子過繼給他人。

（　）6.「人能弘道，無如命何」乃謂　(A)人可以弘揚大道，也可以戰勝命運　(B)人可以弘揚大道，不可以違背命運　(C)人雖能弘揚大道，但卻比不上命運　(D)人雖能弘揚大道，但對命運卻無可奈何。

（　）7.下列敘述何者為非？　(A)文中列舉因婚姻而成帝業者有夏商周之開國聖君　(B)文中認為成功的君主，不僅品德要好，還要仰仗外戚幫助　(C)父不能得之於子：指的是夫婦之愛　(D)文中舉《易》、《詩》、《書》、《春秋》，言夫婦為五倫之首。

（　）8.下列敘述何者為非？　(A)唯婚姻為兢兢：在婚姻上，最應謹慎　(B)要其終：要求到最後　(C)通幽明：通達陰陽變化的人　(D)既驩合矣：既然已經相愛結合了。

（　）9.「非通幽明之變，惡能識乎性命哉？」句中「惡」字義，與下列哪個選項相同？　(A)君子去仁，「惡」乎成名　(B)貧與賤，是人之所「惡」也　(C)士志於道，而恥「惡」衣惡食者，未足與議也　(D)侈，「惡」之大也。

（　）10.下列女子，與王朝興盛相關的選項是　(A)妲己　(B)妹喜　(C)姜原　(D)褒姒。

＊（　）11.古代君王得佳偶則成，淫嬖於狐媚婦人則敗。下列君王與后妃配對，正確的選項是　(A)夏桀——妹喜　(B)商紂——妲己　(C)周

幽王——褒姒　(D)陳後主——張麗華　(E)唐玄宗——楊貴妃。

*（　）12.下列「　」內的詞語，解釋正確的選項是　(A)蓋亦有「外戚」之助焉：指帝王的后妃和太后的親族　(B)《詩》始「〈關雎〉」：詠后妃之德，以化天下夫婦　(C)「樂調」而四時和：音樂協調　(D)陰陽之變，「萬物之統」：萬物的法則　(E)孔子罕「稱命」：談生命。

*（　）13.下列文句屬於反詰語氣的選項是　(A)夫樂調而四時和，陰陽之變，萬物之統也，可不慎與　(B)人能弘道，無如命何　(C)甚哉妃匹之愛，君不能得之於臣，父不能得之於子，況卑下乎　(D)既驩合矣，或不能成子姓；能成子姓矣，或不能要其終，豈非命也哉　(E)孔子罕稱命，蓋難言之也。

*（　）14.有關〈外戚世家序〉一文，下列敘述正確的選項是　(A)追溯六經的本始，繼而提出「命」字為全文眼目　(B)引《易經》藉由陰陽的消長來概括宇宙變化的法則　(C)引《詩經》以闡釋后妃之德　(D)引《尚書》、《春秋》二經則以敬慎的態度調和陰陽　(E)引「禮樂」寄倫常教化於美刺。

*（　）15.有關《史記》之敘述，正確的選項是　(A)為編年體之祖　(B)亦為正史之始　(C)在漢代稱《太史公書》或《太史公記》　(D)起自黃帝，迄漢武帝太初年間　(E)本紀，是記諸侯。

非選題

(一)請寫出下列有關史書之問題：

1.中國第一部史書：

2.中國通史之祖：

3.中國第一部記言史書：

4.中國第一部史評專書：

5.中國國別史之祖：

(二)本文引用六經本始之道理，請將下列一段文字的＿＿處，填上適當的詞語：

「故1.＿＿基〈乾〉、〈坤〉，2.＿＿始〈關雎〉，3.＿＿美釐降，4.＿＿譏不親迎。夫婦之際，人道之大倫也；5.＿＿之用，唯婚姻為兢兢。夫6.＿＿調而四時和，陰陽之變，萬物之統也，可不慎與？」

伯夷列傳

選擇題（*為多選題）

（　）1.本文旨在說明　(A)孔子顯揚了伯夷、叔齊及顏淵　(B)君子求名之心　(C)伯夷、叔齊，求仁得仁　(D)欲砥礪名行，傳譽於後世，

必附青雲之士。

（ ）2.下列敘述何者為非？ (A)載籍：書籍 (B)六藝：即六經 (C)典職：掌管職務 (D)盍往歸焉：哪裡才是真正的歸所。

（ ）3.下列敘述何者為非？ (A)遜位：讓位 (B)「爰」及干戈：改換 (C)左右欲「兵」之：以兵器殺之 (D)武王載「木主」：神主。

（ ）4.「君子疾沒世而名不稱焉」乃謂 (A)君子最恨最討厭到死仍沒沒無名之人 (B)君子最恨的是死後名聲不能稱揚於世 (C)君子最害怕世人不稱讚他 (D)君子最擔心世人名聲問題。

（ ）5.「夸者死權，眾庶馮生」乃謂 (A)誇大不實的人必死於權貴，一般人則因守本分而生存 (B)好大喜功之人必死於權貴，一般人則苟且偷生 (C)好大喜功者死於權勢，一般人則只知活命保身 (D)說大話的人容易死於爭權，一般人則只顧自己活命。

（ ）6.下列敘述何者為非？ (A)行不由徑：走路不經由道路 (B)糟糠不厭：最粗劣的食物都不能吃飽 (C)怨是用希：怨恨因此也減少了 (D)伯夷、叔齊叩馬而諫：伯夷、叔齊拉住武王的馬韁繩向他勸說。

（ ）7.「附驥尾而行益顯」乃謂 (A)跟著良馬走，才能更有效率 (B)依附在一般人之下，才能更凸顯自己 (C)依附有德之人士，其行為才能更加彰顯 (D)依附在權貴之下，才能得到更多的好處。

（ ）8.下列敘述何者錯誤？ (A)伯夷、叔齊「叩馬」而諫：扣住馬韁繩 (B)天道「無親」：沒有偏愛 (C)「閭巷」之人：鄉里百姓 (D)「類」名堙滅而不稱：類別。

（ ）9.(甲)于嗟「徂」兮：ㄗㄨˇ；(乙)積仁「絜」行：ㄒㄧㄝˊ；(丙)盜「蹠」：ㄓˊ；(丁)「徇」財：ㄒㄩㄣˋ；(戊)「夸」者：ㄎㄨㄚˇ；(己)暴「戾」：ㄌㄧˋ。上列「 」內的字，讀音完全正確的選項是 (A)(甲)(乙)(丙) (B)(丙)(丁)(己) (C)(乙)(丁)(己) (D)(丁)(戊)(己)。

（ ）10.(甲)「叩」馬而諫；(乙)「爰」及干戈；(丙)左右欲「兵」之；(丁)「岳牧」咸薦；(戊)常「與」善人；(己)于嗟「徂」兮。上列「 」內的字，作動詞使用的共有幾個？ (A)二 (B)三 (C)四 (D)五 個。

＊（ ）11.以下「 」內通同字的使用，何者正確？ (A)「叩」馬：通「扣」 (B)「蚤」夭：通「騷」 (C)盜「蹠」：也作「跖」 (D)眾庶「馮」生：通「憑」 (E)「盍」往歸焉：通「何」。

*（ ）12.下列「 」內的詞語，解釋正確的選項是 (A)「采」薇而食之：彩也，色彩鮮豔 (B)「于嗟徂兮」：唉！我們該去哪裡呢 (C)「日殺不辜」：每日殺無辜之人 (D)「左右欲兵之」：大家都願意從軍以報效國家 (E)「岳牧咸薦」：四岳九牧一致推薦。

*（ ）13.下列各組「 」內的字義，兩兩相異的選項是 (A)同「類」相求／「類」名堙滅而不稱 (B)而「卒」蚤夭／及父「卒」 (C)此何以「稱」焉／疾沒世而名不「稱」焉 (D)怨「是用」希／不意其必來以冀免，「所以」縱之乎 (E)天道無親，常「與」善人／迷途知反，往哲是「與」。

*（ ）14.關於〈伯夷列傳〉，以下敘述，何者正確？ (A)本文為《史記》中七十篇列傳之首 (B)透過大量伯夷、叔齊事跡的敘述，可看出司馬遷對己身的感慨，是一篇精彩的詠人之作 (C)司馬遷肯定「天道無親，常與善人」這句話 (D)「非附青雲之士，惡能施於後世」亦為太史公對自我的期許，希望七十篇列傳事跡也將因《史記》載錄，而流傳不朽 (E)「考信於六藝」「折中於夫子」是司馬遷述史之取材原則。

*（ ）15.「歲寒，然後知松柏之後凋」的修辭技巧，與下列何選項相同？ (A)臣本布衣，躬耕於南陽 (B)缾之罄矣，維罍之恥 (C)枯桑知天風，海水知天寒 (D)銀瓶乍破水漿迸，鐵騎突出刀槍鳴 (E)黃髮垂髫，並怡然自樂。

非選題

(一)字音測驗：

1.「狙」擊： 2.「殂」逝： 3.趑「趄」：

4.轉「捩」點： 5.風聲鶴「唳」：

(二)語譯：

閭巷之人，欲砥行立名者，非附青雲之士，惡能施於後世哉！

答：

管晏列傳

選擇題（＊為多選題）

（ ）1.本文旨在記述 (A)管仲的才能 (B)晏嬰的知禮 (C)君子重知己之交 (D)朋友要能互相信任。

（ ）2.下列敘述何者為非？ (A)常欺鮑叔：常欺負鮑叔 (B)三仕三「見逐」：被免職 (C)以「區區」之齊：小 (D)上服度：君王服行法度。

（ ）3.下列敘述何者為非？ (A)故「次」其傳：編列 (B)天下不「多」管仲之賢：數量之多 (C)常有以「自下」者：自謙 (D)然孔子「小」之：輕視。

（ ）4.「以此三世顯名於諸侯」乃謂 (A)經過三代，其名聲依然顯揚 (B)經過三代，其子孫依然貴為諸侯 (C)晏嬰歷事靈公、莊公、景公，聲名在諸侯之間十分顯揚 (D)經過三代，他的聲名就遠超出一般諸侯。

（ ）5.「食不重肉，妾不衣帛」乃謂 (A)生活奢侈 (B)生活儉樸 (C)衣食講求精緻 (D)不吃葷菜，不穿絲綢。

（ ）6.下列敘述何者為非？ (A)攝衣冠：整頓衣冠 (B)載歸。「弗謝」：不以言辭相問候 (C)免子於厄：解決了你的困難 (D)以刺世事：用來指責世事。

（ ）7.「無道，即衡命」的「衡」乃謂 (A)輕視 (B)重視 (C)平衡 (D)權衡。

（ ）8.越石父請絕的原因是 (A)晏子對他沒有好感 (B)晏子對他不信任 (C)晏子不知道他是位賢人 (D)晏子對他無禮。

（ ）9.(甲)「縲」紲：ㄌㄟˊ；(乙)「悖」禮：ㄅㄛˊ；(丙)「朝」夕：ㄔㄠˊ；(丁)後「凋」：ㄉㄧㄠ；(戊)暴「殄」：ㄓㄣ；(己)同「儕」：ㄔㄞˊ；(庚)盪「漾」：ㄧㄤˋ；(辛)書「疏」：ㄕㄨ。上列詞語，「 」中的注音皆正確的選項是 (A)(甲)(丁)(己)(庚) (B)(乙)(丙)(丁)(辛) (C)(丙)(戊)(己)(庚) (D)(甲)(乙)(戊)(辛)。

（ ）10.(甲)亭林先生即顧炎武；(乙)杜陵布衣即李白；(丙)管夷吾即管仲；(丁)穎濱遺老即蘇軾；(戊)晏平仲即晏嬰；(己)韓退之即韓愈。以上有關文人字號配對，完全正確的有幾個？ (A)三個 (B)四個 (C)五個 (D)六個。

*（ ）11.下列五句皆有「而」字，選出「而」字字意義相同的文句？ (A)人「而」不仁，如禮何 (B)死「而」有知，其幾何離 (C)文人相輕，自古「而」然 (D)人「而」如此，則禍敗亂亡 (E)士不可以不弘毅，任重「而」道遠。

*（ ）12.就下列字詞之比較，選出字義相同之組別 (A)知我不羞「小」節／管仲世所謂賢臣，然孔子「小」之 (B)「蓋」不廉則無所不取／「蓋」恩德入人之深，而移人之速 (C)吾觀三代以下，世衰道「微」／天下分裂，而唐室因以「微」矣 (D)既見「其」著書，欲觀其行事，故次其傳／不可為常者，「其」聖人之法乎 (E)天下不多管仲之賢，「而」

多鮑叔能知人也／且「而」與其從避人之世，豈若從避世之士哉。

*（　）13.下列各文句中「為」字的用法，作「謂」字解的有 (A)何「為」其莫知子也 (B)「為」機變之巧者，無所用恥焉 (C)「為」是其智弗若與？曰：非然也 (D)有封邑者十餘世，常「為」名大夫 (E)賜也，汝以予「為」多學而識之者與。

*（　）14.下列五句皆有「其」字，何者與「則天下其有不亂」之「其」字意義相同？ (A)「其」無知，悲不幾時 (B)「其」竟以此而殞其生乎 (C)死而有知，「其」幾何離 (D)如吾之衰者，「其」能久存乎 (E)「其」後，夫自抑損。晏子怪而問之。

*（　）15.下列敘述正確的選項是 (A)「序」是用來說明著作旨趣和經過的文體，放在書前為序，書後為後序，又稱「跋」 (B)「列傳」是指史傳中未載之事，常以寓言說理，無法取證於正史 (C)「太史公曰」、「君子曰」、「論」是指史書中修史者的評論之詞 (D)連橫所著《臺灣通史》，又名《臺灣府志》，為紀傳體史書 (E)歐陽脩編纂的《五代史記》，雖為私修，但是仍屬正史。

非選題

㈠解釋名詞：

1.六經：

2.六藝：

3.六書：

4.六部：

5.六朝：

㈡文言斷句，請在□中填入標點符號：

夏宜急雨□有瀑布聲□冬宜密雪□有碎玉聲□宜鼓琴□琴調和暢□宜詠詩□詩韻清絕□宜圍棋□子聲丁丁然□宜投壺□矢聲錚錚然□皆竹樓之所助也。

屈原列傳

選擇題（*為多選題）

（　）1.本文旨在記述 (A)屈原敘寫〈離騷〉的經過 (B)楚懷王貪利受辱 (C)屈原的忠君愛國 (D)張儀的能言善道。

（　）2.下列敘述何者為非？ (A)爭寵而心「害」其能：嫉妒 (B)「嫻」于辭令：熟習 (C)頃襄王怒而「遷」之：貶謫 (D)其存君興國而欲「反覆」之：顛覆。

（　）3.「人君無愚智賢不肖，莫不欲求忠以自為，舉賢以自佐」乃謂人君無不 (A)想要要求自己盡忠 (B)想要要求百姓效忠自己 (C)想求得忠臣賢才做自己的幫手 (D)想要求

自己以忠賢治天下。

（ ）4.下列敘述何者為非？ (A)溫蠖：塵埃 (B)乃令張儀「詳」去秦：詳細 (C)平「伐」其功：誇大 (D)皭然：潔白的樣子。

（ ）5.「餔其糟而啜其釃」乃謂 (A)隨波逐流 (B)出淤泥而不染 (C)君子安貧 (D)吃得苦中苦，方為人上人。

（ ）6.「然亡國破家相隨屬」的「屬」是說 (A)連續 (B)附屬 (C)囑咐 (D)隨從。

（ ）7.下列敘述何者為非？ (A)信而見疑：誠信卻被懷疑 (B)人窮則「反本」：回歸到原出發點以求東山再起 (C)疾痛「慘怛」：傷痛 (D)不獲世之「滋」垢：黑。

（ ）8.「屈平疾王聽之不聰也」是說屈原 (A)痛恨君王聽覺不敏銳 (B)痛心君王不明大義 (C)痛心君王不明是非 (D)痛恨君王不夠聰明。

（ ）9.(甲)疾痛慘「怛」：ㄉㄚˊ；(乙)上稱帝「嚳」：ㄍㄠˋ；(丙)濯「淖」汙泥之中：ㄓㄠˋ；(丁)泥而不「滓」：ㄗˇ；(戊)井「渫」不食：ㄒㄧㄝˋ；(己)「餔」其糟：ㄅㄨ。上列「 」內的字，讀音完全正確的選項是 (A)(甲)(丁)(戊) (B)(乙)(丙)(己) (C)(丙)(丁)(己) (D)(乙)(丁)(戊)。

（ ）10.「遂絕齊，使使如秦受地」，句中「如」字字義，與下列哪個選項相同？ (A)宗廟之事，「如」會同 (B)不義而富且貴，於我「如」浮雲 (C)縱一葦之所「如」，凌萬頃之茫然 (D)「如」或知爾，則何以哉。

＊（ ）11.下列各組「 」內的字義，兩兩相異的選項是 (A)屈平「屬」草藁未定／武仲以能「屬」文為蘭臺令史 (B)平「伐」其功曰：以為非我莫能為也／願無「伐」善，無施勞 (C)屈平「疾」王聽之不聰也／為一飲一食，亡君之「疾」 (D)厚幣委「質」事楚／必以長安君為「質」 (E)冀「幸」君之一悟，俗之一改也／財物無所取，婦女無所「幸」。

＊（ ）12.下列文句釋義正確的選項是 (A)「離憂」：遭遇憂愁 (B)「人窮則反本」：人在困境時，常回想自己的根本 (C)「怨誹而不亂」：雖多怨恨批評之詩，但不狂亂 (D)「蟬蛻」於濁穢：喻解脫 (E)「井渫不食，為我心惻」：淘洗過的井水，竟無人取用，使我心痛。

＊（ ）13.下列「 」內的語詞，解釋正確的選項是 (A)「形容」枯槁：臉色 (B)夫聖人者，不「凝滯」於物：阻塞 (C)「懷瑾握瑜」：比喻堅守美好的材質 (D)新「沐」者必彈

冠：洗身　(E)受物之「汶汶」者乎：汗濁的樣子。

*(　) 14. 下列詩文，屬於歌詠屈原的正確選項是　(A)沅湘流不盡，屈子怨何深。日暮秋風起，蕭蕭楓樹林　(B)不肯迂迴入醉鄉，乍吞忠梗沒滄浪。至今祠畔猿啼月，了了猶疑恨楚王　(C)此地別燕丹，壯士髮衝冠。昔時人已沒，今日水猶寒　(D)宣室求賢訪逐臣，賈生才調更無倫。可憐夜半虛前席，不問蒼生問鬼神　(E)莫怨工人醜畫身，莫嫌明主遣和親。當時若不嫁胡虜，只是宮中一舞人。

*(　) 15. 下列新詩，歌詠屈原的正確選項是　(A)他被雷聲雨聲／追趕至垓下／糧絕／兵盡／狂飆折斷纛旗／烏騅赫然咆哮／時不利兮／可奈何　(B)面容枯槁，身上長滿青苔／那提著一頭溼髮而行吟江邊的人／是你嗎／手捧一部殘破的〈離騷〉／兀自坐在一堆鵝卵石上嘔吐　(C)吐盡泥水，卻吐不完牢騷／你沿岸踽踽獨行，數了又數自己的腳印／且苦苦追思／禍根就是那一部憲令的草稿／在江底摸了千年也找不到答案　(D)青史上你留下一片潔白／朝朝暮暮你行吟在楚澤／江魚吞食了二千多年／吞不下你的一根傲骨　(E)酒後背手參觀瀑布最好／那名配劍吟詩的白衣人已擺出／天下第一的起手式／還是一招〈將進酒〉天明時我將登船／隨猿聲走入萬重大山。

非選題

(一)字音測驗：

1. 餔糟「啜」醨：　2.「剟」刺：　3.「綴」輯文字：　4.「掇」拾：　5. 緜「惙」已極：

(二)語譯：

舉世混濁，何不隨其流而揚其波？眾人皆醉，何不餔其糟而啜其醨？

答：

酷吏列傳序

選擇題（*為多選題）

(　) 1. 本文旨在說明　(A)為政以德的道理　(B)酷吏產生的原因　(C)為政以法為先　(D)法律越細，盜賊越多。

(　) 2.「民免而無恥」乃謂　(A)人民難免會不知恥　(B)人民可以免於無恥　(C)人民難免會忘記羞恥心　(D)人民只想免於刑罰，但無羞恥之心。

(　) 3.「上德不德，是以有德」是說　(A)在上位

的人，不必親自倡導道德 (B)最有德的人，不倡導道德而德自具 (C)最有德的人，只失德於一時，不會失德於永遠 (D)在上位的人，不倡導道德而德自在。

( ) 4. 下列敘述何者為非？ (A)有恥且「格」：除去 (B)法令「滋章」：愈加繁多 (C)黎民「艾安」：天下太平無事 (D)吏治「烝烝」：興盛的樣子。

( ) 5. 「溺其職」意指 (A)迷失在其職位之中 (B)失其職位 (C)愛其職 (D)不能勝任其職。

( ) 6. 「下士聞道，大笑之」是說 (A)下士悟道後，大聲譏笑他 (B)下愚之人，聽不懂道，令人發笑 (C)下愚之人聽到真正的道理，反而大笑之 (D)下愚之人聽道之後，了悟地大笑。

( ) 7. 「由是觀之，在彼不在此」的「此」是指 (A)酷吏 (B)禮樂 (C)道德 (D)刑罰。

( ) 8. 下列敘述何者為非？ (A)斲雕而為朴：喻使民風漸歸樸素 (B)網漏於吞舟之魚：喻法令寬疏 (C)救火揚沸：喻捨本逐末 (D)上下相遁：上下互相欺瞞。

( ) 9. (甲)破「觚」為圜：ㄍㄨ；(乙)「斲」雕而為朴：ㄓㄨㄛˊ；(丙)黎民「艾」安：ㄞˋ；(丁)姦「偽」：ㄨㄟˇ；(戊)「惡」能：ㄨˋ；(己)甘冒不「韙」：ㄨㄟˇ。上列「 」內的字，讀音完全正確的選項是 (A)(甲)(乙)(丙) (B)(甲)(乙)(己) (C)(乙)(丁)(戊) (D)(丙)(丁)(己)。

( ) 10. (甲)「惡」能勝其任而愉快乎；(乙)「惡」居下流而訕上者；(丙)君子去仁，「惡」乎成名；(丁)天下皆知美之為美，斯「惡」已；(戊)「惡」，是何言也；(己)唯仁者能好人，能「惡」人。上列「 」內的字義共有幾種？ (A)二種 (B)三種 (C)四種 (D)五種。

*( ) 11. 下列「 」內的詞語，解釋正確的選項是 (A)「有恥且格」是指知恥之人建立自己的風格 (B)「救火揚沸」意同於「曲突徙薪」 (C)由是觀之，在「彼」不在此：指道德 (D)「破觚為圜」意謂將嚴刑改為寬厚之法 (E)「網漏於吞舟之魚」說明刁民懂得鑽法律漏洞。

*( ) 12. 下列各組「 」內的詞性，兩兩相同的選項是 (A)導之「以」政／上德不德，是「以」有德 (B)齊「之」以禮／下士聞道，大笑「之」 (C)信哉！「是」言也／由「是」觀之，在彼不在此 (D)黎民「艾」安／方興未「艾」 (E)齊之以「刑」／「刑」於四海。

*( ) 13. 有關於〈酷吏列傳序〉，下列敘述正確的選

項是 (A)酷吏即所謂貪官汙吏 (B)〈酷吏列傳〉中記錄的十一名酷吏，皆為秦朝官員。司馬遷欲藉秦亡以諫漢帝審慎用人 (C)文中引用孔子及老子之言，說明治國之道，在德不在刑 (D)「非武健嚴酷，惡能勝其任而愉快乎」說明司馬遷認為刑罰的存在，有其必要性 (E)由文中主張看來，司馬遷不但是位兼具史才、史學、史識、史德的史家，亦是深諳政治的政論家。

*（　）14. 下列各選項中，何者使用「映襯」的修辭技巧？ (A)導之以政，齊之以刑，民免而無恥；導之以德，齊之以禮，有恥且格 (B)上德不德，是以有德；下德不失德，是以無德 (C)法令滋章，盜賊多有 (D)逝者如斯，而未嘗往也；盈虛者如彼，而卒莫消長也 (E)父之族，無不乘車者；母之族，無不足於衣食者；妻之族，無凍餒者。

*（　）15. 「其」極也，上下相遁，至於不振。「其」字解釋與下列各選項何者不同？ (A)雖欲勿用，山川「其」舍諸 (B)「其」漸之滫，君子不近，庶人不服 (C)修己以安百姓，堯、舜「其」猶病諸 (D)非子房，「其」誰全之 (E)爾「其」無忘乃父之志。

非選題

㈠判定畫線處是否正確。若否，請寫出正確答案：

1. 司馬遷，字子長，西漢人。父親司馬談為太史令，2. 故人尊其父為太史公。天漢二年，3. 以辯李廣利降匈奴之冤，忤武帝，被刑下獄，遂發憤著書，其文雄深雅健，為文史宗師。著 4.《史記》一書，內容包括本紀、表、志、世家、列傳。記 5. 黃帝至漢武帝，二千五百年間事。6.《史記》為中國通史之祖，7. 又為編年史之祖。8. 與《漢書》、《後漢書》、《三國演義》合稱四史。

答：

㈡語譯：

法令者治之具，而非制治清濁之源也。昔天下之網嘗密矣，然姦偽萌起，其極也，上下相遁，至於不振。

答：

游俠列傳序

選擇題（*為多選題）

（　）1. 本文旨在說明 (A)儒俠不見容於世 (B)儒俠皆敗亂法紀之徒 (C)游俠較賢者難得 (D)游俠輕身重義、言必信、行必果，其精神足可稱揚。

（　）2. 下列敘述何者為是？ (A)太史公贊成韓子之言 (B)太史公以為以術取宰相卿大夫的

亦是游俠　(C)太史公認為游俠有存在的必要性　(D)太史公認為游俠必須要能守法。

(　) 3.下列敘述何者為非？　(A)學士多稱於世：學者士人多稱頌韓子的話　(B)百里飯牛：百里奚曾替人餵牛　(C)又曷可少哉：又怎麼可以輕視呢　(D)讀書懷獨行君子之德：讀書且懷抱特立獨行的君子志節。

(　) 4.「為死不顧世」乃謂　(A)為了救人之急，犧牲自己，不顧世俗議論　(B)為求一死，不計一切利害得失　(C)為救人一死，不理會世人評論　(D)只求一死，不再眷戀人世。

(　) 5.下列敘述何者為非？　(A)「排擯」不載：排斥　(B)「拘學」或抱咫尺之義：拘於一己之見而謹言慎行之人　(C)「設」取予然諾：假設　(D)不同日而論矣：不可相提並論。

(　) 6.下列敘述何者為非？　(A)其勢「激」也：激盪；促成　(B)羞「伐」其德：誇耀　(C)「要」以功見言信：要求　(D)「猥」以朱家郭解等：苟且。

(　) 7.「雖時扞當世之文罔」乃謂　(A)雖然時常捍衛當代文學　(B)雖然時常違犯當時的法律　(C)雖然時常捍衛當代的律法　(D)雖然時常冒犯當代文豪。

(　) 8.「存亡死生」乃謂　(A)使存者亡，使生者死　(B)使存者亡去，死者復活　(C)使亡者復存，生者死去　(D)使將亡者復存，將死者復生。

(　) 9.下列文字所述屬類傳，試依其內容判斷，□□中宜填：「今□□，其行雖不軌於正義，然其言必信，其行必果，已諾必誠，不愛其軀，赴士之阨困，既已存亡死生矣，而不矜其能，羞伐其德，蓋亦有足多者焉。」(A)刺客　(B)游俠　(C)滑稽　(D)循吏。

(　) 10.下列文句當中，完全沒有錯別字的選項是　(A)他對於這筆金額來源交待不清，相關單位已經著手深入調查與他有金錢往來的人士　(B)他所發表的言論，目的是為了混淆視聽，干擾會議進行，希望大家不要受流言左右　(C)有些家長忙於事業，陌視親子之間的情感交流，以至於問題青少年人數日益增加　(D)憑心而論，他們兩人的才學不相上下，可是在個性操守上，可就判若雲泥了。

(　) 11.「書□最難工，人不能奄有眾長。以書求□者，各有專家之學。譬如長於經者，請□史學；長於史者，請□經學。惟既名為文家，又不能拒人之請。故宜平時博覽，

運以精思。求□之書，尤必加以詳閱。果能得其精處，出數語中其要害，則求者亦必饜心而去。王介甫□經義甚精，曾子固為目錄之□，至有條理，歐陽永叔長於□詩文集。此外政書奏議一門，多官中文字，尤不易□。能者為之，不能者謝去，不可強也。」（林紓《畏廬論文》）這段文字是林紓針對某一種文體所提出的看法，你認為這種文體應該是 (A)序 (B)論 (C)銘 (D)表。

*（ ）12. 下列「 」中字的讀音，請選出聲母相同者 (A)「蒐」羅／「魁」梧／「槐」樹 (B)「阻」遏／「沮」喪／「狙」擊 (C)奉「檄」／「繳」交／「邀」請 (D)藍「縷」／傴「僂」／「鏤」花 (E)桎「梏」／大「誥」／「告」訴。

*（ ）13. 下列對於「序」體的相關介紹，正確的選項是 (A)序跋之序，用以說明著作之旨趣及經過 (B)贈序之序，用表敬愛之情，或陳忠告之誼 (C)〈桃花源記〉、〈春夜宴桃李園序〉皆屬於贈序類 (D)〈黃花岡烈士事略序〉、〈新五代史伶官傳序〉皆屬於序跋類 (E)序跋類皆屬著之作者親為，不假人手，如〈臺灣通史序〉。

*（ ）14. 凡是要說的有三個以上的事物，這些事物又有大小輕重等比例，而比例又有一定的秩序，於是說話行文的時候依此次序層層遞進，叫做「層遞」。下列選項中的文句，何者不是「層遞」法的運用？ (A)藏書不難，能看為難；看書不難，能讀為難；讀書不難，能用為難 (B)臺灣固無史也。荷人啟之，鄭氏作之，清代營之 (C)沒有憂愁，沒有痛苦，沒有無奈 (D)天時不如地利，地利不如人和 (E)儒以文亂法，而俠以武犯禁。

*（ ）15. 下列對於「序」的相關介紹，何者正確？ (A)「序」亦可作「敘」，序有序跋體、贈序體之分，後者如李白〈春夜宴桃李園序〉 (B)「序」為文體之一種，用以說明著作旨趣及經過，例如白居易〈琵琶行并序〉、連橫〈臺灣通史序〉 (C)「序」原本置於書末，後來改置於書前，書前曰「序」，書後稱「跋」或「後序」 (D)「序」依照身分可分自序與他序，如王羲之〈蘭亭集序〉是為諸弟之詩集作序，故為他序 (E)「贈序」是贈人以言，以表敬愛或忠告之誼，如陶潛〈桃花源記〉、韓愈〈送董邵南序〉。

非選題

(一)錯別字訂正：

每一個人群組合裡，都難免有一些特別難纏的人物，他們也許是個性姑癖，喜怒無長；也許是持才傲物，眼高於頂；也許是自卑過甚，憤世忌俗。總之，他們都很不可理喻，不易親近。

答：

(二)試研判詩意，將下列詩句□□中宜填入的詞語代號填入括弧內：

（　）1.忽見陌頭□□色，悔教夫婿覓封侯。

（　）2.我行日夜向江海，□□蘆花秋興長。

（　）3.一枝□□出牆頭，牆外行人正獨愁。

（　）4.竹外□□三兩枝，春江水暖鴨先知。

參考選項：(A)楓葉　(B)楊柳　(C)桃花　(D)紅杏

滑稽列傳

選擇題（＊為多選題）

（　）1.本文旨在說明　(A)齊威王納諫補過的雅量　(B)淳于髡諷諫齊威王勸可補拙　(C)淳于髡要齊威王了解在不同的情境有不同的喝酒方法　(D)淳于髡善以隱語諷諫齊威王。

（　）2.「六藝於治一也」乃謂　(A)六經的治國功能是一樣的　(B)六經的治國功能只有一種　(C)六經的治國功能始於一　(D)六經所言的政治理論都是一樣的。

（　）3.下列敘述何者為非？　(A)「沉湎」不治：沉溺於酒色　(B)喜隱：喜歡隱忍不言　(C)「止」王之庭：棲息　(D)先生能飲「幾何」而醉：多少。

（　）4.「言不可極，極之而衰」乃謂　(A)行事不可過分，過分就會令人厭惡　(B)言語不可過火，過火就會令人厭惡　(C)說話不可極端，極端就會衰敗　(D)一切不可過分，過分就會衰敗。

（　）5.下列敘述何者為非？　(A)楚大發兵「加」齊：援助　(B)「齎」金百斤：持送　(C)「數」使諸侯：多次　(D)相引為「曹」：輩。

（　）6.「談言微中，亦可以解紛」是指　(A)言談之間只要中立，也可以解決紛爭　(B)言談之間，只要暗合道理，也可以排解紛爭　(C)言談之間只要合乎正道，也可以解決紛爭　(D)言談之間講清楚道理，也可以解決紛爭。

（　）7.下列敘述何者為非？　(A)「汙邪」滿車：低窪之地　(B)五穀「蕃」熟：眾多　(C)嚴客：嚴肅的客人　(D)一斗「徑」醉矣：即；就。

（　）8.下列敘述何者為非？　(A)帣韝鞠腃：捲袖曲身小跪　(B)履舄交錯：地上鞋子交錯雜亂　(C)微聞薌澤：微微聞到香氣　(D)目眙

不禁：不知不覺抬頭仰望。

（　）9.(甲)淳于「髡」：ㄐㄧ；(乙)「滑」稽名辯：ㄍㄨˇ；(丙)三年不「蜚」：ㄈㄟˇ；(丁)「齎」金百斤：ㄐㄧ；(戊)甌「窶」滿篝：ㄌㄡˊ；(己)履「舄」交錯：ㄒㄧㄝˋ。上列「　」內的字，讀音完全正確的選項是 (A)(甲)(丙)(己) (B)(乙)(丁)(戊) (C)(丙)(戊)(己) (D)(乙)(丙)(己)。

（　）10.「數使諸侯，未嘗屈辱」，句中「數」字義，與下列哪個選項相同？ (A)「數」罟不入洿池 (B)五陵年少爭纏頭，一曲紅綃不知「數」 (C)其「數」則始乎誦經，終乎讀禮 (D)奉觴上壽，「數」起，飲不過二斗徑醉矣。

＊（　）11.下列各組「　」內的字義，兩兩相異的選項是 (A)《書》以「道」事／「道」之以政，齊之以刑 (B)談言「微」中，亦可以解紛／「微」管仲，吾其被髮左衽矣 (C)喜「隱」，好為淫樂長夜之飲／惻「隱」之心，人皆有之 (D)於是乃「朝」諸縣令長七十二人／欲辟土地，「朝」秦楚 (E)先生飲一斗而醉，「惡」能飲一石哉／力，「惡」其不出於身也，不必為己。

＊（　）12.下列「　」內的詞語，解釋正確的選項是 (A)「冠纓索絕」：帽帶子全斷 (B)「一鳴驚人」：今可用於歌唱比賽的賀辭 (C)「穰穰滿家」：酒釀得堆滿家裡 (D)時賜「餘瀝」：餘酒 (E)「歡然道故」：高興地談起往事。

＊（　）13.下列「　」內的詞語，解釋正確的選項是 (A)臣見其「所持者狹」，而所欲者奢：所拿的祭品那麼少 (B)「革車千乘」：大型兵車千輛 (C)「御史在後」：指監正醉者之言行，勸使勿亂 (D)「六博」投壺：古遊戲之事，猶今以棋局為博 (E)「奉觴上壽」：捧著酒杯祝壽。

＊（　）14.下列文句屬於「映襯」修辭格的正確選項是 (A)此鳥不飛則已，一飛沖天；不鳴則已，一鳴驚人 (B)臣見其所持者狹，而所欲者奢 (C)握手無罰，目眙不禁，前有墮珥，後有遺簪 (D)酒極則亂，樂極則悲 (E)於是齊威王乃益齎黃金千鎰，白璧十雙，車馬百駟。

＊（　）15.有關〈滑稽列傳〉，下列敘述正確的選項是 (A)選自《史記》 (B)本文記淳于髡用隱語諷諫齊威王的小故事 (C)滑稽之言，往往能以嘻笑怒罵的方式發揮排難解紛的妙用 (D)本文突出淳于髡的機智辯才，並反映威王勇於納諫補過的雅量 (E)國中之大鳥，

是淳于髡之自比。

非選題

㈠字形測驗：

1.沉「ㄇㄧㄢˇ」不治：　2.「ㄐㄧ」金百斤：

3.五穀「ㄈㄢˊ」熟：　4.目「ㄔˋ」不禁：

5.杯盤狼「ㄐㄧˊ」：

㈡請寫出有關《史記》的體例：

1.記帝王：

2.記諸侯：

3.敘列人臣事跡：

4.記典章制度：

5.用年表錄所要說明的事：

貨殖列傳序

選擇題（＊為多選題）

（　）1.本文旨在說明 (A)鼓勵眾人致力於謀財之道 (B)各地要發展生產、互通有無 (C)貨殖對富國利民的重要 (D)小國寡民的經濟政策。

（　）2.「銅、鐵則千里往往山出棊置」是說 (A)產銅鐵的礦山，往往散布在山中 (B)產銅鐵的礦山，往往像棋子那麼小 (C)產銅鐵的礦山，千里之內往往只有一兩處 (D)產銅鐵的礦山，千里之內像棋子般密布著。

（　）3.下列敘述何者為非？ (A)使俗之漸民久矣：這種風氣，遠離民心，由來已久 (B)其次整齊之：再次一等的用法律來加以限制 (C)塗民耳目：堵塞人民的耳目 (D)善者因之：最好的辦法是順其自然。

（　）4.「此四者，民所衣食之原也」的「四者」是指 (A)士農工商 (B)食衣住行 (C)農工虞商 (D)禮義廉恥。

（　）5.下列敘述何者為非？ (A)編戶之民：指平民百姓 (B)勸其女功：獎勵婦女做女紅 (C)輓近世：以最近社會狀況來看 (D)莫之奪予：不可搶奪他人財物。

（　）6.「禮生於有而廢於無」是指 (A)禮生於有人創制而止於無人遵行 (B)禮產生於富有，荒廢於貧困 (C)禮生於治世而止於亂世 (D)禮的生廢乃基於有無相生之至理。

（　）7.下列敘述何者為非？ (A)斂袂而往朝焉：諸侯都恭敬地到齊國來朝見 (B)山澤不辟：山林川澤，絕無荒僻之地 (C)天下熙熙：天下人紛亂擾攘 (D)虞而出之：有山澤開採者，才能開發資源。

（　）8.由本文可知太史公是 (A)重視財富 (B)崇尚高位 (C)注重民生 (D)在意貧富。

（　）9.(甲)「轂」：ㄍㄨˇ；(乙)「旃」：ㄓㄢ；(丙)「樂」

其事：ㄌㄜˋ；(丁)「瀉」鹵：ㄒㄧˋ；(戊)「繈」至而輻湊：ㄑㄧㄤˇ；(己)「被」服：ㄅㄟˋ。上列「 」內字音正確的選項是哪些？ (A)(甲)(乙)(丙) (B)(乙)(丁)(戊) (C)(丙)(丁)(戊) (D)(丙)(戊)(己)。

（　）10. 〈貨殖列傳序〉「千金之子，不死於市」，其原因為何？ (A)千金之子受過教育，能談判，故不死於市 (B)千金之子愛惜自身，故不死於市 (C)千金之子生活優渥不為賊，故不死於市 (D)千金之子雖有罪，但亦可設法脫罪，不至於伏法，故不死於市。

*（　）11. 「桓公以霸，九合諸侯，一匡天下」請問齊國經濟基礎如何建立？ (A)太公望封於營丘 (B)太公望使齊冠帶衣履天下，海岱之間，斂袂而往朝焉 (C)管子勸其女功，極技巧，通魚鹽 (D)管子修之，設輕重九府 (E)管氏亦有三歸，位在陪臣，富於列國之君。

*（　）12. 譬喻是指「借彼喻此」的修辭法，由喻體、喻詞、喻依三者配合而成，而略喻直接以喻依入文，省略了喻詞，只有喻體、喻依。請問下列文句何者使用這種修辭法？ (A)巧者有餘，拙者不足 (B)物賤之徵貴，貴之徵賤 (C)人物歸之，繈至而輻湊 (D)銅、鐵則千里往往山出棊置 (E)各勸其業，樂其事，若水之趨下，日夜無休時，不召而自來。

*（　）13. 老子認為「老死不相往來」是他心目中的理想國度，史遷卻認為各地經濟交通以利民生，他提出的理由為何？ (A)倉廩實而知禮節，衣食足而知榮辱 (B)禮生於有而廢於無 (C)君子富，好行其德；小人富，以適其力 (D)人富而仁義附焉 (E)富者得勢益彰，失勢則客無所之，以而不樂；夷狄益甚。

*（　）14. 史遷所言《周書》「民所衣食之原」四者為何？ (A)農不出則乏其食 (B)工不出則乏其事 (C)商不出則三寶絕 (D)虞不出則財匱少 (E)財匱少，而山澤不辟矣。

*（　）15. 「故王良愛馬，越王句踐愛人，為戰與馳。醫善吮人之傷，含人之血，非骨肉之親也，利所加也。故輿人成輿則欲人之富貴，匠人成棺則欲人之夭死也，非輿人仁而匠人賊也，人不貴則輿不售，人不死則棺不買，情非憎人也，利在人之死也。」（《韓非子・備內》）以上這段話可以跟本文哪一句話意旨相通？ (A)天下熙熙，皆為利來 (B)倉廩實而知禮節 (C)商不出則三寶絕 (D)巧

者有餘，拙者不足　(E)人各任其能，竭其力，以得所欲。

非選題

(一)注釋：

1.山澤不「辟」：

2.「塗」民耳目：

3.繈至：

4.輻湊：

5.編戶之民：

(二)語譯：

1.原大則饒，原小則鮮。

2.物賤之徵貴，貴之徵賤。

3.齊冠帶衣履天下，海岱之間，斂袂而往朝焉。

答：

太史公自序

選擇題（＊為多選題）

（　）1.本文旨在說明　(A)六藝的功用　(B)孔子作《春秋》意在防患起廢　(C)《史記》是為懲惡揚善而作　(D)太史公作《史記》的原委與宗旨。

（　）2.「萬物之散聚，皆在《春秋》」乃謂　(A)萬物散失復得之因果皆載於《春秋》　(B)萬物的資源，皆記載於《春秋》中　(C)萬物的成敗盛衰，都記載於《春秋》　(D)人間聚散離合之理皆載於《春秋》中。

（　）3.下列解釋何者錯誤？　(A)「紹」明世：繼承　(B)禮「經紀」人倫：治理　(C)大夫「壅」之：阻隔　(D)諸侯「害」之：殺害。

（　）4.「是非二百四十二年之中」乃謂　(A)春秋不只是二百四十二年而已　(B)春秋二百四十二年之中，是非甚多　(C)批評春秋二百四十二年之中的歷史　(D)春秋二百四十二年都處於非常時期之中。

（　）5.下列敘述何者為非？　(A)《呂覽》：指《呂氏春秋》　(B)西伯：指周武王　(C)臏腳：指斷足之刑　(D)孔子「戹」陳蔡：困阨。

（　）6.下列敘述何者為非？　(A)隱約：隱隱約約看不清楚　(B)重譯：輾轉翻譯　(C)款塞：叩邊關而來　(D)身毀不用：身受宮刑無可用。

（　）7.「不得通其道也」是說　(A)不能通過那條道路　(B)不能實現其理想　(C)不能實踐正道　(D)不能達到其目的。

（　）8.「善善惡惡」是說　(A)好人愛人，壞人恨人　(B)善待好人，痛恨壞人　(C)褒揚好的，譴責壞的　(D)好人自成一類，壞人自成一

類。

( ) 9.「利不百不變法功不十不易器法古無過循禮無邪」(《史記・商君列傳》),以上文字,試分析文意並加上標點符號 (A)利,不百不變;法功,不十不易;器,法古無過,循禮無邪; (B)利不百,不變法。功不十,不易器。法古無過,循禮無邪? (C)利不百不變,法功不十不易。器法,古無過,循禮無邪。 (D)利不百,不變法;功不十,不易器。法古無過,循禮無邪。

( ) 10.「而太史公遭李陵之禍,幽於縲紲。乃□□而歎,曰:『是余之罪也夫!是余之罪也夫!身毀不用矣!』退而深惟,曰:『夫《詩》、《書》隱約者,欲遂其志之思也。昔西伯拘羑里,演《周易》;孔子戹陳、蔡,作《春秋》;屈原放逐,著《離騷》;左丘失明,厥有《國語》;孫子臏腳,而論兵法;不韋遷蜀,世傳《呂覽》;韓非囚秦,〈說難〉、〈孤憤〉;《詩》三百篇,大抵賢聖發憤之所為作也。此人皆意有所□□,不得通其道也,故述往事,思來者。』」請參考上下文意,文中□□處依序宜填 (A)貿然/寄託 (B)喟然/寄託 (C)喟然/鬱結 (D)貿然/鬱結。

*( ) 11.下列句中之「惟」字,何者作動詞用? (A)「惟」兄嫂是依 (B)退而深「惟」曰 (C)「惟」其民安於太平之樂 (D)「惟」幹著論,成一家言 (E)願大王留意詳「惟」之。

*( ) 12.下列各句皆有「見」字,用法相同的是 (A)〈留侯論〉:「匹夫見辱,拔劍而起」 (B)〈正氣歌并序〉:「時窮節乃見,一一垂丹青」 (C)〈報劉一丈書〉:「斯則僕之褊衷,以此長不見悅於長吏」 (D)《史記・屈原賈生列傳》:「信而見疑,忠而被謗,能無怨乎」 (E)《史記・太史公自序》:「我欲載之空言,不如見之於行事之深切著明也」。

*( ) 13.如果想要翻閱「范仲淹」的作品,可以從哪些書籍中找到? (A)《史記》 (B)《古文觀止》 (C)《宋詞三百首》 (D)《范文正公集》 (E)《唐宋八大家文鈔》。

*( ) 14.下列篇章,何者屬於評論先秦諸子學術派別及思想得失的作品? (A)《莊子・天下》 (B)《墨子・兼愛》 (C)《荀子・非十二子》 (D)《呂氏春秋・貴公》 (E)司馬談〈論六家要旨〉。

*( ) 15.春秋戰國時代,諸侯相互攻伐,天下動盪,禮樂制度崩頹,社會紛亂,民生困苦,因

應這種時勢而產生了各種思想學派，以下說明何者不正確？ (A)公孫龍子善為「堅白」之辯，其所論已初具理則學的分析辨理的本質 (B)墨子初受孔子之學，以為儒家之禮法煩擾，故別有主張，倡「兼愛」之說 (C)《呂氏春秋》為秦相國呂不韋門下客多人的集體作品，《漢書．藝文志》將之列為「雜家」 (D)荀子主張性惡，其學說以禮為宗，以善為目標，其觀點、方法與目的，皆與孔、孟各異其趣 (E)老子主張守柔無為，著有《老子》，又名《南華真經》；莊子主張安時處順，著有《莊子》，又名《道德經》。

非選題

(一)有一些詞語，在古文中的意義和現代通用的意義已經有了改變。如范仲淹〈岳陽樓記〉：「商旅不行，檣傾楫摧；薄暮冥冥，虎嘯猿啼。」文中「不行」是指「交通受阻，無法通行」，現代的意思則有「不能」、「不可以」之意。請依此原則判斷，下列各題中「　」內的詞語，何者亦具有古今義變的現象，對的打○，錯的打×：

（　）1.「小學」而大遺，吾未見其明也。

（　）2.明日即「將來」射曹軍，卻不甚便。

（　）3.巡就戮時，「顏色」不亂，陽陽如平常。

（　）4.銀瓶乍破水漿迸，鐵騎「突出」刀槍鳴。

（　）5.苟以天下之大，而從六國破亡之「故事」，是又在六國下矣。

(二)量詞填空：

量詞的多樣是中文語法一大特色，根據統計，量詞的使用也是老外學習中文最吃力之處。下面請同學依據上下文填入適當的量詞。

1.一□鮮魚：　2.一□胳臂：　3.一□膏藥：　4.一□寓言：　5.一□橋樑：

報任少卿書

選擇題（＊為多選題）

（　）1.下列何者非本文旨意？ (A)陳述李陵事件之本末 (B)明言自己寫《史記》及受宮刑之心路歷程 (C)陳述自己位卑言輕，愛莫能助 (D)說明刑餘之人，心餘力絀。

（　）2.太史公寫《史記》的目的是 (A)成一家之言 (B)欲自示己學 (C)炫耀世人 (D)承帝命。

（　）3.下列敘述何者為非？ (A)「卒卒」無須與之間：匆促急遽的樣子 (B)太史公「牛馬走」司馬遷：自謙僕役 (C)行莫「醜」於辱先：汙穢 (D)雖才懷「隨和」：個性隨便溫和。

（　）4.下列解釋何者錯誤？ (A)「款款」之愚：忠誠的樣子 (B)若「望」僕不相師：希望 (C)「拳拳」之忠：忠謹的樣子 (D)又「迫」賤事：急；忙。

（　）5.「刑不上大夫」是說 (A)不對大夫刑求 (B)大夫有罪則賜自盡，不加辱之 (C)大夫不用受刑罰 (D)大夫犯罪則刑罰較庶民輕。

（　）6.太史公為何要替李陵說話？ (A)太史公認為李陵實乃詐降，欲等待時機以報漢室 (B)同與李陵居門下 (C)嘗與陵銜盃酒 (D)與陵志趣相合。

（　）7.下列敘述何者錯誤？ (A)刀鋸之餘：受過宮刑的人 (B)得「待罪」輦轂下：有罪之身 (C)分別有讓：待人處世謙和有禮 (D)所殺過當：所殺的人數超過己方損失的人數。

（　）8.《史記》中沒有下列哪一種體例？ (A)列傳 (B)本紀 (C)志 (D)世家。

（　）9.(甲)故禍莫「憯」於欲利：ㄑㄧㄢˇ；(乙)得待罪「輦」轂下：ㄋㄧㄢˇ；(丙)斬將「搴」旗：ㄑㄧㄢ；(丁)「旃」裘之君長：ㄉㄢ；(戊)「沬」血飲泣：ㄏㄨㄟˋ；(己)塞睚「眦」之辭：ㄘˇ。上列「　」內的字，讀音完全正確的選項是 (A)(甲)(丁)(己) (B)(乙)(丙)(戊) (C)(丙)(丁)(戊) (D)(丁)(戊)(己)。

（　）10.(甲)孔子「適」陳；(乙)「適」會召問，即以此指推言陵之功；(丙)子「適」衛，冉求僕；(丁)終不可以為榮，「適」足以見笑而自點耳；(戊)「適」長沙觀屈原所自沉淵，未嘗不垂涕。上列「　」內的「適」字義，共有幾種？ (A)二種 (B)三種 (C)四種 (D)五種。

*（　）11.下列各組「　」內的字義，兩兩相異的選項是 (A)「會」東從上來／適「會」召問 (B)恐「卒」然不可為諱／走「卒」類士服 (C)「刑」餘之人，無所比數／「刑」於四海 (D)「亡」室家之業／為一飲一食，「亡」君之疾 (E)「趣」舍異路／夢亦同「趣」。

*（　）12.下列各組成語涵義相近似的選項是 (A)巖穴之士／泥塗軒冕／高臥松雲 (B)九牛一毛／微乎其微／太倉一粟 (C)不枝不蔓／大筆如椽／探驪得珠 (D)夜以繼日／焚膏繼晷／玩歲愒時 (E)櫛風沐雨／宵衣旰食／四體不勤。

*（　）13.下列「　」內的詞語解釋正確的選項是 (A)「動而見尤」：動輒得咎 (B)若僕「大質」已虧缺矣：樸質的本性 (C)「深幽囹圄」之中：深深囚禁在監牢 (D)其次不辱「理

色」：臉色　(E)夫人不能早自裁「繩墨」之外：法律。

*（　）14.下列文句屬於「排比」修辭格的正確選項是　(A)脩身者，智之符也；愛施者，仁之端也；取與者，義之表也；恥辱者，勇之決也；立名者，行之極也　(B)故禍莫憯於欲利，悲莫痛於傷心，行莫醜於辱先，詬莫大於宮刑　(C)太上不辱先，其次不辱身，其次不辱理色，其次不辱辭令　(D)猛虎在深山，百獸震恐，及在檻穽之中，搖尾而求食，積威約之漸也　(E)畫地為牢，勢不可入；削木為吏，議不可對。

*（　）15.有關司馬遷，下列敘述正確的選項是　(A)西漢人，字子長　(B)父親司馬談，學問淵博，曾任太史　(C)二十歲時，奉漢武帝的命令出使天下，尋求遺書，開始遊歷名山大川，親訪名勝古蹟　(D)因替李陵辯白降匈奴之事，觸怒漢武帝，遭受宮刑　(E)從事《史記》的寫作，志在「究天人之際，通古今之變，成一家之言」。

非選題

(一)下列一段文字，＿＿＿＿空缺處，請依參考選項，填入適當的代號：

古者富貴而名摩滅，不可勝記，唯倜儻非常之人稱焉。蓋文王拘而演1.＿＿＿＿；仲尼厄而作2.＿＿＿＿；屈原放逐，乃賦〈離騷〉；左丘失明，厥有3.＿＿＿＿；孫子臏腳，兵法脩列；不韋遷蜀，世傳4.＿＿＿＿；韓非囚秦，〈說難〉、5.＿＿＿＿；《詩》三百篇，大抵聖賢發憤之所為作也。此人皆意有鬱結，不得通其道，故述往事，思來者。

參考選項：

(A)《戰國策》　(B)《國語》　(C)《詩經》　(D)《周易》

(E)《呂覽》　(F)《尚書》　(G)〈孤憤〉　(H)《春秋》

(二)語譯：

僕竊不遜，近自託於無能之辭，網羅天下放失舊聞，略考其行事，綜其終始，稽其成敗興壞之紀。

答：

卷六 漢文

高帝求賢詔

選擇題（＊為多選題）

（　）1. 本文旨在說明 (A)漢高祖一統天下，得自賢人之助 (B)周文王得賢士而成就功業 (C)治理天下必須有賢君 (D)漢高祖屈意求賢並指示各級官吏務必切實薦賢。

（　）2. 「世世奉宗廟亡絕也」乃謂 (A)世代奉祀，永續經營 (B)世代奉祀宗廟，永不斷絕 (C)世代奉祀宗廟，不斷香火 (D)世代奉祀宗廟，不會絕子絕孫。

（　）3. 下列敘述何者為非？ (A)年老「癃」病：腰彎背駝的毛病 (B)使明知「朕」意：皇帝自稱 (C)士「奚」由進：何 (D)豈「特」古之人乎：特別。

（　）4. 「有而弗言，覺，免」乃謂 (A)有犯罪行為不說者，被發覺，就免其職 (B)知道別人有罪不說者，一被發覺，就免其職 (C)有要事卻不說者，被發覺後就免職 (D)有賢者不推薦，被發現就免職。

（　）5. 「賢人已與我共平之矣」乃謂 (A)賢人已和我共同平定天下 (B)賢人可以和我平起平坐 (C)我對待賢者都一視同仁 (D)我和賢者共同平分天下。

（　）6. 下列所述高祖之欲求，何者為非？ (A)年老癃病 (B)賢者智能 (C)意稱明德 (D)賢士大夫。

（　）7. 「必身勸，為之駕」意指 (A)郡守必須親自去勸他，替他駕車 (B)郡守必須親自去勸他出來，替他準備馬車 (C)郡守必須備車，親自勸他出來 (D)郡守必須身體力行地勸他，讓他出來駕車。

（　）8. 「意稱明德」是指 (A)有意提倡明德 (B)心意與德行兩全其美 (C)美名美德 (D)聲名與德行相稱。

（　）9. (甲)「伯」者莫高於齊桓：ㄅㄚˋ；(乙)奉宗廟「亡」絕也：ㄨㄤˊ；(丙)「酇」侯：ㄗㄢˋ；(丁)遣「詣」：ㄧˋ；(戊)「署」行義年：ㄕㄨˇ；(己)年老「癃」病：ㄌㄨㄥˇ。上列「　」內的字，讀音完全正確的選項是 (A)(甲)(丙)(丁) (B)(乙)(丙)(戊) (C)(甲)(丁)(己) (D)(乙)(戊)(己)。

（　）10. (甲)世世奉宗廟「亡」絕也；(乙)日知其所「亡」，日無忘其所能；(丙)操則存，舍則「亡」；(丁)果以富得罪出「亡」；(戊)忠志之士，「亡」身於外者；(己)豈若吾居位、去

位、身存、身「亡」，常如一日乎。上列「　」內的字義，共有　(A)三　(B)四　(C)五　(D)六　種。

*(　)11.由本文觀之，可以看出漢高祖隱然以何人自許？　(A)周文王　(B)周武王　(C)周公　(D)齊桓公　(E)堯舜。

*(　)12.下列「　」內詞語的解釋，正確的選項是　(A)「以天之靈」：向上天起誓　(B)「以為一家」：視賢士為一家人　(C)「共安利之」：共同治理天下，使百姓安和樂利　(D)遣「詣」相國府：前往　(E)署行「義」年：通「儀」，儀容。

*(　)13.漢高祖求才若渴之心，在詔書中表露無遺，以下敘述何者正確？　(A)「賢人已與我共平之矣，而不與吾共安利之，可乎」——此句對人才喻之以理　(B)「賢士大夫，有肯從我游者，吾能尊顯之」——此句對人才誘之以利　(C)「其有意稱明德者，必身勸，為之駕，遣詣相國府」——此句對人才動之以情　(D)「有而弗言，覺，免」——此句對人才喝之以威　(E)「患在人主不交故也，士奚由進」——此句對人才說之以恩。

*(　)14.關於〈高帝求賢詔〉，以下敘述，何者正確？　(A)「皆待賢人而成名」：指出人主求賢的必要性　(B)「欲其長久，世世奉宗廟亡絕也」：此為高祖求賢的主要原因　(C)本文為高祖尚未一統天下前所寫，可見其求才之心　(D)高祖求才若渴，只要是「肯從我游」者，「年老癃病」之賢才亦在徵召範圍之內　(E)本文語言華美，具有大漢帝國的壯闊。

*(　)15.「今吾以天之靈」句中「以」字義，與下列何選項不相同？　(A)「以」為一家，欲其長久　(B)苟「以」天下之大，而從六國破亡之故事　(C)不「以」物喜，不以己悲　(D)生，事之「以」禮　(E)君家所寡有者，「以」義耳。

非選題

(一)請寫出以下詩句所歌詠的人物：

1.忍辱從來事可成，英雄蓋世枉傷神；但知父老羞重見，不記淮陰胯下人：

2.胯下王孫久見輕，誰知一躍竟成名；古來將相本無種，庸眾何為色不平：

3.明哲保身輕富貴，英雄退步即神仙：

(二)語譯：

今天下賢者智能，豈特古之人乎？患在人主不交故也，士奚由進？

答：

文帝議佐百姓詔

選擇題（＊為多選題）

（　）1.本文旨在令群臣計議　(A)百姓衣食不足，源於水旱疾疫　(B)民食不足的原因和解困的方法　(C)百姓衣食不足，係因行政疏失　(D)糧食不足，係因百姓棄農從商。

（　）2.下列敘述何者為非？　(A)「間者」數年比不登：近來　(B)「意者」朕之政有所失：料想　(C)鬼神廢不「享」：祭祀　(D)為酒醪以「靡」穀者多：同「無」。

（　）3.「愚而不明，未達其咎」是指　(A)我愚昧不明，不知道收成不好的毛病出在哪裡　(B)我愚昧不明，不知道水旱疾病之禍出自哪裡　(C)我愚昧不明，不知道朝政規劃錯在哪裡　(D)我愚昧不明，不知道人民窮困的毛病出自哪裡。

（　）4.下列解釋何者為非？　(A)數年比不登：常常收成不佳　(B)以口量地：以人口計算土地　(C)將百官之奉養：將來百官的薪俸　(D)其於古猶有餘：比起古代只有多沒有少。

（　）5.「大度田非益寡」乃謂　(A)計算起來，田地並沒有減少　(B)靠耕田過日子的，並沒有減少　(C)計算田地，並沒有好壞的差別　(D)計算田地，並沒有增加或減少。

（　）6.「細大之義，吾未能得其中」乃謂　(A)這大大小小的原因，我還無法控制得宜　(B)這種大小的差別意義，我還找不到合理的解釋　(C)這大大小小的原因很多，我找不到合理的解釋　(D)這大大小小的原因，我還沒有辦法想到其中心思想。

（　）7.「無乃百姓之從事於末以害農者蕃」乃謂　(A)莫非百姓是耕種不努力，才會妨害農耕　(B)不論百姓是否從事工商，都會嚴重妨害農耕　(C)莫非是百姓從事工商，而嚴重妨害農耕　(D)沒有百姓會從事工商，而嚴重妨害農耕。

（　）8.下列敘述何者為非？　(A)將百官之奉養或「費」：浪費　(B)而計民未加「益」：利益　(C)「率意」遠思：竭意　(D)為「酒醪」以靡穀者多：酒之有滓者。

（　）9.漢文帝頒布〈文帝議佐百姓詔〉的原因是　(A)世風日下，治安欠佳　(B)官吏貪婪，民不聊生　(C)外族入侵，戰火頻仍　(D)生民疾苦，引以為憂。

（　）10.〈文帝議佐百姓詔〉中：「夫度田非益寡，而計民未加益」一句意謂 (A)統計全國的土地與人民都沒有增加或減少 (B)丈量土地沒有增加，統計人口也沒有減少 (C)計算全國田地並沒有減少，統計人口也沒有增加 (D)計算全國土地沒有減少，而百姓的利益也沒有增加。

*（　）11.下列文句「　」中的字，何者的通同字說明正確無誤？ (A)夫「度」田非益寡：通「踱」 (B)將百官之「奉」養或費：通「俸」 (C)為酒醪以「靡」穀者多：通「糜」 (D)而食之甚不足者，其「咎」安在：通「疚」 (E)無乃百姓之從事於末以害農者「蕃」：通「繁」。

*（　）12.下列文句中的「比」字，何者意思相同？ (A)君子周而不「比」 (B)「比」去，以手闔門 (C)間者數年「比」不登 (D)「比」得軟腳病，往往而劇 (E)「比」來得從郡侯祕書至白洞堂。

*（　）13.下列各組「　」內文字，讀音不同的選項是 (A)「淄」川／「錙」銖／「孳」生 (B)「拮」据／「嗟」歎／「詰」難 (C)「忻」然／燈「芯」／「沂」水 (D)腳「踝」／「裸」裎／「窠」臼 (E)酒「醪」／綢「繆」／「膠」水。

*（　）14.古人在對話、書信或奏議中，常用「謙稱詞」代替第一人稱。下列「　」內屬於「自謙之詞」的選項是 (A)「朕」甚憂之。愚而不明，未達其咎 (B)「在下」倒有一個主意，不知可以行得行不得 (C)「僕」自到九江，已涉三載，形骸且健，方寸甚安 (D)僧問：汝益乎？曰：益矣。師所能者，「我」已盡能之 (E)願「陛下」託臣以討賊興復之效；不效，則治臣之罪，以告先帝之靈。

*（　）15.凡在語文中，把實際上看不見聽不見的事物，寫得可見可聽，活生生地出現在眼前的一種修辭技巧，叫做示現。下列何者有之？ (A)君不見，黃河之水天上來，奔流到海不復回 (B)十六君遠行，瞿塘灩澦堆。五月不可觸，猿聲天上哀 (C)獨在異鄉為異客，每逢佳節倍思親。遙知兄弟登高處，遍插茱萸少一人 (D)其與丞相、列侯、吏二千石、博士議之。有可以佐百姓者，率意遠思，無有所隱 (E)遙想公瑾當年，小喬初嫁了，雄姿英發，羽扇綸巾，談笑間，檣櫓灰飛煙滅。

非選題

(一)下列文句「　」中成語的用法，正確打○，錯誤打×：

(　)1.何先生既潔身自持，又急公好義，值得大家「群起效尤」。

(　)2.一會兒四周已是煙霧濛濛，我們站在草原上「櫛風沐雨」，十分暢快。

(　)3.凡事若不能計劃周延，按部就班，切實進行，妄想一步登天，無異「緣木求魚」。

(　)4.王先生一生光風霽月，沒想到晚節不保，令人不禁有「松柏後凋於歲寒」之歎。

(　)5.現今人心險惡，互相猜忌，朋友之間常常是「我無爾詐，爾無我虞」，令人痛心。

(二)以下對於科舉制度的相關陳述，正確打○，錯誤打×：

(　)1.進學後稱生員，亦稱進士。

(　)2.童子應歲、科考試，取中入府縣儒學肄業者，稱為進學。

(　)3.考中秀才者稱學政為宗師。

(　)4.舉人進京會試，中試者稱狀元。

(　)5.鄉試第一名曰解元，第二名曰亞元，第三名以下不稱元。

景帝令二千石修職詔

選擇題（*為多選題）

(　)1.本文旨在強調 (A)百姓必須努力耕種 (B)官吏不能胡作非為 (C)整頓吏治的重要性 (D)須重視民生問題。

(　)2.下列敘述何者為非？ (A)「請」其罪：請求 (B)今歲或「不登」：五穀不成熟 (C)以奉宗廟「粢盛」祭服：盛在祭器上的穀物 (D)其咎「安在」：何在。

(　)3.「夫飢寒並至而能亡為非者，寡矣」意思是 (A)飢寒交迫中，沒有人會因此而為非作歹 (B)飢寒交迫中，沒有人不會為非作歹的 (C)飢寒交迫中，常常死於非命，那是很少的 (D)飢寒交迫而能不為非作歹的，那是很少的。

(　)4.「老耆以壽終，幼孤得遂長」乃謂 (A)老者長壽，幼者成長 (B)老有所終，幼有所長 (C)老者無憂，少者無慮 (D)老者平安，少者健壯。

(　)5.下列何者非民食頗寡的原因？ (A)今歲或不登 (B)朕親耕，后親桑 (C)吏以貨賂為市 (D)漁奪百姓。

(　)6.「姦法與盜盜」乃謂 (A)強姦和竊盜都是犯法 (B)強姦法律和盜匪，為同罪名 (C)玩法作奸，助盜為盜 (D)玩弄法律又與盜匪同去竊盜。

（　）7.下列敘述何者為非？ (A)彊毋「攘」弱：搶奪 (B)其令「二千石」各脩其職：兩千石的食糧 (C)甚「無謂」也：猶言「不應該」 (D)不「受獻」：接受四方奉獻。

（　）8.「漁奪百姓，侵牟萬民」乃謂官吏 (A)掠奪百姓，侵蝕萬民 (B)強奪百姓之漁獲，侵犯萬民 (C)以漁船奪取百姓之食，殺害萬民 (D)搶奪百姓的漁船，使萬民無以為生。

（　）9.(甲)雕文刻「鏤」：ㄌㄡˋ；(乙)錦繡「纂」組：ㄗㄨㄢˋ；(丙)害女「紅」：ㄏㄨㄥˊ；(丁)「朕」親耕：ㄓㄣˋ；(戊)以奉宗廟「粢」盛祭服：ㄗ；(己)老「耆」以壽終：ㄓˇ。上列「　」內的字，讀音完全正確的選項是 (A)(甲)(丁)(戊) (B)(乙)(丙)(己) (C)(丙)(丁)(己) (D)(丁)(戊)(己)。

（　）10.(甲)眾毋「暴」寡；(乙)一日「暴」之，十日寒之；(丙)竊時以肆「暴」；(丁)「暴」霜露，斬荊棘；(戊)雖有槁「暴」，不復挺者。上列「　」內的字義，共有幾種？ (A)二種 (B)三種 (C)四種 (D)五種。

*（　）11.「夫飢寒並至而能亡為非者，寡矣」，句中「亡」字義，與下列文句相同的選項是 (A)秦無「亡」矢遺鏃之費 (B)今也則「亡」，未聞好學者也 (C)日知其所「亡」，月無忘其所能 (D)人皆有兄弟，我獨「亡」 (E)追「亡」逐北。

*（　）12.下列「　」內的詞語，解釋正確的選項是 (A)「雕文刻鏤」：雕刻金玉，彩繪花紋 (B)「錦繡纂組」：織錦刺繡編製帶綬 (C)害「女紅」：化妝 (D)「朕親耕」：皇帝親自耕地 (E)「后親桑」：皇后親自採桑。

*（　）13.下列「　」內的詞語，解釋正確的選項是 (A)「減太官」：減少宮中的宦官 (B)「省繇賦」：減輕徭役賦稅 (C)「彊毋攘弱」：強大的不搶奪弱小的 (D)「老耆」以壽終：年老者 (E)民食頗寡，其「咎」安在：弊病。

*（　）14.「姦法與盜盜，甚無謂也」，句中「盜盜」上「盜」字為名詞，下「盜」字為動詞。下列文句與此相同結構的正確選項是 (A)今王「使」「使」者數之罪 (B)民不易「物」，惟德繄「物」 (C)以晏子之「觴」而「觴」桓子 (D)「親」「親」而仁民，仁民而愛物 (E)為「學問」而「學問」。

*（　）15.下列文句運用「抽換詞面」的修辭格正確選項是 (A)句讀之不知，惑之不解，或師焉，或不焉 (B)農事傷，則飢之本也；女紅害，則寒之原也 (C)有席卷天下，包舉

宇內，囊括四海之意，并吞八荒之心　(D)南山烈烈，飄風發發。民莫不穀，我獨何害。南山律律，飄風弗弗。民莫不穀，我獨不卒　(E)西伯幽而演《易》，周旦顯而制禮；不以隱約而弗務，不以康樂而加思。

非選題

(一)字音測驗：

1. 老「耆」：　2. 老「耄」：

3. 「耋」翁：　4. 「耇」壽：

(二)語譯：

或詐偽為吏，吏以貨賂為市，漁奪百姓，侵牟萬民。

答：

武帝求茂才異等詔

選擇題（＊為多選題）

(　) 1. 本文旨在　(A)言察舉人才，不必求全責備　(B)言非常之人，能致非常之功　(C)言非常之人，可為將相王侯　(D)言非常之人，多負俗之累。

(　) 2. 「馬或奔踶而致千里」乃謂　(A)馬也許可以行走千里　(B)馬會奔馳踢人，卻能行走千里　(C)馬也許會狂奔致千里之遠　(D)馬也許會因為踢人，而狂奔千里。

(　) 3. 「士或有負俗之累」乃謂　(A)士人或者會做出辜負眾人的事　(B)士人多少會被世俗價值所累　(C)有的士人常被世俗所譏論　(D)士人又有負責於世外的勞累。

(　) 4. 下列敘述何者為非？　(A)「泛駕」之馬：用途廣泛　(B)「跅弛」之士：不自檢視　(C)亦在「御」之：駕御；馴服　(D)「非常」之功：超越平凡。

(　) 5. 「茂才」是指　(A)秀才　(B)天才　(C)良材　(D)進士。

(　) 6. 「異等」是指　(A)不同的等級　(B)超群出眾　(C)異於下等　(D)異於上等。

(　) 7. 「使絕國」意謂　(A)可以滅國　(B)出使到上國　(C)可以滅絕他國　(D)出使到遠方之國。

(　) 8. 由本文可看出漢武帝是一位什麼樣的皇帝？　(A)好大喜功　(B)重視民生問題　(C)具有雄心壯志　(D)窮兵黷武。

(　) 9. 下列選項「　」中的讀音，何者正確？　(A)奔「踶」：ㄊㄧˊ　(B)「詔」書：ㄓㄠ　(C)「跅」弛：ㄊㄨㄛˋ　(D)「檄」文：ㄐㄧㄠˇ。

(　) 10. 本文是一篇　(A)應用文　(B)檄文　(C)奏議類古文　(D)論說文。

＊(　) 11. 「蓋有非常之功」句中「蓋」字義，與下

列何選項相同？ (A)玉之言，「蓋」有諷焉 (B)功「蓋」三分國 (C)「蓋」亭之所見，南北百里，東西一舍 (D)「蓋」嘗試論之，天下之事譬如一身 (E)「蓋」亦反其本矣。

*（ ）12.「其令州郡察吏民有茂材異等，可為將相及使絕國者」句中「其」字義，與下列何選項相同？ (A)爾「其」無忘乃父之志 (B)彼蒼天者，曷「其」有極 (C)聊布往懷，君「其」詳之 (D)人雖欲自絕，「其」何傷於日月乎 (E)非子房，「其」誰全之。

*（ ）13.以下何句中，可以看出武帝的自信？ (A)有非常之功，必待非常之人 (B)馬或奔踶而致千里 (C)士或有負俗之累而立功名 (D)泛駕之馬，跅弛之士，亦在御之而已 (E)可為將相及使絕國者。

*（ ）14.從此文中，可以看出漢武帝用人的態度是 (A)內舉不避親，外舉不避仇 (B)舉直錯諸枉，可使枉者直 (C)唯才是舉 (D)大德者或有小疵之人亦用之 (E)不問可否，不論曲直，非秦者去，為客者逐。

*（ ）15.下列敘述正確的選項是 (A)想要成為外交人員，增進談判、遊說的能力，可以讀《左傳》、《戰國策》 (B)想要處世圓融，保身全生可以讀《莊子》 (C)想要了解宋代豪放派詩人的風格，可以讀《歐陽文忠公集》 (D)想要了解清代科舉考試對讀書人思想、行為的影響，可以讀《儒林外史》 (E)想要寫作政論文章，可以參閱三蘇、梁啟超等人的文集。

非選題

(一)配合題：

請就參考選項中選出最適當的答案，將答案代號填入括弧中：

（ ）1.老驥伏櫪　（ ）2.牛驥同皁

（ ）3.白駒過隙　（ ）4.秣馬厲兵

（ ）5.馬首是瞻　（ ）6.倚馬可待

（ ）7.馬耳東風

參考選項：

(A)才思敏捷 (B)準備戰爭 (C)服從指揮 (D)賢愚不分

(E)時光易逝 (F)不聽人言 (G)壯志不衰

(二)語譯：

故馬或奔踶而致千里，士或有負俗之累而立功名。夫泛駕之馬，跅弛之士，亦在御之而已。

答：

過秦論上

選擇題（*為多選題）

（　）1.本文旨在評論秦朝之亡在於　(A)變法圖強，不顧民生　(B)對外窮兵黷武，對內愚民弱民　(C)不施仁義　(D)陳涉起義，天下響應。

（　）2.下列何者意義不同於其他三者？　(A)包舉宇內　(B)囊括四海　(C)并吞八荒　(D)割裂天下。

（　）3.下列敘述何者為非？　(A)「窺」周室：窺伺　(B)「因」遺策：利用　(C)「拱手」而取西河之外：極言輕易　(D)北收「要害」之郡：險要。

（　）4.「躡足行伍之間，倔起阡陌之中」乃謂　(A)藏身在軍隊之中，而奮然起義　(B)出身軍隊，以下級軍官的身分起義　(C)在軍隊中沒沒無名，卻能奮然起義　(D)出身軍隊，卻能奮然成為公侯。

（　）5.下列解釋何者為非？　(A)殽函之固，「自若」也：本有缺失　(B)以愚「黔首」：百姓　(C)鑄以為「金人」十二：銅人　(D)「揭」竿為旗：高舉。

（　）6.「一夫作難而七廟隳」乃謂　(A)只有一人起來發難，宗廟卻被毀滅　(B)只有一人為難，使得七廟之人因而毀了　(C)只有一人，難以將國家宗廟毀滅　(D)只有一人起來發難，導致七間宗廟毀壞。

（　）7.下列敘述何者為非？　(A)卻匈奴七百餘里：擊退匈奴有七百里之遠　(B)委命下吏：把性命交給獄吏　(C)遷徙之徒：徵發戍邊之輩　(D)秦人開關延敵：秦人打開關門拖延敵人。

（　）8.「陳利兵而誰何」乃謂　(A)陳國鋒利的武器又是誰製造的　(B)陳列出鋒利的武器，誰能抵抗　(C)陳列精銳士卒，誰敢為敵　(D)配置著銳利的武器，誰敢怎樣。

（　）9.「秦有餘力而制其敝，追亡逐北，伏尸百萬，流血漂櫓。」意謂　(A)秦有餘力檢討自己的過失，盡量避免損兵折將　(B)秦有餘力趁諸侯疲憊時，一一加以制服　(C)秦有餘力控制六國，對於不信服者則一一加以擊破　(D)秦有餘力追擊逃兵，使得秦兵損失慘重。

（　）10.下列選項的「因」字，與「蒙故業，因遺策」中的「因」用法相同的是　(A)舊俗相「因」，虛應故事　(B)「因」禍得福　(C)「因」河為地　(D)恩所加，則思無「因」喜以謬賞。

*（　）11.下列選項「　」內的字音，何者兩兩相同？　(A)「謫」戍之眾，非抗於九國之師也／指

「摘」過失 (B)棄「黥」首以資敵國／汗「涔」涔而淚潸潸 (C)「躡」足行伍／「涉」足地下舞廳 (D)膏「腴」之地／阿「諛」奉承 (E)「俛」首係頸／仰不愧於天，「俯」不作於地。

*（ ）12. 下列「 」中之「從」字，何者與「縱」字相通？ (A)贏糧而景「從」 (B)物各「從」其類也 (C)遂散六國之「從」 (D)尊賢重士，約「從」離横 (E)若使燭之武見秦君，師必退。公「從」之。

*（ ）13. 歷來許多詩文皆喜針對歷史人物作形象的描寫，下列形容何者正確？ (A)「我來圯橋上，懷古欽英風。唯見碧流水，曾無黃石公。歎息此人去，蕭條徐泗空」寫的是：張良 (B)「蜀錦征袍手製成，桃花馬上請長纓。世間不少奇男子，誰肯沙場萬里行」寫的是：秦良玉 (C)「顧曲有閑情，不礙破曹真事業；飲醇原雅量，偏嫌生亮并英雄」寫的是：周瑜 (D)「嗜酒傲明時，何因賀監知。承恩金馬詔，失意玉環詞」寫的是：李白 (E)「朝為越溪女，暮作吳宮妃；賤日豈殊眾，貴來方悟稀」寫的是：西施。

*（ ）14. 下列文句「 」內的成語使用正確的選項是 (A)在快速變遷的時代裡，只知道「墨守成規」的人，很快就會落伍 (B)在高額獎金的誘惑下，這次的網路文學獎成為大家的「眾矢之的」 (C)在證嚴法師的號召下，許多慈濟義工以及社會大眾便「雲集響應」，支持骨髓捐贈 (D)一根筷子折得斷，十根筷子折不斷，若能團結一心，「眾擎易舉」，再難的挑戰也能完成 (E)雖然他負笈前往加拿大留學，但是只要想起和他相處的光陰，彷彿他「音容宛在」，就在眼前。

*（ ）15. 下列敘述正確的選項是 (A)「贏糧而景從」中「贏糧」指自己帶著糧食 (B)「秦人開關延敵」中「延敵」是迎戰敵軍之意 (C)「自以為關中之固，金城千里」中「金城」喻城郭堅固 (D)「執搥拊以鞭笞天下」中「搥拊」為動詞當作名詞使用 (E)「率罷散之卒，將數百之眾」中「率」、「將」作動詞使用。

非選題

(一)字音字形測驗：

1. 鋒「鏑」：　2. 度長「絜」大：

3. 亡矢遺「鏃」：　4. 愚「ㄑㄧㄢˊ」首：

5. 甕「ㄧㄡˇ」繩樞之子：

(二)語譯：

鉏櫌棘矜，非銛於鉤戟長鎩也；謫戍之眾，非抗於九國之師也；深謀遠慮，行軍用兵之道，非及曩時之士也。

答：

治安策一

選擇題（＊為多選題）

（　）1. 本文旨在勸文帝要長治久安宜 (A)減少諸侯數目 (B)眾建諸侯而少其力 (C)廢諸侯，永絕後患 (D)監視諸侯行動。

（　）2.「實皆有布衣昆弟之心」是說諸王皆有 (A)和文帝親同手足的心情 (B)尊文帝為兄長的心情 (C)懷念以前平民生活的心情 (D)自以為與文帝是兄弟，而不論君臣之義。

（　）3. 下列敘述何者為非？ (A)豈有異秦之「季世」乎：末年 (B)下「數」被其殃：常常 (C)上數「爽」其憂：高興 (D)其次「廑」得舍人：同「僅」。

（　）4. 下列敘述何者錯誤？ (A)既有徵矣：已經有了證驗了 (B)誰與領此：有誰會與你共同治理呢 (C)擅爵人：擅自封人爵祿 (D)戴黃屋：穿戴象徵天子的衣冠。

（　）5.「天子春秋鼎盛」是稱讚君王 (A)功震邊疆 (B)善理天下 (C)正值壯年 (D)政績斐然。

（　）6.「日中必彗，操刀必割」比喻 (A)不可一心二用 (B)必須堅定信心 (C)不可錯失時機 (D)必須努力不懈。

（　）7. 下列敘述何者為非？ (A)而「芒刃」不頓者：鋒刃 (B)皆眾「理解」也：理論上的說法 (C)非「斤」則斧：砍刀 (D)天下「圜視」而起：瞪眼而看。

（　）8.「夫樹國固，必相疑之勢」是說 (A)諸侯強大，則必會造成與天子互相疑忌的形勢 (B)諸侯若強大，必會懷疑君王的能力 (C)若要國家安定，必須懷疑諸侯的勢力 (D)若要國家安定，必須懷疑官吏的能力。

（　）9. (甲)天下「殽」亂：ㄧㄠˊ；(乙)然尚有可「諉」者：ㄨㄟˇ；(丙)髖「髀」之所：ㄅㄧˋ；(丁)欲臣子之勿「菹」醢：ㄑㄧㄝˇ；(戊)方病大「瘇」：ㄓㄨㄥˋ；(己)平居不可屈「信」：ㄒㄧㄥˋ。上列「　」內的字，讀音完全正確的選項是 (A)(甲)(乙)(丙) (B)(乙)(丙)(丁) (C)(丙)(丁)(戊) (D)(丁)(戊)(己)。

（　）10. 下列「　」內的通假字，敘述錯誤的選項是 (A)下無「倍畔」之心：通「背叛」 (B)

平居不可屈「信」：通「伸」 (C)疏者或制大權以「偪」天子：通「逼」 (D)匕首已陷其「胸」矣：通「兇」。

*（ ）11. 下列各組「 」內的字義，兩兩相同的選項是 (A)下「數」被其殃/予觀弈於友人所，一客「數」敗 (B)親兄之子西「鄉」而擊/出入無時，莫知其「鄉」 (C)今吳又「見」告矣/高祖發怒，「見」於詞色 (D)今此六七公者皆「亡」恙/「亡」命走山澤耳，不能忍君苦也 (E)一脛之大幾如「要」/便「要」還家。

*（ ）12. 下列「 」內的詞語，解釋正確的選項是 (A)非有仄室之勢以「豫席」之也：憑藉；依靠 (B)「德至渥」也：恩德非常優厚 (C)實皆有「布衣昆弟之心」：自以為與天子為兄弟，而不論君臣之義 (D)「易其所以然」：謂變更法制，以消弭所以反叛之根源 (E)「其勢盡又復然」：謂與異姓諸王之叛，如出一轍。

*（ ）13. 下列「 」內的詞語，解釋正確的選項是 (A)所排擊剝割，皆眾「理解」也：通曉了解 (B)欲臣子之勿「菹醢」：將人剁為肉醬 (C)「輻湊」並進而歸命天子：輻條聚集於車轂 (D)「須」其子孫生者，舉使君之：須要 (E)「平居不可屈信」：平常不能夠屈伸。

*（ ）14. 下列文句屬於「譬喻」的修辭格正確選項是 (A)欲諸王之皆忠附，則莫若令如長沙王 (B)諸侯之君，不敢有異心，輻湊並進而歸命天子 (C)夫仁義恩厚，人主之芒刃也；權勢法制，人主之斤斧也 (D)法立而不犯，令行而不逆，貫高、利幾之謀不生，柴奇、開章之計不萌 (E)一脛之大幾如要，一指之大幾如股。

*（ ）15. 下列有關賈誼敘述正確的選項是 (A)西漢洛陽人 (B)年輕時即通曉諸子百家，二十多歲，文帝召為博士 (C)曾外放為長沙王太傅，故世稱賈長沙 (D)過湘水，想到屈原的賢能而被逐，觸景生情，寫了〈弔屈原賦〉 (E)西漢有名的政論家，成名的篇章有〈治安策〉、〈六國論〉。

非選題

(一)字音測驗：

1.「菹」醢：　2.「沮」喪：　3.「狙」擊：

4.「詛」咒：　5.「殂」逝：

(二)寫出下列的通假字：

1.已迺「墮」骨肉之屬而抗頸之：　2.而芒刃不「頓」者：　3.必為「錮」疾：

論貴粟疏

選擇題（＊為多選題）

（　）1.本文旨在說明 (A)提高米價 (B)重農亦重商 (C)重農抑商 (D)重商抑農。

（　）2.「堯禹有九年之水，湯有七年之旱，而國亡捐瘠者」乃因 (A)務民於農桑 (B)堯、禹、湯皆為仁德之君 (C)聖王能耕而食之，織而衣之 (D)畜積多，而備先具也。

（　）3.下列敘述何者為非？ (A)不農則不「地著」：著力於開發地利 (B)「游食」之民：游手好閒坐食不做事 (C)國亡「捐」瘠者：棄 (D)「薄」賦斂：減輕。

（　）4.「復卒三人」乃謂 (A)又死三人 (B)給士兵三人 (C)免役三人 (D)再加最後三人。

（　）5.下列敘述何者為非？ (A)好惡「乖迕」：互相違背 (B)亡逃者得「輕資」：輕便之物 (C)「交通」王侯：交往 (D)盜賊有所「勸」：改過自新。

（　）6.下列敘述何者為非？ (A)粟有所渫：糧食有了銷路 (B)不避湯、禹：比不上湯禹時代 (C)鬻子孫：賣子孫 (D)操其奇贏：取其餘利。

（　）7.「有石城十仞，湯池百步，帶甲百萬，而亡粟，弗能守也」乃謂 (A)戰爭必須要有兵馬 (B)糧食對守城的重要 (C)城池、軍隊、糧食對國家的重要 (D)要生活安定必靠軍隊和糧食。

（　）8.「千里游敖，冠蓋相望，乘堅策肥，履絲曳縞」乃言 (A)商人僭禮 (B)商人生活奢侈闊綽 (C)商人與王侯生活相若 (D)商人有錢有勢。

（　）9.(甲)織而「衣」之：ㄧˋ；(乙)捐「瘠」：ㄐㄧˊ；(丙)「鬻」子孫：ㄩˋ；(丁)操其「奇」贏：ㄑㄧˊ；(戊)好惡乖「迕」：ㄨˇ；(己)粟有所「渫」：ㄉㄧㄝˊ。上列「　」內的字，讀音完全正確的選項是 (A)(甲)(丙)(戊) (B)(乙)(丙)(丁) (C)(丙)(戊)(己) (D)(甲)(丁)(己)。

（　）10.(甲)國「亡」捐瘠者；(乙)加以「亡」天災數年之水旱；(丙)四方「亡」擇也；(丁)「亡」逃者得輕資也；(戊)「亡」者，取倍稱之息；(己)忠志之士，「亡」身於外者。以上「　」內「亡」字的解釋有幾種？ (A)二 (B)三 (C)四 (D)五 種。

＊（　）11.下列「　」內的詞語，解釋正確的選項是 (A)人情「一日不再食則飢」：一旦第二天不吃飯，就會飢餓 (B)民者，在上者所以「牧」之：畜也。使人民飽足之意 (C)數

石之重，「中人勿勝」：普通人體力不能勝任 (D)「亡者，取倍稱之息」：逃亡者，強取加倍利息，魚肉百姓 (E)「小者坐列販賣」：資本小的商人則開設店鋪，牟取利潤。

*（　）12.下列文句釋義，正確的選項是 (A)「夫寒之於衣，不待輕煖；飢之於食，不待甘旨」意謂：人之常情不但求溫飽，亦求輕煖甘旨 (B)「民者，在上所以牧之。趨利如水走下，四方亡擇也」意謂：國君宜因勢利導，使人民向善 (C)「因其富厚，交通王侯，力過吏勢，以利相傾」意謂：官商勾結，爭權奪利 (D)「千里游敖，冠蓋相望，乘堅策肥，履絲曳縞」意謂：若重農抑商，將可提高農人的社會地位 (E)「盜賊有所勸，亡逃者得輕資也」意謂盜賊也受到了鼓勵，逃犯能夠得到易於攜帶的錢財。

*（　）13.下列有關於〈論貴粟疏〉，敘述正確的選項是 (A)作者以為漢初社會蓄積不足的原因是「地有遺利，民有餘力」 (B)明主能長保其民的原因在於「耕而食之，織而衣之」 (C)漢法律重商人，輕農人，造成貧富不均 (D)重農抑商的具體方法是「以粟為賞罰」、「入粟拜爵」、「入粟除罪」 (E)「主用足、民賦少、勸農功」是商人貢獻所得利潤後，對國家的幫助。

*（　）14.以下何選項中的文句，屬於反詰的語氣？ (A)今海內為一，土地人民之眾，不避湯禹，加以亡天災數年之水旱，而畜積未及者，何也 (B)雖慈母不能保其子，君安能以有其民哉 (C)至五大夫以上，迺復一人，此其與騎馬之功相去遠矣 (D)常存報柱信，豈上望夫臺 (E)此則人之變，而風何與焉。

*（　）15.下列各組「　」內的字義，兩兩相異的選項是 (A)「亡」粟，弗能守也／四時之間，「亡」日休息 (B)眾貴之，「以」上用之故也／「以」是觀之，粟者，王者大用 (C)飢之於「食」，不待甘旨／一日不再「食」則飢 (D)其為物「輕」微易藏／亡逃者得「輕」資也 (E)有者，半「賈」而賣／商「賈」大者積貯。

非選題

(一)改錯：

1.驅利避害：　2.固步自封：　3.橫徵暴斂：　4.食必梁肉：　5.應變措失：

(二)語譯：

有者，半賈而賣；亡者，取倍稱之息。於是有賣田宅、鬻子孫以償債者矣！

答：

獄中上梁王書

選擇題（*為多選題）

（　）1.本文旨在說明 (A)君王得士，必以威勢，才能籠絡得之 (B)君王用人，自有公聽，不可輕信 (C)君臣應以忠信相待，不可偏聽讒諛 (D)自己以忠獲罪，被迫入獄的心情。

（　）2.「偏聽生姦，獨任成亂」乃謂 (A)聽信奸徒之言，任性只會導致禍亂 (B)聽奸徒之言，只好任其擺布 (C)偏聽一面之辭，即生奸邪，單獨信一人，便會有災禍 (D)偏聽一面之辭則成為奸邪，獨信一人則成為罪人。

（　）3.下列敘述何者為非？ (A)胡亥「極刑」：死刑 (B)「伉慨」不苟合：意氣激昂 (C)趨「闕下」者哉：借言朝廷 (D)天下「恢廓」之士：失志。

（　）4.下列敘述何者為非？ (A)欲善亡厭：從善之人，人必喜之而不惡 (B)畢議，願知：盡其計議，願王知其心 (C)為燕尾生：言蘇秦對燕信守承諾如尾生抱柱一般 (D)輪囷離奇：屈曲盤繞。

（　）5.下列成語何者異於其他？ (A)眾口鑠金 (B)三人成虎 (C)積毀銷骨 (D)為虎作倀。

（　）6.「白頭如新，傾蓋如故」是因為 (A)熟與不熟的差別 (B)夫妻與朋友的差別 (C)知與不知的差別 (D)好人與壞人的差別。

（　）7.「不牽乎卑亂之語，不奪乎眾多之口」乃謂 (A)不被卑賤的言辭所牽制，不被眾人的謠言所影響 (B)不與口出卑言的人牽手，不搶奪他人的食物 (C)不與卑賤的人來往，不搶眾民的糧食 (D)不被卑賤的言辭牽絆，不被眾人奪取其心。

（　）8.「不以私汙義」意謂 (A)不因私心而辱及節義 (B)不因個人私心而玷汙公義 (C)不因個人私心而汙辱仁義之士 (D)不因個人私心而汙損君王的利益。

（　）9.(甲)「鎩」羽而歸：ㄕㄚ；(乙)睥「睨」一切：ㄋㄧˋ；(丙)言之「鑿」鑿：ㄗㄠˊ；(丁)「咄」咄逼人：ㄔㄨㄛˋ；(戊)蓬戶「扃」牖：ㄐㄩㄥ；(己)「懾」人心魂：ㄓㄜˊ。以上字音正確無誤的選項是 (A)(甲)(乙)(戊)(己) (B)(甲)(丙)(丁)(戊) (C)(乙)(丙)(戊)(己) (D)(乙)(丙)(丁)(己)。

（　）10.〈獄中上梁王書〉：「夫精誠變天地，而信不諭兩主」意謂 (A)他們的精神驚天動

地，但是他們對於信義毫不明白　(B)他們的精誠感動天地，但他們的信義仍不被兩位君主明白　(C)雖然他們的精神改變了天地，但他們的誠信仍不被兩位君主明瞭　(D)他們的精誠使天地發生變異，可是他們的信義卻不能為兩位君主所了解。

*（　）11. 下列五句中均有「相」字，請選出「相」字意思相同者　(A)百工之人，不齒「相」師　(B)「相」迎不道遠，直至長風沙　(C)而無物以「相」之，亦不能至　(D)吾見上下交「相」賊，以成此名也　(E)臣聞明月之珠，夜光之璧，以闇投人於道，眾莫不按劍「相」眄者。

*（　）12. 曾鞏〈墨池記〉：「豈其徜徉肆恣，而又嘗自休於此邪」，其中「豈」字的用法同於下列何者？　(A)大王「豈」辱裁之　(B)「豈」其學不如彼邪　(C)則學固「豈」可以少哉　(D)夫精誠變天地，而信不諭兩主，「豈」不哀哉　(E)諸葛孔明者，臥龍也，將軍「豈」願見之乎。

*（　）13. 「哭天搶地」是由兩個動（述）賓結構所構成的，下列選項中的詞語具有相同結構的是　(A)枕石漱流　(B)旌旗蔽空　(C)嘔心瀝血　(D)驚心動魄　(E)鳶飛魚躍。

*（　）14. 下列文句「　」內的成語使用正確的選項是　(A)既然這個方法行不通，只好「另闢蹊徑」，尋找其他可行的替代方案　(B)離開家鄉赴美十年，每逢中國傳統的節日，「去國懷鄉」的情愫，便油然而生　(C)昨天到機場送姐姐出國，直到登機的最後一刻，她才依依不捨的「拂袖而去」　(D)許多九二一大地震的受災戶，一想到當時「滿目蕭然」，廢墟一般的家園，心中就充滿哀悽　(E)用暴力來處理校園暴力事件，有如「抱薪救火」，不但無效反而助長黑道在校園的擴張。

*（　）15. 一個人的性格表現在處理事實的態度上，因此作者往往必須透過關鍵事件的刻劃，方能具體的呈現人物的性格。下列選項何者可以看出「英雄豪傑」的形象？　(A)弼虎吼而奔，人馬辟易（後退）五十步（〈秦士錄〉）　(B)楚莊王伐鄭，鄭伯肉袒（袒裸上半身）牽羊以逆（〈留侯論〉）　(C)林沖舉手，肐察的一槍，先搠倒差撥。陸虞候叫聲：「饒命」（〈林沖夜奔〉）　(D)故樊於期逃秦之燕，藉荊軻首以奉丹事；王奢去齊之魏，臨城自剄，以卻齊而存魏（〈獄中上梁王書〉）　(E)客呼曰：「椎！」賊應聲

落馬，馬首盡裂。眾賊環而進，客從容揮椎；人馬四面仆地殺三十許人（〈大鐵椎傳〉）。

非選題

㈠阿芬要使用按部首編排的辭典查「嵬峨」的詞義，她所採取的步驟如下，何者錯誤？

1. 步驟一：把「嵬」字拆成「山」、「鬼」兩個部分。
2. 步驟二：找「鬼」部，查不到「嵬」字，故可確定「嵬」字的部首應是「山」部。
3. 步驟三：「嵬」字是十三畫，故在山部十三畫的地方可找到「嵬」字。
4. 步驟四：在「嵬」字收錄的詞條中，尋找「嵬峨」的詞義。

答：

㈡以下文句中□內應依序填入哪些標點符號？

「中國文化傳統有著兩種不同的精神生命□一是以孔孟儒家為代表的，北方莊嚴剛毅的人性，有雄健勁拔的風格□一是以老莊道家為代表的，南方溫柔豔麗的人性，有空靈活潑的風格□前者充滿了理性之美，後者充滿了情感之美。」

上書諫獵

選擇題（＊為多選題）

（　）1.本文旨在 (A)勸武帝不應荒廢國事，而肆意畋獵 (B)勸武帝以天子之尊，不可行獵涉險 (C)勸武帝行獵不可趕盡殺絕 (D)勸武帝要保護野生動物。

（　）2.「駭不存之地」乃謂 (A)陛下事先未察覺到此地險惡令人驚怕 (B)陛下事先未料到地高勢危，因而心慌腳亂 (C)野獸在無處容身之情況下受到驚嚇 (D)陛下處在無法容身令人驚怕的地方。

（　）3.下列敘述何者為非？ (A)相如常「從」上至長楊獵：跟隨 (B)駭「不存」之地：無法存身 (C)陛下好「陵」阻險：登 (D)犯屬車之「清塵」：乾淨的空氣。

（　）4.「輿不及還轅」乃謂 (A)車身比不上車前直木 (B)車子來不及掉頭 (C)後車跟不上領隊 (D)人趕不上車的速度。

（　）5.「卒然遇軼材之獸」乃謂 (A)最後碰上矯健的野獸 (B)突然碰上兇猛的野獸 (C)突然碰上狡猾的靈獸 (D)最後碰上感通人性的靈獸。

（　）6.下列何者與其他三者的意義不同？ (A)家絫千金，坐不垂堂 (B)智者避危於無形 (C)明者遠見於未萌 (D)此言雖小，可以喻人。

（ ）7.「內無存變之意」乃謂 (A)內心無存變亂之意 (B)內心無防範意外的念頭 (C)內心不存任何的改變 (D)內心不存叛變心態。

（ ）8.「枯木朽株，盡為害矣」乃謂 (A)一路皆是枯死的樹木，實在令人難過 (B)一路上都是枯死的木株，實在令人為難 (C)路上的枯木朽株，都會造成傷害 (D)路上的枯木對行車安全，都會造成重重困難。

（ ）9.(甲)馳逐「野」獸：ㄧㄝˋ；(乙)枯木朽「株」：ㄓㄨ；(丙)羌、夷接「軫」：ㄓㄣˇ；(丁)銜「橛」之變：ㄐㄩㄝˊ；(戊)遠見於未「萌」：ㄇㄧㄥˊ；(己)勇期「賁」、育：ㄈㄣˋ。上列「 」內的字，讀音完全正確的選項是 (A)(甲)(戊)(己) (B)(乙)(丙)(丁) (C)(丙)(戊)(己) (D)(甲)(丁)(戊)。

（ ）10.「今陛下好陵阻險，射猛獸，卒然遇軼材之獸」，句中「卒」字義，與下列哪個選項相同？ (A)民莫不穀，我獨不「卒」 (B)盈虛者如彼，而「卒」莫消長 (C)涕泣謀於禁「卒」 (D)「卒」有盜賊之警，則相與恐懼訛言。

*（ ）11.下列各組「 」內的字義，兩兩相異的選項是 (A)臣聞物有同「類」而殊能者／走卒「類」士服 (B)人不暇「施」巧／功「施」到今 (C)雖有烏獲、逢蒙之技，力不得「用」／不念舊惡，怨是「用」希 (D)勇「期」賁、育／外無「朞」功強近之親 (E)「中」路而馳／「中」道崩殂。

*（ ）12.下列「 」內的詞語，解釋正確的選項是 (A)「馳逐野獸」：追逐野獸 (B)「好陵阻險」：喜歡攀登危險的地方 (C)犯「屬車」之清塵：屬下的座車 (D)「羌、夷接軫」：羌夷的敵寇逼近陛下車後 (E)「清道」而後行：清除道路。

*（ ）13.下列「 」內的詞語，解釋正確的選項是 (A)「銜橛之變」：馬勒斷、鉤心出而致翻車的意外 (B)「騁乎丘虛墳」：在丘嶺間馳騁 (C)前有「利獸之樂」：獲獸之利的樂趣 (D)「輕萬乘之重」：輕視天子的尊貴 (E)智者「避危於無形」：能夠在危險沒有形成前及早避免。

*（ ）14.下列有關古代人物，配對正確的選項是 (A)烏獲——大力士 (B)慶忌——善泳者 (C)孟賁——古勇士 (D)夏育——大力士 (E)易牙——俠義之士。

*（ ）15.下列文句屬於「映襯」的修辭格正確選項是 (A)故力稱烏獲，捷言慶忌，勇期賁、育 (B)夫輕萬乘之重，不以為安，而樂出萬有一危之塗以為娛 (C)蓋明者遠見於未

萌，而智者避危於無形　(D)禍固多藏於隱微，而發於人之所忽者也　(E)枯木朽株，盡為害矣。

非選題

(一)寫出下列有關古代車子的部位名稱：

1.車前橫木：

2.車後橫木：

3.車前直木：

4.車輪中間車輻湊集的圓環：

5.車鉤心：

(二)語譯：

蓋明者遠見於未萌，而智者避危於無形。禍固多藏於隱微，而發於人之所忽者也。

答：

答蘇武書

選擇題（＊為多選題）

（　）1.本文旨在說明　(A)李陵投降的理由及所受之冤屈　(B)李陵、蘇武流落匈奴的淒苦與忠貞　(C)李陵與匈奴周旋、轉戰千里的經過　(D)李陵賀蘇武回朝而引起的悲涼心境。

（　）2.「左右之人，見陵如此，以為不入耳之歡」的「不入耳之歡」是指　(A)不入流的音樂　(B)不入耳的歡樂　(C)忠言逆耳的話　(D)鄙俗不堪的笑話。

（　）3.下列敘述何者為非？　(A)陵雖「不敏」：不才，自謙之辭　(B)「策名」清時：出仕登錄姓名於官府簡策　(C)「望風」懷想：迎風　(D)忽然「忘生」：捨棄生命。

（　）4.「但見異類」乃謂　(A)只能看見妖怪　(B)只能看見禽獸　(C)只看到胡人　(D)看不到人類。

（　）5.下列敘述何者為非？　(A)更「練」精兵：揀；挑選　(B)斬其「梟帥」：勇將　(C)「丁年」奉使：壯年　(D)五將「失道」：不講道義。

（　）6.「老母終堂，生妻去帷」是指　(A)老母尚在，妻子已亡　(B)老母去世，妻子亦亡　(C)老母尚在，妻子改嫁　(D)老母去世，妻子改嫁。

（　）7.下列敘述何者為非？　(A)「希」當大任：難得　(B)「功難堪」矣：小功令人抬不起頭　(C)「能」不得展：才能　(D)增「忉怛」耳：悲痛。

（　）8.「然陵不死，有所為也」是說李陵不死乃是為了　(A)留芳後世　(B)苟活於世　(C)等

待機會以報國恩　(D)替族人報仇。

( ) 9. (甲)「氄」幕：ㄑㄧㄡˊ；(乙)「羶」肉：ㄕㄢ；(丙)鯨「鯢」：ㄋㄧˇ；(丁)忉「怛」：ㄉㄚˊ；(戊)「搴」旗：ㄑㄧㄥˊ；(己)稽「顙」：ㄙㄤˇ。上列「　」內的字，讀音正確的選項是　(A)(甲)(乙)(丙)　(B)(乙)(丙)(丁)　(C)(丁)(戊)(己)　(D)(乙)(丁)(己)。

( ) 10. 下列各選項，何者與其他三者意思不同？　(A)不任干戈　(B)斬將搴旗　(C)追奔逐北　(D)滅跡掃塵。

*( ) 11. 下列人物，何者為李陵所舉「鳥盡弓藏，兔死狗烹」的例子？　(A)蕭何　(B)韓信　(C)彭越　(D)周勃　(E)范蠡。

*( ) 12. 以下何選項為錯綜法？　(A)昔范蠡不殉會稽之恥，曹沫不死三敗之辱，卒復句踐之讎，報魯國之羞　(B)功略蓋天地，義勇冠三軍，徒失貴臣之意，剄身絕域之表　(C)身出禮義之鄉，而入無知之俗；違棄君親之恩，長為蠻夷之域　(D)其高下之勢，岈然洼然，若垤若穴　(E)意志是我，不繫之舟是我，縱然沒有智慧、沒有繩索和帆桅。

*( ) 13. 下列「　」內的詞語解釋，正確的選項是　(A)「韋韝」：指用皮革搭成的帳棚　(B)「並為鯨鯢」：惡吏如兇猛之魚，不辨忠奸　(C)「扶乘創痛」：扶傷忍痛作戰　(D)彼二子之「遐舉」，誰不為之痛心哉：高飛遠走，指叛逃　(E)「丁年」奉使，皓首而歸：壯年。

*( ) 14. 不蒙明察，孤負陵「區區」之意。「　」內解釋同於下列何選項？　(A)是以「區區」之祿山，一出而乘之　(B)是以「區區」，不能廢遠　(C)今君有「區區」之薛，不拊愛子其民　(D)何必太「區區」，此婦無禮節　(E)「區區」之心，竊慕此耳。

*( ) 15. 以下何者不是李陵的遭遇？　(A)上念老母，臨年被戮　(B)妻子無辜，並為鯨鯢　(C)受戮菹醢　(D)失貴臣之意，剄身絕域之表　(E)老母終堂，生妻去帷。

非選題

(一)問答：本文於示現摹寫的部分，精彩又生動。請指出何處為「示現摹寫法」。

答：

(二)語譯：

誰復能屈身稽顙，還向北闕，使刀筆之吏，弄其文墨邪？願足下勿復望陵。

答：

尚德緩刑書

選擇題（＊為多選題）

( ) 1.本文旨在 (A)勸宣帝退文字獄 (B)勸宣帝崇尚德政，寬理刑獄 (C)勸宣帝嚴懲獄卒，重振獄政 (D)勸宣帝與其用刑，不如用德。

( ) 2.「威服先生」是指 (A)大官 (B)進士 (C)儒者 (D)重禮之人。

( ) 3.下列敘述何者為非？ (A)一遠近：對待遠近之人如一 (B)通關梁：打通各種阻礙 (C)敬賢如大賓：尊敬賢者如對待貴賓 (D)內恕情之所安：自身設想覺得心安的。

( ) 4.下列敘述何者為非？ (A)趙王「不終」：不得善終 (B)「省」刑罰：減輕 (C)正即位：春秋之法，以為繼位必得之於正 (D)「大一統」而慎始也：統一天下。

( ) 5.下列敘述何者非「秦十失」？ (A)焚書坑儒 (B)營驪山之冢 (C)用治獄之吏 (D)一統度量衡。

( ) 6.下列敘述何者為非？ (A)死有餘「辜」：罪過 (B)「戮力」安家：努力 (C)「媮」為一切：苟且 (D)「省」刑罰：省卻。

( ) 7.「離親塞道」是說 (A)背離親人，阻塞正道 (B)離間親人，阻塞正道 (C)背離親人的人充塞道路 (D)離間親人致使流離失所。

( ) 8.「鍛練而周內之」是指 (A)屈打成招，嚴刑逼供 (B)搜集完整的證據 (C)羅織罪名陷人入獄 (D)反覆推敲而使證據充足。

( ) 9.下列文句中，何者完全沒有錯別字？ (A)別被他嚇住了，他不過是羊質虎皮，其實根本沒什麼能力 (B)他曾被蛇咬傷，所以看到草繩，他就吳牛舛月害怕的跑走了 (C)老張雖然曾擔任政府官員，但只是五日經兆，沒多久就卸任了 (D)縱然我不能馳騁在大草原上，但是牆上的掛圖也能讓我望莓止渴。

( ) 10.下列文句當中，完全沒有出現錯別字的選項是 (A)見識過他高超的球技之後，自視頗高的小隊長也不禁甘拜下風、俯首稱臣，請他擔任我們球隊的教練 (B)在老師鉅細靡遺的講解之後，大家對於升學的各個管道都有了深入的認識，有人已經開始規劃未來的讀書計畫 (C)警察在緝捕嫌犯的過程中，不幸中彈倒下，血流如柱，還好沒擊中要害，保住一命 (D)「臥虎藏龍」這部電影在全球各地囊刮了不少大獎，不僅僅是華人之光，也將中國武俠之美介紹給各地的朋友。

*( ) 11.下列哪一組形似字「 」內字的讀音完全相同？ (A)開「卷」有益／誨人不「倦」

(B)盡「萃」於斯／「卒」然臨之 (C)面目可「憎」／得道高「僧」 (D)橫柯上「蔽」／「弊」端叢生 (E)「饜」足欲望／夢「魘」可怖。

*( )12.下列文句中的「亡」字，何者可用「無」字代替？ (A)除民疾，存「亡」繼絕，以應天意 (B)是以獄吏專為深刻，殘賊而「亡」極 (C)決大計，黜「亡」義，立有德，輔天而行 (D)方今天下賴陛下恩厚，「亡」金革之危，飢寒之患 (E)虛美熏心，實禍蔽塞。此乃秦之所以「亡」天下也。

*( )13.下列句子中的「以」字，意思相同的有 (A)大塊假我「以」文章 (B)是「以」囹圄空虛，天下太平 (C)為政「以」德，譬如北辰 (D)古人秉燭夜遊，良有「以」也 (E)吾「以」至道乙未歲，自翰林出滁上。

*( )14.下列文句「 」中字的詞性，何者不相同？ (A)「上」奏畏卻，則鍛練而周內之／「上」善其言 (B)臣聞齊有無知「之」禍，而桓公以興／繇是觀「之」，禍亂之作，將以開聖人也 (C)臣聞秦有十失，其「一」尚存，治獄之吏是也／崇仁義，省刑罰，通關梁，「一」遠近 (D)宜改前世之失，正始受之統，滌煩文，除民「疾」／此皆「疾」吏之風，悲痛之辭也 (E)故盛服先生不用「於」世，忠良切言皆鬱於胸／是以死人之血流離「於」市，被刑之徒比肩而立。

*( )15.「後之人與我同志，嗣而葺之，庶斯樓之不朽也」句中「庶」有祈使、希望的語氣。下列文句，使用「祈使語氣」的選項是 (A)唯陛下除誹謗以招切言，開天下之口，廣箴諫之路，掃亡秦之失 (B)讀聖賢書，所學何事，而今而後，庶幾無愧 (C)臣亡國賤俘，至微至陋，過蒙拔擢，寵命優渥；豈敢盤桓，有所希冀 (D)重念蒙君實視遇厚，於反覆不宜鹵莽，故今具道所以，冀君實或見恕也 (E)錄大辟囚三百餘人，縱使還家，約其自歸以就死。是以君子之難能，期小人之尤者以必能也。

非選題

(一)下列對於書信用語、格式的說明，正確打○，錯誤打×：

( )1.中式信封中路所寫受信人的稱呼，是寫信人對受信人的稱謂。

( )2.提稱語是表示請對方回信的意思。

( )3.信中提到自己的尊長，不必偏右小寫，且可用挪抬示敬。

( )4.結尾敬語，一般來說，對長輩用「耑此」、

「匆此」。

（　）5.問候語「敬請　福安」，「福安」二字換行頂格書寫，是表示敬意。

(二)這封信畫線處所使用的稱謂，何者不恰當？

> 士強兄：
> 前日到貴府打擾，受到(甲)賢伉儷熱情招待，深情厚誼，永銘內心。而(乙)賢姪的應對得體也叫人讚賞；想到(丙)小兒粗魯不文，調教無方，深感慚愧。來日，(丁)敝伉儷定當好好向吾　兄請教。專此，順頌
> 時綏
> 弟林鑫敬上　三月三十一日

答：

報孫會宗書

選擇題（＊為多選題）

（　）1.本文旨在　(A)言自己已被廢為平民，不必再受士大夫的約束　(B)言鐘鼎山林，人各有志　(C)責孫會宗的卑鄙簡陋　(D)寫楊惲的失意及落寞。

（　）2.「文質無所厎」是說其　(A)文質彬彬沒有成就　(B)人品文采皆無所成就　(C)文章沒有文采　(D)文學素質沒有根柢。

（　）3.下列敘述何者為非？　(A)陪輔朝廷之「遺忘」：遺失　(B)遭遇「時變」：時局變動　(C)「闔門」惶懼：閉門　(D)一朝「晻昧」：昏昧不明。

（　）4.「逆指而文過」乃謂　(A)違抗聖旨而遭遇變故　(B)違抗聖旨而欲掩飾其過失　(C)違背意旨，掩飾過失　(D)違背意旨而遭遇變故。

（　）5.下列敘述何者為非？　(A)卒與禍「會」：遭遇；遭逢　(B)「惟」其終始：惟有　(C)「猥」隨俗之毀譽：隨便；輕易　(D)乘「朱輪」者十人：指王公貴族所乘之車。

（　）6.下列敘述何者為非？　(A)語言見廢：因為言語的過失而被罷免　(B)竊位素餐：竊取官位空食俸祿　(C)橫被口語：橫遭讒言傷害　(D)奮褎低卬：舉袖高低飛舞。

（　）7.「隨風而靡」乃謂　(A)隨風而逝　(B)順風勢而大敗敵軍　(C)隨著風而消失　(D)附和譏評。

（　）8.由本文看來，楊惲對他人勸說抱持何種心態？　(A)欣喜若狂　(B)拒諫文過　(C)深感慚愧　(D)惶惶恐恐。

（　）9.(甲)「闔」門惶懼：ㄏㄜˊ；(乙)一朝「晻」昧：

一ㄢ；(丙)而「猥」隨俗之毀譽也：ㄨㄟˇ；(丁)身幽北「闕」：ㄑㄩㄝˋ；(戊)烹羊「炰」羔：ㄆㄠˊ；(己)落而為「萁」：ㄑㄧˊ。上列「　」內的字，讀音完全正確的選項是　(A)(甲)(丁)(戊)　(B)(乙)(丙)(己)　(C)(丙)(丁)(己)　(D)(丁)(戊)(己)。

(　) 10. 下列有關歲時節日的敘述，錯誤的選項是　(A)臘月為正月　(B)朔日為農曆初一　(C)仲夏為農曆五月　(D)望日為農曆十五。

*(　) 11. 下列各組「　」內的字義，兩兩相同的正確選項是　(A)一朝晻昧，語言「見」廢／寄身於翰墨，「見」意於篇籍　(B)「幸」賴先人餘業得備宿衛／惲「幸」有餘祿，方糴賤販貴，逐什一之利　(C)終非其任，「卒」與禍會／其因及期，而「卒」自歸　(D)言鄙陋之愚心，若逆指而「文」過／小人之過必「文」　(E)「曾」不能以此時有所建明／視兆人萬姓之血肉，「曾」不異夫腐鼠。

*(　) 12. 下列各組「　」內的字義，兩兩相異的正確選項是　(A)總領從官，「與」聞政事／吾「與」點也　(B)遭遇變故，橫「被」口語／微管仲，吾其「被」髮左衽矣　(C)小人全軀，「說」以忘罪／是以郢書燕「說」，猶存其名　(D)雖雅知惲者，猶隨風而「靡」，尚何稱譽之有／縱橫上下，鉅細「靡」遺　(E)故道不同，不相「為」謀／手長鑱，「為」除不潔者。

*(　) 13. 下列「　」內的詞語，解釋正確的選項是　(A)陪輔朝廷之「遺忘」：忘掉的事　(B)「身幽北闕」：被囚於宮殿北面的門樓　(C)豈意得「全首領」：保全生命　(D)「送其終也，有時而既」：喻臣之被逐，其罪亦有時而盡　(E)「仰天拊缶」：喻悲傷至極。

*(　) 14. 下列「　」內的文句，釋義正確的選項是　(A)「人生行樂耳，須富貴何時」：意謂人生行樂吧，富貴等何時　(B)「糴賤販貴」：意謂賤買貴賣　(C)「不寒而栗」：意謂叫人不寒而發抖　(D)「隨風而靡」：意謂隨習俗而奢侈　(E)「明明求仁義，常恐不能化民者，卿大夫意也」：意謂努力求仁義，常怕不能教化老百姓的，這是卿大夫的用心。

*(　) 15. 下列文句屬於「對偶」的修辭格正確選項是　(A)材朽行穢　(B)位在列卿，爵為通侯　(C)君子游道，樂以忘憂；小人全軀，說以忘罪　(D)明明求仁義，常恐不能化民者，卿大夫意也；明明求財利，常恐困乏者，庶人之事也　(E)西山暮雨暗蒼煙，南浦春風艤畫船。

非選題

(一)字形測驗：

1.「ㄌㄧˊ」賤販貴：　2.「ㄊㄧㄠˋ」米：

3.洗「ㄓㄨㄛˊ」：　4.郵「ㄔㄨㄛ」：

5.雀「ㄩㄝˋ」：

(二)語譯：

田彼南山，蕪穢不治，種一頃豆，落而為萁。

答：

臨淄勞耿弇

選擇題（＊為多選題）

（　）1.本文旨在 (A)向張步招降 (B)說明有志者事竟成的至理 (C)記述光武帝勞軍的經過 (D)表揚耿弇智勇絕倫。

（　）2.下列成語何者異於其他？ (A)有志者事竟成 (B)滴水穿石 (C)行百里半九十 (D)鐵杵成針。

（　）3.「常以為落落難合」是說 (A)曾以為疏闊難以成功 (B)常常以為疏闊不合 (C)常常以為憂愁不合 (D)曾以為其落落寡歡，難有共識。

（　）4.「不聽為仇」是指 (A)不聽話則是與我為敵 (B)不准他報仇 (C)不聽信仇人之言 (D)沒有聽說他有仇人。

（　）5.下列敘述何者為非？ (A)自勞軍：親自帶領軍隊 (B)群臣大會：大會群臣 (C)攻祝阿以發迹：因攻下祝阿而立功揚名 (D)事尤相類也：這件事更加相似了。

（　）6.「韓信襲擊已降」是指韓信 (A)襲擊敵人之後 (B)攻擊後，敵人投降 (C)被襲而投降 (D)攻擊已經投降的敵人。

（　）7.「將軍獨拔勍敵」是說耿弇 (A)只想殺掉首敵 (B)獨力攻下了強大的勁敵 (C)只有拔除此地的敵人 (D)僅僅是挫折了敵人。

（　）8.下列敘述何者為非？ (A)功足相方：功勞足相比擬 (B)其功乃難於信也：他的功勞是很難令人信服的 (C)若步來歸命：假使張步來投降的話 (D)釋其怨：叫他放棄仇怨。

（　）9.(甲)耿「弇」：ㄧㄢˇ；(乙)臨「淄」：ㄗ；(丙)祝「阿」：ㄚ；(丁)「酈」生：ㄌㄧˋ；(戊)「勞」軍：ㄌㄠˋ；(己)「勍」敵：ㄐㄧㄥ。以上「　」內的字，讀音完全正確的選項是 (A)(甲)(丙)(丁) (B)(乙)(丁)(戊) (C)(甲)(乙)(戊) (D)(丙)(戊)(己)。

（　）10.本文以類似的事物相比，以開拓內容，使讚揚不空泛。此種方法稱為 (A)夸飾法 (B)錯綜法 (C)類比法 (D)雙關法。

*（　）11.「功足相方」句中「方」的字義，與下列哪個選項不同？(A)血氣「方」剛 (B)「方」是時，予之力尚足以入 (C)廡下一生伏案臥，文「方」成草 (D)遊必有「方」 (E)愛情比「方」花，細心灌溉，才能開花結果。

*（　）12.「不聽為仇」句中「聽」的字音，與下列哪個選項相同？(A)駭人「聽」聞 (B)道「聽」塗說 (C)「聽」其自然 (D)「聽」天由命 (E)悉「聽」尊便。

*（　）13.關於〈臨淄勞耿弇〉，以下敘述何者正確？(A)以耿弇比韓信 (B)以張步比酈食其 (C)漢光武帝自比於漢高祖 (D)對田橫採懷柔政策 (E)「有志者」指耿弇。

*（　）14.以下各選項中的成語，何者形容「才學不相上下」？(A)鼎足之勢 (B)相互頡頏 (C)一時瑜亮 (D)薰蕕同器 (E)輔車相依。

*（　）15.下列何組人物中，可看出懷柔政策的使用？(A)田橫／酈食其 (B)劉邦／田橫 (C)漢光武帝／張步 (D)劉秀／朱鮪 (E)曹操／張繡。

非選題

(一)改錯：

1.戳力同心：　2.飛煌騰達：

3.契而不舍：　4.弩馬十駕：

5.弭平戰亂：

(二)語譯：

將軍前在南陽，建此大策，常以為落落難合，有志者事竟成也。

答：

誡兄子嚴敦書

選擇題（＊為多選題）

（　）1.本文旨在 (A)告誡子姪不可批評朝政議論人物是非 (B)推崇杜季良 (C)褒揚龍伯高 (D)貶損杜季良。

（　）2.下列敘述何者為非？ (A)汝曹：爾輩，即你們 (B)郡將「下車」：停馬下車 (C)所以「復言」者：反覆叮嚀 (D)「謹敕」之士：謹慎。

（　）3.「是非正法」是說 (A)論人是非長短 (B)修正法令的錯誤 (C)法律自可分別是非 (D)議論政治法令。

（　）4.「通輕俠客」是指 (A)結交正義的俠者 (B)皆輕視俠者 (C)與俠客互通有無 (D)結交輕薄之人。

（　）5.「口無擇言」是說 (A)嘴巴不會選擇恰當

的語言　(B)所言皆善，故不必選擇　(C)口無遮攔　(D)不知道該怎麼說才好。

(　　) 6.「清濁無所失」是指　(A)以善人來匡正惡人　(B)清濁之氣皆不會失去　(C)以清濁之氣來蓄養本性才不致迷失　(D)其友有善、有惡，但都能相處合宜。

(　　) 7.下列敘述何者為非？　(A)馬援以為其姪與季良相通　(B)聞人過失，要如聞父母之名，耳可得聞，口不可得言　(C)馬援厭惡好論議人長短及妄是非正法之人　(D)寧作謹敕之士，不為天下輕薄子。

(　　) 8.下列敘述何者為非？　(A)州郡以為言：州郡的人都拿他當話題　(B)刻鵠不成尚類鶩：效法賢人，雖不及之，亦可成一謹慎之士　(C)施衿結褵：穿衣整冠　(D)畫虎不成反類狗：模仿不成反而弄巧成拙。

(　　) 9.〈誡兄子嚴敦書〉：「所謂畫虎不成反類狗者也。」意謂　(A)事有不成，反受其累　(B)取譬未妥，不倫不類　(C)失之東隅，收之桑榆　(D)畫藝不精，神貌難似。

(　　) 10.下列文句當中，完全沒有出現錯別字的選項是　(A)對自己長相充滿自信的小張，當他自信滿滿地參加帥哥選拔賽，沒想到竟然鍛羽而歸　(B)不要看他現在叱吒風雲，他原本也是一名小職員，掘起於電腦資訊投資，現在已是資訊業的龍頭老大　(C)一本日本人的漫畫《臺灣論》，因為對於慰安婦的論述有所爭議，使得大眾同仇敵慨，大加撻伐　(D)現在有一些所謂的「哈日族」，對於有關日本的流行事物趨之若鶩，從衣著到娛樂，處處可見模仿痕跡。

*(　　) 11.下列各組「　」中的字音相同的有哪幾個？　(A)休「憩」/「稽」首　(B)「裨」益/「畀」予　(C)言「訖」/「契」約　(D)「稽」核/「悽」愴　(E)「蔽」塞/「詖」辭。

*(　　) 12.下列文句「　」內屬於「第二人稱代詞」的選項是　(A)嫗每謂余曰：某所，「而」母立於茲　(B)吾欲「汝」曹聞人過失，如聞父母之名　(C)往送之門，戒之曰：往之「女」家，必敬必戒，無違夫子　(D)子曰：以「吾」一日長乎耳，毋吾以也！居則曰：不吾知也！如或知爾，則何以哉　(E)滔滔者，天下皆是也，而誰以易之？且「而」與其從辟人之士也，豈若從辟世之士哉。

*(　　) 13.對於下列文句的說明，哪些是正確的？　(A)「廉公有威」意謂龍伯高為人廉明公正頗有威嚴　(B)「施衿結褵」借喻馬援對於兄子的再三申誡叮嚀　(C)「郡將下車輒切

齒」句中「下車」意謂官吏到任 (D)「刻鵠不成尚類鶩者」意謂雖不逼真，但還神似 (E)「好論議人長短，妄是非正法」意謂人不應妄議。

*（　）14.下列文句中，語意內容具有「因果關係」的選項是 (A)慎終追遠，民德歸厚矣 (B)如得其情，則哀矜而勿喜 (C)岸芷汀蘭，郁郁青青 (D)臣聞秦有十失，其一尚存，治獄之吏是也 (E)龍伯高敦厚周慎，口無擇言，謙約節儉，廉公有威。吾愛之重之，願汝曹效之。

*（　）15.如果想邀請古人來作一場有關「輔導」的演講，就其人之個性與專長考量，下列所列之人與主題的搭配，哪些是最實至名歸？ (A)戰國屈原：「明天會更好」 (B)西漢司馬遷：「從挫折中站起來」 (C)唐代元結：「官場登龍術」 (D)北宋王安石：「溝通的技巧」 (E)東漢馬援：「男兒志在沙場」。

非選題

(一)下列有關六書的組合說明，何者完全正確？

（　）1.「一門忠烈」前二字為指事字，後二字為形聲字。

（　）2.「心口時驚」前二字為象形字，後二字為形聲字。

（　）3.「江河日下」前二字為形聲字，後二字為象形字。

（　）4.「山上聞琴」前二字為指事字，後二字為會意字。

(二)量詞填空：

量詞的多樣是中文語法一大特色，根據統計，量詞的使用也是老外學習中文最吃力之處。下面請依據上下文填入適當的量詞。

1.一□隊伍：　2.一□國旗：　3.一□假髮：　4.一□明月：　5.一□情書：

前出師表

選擇題（*為多選題）

（　）1.本文旨在 (A)列舉蜀漢賢能之士 (B)光復漢室，重回舊都 (C)勸後主要能親賢臣、遠小人 (D)請後主下詔令己北伐。

（　）2.下列解釋何者為非？ (A)益州「疲弊」：困乏 (B)臣本「布衣」：平民百姓 (C)恐託付「不效」：不成功 (D)許先帝以「驅馳」：駕車奔馳。

（　）3.下列敘述何者為非？ (A)忘身於外：為國家效命於沙場 (B)後值「傾覆」：反覆 (C)「躬耕」於南陽：親自耕種 (D)「爾來」

二十有一年矣：從那時到現在。

（　）4.下列敘述何者為非？ (A)妄自菲薄：任意地看輕自己 (B)引喻失義：引用不當的比喻 (C)猥自枉屈：深受冤屈 (D)庶竭駑鈍：希望能盡自己低劣的才能。

（　）5.諸葛亮在〈前出師表〉中，連用了十三次的「先帝」，其意為何？ (A)以先帝為例，說明自己的才能 (B)挾先帝之威以嚇後主 (C)以先帝明人之深意及遺訓勉後主 (D)常懷先帝之恩澤而行事。

（　）6.「陟罰臧否，不宜異同」乃謂 (A)賞善罰惡是不相同的 (B)不宜賞惡罰善 (C)賞善罰惡，應有差別 (D)賞善罰惡，不應該有差別。

（　）7.「陛下亦宜自課」乃謂 (A)陛下也應當自修於學業 (B)陛下也應當自我督促 (C)陛下也應當自我省察 (D)陛下也應當自我改進。

（　）8.下列敘述何者為非？ (A)中道崩殂：中途駕崩去世 (B)裨補闕漏：對補救缺點、漏洞，有所幫助 (C)斟酌損益：衡量利害興革 (D)察納雅言：明察和接受高雅的言論。

（　）9.(甲)益州「疲」弊：ㄆㄧˇ；(乙)陟罰「臧」否：ㄗㄤ；(丙)此後漢所以「傾」頹也：ㄑㄧㄥˊ；(丁)「猥」自枉屈：ㄨㄟˇ；(戊)「斟」酌損益：ㄓㄣ；(己)諮「諏」善道：ㄑㄩˇ。上列「　」內的字，讀音完全正確的選項是 (A)(甲)(丙)(己) (B)(乙)(丁)(戊) (C)(丙)(丁)(己) (D)(丁)(戊)(己)。

（　）10.(甲)「中」道崩殂；(乙)談言微「中」，亦可以解紛；(丙)「中」路而馳，猶時有銜橛之變；(丁)木直「中」繩；(戊)禮樂不興，則刑罰不「中」。上列「　」內的字義，共有幾種？ (A)二種 (B)三種 (C)四種 (D)五種。

*（　）11.下列各組「　」內的字義，兩兩相異的選項是 (A)此誠危急存亡之「秋」也／邊「秋」一雁聲 (B)愚以為宮中之事，事「無」大小，悉以咨之／是故「無」貴、無賤、無長、無少，道之所存，師之所存也 (C)將軍向寵，性「行」淑均／必能使「行」陣和睦，優劣得所 (D)親賢臣，「遠」小人／是以區區不能廢「遠」 (E)夙夜憂勤，恐託付不「效」／願陛下託臣以討賊興復之「效」。

*（　）12.下列文句「　」內的詞語，屬於「偏義複詞」的正確選項是 (A)陟罰臧否，不宜「異同」 (B)不宜偏私，使「內外」異法也 (C)必能使行陣和睦，「優劣」得所 (D)至於斟

酌「損益」，進盡忠言，則攸之、禕、允之任也 (E)緣溪行，忘路之「遠近」。

*（　）13.下列文句「　」內的詞語，屬於「借代」的修辭格正確選項是 (A)庶竭「駑鈍」，攘除姦凶 (B)臣本「布衣」，躬耕於南陽 (C)「黃髮」垂髫，並怡然自樂 (D)何以解憂？唯有「杜康」 (E)私家收拾，半付「祝融」。

*（　）14.下列文句屬於「互文」的修辭格正確選項是 (A)苟全性命於亂世，不求聞達於諸侯 (B)親賢臣，遠小人，此先漢所以興隆也；親小人，遠賢臣，此後漢所以傾頹也 (C)秦時明月漢時關，萬里長征人未還 (D)戴月行、披星走，孤館寒食故鄉秋，妻兒胖了咱消瘦 (E)悍吏之來吾鄉，叫囂乎東西，隳突乎南北。

*（　）15.下列文句屬於自謙之詞的正確選項是 (A)「庶竭駑鈍」，攘除姦凶 (B)「猥自枉屈」，三顧臣於草廬之中 (C)此則「不佞之幟」 (D)此臣所以報先帝而忠「陛下」之職分也 (E)太史公「牛馬走」。

非選題

(一)字形測驗：

1.「ㄅㄧˋ」補缺漏：　2.「ㄅㄧˋ」睨：

3.「ㄅㄧˋ」女：　4.「ㄅㄞˋ」官野史：

5.縱橫「ㄅㄞˇ」闔：

(二)寫出下列詩句所歌詠的人物：

1.華清恩寵古無倫，猶恐娥眉不勝人。未免被他褒女笑，只教天子暫蒙塵：

2.天下英雄氣，千秋尚凜然。勢分三足鼎，業復五銖錢。得相能開國，生兒不肖賢。淒涼蜀故妓，來舞魏宮前：

3.百戰疲勞壯士哀，中原一敗勢難回。江東子弟今雖在，肯與君王捲土來：

4.功蓋三分國，名成八陣圖。江流石不轉，遺恨失吞吳：

5.此地別燕丹，壯士髮衝冠。昔時人已沒，今日水猶寒：

後出師表

選擇題（*為多選題）

（　）1.本文旨在 (A)再度表達自己鞠躬盡瘁的決心 (B)分析三國鼎立的局勢 (C)說明先帝對諸葛亮之厚愛 (D)說明漢賊不兩立，王業不偏安，討賊勢在必行，不必多慮猶疑。

（　）2.下列解釋何者為非？ (A)「顧」王業不得偏全於蜀都：顧慮 (B)「故」知臣伐賊：本來 (C)又「務」於東：致力 (D)先帝慮漢「賊」不兩立：指曹魏。

（ ）3.「並日而食」意指 (A)食物難以下嚥 (B)兩天只吃一天的食物 (C)一次能吃兩個人的分量 (D)一天之中只能吃兩餐。

（ ）4.下列解釋何者為非？ (A)授首：納命 (B)逆見：預見 (C)「突將」無前：衝鋒之將 (D)蹉跌：蹉跎。

（ ）5.「夫難平者，事也」乃謂 (A)最難順利的是事情的變化 (B)最難擺平的是事情的變化 (C)最難預料的是事情的變化 (D)最難平衡的是事情的變化。

（ ）6.下列敘述何者為非？ (A)此進趨之時：這是進取的大好時機 (B)眾難塞胸：大家的責難積塞在胸中 (C)群疑滿腹：用人則滿腹猜疑 (D)深入不毛：深入蠻荒之地。

（ ）7.「思惟北征，宜先入南」乃謂 (A)北征是虛，平定南方才是實 (B)北征是實，平定南方是虛 (C)北征要先攻敵人南疆 (D)考量北征應先平定南方。

（ ）8.「兵法乘勞」乃謂 (A)兵法能掌握利己的情勢 (B)士兵疲累時不可用兵 (C)兵法上講求的是乘勝追擊 (D)兵法講求的是利用敵人的疲勞。

（ ）9.(甲)「偪」於黎陽：ㄅㄧ；(乙)臣「駑」下：ㄋㄨˇ；(丙)劉「郃」：ㄍㄜˊ；(丁)「賨」叟：ㄗㄨㄥ；(戊)「秭」歸蹉跌：ㄗˇ；(己)「朞」年：ㄑㄧˊ。上列「 」內的字，讀音完全正確的選項是 (A)(甲)(丙)(戊) (B)(乙)(戊)(己) (C)(甲)(乙)(戊) (D)(丙)(丁)(己)。

（ ）10.下列何者不是對偶句？ (A)漢賊不兩立，王業不偏安 (B)險於烏巢，危於祁連 (C)五攻昌霸不下，四越巢湖不成 (D)鞠躬盡力，死而後已。

*（ ）11.下列「 」內的詞語，解釋正確的選項是 (A)「思惟」北征：考慮 (B)「髣髴」孫吳：覬覦 (C)「偪」於黎陽：逼也 (D)「朞年」：第二年 (E)曹操「拊手」：拱手。

*（ ）12.「凡事如此，難可逆見」，句中「逆」字義，與下列哪個選項相同？ (A)所能「逆」覩也 (B)寧能知人之卒不救，棄城而「逆」遁 (C)不「逆」情以干譽 (D)肉袒牽羊以「逆」 (E)天地者萬物之「逆」旅。

*（ ）13.下列文句釋義不正確的選項是 (A)「漢賊不兩立，王業不偏安」：說明蜀漢出師的原因 (B)「五月渡瀘，深入不毛」：說明北伐的艱辛 (C)「困於南陽，險於烏巢，危於祁連，偪於黎陽，幾敗北山，殆死潼關」：言曹魏當前之劣勢，是出兵進攻的好時機 (D)「劉繇、王朗，各據州郡」：

以此兩大將領，說明重兵已伏，有致勝的可能 (E)「夫難平者，事也」：說明形勢變化難測，唯有不計成敗，才可能有所作為。

*（　）14.以下關於前、後〈出師表〉之比較，何者為是？ (A)二表皆充分體現了漢魏之際名法家綜覈名實的思辯色彩 (B)前篇寫給劉備；後篇寫給劉禪 (C)前者完成於建興五年，後篇當為建興六年 (D)前篇旨在開導君王親賢、納諫；後篇旨在審度情勢，力排眾議以討賊 (E)前篇就事理分析，謹嚴沉鬱；後篇敘事委婉，援情入理。

*（　）15.試從以下選項判斷，何者為歌詠諸葛亮的文句？ (A)讀孔子遺書，惟愛《春秋》一部；存漢家正統，豈容吳魏三分 (B)功蓋三分國，人當萬里城 (C)兩表酬三顧，一對足千秋 (D)義膽忠肝，六經以來二表；託孤寄命，三代以下一人 (E)為問滿地曹顱，如何未劈；誰是擎天關臂，枉能說醫。

非選題

(一)字音測驗：

1. 切「磋」琢磨：　2.「嗟」來之食：
3. 三門「嵯」峨：　4. 慕義「彊」仁：
5.「彊」弩之末：

(二)語譯：

事不可息，則住與行，勞費正等，而不及今圖之，欲以一州之地與賊持久，此臣之未解六也。

答：

卷七 六朝唐文

陳情表

選擇題（＊為多選題）

(　) 1.本文旨在 (A)言晉武帝以孝行天下 (B)言自己一生孤苦無依 (C)希望武帝能允他終養祖母之願 (D)讚揚曹魏，貶低蜀漢。

(　) 2.下列解釋何者為非？ (A)「零丁」孤苦：孤單危弱的樣子 (B)慈父「見背」：離棄我 (C)臣以「險釁」：路途兇險 (D)夙遭「閔凶」：災禍。

(　) 3.「本圖宦達，不矜名節」是在說李密自己 (A)為了做官，不惜失節 (B)本想做官，不拘小節 (C)本想做官，不愛惜名節 (D)為了做官而無所不為。

(　) 4.下列解釋何者為非？ (A)「猥」以微賤：自謙之詞 (B)劉夙「嬰」疾病：糾纏 (C)「拜」臣郎中：任命 (D)凡「在」故老：健在。

(　) 5.下列何者意義異於「日薄西山」？ (A)氣息奄奄 (B)晚景悲涼 (C)朝不慮夕 (D)人命危淺。

(　) 6.「外無朞功強近之親，內無應門五尺之僮」乃謂 (A)家門寥落，孤獨無依 (B)一貧如洗 (C)親友棄之不顧 (D)家道中落。

(　) 7.「區區不能廢遠」乃謂 (A)心意雖小，但亦不可廢養遠離 (B)不忍捨而遠離 (C)不要因小失大 (D)小小的心意希望不被捨棄。

(　) 8.「州司臨門，急於星火」乃謂 (A)朝廷徵召十萬火急 (B)州官登門有如大難臨頭 (C)州官登門，危在旦夕 (D)州官登門，令人著急。

(　) 9.下列「　」中的詞語，詞義兩兩相同的是 (A)「尋」蒙國恩，除臣洗馬／「尋」向所誌 (B)生孩六月，慈父「見」背／他人「見」問，固不言；兄之問，則無隱矣 (C)凡在故老，猶蒙「矜」育／本圖宦達，不「矜」名節 (D)是以「區區」不能廢遠／是以「區區」之祿山一出而乘之。

(　) 10.下列文句完全無錯別字的是 (A)右邊陡坡直落，視野迢遠，可以看見一條淤淺的河流 (B)詔書切峻，責臣逋慢；郡縣逼迫，催臣上道；州司臨門，急於星火 (C)耶穌說：凡去尋找自己生命的人必將失去它。這是生命中的一個掉詭 (D)有時隔一兩天

又有同樣的小蟲來梭巡，雖明知無非是牠無數同類中的一隻，且也不免隔日便要遭到相同的命運。

*（　）11.下列詞語，哪一組「　」內的字讀音皆相同？(A)「濯」纓濯足／「擢」髮難數／「翟」姓人家 (B)令人「矚」目／「囑」託幫忙／相「屬」於道 (C)言論「迂」闊／「紆」尊降貴／「吁」嗟感歎 (D)寵命優「渥」／運籌帷「幄」／「握」手言歡 (E)離離「蔚」蔚／「熨」斗燙平／太「尉」執事。

*（　）12.下列有關通同字之敘述，何者正確？(A)非臣「隕」首所能上報：同「殞」 (B)夙「嬰」疾病，常在牀蓐：同「癭」 (C)皇天后土，實所共「鑒」：同「鑑」 (D)祖母劉「愍」臣孤弱：同「憫」 (E)門衰「祚」薄，晚有兒息：同「胙」。

*（　）13.下列何者屬自謙之詞？(A)願陛下矜愍「愚」誠 (B)「僕」自到九江，已涉三載 (C)橫「不敏」，昭告神明，發誓述作 (D)你自己只覺得中了個相公，就「癩蝦蟆想喫起天鵝屁」 (E)惟仁惟孝，義勇奉公，以發揚種性，此則「不佞」之幟也。

*（　）14.以下何句使用「映襯」的修辭法？(A)外無朞功強近之親，內無應門五尺之僮 (B)是臣盡節於陛下之日長，報養劉之日短也 (C)生孩六月，慈父見背；行年四歲，舅奪母志 (D)臣無祖母無以至今日；祖母無臣無以終餘年 (E)臣欲奉詔奔馳，則劉病日篤；欲苟順私情，則告訴不許。

*（　）15.「青山依舊在，幾度夕陽紅」，古來許多文人在作品中常有如此感慨，下列何者有此意味？(A)人世幾回傷往事，山形依舊枕寒流 (B)長江後浪推前浪，一代新人換舊人 (C)山圍故國周遭在，潮打空城寂寞回 (D)夕陽勸客登樓去，山色將秋繞郭來 (E)五更鼓角聲悲壯，三峽星河影動搖。

非選題

(一)成語填空：

「老先生纏綿病榻多年，毫無起色，如今已是□□□，群醫束手了。」可以填入句中缺空的詞語的請打○，不行的打×：

（　）1.命若游絲　（　）2.風雨飄搖

（　）3.尸居餘氣　（　）4.行將就木

（　）5.氣息奄奄

(二)下列哪一組詞義相同？

（　）1.烏鳥私情／數典忘祖

（　）2.煢煢獨立／形影相弔

（　）3.急於星火／迫在眉睫
（　）4.寵命優渥／寵辱偕忘
（　）5.朝不慮夕／朝令夕改

蘭亭集序

選擇題（＊為多選題）

（　）1.本文旨在 (A)寫蘭亭景致優美，可以游目騁懷，極視聽之娛 (B)記蘭亭修禊盛況，並抒發人生雖然有限，但文學生命卻是無窮的感慨 (C)人應及時行樂，勿辜負良辰美景 (D)感歎人生無常，生死壽夭令人悲歎。

（　）2.下列解釋何者為非？ (A)「品」類之盛：種類 (B)「信」可樂也：的確；實在 (C)「喻」之於懷：明白；寬解 (D)其「致」一也：原因。

（　）3.「一死生為虛誕」是指 (A)視生死皆為不實 (B)生死之間是虛妄的 (C)將生死等同視之的看法是荒誕不實的 (D)談論生死的問題是不切實際的。

（　）4.「放浪形骸之外」意謂 (A)消極頹廢 (B)樂觀進取 (C)達觀自適 (D)行為不受禮俗拘束。

（　）5.「俛仰之間」是指 (A)尋找之際 (B)轉眼之間 (C)失神之際 (D)不知不覺之間。

（　）6.下列敘述何者為非？ (A)相與俯仰：人與人的相處 (B)因寄所託：隨遇而寄託其情懷 (C)修短隨化：壽命長短，隨造化的安排 (D)若合一契：有如一紙契約。

（　）7.下列敘述何者為非？ (A)修禊事：舉行祓禊的活動 (B)趣舍萬殊：取捨各有不同 (C)感慨係之：感慨的原因 (D)死生亦大：死生總是大事。

（　）8.「及其所之既倦」乃謂 (A)當他厭倦了自己的行為 (B)當他厭倦了自己所追求的 (C)當他厭倦了自己的一切 (D)當他厭倦了所有的事物。

（　）9.(甲)修「禊」事：ㄑㄧㄝˋ；(乙)清流激「湍」：ㄊㄨㄢ；(丙)「俛」仰之間：ㄇㄧㄢˇ；(丁)未嘗不臨文嗟「悼」：ㄉㄠˋ；(戊)游目「騁」懷：ㄔㄥˇ；(己)「趣」舍萬殊：ㄑㄩˇ。上列「　」內的字，讀音完全正確的選項是 (A)(甲)(丙)(己) (B)(乙)(丁)(戊) (C)(丙)(戊)(己) (D)(丁)(戊)(己)。

（　）10.下列各組「　」內的字，讀音完全相同的選項是 (A)清流激「湍」／逸興「遄」飛／「惴」慄恐懼 (B)《蘭亭》「搨」本／糟「蹋」／邋「遢」 (C)崇山「峻」嶺／「逡」巡遁逃／手臂「痠」痛 (D)游目「騁」懷

／「娉」婷少女／「聘」請。

*（　）11.「向之所欣，俛仰之間，已為陳跡」句中「向」字義與下列哪個選項相同？ (A)「向」不出其技，虎雖猛，疑畏卒不敢取，今若是焉 (B)太守即遣人隨其往，尋「向」所誌 (C)得其船，便扶「向」路，處處誌之 (D)淒淒不似「向」前聲 (E)在一個晴好的五月的「向」晚。

*（　）12.下列各組「　」內的字義，兩兩相異的選項是 (A)夫人之相「與」俯仰一世／「與」其進也，不與其退 (B)「會」於會稽山陰之蘭亭／「會」桃李之芳園 (C)雖無絲竹管絃之「盛」／西湖最「盛」，為春為月 (D)崇山峻嶺，茂林「修」竹／會於會稽山陰之蘭亭，「修」禊事也 (E)「固」知一死生為虛誕／臺灣「固」無史也。

*（　）13.有關〈蘭亭集序〉的敘述，正確的選項是 (A)記述蘭亭集會的盛況，也是為當時與會人士所作數十首詩而寫的序文 (B)文中即事抒情，對人生聚散，生命無常，發出深沉的感歎 (C)作者用楷書寫此序文，書法藝術與文章內容交相輝映 (D)認同「一死生」、「齊彭殤」的生死觀 (E)這種集會賦詩的風氣在當時被視為名士風流的表徵。

*（　）14.下列有關王羲之的敘述，正確的選項是 (A)出身豪門，曾任右軍將軍，故世稱王右軍 (B)善於各體書法，自成一家，世人譽為「書聖」 (C)「入木三分」本指王羲之筆力遒健 (D)「坦腹東牀」原是郗家選婿時王羲之率真行為，後用於代稱「佳婿」 (E)王羲之喜鵝，後世遂以「鵝金」指「潤筆之資」。

*（　）15.中國古代用天干、地支，或搭配年、月、日、時的記錄方法，稱「干支記時法」，如：「永和九年，歲在癸丑」。下列有關「干支記時」，敘述正確的選項是 (A)「甲子」為六十年之數，所謂「年屆花甲」，即六十歲 (B)小和與同學相偕於「子夜」時分，到陽明山夜遊，「子夜」應是半夜一時至三時 (C)「然杭人遊湖，止午、未、申三時」，句中「午、未、申三時」為中午十一時到下午五時 (D)古代官吏每日清晨卯時到衙門辦公，稱「應卯」；遲到則稱「誤卯」 (E)「子卯不樂」指甲子、乙卯之日不奏樂。紂以甲子日亡，桀以乙卯日亡，後以此二日為忌諱之日。

非選題

(一)請寫出形容書法之拙劣的成語三則。

答：

(二)請寫出形容書畫之美的成語三則。

答：

歸去來辭

選擇題（＊為多選題）

(　　)1.本文旨在說明 (A)欲立功名，只有出仕一途 (B)自然世界之可貴 (C)人應樂天乘化 (D)辭官歸家的原因及志向。

(　　)2.下列敘述何者為非？ (A)征夫：征戰士卒 (B)熹微：微明的樣子 (C)情話：真心話 (D)窈窕：幽深、曲折的樣子。

(　　)3.「三徑就荒」乃謂 (A)三條路都已荒蕪了 (B)找不到歸途 (C)園中的小徑逐漸荒蕪 (D)前途遭阻。

(　　)4.下列敘述何者為非？ (A)盤桓：徘徊 (B)行休：到達盡頭而停止 (C)遑遑：匆促不安 (D)乘化：順應自然的變化。

(　　)5.「策扶老以流憩」乃謂 (A)計劃攜老扶幼去休息 (B)計劃讓雙親安享天年 (C)計劃自己老年生活 (D)拄著手杖隨處行走休憩。

(　　)6.「帝鄉不可期」是指 (A)不敢期望皇上的提拔 (B)仕途多舛 (C)仙境不可求 (D)隱士生活難為。

(　　)7.下列敘述何者為非？ (A)歸去來兮：回去吧 (B)載欣載奔：高興地向前奔跑 (C)心為形役：行為無法自主 (D)寓形宇內：寄身於天地之間。

(　　)8.「委心任去留」乃謂 (A)放縱自己，以求自由 (B)聽任本心而決定行止 (C)任憑心思而不加節制 (D)委屈自己任人安排。

(　　)9.(甲)或「棹」孤舟：ㄓㄠˋ；(乙)風姿「綽」約：ㄔㄨㄛˋ；(丙)泥「淖」：ㄓㄠˋ；(丁)哀「悼」：ㄉㄠˋ；(戊)籠「罩」：ㄓㄠˋ；(己)「卓」爾：ㄓㄨㄛˊ。上列「　」內字音正確的選項是哪些？ (A)(甲)(乙)(丙)(丁)(己) (B)(甲)(丙)(丁)(戊)(己) (C)(甲)(乙)(丁)(戊)(己) (D)(甲)(乙)(丙)(戊)(己)。

(　　)10.「載欣載奔」的用法是「又……又……」，請問古文中「載」字可用哪一個字代替？ (A)豈 (B)何 (C)而 (D)且。

＊(　　)11.作者言己「性本愛丘山」，請問下列何句足以說明作者這樣的天性和實際行為？ (A)種豆南山下，草盛豆苗稀 (B)晨興理荒穢，帶月荷鋤歸 (C)有事乎西疇 (D)植杖而耘耔 (E)桑麻日已長，我土日已廣。

＊（　）12.作者曾任彭澤令，後不願為五斗米折腰而辭官，請問以下何句說明了作者對於任官這樣的決定感到後悔而給予否定的負面價值？ (A)恨晨光之熹微 (B)覺今是而昨非 (C)世與我而相違 (D)悟已往之不諫，知來者之可追 (E)實迷途其未遠。

＊（　）13.黔婁有言：「不戚戚於貧賤，不汲汲於富貴。」以下哪些文句說明了作者不慕榮利欲罷官歸田的心志？ (A)富貴非吾願，帝鄉不可期 (B)雲無心以出岫，鳥倦飛而知還 (C)僮僕歡迎，稚子候門 (D)歸去來兮，請息交以絕游 (E)猛志逸四海，騫翮思遠翥。

＊（　）14.明為問句，實為相反層面的肯定句或否定句，其答案在問題的反面，是為「反詰語氣」，請問以下選項何者為此？ (A)田園將蕪胡不歸 (B)寓形宇內復幾時 (C)曷不委心任去留 (D)胡為遑遑欲何之 (E)樂夫天命復奚疑。

＊（　）15.下列陶淵明的詩句何者與〈歸去來辭〉心境相同？ (A)靜念園林好，人間良可辭 (B)《詩》《書》敦宿好，林園無世情 (C)園田日夢想，安得久離析 (D)商歌非吾事，依依在耦耕 (E)少年罕人事，遊好在六經。

非選題

(一)注釋：

1. 眄：
2. 容膝：
3. 景翳翳：
4. 策扶老：
5. 寓形宇內：

(二)語譯：

悟已往之不諫，知來者之可追，實迷途其未遠，覺今是而昨非。

答：

桃花源記

選擇題（＊為多選題）

（　）1.本文旨在 (A)描寫隱士生活 (B)記述漁人的悠閒生活 (C)記述漁人的誤入仙鄉 (D)以一理想境地來寓己求心靈安頓。

（　）2.「問今是何世，乃不知有漢，無論魏、晉」是指 (A)不問人間是非 (B)極言桃花源乃一神祕地方 (C)極言與世隔絕之久 (D)不問世事。

（　）3.下列敘述何者為非？ (A)「緣」溪行：沿著 (B)「咸」來問訊：都 (C)不足「為」

外人道：無義 (D)「詣」太守：謁見。

( ) 4.「男女衣著，悉如外人」乃謂 (A)男女衣著完全像外面的人 (B)男女衣著完全像外國人 (C)男女衣著完全像神仙 (D)男女衣著完全像域外之人。

( ) 5.「黃髮、垂髫，並怡然自樂」是使用下列何種修辭方法？ (A)暗喻 (B)明喻 (C)對比 (D)借代。

( ) 6.下列敘述何者為非？ (A)落英繽紛：落花繁多 (B)緣溪行，忘路之遠近：指漁夫有心，忘記走了多遠 (C)此人一一為具言所聞：漁夫詳告所知外界情形 (D)後遂無問津者：言以後再也無人探聽消息了。

( ) 7.「阡陌交通，雞犬相聞」乃極言 (A)地方之寧靜 (B)地方之狹小 (C)地方之安詳和諧 (D)地方之簡陋。

( ) 8.「避秦」在此有何寄託之意？ (A)不願與世浮沉 (B)不願身處紛擾亂世 (C)不願與外界人士共處 (D)躲避仇人的尋找。

( ) 9.「遂與外人間隔。問今是何世，乃不知有漢，無論魏、晉。」此句意同於 (A)心凝形釋，與萬化冥合 (B)山中無甲子，寒盡不知年 (C)晚年唯好靜，萬事不關心 (D)挾飛仙以遨遊，抱明月而長終。

( ) 10.「屋舍儼然。有良田、美池、桑、竹之屬，阡陌交通，雞犬相聞」，說明桃花源 (A)農業富庶，自給自足 (B)交通便利，人來人往 (C)社會嚴謹，井然有序 (D)百業昌隆，六畜興旺。

*( ) 11.下列文句中，何者為求語氣舒緩順口，使用了偏義複詞？ (A)陟罰臧否，不宜「異同」 (B)事無「大小」，悉以咨之 (C)如人飲水，「冷暖」自知 (D)緣溪行，忘路之「遠近」 (E)聞道有「先後」，術業有專攻。

*( ) 12.下列「 」中的詞語，意思相同者有 (A)「緣」溪行／便「扶」向路 (B)未果，「尋」病終／「旋」復還幽蔽 (C)便「要」還家／餘人各復「延」至其家 (D)「並」怡然自樂／男女衣著，「悉」如外人 (E)有酒食，先生饌，「曾」是以為孝乎／「乃」不知有漢，無論魏、晉。

*( ) 13.下列有關年齡之說，使用正確的選項是 (A)年屆「而立」，致仕還鄉，含飴弄孫 (B)「垂髫」小兒，童言稚語，煞是可愛 (C)人瑞老翁，齒危髮禿，正「周晬」耳 (D)「強仕」之年，事業有成，堪為社會中堅 (E)「弱冠」之子，童山濯濯，智慧圓熟，已可從心所欲不踰矩。

*（　）14.關於〈桃花源記〉的敘述，下列何者正確？ (A)採用小說的筆法 (B)以捕魚人的經歷為線索展開，點出時代、漁人的籍貫，語氣肯定 (C)文末提及高士劉子驥，亦為虛構人物，但予人似真有其事的感覺 (D)以簡潔的筆觸，渲染桃花源的歡樂安寧氣氛 (E)文字清新，情節曲折，在唐宋文中，別具一格。

*（　）15.下列「　」中的成語運用，何者正確？ (A)經過你的解說，使我頓時「茅塞其心」，不再懷疑了 (B)桃花源村落生活原始，屋舍櫛比鱗次，當真是「雞犬相聞」 (C)沙塵暴襲臺，只見天空「落英繽紛」，好不壯觀 (D)既然大家一致同意，我看已經「無人問津」了，我們就依計畫來進行吧 (E)他們兩人志趣相投，能共同生活，真是「珠聯璧合」的一對。

非選題

(一)下列關於修辭的說明，正確打○，錯誤打×：

（　）1.緣溪行，忘路之「遠近」：配字。

（　）2.怡然有餘樂，於何勞智慧：激問。

（　）3.「菽稷」隨時藝：借代。

（　）4.「嬴氏」亂天紀：借代。

（　）5.問今是何世，乃不知有漢，無論魏、晉：激問。

(二)下列詞語為同義詞者，正確打○，錯誤打×：

（　）1.黃髮／二毛

（　）2.垂髫／齔齡

（　）3.無論／遑論

（　）4.豁然／軒朗

（　）5.怡然／安然

五柳先生傳

選擇題（*為多選題）

（　）1.本文旨在 (A)寫五柳先生的自得其樂 (B)寫五柳先生的志趣 (C)記述一位隱士的生活 (D)以五柳先生的高士形象自喻。

（　）2.下列解釋何者為非？ (A)「何許」人也：何地 (B)「親舊」知其如此：親戚故友 (C)「晏如」也：安然平靜 (D)「銜觴」：拿著酒杯。

（　）3.「好讀書，不求甚解」，可見他的讀書態度是 (A)追根究底 (B)鑽研甚深 (C)但求通達大意 (D)貫通古今。

（　）4.「曾不吝情去留」乃謂 (A)不懂得感謝別人 (B)順情自然、隨意自得的人 (C)不喜受拘束的人 (D)不懂禮貌的人。

（　）5.「無懷氏之民歟？葛天氏之民歟」乃謂 (A)

暗指作者嚮往上古樸實的社會 (B)無懷氏與葛天氏皆是上古的平民 (C)無懷氏與葛天氏皆是上古的隱士 (D)無懷氏與葛天氏皆是博學的士人。

(　) 6.下列解釋何者為非？ (A)「環堵」蕭然：四周牆壁 (B)每有「會意」：心領神會 (C)短褐「穿結」：用繩結縫成 (D)「簞瓢」屢空：飲食之器具。

(　) 7.「閑靜少言，不慕榮利」是言其個性 (A)剛毅木訥，不善交際 (B)因不會說話，難以追求富貴 (C)安靜少說話，不羨慕名利 (D)不追求名，亦不追求利。

(　) 8.「不慼慼於貧賤，不汲汲於富貴」意同於下列何者？ (A)安貧樂道 (B)苦中作樂 (C)知足常樂 (D)自給自足。

(　) 9.(甲)因以為「號」焉：ㄏㄠˋ；(乙)「閑」靜少言：ㄒㄧㄢˊ；(丙)性「嗜」酒：ㄕˋ；(丁)環「堵」蕭然：ㄓㄜˇ；(戊)短「褐」穿結：ㄏㄜˋ；(己)「簞」瓢屢空：ㄕㄢˋ。上列「　」內的字，讀音完全正確的選項是 (A)(甲)(乙)(丙) (B)(乙)(丙)(戊) (C)(丙)(丁)(戊) (D)(丁)(戊)(己)。

(　) 10.(甲)造飲輒盡，期在必醉，既醉而退，「曾」不吝情去留；(乙)同是天涯淪落人，相逢何必「曾」相識；(丙)所以動心忍性，「曾」益其所不能；(丁)生王之頭，「曾」不若死士之壟也；(戊)書記及口傳悉以臨懼相戒，「曾」無稱有山水之美也。上列「曾」字義，共有幾種？ (A)二種 (B)三種 (C)四種 (D)五種。

*(　) 11.下列各組「　」內的字義，兩兩相異的選項是 (A)宅邊有五柳樹，因以為「號」焉/有類橐駝者，故鄉人「號」之駝 (B)「性」嗜酒/「性」行淑均 (C)「造」飲輒盡/躬「造」左公第 (D)不「慼慼」於貧賤/與我心有「慼慼」焉 (E)其言茲「若」人之儔乎/吾兒，久不見「若」影。

*(　) 12.下列成語屬於形容貧窮的正確選項是 (A)環堵蕭然 (B)短褐穿結 (C)簞瓢屢空 (D)蓬戶甕牖 (E)家徒壁立。

*(　) 13.下列「　」內的詞語，解釋正確的選項是 (A)好讀書，不求「甚解」：過度艱深的解釋 (B)「或置酒招之」：有時會備酒請他 (C)「造飲輒盡」：他到了便盡情暢飲 (D)「既醉而退」：喝醉就告辭 (E)曾不「吝情」去留：吝嗇。

*(　) 14.下列「　」內的詞語，屬於偏義複詞的正確選項是 (A)不慼慼於「貧賤」 (B)曾不吝情「去留」 (C)陟罰臧否，不宜「異同」

(D)所以遣將守關者，備他盜之「出入」與非常也 (E)以史為鏡，可以知「興替」。

*（ ）15.有關〈五柳先生傳〉一文，下列敘述正確的選項是 (A)此文可視為陶淵明少年時期的「自序」 (B)全文以「不」為主線 (C)以「不知何許人」否定名望的顯赫 (D)以「不慕榮利」否定官爵的矜誇 (E)以「家貧不能常得」和「曾不吝情去留」否定對資財的眷戀。

非選題

(一)寫出下列詠物詩所歌詠的對象：

1.碧玉妝成一樹高，萬條垂下綠絲絛。不知細葉誰裁出，二月春風似剪刀：

2.拂水斜煙一萬條，幾隨春色醉河橋。不知別後誰攀折，猶自風流勝舞腰：

3.雪虐風饕愈凜然，花中氣節最高堅。過時自合飄零去，恥向東君更乞憐：

4.浮香繞曲岸，圓影覆華池。常恐秋風早，飄零君不知：

(二)語譯：

常著文章自娛，頗示己志。忘懷得失，以此自終。

答：

北山移文

選擇題（*為多選題）

（ ）1.本文旨在 (A)諷刺周顒借山林而登魏闕 (B)讚隱士的高潔和山神的正直 (C)記山神和隱士的對話 (D)敘遁世隱居之樂。

（ ）2.下列解釋何者為非？ (A)「度」白雪以方絜：衡量比較 (B)「芥」千金而不盼：草，在此當動詞 (C)夫以耿介拔俗之「標」：標準 (D)「干」青雲而直上：接觸。

（ ）3.「雖情投於魏闕，或假步於山扃」係言周顒乃 (A)真隱士，不得已而為官 (B)假借隱士而欲為朝官 (C)假隱士卻當不了官 (D)真隱士不想當官。

（ ）4.下列解釋何者為非？ (A)鶴書：隱者之書信 (B)眉軒：揚眉的樣子 (C)倥傯：忙亂的樣子 (D)下邑：指海鹽縣城。

（ ）5.「豈期終始參差，蒼黃翻覆」是形容周顒 (A)堅守其道，視富貴如浮雲 (B)翻天覆地，多方滋事 (C)此起彼落，不著痕跡 (D)始終不一，變化無常。

（ ）6.「抗塵容而走俗狀」是指周顒 (A)懂得潔身自愛 (B)露出世俗的醜態 (C)對抗塵世的庸俗 (D)不想像一般世俗人那樣庸俗。

（　）7. 下列敘述何者正確？ (A)周顒是真隱士並表明其行跡 (B)本文為諷諭文，藉由山靈來諷刺周顒的醜行 (C)本文文體屬於散文 (D)投簪逸海岸是說人棄隱而仕。

（　）8. 下列何者異於其他？ (A)解蘭縛塵纓 (B)焚芰製而裂荷衣 (C)假容於江皐，乃纓情於好爵 (D)屣萬乘其如脫。

（　）9. (甲)「屣」萬乘：ㄒㄧˇ；(乙)「儁」俗之士：ㄐㄩㄢˋ；(丙)「覈」玄玄於道流：ㄑㄧㄠˋ；(丁)「綰」墨綬：ㄨㄢˇ；(戊)「倥」傯：ㄎㄨㄥˇ；(己)綢「繆」：ㄇㄧㄡˋ。上列「　」內的字，讀音完全正確的選項是 (A)(乙)(丙)(丁) (B)(甲)(丁)(戊) (C)(甲)(丙)(己) (D)(乙)(戊)(己)。

（　）10. (甲)浪「栧」上京；(乙)宜「扃」岫幌；(丙)還「飆」入幕；(丁)「綰」墨綬；(戊)道帙長「擯」；(己)「芥」千金而不盼。以上「　」內的字，當作動詞的選項有 (A)三種 (B)四種 (C)五種 (D)六種。

*（　）11. 以下「　」內的詞語，解釋正確的選項是 (A)「竊吹」草堂：指隱居 (B)歎「幽人」長往：古賢人 (C)「鶴書」赴隴：詔書 (D)「法筵」久埋：談論六經的文章 (E)「假步」於山扃：借路。

*（　）12. 本文時假山靈之口，諷刺假隱士的面貌，以下各選項中的文句，何者使用「擬人法」？ (A)風雲悽其帶憤 (B)青松落蔭，白雲誰侶 (C)列壑爭譏，攢峰竦誚 (D)飛柯以折輪，乍低枝而掃迹 (E)眉軒席次，袂聳筵上。

*（　）13. 下列文句釋義正確的選項是 (A)「雖假容於江皐，乃纓情於好爵」意謂周子欺世盜名 (B)「排巢父，拉許由」意謂其行為使古隱者蒙羞 (C)「談空空於釋部，覈玄玄於道流」意謂周子不學無術 (D)「形馳魄散，志變神動」是在形容周子趨名逐利的醜態 (E)「截來轅於谷口，杜妄轡於郊端」意謂周子對山林毫不留戀。

*（　）14. 下列何選項中的文句，不含諷刺之意？ (A)度白雪以方絜，干青雲而直上 (B)芥千金而不盼，屣萬乘其如脫 (C)務光何足比？涓子不能儔 (D)焚芰製而裂荷衣，抗塵容而走俗狀 (E)昔聞投簪逸海岸，今見解蘭縛塵纓。

*（　）15. 以下各句，何者使用了倒裝的修辭技巧？ (A)汙淥池以洗耳 (B)塵游躅於蕙路 (C)青松落蔭，白雲誰侶 (D)慨遊子之我欺，悲無人以赴弔 (E)秋桂遺風，春蘿罷月。

非選題

(一)請寫出以下所指之隱士、高士：

1. 不願繼周靈王之王位，漫遊於伊水、洛水間，好吹笙，笙如鳳鳴：
2. 夏朝隱士，湯有天下，欲讓之，故逃：
3. 不食周粟，隱居於首陽山：
4. 堯欲讓位，其不受，洗耳於潁水濱：
5. 牽牛來潁水濱，知其故，牽牛於上游，不願汙染犢口：

(二)語譯：

秋桂遺風，春蘿罷月。騁西山之逸議，馳東皐之素謁。

答：

諫太宗十思疏

選擇題（＊為多選題）

（　）1. 本文旨在說明 (A)人君採納諫言的重要性 (B)言人君三思而行的重要性 (C)闡述人君積德行義的重要性 (D)說明人君反省己過的重要性。

（　）2. 下列解釋何者為非？ (A)「奔」車朽索：奔馳 (B)承天「景」命：大 (C)永保無疆之「休」：止 (D)可畏「惟」人：是。

（　）3. 下列何者意義異於其他三者？ (A)無為而治 (B)察察而治 (C)鳴琴而治 (D)垂拱而治。

（　）4. 「殷憂而道著，功成而德衰」乃因 (A)守成不易 (B)誠與傲的差別 (C)天命難測 (D)好功者無德。

（　）5. 「胡、越為一體」喻 (A)遠親不如近鄰 (B)貌合神離 (C)四海之內皆兄弟 (D)再疏遠的人都能休戚與共。

（　）6. 下列解釋何者為非？ (A)雖「董」之以嚴刑：治理 (B)人君當「神器」之重：指其帝位 (C)思謙沖而「自牧」：自我修養 (D)將有所「作」：建造。

（　）7. 下列成語何者與「奔車朽索」同義？ (A)矯枉過正 (B)欲速不達 (C)危如累卵 (D)唇亡齒寒。

（　）8. 「戒奢以儉」乃謂 (A)節儉、奢侈是同為一體的 (B)奢侈可以免去節儉的缺點 (C)以節儉來戒除奢侈 (D)因為節儉所以戒去奢侈。

（　）9. 〈諫太宗十思疏〉：「竭誠則胡、越為一體，傲物則骨肉為行路。」其意近於 (A)民為邦本，本固邦寧 (B)徒善不足以為政，徒法不足以自行 (C)滄浪之水清兮，可以濯我纓；滄浪之水濁兮，可以濯我足 (D)言忠信，行篤敬，雖蠻貊之邦行矣；言不忠信，行不篤敬，雖州里行乎哉。

( ) 10.(甲)思江海而下「百」川；(乙)思「三」驅以為度；(丙)總此十思，弘茲「九」德；(丁)吾氣有一，以一敵「七」，吾何患焉。上述數字為實指的是 (A)(乙)(丙) (B)(甲)(丁) (C)(乙)(丁) (D)(甲)(丙)。

*( ) 11.下列文句何者正確？ (A)那齣古裝大戲對於宮殿苑囿的場景十分講究 (B)小宋喜歡作秀，常常出席各種婚嫁或弔唁場面 (C)新任首長擔精竭慮，只為研考政策得失 (D)未雨綢繆、居安思危是每個人應有的警覺 (E)由於傳媒大肆渲染，年輕學子不免流於驕奢。

*( ) 12.下列文句，請選出「 」中字義相同的選項 (A)「胡、越」為一體／置於「胡、越」之身 (B)承天「景」命／春和「景」明 (C)怨不在大，可畏「惟」人／「惟」兄嫂是依 (D)奔車朽索，「其」可忽乎／「其」聖人之法乎 (E)「將」有作，則思知止以安人／蓋「將」自其變者而觀之。

*( ) 13.就下列字詞之比較，選出字義相異之組別 (A)「簡」能而任之／在齊太史「簡」 (B)可以盡「豫」遊之樂／夫子若有不「豫」色然 (C)將崇「極」天之峻，永保無疆之休／意有所「極」，夢亦同趣 (D)懼滿溢，則思江海而「下」百川／慮壅蔽，則思虛心以納「下」 (E)「將」有所作，則思知止以安人／「將」蓬戶甕牖，無所不快。

*( ) 14.下列「 」內的詞語，何者是用來暗指「國君」？ (A)牛驥同一皁，雞棲「鳳凰」食 (B)渺渺兮予懷，望「美人」兮天一方 (C)總為浮雲能蔽「日」，長安不見使人愁 (D)憶惜封書與「君」夜，金鑾殿後欲明天 (E)怨不在大，可畏惟人。載「舟」覆「舟」，所宜深慎。

*( ) 15.下列有關〈諫太宗十思疏〉的敘述，正確的選項是 (A)本文是駢文，駢文乃韻文的一種 (B)作者魏徵，見重於唐太宗，徵歿後，太宗常以「知興替」之鏡譬之 (C)「智者盡其謀，勇者竭其力，仁者播其惠，信者效其忠。」是排比句法 (D)「源不深而望流之遠，根不固而求木之長；德不厚而思國之治。」是用「對偶」的修辭方式 (E)本篇開頭以木、水兩喻引起，以「思」字作骨，意謂人君所以縱情傲物，不積德義，以致失人心者，皆因未思之故。

非選題

(一)詞語填空：將正確答案代號填入____處：

值此 1.____之際；2.____者不思勤政愛民，卻貪圖

3.＿＿＿＿之樂，日則畋獵無節，夜則笙歌宴飲，起坐4.＿＿＿＿。如此怠忽政事，不免為人所5.＿＿＿＿。

參考選項：
(A)同年 (B)盤遊 (C)土壤 (D)熒煌 (E)喧譁 (F)殷憂
(G)黼黻 (H)詬病 (I)人君 (J)居位

答：

(二)畢業後，你可以贈送哪些匾額給母校以祝福校運昌隆？

（　）1. 妙手回春
（　）2. 鴻圖大展
（　）3. 百年樹人
（　）4. 桃李芬芳
（　）5. 鳳凰于飛

為徐敬業討武曌檄

選擇題（＊為多選題）

（　）1. 本文旨在 (A)痛斥武后篡國之舉 (B)上勸君王斥黜武后 (C)以歷史之興亡為借鏡 (D)傷高宗之逝世。

（　）2. 下列敘述何者為非？ (A)掩袖工讒：善於設計陷害人 (B)窺竊神器：陰謀奪篡帝位 (C)穢亂春宮：武氏與太子有染 (D)地實寒微：生活貧困。

（　）3. 「賊之宗盟，委之以重任」乃謂 (A)不分敵我，一律委以要職 (B)與外敵互通聲氣，裡應外合 (C)對自己的宗親同黨，委以要職 (D)封盜賊以要職。

（　）4. 下列解釋何者為非？ (A)公侯「冢子」：已死之子 (B)「洎」乎晚節：到了 (C)近「狎」邪僻：親近 (D)弒君「鴆」母：動詞，毒害。

（　）5. 「陷吾君於聚麀」乃謂 (A)使國君沉溺在後宮不務朝事 (B)使國君做出亂倫的醜事 (C)使國君沉迷於畋獵之事 (D)設計陷害國君。

（　）6. 下列敘述何者為非？ (A)膺重寄於「話言」：此指託孤之言 (B)受顧命於「宣室」：朝廷 (C)「叶」周親：通「協」，和合 (D)「六尺之孤」：指中宗。

（　）7. 「送往事居」乃謂 (A)除舊迎新 (B)去霉運、創新局 (C)送已崩的唐高宗，事奉現在的唐中宗 (D)死者已矣，生者何堪。

（　）8. 「請看今日之域中，竟是誰家之天下」作者心目中所認定的贏家是 (A)陳家 (B)徐家 (C)武家 (D)李家。

（　）9. (甲)「洎」乎晚節：ㄗˋ；(乙)踐元后於「翬」翟：ㄏㄨㄟ；(丙)加以「虺」蜴為心：ㄏㄨㄟˇ；(丁)弒君「鴆」母：ㄓㄣˋ；(戊)「喑」嗚則山岳

崩頹：ㄢˋ；(己)叱「咤」則風雲變色：ㄓㄞˇ。上列「 」內的字，讀音完全正確的選項是 (A)(甲)(戊)(己) (B)(乙)(丙)(丁) (C)(丙)(戊)(己) (D)(丁)(戊)(己)。

( ) 10.下列詞語，形容女子姿色美好的選項是 (A)畫眉 (B)皺眉 (C)鬢眉 (D)蛾眉。

*( ) 11.「偽臨朝武氏者，性非和順，地實寒微」句中的「微」字義，與下列哪個選項相同？ (A)「微」斯人，吾誰與歸 (B)天下分裂，而唐室因以「微」矣 (C)猥以「微」賤，當侍東宮 (D)虞舜側「微」 (E)道心惟「微」。

*( ) 12.下列「 」內的詞語，解釋正確的選項是 (A)偽「臨朝」武氏者：君臨朝廷 (B)昔充太宗「下陳」：指後宮中的侍妾 (C)洎乎「晚節」，穢亂春宮：晚年的操守 (D)「陰圖後房之嬖」：暗中圖謀唐高宗的嬖幸 (E)踐元后於「翬翟」：皇后車輦。

*( ) 13.下列「 」內的字詞，敘述正確的選項是 (A)「荷」本朝之厚恩：蒙受 (B)「宋微子之興悲」：指亡國之悲 (C)順「宇內」之推心：朝廷之內 (D)鐵騎成群，「玉軸」相接：兵車之美稱 (E)海陵「紅粟」：米粟成熟了。

*( ) 14.下列「 」內的詞語，運用「借代」的修辭格正確選項是 (A)穢亂「春宮」 (B)窺竊「神器」 (C)志安「社稷」 (D)「玉軸」相接 (E)「一抔之土」未乾。

*( ) 15.下列文句，運用「夸飾」的修辭格正確選項是 (A)奉先帝之成業，荷本朝之厚恩 (B)公等或居漢地，或叶周親，或膺重寄於話言，或受顧命於宣室 (C)班聲動而北風起，劍氣沖而南斗平 (D)喑嗚則山岳崩頹，叱咤則風雲變色 (E)殺姊屠兄，弒君鴆母。

非選題

(一)字形測驗：

1. 徘徊歧路： 2. 祺袍馬褂： 3. 水彩臘筆： 4. 動員勘亂： 5. 牽就他人：

(二)語譯：

班聲動而北風起，劍氣沖而南斗平。喑嗚則山岳崩頹，叱咤則風雲變色。

答：

滕王閣序

選擇題（＊為多選題）

( ) 1.本文旨在 (A)勉勵後進，應更加努力 (B)寫躬逢盛宴，有感知遇外興起人生際遇的

感懷 (C)說明自己棄仕奉養父母之孝心 (D)說明有才能之人必能勝大任。

( ) 2.下列解釋何者為非？ (A)時「維」九月：是 (B)「序」屬三秋：時序 (C)命途多「舛」：運氣 (D)飛閣流「丹」：赤色。

( ) 3.「北海雖賒，扶搖可接；東隅已逝，桑榆非晚」乃謂 (A)英雄暮年，志氣已衰 (B)好漢不提當年勇 (C)如能即時奮發尚未為遲 (D)時光飛逝無法挽回。

( ) 4.下列解釋何者為非？ (A)懷「帝閽」而不見：此指君門 (B)識「盈虛」之有數：盛衰、成敗、貴賤、窮通等 (C)臨「帝子」之長洲：天帝 (D)誰悲「失路」之人：喻不得志。

( ) 5.「屈賈誼於長沙，非無聖主；竄梁鴻於海曲，豈乏明時」是要人能夠 (A)安貧知命 (B)知足常樂 (C)有所不為 (D)視富貴如浮雲。

( ) 6.「非謝家之寶樹」乃謂 (A)王勃暗斥君王非明主 (B)王勃憐惜自己無人問津 (C)王勃感慨自己生不逢時 (D)王勃自謙自己無才能。

( ) 7.下列解釋何者為非？ (A)潦水：汙濁之水 (B)烟光：指雲霞 (C)翼軫：翼、軫二星宿名 (D)雄州：指大郡。

( ) 8.「關山難越，誰悲失路之人。萍水相逢，盡是他鄉之客」乃謂 (A)翻山越嶺，恐迷路不得返 (B)與友人離別之難堪 (C)萍水相逢，他鄉遇故知 (D)遠離朝廷，心中傷懷。

( ) 9.(甲)披繡「闥」：ㄉㄚˊ；(乙)「潦」水：ㄌㄧㄠˊ；(丙)命途多「舛」：ㄔㄨㄢˇ；(丁)窮「睇」眄：ㄊㄧˋ；(戊)逸興「遄」飛：ㄔㄨㄢˊ；(己)「棨」戟遙臨：ㄑㄧˇ。以上「 」內的字，讀音完全正確的選項是 (A)(甲)(乙)(戊) (B)(乙)(丙)(丁) (C)(甲)(丙)(己) (D)(丙)(戊)(己)。

( ) 10.為了符合駢文的四六句式，本文中時常出現割裂詞語的現象。以下何選項中的句子，並無為符合四六句式，而減省人名的作法？ (A)楊意不逢，撫淩雲而自惜 (B)鍾期既遇，奏流水以何慚 (C)徐孺下陳蕃之榻 (D)馮唐易老，李廣難封。

*( ) 11.下列「 」內的詞語，解釋正確的選項是 (A)「爽籟」發而清風生：天籟 (B)俯「雕甍」：雕飾華麗的宮殿 (C)處涸轍而猶「懽」：同「歡」，樂也 (D)恭疏「短引」：小詩 (E)星分「翼軫」：皆星宿名。

*( ) 12.下列文句，釋義正確的選項是 (A)「騰蛟

起鳳，孟學士之詞宗」：孟學士辭采優美，好像能使龍鳳騰飛 (B)「飛閣流丹，下臨無地」：樓閣凌空而建，有憑虛御風之感 (C)「落霞與孤鶩齊飛，秋水共長天一色」：在如此的秋色中，倍感孤寂 (D)「識盈虛之有數」：萬物的盈虛消長都有一定的規律 (E)「東隅已逝，桑榆非晚」：意同「塞翁失馬，焉知非福」。

*（　）13.下列選項中，關於典故旨趣的說明，何者有誤？ (A)「睢園綠竹，氣凌彭澤之樽；鄴水朱華，光照臨川之筆」：佳宴雅集，美景酒興，使詩才得以發揮 (B)「馮唐易老，李廣難封」：感歎虛度光陰，未能把握報國機會 (C)「阮籍猖狂，豈效窮途之哭」：期許自己在窮途末路時，仍保有風骨與氣節 (D)「請灑潘江，各傾陸海」：期盼與會之人，都有廣闊的胸襟 (E)「處涸轍而猶懽」：以固守志節自勵。

*（　）14.下列何者為駢偶句？ (A)山原曠其盈視，川澤紆其駭矚 (B)家君作宰，路出名區 (C)關山難越，誰悲失路之人。萍水相逢，盡是他鄉之客 (D)畫棟朝飛南浦雲，珠簾暮捲西山雨 (E)春和景明，波瀾不驚。

*（　）15.關於〈滕王閣序〉，下列敘述何者正確？ (A)作者王勃與楊炯、盧照鄰、駱賓王合稱為「初唐四傑」 (B)本文為辭采華美的駢體文，亦為韻文中的一類 (C)本篇是為與會者所作駢文而寫的序文 (D)本文為王勃受滕王請託所作之文 (E)滕王閣因此文而成為江南三大名樓，其他二者為岳陽樓及黃鶴樓。

非選題

(一)改錯：（每題不限一字）

1.層巒聳翠，上出重宵：

2.閭簷撲地，鍾鳴鼎食之家：

3.紅銷雨霽，彩撤區明：

4.北海雖奢，扶遙可接：

(二)語譯：

落霞與孤鶩齊飛，秋水共長天一色。漁舟唱晚，響窮彭蠡之濱；雁陣驚寒，聲斷衡陽之浦。

答：

與韓荊州書

選擇題（＊為多選題）

（　）1.本文旨在 (A)記述韓荊州之待人處世 (B)表達自己才華高超，必能受用 (C)表明自己才能，希望能獲得引薦 (D)讚美韓荊州

雄才大略。

（　）2.下列解釋何者為非？ (A)徧「干」諸侯：求 (B)「一」至於此耶：此時 (C)歷「抵」卿相：拜謁 (D)「辟」荀慈明：徵召。

（　）3.下列解釋何者錯誤？ (A)吐握：形容接待客人之勤 (B)談士：談論之士 (C)疇曩：往日；平素 (D)下車：停馬下車。

（　）4.「塵穢視聽」是李白 (A)謙稱自己作品會汙染韓公之耳目 (B)欲請韓氏過目 (C)比喻自己才能極差 (D)欲請韓氏用心聽。

（　）5.下列解釋何者為非？ (A)昔王子師「為」豫州：任 (B)君侯制作「侔」神明：謀劃 (C)賜觀「芻蕘」：割草砍柴之人 (D)一經「品題」：品評。

（　）6.「倚馬可待」是指 (A)情勢逆轉 (B)人才眾多 (C)時間短暫 (D)作文敏捷。

（　）7.「收名定價」是說 (A)求高位，定厚祿 (B)名不副實 (C)收美名，定聲價 (D)自抬身價。

（　）8.「龍盤鳳逸之士」意謂 (A)喻志同道合、才華橫溢之士 (B)喻不慕榮華、風流倜儻之士 (C)喻非常之才，待時而動 (D)喻人自抬身價，自以為非凡之人。

（　）9.下列各「　」內文字，讀音相同的選項是 (A)此「疇」曩心跡／山「濤」作冀州／「躊」躇滿志 (B)君侯制作「侔」神明／觀其「眸」子／商賈「牟」利 (C)筆「參」造化／山嶺「參」差／「參」贊機務 (D)「甄」拔三十餘人／「湮」滅不彰／「禋」祀昊天。

（　）10.(甲)敢效微軀；(乙)委身國士；(丙)塵穢視聽；(丁)賜觀芻蕘；(戊)雕蟲小技；(己)筆參造化；(庚)學究天人；(辛)德行動天地；(壬)安敢不盡於君侯哉；(癸)一經品題，便作佳士。上列詞語，都錄自於〈與韓荊州書〉一文，其中有自謙之詞，有恭維之詞，屬於恭維之詞的有 (A)(甲)(丙)(戊)(庚)(壬) (B)(乙)(己)(庚)(辛)(癸) (C)(丙)(己)(辛)(壬)(癸) (D)(丁)(戊)(己)(辛)(壬)。

*（　）11.下列「一」字的用法何者相同？ (A)但願「一」識韓荊州 (B)「一」登龍門，則聲譽十倍 (C)「一」經品題，便作佳士 (D)或長煙「一」空 (E)何令人之景慕，「一」至於此耶。

*（　）12.「一登龍門，則聲譽十倍。所以龍盤鳳逸之士，皆欲收名定價於君侯。」下列敘述何者正確？ (A)「收名定價」指獲得名望，評定身價 (B)「登龍門」乃為「龜魚化為龍」的轉用，指獲得名聲 (C)「龍盤鳳逸之士」乃指有才能的隱士 (D)因韓荊州能

任用賢才 (E)韓荊州的聲名遠播，許多賢士爭相求得他的欣賞與肯定。

*（ ）13.由哪些句子可看出韓荊州的禮賢下士？ (A)所以龍盤鳳逸之士，皆欲收名定價於君侯 (B)生不用封萬戶侯，但願一識韓荊州 (C)君侯制作侔神明，德行動天地 (D)今天下以君侯為文章之司命，人物之權衡 (E)君侯不以富貴而驕之，寒賤而忽之。

*（ ）14.選出有關〈與韓荊州書〉之敘述正確者 (A)「生不用封萬戶侯，但願一識韓荊州。」是譬喻的手法 (B)「願君侯不以富貴而驕之，寒賤而忽之。」為排比的句法 (C)「昔王子師為豫州，未下車，即辟荀慈明。既下車，又辟孔文舉。」是用典 (D)「而君侯何惜階前盈尺之地，不使白揚眉吐氣、激昂青雲耶？」語氣十分謙虛 (E)「或以才名見知，或以清白見賞。」是類疊的句法。

*（ ）15.下列關於「書信」的相關知識介紹，何者正確？ (A)其中「稱謂」一項是不可缺少的 (B)「提稱語」又稱「知照敬辭」，對師長可用「大鑒」 (C)「啟事敬辭」一般多已省略不用 (D)表達敬意或問候用「頌候敬辭」，「請」字之後必接「安」字 (E)「補述」一項為書信已寫畢，又思及他人或事，補述於信末，可另起一行，以"PS"開頭為宜。

非選題

(一)「君侯制作侔神明」的「制作」，與「至於制作，積成卷軸」的「制作」，分別指什麼？

答：

(二)語譯：

一登龍門，則聲譽十倍。所以龍盤鳳逸之士，皆欲收名定價於君侯。

答：

春夜宴桃李園序

選擇題（*為多選題）

（ ）1.本文旨在 (A)暢敘天倫之樂 (B)記飲酒賦詩之樂 (C)感歎人生短暫 (D)說明人生當及時行樂。

（ ）2.下列解釋何者為非？ (A)浮生：人生 (B)羽觴：有雙耳之酒杯 (C)坐花：鋪花而臥 (D)瓊筵：珍美的筵席。

（ ）3.「群季俊秀」之「群季」可以下列何詞替代？ (A)吾友 (B)同僚 (C)賢兄 (D)諸弟。

（　）4.「夫天地者，萬物之逆旅」乃謂 (A)萬物在天地中有一定的規律 (B)天地有長養萬物之德 (C)天地是萬物的旅館 (D)天地有成長萬物之功。

（　）5.下列敘述何者為非？ (A)宴會時間在春天夜晚 (B)喻群季為謝惠連 (C)李白自比為謝康樂 (D)李白作此文乃贈言群兄弟。

（　）6.「金谷酒數」乃謂 (A)罰酒三斗 (B)贈酒三斗 (C)倒酒三斗 (D)釀酒三斗。

（　）7.「況陽春召我以烟景，大塊假我以文章」乃謂 (A)自然美景可以陶冶人心 (B)自然美景，任人欣賞 (C)自然美景可啟發人的想像力 (D)自然美景可供人學習。

（　）8.下列解釋何者為非？ (A)逆旅：旅舍 (B)良有「以」也：原則 (C)陽春：溫暖的春天 (D)大塊：天地；大自然。

（　）9.「群季俊秀，皆為惠連。吾人詠歌，獨慚康樂。」「吾人詠歌，獨慚康樂」意謂 (A)李白遺憾康樂未能一同在此歌詠吟誦 (B)李白深覺所作詩歌內容，愧對康樂 (C)李白深服於康樂的絕妙詩作 (D)李白自言己之詩作不及康樂。

（　）10.〈春夜宴桃李園序〉一文中，下列文句何者點明了時間，照應題目？ (A)光陰者，百代之過客 (B)古人秉燭夜遊，良有以也 (C)會桃李之芳園，序天倫之樂事 (D)浮生若夢，為歡幾何。

*（　）11.下列關於〈春夜宴桃李園序〉的敘述何者正確？ (A)文中透露出人生苦短的深刻感慨 (B)篇幅雖短卻含括了序文該具備的時、地、人、事等要素 (C)以逆旅、過客、如夢一場來譬喻人生 (D)惠連、康樂為李白諸弟中，詩才表現優異者 (E)「秉燭夜遊」語出於〈古詩十九首〉：「晝短苦夜長，何不秉燭遊」。

*（　）12.「光陰者，百代之過客」所透露出的情思與下列何者相近？ (A)百川東到海，何時復西歸 (B)日月忽其不淹兮，春與秋其代序 (C)年命如朝露，人生忽如寄 (D)人生天地間，忽如遠行客 (E)盛年不重來，一日難再晨。

*（　）13.下列各組「　」內的字義，兩兩相異的選項是 (A)夫天地者，萬物之「逆」旅／鄭伯肉袒牽羊以「逆」 (B)古人秉燭夜遊，良有「以」也／「以」地事秦，猶抱薪救火 (C)「會」桃李之芳園／草創未就，「會」遭此禍 (D)開瓊筵以「坐」花／徘徊歧路，「坐」昧先幾之兆 (E)而浮生「若」夢，

為歡幾何／彷彿「若」有光，便舍船，從口入。

*（　　）14. 在〈春夜宴桃李園序〉中，下列何句扣緊題意？ (A)會桃李之芳園 (B)夫天地者，萬物之逆旅 (C)古人秉燭夜遊，良有以也 (D)序天倫之樂事 (E)開瓊筵以坐花。

*（　　）15. 關於李白下列敘述正確的選項是 (A)無論古詩、樂府、律詩、絕句、詞、曲皆揮灑自如 (B)「筆落驚風雨，詩成泣鬼神」，是杜甫對李白的讚語 (C)賀知章見其詩，讚其為「天上謫仙人」 (D)曾因安史之亂，避居廬山 (E)為盛唐浪漫詩派之集大成者。

非選題

(一)下引詩句括弧內的字，依詩意推敲，請從參考選項中，填入最適當的字。

「問余何事（ 1. ）碧山，笑而不答心自（ 2. ），桃花流水（ 3. ）然去，別有天地非人間。」（李白〈山中問答〉）

參考選項：

(A)居　(B)棲　(C)過　(D)恬　(E)閒　(F)安　(G)悄　(H)杳　(I)默

(二)寫出下列唐宋詩人「居士」之稱號：

1. 李白：
2. 白居易：
3. 李清照：
4. 辛棄疾：
5. 蘇軾：

弔古戰場文

選擇題（*為多選題）

（　　）1. 本文旨在 (A)抨擊四夷之好戰殘酷 (B)批評王者不施仁義 (C)傷弔戰爭犧牲之慘烈，抨擊窮兵黷武之害 (D)傷悼百姓無辜。

（　　）2. 下列解釋何者為非？ (A)平沙無「垠」：邊際 (B)「夐」不見人：遙遠 (C)風悲日「曛」：日色昏黃 (D)「將」近代歟：將要；即將。

（　　）3. 「守在四夷」是指 (A)平定四夷 (B)使四夷替天子守護疆土 (C)保護四夷 (D)防禦四夷。

（　　）4. 下列解釋何者為非？ (A)「主客」相搏：謂敵我雙方 (B)川迴「組練」：皆為戰袍名 (C)中州「耗斁」：耗損破壞 (D)「腷臆」誰愬：猜測。

（　　）5. 「天地為愁，草木悽悲」下列敘述何者為非？ (A)為對偶句 (B)擬人化的句子，極言其悲 (C)極言朝政之腐敗不堪 (D)與

「草木為之含悲，風雲因而變色」同。

（ ）6.「生也何恩？殺之何咎」是指 (A)活著有何貢獻，死了又有何罪過 (B)活著的時候，他們得到什麼恩惠？被殺而死，他們又犯什麼罪過 (C)活著不受人恩惠，死了也不犯罪過 (D)活著是因受人恩惠，死了則是因為犯了錯。

（ ）7.「提攜捧負，畏其不壽」乃謂 (A)對待父母十分順從盡孝 (B)照顧父母，惟恐其不能長命 (C)照顧子女無微不至，怕子女不能長命 (D)竭盡己能，惟恐自己不能長命。

（ ）8.本文文體是屬於 (A)古賦 (B)古詩 (C)散文 (D)有韻祭文。

（ ）9.(甲)無「垠」：ㄧㄣˊ；(乙)「夐」不見人：ㄑㄩㄥˊ；(丙)「腷」臆誰愬：ㄅㄧ；(丁)耗「斁」：ㄉㄨˋ；(戊)繒「纊」：ㄎㄨㄤˋ；(己)財殫力「痡」：ㄅㄨ。上列「 」內的字，讀音完全正確的選項是 (A)(甲)(乙)(丙) (B)(乙)(丁)(己) (C)(丁)(戊)(己) (D)(甲)(丁)(戊)。

（ ）10.(甲)「將」近代歟；(乙)「將」信將疑；(丙)呼兒「將」出換美酒；(丁)隱隱的疼「將」起來；(戊)「將」其創殘餓羸之餘；(己)使其中不自得，「將」何往而非病。上列「 」內的字義，共有幾種？ (A)三種 (B)四種 (C)五種 (D)六種。

*（ ）11.下列「 」內的語詞，解釋正確的選項是 (A)「獸鋌亡群」：敗兵如喪家之犬般的奔逃 (B)「聲析江河」：戰士的聲音被滾滾江河的怒號所掩蓋 (C)「徑截輜重」：徑自截取軍用物資 (D)「萬里朱殷」：言血流萬里 (E)「悁悁心目」：心中恐懼害怕。

*（ ）12.以下選項中的文句，何者使用借代修辭格？ (A)中州耗斁 (B)川迴組練 (C)利鏃穿骨 (D)繒纊無溫 (E)布奠傾觴。

*（ ）13.以下文句屬於反詰語氣的選項是 (A)秦歟？漢歟？將近代歟 (B)寄身鋒刃，腷臆誰愬 (C)任人而已，其在多乎 (D)蒼蒼蒸民，誰無父母 (E)生也何恩？殺之何咎。

*（ ）14.下列文句，釋義正確的選項是 (A)「王道迂闊而莫為」：意謂國家腐敗而無所作為 (B)「鷙鳥休巢，征馬踟躕」：意謂天氣惡劣、寒冷 (C)「提攜捧負，畏其不壽」：意謂子女擔憂父母逝世 (D)「必有凶年，人其流離」：言戰爭之後人民又必須面臨荒年的流離失所 (E)「憑陵殺氣，以相翦屠」：意謂初戰時，氣勢如虹。

*（ ）15.關於〈弔古戰場文〉，以下敘述何者正確？ (A)本文為不用韻之駢體文 (B)作者李華，

為古文運動之先驅　(C)李華以為「遠人不服，則修文德以來之」，此為儒家思想　(D)文中想像春、夏時，古戰場的情景，充滿了語麗情悲的淒涼　(E)「守在四夷」是作者以為解決戰爭的方法。

非選題

(一)字形測驗：

1.不明「ㄐㄧㄡˋ」裡：　2.窮「ㄐㄧㄡˋ」事理：

3.既往不「ㄐㄧㄡˋ」：　4.步步為「ㄧㄥˊ」：

5.電視「ㄧㄥˊ」幕：

(二)語譯：

秦起長城，竟海為關。荼毒生靈，萬里朱殷。漢擊匈奴，雖得陰山。枕骸徧野，功不補患。

答：

陋室銘

選擇題（＊為多選題）

（　）1.本文旨在言　(A)知足常樂，則隨遇而安　(B)安貧樂道，則觸目成趣　(C)樂觀進取，則事無不成　(D)不慕功名，則閒適自得。

（　）2.「南陽諸葛廬，西蜀子雲亭」是指誰？　(A)諸葛亮及劉備　(B)諸葛亮及揚雄　(C)諸葛亮及周瑜　(D)諸葛亮及關羽。

（　）3.下列敘述何者為非？　(A)銘：指深刻雋永之文　(B)本文共八十一字　(C)全篇押韻　(D)為作者一伸己志之文。

（　）4.「山不在高，有仙則名；水不在深，有龍則靈」意喻　(A)隱居生活要有山有水　(B)住家環境要依山傍水才好　(C)環境好壞不重要，有德才是重點　(D)仁者樂山，智者樂水。

（　）5.「斯是陋室，惟吾德馨」意謂　(A)這間簡陋的房子，引導出我的美好德行　(B)樸素之屋與我美好德行相得益彰　(C)這是一間簡陋的房子，只有我的德行能使它馨香遠播　(D)居住在陋屋，才能襯托出我的美好德行。

（　）6.下列解釋何者為非？　(A)素琴：未加雕飾的琴　(B)金經：用泥金書寫的佛經　(C)勞形：勞頓形神　(D)絲竹：俗樂之總稱。

（　）7.「談笑有鴻儒，往來無白丁」乃謂　(A)只用心鑽研學問，不與人交遊　(B)恃才傲物，視不己若者，不比於人　(C)志向高大，只與博學之儒交往　(D)為人能上志而下求。

（　）8.作者以孔子之言「何陋之有」作總結，是同時在表明自己　(A)志節不見容於時世　(B)德行可上比孔子　(C)附驥尾而行益顯

(D)志於聖人之道而不悔。

(　) 9.下列選項「　」中字的意義，哪一選項並不相同？ (A)「緋」紅／「丹」楓 (B)「滄」海／「碧」玉 (C)「素」琴／「素」帳 (D)「玄」端／其色「墨」。

(　) 10.劉禹錫的〈陋室銘〉，最後三句是「南陽諸葛廬，西蜀子雲亭。孔子云：『何陋之有？』」意思是 (A)孔子讚揚諸葛亮和揚雄的屋舍不算簡陋 (B)孔子讚揚南陽和西蜀兩地各有不同的景色 (C)劉禹錫所建諸葛廬、子雲亭大受孔子讚賞 (D)劉禹錫暗喻自己能如諸葛亮、揚雄般，不以陋室為意，能自得其樂。

*(　) 11.「□□□□，□□□□，意謂人易受環境之影響。」缺空的成語可以是 (A)人以類聚，物以群分 (B)蓬生麻中，不扶自直 (C)桃李不言，下自成蹊 (D)十步之內，必有芳草 (E)白沙在涅，與之俱黑。

*(　) 12.下列文句，何者意含最接近？ (A)斯是陋室，惟吾德馨 (B)勝固欣然，敗亦可喜 (C)千里之行，始於足下 (D)孔子布衣，傳十餘世，學者宗之 (E)我窮苦得像個乞丐，而胸中卻總有嚼菜根用以自勵的精神。

*(　) 13.下列「　」中的字，哪一項用法相同？ (A)無絲竹「之」亂耳／心「之」所向 (B)斯「是」陋室／廷尉當「是」也 (C)往來無「白」丁／一行「白」鷺上青天 (D)苔痕「上」階綠／壓在你的肩頭「上」 (E)何陋「之」有／蓮「之」愛，同予者何人。

*(　) 14.下列文句的綜合敘述，何者正確？ (A)「斯是陋室，惟吾德馨」的「德馨」，是說德行之美如花之香 (B)「可以調素琴，閱金經」，「金經」的意思是煉丹的書 (C)「談笑有鴻儒，往來無白丁。」可見與作者交往的是富貴的人 (D)「書□；初生之□不畏虎；褻□」以上缺空依次該填上：牘、犢、瀆 (E)孔子云：「何陋之有？」本句含有「懷才不遇」之意。

*(　) 15.下列哪些選項所表現的情境類似？ (A)草色入簾青 (B)綠滿窗前草不除 (C)在春天滿眼的柔綠鋪著地，也洗亮了天 (D)鳥兒將窠巢安在繁花嫩葉當中，高興起來了 (E)這道上有的是清蔭與美草，隨時都可以供你休憩。

非選題

(一)下列語詞的構成方式，何者和「春風生浪遲」相同？

(　) 1.草色入簾青　(　) 2.往來無白丁

(　) 3.西蜀子雲亭　(　) 4.可以調素琴

（　）5. 苔痕上階綠

(二)下列□中，何者可填「於」字？

（　）1. 閱□金經　（　）2. 斯是陋□室

（　）3. 山不在□高　（　）4. 談□笑有鴻儒

阿房宮賦

選擇題（＊為多選題）

（　）1. 本文旨在 (A)記述阿房宮的建築雄偉 (B)記述阿房宮的華麗壯觀 (C)藉由阿房宮的成燬來針砭時君 (D)記述秦的暴起暴亡。

（　）2. 下列解釋何者為非？ (A)六王「畢」：結束；滅亡 (B)四海「一」：統一 (C)妃嬪「媵」嬙：宮廷女官名 (D)「輦」來於秦：動詞，載。

（　）3. 「使負棟之柱，多於南畝之農夫；架梁之椽，多於機上之工女；……管絃嘔啞，多於市人之言語」乃運用修辭學上的 (A)譬喻 (B)排比 (C)互文 (D)回文。

（　）4. 「一日之內，一宮之間，而氣候不齊」乃極言阿房宮 (A)各抱地勢 (B)樓閣密布 (C)盡態極妍 (D)占地廣闊。

（　）5. 下列解釋何者為非？ (A)盤盤：穩固的樣子 (B)囷囷：迴旋的樣子 (C)熒熒：光亮閃動的樣子 (D)轆轆：車行走的聲音。

（　）6. 「獨夫之心，日益驕固」之「獨夫」乃指 (A)匹夫，一般百姓 (B)暴君，秦始皇 (C)鰥夫，喪妻之人 (D)獨老，年老無依之人。

（　）7. 「一人之心，千萬人之心也」乃謂 (A)上下齊心，團結保國 (B)人同此心，心同此理 (C)大同世界的美景 (D)一人揭竿，萬民起義。

（　）8. 「戍卒叫，函谷舉，楚人一炬，可憐焦土」之「戍卒」、「楚人」乃指 (A)秦邊疆的守兵；楚國的軍隊 (B)守邊境的士兵；楚國的野人 (C)秦兵敗亡；楚人勝利 (D)陳勝、吳廣起義；項羽及其部隊。

（　）9. (甲)「囷」囷焉：ㄎㄨㄣˋ；(乙)「矗」不知乎幾千萬落：ㄓˋ；(丙)妃「嬪」媵嬙：ㄅㄧㄣ；(丁)「輦」來於秦：ㄋㄧㄢˇ；(戊)「杳」不知其所之也：ㄧㄠˇ；(己)金塊珠「礫」：ㄌㄧˋ。上列「　」內的字，讀音完全正確的選項是 (A)(甲)(乙)(丙) (B)(乙)(丙)(丁) (C)(丙)(丁)(戊) (D)(丁)(戊)(己)。

（　）10. 〈阿房宮賦〉一文使用許多疊字，下列有關疊字，解釋錯誤的選項是 (A)二川「溶溶」：水勢浩大的樣子 (B)春光「融融」：和煦的樣子 (C)綠雲「擾擾」，梳曉鬟也：烏雲密布的樣子 (D)釘頭「磷磷」，多於在庾之粟粒：色彩耀眼的樣子。

*（　）11.詞語的運用常會隨時間而有改變或引申原意的情形，造成一詞多用的現象，下列「　」中的成語，詞義產生了古今不同的選項是 (A)五步一樓，十步一閣；廊腰縵迴，簷牙高啄；各抱地勢，「鉤心鬥角」／政客們為了爭權奪利，整日「鉤心鬥角」，不識民生疾苦 (B)以地事秦，譬猶「抱薪救火」，薪不盡，火不滅／老張一再地幫嗜賭如命的弟弟償還債務，無疑是「抱薪救火」，不但對事情毫無助益，更使其弟有恃無恐，變本加厲 (C)堯俞厚重寡言，遇人「不設城府」，人自不忍欺／李先生為人「不設城府」，經常被小人欺騙而不自知 (D)「食前方丈」，侍妾數百人，我得志不為也／那些穿金戴玉的豪門名流，「食前方丈」卻仍歎沒有可以下箸處，對照流落街頭的遊民，真是令人慨歎 (E)打籃球橫衝直撞，小心摔倒「跌破眼鏡」／納莉颱風滯留臺灣竟然超過四十八小時之久，造成全臺空前的災患，令氣象專家個個「跌破眼鏡」。

*（　）12.下列文句使用「層遞」的修辭格正確選項是 (A)秦人不暇自哀，而後人哀之；後人哀之，而不鑑之，亦使後人而復哀後人也 (B)滅六國者，六國也，非秦也；族秦者，秦也，非天下也 (C)明星熒熒，開妝鏡也；綠雲擾擾，梳曉鬟也；渭流漲膩，棄脂水也 (D)歌臺暖響，春光融融。舞殿冷袖，風雨淒淒 (E)藏書不難，能看為難；看書不難，能讀為難；讀書不難，能用為難；能用不難，能記為難。

*（　）13.下列文句，釋義正確的選項是 (A)「廊腰縵迴」意謂綿亙曲折的走廊，有如迴環的縵帛 (B)「簷牙高啄」意謂上翹的簷牙，有如鳥之伸嘴啄物 (C)「各抱地勢」意謂各依地勢高下而建 (D)「鉤心鬥角」意謂樓閣重疊交錯，對峙並列 (E)「蜂房水渦」意謂樓閣密布如蜂窩，迴旋如水渦。

*（　）14.下列「　」內的詞語，解釋正確的選項是 (A)「複道行空」：複道凌空而過 (B)高低「冥迷」：深邃幽遠，模糊不清 (C)「舞殿冷袖」：舞殿中舞者衣袖生風，有如風雨的淒清 (D)「妃嬪媵嬙」：指六國的宮眷、貴族 (E)棄擲「邐迤」：路途遙遠的樣子。

*（　）15.下列有關〈阿房宮賦〉之敘述，正確的選項是 (A)屬於俳賦 (B)主旨在藉由描述阿房宮的成毀和秦帝國的興滅以針砭時君 (C)空間分布由近及遠，自內而外 (D)以秦

「愛紛奢，不愛六國之人」為覆亡的主因

(E)「楚人一炬，可憐焦土」，楚人是指項羽。

非選題

(一)字音測驗：

1. 不「霽」何虹：　2. 「齋」戒沐浴：

3. 「齎」送禮物：　4. 「齏」粉：

5. 「薺」草：

(二)字形測驗：

1. 「ㄗ」銖必較：　2. 「ㄗ」諏善道：

3. 「ㄗ」盛既潔：　4. 「ㄗ」鬚鬑鬑：

5. 「ㄗ」趄不前：

原道

選擇題（＊為多選題）

（　）1. 本文旨在 (A)排斥道教，信奉佛教 (B)排斥佛學，提倡儒學與道家 (C)欲調合儒釋道三家而自成一說 (D)欲滅佛老之言，重振聖王之道。

（　）2. 下列解釋何者為非？ (A)孔子「沒」：同「歿」，去世 (B)「贍」其器用：供給 (C)以「宣」其壹鬱：宣揚 (D)以「濟」其夭死：救。

（　）3. 「生則得其情，死則盡其常」之「情」、「常」是指 (A)情性；常道 (B)實情；長遠 (C)天性；不變 (D)感情；精神。

（　）4. 下列解釋何者為非？ (A)戎狄是「膺」：臣服 (B)曷不為葛之「易」也：簡單；省事 (C)不見「正」於禹：糾正 (D)郊焉而天神「假」：至；到。

（　）5. 「樂其誕而自小也」乃謂 (A)愛惜生命就不可自慚形穢 (B)愛其誇誕而自以為儒道很窄隘 (C)喜荒誕不經之事且從小到大皆如此 (D)喜求荒誕之事且不論大小皆喜歡。

（　）6. 文中「今其言曰：『聖人不死，大盜不止。剖斗折衡，而民不爭。』」、「今其法曰：『必棄而君臣，去而父子，禁而相生養之道。』」的「其」各指何者？ (A)上指佛教，下言法家 (B)上指佛教，下言道家 (C)上指道家，下言佛教 (D)上指道家，下言法家。

（　）7. 下列敘述何者為非？ (A)老子之小仁義：老子輕視仁義之道 (B)道其所道：告訴人家他所知道的事 (C)為孔子者：尊奉孔子的人 (D)不訊其末：不追究它的後果。

（　）8. 下列敘述何者正確？ (A)入于彼，必出于此：言信仰道家，就不相信佛教 (B)火于秦，黃老于漢：言在五行中，秦以火立，漢以土生 (C)木處而顛：意謂隱士之清高

(D)剖斗折衡：意謂廢棄人為規範。

( ) 9. (甲)宣其「壹」鬱：ㄐㄧㄝˊ ㄐㄧㄝˊ；(乙)「孑孑」為義：ㄧㄝ；(丙)戎狄是「膺」：ㄧㄥ；(丁)荊舒是「懲」：ㄔㄥˇ；(戊)符「璽」：ㄦˇ；(己)「煦煦」為仁：ㄒㄩˇ ㄒㄩˇ。以上「 」內的字，讀音完全正確的選項是 (A)(甲)(丙)(丁) (B)(乙)(戊)(己) (C)(乙)(丙)(己) (D)(丙)(丁)(己)。

( ) 10. 下列何者不是倒裝句？ (A)荊舒是懲 (B)孰從而聽之 (C)惟怪之欲聞 (D)木處而顛。

*( ) 11. 下列各組「 」內的字詞，皆為動詞的選項是 (A)「火」于秦／「黃、老」于漢 (B)由是而「之」焉之謂道／「資」焉之家六 (C)「廬」其居／入者「主」之 (D)不見「黜」於禹／以「率」其怠勸 (E)不「事」其事／「廟」焉而人鬼饗。

*( ) 12. 下列「 」內詞語的解釋，正確的選項是 (A)「道與德為虛位」：道與德為個人心中的標準，抽象難懂 (B)「入者主之，出者奴之」：在家則以主人自居，出外則奴役人民 (C)今之為民者「六」：即士、農、工、商、僧、道六種人 (D)今之教者處其「三」：指仁、義、道 (E)「郊焉而天神假」：祭天時，天神就會降臨。

*( ) 13. 關於〈原道〉的敘述，何者正確？ (A)作者韓愈，是唐代古文運動的領袖，主張儒、釋、道三者合一 (B)「原」者「源」也，用作動詞，意為窮究本原。原道即是探討「道」的本原 (C)文中之道，一脈相承，是由堯、舜、禹、湯、文、武、周公以至孔子、孟子、荀子、揚雄代代相傳的道統 (D)文中常用「引用」法，引聖人之言，來增加說理的分量。如：引道家之言「聖人不死，大盜不止」抨擊假儒者的虛偽 (E)「不塞不流，不止不行」：「塞、止」針對佛老而言，「流、行」針對儒家聖人教化而言。

*( ) 14. 〈原道〉一文，句式、修辭變化靈活。如「不塞不流，不止不行」句前後的主詞都省略了，造成精鍊、頓挫的效果。以下各選項中的文句，何者亦為省略句？ (A)松下問童子，言師採藥去，只在此山中，雲深不知處 (B)命曰〈琵琶行〉 (C)孟嘗君予車五十乘，金五百斤 (D)然力足以至焉，於人為可譏，而在己為有悔 (E)古之欲明明德於天下者，先治其國。

*( ) 15. 以下何選項為「設問法」中的「激問」？ (明為問句，實為相反層面的肯定句或否

定句，其答案在問題的反面） (A)幾何其不胥而為夷也 (B)如古之無聖人，人之類滅久矣。何也？無羽毛鱗介以居寒熱也，無爪牙以爭食也 (C)後之人其欲聞仁義道德之說，孰從而聽之 (D)奔車朽索，其可忽乎 (E)雖欲勿用，山川其舍諸。

非選題

(一)字形測驗：

1. 除其強「ㄍㄥˇ」：　2. 如「ㄍㄥˇ」在喉：
3. 「ㄍㄥˇ ㄍㄥˇ」於懷：　4. 羽毛「ㄌㄧㄣˊ」介：
5. 鳳毛「ㄌㄧㄣˊ」角：

(二)語譯：

博愛之謂仁，行而宜之之謂義，由是而之焉之謂道，足乎己無待於外之謂德。

答：

原毀

選擇題（＊為多選題）

（　）1. 本文旨在推究 (A)毀謗的根源，在怠與忌 (B)毀謗的後果，德高毀來 (C)毀謗的損失，事修謗興 (D)毀謗的種類，有約與詳。

（　）2. 下列解釋何者為非？ (A)強者必「說」於言：同「悅」 (B)必其人之「與」也：給予 (C)有本有「原」：同「源」，原因 (D)懦者必說於「色」矣：臉色。

（　）3. 下列解釋何者為非？ (A)恐恐然：猶言戰戰兢兢的樣子 (B)不計其十：不計其他的優點 (C)輕以約：輕易地承諾 (D)不怠：不敢懈怠。

（　）4. 「不以眾人待其身」是說 (A)不要求大家原諒他的行為 (B)不因多人言之而信其言 (C)不因眾怒而有所畏懼 (D)不用要求別人的來要求自己。

（　）5. 「事修而謗興，德高而毀來」是作者欲勉人 (A)言行舉止必須十分小心 (B)功成不居，謙沖自牧 (C)動輒得咎，但求問心無愧 (D)世俗之毀譽，不必放在心上。

（　）6. 「即其新，不究其舊」乃謂 (A)只看他現在的過失，不看他已往的成就 (B)新舊之間不必太計較 (C)只論他的現在，不追究他的過去 (D)喜新厭舊是人之常情，不必太苛責。

（　）7. 下列解釋何者為非？ (A)「早夜」以思：日夜 (B)其人不足「稱」：稱讚 (C)其責人也「詳」：周詳 (D)「就」其如周公者：完成。

（　）8. 下列敘述何者正確？ (A)本文是一篇有名

的散文賦 (B)本文是駢體文名篇 (C)毀謗的本原是根於「詳」、「廉」 (D)「原」毀：指窮究本原。

（　）9.韓愈〈原毀〉：「嗚呼！士之處此世，而望名譽之光，道德之行，難已！」韓愈此言，乃慨歎 (A)事修而謗興，德高而毀來 (B)世人責己重以周，待人輕以約 (C)今之君子，其責人也廉，其待己也詳 (D)世人取其一，不責其二；即其新，不究其舊。

（　）10.韓愈〈原毀〉：「舉其一，不計其十；究其舊，不圖其新。」句中「舉其一，不計其十」意謂 (A)舉別人一個缺點，卻不管他許多長處 (B)別人有過，只舉一端稍加處罰，而不求全責備 (C)眼光短淺，所見有限，偏限一隅而未能面面俱到 (D)只有一個優點就加以稱許，過去許多缺點卻不加追究。

*（　）11.下列文句「　」中成語用法，何者正確？ (A)君子「責己重周」，智圓行方，絕不會做出背禮犯義的事情 (B)研究學問一定要做到「鞭辟入裡」的功夫，才能獲得紮實的知識 (C)這個問題，經過我多番「老謀深算」之後，但是始終想不出解決的方法 (D)這件事情雖然離奇詭異，但是聽他說的「有原有本」，實在叫人不能不信以為真 (E)事事超越別人，固然值得高興，但須知「事修謗興」，絕不可炫耀己能，以免因才賈禍。

*（　）12.下列對於「　」中字義的說明，何者正確？ (A)「其國家可幾而理歟」與「治亂存亡之幾」之「幾」，二者皆有「預兆」之意 (B)「去其不如舜者，就其如舜者」與「忍小忿而就大謀」之「就」，二者皆有「成」之意 (C)「舜，大聖人也，後世無及焉」與「蕩蕩乎，民無能名焉」之「焉」，二者皆有「之」之意 (D)「不若是，強者必說於言，懦者必說於色矣」與「學而時習之，不亦說乎」之「說」，二者皆有「悅」之意 (E)「不如舜，不如周公，吾之病也」與「君子病無能焉，不病人之不己知也」之「病」，二者皆有「缺點」之意。

*（　）13.下列對於「原」這種文體的相關說明，何者正確？ (A)《易・繫辭》：「原始反終」，即其義也 (B)一名「制義」，又名「時文」、「四書文」 (C)「原」為陳述作者著作之意趣，屬應用文 (D)《呂氏春秋》有〈原亂〉、《淮南子》有〈原道〉 (E)後世單篇論文多以「原」字冠首，於是成為文體的專名，用於陳情。

*（　）14. 下列文句中皆有「十」字，試研判其中何者為實數？(A)總此「十」思，弘茲九德（〈諫太宗十思疏〉）(B)臣聞秦有「十」失，其一尚存（〈尚德緩刑書〉）(C)說秦王書「十」上，而說不行（〈蘇秦以連橫說秦〉）(D)舉其一，不計其「十」；究其舊，不圖其新（〈原毀〉）(E)故夏令曰：九月除道，「十」月成梁（〈單子之陳必亡〉）。

*（　）15. 對於韓愈、柳宗元兩人的比較，下列敘述何者正確？(A)並稱「韓、柳」，同為中唐古文大家 (B)韓愈文章偏重載道，柳宗元則內容題材較為廣泛 (C)明代茅坤所編《唐宋八大家文鈔》均錄有其作品 (D)柳因坐王叔文黨事，被貶為江州司馬；韓因諫迎佛骨被貶為潮州刺史 (E)柳世稱柳柳州、柳河東，以其為柳州河東人；韓自稱韓昌黎，後因昌黎為其郡望。

非選題

單詞填空測驗：

1.「自古□士而沉淪於下流者不在少數。」□中的詞語可以填入（　）。
參考選項：①良 ②碩 ③彥 ④居 ⑤方

2.「韓愈自□頗高，每以發揚聖學為己任。」□中的詞語可以填入（　）。
參考選項：①許 ②命 ③奉 ④恃 ⑤負

3.「魏晉以□駢文盛行，獨韓愈力倡復古之說。」□中的詞語可以填入（　）。
參考選項：①降 ②還 ③往 ④下 ⑤次

4.「自古以來，小人莫不責人也□，待己也寬。」□中的詞語可以填入（　）。
參考選項：①詳 ②廉 ③周 ④約 ⑤苛

獲麟解

選擇題（＊為多選題）

（　）1. 本文旨在 (A)強調靈獸高貴之德 (B)感慨聖人徒有德位 (C)感歎自己有才，不受賞識 (D)強調機會可遇不可求。

（　）2.「其為形也不類」乃謂 (A)牠的形狀一點都不像是動物 (B)牠的形狀無從歸類 (C)牠的形狀比不上別的動物 (D)牠的形狀不能以人類的眼光來形容。

（　）3.「麟之為靈，昭昭也」乃謂 (A)麒麟是一種靈異的動物，是很明白的 (B)麒麟是一種能顯靈的動物 (C)麒麟能明白人的心靈

(D)麒麟的靈異性很強。

（　）4.下列何書無「麟」之記載？ (A)《詩經》 (B)《春秋》 (C)《樂經》 (D)傳記百家之書。

（　）5.下列敘述何者為非？ (A)麟不畜於家 (B)婦女小子不知麟 (C)麟不恆有於天下 (D)麟之為形也不類。

（　）6.「以德不以形」是指麟乃 (A)德重於形 (B)形德兼備 (C)形重於德 (D)無形而有德。

（　）7.「麟為聖人出也」乃謂 (A)麟替聖人辦事於天下 (B)麟能預知聖人的時代 (C)麟即是聖人的化身 (D)麟是為了聖人才出現的。

（　）8.「若麟之出不待聖人，則謂之不祥也亦宜」乃謂 (A)麟不必等聖人，即可以作祥瑞之兆物 (B)聖人不必等麟出現，否則是不祥的 (C)假如麟比聖人先出現，這也是祥瑞的符兆 (D)假如麟不等有聖人即出現，那麼說牠是不祥之物也是可以的。

（　）9.下列成語，形容稀有珍貴之人或物的正確選項是 (A)九牛一毛 (B)寥若晨星 (C)太倉一粟 (D)鳳毛麟角。

（　）10.下列賀辭，不屬於「生子」的選項是 (A)喜獲麟兒 (B)熊夢徵祥 (C)弄瓦徵祥 (D)螽斯衍慶。

*（　）11.下列各組「　」內的字詞，涵義兩兩相異的選項是 (A)麟之為靈，「昭昭」也／無「昭昭」之明，無赫赫之功 (B)詠於《詩》，「書」於《春秋》／「書」中自有黃金屋 (C)然麟之為物，不「畜」於家／雞豚狗彘之「畜」 (D)其為形也不「類」／有教無「類」 (E)麟之「果」不為不祥也／夫當今生民之患，「果」安在哉。

*（　）12.下列「　」內的詞語，解釋正確的選項是 (A)雜出於傳記「百家之書」：諸子的書籍 (B)「不恆有於天下」：世上不是經常有 (C)雖有麟，「不可知」其為麟也：不能認得 (D)「鬣」者吾知其為馬：馬頸上的長毛 (E)不可知，則其謂之不祥也亦「宜」：合理。

*（　）13.下列成語皆以鳥獸為喻，屬於正面讚美的正確選項是 (A)老驥伏櫪 (B)鶴立雞群 (C)魚躍龍門 (D)駟馬高車 (E)指鹿為馬。

*（　）14.下列成語，皆以鳥獸為喻，屬於負面批評的成語是 (A)駑馬十駕 (B)教猱升木 (C)為虎作倀 (D)狐假虎威 (E)雞鳴狗盜。

*（　）15.下列有關韓愈〈獲麟解〉，敘述正確的選項是 (A)韓愈以麒麟自喻，而慨歎生不逢辰 (B)以「靈」字肯定麟為祥瑞之物 (C)以「知」字為焦點，謂麟亦可視為不祥 (D)「麟為

聖人出」，暗示自己雖有才智，卻不為君主識拔　(E)以「馬牛犬豕、豺狼麋鹿」喻一般人可輕易地觀形跡以知其材用。

非選題

(一)題組：

請就下列的題辭內容，依參考選項，作最適當的配對。

（　）1.瓜瓞綿綿　（　）2.秦晉之好

（　）3.宜室宜家　（　）4.南極騰輝

（　）5.《春秋》之筆

參考選項：

(A)訂婚　(B)結婚　(C)出嫁　(D)男壽　(E)新居　(F)賀報社開業　(G)女壽　(H)生子

(二)語譯：

麟之所以為麟者，以德不以形。若麟之出不待聖人，則謂之不祥也亦宜。

答：

雜說一

選擇題（＊為多選題）

（　）1.本文旨在言　(A)聖君難得，賢臣易求　(B)聖君易有，賢臣難求　(C)聖君賢臣遇合，才能相得益彰　(D)雲和龍是大自然的配套。

（　）2.「龍噓氣成雲，雲固弗靈於龍也」乃謂　(A)龍來自於雲的靈異　(B)雲不會比龍更靈異　(C)雲比龍更加靈異　(D)雲來自於龍的靈異。

（　）3.下列有關龍雲之間的關係，何者為非？　(A)失其所憑依　(B)茫洋窮乎玄間　(C)薄日月，伏光景　(D)感震電，神變化。

（　）4.下列解釋何者為非？　(A)薄日月：逼近日月　(B)伏光景：遮蔽陽光　(C)神變化：使自然發生神奇的變化　(D)水下土：使雨水滲入地下。

（　）5.「雲從龍」是言　(A)賓主盡歡　(B)同類相應相求　(C)主隨客便　(D)主從有序。

（　）6.下列解釋何者為非？　(A)「汩」陵谷：淹沒　(B)感「震」電：雷　(C)「信」不可歟：伸　(D)龍「噓」氣成雲：吐。

（　）7.本文結論是認為　(A)雲較重要　(B)龍較重要　(C)二者並重　(D)二者不可相提並論。

（　）8.「然龍乘是氣」乃謂　(A)龍趁機出氣　(B)龍是一團氣　(C)龍將雲氣變多　(D)龍乘著雲氣。

（　）9.(甲)「薄」日月，伏光景；(乙)躬自厚，而「薄」責於人；(丙)不宜妄自菲「薄」；(丁)鄙夫寬，「薄」夫敦；(戊)「薄」暮冥冥，虎嘯猿啼。

上列「　」內的字義，共有幾種？ (A)二種 (B)三種 (C)四種 (D)五種。

（　）10.「薄日月，伏光景」句中「景」字義，與下列哪個選項相同？ (A)春和「景」明，波瀾不驚 (B)天下雲集而響應，贏糧而「景」從 (C)以欹為美，正則無「景」 (D)凡百元首，承天「景」命。

*（　）11.下列文句運用「排比」的修辭選項是 (A)薄日月，伏光景，感震電，神變化，水下土，汨陵谷 (B)策之不以其道，食之不能盡其材，鳴之而不能通其意 (C)荷人啟之，鄭氏作之，清代營之 (D)山重水複疑無路，柳暗花明又一村 (E)讀孔子遺書，惟愛《春秋》一部；存漢家正統，豈容吳魏三分。

*（　）12.下列文句「　」內的字，屬於「使動用法」的選項是 (A)龍「噓」氣成雲 (B)「神」變化，水下土 (C)此固秦皇之所不能「驚」 (D)「泣」孤舟之嫠婦 (E)門者故不「入」。

*（　）13.下列有關「龍」的敘述正確的選項是 (A)「龍噓氣成雲」，傳說龍是鱗蟲之長，能興雲致雨，與麟、鳳、龜為四靈 (B)「龍盤鳳逸」，比喻非凡的人，懷才不遇。如李白〈與韓荊州書〉：「龍盤鳳逸之士，皆欲收名定價於君侯」 (C)「龍蛇混雜」，比喻賢愚不一 (D)「龍戰」，形容群雄割據相爭。如胡曾〈滎陽〉詩：「當時天下方龍戰」 (E)「龍門」，比喻聲望很高的人。如《後漢書．李膺傳》：「士有被其容接者，名為登龍門」。

*（　）14.「失其所憑依，信不可歟？」句中「信」字義，與下列相同的選項是 (A)老子疾偽，故稱美言不「信」 (B)「信」乎，夫子不言，不笑，不取乎 (C)所以游目騁懷，足以極視聽之娛，「信」可樂也 (D)雖「信」美而非吾土兮，曾何足以少留 (E)「信」手把筆，隨意亂書。

*（　）15.有關韓愈〈雜說一〉，下列敘述正確的選項是 (A)本文是富隨感性的議論文 (B)雲是龍噓氣所聚的結果，雲因龍騰而變靈怪 (C)龍之所以能「神其靈」，在於雲氣之烘托 (D)龍所憑依的雲是由自己創造的，故龍能成為自身命運的主宰 (E)本文龍可比喻聖君，雲可比喻賢臣，賢臣不可無聖君，而聖君尤不可無賢臣。

非選題

(一)字音測驗：

1.龍「噓」氣成雲：　2.「汨」陵谷：

3.「茫」洋窮乎玄間：

㈡語譯：

然龍弗得雲，無以神其靈矣。失其所憑依，信不可歟？異哉！其所憑依，乃其所自為也。

答：

雜說四

選擇題（＊為多選題）

（　）1.本文以馬為喻，旨在 (A)感慨知遇之難 (B)感慨千里馬不多 (C)感慨伯樂不能識馬 (D)讚揚伯樂之善識馬。

（　）2.「駢死於槽櫪之間」乃謂 (A)千里馬一死必成雙成對 (B)千里馬與一般馬同死於槽櫪之間 (C)千里馬不見容於一般馬中，故死 (D)千里馬皆是死在馬槽中。

（　）3.「不以千里稱也」乃謂 (A)與千里馬不相稱 (B)不夠格當千里馬 (C)不能稱之為千里馬 (D)不會被稱為千里馬。

（　）4.「食馬者」是指 (A)吃馬的人 (B)飼養馬的人 (C)伯樂 (D)看馬的人。

（　）5.「策之不以其道」、「執策而臨之曰」，二「策」字的詞性應為 (A)動詞／形容詞 (B)名詞／動詞 (C)動詞／名詞 (D)名詞／形容詞。

（　）6.本文共有五個「食」字：㈠一食或盡粟一石；㈡食馬者；㈢不知其能千里而食也；㈣食不飽；㈤食之不能盡其材。下列何組音義皆同？ (A)㈡㈢㈤ (B)㈠㈡㈢ (C)㈡㈢㈣ (D)㈢㈣㈤。

（　）7.世間所以無千里馬的真正原因是 (A)一食或盡粟一石 (B)策之不以其道，食之不能盡其材，鳴之而不能通其意 (C)本來就不常有千里馬 (D)駢死於槽櫪之間。

（　）8.「其真無馬邪？其真不知馬也」乃謂 (A)真的沒有千里馬 (B)真的不知道哪裡有千里馬 (C)不是沒有千里馬，而是不懂馬 (D)不了解馬的個性，故無法訓練牠。

（　）9.文中「其真無馬邪？其真不知馬也！」的二「其」字作何解釋為妥？ (A)上字意為「哪裡」，下字意為「或許」 (B)上字意為「難道」，下字意為「其實」 (C)二字都是「難道」之意 (D)二字都是「或許」之意。

（　）10.韓愈寫作本文的用意是 (A)批評世人不知善養千里馬 (B)感慨才智之士困於飢寒，流離失所 (C)感慨世無善御者，致天下良馬無法展露長才 (D)借馬為喻，說明才智之士若無賢主識拔，終將被埋沒。

（　）11.下列「　」中的字，何者兩兩用法相同？ (A)不敢以功名自「矜」，而當思舉賢而共圖

之／「矜」、寡、孤、獨、廢、疾者，皆有所養　(B)一端之忤，終日沾戀，「坐」是所以忡忡也／感此傷妾心，「坐」愁紅顏老　(C)苟有試而譽人，人「且」引以為重／外無待而猶死守，人相食「且」盡　(D)滅忠信，「喪」廉恥／子非有「喪」，何哭之悲　(E)嗚呼！「其」真無馬邪／「其」真不知馬也。

*（　）12. 文學作品中，常有表面不言明，實則以物寓意，別有寄託的表現手法。下列詩文「　」內的字、詞，屬於別有寄託寓意的選項是　(A)「千里馬」常有，而伯樂不常有　(B)「籠鳥檻猿」俱未死，長安不見使人愁　(C)東船西舫悄無言，唯見「江心秋月白」　(D)寒食盂蘭，一杯清酒，一盞「寒燈」，不至作若敖之鬼　(E)桂棹兮蘭槳，擊空明兮泝流光。渺渺兮予懷，望「美人」兮天一方。

*（　）13. 下列對於「語文知識」的綜合說明，請選出正確的選項　(A)李白〈長干行〉、文天祥〈正氣歌〉及袁枚〈隨園記〉，均為樂府詩　(B)蕭統《昭明文選》、曹丕《典論》與劉勰《文心雕龍》，三者均屬中國文學批評之巨著　(C)韓愈〈雜說四〉：「策之不以其道，食之不能盡其材，鳴之而不能通其意」三句為遞進關係　(D)范仲淹〈岳陽樓記〉、曾鞏〈墨池記〉與王安石〈遊褒禪山記〉，雖以記為名，實乃借題發揮　(E)「侶魚蝦而友麋鹿」、「棄禮義，捐廉恥」與「奉之彌繁，侵之愈急」，三句中皆有抽換詞面的現象。

*（　）14. 以下詩句，何者具有懷才不遇之感？　(A)心曾許國終平虜，命未逢時合退耕　(B)欲濟無舟楫，端居恥聖明。坐觀垂釣者，徒有羨魚情　(C)對酒當歌，人生幾何？譬如朝露，去日苦多　(D)願欲一輕濟，惜哉無方舟，閒居非吾志，甘心赴國憂　(E)英雄有迍邅，由來自古昔。何世無奇才？遺之在草澤。

*（　）15. 文天祥〈正氣歌〉：「嗟予遘陽九，隸也實不力。」「隸」是作者自謂，下列哪些選項「　」內的詞語，不是作者之自謂？　(A)「客」有吹洞簫者，倚歌而和之　(B)「王子」曰：仲永之通悟，受之天也　(C)「醉翁」之意不在酒，在乎山水之間也　(D)座中泣下誰最多？「江州司馬」青衫溼　(E)故雖有名馬，秖辱於「奴隸」人之手，駢死於槽櫪之間。

非選題

㈠下列「　」中的詞彙，何者為「引申義」的用法？是的請打○，不是的則打×：

（　）1.現今景氣不佳，各行各業中被「炒魷魚」者也日益增加。

（　）2.老胡每次都在開檢討會時，說得頭頭是道，真不愧是「馬後砲」專家。

（　）3.老李不但多金，又出手大方，許多飯店、酒店的服務生奉之有如「財神爺」。

（　）4.他跟同學約好在火車站見面，卻被同學「放鴿子」，等了好久，都不見半個人影。

（　）5.遇到責任的歸屬問題，各部門之間往往相互「踢皮球」，使得當事人常投訴無門。

㈡下列文句「　」內成語使用，何者正確？

（　）1.他得到全國冠軍之後，便「自鳴得意」而疏於練習，以至於在奧運資格賽初賽便被淘汰。

（　）2.他一向「輕諾寡信」，無法拒絕朋友的要求，為了遵守約定，而弄得自己筋疲力盡。

（　）3.現在大學教育普及，各行各業中，高學歷者已是「車載斗量」，學歷不再是工作的保證書。

（　）4.在螢幕上保持恩愛夫妻形象的影星湯姆克魯斯，竟然也和妮可基嫚離婚，在娛樂圈引起「軒然大波」。

卷八 唐文

師說

選擇題（＊為多選題）

（　）1.本文旨在說明 (A)從師問學的重要 (B)古今之人對「師」看法的差異 (C)老師的功用在於傳道、受業、解惑 (D)聖人無常師。

（　）2.下列敘述何者有誤？ (A)君子「不齒」：不恥 (B)今之眾人，其「下」聖人也亦遠矣：低於；不如 (C)「小學」而大遺：句讀 (D)古之聖人，其「出」人也遠矣：超出；特出。

（　）3.下列敘述何者不能說明「聖人無常師」的理由？ (A)聞道有先後，術業有專攻 (B)三人行，則必有我師 (C)聖益聖，愚益愚 (D)無貴、無賤、無長、無少，道之所存，師之所存也。

（　）4.「句讀之不知，惑之不解，或師焉，或不焉」下列敘述何者為非？ (A)本句採用錯綜句法 (B)或「師」焉：動詞 (C)或「不」焉：通「否」 (D)此句說明句讀不曉得，疑惑不能解，古人會去請教老師，今人就不會去請教老師。

（　）5.下列何者不是今人從師問學的毛病？ (A)愛其子，擇師而教之，於其身也，則恥師焉 (B)吾師道也，夫庸知其年之先後生於吾乎 (C)小學而大遺 (D)位卑則足羞，官盛則近諛。

（　）6.「師者，所以傳道、受業、解惑也」說明 (A)老師教導的責任和內容 (B)向老師學習能得到的好處 (C)老師和學生相處的重點 (D)聖人的老師所具備的條件。

（　）7.下列敘述何者為非？ (A)人需要老師，因為「人非生而知之者，孰能無惑」 (B)生乎吾前，其聞道也，固先乎吾，吾從而師之；生乎吾後，其聞道也，亦先乎吾，吾從而師之：乃言不問年齡長幼，只要懂得比我多，就是我的老師 (C)彼童子之師，授之書而習其句讀：所教乃「傳道、受業、解惑」 (D)「巫醫、樂師、百工之人，君子不齒，今其智乃反不能及」的原因在巫醫、樂師、百工之人，不恥相師。

（　）8.「孔子師郯子、萇弘、師襄、老聃」一句，不在說明 (A)聖人無常師 (B)弟子不必不如師，師不必賢於弟子 (C)聞道有先後，術業有專攻 (D)巫醫、樂師、百工之人，

不恥相師。

（　）9.(甲)「孰」能無惑：ㄕㄨㄟˊ；(乙)授之書而習其句「讀」：ㄉㄨˋ；(丙)或師焉，或「不」焉：ㄅㄨˋ；(丁)官盛則近「諛」：ㄩˊ；(戊)孔子師「郯」子：ㄊㄢˊ；(己)李氏子「蟠」：ㄆㄢˊ。上列「　」內的字，讀音完全正確的選項是　(A)(甲)(乙)(丙)　(B)(乙)(丙)(丁)　(C)(丙)(丁)(戊)　(D)(丁)(戊)(己)。

（　）10.「一封朝奏九重天，夕貶潮州路八千。欲為聖明除弊事，肯將衰朽惜殘年。雲橫秦嶺家何在？雪擁藍關馬不前。知汝遠來應有意，好收吾骨瘴江邊。」上引詩句，依詩意所述之遭遇，作者應是　(A)王安石　(B)韓愈　(C)蘇軾　(D)柳宗元。

*（　）11.下列何說為〈師說〉一文所表達的意念？(A)以抑古揚今的方式勉李蟠好好從師問學　(B)「余嘉其能行古道」的「古道」，是前文所言「古之學者必有師」　(C)古之聖人愈見其聖，愚人愈見其愚，關鍵在師道之有無　(D)士大夫之所以恥從師，乃因顏面問題，下問為恥，上問為諛　(E)師之所存，道之所存也。

*（　）12.運用對比，可以使說理更加鮮明有力，〈師說〉一文多次運用對比手法來寫，下列文句屬於此種手法的選項是　(A)古之聖人，其出人也遠矣，猶且從師而問焉；今之眾人，其下聖人也亦遠矣，而恥學於師　(B)愛其子，擇師而教之，於其身也，則恥師焉，惑矣　(C)巫醫、樂師、百工之人，不恥相師。士大夫之族，曰師、曰弟子云者，則群聚而笑之　(D)位卑則足羞，官盛則近諛　(E)古之學者必有師。師者，所以傳道、受業、解惑也。

*（　）13.下列「　」中字義兩兩相同的選項是　(A)師道之不「傳」也久矣／六藝經「傳」，皆通習之　(B)師不必「賢」於弟子／郯子之徒，其「賢」不及孔子　(C)古之聖人，其出人也遠矣，猶且從師而問「焉」／於其身也則恥師「焉」　(D)士大夫之「族」，曰師、曰弟子云者／郯子之「徒」，其賢不及孔子　(E)師道之不「復」可知矣／信近於義，言可「復」也。

*（　）14.中文句法裡往往出現詞性活用的情形，例如《孟子·梁惠王》：「『老』吾『老』以及人之老。」前一「老」字為動詞，後一「老」字卻作名詞用。下列選項「　」中的字詞，何者在詞性用法上也有前者為動詞、後者為名詞的活用情形？　(A)上胡不

「法」先王之「法」 (B)「親」「親」，仁也；敬長，義也 (C)於是齊侯以晏子之「觴」而「觴」桓子 (D)我「喜歡」能在心裡充滿著這樣多的「喜歡」 (E)愛其子，擇「師」而教之，於其身也，則恥「師」焉。

*（　）15.下列五句中都有「子」字，請選出字義相同者 (A)率妻「子」邑人來此絕境 (B)不獨「子」其子 (C)愛其「子」，擇師而教之 (D)孔「子」師郯子 (E)郯「子」之徒，其賢不及孔子。

非選題

(一)寫出下列文句所運用的修辭格，不限於一項答案：

1.句讀之不知，惑之不解，或師焉，或不焉：

2.朝發黃牛，暮宿黃牛，三朝三暮，黃牛如故：

3.西伯幽而演《易》，周旦顯而制禮；不以隱約而弗務，不以康樂而加思：

4.夫在殷憂，必竭誠以待下；既得志，則縱情以傲物。竭誠則胡、越為一體，傲物則骨肉為行路：

5.有村舍處有佳陰，有佳陰處有村舍：

6.弟子不必不如師，師不必賢於弟子：

(二)請寫出下列對聯所敘述的人物：

1.八代挽狂瀾，吏部文章光日月，九重彰直諫，海疆聲教訖風霜：

2.六一清風，更有何人繼高躅，二分明月，恰於此處照當頭：

3.六宮粉黛無顏色，萬國衣冠拜冕旒：

進學解

選擇題（*為多選題）

（　）1.本文旨在 (A)言「業精於勤，荒於嬉；行成於思，毀於隨」的道理 (B)抒發自己有才華卻不受重用，以譏諷當政者 (C)表達自己排斥異端、佛老的決心 (D)說明自己求學的目標和方法。

（　）2.下列敘述何者有誤？ (A)行成於思，毀於「隨」：放任；隨便 (B)占小善者「率」以錄：大都；大抵 (C)名一藝者無不「庸」：平庸 (D)蓋有幸而獲選，孰云「多」而不揚：優秀。

（　）3.下列敘述何者有誤？ (A)手不停「披」於百家之編：翻閱 (B)纂言者必「鉤」其玄：探求 (C)細大不「捐」：棄 (D)獨旁搜而遠「紹」：介紹。

（　）4.下列敘述何者為非？ (A)爬羅剔抉，刮垢磨光：指網羅人才，造就人才 (B)尋「墜緒」之茫茫：中衰將絕的儒家道統 (C)障

「百川」而東之，迴狂瀾於既倒：指佛老異端 (D)「《春秋》謹嚴，《左氏》浮誇」是褒《春秋》而貶《左傳》。

(　) 5. 下列解釋何者為非？ (A)跋前「躓」後：指絆倒 (B)「冗」不見治：指冗長 (C)頭童齒「豁」：指掉落 (D)「登」明選公：指進用。

(　) 6. 本文中韓愈舉出工匠選材及醫生用藥為喻，用意何在？ (A)比喻人事的安排，暗示宰相必須承擔「野有遺賢」的責任 (B)讚美宰相能拔擢人才 (C)勉勵太學生展現自己的長處貢獻國家 (D)為自己能身為國子先生，感到自豪。

(　) 7. 下列敘述何者為非？ (A)障百川而東之，迴狂瀾於既倒：說明韓愈無畏橫逆，忠言直諫 (B)閎其中而肆其外：說明韓愈的文章，義理宏通，文筆豪邁 (C)以孟軻、荀卿為例，有反諷當政者不能明察人才的意味 (D)今先生學雖勤而不繇其統，言雖多而不要其中。文雖奇而不濟於用，行雖修而不顯於眾：有對於自己努力精進，卻投閒置散，感到不滿的意味。

(　) 8. 下列敘述何者為非？ (A)無患有司之不明：指不用擔心在位者不明察自己的才能 (B)作為文章，其書滿家：指其文章之好，為名家所珍藏 (C)動而得謗，名亦隨之：安慰自己因遭毀謗反而有了名聲 (D)投閑置散，乃分之宜：含有反諷的意味。

(　) 9. (甲)「罅」漏：ㄐㄧㄚˋ；(乙)卓「犖」：ㄧㄥˊ；(丙)何「裨」：ㄅㄧˋ；(丁)牛「溲」：ㄙㄡˇ；(戊)「繇」其統：ㄧㄡˊ；(己)「訾」：ㄗˇ。以上讀音完全正確的選項是 (A)(甲)(乙)(丙) (B)(乙)(丙)(丁) (C)(丙)(戊)(己) (D)(丁)(戊)(己)。

(　) 10. 下列選項，何者非倒裝句？ (A)皇天無親，惟德是輔 (B)迴狂瀾於既倒 (C)尋墜緒之茫茫 (D)窺陳編以盜竊。

*(　) 11. 下列「　」中的詞語，解釋正確的選項是 (A)刮垢磨光：嚴格地自我要求 (B)細大不捐：意指一毛不拔 (C)補苴罅漏：彌補縫隙缺漏 (D)含英咀華：品味文章的精華 (E)命與仇謀：生命掌握在仇人手中。

*(　) 12. 「然而公不見信於人，私不見助於友」句中之「見」與下列何選項的解釋相同？ (A)宰臣不「見」斥 (B)匹夫「見」辱，拔劍而起 (C)百姓之不「見」保，為不用恩焉 (D)生孩六月，慈父「見」背 (E)高祖發怒，「見」於詞色。

*(　) 13. 關於〈進學解〉，以下敘述何者正確？ (A)

首段虛擬國子先生對太學生的訓話，勉勵學生進德修業，不須擔心出路　(B)文中透過學生的訕笑、反詰、譏諷表達懷才不遇的心聲　(C)學生肯定教師的治學態度、學術成就、文章風格，唯獨對其為人處事的方式有所質疑　(D)文中以孔子、孟子自況，表達其不願苟合於世的風骨　(E)本文採對話形式，亦多駢文句式，具錯落之美。

*（　）14.就文中所言，以下何者為賢愚不分的現象？　(A)大木為桷　(B)細木為杗　(C)豨苓引年　(D)昌陽見棄　(E)紆餘為妍。

*（　）15.巧用比喻可以以實論虛、使形象更生動、達到言近意遠的效果。以下何句為譬喻法？　(A)障百川而東之，迴狂瀾於既倒　(B)是所謂詘匠氏之不以杙為楹，而訾醫師以昌陽引年　(C)爬羅剔抉，刮垢磨光　(D)歲寒，然後知松柏之後凋　(E)舊恨春江流不盡，新恨雲山千疊。

非選題

(一)字音字形測驗：

1.補「苴」罅漏：　2.含英「咀」華：

3.趑「趄」：　4.人為刀「ㄗㄨˇ」：

5.「ㄗㄨˇ」咒：

(二)語譯：

記事者必提其要，纂言者必鉤其玄。貪多務得，細大不捐。焚膏油以繼晷，恆兀兀以窮年，先生之業，可謂勤矣。

答：

圬者王承福傳

選擇題（*為多選題）

（　）1.本文旨在　(A)言人應獨善其身　(B)勸諭世人應各盡其能，若尸位素餐必遭天殃　(C)言富貴不過三代，後世子孫難守　(D)言富貴有命，不必強求。

（　）2.下列敘述何者為非？　(A)「圬」之為技：動詞　(B)「手」鏝衣食：名詞　(C)舍於市之主人：向街上人家租屋居住　(D)而歸其屋食之當焉：付房租和伙食費。

（　）3.「視時屋食之貴賤，而上下其圬之傭以償之」下列敘述何者有誤？　(A)屋食：房租和伙食費　(B)上下：指增減　(C)傭：傭人　(D)償：償付。

（　）4.下列何者不能說明「任有小大，惟其所能，若器皿焉」？　(A)人不可徧為，宜乎各致其能以相生也　(B)故君者，理我所以生者也；而百官者，承君之化者也　(C)用力者

使於人，用心者使人　(D)力易強而有功也，心難強而有智也。

(　)5.下列敘述何者為非？(A)「有業之」，其色若自得：以之為業的意思　(B)若布與帛，必「蠶績」而後成者也：養蠶紡織　(C)取其「直」，雖勞無愧：正直的意思　(D)百官者，「承」君之化者也：通「丞」，輔佐的意思。

(　)6.下列何者不是富貴所以衰敗的原因？(A)食焉怠其事而得天殃　(B)強心以智而不足，不擇其才之稱否而冒之　(C)富貴難守，薄功而厚饗之　(D)擇其力之可能者行焉。

(　)7.下列何者不是王承福對「職業」的看法？(A)任有小大，惟其所能　(B)食焉而怠其事，必有天殃　(C)擇其力之可能者行焉　(D)吾能薄而功小，不有之可也。

(　)8.下列敘述何者為非？(A)一身而「二任」焉：指勞力又勞心　(B)然吾有「譏」焉：譏笑　(C)韓愈以為王承福，近似楊朱，只求獨善其身　(D)其賢於世之患不得之而患失之者，以「濟」其生之欲：指滿足、達成。

(　)9.〈圬者王承福傳〉：「夫鏝易能，可力焉，又誠有功」意謂　(A)泥水匠肯奉獻心力，將來必定成功　(B)凡是肯努力的人，將來必可留下金石之功　(C)做泥水反而容易表現才能，努力之人必可成功　(D)泥水這種技術容易學，可努力去做，又確實有功效。

(　)10.〈圬者王承福傳〉：「用力者使於人，用心者使人」與《孟子》所云：「勞心者治人，勞力者治於人。」旨意　(A)無關　(B)不同　(C)相同　(D)矛盾。

*(　)11.關於文體，下列敘述正確的選項是　(A)「贈序」是贈人以言，以表敬愛或陳忠告之誼，如〈送薛存義序〉一文　(B)「傳」一般為人物傳記，如〈圬者王承福傳〉；或可擴而引申為寓言，如〈蝜蝂傳〉　(C)「原」乃推論事理的本原，從根本上對某一問題加以探討、深究的文體，如黃宗羲〈原毀〉　(D)「說」是一種解釋義理，申述己見的說理文體，〈師說〉、〈捕蛇者說〉皆寓言作品之名篇　(E)「記」可包括遊歷山水名勝的遊記及描寫某一特定名物之記文，前者如〈永州八記〉，後者如〈岳陽樓記〉。

*(　)12.李陵〈答蘇武書〉：「幸謝故人，勉事聖君」，句中「幸」字作「希望」解，表示希望能將某一情況付諸實行之意，語含敬意，此謂之「祈使語氣」。下列文句，不具有「祈

使語氣」的選項是 (A)願陛下矜愍愚誠，聽臣微志，庶劉僥倖，保卒餘年 (B)當獎率三軍，北定中原，庶竭駑鈍，攘除姦凶，興復漢室，還於舊都 (C)臣亡國賤俘，至微至陋，過蒙拔擢，寵命優渥，豈敢盤桓，有所希冀 (D)重念蒙君實視遇厚，於反覆不宜鹵莽，故今具道所以，冀君實或見恕也 (E)夫力易強而有功也，心難強而有智也。用力者使於人，用心者使人，亦其宜也。

*( ) 13. 說話或作文時，不直講本意，只用委婉閃爍的言詞，曲折地烘托或暗示出本意來，其目的在於營造「含蓄」、「吞吐」的效果，叫做「婉曲」。下列各選項中具有「婉曲」現象的是 (A)李密〈陳情表〉：「生孩六月，慈父見背；行年四歲，舅奪母志」 (B)曹丕《典論・論文》：「夫人善於自見，而文非一體，鮮能備善，是以各以所長，相輕所短」 (C)朱慶餘〈近試上張水部〉：「洞房昨夜停紅燭，待曉堂前拜舅姑。妝罷低聲問夫婿，畫眉深淺入時無」 (D)「天寶之亂，發人為兵。持弓矢十三年，有官勳，棄之來歸。喪其土田，手鏝衣食，餘三十年」 (E)《論語・公治長》：「孟武伯問：『子路仁乎？』子曰：『不知也。』又問，子曰：『由也，千乘之國，可使治其賦也；不知其仁也』」。

*( ) 14. 古人行文中，常不用本名，而另找其他語句代替，謂之「借代」。如「五陵年少」本指居住長安城北五陵附近的富貴人家的子弟，但在「五陵年少爭纏頭，一曲紅綃不知數」句中，卻借代為京師附近的富貴子弟。以下文句中「 」內的詞語何者為借代用法？ (A)吾操「鏝」以入富貴之家有年矣 (B)石崇以奢靡誇人，卒以此死「東市」 (C)傴僂「提攜」往來而不絕者，滁人遊也 (D)大概說「長安」登科，函使報信遲早云爾 (E)昔正考父「饘粥」以餬口，孟僖子知其後必有達人。

*( ) 15. 下列每組皆有二相同之字，以「 」標出，其中字義相異者有 (A)君子貞而不「諒」/豈若匹夫匹婦之為「諒」也 (B)攀條折其榮，將以「遺」所思/既至匈奴，置幣「遺」單于 (C)歸來相怨怒，但「坐」觀羅敷/律謂武曰：副有罪，當相「坐」 (D)國家其有不「亡」者乎/良乃更名姓，「亡」匿下邳 (E)取其直，雖勞無愧，吾心「安」焉/且欲與常等不可得，「安」求其能千里

也。

非選題

(一)選出下列文句□中，最適合填入的標點符號在括弧中打✓：

「讓我們指出□追求財富有必須支付的代價□它有得不到的痛苦□也有得到後的風險□這個風險就是財富會帶來浮淺的光彩，但不一定會帶來實質的快樂。」

（　）1.：／。／、／，
（　）2.，／；／、／；
（　）3.：／——／，／。
（　）4.——／：／。／；

(二)「演繹法」的過程是從普遍原則推演到特殊事例而獲得結論，亦即C→A，A→B，所以C→B。依此公式，下列敘述正確的打○，錯誤的打×：

（　）1.人要吃飯，小張是人，小張要吃飯。
（　）2.打籃球個子都高，你個子高，你會打籃球。
（　）3.騎車須戴安全帽，我騎車，我須戴安全帽。
（　）4.考滿分會有獎勵，我考滿分，我會有獎勵。
（　）5.下雨地會溼，這裡溼了，所以一定下雨了。

諱辯

選擇題（＊為多選題）

（　）1.本文旨在 (A)說明避諱嫌名的由來 (B)辯說李賀參加進士考試並無不當，反詰批評者之不近情理 (C)批評他人不應與李賀爭名 (D)鼓勵李賀觸犯名諱參加進士考試。

（　）2.「若不明白，子與賀且得罪」乃謂 (A)若不將這件事說明清楚，你和李賀恐怕都將得罪了 (B)若不論辯清楚，李賀父子將有罪受了 (C)若不將這事說明清楚，你恐怕要得罪李賀了 (D)若不恪遵禮法，你和李賀何罪之有。

（　）3.下列敘述何者為非？ (A)二名不偏諱：指兩個字的名，不必避諱其中任一個單一的字 (B)不諱嫌名：不必避諱小名 (C)若言「徵」不稱「在」，言「在」不稱「徵」是也：說明「二名不偏諱」 (D)若「禹」與「雨」，「丘」與「蓲」之類是也：說明「不諱嫌名」。

（　）4.「今賀父名晉肅，賀舉進士，為犯二名律乎？為犯嫌名律乎」下列敘述何者為非？ (A)二名律指的是「二名不偏諱」 (B)嫌名律指的是「不諱嫌名」 (C)賀父名晉肅，賀應舉進士，正是犯了嫌名律 (D)李賀既不犯二名律，亦不犯嫌名律。

（　）5.「作法制以教天下者，非周公、孔子歟？周公作詩不諱，孔子不偏諱二名」下列敘

述何者為是？ (A)周公、孔子制定名諱之律，自己卻不能遵守 (B)周公、孔子制定名諱之律，過於嚴苛 (C)名諱之律，是唐人制定，故周公、孔子不必遵守 (D)周公、孔子知道名諱之律，不必過於拘泥，故制定「二名不偏諱」、「不諱嫌名」這樣具有彈性的律例。

（　）6.下列敘述何者為非？ (A)康王「釗」之孫，實為「昭」王：證明「不諱嫌名」 (B)漢諱武帝名「徹」為「通」，不聞又諱車轍之「轍」為某字也：指避諱不應過於拘泥 (C)今上章及詔，不聞諱「滸」「勢」「秉」「饑」也：因為「二名不偏諱」 (D)「賀舉進士，為可邪？為不可邪」的詰問是肯定李賀可應進士之試。

（　）7.下列何者非韓愈寫本文之意？ (A)李賀既不犯「二名律」亦不犯「嫌名律」，可參加考試 (B)譏諷今人效法古人不求修德，只求名諱勝前人 (C)譏諷今人諱名如同宦官宮妾 (D)警示今人應遵守名諱之律。

（　）8.下列「卒」字的意義，何者與「卒不可勝」的「卒」相同？ (A)其因及期，而「卒」自歸，無後者 (B)為德不「卒」 (C)民莫不穀，我獨不「卒」 (D)「卒」然臨之而不驚，無故加之而不怒。

（　）9.(甲)二名不偏「諱」：ㄏㄨㄟˋ；(乙)康王「釗」之孫：ㄓㄠ；(丙)諱呂后名「雉」：ㄓˋ；(丁)今上章及詔，不聞諱「滸」：ㄒㄩˇ；(戊)「稽」之以國家之典：ㄑㄧˇ；(己)將諱其「嫌」：ㄑㄧㄢˋ。上列「　」內的字，讀音完全正確的選項是 (A)(甲)(乙)(丙) (B)(乙)(丙)(丁) (C)(丙)(丁)(戊) (D)(丁)(戊)(己)。

（　）10.(甲)今考之於經，「質」之於律；(乙)厚幣委「質」事楚；(丙)必以長安君為「質」；(丁)文勝「質」則史；(戊)「質」直而好義。上列「　」內的「質」字義，共有幾種？ (A)二種 (B)三種 (C)四種 (D)五種。

*（　）11.下列文句修辭，屬於「激問」的正確選項是 (A)漢之時有杜度，此其子宜如何諱 (B)將諱其嫌，遂諱其姓乎 (C)將不諱其嫌者乎 (D)若父名仁，子不得為人乎 (E)則是宦者宮妾之孝於其親，賢於周公、孔子、曾參者邪。

*（　）12.下列文句，釋義正確的選項是 (A)「二名不偏諱」意謂二個字的名，不必避諱其中任一個單一的字 (B)孔子母名徵在，即「二名」 (C)孔子單獨提到「徵」或「在」時，都不必避諱 (D)「不諱嫌名」意謂不必避

諱聲音相近的字　(E)李賀考「進士」，因其父名晉肅，故犯二名律。

*（　）13.下列「　」內的詞語，解釋正確的選項是　(A)周公作詩不「諱」：避忌　(B)「漢諱武帝名『徹』為『通』」：漢朝人避忌武帝的名，改「徹」為「通」　(C)宦官宮妾，不敢言「諭」，原因是唐代宗名「豫」　(D)宦官宮妾，不敢言「機」，原因是唐玄宗名「隆基」　(E)今考之於經，「質」之於律：對照。

*（　）14.下列「　」內的字詞，解釋正確的選項是　(A)凡事父母得如曾參，可以無「譏」矣：譏評　(B)作人得如周公、孔子，亦可以「止」矣：到達最好　(C)今世之士，不「務」行曾參、周公、孔子之行：致力　(D)「卒」不可勝：終究　(E)與賀爭名者「毀」之：毀謗。

*（　）15.有關韓愈〈諱辯〉，下列敘述正確的選項是　(A)本文旨在為李賀舉進士申辯，認為李賀不犯嫌名　(B)揭露避諱在實踐上的矛盾　(C)考察避諱的歷史，確有其事，故宦官宮妾皆奉行避諱　(D)斥責謗者，不法聖教　(E)古人有避皇帝本人的「國諱」，有避個人父祖的「家諱」，評者謂李賀犯的就是「國諱」。

非選題

(一)古人避諱，千奇百怪，有「國諱」、「家諱」、「聖賢諱」及「官諱」等，請寫出其大意。

答：

(二)語譯：

周公作詩不諱，孔子不偏諱二名，《春秋》不譏不諱嫌名。

答：

爭臣論

選擇題（*為多選題）

（　）1.本文旨在　(A)論說諫諍之臣的職責所在　(B)說明聖人為時人的耳目　(C)譏責陽城身為諫官，卻不能克盡職責　(D)讚揚陽城能為善人。

（　）2.下列敘述何者為非？　(A)居於位五年矣，看視其德，如在野：言陽城任職已五年，看他的德行像在野時一樣　(B)恆其德貞，而夫子凶：為人臣者當視其官職而有不同的分寸，不能死守不變　(C)不事王侯，高尚其事：不臣事於王侯，高尚自己的志節　(D)王臣蹇蹇，匪躬之故：指王臣命運多蹇，

不是自身的緣故。

（　）3.下列敘述何者為非？ (A)天子待之，不為不「加」矣：增加 (B)「曠官」之刺興：荒廢職守 (C)志不可則，而「尤」不終無也：過失 (D)「冒進」之患生：冒然行事。

（　）4.下列何者不是指陽城的過失？ (A)不事王侯，高尚其志 (B)視政之得失，若越人視秦人之肥瘠，忽焉不加喜戚於其心 (C)得其言而不言 (D)陽子之秩祿，不為卑且貧，章章明矣。

（　）5.下列敘述何者為非？ (A)惡為人臣「招」其君之過而以為名者：揭露 (B)「滋」所謂惑者矣：更加 (C)「致」吾君於堯舜：導致 (D)「熙」鴻號於無窮也：光大。

（　）6.對於他人舉出「爾有嘉謨嘉猷，則入告爾后於內，爾乃順之於外，曰：斯謨斯猷，惟我后之德」，下列何者不是韓愈反駁的理由？ (A)入則諫其君，出不使人知者，是宰相之事，而非陽子所宜行 (B)易使君王過分信任親近之人 (C)陽子名為諫議大夫就應使天子有不僭賞，從諫如流之美 (D)陽子的作法，容易使君王惡聞其過。

（　）7.下列敘述何者為非？ (A)「閔」其時之不平，人之不「乂」：閔，通「憫」。乂，安定；太平 (B)舉禹、孔子、墨子之事指聖賢有兼濟天下的擔當 (C)聖賢者，時人之耳目也：指聖賢是當代的先知 (D)天授人以賢聖才能，就是要他們能兼善天下。

（　）8.下列何者不是韓愈寫此文的原因？ (A)說明自己比陽城更適合當諫官，理應出任該職 (B)希望能闡明身為諫官，就應盡其言責的道理 (C)期許陽子能為善人，聞其過而改之 (D)勉勵陽子成為一個好諫官。

（　）9.(甲)《易・「蠱」》：ㄍㄨˇ；(乙)王臣「蹇」蹇：ㄐㄧㄢˇ；(丙)擊「柝」：ㄊㄨㄛˋ；(丁)「招」其君之過：ㄓㄠ；(戊)蓬「蒿」：ㄍㄠ；(己)孜孜「矻」矻：ㄑㄧˋ。上列「　」內的文字，讀音完全正確的選項是 (A)(甲)(乙)(丙) (B)(丁)(戊)(己) (C)(甲)(丙)(己) (D)(乙)(丁)(戊)。

（　）10.下列有關《易經》的敘述，何者錯誤？ (A)「〈蹇〉之六二則曰：『王臣蹇蹇，匪躬之故』」——〈蹇〉為卦名 (B)承上，六二為第二根陰爻的爻辭 (C)陽爻稱作九，故上九指本卦最上面的陽爻 (D)「《易・蠱》之上九云：『不事王侯，高尚其事。』」「　」內的文句為卦辭。

*（　）11.下列各組「　」內的字義，兩兩相異的選項是 (A)天子待之，不為不「加」／忽焉

不「加」喜戚於其心 (B)不求「聞」於人／陽子之不求聞，而人「聞」之 (C)「惡」得以自暇逸乎哉／「惡」訐以為直者 (D)吾子「其」亦聞乎／而如此「其」可乎哉 (E)聽其「是」非／「是」啟之也。

*（　）12.下列「　」內的詞語，解釋正確的選項是 (A)王臣「蹇蹇」：困頓貌 (B)牛羊「遂」而已：順利生長 (C)嘉謨嘉「猷」：品德 (D)「孜孜矻矻」：勤奮不倦的樣子 (F)墨「突」不得黔：突然。

*（　）13.以下各選項內的文句，何者使用了「借代」的修辭技巧？ (A)陽子本布衣隱於蓬蒿之下 (B)朝廷有直言骨鯁之臣 (C)庶巖穴之士，聞而慕之 (D)願進於闕下而伸其辭說 (E)致吾君於堯舜。

*（　）14.下列《論語》中的文句，何者非為韓愈用以批評陽子？ (A)不患人之不己知，患不知人也 (B)我不欲人之加諸我也，吾亦欲無加諸人 (C)惡居下流而訕上者 (D)惡訐以為直者 (E)言及之而不言，謂之隱。

*（　）15.下列文句釋義不正確的選項是 (A)「薰其德而善良者幾千人」：韓愈肯定陽子的私德 (B)「若越人視秦人之肥瘠」：意謂見他人成就則眼紅 (C)「孔子嘗為委吏矣，嘗為乘田矣，亦不敢曠其職」：說明職位雖低，也不必自卑的道理 (D)「入則諫其君，出不使人知」：韓愈以為此為陽子的責任，而陽子並沒有做到 (E)「孔席不暇暖，而墨突不得黔」的原因是「畏天命而悲人窮也」。

非選題

(一)字形測驗：

1.「ㄍㄥˇ ㄍㄥˇ」於懷：　2.從中作「ㄍㄥˇ」：

3.如「ㄍㄥˇ」在喉：　4.「ㄎㄨㄤˋ」職：

5.粗「ㄍㄨㄤˇ」：

(二)語譯：

國武子不能得善人，而好盡言於亂國，是以見殺。

答：

後十九日復上宰相書

選擇題（*為多選題）

（　）1.本文旨在 (A)言在位者不可陷賢士於水火之中 (B)言在位者應拔擢人才，舉賢薦己 (C)言在位者應於布衣拔擢人才 (D)言仁人君子能救人於水火之中。

（　）2.下列敘述何者為非？ (A)「向」上書及所著文：最近 (B)後「待命」凡十有九日，

不得命：等待覆命 (C)蹈水火者之求「免」於人也：免除水火災禍 (D)不惟其父兄子弟之慈愛然後往而「全」之也：保全；救援。

（ ）3.下列敘述何者為非？ (A)「將」有介於其側者：如果 (B)疾呼而望其「仁」之也：名詞，指仁愛之人 (C)「苟」不至乎欲其死者：如果；假若 (D)彼「介」於其側者：臨近。

（ ）4.「濡手足，焦毛髮，救之而不辭也」乃謂 (A)為國事勞心勞力而心力交瘁 (B)表現救人的決心 (C)因病而面容憔悴 (D)為了救人而迫不及待，奮不顧身。

（ ）5.下列敘述何者為非？ (A)愚不「惟」道之險夷：思考；考慮 (B)愚不惟道之「險夷」：偏義複詞，險也 (C)有觀溺於水而「爇」於火者：焚燒 (D)「或」謂愈：或許。

（ ）6.下列敘述何者為非？ (A)宰相薦聞：指宰相將所知之人才舉薦於皇上 (B)無「間」於已仕未仕者：名詞，指空隙 (C)古之進人者，或取於盜：古代有從盜賊中提拔人才的例子 (D)今布衣雖賤，猶足以「方」乎此：比方；比擬。

（ ）7.「情隘辭蹙，不知所裁，亦惟少垂憐焉」下列敘述何者為非？ (A)隘：窘迫 (B)惟：希望 (C)少：同「稍」，稍微 (D)我的處境窘迫，言辭急切，不知您將如何處置我，只希望您能稍加關愛罷了。

（ ）8.下列何者和本文無關？ (A)韓愈上書宰相卻未得回信，故復上書 (B)韓愈遭水火急難，故求助於宰相 (C)韓愈以為拔擢人才沒有時機的問題，拔擢與否，全靠在上位決定，和天無關 (D)韓愈以為自己雖賤為布衣，但仍有可拔擢之處，故自薦之。

（ ）9.韓愈〈後十九日復上宰相書〉：「乃復敢自納於不測之誅，以求畢其說」意乃 (A)又再次地自請入虎穴，以善盡言責 (B)又再敢於勇往直前，實為完成自己的著述 (C)又感自己深入不可測的生命威脅，希望能把該說的話說完 (D)於是大膽地再次自己招惹不可測度的責罰，以求得講完我的話。

（ ）10.韓愈〈後十九日復上宰相書〉：「情隘辭蹙，不知所裁」意謂 (A)情辭俱窮，不知如何再寫下去 (B)情感激動，辭意已盡，再也寫不下去 (C)（我的）處境窘迫，言語急切，不知道修飾 (D)（我的）情真意切，仁至義盡，不知道你是否了解。

*（ ）11.下列各組文句「 」內，字義相同的選項是 (A)至丹以荊卿為計，始「速」禍焉／不「速」之客 (B)羲之嘗慕張芝臨池學書，池水盡黑，此為其「故」迹／「故」士大夫之無恥，是謂國恥 (C)嘗「極」東方，出滄海／然則北通巫峽，南「極」瀟湘 (D)「方」羲之之不可強以仕／「方」唐太宗之六年 (E)「向」上書及所著文／便扶「向」路，處處誌之。

*（ ）12.同一個詞語在不同的語境中，常有不同的詞義，下列各組「 」中詞語，在考量整體文意後，意義相同的選項是 (A)愈聞之，蹈「水火」者之求免於人也／愚不惟道之險夷，行且不息，以蹈於窮餓之「水火」 (B)名豈文章著，官應老病休。「飄飄」何所似，天地一沙鷗／浩浩乎如馮虛御風，而不知其所止；「飄飄」乎如遺世獨立，羽化而登仙 (C)一去心知更不歸，「可憐」著盡漢宮衣。寄聲欲問塞南事，祗有年年鴻雁飛／宣室求賢訪逐臣，賈生才調更無倫。「可憐」夜半虛前席，不問蒼生問鬼神 (D)今年歡笑復明年，秋月「春風」等閒度。弟走從軍阿姨死，朝去暮來顏色故／明妃初出漢宮時，淚溼「春風」鬢腳垂。低徊顧影無顏色，尚得君王不自持 (E)不然，若愈者，亦君子之所宜「動心」者也／所以「動心」忍性，增益其所不能。

*（ ）13.下列文句，並無述及事件「前因後果」的選項是 (A)君子多欲，則貪慕富貴，枉道速禍 (B)訟者平，賦者均，老弱無懷詐暴憎 (C)獨孤臣孽子，其操心也危，其慮患也深，故達 (D)昔者先王知兵之不可去也，是故天下雖平，不敢忘戰 (E)閣下其亦聞而見之矣，其將往而全之歟？抑將安而不救歟。

*（ ）14.下列各組人物，具有直接師生關係的選項是 (A)歐陽脩／曾鞏 (B)孔子／子游 (C)韓愈／柳宗元 (D)荀子／韓非 (E)王安石／蘇轍。

*（ ）15.〈前出師表〉：「陟罰臧否，不宜異同」，句中「異同」一詞由「異」和「同」兩個意義相反的字所組成，但只表示「異」一個意義，此稱之為「偏義複詞」。下列文句「 」內的詞語，非屬於偏義複詞的選項是 (A)不得命。恐懼不敢「逃遁」 (B)豈其「徜徉」肆恣，而又嘗自休於此邪 (C)流賊張獻忠「出沒」蘄、黃、潛、桐間 (D)我只吩咐軍匠人等，叫他故意「遲延」，凡

應用物件都不與齊備 (E)余出官二年，恬然自安，感斯人言，是夕始覺有「遷謫」意，因為長句，歌以贈之。

非選題

(一)下列「 」中的數字，何者非實指其數？不是的打○，是的打×。

（ ）1.「三」年，麋出門外，見外犬在道甚眾。

（ ）2.予嘗求古仁人之心，或異「二」者之為。

（ ）3.「千」呼「萬」喚始出來，猶抱琵琶半遮面。

（ ）4.只消「三」日，便可拜納十萬隻箭。

（ ）5.今日割「五」城，明日割「十」城，然後得一夕安寢。

(二)讀完說明後，請寫出所指的「標點符號」為何？

〔示範〕（。）小胖子，像圓球；說完一句就停住。

（ ）1.小頑皮，舌頭長；喜怒哀樂都要嚐。

（ ）2.兩隻眼，張得大；遇它就有許多話。

（ ）3.小蝌蚪，尾巴彎；暫時游在句中間。

（ ）4.桃姑娘，愛跳舞；喜歡分開同類詞。

後廿九日復上宰相書

選擇題（＊為多選題）

（ ）1.本文旨在 (A)讚揚周公之愛才若渴 (B)希望能得宰相賞識獲授官職 (C)言若不得用，將去父母之邦 (D)對宰相不能用人，深感憂心。

（ ）2.「方一食，三吐其哺；方一沐，三握其髮」下列敘述何者為非？ (A)沐：指洗頭髮 (B)哺：指口中咀嚼的食物 (C)意指周公求才若渴，及時接待來訪的賢士 (D)意謂周公因求才若渴，而食不下嚥。

（ ）3.下列敘述何者為非？ (A)天下之所謂禮樂刑政教化之具，皆已「修理」：完善；完備 (B)姦邪讒佞「欺負」之徒：欺騙背信 (C)休徵嘉瑞：美好預兆 (D)設使其時輔理「承化」之功：繼承並化育。

（ ）4.「今閣下為輔相亦近耳」指 (A)閣下地位和周公相近 (B)閣下地位和皇上相近 (C)閣下地位和宰相相近 (D)閣下不久，即為宰相。

（ ）5.下列敘述何者為非？ (A)「維」其如是：通「唯」，因為 (B)「惟」其昏愚：因為 (C)惴惴焉「惟」不得出大賢之門下是懼：只 (D)亦「惟」少垂察焉：只。

（ ）6.下列敘述何者有誤？ (A)察其所以而「去就」之：決定去留 (B)於齊不可，則去「之」宋、「之」鄭、「之」秦、「之」楚也：往；到 (C)書「亟」上：急迫；緊急 (D)「寧」

獨如此而已：難道。

( ) 7.「古之士，三月不仕則相弔，故出疆必載質」下列敘述何者為非？ (A)相弔：互相弔唁 (B)質：通「贄」，初見面所獻之禮 (C)出疆：指出境 (D)故出疆必載質：言古士人勇於自薦的表現。

( ) 8.下列敘述何者為非？ (A)足三及門而「閽人」辭焉：守門之人 (B)然所以重於「自進」者：自我推薦 (C)故士之行道者，不得於朝，則「山林」而已矣：流落荒野 (D)足「數」及門：屢次。

( ) 9.(甲)「閤」下：ㄏㄜˊ；(乙)三吐其「哺」：ㄅㄨˇ；(丙)姦邪讒「佞」：ㄋㄧㄥˋ；(丁)霑「被」：ㄅㄟˋ；(戊)「閽」人：ㄏㄨㄣ；(己)「瀆」冒威尊：ㄍㄨㄟˋ。上列「 」內的字，讀音完全正確的選項是 (A)(甲)(丁)(己) (B)(乙)(丙)(戊) (C)(丙)(丁)(戊) (D)(丁)(戊)(己)。

( ) 10.(甲)「寧」獨如此而已；(乙)「寧」知此為歸骨所；(丙)故請母命「寧」汝於斯；(丁)將軍獨靦顏借命，驅馳氈之長，「寧」不哀哉；(戊)民為邦本，本固邦「寧」。上列「 」內的字義，共有幾種？ (A)二種 (B)三種 (C)四種 (D)五種。

*( ) 11.下列成語，形容求賢心切的正確選項是 (A)虛左以待 (B)三顧茅廬 (C)吐哺握髮 (D)千金市骨 (E)薰沐以待。

*( ) 12.下列各組「 」內的字義，兩兩相異的選項是 (A)方一「食」，三吐其哺／勞力者，「食」人 (B)方一「沐」，三握其髮／新「沐」者必彈冠 (C)風雨霜露之所霑「被」者，皆已得宜／操吳戈兮「被」犀甲 (D)麟鳳龜龍之「屬」，皆已備至／有良田、美池、桑竹之「屬」 (E)惟恐耳目有所不聞「見」／「見」意於篇籍。

*( ) 13.下列「 」內的詞語，解釋正確的選項是 (A)謹再拜言「相公」閣下：宰相 (B)「姦邪讒佞」：姦詐邪惡，進讒獻媚的人 (C)四海皆已「無虞」：沒有猜疑 (D)九夷八蠻之在「荒服」之外者：最遠之地 (E)皆已「賓貢」：歸順進貢。

*( ) 14.「書亟上，足數及門，而不知止焉」句中的「數」字義，與下列哪個選項相同？ (A)其「數」則始乎誦經，終乎讀禮 (B)臣請為君「數」之，令知其罪而殺之 (C)臣雖不佞，「數」奉教於君子矣 (D)滑稽多辯，「數」使諸侯，未嘗屈辱 (E)奉觴上壽，「數」起，飲不過二斗徑醉矣。

*( ) 15.有關韓愈與古文運動，下列敘述正確的選

項是　(A)自韓愈啟「文以載道」之聲以後，駢文的勢力從此未能與古文相抗衡　(B)自初唐陳子昂等人起，古文即已蔚為風氣，愈繼承之　(C)愈有感於魏、晉以下，文尚駢麗，氣格靡敝，故倡散文　(D)至歐陽脩力尊韓文，一時文風為之扭轉　(E)明茅坤編《唐宋八大家文鈔》，以韓愈為首。

非選題

(一)字音測驗：

1.「瀆」冒威尊：　2.疑「竇」：

3.尺「牘」：　4.「贖」罪：

5.「覿」面：

(二)「故士之行道者，不得於朝，則山林而已矣。」「山林」指隱居山林而言。下列成語屬於隱居山林的請打○，不是的請打×：

(　)1.枕石漱流　(　)2.巖居穴處

(　)3.高臥松雲　(　)4.老驥伏櫪

(　)5.馬革裹屍

與于襄陽書

選擇題(＊為多選題)

(　)1.本文旨在　(A)言先達之士，必須上有攀援之人，下能推薦人才　(B)讚美于襄陽是先達之士　(C)希望于襄陽能薦賢舉才　(D)鼓勵于襄陽成就功業。

(　)2.「是二人者，未始不相須也，然而千百載乃一相遇焉」下列敘述何者為非？　(A)是二人者：指先達之士和後進之士　(B)未始：未嘗　(C)相須：相互依存　(D)千百載乃一相遇：千百年才見一次面。

(　)3.下列何者不是「在下之人負其能，不肯諂其上；上之人負其位，不肯顧其下」所造成的結果？　(A)士之能垂休光，照後世　(B)千百載乃一相遇焉　(C)雖美而不彰，雖盛而不傳　(D)高材多戚戚之窮，盛位無赫赫之光。

(　)4.「是二人者之所為，皆過也」下列敘述何者正確？　(A)是二人者：指先達之士和後進之士二人　(B)是二人者：指「在下之人負其能，不肯諂其上」、「上之人負其位，不肯顧其下」二種人　(C)言這二種人的作為都太過分了　(D)言這二個人都有過失。

(　)5.「側聞閣下抱不世之才，特立而獨行，道方而事實，卷舒不隨乎時，文武唯其所用」下列敘述何者為非？　(A)事實：行事踏實　(B)卷舒：或引退或仕進　(C)卷舒不隨乎時：指于襄陽不按牌理出牌，喜怒無常　(D)

讚美于襄陽是一個有才能的人。

（ ）6.下列敘述何者為非？ (A)側聞閣下抱「不世之才」：才能非凡 (B)「抑」未聞後進之士：但是 (C)「將」志存乎立功：將要 (D)其自處不敢後於「恆人」：平常人；凡人。

（ ）7.韓愈引用「請自隗始」意乃 (A)讚美郭隗勇於自薦 (B)自我推薦 (C)推薦郭隗 (D)讚美郭隗能提拔人。

（ ）8.「世之齪齪者，既不足以語之；磊落奇偉之人，又不能聽焉，則信乎命之窮也」下列敘述何者為非？ (A)齪齪者：指品德骯髒低下之人 (B)磊落奇偉之人：暗指于襄陽 (C)此句有表示自己不甘受「世之齪齪者」提拔之意 (D)此句有期盼于襄陽提拔之意。

（ ）9.(甲)「閣」下：ㄍㄜˊ；(乙)「卷」舒不隨乎時：ㄐㄩㄢˋ；(丙)請自「隗」始：ㄨㄟˇ；(丁)「芻」米：ㄓㄡ；(戊)于「頔」：ㄧㄡˊ；(己)「齪齪」：ㄔㄨㄛˋ ㄔㄨㄛˋ。上列「 」內的字，讀音完全正確的選項是 (A)(乙)(丁)(戊) (B)(乙)(丙)(戊) (C)(甲)(戊)(己) (D)(甲)(丙)(己)。

（ ）10.以下各句，何者為推測的語氣？ (A)豈上之人無可援，下之人無可推歟 (B)何其相須之殷，而相遇之疏也 (C)豈愈所謂其人哉 (D)豈求之而未得邪。

＊（ ）11.下列「 」內的詞語，解釋正確的選項是 (A)垂「休」光：美好 (B)「獲禮」於門下：收取厚禮 (C)僕「賃」：費用 (D)「一朝之享」：整天享樂 (E)「先達」之士：有德行學問的前輩。

＊（ ）12.「上之人負其位」句中「負」的字義，與下列何選項相同？ (A)「負」天下之望者 (B)其故在下之人「負」其能 (C)兩人素「負」多才藝，聞弼言大慚 (D)由此觀之，客何「負」於秦哉 (E)「負」者歌於塗，行者休於樹。

＊（ ）13.下列文句，釋義正確的選項是 (A)「莫為之前，雖美而不彰」：沒有人當他的引導者，雖有大才，也不易顯揚 (B)「豈上之人無可援，下之人無可推歟」：意謂不論在朝、在野，都無人可以協助 (C)「故高材多戚戚之窮」：意謂自己的學生都過著不得志的生活 (D)「何其宜聞而久不聞」：句中「宜聞」之事為「推薦後進」之事 (E)「志存乎立功，而事專乎報主」：意謂韓愈自剖己心，望得見用。

＊（ ）14.以下各選項中的文句，何者使用「映襯」

的修辭技巧？ (A)「莫為之前，雖美而不彰；莫為之後，雖盛而不傳」 (B)「相須之殷，而相遇之疎」 (C)「高材多戚戚之窮，盛位無赫赫之光」 (D)「特立而獨行，道方而事實」 (E)「志存乎立功，而事專乎報主」。

*（ ）15.關於〈與于襄陽書〉，敘述正確的選項是 (A)本文以「先賓後主」的方式行文；藉首段「先達之士」與「後進之士」的相須，引出下文的請求薦舉 (B)對于頔的恭維自「抱不世之才」至「何其宜聞而久不聞」的質疑，可見為「先揚後抑」的筆法 (C)韓愈以「惟朝夕芻米僕賃之資是急」至「信乎命之窮」來表達自己，為「先抑後揚」的筆法 (D)「世之齪齪者，既不足以語之；磊落奇偉之人，又不能聽焉」此二事，韓愈較擔憂前者 (E)本文雖為求薦之作，但充滿不卑不亢的氣派。

非選題

(一)以下成語，何者有「懷才不遇」之意？是者寫「○」，非者寫「×」：

（ ）1.仕途蹭蹬（ ）2.懷寶迷邦

（ ）3.投閑置散（ ）4.甑塵釜魚

（ ）5.龍蟠鳳逸（ ）6.涸轍之鮒

(二)語譯：

愈今者惟朝夕芻米僕賃之資是急，不過費閤下一朝之享而足也。

答：

與陳給事書

選擇題（＊為多選題）

（ ）1.本文旨在 (A)說明自己和陳給事的交情深厚 (B)埋怨陳給事因位尊而忘舊友 (C)向陳給事表明對他的敬畏景仰之情，並期盼他的提拔 (D)揭發陳給事時溫時邈，喜怒無常。

（ ）2.「始者亦嘗辱一言之譽」下列敘述何者為非？ (A)始者：起初 (B)辱：引以為恥辱 (C)譽：稱讚 (D)乃言起初也承蒙稱許。

（ ）3.「夫位益尊，則賤者日隔；伺候於門牆者日益進，則愛博而情不專」下列敘述何者為非？ (A)賤者日隔：指卑賤的人自然日漸疏遠 (B)伺候：服侍 (C)門牆：尊貴者門下 (D)愛博而情不專：指關愛之情廣泛而不能專一。

（ ）4.「夫道不加修，則賢者不與；文日益有名，則同進者忌」下列敘述何者為非？ (A)賢者：暗指陳給事 (B)與：嘉許 (C)同進：

和韓愈一同欲入陳給事門下之人 (D)言和陳給事日漸疏遠的原因。

(　　) 5.下列敘述何者為非？ (A)「以」不與者之心，而聽忌者之說：和；與 (B)始之以日隔之疏，加之以不專之「望」：抱怨 (C)溫乎其容，若「加」其新也：對待 (D)「屬」乎其言，若閔其窮也：同「囑」，囑咐。

(　　) 6.「邈乎其容，若不察其愚也；悄乎其言，若不接其情也」下列敘述何者為非？ (A)邈乎其容：指神情冷淡疏遠 (B)悄：沉默 (C)接：接待 (D)此句說明韓愈「不敢復進」的原因。

(　　) 7.下列敘述何者為非？ (A)皆有「措字」註字：潦草的字 (B)不敢「遂」進：立即；馬上 (C)今則「釋然」悟：疑慮消除 (D)輒自「疏」其所以：條列說明。

(　　) 8.「急於自解而謝，不能竢更寫，閣下取其意而略其禮可也」下列敘述何者為非？ (A)自解：自我表白 (B)謝：道謝 (C)竢：等待 (D)略：省略；不計較。

(　　) 9.下列選自韓愈〈與陳給事書〉一文的文字，何者不是「表敬」的語氣？ (A)不敏之誅，無所逃避 (B)夫位益尊，則賤者日隔 (C)去年春，亦嘗一進謁於左右矣 (D)愈再拜：愈之獲見於閣下有年矣。

(　　) 10.韓愈〈與陳給事書〉：「邈乎其容，若不察其愚也□悄乎其言，若不接其情也。退而懼也，不敢復進。」□中宜填 (A)， (B)： (C)； (D)！。

*(　　) 11.下列各組「　」中的字，讀音完全相同的選項是 (A)「屬」引淒切／高瞻遠「矚」／再三「囑」咐 (B)魂牽夢「縈」／祖先墓「塋」／「煢」煢獨立 (C)牽「攣」乖隔／視為禁「臠」／「孿」生雙胞 (D)龍盤虎「踞」／前恭後「倨」／經濟拮「据」 (E)不敏之「誅」／一「株」小樹／珍「珠」瑪瑙。

*(　　) 12.奏議文就是古代人臣向君王言事的上行公文。戰國時期稱為「上書」，漢代制訂朝儀，把奏議文章分為四類：「章」用來謝恩，「奏」用來按劾政事，「表」用以陳情，「議」用來辯駁不同的意見。曹丕在《典論‧論文》中也曾提到：「奏議宜雅」，意謂奏議文有別於一般公文，從立意到措辭都必須雅正，務求得體。以下哪些說法是正確的？ (A)李斯〈諫逐客書〉純從人主角度考量，說明用客之利，寫來不卑不亢 (B)諸葛亮的〈出師表〉為諫書，旨在勸勉蜀漢先主

尊賢納諫，以復興漢室　(C)中唐李密之〈陳情表〉，旨在請求矜憫母親病情危急，准以告老還鄉照顧　(D)魏徵在太宗貞觀十一年上〈諫太宗十思疏〉，力陳人主安國當厚積德義的道理　(E)韓愈〈與陳給事書〉表達對於陳京的敬畏，以及受其薦舉之渴望，可視為奏議文書。

*（　）13.董邵南懷才不遇，是以「鬱鬱適茲土」。試請研判下列哪些詩句也表達出相同的感受？　(A)北闕休上書，南山歸敝廬。不才明主棄，多病故人疏　(B)當路誰相假，知音世所稀。只應守寂寞，還掩故園扉　(C)玉簫金管迎歸院，錦袖紅妝擁上樓。更向院西新買宅，月波春水入門流　(D)紫燕黃鵠雖別離，一舉千里何難追。猶聞啼鳳與叫月，流連斷續令人悲　(E)愈也道不加修，而文日益有名。夫道不加修，則賢者不與；文日益有名，則同進者忌。

*（　）14.文學作品常使用比喻。所謂比喻，即作者以類似的聯想，選取另外的事物來描繪原有事物的特徵。例如「我的心情像土撥鼠在挖洞」，就是以「土撥鼠挖洞」的類似聯想來比喻「想找到出口」的心情。下列文句使用「比喻法」的選項是　(A)退而喜也，以告於人。其後如東京取妻子，又不得朝夕繼見　(B)尸鳩在桑，其子七兮。淑人君子，其儀一兮。其儀一兮，心如結兮　(C)是故明乎為君之職分，則唐虞之世，人人能讓，許由、務光，非絕塵也　(D)斯七子者，於學無所疑，於辭無所假，咸自以騁驥騄於千里，仰齊足而並馳　(E)其智足以移十人者，閉能拔十人中之尤者而材之；其智足以移百人者，閉能拔百人中之尤者而材之。

*（　）15.如果你是國策顧問，要向政府提出「用人唯才」的建議，下列哪些文句可以展現你的主旨？　(A)國之廢興，在於政事；政事得失，由於輔佐　(B)善善而不能用，惡惡而不能去，此其所以亡也　(C)其邈也，乃所以怒其來之不繼也；其悄也，乃所以示其意也　(D)孤立自己並不是一件好事，尤其是孤立並無法完成事情，任何一個人想成就一件事，協力與刺激都是必要的　(E)說操築于傅巖兮，武丁用而不疑；呂望之鼓刀兮，遭周文而得舉。寧戚之謳歌兮，齊桓聞以該輔。

非選題

(一)根據喜帖的內容，判斷下列敘述何者正確？

謹詹於中華民國一〇〇年 國曆四月十七日 / 農曆三月十五日 （星期日）

為 長孫 / 長男 世豪與 李天卻先生令肆女 / 李陳玉女士 淑英小姐舉行結婚典禮

敬備喜筵　恭請

闔第光臨

吳連旺
吳蔡葉
吳子山
柳碧珠　鞠躬

恕邀
設席：自宅
新店區五民路20號　電話：2911-××××
時間：下午六時三十分入席

（　）1. 新郎是吳世豪先生。

（　）2. 新娘是柳淑英小姐。

（　）3. 喜宴設在李天卻先生的家中。

（　）4. 主婚人吳連旺先生是新郎的父親。

(二)以下書信、柬帖用語，何者正確？

（　）1. 賢喬梓光臨寒舍，家母、舍弟咸感榮幸。

（　）2. 德華吾兄台鑒：自違　雅教，數月於茲。

（　）3. 「王老師大明　敬啟」「張經理得功　安啟」。

（　）4. 「美輪美奐」、「宜室宜家」用於賀喬遷。

應科目時與人書

選擇題（＊為多選題）

（　）1. 本文旨在 (A)請求提拔推薦 (B)敘述一種水中怪物的習性 (C)請求救助受困的水中怪物 (D)言常人慣於不顧他人死活。

（　）2. 「曰有怪物焉，蓋非常鱗凡介之品彙匹儔也」下列敘述何者為非？ (A)鱗、介：皆屬水中族類 (B)品彙：品種 (C)匹儔：同類 (D)文中以怪物稱譽受信人為非凡人。

（　）3. 「其不及水，蓋尋常尺寸之間耳，無高山大陵曠途絕險為之關隔也」下列敘述何者為非？ (A)尋常尺寸之間：狹小的範圍 (B)曠途：遙遠的路途 (C)關隔：阻礙 (D)無高山大陵曠途絕險為之關隔：視高山大陵、遙遠的路程、險阻的地方，為其障礙。

（　）4. 「如有力者哀其窮而運轉之」的「運轉」意指 (A)改變命運 (B)運送轉移 (C)原地旋轉 (D)時來運轉。

（　）5. 下列敘述何者為非？ (A)「負」其異於眾也：背負 (B)爛死於沙泥，吾「寧」樂之：豈；難道 (C)俛首帖耳：溫順屈服之貌 (D)「庸詎」知有力者不哀其窮：豈；哪。

(　) 6.「熟視之若無覩也」的「熟視」意為 (A)看得很熟 (B)相識 (C)常見；見慣 (D)專注而視。

(　) 7.「聊試仰首一鳴號」下列敘述何者為非？(A)聊試：姑且試試 (B)意謂求人援引，非有意向人乞憐 (C)鳴號：報上名號 (D)意謂水中怪物求援於人。

(　) 8.下列何者不是韓愈本文的意思？(A)韓愈以怪物自比 (B)韓愈無力救此怪物而求援於受信者 (C)願受信人能如有力者哀其窮，改變韓愈的困窘 (D)爛死於沙泥，吾寧樂之。若俛首帖耳，搖尾而乞憐者，非我之志也：指韓愈有志節，不屬隨便求援。

(　) 9.(甲)大江之「濆」：ㄈㄣˊ；(乙)匹「儔」：ㄔㄡˊ；(丙)窮「涸」：ㄍㄨˋ；(丁)猵「獺」：ㄌㄞˋ；(戊)「俛」首帖耳：ㄇㄧㄢˇ；(己)庸「詎」：ㄐㄩˋ。上列「　」內的字，讀音完全正確的選項是 (A)(甲)(丙)(丁) (B)(甲)(乙)(己) (C)(丙)(丁)(戊) (D)(丁)(戊)(己)。

(　) 10.下列成語與「搖尾乞憐」涵義最為不同的選項是 (A)吮癰舐痔 (B)奴顏婢膝 (C)狗苟蠅營 (D)嘯傲山林。

*(　) 11.下列各組「　」內的字義，兩兩相異的選項是 (A)蓋非常鱗凡介之品彙匹「儔」也／及其所善，楊、班之「儔」也 (B)然是物也，「負」其異於眾也／行遇物，輒持取，印其首「負」之 (C)吾「寧」樂之／與其奢也，「寧」固 (D)「聊」試仰首一鳴號焉／「聊」資一歡 (E)閣下其亦「憐」察之／可「憐」飛燕倚新妝。

*(　) 12.下列「　」內的詞語，解釋正確的選項是 (A)「天池」之濱：大海 (B)「常鱗凡介」：麒麟之類的神獸 (C)蓋「尋」常尺寸之間：平常 (D)然其「窮涸」：困於乾枯 (E)為「猵獺」之笑者：在水中捕食魚類的小水獺。

*(　) 13.下列「　」內的詞語，解釋正確的選項是 (A)忘「一舉手一投足之勞」：指微小的勞動 (B)若「俛」首帖耳：低頭 (C)「搖尾而乞憐」：形容取媚於人 (D)「熟視」之若無覩也：常見、見慣之意 (E)「轉之清波」：把牠移到清水裡。

*(　) 14.有關〈應科目時與人書〉一文，下列敘述正確的選項是 (A)韓愈寓言體「動物文學」之一 (B)以「非常鱗凡介之品彙」的蛟龍自喻 (C)以蛟龍之得水與不及水來比況人的機遇 (D)蛟龍每每困於窮涸而被猵獺所笑，暗示自己需人引薦 (E)藉以表明自己

狷介的風骨。

*（　）15.下列關於韓愈的敘述，何者正確？(A)因出生於昌黎，故撰文常自稱昌黎韓愈 (B)平生以繼承道統自任，極力弘揚儒家學說，排拒佛、老思想 (C)因諫阻迎拜佛骨，被貶為潮州刺史 (D)其詩清新平易，老嫗能解 (E)王安石稱讚他「文起八代之衰，而道濟天下之溺」。

非選題

(一)寫出下列文學史上的「數人並稱」之人物：

1.唐宋八大家：

2.北宋四大詩人：

3.元曲四大家：

(二)請寫出韓愈寓言體的「動物文學」文章三篇，並略述其要旨：

答：

送孟東野序

選擇題（*為多選題）

（　）1.本文旨在 (A)期盼東野上友古人 (B)為東野時運不濟抱屈，以順天安命開解其懷 (C)鼓勵東野繼續研讀歷代佳構 (D)勉勵東野能有佳作問世。

（　）2.下列敘述何者為非？(A)本篇作品為贈序類 (B)以「鳴」貫串全文，為東野抱屈 (C)以天命之理來開解東野 (D)借開解東野來自我安慰。

（　）3.下列敘述何者為非？(A)草木之無聲，風「撓」之鳴：摧折 (B)水之無聲，風「蕩」之鳴：激盪 (C)其趨也，或「梗」之：堵塞 (D)其沸也，或「炙」之：燒煮。

（　）4.下列敘述何者為非？(A)其哭也有懷：他哭泣是因為悲傷 (B)擇其善鳴者而「假」之鳴：憑藉 (C)惟天之於「時」也亦然：時運 (D)四時之相「推敓」：推移變遷。

（　）5.「莊周以其荒唐之辭鳴」的「荒唐」指 (A)誇張的言論 (B)廣大無邊際 (C)不誠實的話 (D)胡言亂語。

（　）6.「將天醜其德，莫之顧耶」下列敘述何者為非？(A)將：將是 (B)醜：厭惡 (C)莫之顧：「莫顧之」的倒裝 (D)之：指魏、晉之鳴者。

（　）7.「其高出魏、晉，不懈而及於古，其他浸淫乎漢氏矣」下列敘述何者為非？(A)不懈：努力不懈 (B)浸淫：逐漸接近 (C)漢氏：漢代 (D)此句言孟郊善鳴。

（　）8.「東野之役於江南也，有若不釋然者，故

吾道其命於天者以解之」下列敘述何者為非？ (A)役：服勞役 (B)不釋：不開懷；鬱悶 (C)命於天者：指天命之理 (D)解：開解；勸慰。

( ) 9. (甲)咎「陶」：ㄧㄠˊ；(乙)老「聃」：ㄉㄢ；(丙)「臧」孫辰：ㄗㄤ；(丁)「匏」：ㄎㄨㄚ；(戊)推「敓」：ㄉㄨㄟˋ；(己)尸「佼」：ㄐㄧㄠ。上列「 」內字音正確的選項是哪些？ (A)(甲)(乙)(丙) (B)(乙)(丁)(戊) (C)(甲)(丙)(己) (D)(丙)(戊)(己)。

( ) 10. 〈送孟東野序〉文中將草木風水之鳴和人類社會的鳴聲歌哭都看做是不平而鳴的結果，這樣的論點環繞本文哪一文句作為中心論點？ (A)擇其善鳴者而假之鳴 (B)天將以夫子為木鐸 (C)凡載於《詩》、《書》六藝，皆鳴之善者也 (D)大凡物不得其平則鳴。

*( ) 11. 「贈序」如其名為贈人以言，唐後才有此體裁，原是為贈別詩歌而作，後又衍生無詩歌而純係贈言惜別，請問以下作品何者符合以上說明？ (A)〈蘭亭集序〉 (B)〈贈黎安二生序〉 (C)〈臺灣通史序〉 (D)〈送孟東野序〉 (E)〈春夜宴桃李園序〉。

*( ) 12. 對於同範圍、同性質的幾個事物或意象，在分項列舉時以結構相同或相似的語句來表達，就是排比的修辭。請問以下何者使用此種修辭法？ (A)草木之無聲，風撓之鳴。水之無聲，風蕩之鳴 (B)其在上也，奚以喜？其在下也，奚以悲 (C)其聲清以浮，其節數以急，其辭淫以哀，其志弛以肆 (D)以鳥鳴春，以雷鳴夏，以蟲鳴秋，以風鳴冬 (E)其躍也，或激之；其趨也，或梗之；其沸也，或炙之。

*( ) 13. 映襯是指在語文中，把兩種不同，特別是相反的觀念或事實，對列起來，兩相比較，從而使語氣增強，使意義明顯的修辭方法。以下何者使用這種修辭法？ (A)其沸也，或炙之 (B)草木之無聲，風撓之鳴 (C)窮餓其身，思愁其心腸，而使自鳴其不幸 (D)水之無聲，風蕩之鳴 (E)鬱於中而泄於外者也。

*( ) 14. 「其於人也亦然。人聲之精者為言，文辭之於言，又其精也，尤擇其善鳴者而假之鳴」韓愈使用許多例證來說明，請問以下說明何者正確？ (A)其在唐、虞，李白、杜甫、李觀，皆以其所能鳴，而假以鳴 (B)張儀、蘇秦之屬，皆以其術鳴 (C)周之衰，孔子之徒鳴之，其聲大而遠 (D)夏之時，

五子以其歌鳴　(E)楚，大國也，其亡也，以屈原鳴。

*（　）15.以下何者為戰國時期的「九流十家」之列？　(A)鄒衍　(B)申不害、韓非　(C)老聃　(D)張儀、蘇秦　(E)墨翟。

非選題

㈠注釋：

1.其「尤」也：

2.辭「淫」以哀：

3.推敓：

4.浸淫：

5.莊周以其「荒唐」之辭鳴：

㈡請依句義將參考選項中適當詞句代號填入文中括弧處：

大凡物不得其平則鳴。草木之無聲，（1.　）。水之無聲，（2.　）。其躍也，（3.　）；其趨也，（4.　）；其沸也，（5.　）。

參考選項：

(A)或激之　(B)風蕩之鳴　(C)或炙之　(D)或梗之　(E)風撓之鳴

送李愿歸盤谷序

選擇題（*為多選題）

（　）1.本文旨在　(A)敘述大丈夫、隱士、事於宮門，三種人的處境　(B)敘述盤谷之美，可以終老　(C)送李愿歸隱並以「有命焉，不可幸而致」寓懷才不遇之歎　(D)讚美盤谷地靈人傑。

（　）2.下列何者不是李愿對文中三種人的看法？　(A)對於人稱大丈夫者心生推崇之意　(B)對於人稱大丈夫者的得意姿態頗有貶意　(C)對於閒居山林者的優遊適意頗為讚揚　(D)對事於宮門攀附權貴的小人頗為不屑。

（　）3.下列敘述何者為非？　(A)太行之「陽」有盤谷：山之南　(B)「宅」幽而勢阻：住宅　(C)隱者之所「盤旋」：盤桓；逗留　(D)「進退」百官：升降任免。

（　）4.「喜有賞，怒有刑。才畯滿前，道古今而譽盛德，入耳而不煩」下列之敘述何者為非？　(A)喜有賞，怒有刑：受到獎賞便高興，受到懲罰便發怒　(B)道古今而譽盛德：指引述古今來讚美他們的功德　(C)畯：通「俊」　(D)謂賞罰隨己喜怒，喜歡聽阿諛讚美之言。

（　）5.下列敘述何者為非？　(A)不可「幸」而致也：僥倖　(B)飄輕裾，翳長袖：指長袖善舞　(C)爭妍而取「憐」：疼愛　(D)清聲而「便體」：體態輕盈。

（　）6. 下列敘述何者正確？ (A)「用力」於當世者之所為也：施力 (B)車服不「維」：束縛 (C)「黜陟」不聞：困難險阻 (D)「維」子之宮：只有。

（　）7. 「足將進而趑趄，口將言而囁嚅」下列敘述何者為非？ (A)趑趄：猶豫不敢向前的樣子 (B)囁嚅：想說又不敢說的樣子 (C)此句乃言人猶豫不決的樣子 (D)此句乃謂人小心謹慎，惟恐得罪的樣子。

（　）8. 下列敘述何者為非？ (A)採於山，美可「茹」：吃 (B)盤之土，可以「稼」：耕種 (C)樂且「無央」：不盡 (D)繚而曲，「如往而復」：來回盤繞。

（　）9. 韓愈〈送李愿歸盤谷序〉：「用力於當世者之所為也」的意思是 (A)這些是為當時老百姓工作的人所作所為 (B)這些是致力於當時世俗的人所作所為 (C)這些是對當代社會中掌握權力的人所作所為 (D)這些是對當代社會中努力盡職的人所作所為。

（　）10. 韓愈〈送李愿歸盤谷序〉：「吾非惡此而逃之，是有命焉，不可幸而致也。」是說這種作威作福的享樂生活是 (A)必須努力取得，不能夠僥倖取得 (B)凡事都是命中所注定，無法強求 (C)是由命運所決定的，不能夠僥倖取得 (D)視能不能得到賞識而決定，不能夠僥倖取得。

＊（　）11. 成語「不怒而威」中，「而」字解釋為「卻」，是轉折關係的用法，下列選項中的「而」字何者用法相同？ (A)子路率爾「而」對 (B)窮居「而」野處，升高而望遠 (C)子溫「而」厲，威而不猛，恭而安 (D)倉廩實「而」後知禮義，衣食足而後知榮辱 (E)俊才滿前，道古今而譽盛德，入耳「而」不煩。

＊（　）12. 下列選項中，何者沒有錯別字？ (A)在那短暫的午後時光，彩虹高高越過那野櫻稍頭，兩邊向南北垂落 (B)沒有一絲怨尤的，帶著垂老的寧謐和果敢，也沒有任何拒斥或介入的神色 (C)只見禿盡的枝幹默默立在大風裡，沒有光彩，也不再婆娑搖動了 (D)那匹毛驢竟口吐白沫，倒地不起，接著渾身一陣劇烈抽蓄，終於四肢一伸死了 (E)落葉在強風中翻滾，一下子就飛到眼睛找不到的地方去了，而樹上兀自綻抖的，是環環層疊的星辰。

＊（　）13. 下列選項「　」內的字音，何者兩兩不相同？ (A)「貯」茶奉客／叮「囑」再三 (B)爭「妍」取憐／再三「研」究 (C)飄輕「裾」

／刀「鋸」不加 (D)燈火「熒」煌／「煢」煢獨立 (E)「骸」骨不存／「駭」人聽聞。

*(　　) 14.下列文句「　」內成語使用正確的選項是 (A)他所畫的山水花鳥皆「栩栩如生」，令人折服 (B)為人處事當知權變，固守「尾生之信」，就流於冥頑固執 (C)一會兒，四周已是煙霧濛濛，我們站在草原上「櫛風沐雨」，十分暢快 (D)張先生今年正逢百歲壽誕，他的親友決定用「福壽全歸」的題辭來祝賀他生日快樂 (E)也許是三峽的激流，把王昭君的心扉沖開了，「顧盼生風」，絕世豔麗，卻放著宮女不做，甘心遠嫁給草原匈奴，終逝他鄉。

*(　　) 15.下列對於「序跋體」的相關說明，何者正確？ (A)卷首若有二序，則後者稱為「後序」 (B)〈送李愿歸盤谷序〉與〈琵琶行并序〉同為「詩序」 (C)後世於文後有所增補，乃移「序」於前，改稱文後為「跋」 (D)「序」原置於全書之末，如《史記・太史公自序》、〈說文解字敘〉 (E)「序」通「敘」，是為記敘文之一體，用以說明該文著作的旨趣及經過。

非選題

(一)成語填空：

「在這充滿浮誇虛矯氣息的社會裡，1.＿＿＿＿者比比皆是，有人2.＿＿＿＿，卻3.＿＿＿＿，其4.＿＿＿＿的心態，令人不齒。」

參考選項：

(A)鬻聲釣世 (B)鳴琴垂拱 (C)觥籌交錯 (D)逆情干譽

(E)志深軒冕 (F)志思蓄憤 (G)枉道速禍 (H)悻悻作態

(二)語譯：

與其有譽於前，孰若無毀於其後；與其有樂於身，孰若無憂於其心。

答：

送董邵南序

選擇題（＊為多選題）

(　　) 1.本文旨在 (A)讚美燕趙之士能慕義彊仁 (B)以慕義彊仁勸勉董生慎擇去留 (C)勉勵董生如燕趙之士 (D)勉勵董生結交燕趙之士。

(　　) 2.「感慨悲歌之士」指 (A)心懷遺憾、悲憤之人 (B)意氣激昂、憤慨不平的豪俠 (C)自怨自艾的人 (D)不得志的人。

(　　) 3.「懷抱利器，鬱鬱適茲土」下列敘述何者為非？ (A)利器：指一身武藝 (B)適：

往，動詞 (C)茲土：指燕趙之地 (D)此句言董生欲投靠藩鎮。

(　) 4.下列敘述何者為非？ (A)出乎其性者哉：指燕趙之士具備仁義之天性 (B)「苟」慕義彊仁者：尚且 (C)「矧」燕趙之士：何況 (D)吾知其必有「合」也：指氣味相投之人。

(　) 5.「聊以吾子之行卜之也」下列敘述何者為非？ (A)聊：姑且 (B)吾子：指董邵南 (C)卜：占卜 (D)謂由董生此行，觀察燕趙是否仍有古時風氣。

(　) 6.下列敘述何者為非？ (A)風俗與「化」移易：教化，名詞 (B)風俗與化「移易」：改變 (C)吾惡知「其」今不異於古所云邪：指燕趙 (D)為我「謝」曰：道謝。

(　) 7.「復有昔時屠狗者乎」的「昔時屠狗者」原指高漸離，此處暗指 (A)市井中的豪傑之士 (B)市井中以殺狗為業的人 (C)市井中意欲謀反之人 (D)市井中遊手好閒的人。

(　) 8.由「明天子在上，可以出而仕矣」可知韓愈對於董邵南投靠藩鎮表示 (A)贊同 (B)勸留 (C)無意見 (D)無所謂。

(　) 9.(甲)「適」會召問，即以此指推言陵之功；(乙)「適」長沙，觀屈原所自沉淵，未嘗不垂涕；(丙)終不可以為榮，「適」足以見笑而自點耳；(丁)子「適」衛，冉求僕；(戊)懷抱利器，鬱鬱「適」茲土。上列「　」內的字義，共有幾種？ (A)二種 (B)三種 (C)四種 (D)五種。

(　) 10.「吾因子有所感矣」句中「因」字義與下列哪個選項相同？ (A)愛不能捨，「因」置草堂 (B)「因」人之力而敝之，不仁 (C)「因」民之所利而利之 (D)恩所加，則思無「因」喜以謬賞。

*(　) 11.下列各組「　」內的詞義兩兩相同的選項是 (A)「茲」土／念「茲」在茲 (B)風俗與化移「易」／深耕「易」耨 (C)「聊」資一歡／「聊」以吾子之行卜之也 (D)吾「惡」知其今不異於古／學「惡」乎始 (E)「適」茲土／將何「適」而非快。

*(　) 12.下列有關本文中董生的敘述，何者正確？ (A)是韓愈的舊識 (B)進士考中後，因無法施展抱負，決定投靠藩鎮 (C)在韓愈心目中是個才學之士 (D)出身低微之「屠狗者」，但卻是豪傑之士 (E)是燕趙地方之仕紳。

*(　) 13.有關〈送董邵南序〉一文的說明何者正確？ (A)文評家推崇為「昌黎第一序」 (B)文中作者直率地勸阻董生不要北行 (C)首段

「古稱」二字為全文的吞吐曲折埋下一筆 (D)全文不斷以「古」、「今」作對比 (E)文中出現二次「董生勉乎哉」，其指涉對象，前者針對「燕趙之風俗」，後者針對「董生之行」。

*（ ）14.有關「序」的敘述，正確的選項是 (A)就文體而言可分為書序和贈序 (B)贈人以言以表敬愛或陳忠告之誼者為贈序 (C)〈送董邵南序〉屬「贈序」類 (D)〈師說〉屬「書序」類 (E)說明作者著書之動機及書中之大意者為「書序」。

*（ ）15.關於韓愈、柳宗元下列敘述正確的選項是 (A)二人並稱「韓柳」 (B)明茅坤《唐宋八大家文鈔》以韓愈為首 (C)二人極力排斥佛老、駢文，發起古文運動 (D)蘇軾讚揚韓愈「文起八代之衰，道濟天下之溺」 (E)韓愈讚柳宗元之文雄深雅健，似司馬相如。

非選題

(一)字音測驗：

1.董「邵」南：　　2.「沼」澤：

3.「韶」光易逝：　　4.年高德「劭」：

5.黃髮垂「髫」：

(二)語譯：

為我弔望諸君之墓，而觀於其市，復有昔時屠狗者乎？

答：

送楊少尹序

選擇題（*為多選題）

（ ）1.本文旨在 (A)讚美疏廣、疏受二人的品德 (B)記錄楊巨源的事跡 (C)讚美楊巨源具有功成身退的美德 (D)讚美楊巨源對朝廷的貢獻。

（ ）2.下列敘述何者為非？ (A)「赫赫」若前日事：顯赫 (B)車數百「兩」：通「輛」 (C)又「圖」其迹：謀求 (D)「祖道」都門外：餞行。

（ ）3.「世常說古今人不相及」意指 (A)一般人常說現代人不能和古人相比 (B)一般人常說古代人和現代人沒有關係 (C)一般人常說古代比不上現代 (D)一般人常說古代和現代不互相影響。

（ ）4.下列敘述何者為非？ (A)方以能詩「訓」後進：教導；教誨 (B)亦「白」丞相：稟告 (C)予「忝」在公卿後：辱；愧。自謙之詞 (D)「見」今世無工畫者：看見。

（ ）5.「道旁觀者亦有歎息知其為賢以否」乃謂 (A)可由道路旁觀之人的歎息，知其賢或不

賢　(B)路旁觀看的人，有沒有知道他的賢智而讚歎的　(C)道路旁觀之人因他的不賢而歎息　(D)歎息路旁觀看之人不知其賢。

（　）6.「而太史氏又能張大其事為傳，繼二疏踪跡否？不落莫否」下列敘述何者為非？　(A)太史氏：泛指史官　(B)張大其事：宣揚此事　(C)踪跡：行蹤　(D)不落莫否：使楊少尹不寂寞嗎。

（　）7.下列敘述何者為非？　(A)「白」以為其都少尹：奏明皇上　(B)又為歌詩以「勸」之：勸誡　(C)京師之「長」於詩者：擅長　(D)亦「屬」而和之：寫文章；作詩。

（　）8.下列敘述何者為非？　(A)古之所謂「鄉先生」沒而可祭於社者：鄉賢之長者　(B)楊侯始「冠」：強仕之年　(C)「中世」士大夫：近代　(D)誡子孫以楊侯不去其鄉為法：教導子孫，以楊侯不離開家鄉做模範。

（　）9.(甲)「猥」以微賤；(乙)予「忝」在公卿後；(丙)「聖」朝；(丁)願效「犬馬」之勞；(戊)楊「侯」始冠；(己)「至尊」。以上字詞使用何者為謙詞？　(A)(甲)(乙)(丙)　(B)(甲)(乙)(丁)　(C)(甲)(丙)(己)　(D)(丙)(丁)(戊)。

（　）10.作者想像楊氏歸家之景象，讚美其可敬可愛，一方面也批評當時文人何種缺失？　(A)丞相有愛而惜之者　(B)遇病不能出　(C)以官為家，罷則無所於歸　(D)一朝辭位而去。

*（　）11.序可分為「書序」和「贈序」兩類，「書序」主要說明寫作緣由，「贈序」如其名為贈人以言，請問以下作品何者為「贈序」類？　(A)〈送楊少尹序〉　(B)〈送東陽馬生序〉　(C)〈蘭亭集序〉　(D)〈送孟東野序〉　(E)〈張中丞傳後敘〉。

*（　）12.下列有關本文通同字的替換何者正確？　(A)不落「莫」否：寞　(B)「見」今：現　(C)「歎」息：嘆　(D)車數百「兩」：輛　(E)供「張」：帳。

*（　）13.下列有關年齡的代稱所指何者正確？　(A)冠：二十歲　(B)周晬：一歲　(C)束髮：十六歲　(D)及笄：女子十七歲　(E)強仕之年：四十歲。

*（　）14.作者讚歎楊少尹辭官歸鄉受眾人愛戴之敘述為何？　(A)於時公卿設供張，祖道都門外，車數百兩　(B)道路觀者，多歎息泣下，共言其賢　(C)後世工畫者，又圖其迹　(D)鄉人莫不加敬　(E)誡子孫以楊侯不去其鄉為法。

*（　）15.語文中援用別人的話或典故、俗語等的修

辭法叫做引用，而明引則是「明白指出所引用的話出自何處」，以下何者使用此種修辭法？　(A)楊侯始冠，舉於其鄉，歌〈鹿鳴〉而來也　(B)松柏後凋於歲寒，雞鳴不已於風雨　(C)客曰：「『月明星稀，烏鵲南飛。』此非曹孟德之詩乎。」　(D)白香山詩云：「大珠小珠落玉盤」，可以盡其妙處　(E)先天下之憂而憂，後天下之樂而樂。

非選題

(一)注釋：

1. 為歌詩以「勸」：
2. 楊侯始「冠」：
3. 祭於「社」：
4. 供張：
5. 鄉先生：

(二)請將以下文句依句義重組：

(A)某水、某丘，吾童子時所釣遊也　(B)古之所謂鄉先生沒而可祭於社者，其在斯人歟！其在斯人歟　(C)鄉人莫不加敬，誡子孫以楊侯不去其鄉為法　(D)楊侯始冠，舉於其鄉，歌〈鹿鳴〉而來也　(E)今之歸，指其樹曰：「某樹，吾先人之所種也。」

答：

送石處士序

選擇題（＊為多選題）

（　）1. 本文旨在　(A)送石處士任職，並期許他善盡職責　(B)讚揚石處士之品德　(C)陳說石處士從隱士到出仕的經過　(D)稱讚御史大夫能任賢用才。

（　）2. 「若燭照數計而龜卜也」乃謂　(A)善於計算　(B)勤於占卜　(C)料事如神　(D)學習算術。

（　）3. 下列敘述何者為非？　(A)先生有以自老：倚老賣老　(B)其肯為「某」來耶：自稱之詞　(C)「師」環其疆：軍隊　(D)財粟「殫亡」：窮盡。

（　）4. 「若以義請而彊委重焉」下列敘述何者為非？　(A)以義請：以大義懇請之　(B)彊：勉強　(C)焉：指石洪　(D)委重：委派重任。

（　）5. 下列敘述何者為非？　(A)歸輸之塗：糧餉轉運的要道　(B)治法征謀：治民之法及征討的計謀　(C)拜受「書禮」於門內：以書為禮　(D)「張」上東門外：供張，指設筵餞行。

（　）6. 「宵則沐浴，戒行事，載書冊，問道所由，

告行於常所來往」下列敘述何者正確？ (A)戒：指齋戒 (B)問道所由：指問明行經之路 (C)告行：告知行程 (D)常所來往：行人經常來往之地。

（ ）7. 下列敘述何者為非？ (A)有執「爵」而言者：酒杯 (B)決去就：決定去留 (C)敢不敬蚤夜以求從「祝規」：祝辭中規勸之語 (D)而飢其師：使老師挨餓。

（ ）8. 「無甘受佞人，而外敬正士」乃謂 (A)不甘心受小人擺布，所以外求正直之士 (B)不要甘心受小人擺布，而應對外尊敬賢士 (C)不要喜歡花言巧語的小人，而又尊敬賢士 (D)不要喜歡花言巧語的小人，而只在表面上敬重正直的賢士。

（ ）9. 韓愈〈送石處士序〉：「無務富其家，而飢其師」一句應譯為 (A)不要自求自家富足，而餓壞了自己的軍隊 (B)不要務求自己家人富裕，而使他們老師挨餓 (C)不要務求自己家人富足，而使自己的老師挨餓 (D)不努力追求使自己家富足，而使自己的軍隊挨餓。

（ ）10. 韓愈〈送石處士序〉：「與之語道理，辨古今事當否。」意乃 (A)與他溝通道理，誰也說不過他 (B)跟他談論道理，分辨古今大事是否妥當 (C)跟他談道理，看出他的學問功力，貫通古今 (D)跟他談道理，他會上下古今是非善惡當下立判。

*（ ）11. 下列各字的字義何者不同？ (A)未嘗以事「辭」／其何說之「辭」 (B)其肯「為」某來耶／愈「為」之序 (C)人「與」之錢／「與」之語道理 (D)歸「卜」／「卜」日以授使 (E)便扶「向」路／「向」聲背實。

*（ ）12. 下列敘述何者正確？ (A)歐陽脩退隱後自號「醉翁先生」 (B)王安石為臨川人故人號之「臨川先生」 (C)司馬光是涑水鄉人故號「涑水先生」 (D)白居易隱於香山寺，故號「香山先生」 (E)方孝孺因蜀獻王尊其書齋為「正學」，故稱「正學先生」。

*（ ）13. 「人多次經歷挫折，則增長經驗，知缺失所在，而能處置得宜，可謂：□□□□□□。」缺空的詞語可以是 (A)松柏後凋於歲寒 (B)經一事則長一智 (C)雞鳴不已於風雨 (D)識時務者為俊傑 (E)三折肱而成良醫。

*（ ）14. 下列是對於唐代詩人的扼要敘述，正確的選項是 (A)李白、杜甫皆為盛唐浪漫派詩人，並稱「李杜」 (B)白居易與元稹共創

「新樂府運動」不入樂，以譏評時政為主 (C)元結詩風質樸，反映政治現實，民生疾苦 (D)韓愈詩力求新奇，以文為詩，影響宋詩極大 (E)李商隱與杜牧、溫庭筠齊名，並稱「小李杜」、「溫李」。

*（　）15.中國理想的「生命之美」，往往不在感官的愉悅或際遇的騰達，而在追求一種超出外在現實限制，屬於內心坦然自在的安適。下列文句，表現此種生命情趣的選項是 (A)飯疏食，飲水，曲肱而枕之，樂亦在其中矣 (B)結廬在人境，而無車馬喧。問君何能爾，心遠地自偏 (C)不以物傷性，不以謫為患，無適而不自快，無入而不自得 (D)自耕稼陶漁，以至為帝，無非取於人者。取諸人以為善，是與人為善者也 (E)使大夫恆無變其初，無務富其家而飢其師，無甘受佞人而外敬正士，無昧於諂言，惟先生是聽。

非選題

(一)下列成語，何者為同義詞？是的打○，不是的打×：

（　）1.青雲之志／鴻鵠之志。

（　）2.吞舟是漏／法網恢恢。

（　）3.蹶角受化／近悅遠來。

（　）4.魚游沸鼎／高枕無憂。

（　）5.惡積禍盈／罄竹難書。

(二)修辭判別：

「他們這些人就像陽光、綠野、花一樣，是這有活力的城市，有活力的人間，不可或缺的色彩。」這句運用了哪三種修辭法？

答：

送溫處士赴河陽軍序

選擇題（*為多選題）

（　）1.本文旨在說明 (A)伯樂之善相馬 (B)對朝廷得人而慶賀，對己失良友而惋惜 (C)烏公盡取東都人才，使河南尹無人可用 (D)愈欲同溫處士往河陽軍。

（　）2.「伯樂一過冀北之野，而馬群遂空」乃謂 (A)伯樂一過冀北，把馬都殺光了 (B)伯樂一過冀北，把馬都嚇跑了 (C)伯樂一過冀北，把馬都帶走了 (D)伯樂一過冀北，把好馬都取走了。

（　）3.此文用伯樂起文，意在 (A)稱讚伯樂善相馬 (B)以伯樂喻烏公，以良馬喻石、溫二人 (C)說明冀北無良馬 (D)說明冀北無人才。

（　）4.下列敘述何者為非？ (A)恃才能深藏而不「市」者：求官貢獻才能 (B)大夫烏公以

「鈇鉞」鎮河陽之三月：軍隊中的殺人刑具 (C)以禮為「羅」：羅網 (D)「羅而致之」幕下：喻羅致賢士。

( ) 5.下列敘述何者為非？ (A)於是以石生為「媒」：媒介；介紹 (B)東都雖「信」多才士：果真 (C)拔其尤：將罪大惡極之人拔除 (D)奚所「諮」而處焉：請教諮詢。

( ) 6.下列敘述何者為非？ (A)士大夫之去位而「巷處」者：流落街頭 (B)於何「考德而問業」焉：探索道德，請教學業 (C)無所「禮」於其廬：拜見 (D)夫「南面」而聽天下：指君王、帝王。

( ) 7.「愈縻於茲，不能自引去，資二生以待老」下列敘述何者為非？ (A)縻：牽繫 (B)引去：引退；辭去 (C)資二生以待老：依靠二位先生到老 (D)資：給予財貨。

( ) 8.「為吾致私怨於盡取也」的「盡取」是指 (A)盡取人才 (B)盡取良馬 (C)盡取錢財 (D)盡取利益。

( ) 9.(甲)「恃」才：ㄘˋ；(乙)「鈇」鉞：ㄈㄨ；(丙)奚所「諮」而處焉：ㄗ；(丁)誰與「嬉」遊：ㄒㄧ；(戊)愈「縻」於茲：ㄇㄧˇ；(己)洛之北「涯」：ㄞˊ。上列「 」內的字，讀音完全正確的選項是 (A)(甲)(戊)(己) (B)(乙)(丙)(丁) (C)(丙)(丁)(戊) (D)(丁)(戊)(己)。

( ) 10.「東都，固士大夫之冀北也」，句中的「固」字義，與下列哪個選項相同？ (A)臺灣「固」海上之荒島爾 (B)秦孝公據崤函之「固」 (C)梁使三反，孟嘗君「固」辭不往也 (D)奢則不孫，儉則「固」。

*( ) 11.下列文句屬於「類疊」修辭格的選項是 (A)吾所謂空，非無馬也，無良馬也 (B)以石生為才，以禮為羅，羅而致之幕下 (C)朝取一人焉，拔其尤；暮取一人焉，拔其尤 (D)政有所不通，事有所可疑 (E)相為天子得人於朝廷，將為天子得文武士於幕下。

*( ) 12.下列有關方位的敘述，正確的選項是 (A)「夫南面而聽天下」，古代中國國君向來以「南面」臨民，故「南面」為「君王」的代稱 (B)臣子面北朝見天子，「北面」為「臣下」的代稱 (C)古代「東」有「主人」之意，如「房東」、「店東」 (D)「西家」則為受人雇用的人 (D)唐代「左」有「貶降」之意，如「左遷」。

*( ) 13.下列「 」內的詞語，解釋正確的選項是 (A)「遇其良，輒取之，群無留良焉」，句中的「良」皆指良人 (B)「東都，固士大夫之冀北也。」屬於譬喻的修辭，謂東都多

賢士，正如冀北多良馬　(C)「百司之執事」，謂各部門的官吏　(D)「搢紳」：用以代指官吏　(E)「無所禮於其廬」：意謂沒有辦法到他們家裡去拜訪。

*（　）14.有關序文，下列敘述正確的選項是　(A)有書序、贈序之分　(B)書序，用以說明著作之旨趣或動機　(C)書序有置於書前與書後之分，合稱序跋類　(D)贈序，乃贈人以言，以表敬愛或陳忠告之誼　(E)〈送溫處士赴河陽軍序〉屬書序。

*（　）15.下列有關韓愈之敘述正確的選項是　(A)唐憲宗遣使者迎佛骨入宮，愈上表極諫，帝大怒，乃貶潮州刺史，正直之聲動天下　(B)自許極高，以發揚「聖學」為己任，佛學造詣尤高　(C)唐初文章，猶尚駢文，愈力主載道之說，以復古為革命，提倡散文　(D)詩風閒雅清淡，獨樹一幟　(E)蘇軾稱其「文起八代之衰，而道濟天下之溺」。

非選題

(一)寫出下列「　」內的字義：

1.未「數」月也，以溫生為才：

2.今夫弈之為「數」，小數也：

3.予觀弈於友人所，一客「數」敗：

4.「數」罟不入洿池，魚鱉不可勝食也：

5.臣請為君「數」之，令知其罪而殺之：

(一)語譯：

愈廉於茲，不能自引去，資二生以待老。今皆為有力者奪之，其何能無介然於懷耶？

答：

祭十二郎文

選擇題（*為多選題）

（　）1.本文主旨在敘　(A)生離死別之悲　(B)強夭病全之哀　(C)命運多舛之痛　(D)形單影隻之苦。

（　）2.下列敘述何者為非？　(A)時羞：應時的食物　(B)不省所怙：不認識自己的父親　(C)早世：太早出世　(D)請歸取其「孥」：妻和子。

（　）3.下列敘述何者有誤？　(A)吾又「罷去」：指離職　(B)將「成家」而致汝：指結婚　(C)故捨汝而「旅食」京師：在外謀生　(D)以求「斗斛之祿」：指微薄的俸祿。

（　）4.「吾不以一日輟汝而就也」意為　(A)我也不肯離開你一天而去就任的　(B)我也不會一天不管你而去就任　(C)我也不會讓你輟學一天而去就任　(D)我沒有一天停止想去

和你相聚的念頭。

（　）5.「嗚呼！其信然邪？其夢邪？其傳之非其真邪」表現韓愈 (A)疑神疑鬼 (B)因過度悲傷而精神恍惚 (C)患有精神異常症 (D)不肯相信十二郎真已去世。

（　）6.下列敘述何者為非？ (A)汝之純明而不克「蒙」其澤乎：蒙受 (B)汝之純明宜「業」其家者：繼承家業 (C)「比」得軟腳病：去年 (D)天者誠難測，而神者誠難明：感慨天意難料。

（　）7.下列敘述何者為非？ (A)彼有食可守以待終喪，則待終喪而「取以來」：指供應食物 (B)終葬汝於先人之「兆」：指墳地 (C)「窆」不臨其穴：指下葬 (D)彼蒼者天，「曷」其有極：同「何」。

（　）8.下列何者勾勒了本文生離死別之場景？ (A)情 (B)離 (C)哀 (D)怨。

（　）9.(甲)銜哀「致」誠／將成家而「致」汝；(乙)遇汝從嫂「喪」來葬／彼有食可守以待終「喪」；(丙)吾實為之，其又何「尤」／不怨天，不「尤」人；(丁)惟兄嫂「是」依／唯利「是」圖；(戊)吾上有三兄，皆不「幸」早世／教吾子與汝子，「幸」其成。上列字義相同者為何？ (A)(乙)(丁) (B)(甲)(乙) (C)(甲)(戊) (D)(丙)(丁)。

（　）10.「所謂理者不可推，而壽者不可知矣！」這段話是在說明韓愈家族的哪一種遭遇？ (A)韓氏兩世，惟此而已 (B)圖久遠者，莫如西歸，將成家而致汝 (C)汝病吾不知時，汝歿吾不知日 (D)少者彊者而夭歿，長者衰者而存全乎。

*（　）11.選出通同字正確者 (A)比得「軟」腳病：同「懦」 (B)歿不得「撫」汝以盡哀：「附」 (C)康「彊」而早逝：通「疆」 (D)時「羞」之奠：同「饈」 (E)「斂」不憑其棺：同「殮」。

*（　）12.下列何者為假設語氣用法？ (A)如不能守以終喪，則遂取以來 (B)死而有知，其幾何離；其無知，悲不幾時，而不悲者無窮期矣 (C)縱而來歸，殺之無赦；而又縱之，而又來，則可知為恩德之致爾 (D)如耿蘭之報，不知當言月日 (E)誠知其如此，雖萬乘之公相，吾不以一日輟汝而就也。

*（　）13.下列詞語何者與顏色有關？ (A)楓葉荻花秋「瑟瑟」 (B)岸芷汀蘭，郁郁「青青」 (C)視茫茫，而髮「蒼蒼」 (D)「亭亭」山上松 (E)「青青」河畔草。

*（　）14.有關祭文常識之敘述何者正確？ (A)〈祭

十二郎文〉為押韻駢體祭文　(B)古代祭文，多用韻文駢語　(C)為達悲悼之意，祭文用辭宜誇張　(D)為告語鬼神或哀悼死者的文字　(E)「尚饗」為祭文結尾之用語。

*（　）15.以下有關〈祭十二郎文〉的敘述何者正確？　(A)選自《韓昌黎集》　(B)為應用文中的哀祭類，內容則是抒情文　(C)文中連用四十二個「汝」字，來寫生活、聚離、家道、遭遇　(D)用口頭語，道家常事，表現哀痛欲絕，無限悽愴　(E)實為祭文中之創格，後人推為「千古絕調」。

非選題

(一)注釋：

1.請歸取其「孥」：

2.「窆」不臨其穴：

3.先人之「兆」：

4.時羞：

5.尚饗：

(二)語譯：

吾行負神明而使汝夭；不孝不慈而不能與汝相養以生，相守以死。

答：

祭鱷魚文

選擇題（*為多選題）

（　）1.本文旨在說明　(A)聲討惡勢力和為民除害的決心　(B)痛責鱷魚虐民害眾　(C)以天子之威，為鱷魚尋找出路　(D)描寫鱷魚危害鄉民的惡行。

（　）2.下列敘述何者為非？　(A)「維」年月日：是　(B)「烈」山澤：放火燒　(C)「罔」繩：同「網」　(D)擉刃：指用利刃為刺取魚鼈的器具。

（　）3.下列敘述何者為非？　(A)「六合」之內：指天地四方　(B)況「潮」，嶺海之間：指海邊　(C)鱷魚之「涵淹」卵育於此：潛伏　(D)及後王德薄，不能「遠有」：保有邊遠之地。

（　）4.「去京師萬里哉」乃謂　(A)去到京師的路有萬里　(B)離開京師已萬里了　(C)來到京師需走萬里之路　(D)距離京師有萬里之路。

（　）5.「出貢賦以供天地宗廟百神之祀之壤者哉」下列敘述何者為非？　(A)貢：地方進貢的物品　(B)賦：人民繳納的稅金　(C)壤：通「禳」　(D)本句乃言潮州的重要性。

（　）6.下列敘述何者為非？ (A)況禹跡所揜：何況潮州是大禹足跡曾到之處 (B)而鱷魚「睅然」不安谿潭：兇惡貌 (C)固其勢不得不與鱷魚「辨」：爭論是非 (D)其率「醜類」南徙於海：貶詞，指鱷魚模樣醜陋。

（　）7.「亦安肯為鱷魚低首下心。伈伈睍睍，為民吏羞，以偷活於此邪」下列敘述何者為非？ (A)為民吏羞：被人民官吏所恥笑 (B)伈伈：小心恐懼的樣子 (C)睍睍：心眼狹小的樣子 (D)本句乃言韓愈絕不肯縱容鱷魚的決心。

（　）8.下列敘述何者為非？ (A)以生以食：在那兒生育，在那兒覓食 (B)以「種」其子孫：繁殖 (C)刺史則選「材技」吏民：才能技術 (D)以與鱷魚「從事」：投身工作。

（　）9.韓愈〈祭鱷魚文〉：「低首下心」、「伈伈睍睍」、「今與鱷魚約」三句的修辭現象分別為 (A)對偶／疊字／轉化 (B)夸飾／對偶／疊字 (C)疊字／轉化／對偶 (D)對偶／排比／轉化。

（　）10.韓愈〈祭鱷魚文〉：「今與鱷魚約：盡三日，其率醜類南徙於海，以避天子之命吏」句中「其率醜類南徙於海」意謂 (A)帶領你們的同類向南遷徙到大海去 (B)應該率領你們的同類離開南邊的大海 (C)你們這些醜陋的鱷魚應該搬家到大海去 (D)希望你們不要再做醜事，快速離開大海才是。

*（　）11.請從下列各組中，選出「　」中字義相同的選項 (A)「維」年月日／「維」妙維肖 (B)夫傲天子「之」命吏／以避天子「之」命吏 (C)鱷魚有知，「其」聽刺史言／聽從「其」言也 (D)而鱷魚睅然不「安」谿潭／亦「安」肯為鱷魚低首下心 (E)投惡谿之潭水，「以」與鱷魚食／操強弓毒矢，「以」與鱷魚從事。

*（　）12.下列文句，完全無錯別字的選項是 (A)做任何事，都應全力以赴，由其不可有投機取巧的心態 (B)平時講就衛生，養成洗手的習慣，便能避免腸病毒的感染 (C)青年人眼光要遠大，做事要積極，縱然遇到困難，也要設法克服 (D)一個人能時時存好心，做好事，便能了無撼恨，俯仰無愧地過一生 (E)錢塘潮聲勢浩大，每逢中秋，千萬人聚於海邊，觀賞驚濤裂岸的奇景，蔚為風氣。

*（　）13.下列哪項「　」中的字詞性相同？ (A)「衣」冠而見之／「衣」敝緼袍 (B)心「懸」此人／或「懸」心於貴勢 (C)餘肉亂切送驢

前「食」之／治於人者「食」人 (D)夫人之有一能，而使後人「尚」之如此／「尚」友古人 (E)鱷魚有知，「其」聽刺史言／夫傲天子之命吏，不聽「其」言。

*（ ）14. 下列選項中，各有四組偏旁不同的字，請選出其中聲母相同者 (A)羅「衾」／青青子「衿」／「矜」、寡、孤、獨／「黔」驢技窮 (B)羽扇「綸」巾／「掄」元／漂泊「淪」落／民意「論」壇 (C)春意「闌」珊／凭「欄」遠眺／文采斑「斕」／波「瀾」壯闊 (D)一尊還「酹」江月／「捋」虎鬚／比「埒」／「哷」哷 (E)「睅」然不安谿潭／搖筆「桿」／「趕」緊收拾／「旱」災。

*（ ）15. 「親親而仁民，仁民而愛物」，此二句之文意有程序上的層層推進。下列文句，屬於此種表現方式的是 (A)先生居嵩邙瀍穀之間，冬一裘，夏一葛；食朝夕，飯一盂，蔬一盤 (B)不違農時，穀不可勝食也；數罟不入洿池，魚鱉不可勝食也；斧斤以時入山林，材木不可勝用也 (C)吾十有五而志於學，三十而立，四十而不惑，五十而知天命，六十而耳順，七十而從心所欲，不踰矩 (D)少年讀書，如隙中窺月；中年讀書，如庭中望月；老年讀書，如臺上玩月；皆以閱歷之淺深，為所得之淺深耳 (E)盡三日，其率醜類南徙於海，以避天子之命吏。三日不能，至五日；五日不能，至七日；七日不能，是終不肯徙也。

非選題

(一)選出用詞有毛病的項目，並加以說明。

1. 各路強隊厲兵秣馬，覬覦金牌桂冠。
2. 他這種公而忘私的精神值得我們效尤。
3. 小沈是我青梅竹馬的朋友，當時我們常常像親兄弟一樣在一塊玩。
4. 這位老詩人晚年可謂江郎才盡，寫出一些口號味、表態詩之類的文章，令讀者大失所望。

答：

(二)請寫出下列文字所代表的標點符號：

〔示範〕（。）小胖子，像圓球；說完一句就停住。

（ ）1. 小啞巴，不說話；省略詞句都用它。

（ ）2. 小耳朵，真勤快；碰到疑難就發問。

（ ）3. 小圓餅，加逗號；並列分句要嚴明。

（ ）4. 四方臉，有來歷；引用名正又言順。

柳子厚墓誌銘

選擇題（＊為多選題）

（　）1.本文旨在 (A)說明柳宗元才行卓異，而不遇於時，文章深博，必能傳於後世 (B)譏評在上位者不能用人唯才 (C)咎世人往往落井下石 (D)闡揚宗元政績卓著，惜持守不正。

（　）2.下列何者不是韓愈稱讚柳宗元之語？ (A)儁傑廉悍 (B)為詞章，汎濫停蓄 (C)勇於為人 (D)有節概，重然諾。

（　）3.下列敘述何者為非？ (A)號為剛直：以剛強正直有名 (B)逮其父時：到了他父親的時候 (C)嶄然見頭角：指展現出眾的才華 (D)率常屈其座人：常使同座之人折服。

（　）4.下列敘述何者為是？ (A)爭欲令出我門下：都希望能入柳宗元門下 (B)「交口」薦譽之：七嘴八舌 (C)例出為刺史；「未至」，又例貶永州司馬：任期未滿 (D)「是」豈不足為政耶：指柳州。

（　）5.下列敘述何者為非？ (A)「因」其土俗：按照 (B)其俗以男女「質」錢：抵押 (C)子本「相侔」：相等 (D)「比」一歲，免而歸者且千人：比如。

（　）6.下列敘述何者為非？ (A)當「詣」播州：往；到 (B)無辭以「白」其大人：說明 (C)「詡詡」強笑語：虛偽貌 (D)以相取下：表示謙抑，迎合對方。

（　）7.「又無相知有氣力得位者推挽，故卒死於窮裔」下列敘述何者為非？ (A)相知：了解宗元才行者 (B)有氣力：有權力 (C)推挽：推薦提拔 (D)窮裔：窮困的鄉里。

（　）8.下列敘述何者為非？ (A)其經承子厚口講指畫為文詞者：指文章經柳宗元指點 (B)一旦臨小利害，僅如毛髮「比」，和「比」一歲的比意思相同 (C)「使」子厚在臺省時：假使 (D)又將「經紀」其家：料理；安排。

（　）9.(甲)曾伯祖「奭」：ㄕˋ；(乙)「踔」厲風發：ㄓㄨㄛ；(丙)為深博無涯「涘」：ㄧˊ；(丁)則使歸其「質」：ㄓˋ；(戊)當「詣」播州：ㄧˋ；(己)「詡詡」強笑語：ㄒㄩˇ ㄒㄩˇ。上列「　」內的字，讀音完全正確的選項是 (A)(甲)(戊) (B)(乙)(丙)(丁) (C)(丙)(丁)(戊) (D)(丁)(戊)(己)。

（　）10.「比一歲，免而歸者且千人。」句中「比」字義，與下列哪個選項相同？ (A)海內存知己，天涯若「比」鄰 (B)君子周而不「比」，小人「比」而不周 (C)君子之於天下也，無適也，無莫也，義之與「比」 (D)「比」去，以手闔門。

*（　）11.選出下列「　」內之字詞意義，何者兩兩

相異？(A)為深博無涯涘，而自「肆」於山水間／江出西陵，始得平地，其流奔放「肆」大　(B)子厚「以」元和十四年十一月八日卒／「以」十五年七月十日，歸葬萬年　(C)一旦臨小利害，僅如毛髮「比」／「比」一歲，免而歸者且千人　(D)居「閒」，益自刻苦／為深博無涯涘，而自肆於山水「間」　(E)嶄然「見」頭角／「見」憲於篇籍。

*（　）12. 下列「　」中之詞語，何者使用正確？　(A)不畏懼中國當局的掣肘，臺灣代表在亞太經合會上「踔厲風發」，贏得所有與會者的一致肯定　(B)張小姐與林先生「指天誓日」，願做偕老夫妻　(C)游老師上起課來「口講指畫」，精彩萬分，深受學生歡迎　(D)身為民代，「酒食徵逐」多過殿堂問政，要想連任，無異緣木求魚　(E)為什麼要在別人危急的時刻「落井下石」，太不講做人的道德了。

*（　）13. 有關韓愈和柳宗元的比較，下列敘述正確的選項是　(A)同屬中唐古文家，韓愈主「文以載道」，柳宗元主「文以明道」　(B)韓，昌黎人，人稱韓昌黎；柳，柳州人，人稱柳柳州　(C)同因王叔文案，韓貶潮州，柳貶永州　(D)韓柳首倡古文運動　(E)韓自許極高，以發揚聖學為己任，不恤生死以排斥佛、老，柳則採用兼容並包的態度。

*（　）14. 有關〈柳子厚墓誌銘〉一文，下列敘述正確的選項是　(A)選自《昌黎先生集》，是一篇記敘文　(B)全文可分為兩大部分：前為「誌」，類似傳記；後為銘，是對死者的讚頌，文短且不押韻，以添情致　(C)開頭歷敘柳氏祖先的生平，是為了彰顯柳氏家世顯赫　(D)文中善於運用對比手法，將柳宗元形象鮮活地呈現出來　(E)由「生前窮愁潦倒，死後留名千古」的角度來肯定柳宗元的人生價值與文學地位。

*（　）15. 「轉品」修辭，一般皆由單字扮演，下列何者是由「詞組」轉品為動詞作用？　(A)議論「證據」今古，出入經史百子　(B)猴子被「牢籠」在人類文明裡，失去了野性　(C)幻術似的滅了，滅了，一個可怕的黑暗的「空虛」（徐志摩〈北戴河海濱的幻想〉）　(D)若真用了這方兒，真真把人「瑣碎」死（《紅樓夢》第七回）　(E)女也不爽，士貳其行；士也罔極，「二三」其德（《詩經．衛風．氓》）。

非選題

㈠朋友之間的交往，有不同的領域和程度，請就參考選項中選出適當的答案代號填入括弧中：

（　）1.以性命相許的朋友

（　）2.以利害關係而結交的朋友

（　）3.結拜兄弟或姐妹

（　）4.女子結拜為姐妹

（　）5.不拘年歲、輩分而相交的朋友

（　）6.可以共安樂而無法共患難的朋友

（　）7.情投意合、友誼深厚的朋友

參考選項：

(A)手帕之交　(B)金蘭之交　(C)刎頸之交　(D)酒肉之交

(E)市道之交　(F)莫逆之交　(G)忘年之交

㈡字形測驗：

1.「ㄓㄨㄛˊ」厲風發：　2.陷入泥「ㄋㄠˋ」：

3.風姿「ㄔㄨㄛˋ」約：　4.桂「ㄓㄠˋ」蘭槳：

5.哀「ㄉㄠˋ」：

卷九 唐宋文

駁復讎議

選擇題（＊為多選題）

（　）1. 本文旨在 (A)全面駁斥陳子昂「誅之而旌其閭」的不當，指出徐元慶的作法是合禮合法的 (B)說明應當窮理以定賞罰 (C)說明世人不能明辨「刑」與「禮」 (D)讚揚徐元慶能為其父報仇。

（　）2. 柳宗元對於陳子昂的「復讎議」表示 (A)讚揚陳子昂見解卓越 (B)雖然正確但立論不完整 (C)駁斥陳子昂的意見，提出自己的看法 (D)陳子昂的立論前後矛盾。

（　）3. 下列敘述何者有誤？ (A)卒能「手刃父讎」：親手殺死父親的仇人 (B)「束身歸罪」：放下武器 (C)誅之而「旌」其閭：表揚 (D)臣竊獨過之：臣個人認為他的建議是錯的。

（　）4. 「若曰無為賊虐，凡為治者殺無赦」乃謂 (A)比如說禁止殺人行凶，只要是行凶之人皆處死，決不赦免 (B)比如說禁止殺人行凶，只要是教唆行凶皆處死，決不赦免 (C)比如說禁止殺人行凶，即使官吏殺錯了人也要處死，決不赦免 (D)比如說禁止殺人行凶，如果是殺了官吏，也要處死，決不赦免。

（　）5. 下列敘述何者為非？ (A)旌與誅莫得而「並」焉：同時使用 (B)「黷」刑甚矣：輕慢 (C)茲謂「僭」：越分 (D)違害者不知所立：危害人間的人將無法立足。

（　）6. 下列敘述何者為非？ (A)「本情」以正褒貶：根據實情 (B)奮其吏氣：濫用官吏的權勢氣焰 (C)州牧「不知罪」：沒有懲其罪 (D)上下「蒙冒」：昏庸的樣子。

（　）7. 下列敘述何者為非？ (A)介然自克：指堅決自力完成復仇工作 (B)不「愆」於法：差錯 (C)父不受誅，子復讎可也：父親還沒有被處死，兒子就可以去復仇 (D)不宜以前議「從事」：辦理。

（　）8. 「嚮使刺讞其誠偽，考正其曲直，原始而求其端，則刑禮之用，判然離矣」下列敘述何者為非？ (A)嚮使：當初假使 (B)刺讞：訊問審判 (C)原始而求其端：追究根源，找出原因 (D)判然離矣：背道而馳。

（　）9. (甲)「僭」：ㄑㄧㄢˋ；(乙)籲「號」：ㄏㄠˊ；(丙)刺「讞」：ㄒㄧㄢˋ；(丁)悖「驁」：ㄨˋ；(戊)「黷」

刑壞禮：ㄌㄨˊ；(己)「讎」之則死：ㄔㄡˊ。上列「　」內字音正確的選項是哪些？(A)(甲)(乙)(丙)　(B)(乙)(戊)(己)　(C)(丙)(丁)(戊)　(D)(丙)(戊)(己)。

(　)10. 柳宗元之〈駁復讎議〉對徐元慶手刃父讎之事，合理化其行為，最重要的依據是因為他認為此事合於哪一種德行而可免受刑罰？(A)勇　(B)愛　(C)智　(D)義。

*(　)11. 下列有關唐宋人策議論辯文章之說明何者正確？(A)歐陽脩之〈縱囚論〉透過唐太宗縱囚一事，闡發法令必須本於人情　(B)蘇洵之〈六國論〉詳細剖析六國滅亡的原因，在於六國義不賂秦　(C)柳宗元之〈駁復讎議〉藉徐元慶手刃父讎之事，合於孝義，合理化其行為　(D)蘇軾之〈教戰守策〉主張上位者應懷憂患意識使民眾知戰能守　(E)魏徵之〈諫太宗十思疏〉全文以「思國之安者，必積其德義」為主旨進諫。

*(　)12. 在文中改變原來詞彙的詞性的修辭法叫做轉品，以下何者使用轉品法來修飾？(A)誅之而「旌」其閭　(B)陷於大「戮」　(C)「枕」戈為得禮　(D)「謝」之不暇　(E)手「刃」父讎。

*(　)13. 柳宗元以哪些文句說明徐元慶不需為手刃父讎之事受戮？(A)人必有子，子必有親，親親相讎，其亂誰救　(B)達理而聞道者　(C)不忘讎，孝也　(D)不愛死，義也　(E)不越於禮，服孝死義。

*(　)14. 以下句型在詞性組合上何者相同？(A)處心積慮　(B)親親相讎　(C)暴寡脅弱　(D)非經背聖　(E)黷刑壞禮。

*(　)15. 「借代」是指在語文中借用其他詞句或名稱來代替一般經常使用的詞句或名稱的一種修辭技巧，請選出以下使用這種修辭法的語句　(A)以「戴天」為大恥　(B)半付「祝融」　(C)死當「結草」　(D)「枕戈」為得禮　(E)今乃棄「黔首」以資敵國。

非選題

(一)注釋：

1. 茲謂「僭」：
2. 不「愛」死：
3. 刺讞：
4. 悖驁：
5. 籲號：

(二)語文偶數句中，字數相等，句法相稱，有時還講究平仄相對者，稱為寬對。請依句義將參考選項中適當詞句代號填入文中括弧處。

1. 戴天為大恥，(　)

2.（　　），其用則異

3. 奮其吏氣，（　　）

4.（　　），本情以正褒貶

5. 誅其可旌，茲謂濫，黷刑甚矣。（　　）

參考選項：

(A)旌其可誅，茲謂僭，壞禮甚矣　(B)枕戈為得禮　(C)窮理以定賞罰　(D)其本則合　(E)虐於非辜

桐葉封弟辨

選擇題（＊為多選題）

（　　）1. 本文旨在　(A)言人臣輔主，以中正為貞，不可輕易文過飾非　(B)言不可以桐葉封弟　(C)言君王無戲言，言出必當行　(D)言周王以桐葉封弟之經過。

（　　）2. 下列敘述何者為非？　(A)天子不可戲：天子無戲言　(B)成王以桐葉與「小弱弟」：身體虛弱的弟弟　(C)必不「逢」其失而為之辭：迎合　(D)且家人父子尚不能以此「自克」：自制。

（　　）3. (甲)周公乃成其「不中」之戲：不合情理；(乙)周公乃成其「不中」之戲：違反規則；(丙)「以地與人」，以小弱弟者為之主：把土地和人民；(丁)「以地與人」，以小弱弟者為之主：將土地給人。下列各組答案何者正確？　(A)(乙)(丙)　(B)(甲)(丙)　(C)(甲)(丁)　(D)(乙)(丁)。

（　　）4.「王以桐葉戲婦寺」的「婦寺」乃謂　(A)王妃和僧人　(B)妃嬪和僧人　(C)婦人和宦官　(D)外戚和宦官。

（　　）5.「設未得其當，雖十易之不為病；要於其當，不可使易也，而況以其戲乎」意與下列何句同？　(A)天子不可戲　(B)凡王者之德，在行之何若　(C)使若牛馬然，急則敗矣　(D)是直小丈夫缺缺者之事。

（　　）6.「是周公教王遂過也」乃謂　(A)是周公教成王錯到底　(B)是周公教唆他犯錯　(C)是周公忽略他的過錯　(D)是周公掩飾他的過錯。

（　　）7.「是直小丈夫缺缺者之事」的「缺缺」指　(A)氣度狹小　(B)吝嗇　(C)小聰明　(D)短視近利。

（　　）8. 下列何者不是柳宗元以為「為臣」該做的事？　(A)促成君王以桐葉封人之舉　(B)勸諫君王：王者之德重在行　(C)輔王以道，要歸大中　(D)有過則必不逢其失而為之辭。

（　　）9. 柳宗元〈桐葉封弟辨〉：「以地與人，以小弱弟者為之主」意謂　(A)將土地交給人

民，並讓小幼弟去作主　(B)以土地、人民和小弟弟一起去主持　(C)將土地和人民，加上幼弟都一齊要我作主　(D)將土地、人民給幼年的弟弟，去作那裡的君主。

（　）10.〈桐葉封弟辨〉一文中，柳宗元對於「桐葉封弟」、「周公為之賀」一事的看法是　(A)不可不信　(B)不可相信　(C)將信將疑　(D)可信，可不信。

*（　）11.下列文句當中，完全沒有出現錯別字的選項是　(A)有人散布不實謠言，危言慫聽，想要藉機哄抬物價，大撈一筆　(B)我這次真的痛定思痛，抱著破斧沉舟的決心，一心要把英文讀好　(C)赤壁之戰，曹操八十三萬大軍，瞬間灰飛煙滅，戰爭的殘酷，由此可見　(D)在一片幽靜的竹林中，只聞水聲潺潺，卻看不見水的蹤影，有一種虛無縹緲的意境　(E)時下有許多人沉匿在網路的世界裡，在網路咖啡廳裡，二十四小時目不轉睛地守在電腦前。

*（　）12.下列對於柳宗元〈桐葉封弟辨〉文中的相關說明，何者正確？　(A)「或曰：『封唐叔，史佚成之。』」柳宗元以此佐政此事為真　(B)「設有不幸，王以桐葉戲婦寺」句中「婦寺」是指後宮嬪妃　(C)「逢其失而為之辭」一句，意謂周公逢迎其過失而為之文飾　(D)「成王以桐葉與小弱弟」句中「弱」字是指王弟體弱多病　(E)「是周公教王遂過也」，句中「遂過」一詞意謂成就其過失。

*（　）13.下列文句「　」內的成語使用正確的選項是　(A)他們兩人雖然同年同月同日生，但是優劣「判若雲泥」，一個是仁心仁術的外科醫師，一個是擄人勒索的通緝犯　(B)地下舞廳、PUB等場所，環境複雜、「龍蛇雜處」，所以未成年的青少年最好不要涉足　(C)為了讓女兒有一個難忘的十八歲生日，他們夫婦「別有用心」的策劃了一場豪華舞會　(D)自從他考試失利之後，便躲在書房裡「長吁短歎」，意志消沉，體重下降將近十公斤　(E)為了延攬高科技人才進公司，董事長早就「虛左以待」，預留了高薪的職位，等待高手來上任。

*（　）14.下列文句「　」中為語助詞的選項是　(A)民之秉夷，好「是」懿德　(B)獨高其義，因以遺於世「云」　(C)問君何能「爾」？心遠地自偏　(D)且周公以王之言，不可苟「焉」而已　(E)人「而」如此，則禍敗亂亡，亦無所不至。

＊（　）15. 下列對於柳宗元的文學成就的說明，正確的選項是　(A)議論文章重視尊儒排佛，韓愈稱其文章「雄深雅健」　(B)寓言作品遠追先秦諸子寓言之成就，以《郁離子》享盛名　(C)遊記作品直承《水經注》之成就，以〈永州八記〉最有名　(D)詩與劉禹錫齊名，世稱「劉柳」，屬山水派，詩風冷峭　(E)古文與韓愈齊名，世稱「韓柳」，評者互道優劣，迄今不休。

非選題

(一)以下文句推論正確的打○，錯的打×：

（　）1. 人要吃飯，小張是人，所以小張要吃飯。

（　）2. 女生都留長頭髮，小張長頭髮，所以小張是女生。

（　）3. 小英愛美，小英是女生，所以女生愛美。

（　）4. 麻雀會飛，麻雀是鳥，所以會飛的都是鳥。

(二)下列「　」中的字皆為形似字，請依序填入：

1. 疆「ㄧˋ」：　2. 祖「ㄒㄧˋ」：

3. 警「ㄊㄧˋ」：　4. 蜥「ㄧˋ」：

箕子碑

選擇題（＊為多選題）

（　）1. 本文旨在　(A)說明紂之時的三位賢者為國為民的表現　(B)歌頌箕子忍辱負重、堅持正道的崇高德行　(C)說明箕子善於退隱以處亂世　(D)說明箕子善輔周王。

（　）2. 下列敘述何者有誤？　(A)正蒙難：堅持正道，不惜蒙受苦難　(B)法授聖：陳述大法，傳授給聖王　(C)故孔子述「六經」之旨：《詩》、《書》、《易》、《禮》、《樂》、《春秋》　(D)尤「殷勤」焉：非常勤奮。

（　）3. 下列敘述何者為非？　(A)天威之動不能「戒」：警惕　(B)進死以「併」命：通「屏」，捨棄　(C)無益吾祀：對祭拜祖先，沒有益處　(D)「與」亡吾國，故不忍：幫助。

（　）4. 「是用保其明哲，與之俯仰，晦是謨範，辱於囚奴」下列敘述何者為非？　(A)俯仰：意同「俯仰」無愧之「俯仰」　(B)晦：隱藏　(C)謨：謀略　(D)由此句可知箕子正蒙難。

（　）5. 下列敘述何者為非？　(A)隤而不息：指雖然國家衰敗，他卻不停止努力　(B)箕子之明夷：指箕子明白如何治理夷狄的方法　(C)「生人」以正：百姓；人民　(D)由箕子作〈洪範〉可知箕子之「法授聖」。

（　）6. 「惟德無陋，惟人無遠」乃謂　(A)推行德教，不分賢愚；教化人民，不論遠近　(B)

只有有德行之人，才不鄙陋；距離為人的目標，才不遙遠　(C)只有居住在繁華之地的人，德行才不鄙陋　(D)只有讓德行不鄙陋，則為人的目標就不遠了。

(　) 7.下列敘述何者為非？　(A)序彝倫：使正道倫常有序　(B)用廣殷祀，俾夷為華：擴大了殷朝的宗祀，使夷狄變為華夏　(C)「率」是大道：帶領　(D)「蕞」於厥躬：通「叢」，聚集。

(　) 8.下列敘述何者為非？　(A)殷祀未「殄」：斷絕　(B)向使紂惡未「稔」而自斃：成熟　(C)是固人事之「或」然者也：可能　(D)「嘉」先生獨列於易象：形容詞。

(　) 9.(甲)殷有仁人曰「箕」子：ㄑㄧˊ；(乙)大道「悖」亂：ㄅㄟˋ；(丙)晦是「謨」範：ㄇㄛˋ；(丁)「隤」而不息：ㄍㄨㄟˋ；(戊)序「彝」倫：ㄧˊ；(己)「蕞」於厥躬：ㄐㄩˋ。上列「　」內的字，讀音完全正確的選項是　(A)(甲)(丙)(己)　(B)(乙)(丁)(戊)　(C)(丙)(戊)(己)　(D)(甲)(丁)(己)。

(　) 10.「與亡吾國，故不忍」句中「與」字義，與下列哪個選項相同？　(A)仲尼「與」於蜡賓　(B)「與」嬴而不助五國也　(C)「與」其進也，不與其退也　(D)取諸人以為善，是「與」人為善者也。

*(　) 11.下列各組「　」內的字義，兩兩相異的選項是　(A)國無其人，誰「與」興理／「與」亡吾國，故不忍　(B)生人以正，「乃」出大法／四維不張，國「乃」滅亡　(C)「率」是大道／「率」性是謂道　(D)然則先生隱忍而為此，「其」有志於斯乎／聊布往懷，君「其」詳之　(E)「向使」紂惡未稔而自斃／「向使」三國各愛其地。

*(　) 12.下列「　」內的詞語，解釋正確的選項是　(A)「正蒙難」：堅持正道，不惜蒙受苦難　(B)「法授聖」：陳述大法，傳給聖王　(C)「化及民」：推行教化，及於百姓　(D)「天威之動不能戒」：天威的震怒不能警惕他　(E)「進死以併命」：拚命的前進。

*(　) 13.下列「　」內的詞語，解釋正確的選項是　(A)「委身以存祀」：把自己當作祭品　(B)「是用保其明哲」：因此保持自己的明智　(C)「晦是謨範」：把自己的謀略風範隱藏起來　(D)「昏而無邪」：老而無邪念　(E)「天命既改」：天命已經改變。

*(　) 14.有關〈箕子碑〉一文，下列敘述正確的選項是　(A)本文旨在歌頌箕子的德行　(B)肯定箕子具有大人之道　(C)以比干、微子烘托箕子的崇高形象　(D)以具體事義證明箕

子「正蒙難」、「法授聖」和「化及民」三者全備　(E)箕子的隱忍為奴是逃避暴君迫害的權變行為。

*（　）15.有關柳宗元之敘述，正確的選項是　(A)與韓愈以古文稱於唐，世稱「韓柳」　(B)貶永州司馬，寄情山水，完成〈永州八記〉　(C)宗元山水諸記，得力於《水經注》　(D)寓言文章，則受先秦諸子之影響，寓意深遠　(E)韓愈稱其文雄深雅健，似司馬子長。

非選題

(一)字音測驗：

1.「隤」而不息：　2.功虧一「簣」：

3.不虞「匱」乏：　4.振聾發「聵」：

5.「瞶」目：

(二)語譯：

惟德無陋，惟人無遠，用廣殷祀，俾夷為華。

答：

捕蛇者說

選擇題（*為多選題）

（　）1.本文旨在　(A)說明捕蛇之人生活安逸　(B)借捕蛇者寧犯險而不願復賦，以明苛政猛於虎　(C)介紹捕蛇者鄉人的生活　(D)說明捕蛇之危險。

（　）2.下列敘述何者有誤？　(A)黑質而白章：黑色皮，白色花紋　(B)以齧人，無「禦」之者：治療　(C)然得而「腊」之：動詞，曬乾肉　(D)以為「餌」：誘餌。

（　）3.下列敘述何者為非？　(A)歲賦其二：一年徵稅二次　(B)當其租入：充當應繳的租稅　(C)今吾「嗣」為之十二年：後代；後嗣　(D)幾死者數矣：幾乎送命的經驗也有好幾次了。

（　）4.(甲)「若」毒之乎；(乙)更「若」役；(丙)復「若」賦。三個「若」字的意思　(A)全同　(B)全異　(C)(乙)(丙)同　(D)(甲)(乙)同。

（　）5.下列敘述何者為非？　(A)「汪然」出涕：指眼淚滿眶的樣子　(B)「嚮」吾不為斯役：如果　(C)則久已「病」矣：長年臥病　(D)而鄉鄰之生日「蹙」：窘迫。

（　）6.「殫其地之出，竭其廬之入，號呼而轉徙，餓渴而頓踣」下列敘述何者為非？　(A)地之出：土地租借所需的錢　(B)廬之入：家裡的收入　(C)轉徙：遷徙流離　(D)頓踣：勞累而仆倒。

（　）7.下列敘述何者為非？　(A)「呼噓」毒癘：指呼吸　(B)往往而死者，「相藉」也：指屍

體過多而相疊 (C)叫囂乎東西，隳突乎南北：指緊急求救之貌 (D)「弛然」而臥：放心的樣子。

( ) 8.下列敘述何者為非？ (A)謹「食」之：餵食 (B)以盡吾齒：等到牙齒掉光 (C)又安敢「毒」耶：怨恨 (D)以「俟」夫觀人風者得焉：等待。

( ) 9.(甲)「齧」人／以盡吾「齒」；(乙)「殫」其地之出／「單」于；(丙)「隳」突／「恢」弘；(丁)「曩」昔／熙熙「攘」攘；(戊)「腊」之以為餌／「席」地而坐；(己)「恂」恂而起／「殉」國；(庚)「弛」然／吳子「使」札來聘；(辛)頓「踣」／〈鄭「伯」克段于鄢〉。上列「 」內字音相同的選項是哪些？ (A)(甲)(丙)(丁)(戊) (B)(丙)(丁)(己)(辛) (C)(丙)(丁)(戊)(己) (D)(丙)(戊)(庚)(辛)。

( ) 10.有關〈捕蛇者說〉一文的敘述何者正確？ (A)「說」是記敘文的一種，釋義理並敘述己意為目的 (B)凸顯唐代賦斂苛煩，民不聊生 (C)本文借作者之口說其親身經歷以抒發議論 (D)發揮「聞之者無罪，言之者足以誡」的諷諫作用。

*( ) 11.孔子曰：「苛政猛於虎也。」本文哪些描寫可以說明這樣的現象？ (A)吾祖死於是，吾父死於是，今吾嗣為之十二年，幾死者數矣 (B)殫其地之出，竭其廬之入，號呼而轉徙，餓渴而頓踣 (C)觸草木盡死，以齧人，無禦之者 (D)悍吏之來吾鄉，叫囂乎東西，隳突乎南北 (E)譁然而駭者，雖雞狗不得寧焉。

*( ) 12.改變原來詞性在語文中出現叫做轉品，請問以下哪一句使用此種修辭法？ (A)「腊」之以為餌 (B)歲「賦」其二 (C)若「毒」之乎 (D)「恂恂」而起 (E)以盡吾「齒」。

*( ) 13.下列字詞解釋正確的有 (A)攣踠：手腳拳曲不能伸展 (B)禦：治療 (C)嚮：嚮往 (D)相藉：互相慰藉 (E)人風：民情風俗。

*( ) 14.蔣氏寧願冒捕蛇之生命危險也不願恢復賦稅的原因是什麼？ (A)悍吏之來吾鄉，叫囂乎東西，隳突乎南北 (B)觸草木盡死，以齧人，無禦之者 (C)殫其地之出，竭其廬之入，號呼而轉徙，餓渴而頓踣 (D)與吾居十二年者，今其室十無四五焉。非死即徙爾，而吾以捕蛇獨存 (E)吾祖死於是，吾父死於是。

*( ) 15.凡在語文中，由兩個結構相同或相似的分句，以平行方式組成互文的一種修辭技巧，叫做平行式互文，以下哪一句是使用這種

技巧？ (A)叫囂乎東西，隳突乎南北 (B)筆落驚風雨，詩成泣鬼神 (C)殫其地之出，竭其廬之入 (D)迢迢牽牛星，皎皎河漢女 (E)吾祖死於是，吾父死於是。

非選題

(一)注釋：

1. 以盡吾「齒」：
2. 「腊」之以為餌：
3. 隳突：
4. 「熙熙」而樂：
5. 其室十無一焉：

(二)語譯：

殫其地之出，竭其廬之入，號呼而轉徙，餓渴而頓踣，觸風雨，犯寒暑，呼噓毒癘，往往而死者，相藉也。

答：

種樹郭橐駝傳

選擇題（*為多選題）

（ ）1. 本文旨在 (A)說明種樹的方法 (B)說明郭橐駝善治民 (C)藉種樹的道理，說明為政之道，不可擾民 (D)說明為政之道，不可朝令夕改。

（ ）2. 下列敘述何者為非？ (A)隆然伏行：背部高凸，面向地而走 (B)碩茂：指樹木又高大又茂盛 (C)蚤實以蕃：上午的果實特別多 (D)莫能如也：沒有人能比得上他。

（ ）3. 「順木之天，以致其性焉爾」下列敘述何者為非？ (A)天：指自然 (B)致其性：指盡樹木之天性 (C)此句話與下面「其蒔也若子，其置也若棄」相應 (D)此句話表現了儒家的中庸思想。

（ ）4. 「其本欲舒，其培欲平，其土欲故，其築欲密」下列敘述何者為非？ (A)培：覆蓋泥土 (B)本：樹根 (C)故：舊有的 (D)築：將樹木成列成行的種著。

（ ）5. 「既然已，勿動勿慮，去不復顧」並無表示下列何意？ (A)永遠不用再理它 (B)不必過度憂慮它 (C)不要常常騷擾它 (D)其置也若棄。

（ ）6. 下列敘述何者為非？ (A)不「抑耗」其實而已：抑制和耗損 (B)非有能碩而茂之也：不是真的有高大而茂盛的樹木 (C)其「蒔」也若子：栽種 (D)根拳而土易：樹根屈曲，泥土更新。

（ ）7. 下列敘述何者為非？ (A)苟有能反是者：如果有不是犯這種錯的人 (B)甚者「爪」其膚以驗其生枯：動詞，用指甲抓破 (C)

故「不我若」也：「不若我」的倒裝 (D)見「長人者」好煩其令：負有養育責任的人。

(　) 8. 下列敘述何者為非？ (A)「勗」爾植：勉勵 (B)蚤繅「而」緒：而且 (C)「字」而幼孩：養育 (D)鳴鼓而聚之，擊木而召之：言官吏好煩其令。

(　) 9. 本文中「甚者爪其膚以驗其生枯，搖其本以觀其疏密。」意謂 (A)用手指挖果實的皮，看看熟了沒有；搖動樹枝，觀察果實是否繁密 (B)用手指挖樹皮，了解其生長的狀況；搖搖樹枝，看看枝葉是否茂盛 (C)用指甲抓破它的樹皮，判斷它的死活；搖動樹根，試試泥土的鬆緊 (D)用指甲試試果實的皮，判斷生長的情形；搖動果蒂，看看是否牢固。

(　) 10. 下列「　」內的詞語應用，何者正確？ (A)對於病僂故人我們要時時加以「襁抱提攜」 (B)與敵人作戰貴在「乘瑕抵隙」，不一定要憑恃強大兵力 (C)小強身高一八〇公分，「雄深雅健」，是許多少女心中的白馬王子 (D)聯考前，老師三令五申要注意看清楚題目才下筆，簡直「好煩其令」。

*(　) 11. 「根拳而土易」之「而」字意思同於下列何者？ (A)何以蕃吾生「而」安吾性耶 (B)非有能蚤「而」蕃之也 (C)旦視「而」暮撫 (D)已去「而」復顧 (E)字「而」幼孩。

*(　) 12. 關於柳宗元寓言作品的敘述，下列何者正確？ (A)語言犀利，形象生動 (B)以諷刺世態為主，揭露社會的流弊與病態 (C)代表作如〈永某氏之鼠〉、〈黔之驢〉、〈蝜蝂傳〉合組成的〈三戒〉，膾炙人口 (D)〈種樹郭橐駝傳〉以傳記形式為寓言，則具獨創性 (E)其寓言作品風格深受韓愈影響，故二人以「韓柳」並稱於世。

*(　) 13. 下列對於「寓言」此一文體的相關說明何者正確？ (A)乃有所寄託之言 (B)大抵寄託哲理於故事中，用以勸諭或諷刺 (C)先秦諸子善於通過寓言故事以抒情 (D)故事情節率以真人真事加以改編而成 (E)唐柳宗元的寓言創作乃繼承先秦傳統，繼而卓然自成一格者。

*(　) 14. 下列對於〈種樹郭橐駝傳〉一文的相關說明，何者正確？ (A)為虛構的寓言性傳記文 (B)就形式來說，可說源自《老子》，就思想言，則源自《莊子》 (C)旨在申明為政必須順任自然之理 (D)就題目而言，敘述種樹之道的第三段是一篇之賓，第四段

是主　(E)就主旨而言，談論無為之治的第四段是賓，而第三段反而是主。

*（　）15.下列有關韓愈與柳宗元的比較，正確的是　(A)共同推展古文運動，並稱「韓柳」　(B)韓稱「韓昌黎」、柳稱「柳柳州」，皆因郡望而得名　(C)韓因諫迎佛骨而遭黜，柳因參與王叔文的政治改革失敗而被貶　(D)韓作〈師說〉，抗顏為人師；柳有〈答韋中立論師道書〉，不敢以師名自居　(E)韓所作〈師說〉，名為贈文李蟠，實則主要在批判士大夫不從師之可議；柳所作〈種樹郭橐駝傳〉，藉郭橐駝之種樹，寄託其施政的理念。

非選題

(一)請寫出下列各句「　」內字的詞性：

1.「爪」其膚以驗其生枯：

2.「長」人者好煩其令：

3.「字」而幼孩：

4.蚤繅「而」緒：

5.則又愛之「太」殷：

(二)下列短文有三個空格，請就參考選項中，選出最恰當者填入各空格內：

中國許多文人在遭遇困頓的時候，往往投身山水林泉，1.＿＿＿即已心凝形釋，冥然與萬化合而為一；2.＿＿＿和3.＿＿＿則在大自然中了悟超然物外，開朗曠達的人生觀，前者蘊含道家何適非快的思想，後者則似電影鏡頭先是遠景，再是近景，然後特寫，逼出儒家與民同樂之旨，雖然三人各具特質，但當個人的生命與大自然的美景串聯起來以後，生命的花朵已然次第開放。

參考選項：

(A)歐陽脩〈醉翁亭記〉　(B)柳宗元〈始得西山宴遊記〉

(C)范仲淹〈岳陽樓記〉　(D)蘇轍〈黃州快哉亭記〉　(E)陶淵明〈桃花源記〉

梓人傳

選擇題（*為多選題）

（　）1.本文旨在　(A)言梓人指揮工人建屋的過程　(B)言梓人建屋應有的態度　(C)借梓人建屋說明宰相治國之道　(D)說明一個好的建築師應具備的才能。

（　）2.下列敘述何者為非？　(A)有梓人「款」其門：叩；敲　(B)願「傭」隙宇而處焉：幫傭　(C)捨我，眾莫能「就」一宇：完成　(D)食於官府：為官府所雇用。

（　）3.「畫宮於堵，盈尺而曲盡其制，計其毫釐而構大廈，無進退焉」下列敘述何者為非？　(A)堵：牆壁　(B)制：規、矩的度量單位　(C)計其毫釐而構大廈：根據圖上的尺寸比

例放大，蓋成一座大廈　(D)進退：出入；誤差。

(　) 4.下列敘述何者為非？　(A)吾收其直太半焉：我收了全部工錢的一大半　(B)「委」群材：堆積　(C)莫敢「自斷」者：自我主張　(D)是足為佐天子「相」天下法矣：觀察。

(　) 5.下列敘述何者為非？　(A)彼為天下者，本於人：治理天下的工作，根本在於用人　(B)「離」而為六職：區分　(C)外「薄」四海：不重視；不看重　(D)猶眾工之各有執伎以「食力」也：自食其力。

(　) 6.「能者進而由之，使無所德；不能者退而休之，亦莫敢慍。不衒能，不矜名，不親小勞，不侵眾官，日與天下之英才討論其大經」下列敘述何者為非？　(A)使無所德：使他們不自以為是　(B)衒：炫耀　(C)不親小勞，不侵眾官：能掌握大原則，而不事必躬親　(D)大經：大原則。

(　) 7.下列敘述何者為非？　(A)彼佐天子相天下者，「舉而加焉」：舉薦官吏，使各任其職　(B)條其綱紀而「盈縮」焉：盈虧，賺錢與否　(C)儻或發其私智：如果發揮個人的聰明才智　(D)道謀是用：採納外行人的意見。

(　) 8.「彼將樂去固而就圮也，則卷其術，默其智，悠爾而去，不屈吾道」下列敘述何者為非？　(A)去固：放棄堅固　(B)卷：收藏　(C)悠爾：黯然貌　(D)此句指好的建築師必定不會改變自己的原則、主張而迎合主人。

(　) 9.(甲)礱「斲」之器：ㄓㄨㄛˊ；(乙)亦莫敢「慍」焉：ㄩㄣˋ；(丙)不「衒」能：ㄒㄩㄢˋ；(丁)「听听」於府庭：ㄐㄧㄣ ㄐㄧㄣ；(戊)不由我則「圮」：ㄐㄧˇ；(己)誠良「梓」人耳：ㄒㄧㄣ。上列「　」內的字，讀音完全正確的選項是　(A)(甲)(乙)(丙)　(B)(乙)(丙)(丁)　(C)(丙)(丁)(戊)　(D)(丁)(戊)(己)。

(　) 10.「作於私家，吾收其直太半焉」句中「直」字義與下列哪個選項相同？　(A)不可，「直」不百步耳，是亦走也　(B)舉「直」錯諸枉，則民服　(C)以為己生歲「直」子　(D)受若「直」，怠若事。

*(　) 11.下列各組「　」內的字義，兩兩相同的選項是　(A)吾善「度」材／「度」，然後知長短　(B)外「薄」四海／日「薄」西山　(C)其遠「邇」細大／「邇」之事父　(D)不衒能，不「矜」名／願陛下「矜」愍愚誠　(E)猶梓人之善運眾工而不「伐」／願無「伐」

善。

*（　）12.下列「　」內的詞語，解釋正確的選項是 (A)裴封叔之「第」：住宅 (B)捨我，眾莫能「就」一宇：完成 (C)謂其無能而「貪祿嗜貨」者：貪圖工錢、喜歡財物 (D)量棟宇之「任」：負載 (E)視木之能「舉」：挺拔。

*（　）13.下列「　」內的詞語，敘述正確的選項是 (A)彼「為」天下者：治理 (B)「離」而為六職：區分 (C)「判」而為百役：審判 (D)「听听」於府庭：唱歌 (E)尋「引」之短長：一丈為引。

*（　）14.下列文句屬於「被動句」的正確選項是 (A)畫宮於堵，盈尺而曲盡其制 (B)勞心者役人 (C)勞力者役於人 (D)不拘於時 (E)梅花為寒所勒。

*（　）15.下列文句屬於「排比」修辭格的正確選項是 (A)其上為下士，又其上為中士，為上士 (B)其執役者，為徒隸，為鄉師，里胥 (C)不衒能，不矜名，不親小勞，不侵眾官 (D)視都知野，視野知國，視國知天下 (E)由我則固，不由我則圮。

非選題

(一)字形測驗：

1.審屈面勢：　2.別發勞騷：　3.邈視一切：　4.朦騙大眾：　5.發揚國萃：

(二)語譯：

不衒能，不矜名，不親小勞，不侵眾官。

答：

愚溪詩序

選擇題（*為多選題）

（　）1.本文旨在 (A)說明愚溪命名之經過 (B)寫愚溪山水亭池，錯落有致 (C)說明自己在愚溪旁的生活 (D)寫愚溪清澈鑑照，莫利於世，抒發觸罪被貶的憤慨。

（　）2.下列何字非動詞？ (A)故「姓」是溪為冉溪 (B)得其尤絕者「家」焉 (C)「土」之居者，猶齗齗然 (D)以愚辭「歌」愚溪。

（　）3.下列敘述何者為非？ (A)灌水之「陽」有溪焉：河之北 (B)名之以其「能」：作用；(C)猶「齗齗」然：爭辯不休貌 (D)又買「居」之：居住。

（　）4.下列敘述何者為非？ (A)蓋上出也：指水從上游流下 (B)負土「累」石：堆積 (C)塞其「隘」：狹窄之處 (D)智者「樂」也：愛好；喜歡。

(　) 5.下列敘述何者為非？ (A)今是溪獨「見」辱於愚：被 (B)其流甚下、大舟不可入、蛟龍不屑：皆極言愚溪之平凡 (C)顏子終日「不違如愚」：不違背愚笨的模樣 (D)故凡為愚者，「莫我若」也：「莫若我」的倒裝。

(　) 6.本文舉出甯武子、顏淵的「智」，凸顯出自己「遭有道而違於理，悖於事」，用意在於 (A)抱怨自己的愚笨 (B)對自己遭貶謫，以自嘲的方式發出不平之鳴 (C)說明自己將永遠居於愚溪之上 (D)悔恨自己做出愚笨的事。

(　) 7.下列敘述何者有誤？ (A)善「鑒」萬類：照映 (B)鏘鳴金石：水聲鏘鏘如金石之聲 (C)「昏然」而同歸：神智不清貌 (D)超鴻蒙，混希夷：超脫宇宙自然進入虛無靜寂的境界。

(　) 8.「牢籠百態」的「牢籠」意為 (A)包羅 (B)束縛 (C)監視 (D)枷鎖。

(　) 9.(甲)幽「邃」淺狹：ㄙㄨㄟˋ；(乙)「甯」武子：ㄋㄧㄥˊ；(丙)塞其「隘」：ㄧˋ；(丁)「鏘」鳴金石：ㄎㄥ；(戊)「坻」石：ㄔˊ；(己)「齗」齗然：ㄧㄣˊ。上列「　」內字音正確的選項是哪些？ (A)(甲)(乙)(丙) (B)(乙)(丁)(戊) (C)(甲)(丙)(己) (D)(甲)(戊)(己)。

(　) 10.作者雖以「愚」名溪亦自嘲，然最終醒悟之境界為何？ (A)超鴻蒙，混希夷 (B)善鑒萬類，清瑩秀澈 (C)漱滌萬物，牢籠百態 (D)夫水，智者樂也。

*(　) 11.序可分為「書序」和「贈序」兩類，「書序」或「詩序」主要說明寫作緣由，「贈序」如其名為贈人以言，請問以下作品何者屬於前者？ (A)〈送東陽馬生序〉 (B)〈愚溪詩序〉 (C)〈桃花源記〉 (D)〈臺灣通史序〉 (E)〈蘭亭集序〉。

*(　) 12.柳宗元在〈愚溪詩序〉中寫溪即寫人，寓含作者性情、人生態度的表白，請問以下何者說明貼切？ (A)以溪之「善鑒萬類」對照己之「牢籠百態」 (B)以溪之「峻急，多坻石」對照己之「遭有道而違於理」 (C)以溪之「清瑩秀澈」對照己之「漱滌萬物」 (D)以溪之「能使愚者喜笑眷慕」對照己之「亦頗以文墨自慰」 (E)以溪之「無以利世」對照己之「不合於俗」。

*(　) 13.「夫水，智者樂也。今是溪獨見辱於愚，何哉？」其原因為何？ (A)善鑒萬類，清瑩秀澈 (B)蛟龍不屑，不能興雲雨 (C)其流甚下，不可以灌溉 (D)峻急，多坻石，

大舟不可入　(E)幽邃淺狹，蛟龍不屑，不能興雲雨。

*(　　)14.在文中改變原來詞彙的詞性的修辭法叫做轉品，請問以下何句使用這種修辭法？ (A)寂寥而莫我知也　(B)故姓是溪為冉溪　(C)鏘鳴金石　(D)智而為愚者也　(E)牢籠百態。

*(　　)15.譬喻是指「借彼喻此」的修辭法，由喻體、喻詞、喻依三者配合而成，而略喻直接以喻依入文，省略了喻詞，只有喻體、喻依。請問下列文句何者使用這種修辭法？ (A)但以劉日薄西山，氣息奄奄　(B)鏘鳴金石　(C)人物歸之，纔至而輻湊　(D)巧者有餘，拙者不足　(E)靜影沉璧。

非選題

(一)注釋：

1.鴻蒙：

2.有道：

3.坻石：

4.牢籠：

5.斷斷然：

(二)請依句義將參考選項中適當詞句代號填入文中括弧處：

(1.　)之上，買小丘，為(2.　)。自(2.　)東北行六十步，得泉焉，又買居之，為(3.　)。(3.　)凡六穴，皆出山下平地，蓋上出也。合流屈曲而南，為(4.　)。遂負土累石，塞其隘，為(5.　)。(5.　)之東為(6.　)。其南為(7.　)。池之中為(8.　)。嘉木異石錯置，皆山水之奇者，以余故，咸以「愚」辱焉。

參考選項：

(A)愚溝　(B)愚島　(C)愚溪　(D)愚堂　(E)愚泉　(F)愚丘　(G)愚池　(H)愚亭

永州韋使君新堂記

選擇題（*為多選題）

(　　)1.本文旨在 (A)稱讚韋公能善於因地全天建造新堂　(B)揭示永州原為荒蕪穢亂之地　(C)借新堂建築，讚揚韋使君的政治措施　(D)嘉許韋使君高瞻遠矚重視生活品質。

(　　)2.下列敘述何者為非？ (A)「溝」潤壑：動詞　(B)則必「輦」山石：壓平　(C)「逸」其人：安逸　(D)全其「天」：自然。

(　　)3.下列敘述何者為非？ (A)環山「為」城：都是　(B)其始「度土」者：丈量土地　(C)「翳」於奧草：遮蔽　(D)伏於「土塗」：泥土。

(　　)4.「茂樹惡木，嘉葩毒卉，亂雜而爭植」意

指永州 (A)土壤肥沃 (B)風景勝地 (C)原始而富有生氣 (D)荒蕪無人整治。

(　) 5.下列敘述何者為非？ (A)韋公之來，既逾月，理甚無事：指韋公來到永州過了一月都不處理公事 (B)始命「芟」其蕪：割除 (C)「行」其塗：挖去 (D)既焚既「釃」：疏通。

(　) 6.「積之丘如，蠲之瀏如」下列敘述何者正確？ (A)積：堆積 (B)兩個「之」都指挖出的泥土 (C)蠲：斬割 (D)瀏：乾淨的樣子。

(　) 7.下列敘述何者為非？ (A)視其「蓄」，則溶漾紆餘：蓄積的泉水 (B)無不「合形輔勢」：配合地形，映襯地勢 (C)「間廁」隱顯：夾雜交錯 (D)咸會於「譙」門之內：都城。

(　) 8.下列敘述何者為非？ (A)公之「因土而得勝」：順著地勢而取得勝景 (B)公之「擇惡而取美」：剔除醜陋，選取美好 (C)豈不欲家撫而戶「曉」：聞名 (D)將使繼公之「理」者：治理。

(　) 9.下列對於〈永州韋使君新堂記〉中文句的說明，何者為非？ (A)「其始度土者」意指最初開闢這個地方的人 (B)「有泉焉，伏於土塗」意謂泉水埋藏於泥土之下 (C)「逸其人，因其地，全其天」意謂不用人力，順著地勢，保全自然型態 (D)「求天作地生之狀，咸無得焉」意謂尋求天造地設的自然形勢，是無可挑剔的。

(　) 10.「齊宣王早忘了你／你還顧念那些可憐的牛羊／參加辯論比賽的人／都聰明地引用你／但你比誰都寂寞／沒有版稅，沒有節日／沒有忘年的知音／徒然壓扁在教科書裡」（張健）試推敲意含，以上新詩所吟詠的對象是 (A)孔子 (B)孟子 (C)桓子 (D)郤昭子。

*(　) 11.下列詞語，哪一組「 」中的字讀音相同？ (A)憂「惴」不安／「喘」氣如牛／行為「端」正 (B)拚命「攢」錢／「鑽」營攀附／「讚」譽有加 (C)箕「踞」而遨／「倨」傲不恭／以「鋸」斷物 (D)引「觴」滿酌／因公受「傷」／「殤」亡夭折 (E)言語荒「謬」／未雨綢「繆」／受「僇」之人。

*(　) 12.下列有關「柳宗元」的敘述，正確的選項是 (A)字子厚，世稱柳河東，又稱柳柳州 (B)主張「文必秦漢」，重視文學的教化功能 (C)與韓愈同為唐代古文運動的倡導者，世稱「韓柳」 (D)古文雄深雅健，詩歌大都

作於出仕之前，以山水詩最為出色 (E)山水遊記、寓言故事、小人物傳記、議論文等四類，尤為傑出。

*（　）13.下列各組「　」內字的詞性相同的選項是 (A)「向」不出其技／「向」之有者安在 (B)至則無所用，「放」之山下／而自「放」山水之間 (C)以為「且」噬己也／不出，火「且」盡 (D)積久，犬皆「如」人意／積之丘「如」，蠲之瀏如 (E)由是鼠「相」告，皆來某氏／至於幽暗昏惑，而無物以「相」之。

*（　）14.下列詞語，哪一組「　」中的字義相同？(A)岈然「洼」然，若垤若穴／有池「窪」然而方以長 (B)意有所「極」，夢亦同趣／子「之」武城，聞絃歌之聲 (C)然後知吾「嚮」之未始遊，遊於是乎始／淒淒不似「向」前聲 (D)然後知是山之「特」出，不與培塿為類／「第」見滄溟浩渺中，矗如奇峰 (E)以為凡是州之山水有異態者，皆我有也，「而」未始知西山之怪特／邇延野綠，遠混天碧，「咸」會於譙門之內。

*（　）15.以下對於「古文名家」的介紹，正確的是 (A)柳宗元之文雄深雅健，似司馬子長 (B)韓愈以發揚聖學為己任，提倡散文，務斥駢體 (C)歐陽脩倡古文，以明道致用為主 (D)蘇轍長於各類文體，而以策論最為出色 (E)曾鞏為古文，筆法精警，尤長於議論，與歐陽脩並稱「歐曾」。

非選題

(一)下列文句出自柳宗元〈梓人傳〉，考量文意並依標點符號的使用原則，何者標點最正確？

（　）1.吾聞勞心者役人，勞力者役於人，彼其勞心者歟！能者用而智者謀，彼其智者歟！

（　）2.吾聞勞心者役人；勞力者役於人；彼其勞心者歟？能者用；而智者謀；彼其智者歟？

（　）3.吾聞勞心者役人，勞力者役於人；彼其勞心者歟！能者用而智者謀；彼其智者歟！

（　）4.吾聞：勞心者役人；勞力者役於人。彼其勞心者歟？能者用而智者謀。彼其智者歟？

(二)下列短文有六個空格，請就參考選項中，選出最恰當者填入各空格內：

「托物起興」、「寓情於景」一直是中國文人重要的寫作傳統，許多作家即藉由對自然景象或亭臺樓閣的描寫，建構一個思維空間，以呈現他們的生命觀與審美觀。1.______和2.______雖皆作於貶謫之後，但仍舊堅持儒家仁民愛物的理想：前者表現了願為天下承擔憂患的自我期許，後者則表現了樂民所樂的仁厚胸襟。而3.______在處理憂、樂的命題上，則以道家的眼光，從

山水間探索超然物外、安時處順的人生觀。

中國山水遊記散文源遠流長，魏晉時期，山水遊記開始獨立，登上寶座。唐代則以4.＿＿＿為代表，不僅細摹山水，同時寄託個人遭遇與襟懷。宋代遊記多採寓理於景、因事見理之筆法，如5.＿＿＿就是一篇通過遊記而闡發哲理的文章。明代遊記多小品散文，公安派的6.＿＿＿記敘逼真，獨抒性靈，為寫景之佳作。

參考選項：

(A)袁宏道〈晚遊六橋待月記〉 (B)柳宗元〈始得西山宴遊記〉 (C)范仲淹〈岳陽樓記〉 (D)歐陽脩〈醉翁亭記〉 (E)曾鞏〈墨池記〉 (F)王安石〈遊褒禪山記〉 (G)蘇轍〈黃州快哉亭記〉 (H)錢公輔〈義田記〉 (I)龔自珍〈病梅館記〉

鈷鉧潭西小丘記

選擇題（＊為多選題）

（　）1.本文旨在 (A)記述自己購置小丘的過程 (B)針對小丘之景不能移至京師，感到惋惜 (C)借小丘勝景，抒發懷才不遇的感歎 (D)記述自己經營小丘的過程。

（　）2.下列敘述何者為非？ (A)「尋」山口西北道二百步：同「循」 (B)當湍而浚者為「魚梁」：小橋樑 (C)其石之突怒偃蹇：奇石之高聳凸出 (D)負土而出：從土裡冒出。

（　）3.「若牛馬之飲於溪」、「若熊羆之登於山」二句意指 (A)山勢高峻 (B)竹樹之高低排列 (C)小丘上的野生動物 (D)奇石之狀。

（　）4.下列敘述何者為非？ (A)「殆」不可數：幾乎 (B)其「嶔然」相累而下者：高聳貌 (C)其衝然「角列」而上者：如犄角對立排列 (D)丘之小「不能」一畝：不能耕種。

（　）5.「唐氏之棄地，貨而不售」、「予憐而售之」的「貨」、「不售」、「售」之意分別為 (A)出賣，賣不出，買下 (B)貯藏貨物，賣不出，買下 (C)貯藏貨物，不賣，買下 (D)出賣，賣不出，出售。

（　）6.下列敘述何者為非？ (A)可以「籠」而有之：包舉；概括 (B)「烈」火而焚之：形容詞，大也 (C)舉「熙熙然」迴巧獻技：和樂貌 (D)以「效」茲丘之下：呈現。

（　）7.下列敘述何者為非？ (A)悠然而虛者與「神」謀：神仙 (B)不「匝」旬：滿 (C)農夫漁夫過而「陋」之：看輕 (D)「賈」四百：價錢。

（　）8.本文末段之意在 (A)感歎京師附近無美景 (B)責備貴游之士，以爭購勝地，炫耀富貴 (C)責備凡人，不能珍惜小丘之美 (D)借小丘多年荒蕪卻得人賞識，感慨自己遠貶蠻

荒，卻未見平反。

（　）9.(甲)突怒偃「蹇」：ㄑㄧㄢ；(乙)灃鎬「鄠」杜：ㄏㄨˋ；(丙)鈷「鉧」潭：ㄇㄨˇ；(丁)熊「羆」：ㄅㄚˋ；(戊)剷「刈」穢草：ㄍㄜ；(己)不「匝」旬：ㄗㄚ。上列「　」內的字，讀音完全正確的選項是　(A)(甲)(乙)(丁)　(B)(乙)(丙)(己)　(C)(丙)(丁)(戊)　(D)(丁)(戊)(己)。

（　）10.柳宗元〈鈷鉧潭西小丘記〉：「其嶔然相累而下者，若牛馬之飲於溪。」句中「相」字的用法，同於下列何者？　(A)父子相夷則惡矣　(B)若望僕不相師，而用流俗人之言　(C)愈貞元中過泗州，船上人猶指以相語　(D)相迎不道遠，直至長風沙。

*（　）11.下列選項當中，何組「　」內的字詞音義皆同？　(A)「尋」山口西北道二百步／室廣八尺，深可四「尋」　(B)有風颯然至者，王披襟「當」之／「當」湍而浚者為魚梁　(C)以茲丘之「勝」，致之灃、鎬、鄠、杜／即其廬之西南為亭，以覽觀江流之「勝」　(D)其嶔然相累而下者，「若」牛馬之飲於溪／彷彿「若」有光，便舍船，從口入　(E)有美玉於斯，韞匵而藏諸？求善「賈」而沽諸／「賈」四百，連歲不能售。

*（　）12.下列各句，何者所運用的「排比」修辭格相同？　(A)嘉木立，美竹露，奇石顯　(B)丘之小不能一畝，可以籠而有之　(C)其石之突怒偃蹇，負土而出，爭為奇狀者，殆不可數　(D)其嶔然相累而下者，若牛馬之飲於溪；其衝然角列而上者，若熊羆之登於山　(E)清泠之狀與目謀，瀯瀯之聲與耳謀，悠然而虛者與神謀，淵然而靜者與心謀。

*（　）13.下列〈永州八記〉中的文句，何者所言心境皆足以反映被謫心情？　(A)孰使予樂居夷而忘故土者？非茲潭也歟（〈鈷鉧潭記〉）　(B)今棄是州也，農夫漁父過而陋之（〈鈷鉧潭西小丘記〉）　(C)悠悠乎與灝氣俱，而莫得其涯，洋洋乎與造物者遊，而不知其所窮（〈始得西山宴遊記〉）　(D)怪其不為之於中州，而列是夷狄，更千百年不得一售其伎，是固勞而無用（〈小石城山記〉）　(E)坐潭上，四面竹樹環合，寂寥無人，淒神寒骨，悄愴幽邃，以其境過清，不可久居（〈至小丘西小石潭記〉）。

*（　）14.下列選項「　」內的語詞，何者運用了「轉品」的技巧？　(A)唐氏之棄地，「貨」而不售　(B)「窮」耳目之勝以自適也哉　(C)「書」於石，所以賀茲丘之遭也　(D)丘之小不能

一畝，可以「籠」而有之 (E)巫、醫、樂師、百工之人，君子不「齒」。

*（　）15. 關於柳宗元〈永州八記〉的說法，下列何者正確？ (A)皆是在柳州創作的 (B)皆是作者被貶謫時所作 (C)對山水風景著墨皆少，意多半在言外 (D)作者強韌的生命力和歷練成熟的襟抱隱然其中 (E)皆是作者得意力作，篇幅普遍較長，唯〈鈷鉧潭西小丘記〉獨短。

非選題

(一)字形測驗：

1.「ㄊㄨㄢ」而浚：　2.「ㄔㄨㄞˋ」一腳：

3.「ㄔㄨㄢˇ」息：　4.「ㄓㄨㄟˋ」慄：

5.「ㄔㄨㄞˇ」摩：

(二)成語測驗：

1.東□再起：　2.東□解凍：

3.枕石漱□：　4.□瀾壯闊：

5.席□而坐：　6.烘□托月：

7.疾風勁□：　8.泰山壓□：

9.高風亮□：　10.高山景□：

參考答案：卵、山、行、節、草、雲、地、波、風、流

小石城山記

選擇題（*為多選題）

（　）1.本文旨在 (A)借奇石棄置僻壤，抒良才未獲賞識重用 (B)讚美楚地山石瑰麗，奇景特出 (C)惋惜中原無奇特美景 (D)探討造物主是否存在。

（　）2.下列敘述何者為非？ (A)自西山道口「徑」北：面向 (B)「踰」黃茅嶺而下：越過 (C)其一「少」北而東：稍微 (D)有積石橫當其「垠」：邊；界。

（　）3.「土斷而川分」意為 (A)泥土崩落，河水阻隔 (B)山崩而水溢 (C)地勢中斷，水流分開 (D)地震土裂，河水亂流。

（　）4.「其上為睥睨、梁欐之形」的「睥睨」乃謂 (A)驕傲貌 (B)輕視貌 (C)俯視貌 (D)城上短牆。

（　）5.下列敘述何者為非？ (A)洞然有水聲：洞裡有水聲傳出 (B)其響之「激越」：聲音清脆深遠 (C)其疏數偃仰：樹木、翠竹，或疏或密，有高有低的生長著 (D)神者儻不宜如是：造物主似乎不會這樣。

（　）6.「吾疑造物者之有無久矣」乃謂 (A)我懷疑造物主，已經消失很久了 (B)我懷疑造物主，失去法力已經很久了 (C)我疑心造物主的有無，已經很久了 (D)我很久以前

就懷疑造物主是否存在。

（　）7.「又怪其不為之於中州，而列是夷狄」意在 (A)藉此抒發賢者貶謫的不平之鳴 (B)只有夷狄，有閒欣賞美景 (C)責怪美景，不肯生於中原 (D)責怪中原之人，不曾欣賞美景。

（　）8.「以慰夫賢而辱於此者」乃謂 (A)賢者雖受辱，但因俯仰無愧，而足以自慰 (B)造物主以美景安慰有賢才，而辱沒於此的人 (C)造物主以美景來安慰被賢者屈辱之人 (D)造物主因為有賢德，而能安慰生長於此的人。

（　）9.下列有關〈小石城山記〉之背景知識敘述何者錯誤？ (A)此篇體裁為雜記中的一種 (B)主要記旅途見聞、風土民情、山川景物並藉此寄託自身思想情感 (C)受山水詩、山水賦的影響 (D)記遊文寫作風氣產生於唐代。

（　）10.「是二者，余未信之」，緣因作者不肯以安慰說法來解釋自己的疑惑，其因為何？ (A)中國文人多將自身遭遇寄託寵辱而無法脫離哀歎懷才不遇之愁懷 (B)作者認為其實無神何必自尋煩惱 (C)文人認為理性思考重於感傷哀歎 (D)神自有其理由，嘉樹美箭之景本應在此荒野。

*（　）11.「窺之正黑，投以小石，洞然有水聲，其響之激越，良久乃已。」請問這段敘述包含五覺摹寫中的哪幾個部分？ (A)聽覺 (B)觸覺 (C)嗅覺 (D)視覺 (E)味覺。

*（　）12.請問以下何者可用來形容春夏萬物蓬勃生長的景況？ (A)「疏數」偃仰 (B)郁郁「青青」 (C)鬱鬱 (D)扶疏 (E)離離。

*（　）13.「無土壤而生嘉樹美箭」之景可用哪些形容詞來說明？ (A)靈 (B)堅 (C)智 (D)奇 (E)妙。

*（　）14.雜記類的散文常常以「亭臺樓閣」為描寫的主題，亦有以「遊」為主題藉以抒發胸懷，請問以下作品何者即是以此作為題材？ (A)〈小石城山記〉 (B)《浮生六記》 (C)〈晚遊六橋待月記〉 (D)〈永州八記〉 (E)〈遊褒禪山記〉。

*（　）15.譬喻是指「借彼喻此」的修辭法，由喻體、喻詞、喻依三者配合而成，喻體、喻詞有時可省略。請問本文何者使用此種修辭法？ (A)其上為睥睨、梁欐之形 (B)其旁出堡塢，有若門焉 (C)投以小石，洞然有水聲 (D)其疏數偃仰，類智者所施設也 (E)神者儻不宜如是，則其果無乎。

非選題

(一)注釋：

1. 神者「儻」不宜如是：
2. 徑北：
3. 疏數：
4. 梁欐：
5. 睥睨：

(二)請將以下文句依句義重組：

(A)自西山道口徑北，踰黃茅嶺而下，有二道 (B)其上為睥睨、梁欐之形，其旁出堡塢，有若門焉。窺之正黑 (C)投以小石，洞然有水聲，其響之激越，良久乃已 (D)其一西出，尋之無所得 (E)其一少北而東，不過四十丈，土斷而川分，有積石橫當其垠

答：

賀進士王參元失火書

選擇題（＊為多選題）

（　）1. 本文旨在 (A)借王參元家失火，賀以將因禍得福 (B)對王參元家失火，表示幸災樂禍 (C)對王參元家失火表示罪有應得 (D)對世人不敢直言王參元的才能，表示同情。

（　）2. 下列敘述何者為非？ (A)將「弔」而更以賀：慰問 (B)「僕」始聞而駭：家僮 (C)若果「蕩焉泯焉」而悉無有：家當付之一炬 (D)惟「恬安」無事是望也：平安。

（　）3. 「今乃有焚煬赫烈之虞，以震駭左右，而脂膏滫瀡之具，或以不給」下列敘述何者為非？ (A)左右：稱人之敬辭 (B)虞：擔憂 (C)赫烈：火勢猛烈 (D)脂膏滫瀡：調和飲食。

（　）4. 下列敘述何者為非？ (A)善「小學」：研究文字形、音、義的學問 (B)有群小之「慍」：怨恨 (C)斯道遼闊「誕漫」：神祕荒誕 (D)有水火之「孽」：禍殃。

（　）5. 「京城人多言足下家有積貨，士之好廉名者皆畏忌，不敢道足下之善，獨自得之，心蓄之，銜忍而不出諸口」下列敘述何者正確？ (A)積貨：囤積奇貨 (B)獨自「得」之：受到賄賂 (C)心「蓄」之：隱藏 (D)言京城人說話謹慎小心。

（　）6. 下列敘述何者為非？ (A)而世之多「嫌」也：猜疑 (B)則「嗤嗤」者以為得重賂：嘲笑的樣子 (C)然時稱道於「行列」：同僚 (D)思以「發明」足下之鬱塞：發現；挖掘。

（　）7. 下列敘述何者不是動詞？ (A)不若茲火一夕之為足下「譽」也 (B)「赭」其垣 (C)「黔」其廬 (D)「宥」而彰之。

（　）8.下列敘述何者為非？ (A)是祝融、回祿之「相」吾子也：幫助 (B)發策決科者：掌管職務調度之人 (C)「素譽」之不立：平時的聲譽 (D)雖欲如嚮之「蓄縮」受侮：畏忌退縮。

（　）9.(甲)惟「恬」安無事是望也：ㄊㄧㄢˊ；(乙)今乃有焚「煬」赫烈之虞：ㄧㄤˊ；(丙)脂膏「滫」瀡：ㄒㄧㄡ；(丁)「黔」其廬：ㄐㄧㄣ；(戊)「赭」其垣：ㄌㄨˇ；(己)「宥」而彰之：ㄩˋ。上列「　」內的字，讀音完全正確的選項是 (A)(甲)(乙)(丙) (B)(乙)(丙)(丁) (C)(丙)(丁)(戊) (D)(丁)(戊)(己)。

（　）10.下列各組「　」內的詞語，意義相同的選項是 (A)「小學」而大遺，吾未見其明也／為文章，善「小學」 (B)思以「發明」足下之鬱塞／愛迪生「發明」電燈，造福人類 (C)然時稱道於「行列」／遊行的「行列」蜿蜒在平時車水馬龍的道路上 (D)是「祝融」、回祿之相吾子也／私家收拾，半付「祝融」。

*（　）11.「自以幸為天子近臣，得奮其舌」句中「幸」字義，與下列哪個選項相同？ (A)吾上有三兄，皆不「幸」早世 (B)寧以義死，不苟「幸」生 (C)自以為奉令承教，可「幸」無罪矣，故受命而弗辭 (D)財物無所取，婦女無所「幸」 (E)計之詳矣。「幸」無疑焉。

*（　）12.下列「　」內的詞語，解釋正確的選項是 (A)「家無餘儲」：家裡財物一點也不剩 (B)「道遠言略」：由於路遠，信裡說得又簡略 (C)「勤奉養，樂朝夕」：指勤政愛民，人民和樂 (D)「焚煬赫烈」：火勢猛烈焚燒 (E)「盈虛倚伏」：盛衰互相倚伏，來去沒有一定。

*（　）13.下列「　」內的詞語，解釋正確的選項是 (A)「厄困震悸」：遭到困厄驚恐 (B)「斯道遼闊誕漫」：這個道理很深遠廣大 (C)「銜忍而不出諸口」：意謂隱忍著不敢說出來 (D)「猶有顧視而竊笑者」：意謂還有人你看我，我看你的背地裡笑我 (E)「僕良恨修己之不亮」：意謂僕人善良，主人不善。

*（　）14.「黔其廬，赭其垣」句中「赭」字義，原為紅色，形容詞轉用為動詞，「燒紅」之意。下列文句與此相同用法的正確選項是 (A)仰臥在此，氣候非常「夏天」 (B)綠楊煙外曉雲輕，紅杏枝頭春意「鬧」 (C)春風又「綠」江南岸，明月何時照我還 (D)這

時候，春光已是「爛漫」在人間 (E)「微」升古塞外，已隱暮雲端。

*（ ）15.「宥而彰之，使夫蓄於心者，咸得開其喙」句中「開其喙」，「喙」本為鳥嘴，拿來形容「人嘴」，此為「物性化」的修辭，下列文句屬於相同用法的正確選項是 (A)醉裡插花花莫笑，可憐春似人將老 (B)雁葙無心，太湖西畔隨雲去，數峰清苦，商略黃昏雨 (C)我們都是大社會裡的小小螺絲釘 (D)在天願作比翼鳥，在地願為連理枝 (E)我的日子滴在時間的流裡，沒有聲音，也沒有影子。

非選題

(一)字音測驗：

1.世之多「嫌」：　　2.行有不「慊」於心：

3.「宥」而彰之：　　4.其被「囿」也亦大矣：

5.「鮪」魚：

(二)語譯：

發策決科者，授子而不慄。雖欲如嚮之蓄縮受侮，其可得乎？

答：

待漏院記

選擇題（*為多選題）

（ ）1.本文旨在 (A)勉勵宰相，應為國為民，勤慎政事 (B)言宰相地位崇高，居一人之下，萬人之上 (C)批評奸相禍民，庸相鄙陋 (D)說明待漏院的功用。

（ ）2.下列敘述何者為非？ (A)品物「亨」：通達，指順利生長 (B)「歲功」成者：一年之收成 (C)「聖人」不言：品德完美之人 (D)「張」其教矣：推展，宣揚。

（ ）3.「至若北闕向曙，東方未明，相君啟行，煌煌火城」下列敘述何者為非？ (A)北闕：宮殿北門上的望樓 (B)向曙：照到太陽光 (C)煌煌火城：宰相早朝的燈火儀仗明亮，猶如火城 (D)此句言宰相夙興夜寐，勤於政事。

（ ）4.下列敘述何者為非？ (A)夙興夜寐：勤勞 (B)以事「一人」：君王 (C)「徹蓋」下車：去除車傘 (D)于「焉」以息：語助詞，無義。

（ ）5.「其或兆民未安，思所泰之」和「其或私讎未復，思所逐之」二段，下列敘述何者為非？ (A)此二段上承「待漏之際，相君其有思乎」一句發展而來 (B)二段有一正一反的對比效果 (C)勉勵宰相要為國為

民，不能只圖私利　(D)說明聰明的宰相，既能為百姓著想，又能圖謀私利，二者兼得。

(　)6.下列敘述何者為非？　(A)何以「弭」之：平息　(B)災眚薦至：災害接連而至　(C)願「避位」以禳之：遭罷免的處分　(D)五刑未「措」：棄置不用。

(　)7.下列敘述何者為非？　(A)「四聰」甚邇：指天子而言　(B)皇風於是乎「清夷」：指清平　(C)非「幸」也：僥倖　(D)「子女」玉帛：指兒子、女兒。

(　)8.下列敘述何者為非？　(A)旅進旅退：指反覆無常　(B)「三時」告災：春夏秋三季農忙之時　(C)我將「陟」之：擢升進用　(D)私心慆慆：猶言滿懷私心。

(　)9.(甲)「隳」：ㄏㄨㄟ；(乙)「咎」、夔：ㄐㄧㄡˋ；(丙)我將「陟」之：ㄅㄨˋ；(丁)災「眚」薦至：ㄕㄥˇ；(戊)避位以「禳」之：ㄖㄤˊ；(己)「噦」噦鑾聲：ㄏㄨㄟˋ。上列「　」內字音正確的選項是哪些？　(A)(甲)(乙)(丙)　(B)(乙)(丁)(戊)　(C)(甲)(丙)(己)　(D)(甲)(丁)(戊)。

(　)10.作者說明「設宰臣待漏院於丹鳳門之右」其目的為何？　(A)臣勞於下　(B)夙興夜寐　(C)假寐而坐　(D)示勤政也。

*(　)11.在本文中作者如何說明賢相所思治國之情？　(A)姦人附勢，我將陟之　(B)兵革未息，何以弭之　(C)佞臣立朝，我將斥之　(D)直士抗言，我將黜之　(E)賢人在野，我將進之。

*(　)12.「借代」是指在語文中借用其他詞句或名稱來代替一般經常使用的詞句或名稱的一種修辭技巧，請問以下語詞何者所指相同？　(A)人君當「神器」之重　(B)「蒼生」以之而富庶　(C)臣本「布衣」　(D)「重瞳」屢迴　(E)今乃棄「黔首」以資敵國。

*(　)13.「況夙興夜寐，以事一人」言其勤奮刻苦，請問以下與「夙興夜寐」相同之詞語為何？　(A)宵衣旰食　(B)夙夜匪懈　(C)孜孜不倦　(D)推心置腹　(E)胼手胝足。

*(　)14.作者認為「君逸於上，臣勞於下，法乎天」，其推論過程為何？　(A)天道不言，而品物亨，歲功成者　(B)四時之吏，五行之佐，宣其氣矣　(C)聖人不言，而百姓親，萬邦寧者　(D)三公論道，六卿分職，張其教矣　(E)古之善相天下者，自咎、夔至房、魏，可數也。

*(　)15.作者以賢相奸相所思不同之強烈對比，來說明「一國之政，萬人之命，懸于宰相」，

請問以下形容「君主」之語句中，何者為奸相所致？ (A)三時告災，上有憂色，構巧詞以悅之 (B)群吏弄法，君聞怨言，進諂容以媚之 (C)九門既開，重瞳屢迴 (D)相君言焉，時君惑焉 (E)相君言焉，時君納焉。

非選題

(一)注釋：

1. 備員：
2. 待漏院：
3. 「三時」告災：
4. 旅進旅退：
5. 災眚薦至：

(二)請依句義將參考選項中適當詞句代號填入文中括弧處：

1. 私心（　　），假寐而坐
2. 憂心（　　），待旦而入
3. 東方未明，相君啟行，（　　）火城
4. 相君至止，（　　）鑾聲

參考選項：

(A)噦噦 (B)忡忡 (C)煌煌 (D)慆慆

黃岡竹樓記

選擇題（＊為多選題）

（　）1. 本文旨在 (A)說明竹樓建造的過程 (B)記述貶官的生涯貧困 (C)說明黃岡多竹樓之原因 (D)借對竹樓的諸多觀感寫貶官生涯的自適。

（　）2. 下列敘述何者為非？ (A)大者如「椽」：承托屋瓦的圓木 (B)「比」屋皆然：並列；相連 (C)遠吞「山光」：山上的月色 (D)平「挹」江瀨：牽引。

（　）3. 「雉堞圮毀，蓁莽荒穢」下列敘述何者有誤？ (A)雉堞：小土屋 (B)圮毀：倒塌毀壞 (C)蓁：草盛貌 (D)意謂荒蕪的樣子。

（　）4. 下列敘述何者為非？ (A)幽闃遼敻：幽靜遼闊 (B)有瀑布聲：指夏雨之聲 (C)子聲「丁丁」然：棋子落盤聲 (D)公「退」之暇：指退休。

（　）5. 「焚香默坐，消遣世慮」的「消遣世慮」乃謂 (A)消除疑慮 (B)消除世俗的煩悶 (C)解答疑惑 (D)消磨時光。

（　）6. 「非騷人之事，吾所不取」的「騷人」是指 (A)詩人 (B)上流社會之人 (C)獨領風騷之人 (D)常發牢騷的人。

（　）7. 「第見風帆沙鳥」的「第見」是 (A)於宅第目視所及 (B)只見；僅見 (C)依次看見 (D)層次井然。

（　）8.下列敘述何者為非？ (A)僅十「稔」：重量單位 (B)亦謫居之「勝概」也：佳趣；勝事 (C)華陽巾：指道士、隱士的帽子 (D)戊戌歲「除日」：指除夕。

（　）9.(甲)大者如「椽」：ㄔㄨㄢˊ；(乙)「刳」去其節：ㄎㄨㄚ；(丙)雉「堞」：ㄧㄝˋ；(丁)「圮」毀：ㄆㄧˇ；(戊)幽「闃」：ㄒㄧㄡˋ；(己)遼「敻」：ㄒㄩㄥˋ。上列「　」內的字，讀音完全正確的選項是 (A)(甲)(丁)(己) (B)(乙)(丙)(丁) (C)(丙)(丁)(戊) (D)(丁)(戊)(己)。

（　）10.「比屋皆然，以其價廉而工省也」句中「比」字義與下列哪個選項相同？ (A)「比」及號令到來 (B)亦見其自「比」於逆亂，設淫辭而助之攻也 (C)「比」之諸鎮，尚為竦桀 (D)五音「比」而成《韶》、《夏》。

*（　）11.下列文句，使用「祈使語氣」的選項是 (A)幸後之人與我同志，嗣而葺之，庶斯樓之不朽也 (B)當獎率三軍，北定中原，庶竭駑鈍，攘除姦凶，興復漢室，還於舊都 (C)臣亡國賤俘，至微至陋，過蒙拔擢，寵命優渥，豈敢盤桓，有所希冀 (D)重念蒙君實視遇厚，於反覆不宜鹵莽，故今具道所以，冀君實或見恕也 (E)錄大辟囚三百餘人，縱使還家，約其自歸以就死。是以君子之難能，期小人之尤者以必能也。

*（　）12.下列詞語敘述正確的選項是 (A)一稔：十年 (B)一秩：一年 (C)一紀：十二年 (D)一世：三十年 (E)一甲子：六十年。

*（　）13.下列各組「　」內的字義，兩兩相同的選項是 (A)一朝蒙霧露，「分」作溝中瘠／男有「分」，女有歸 (B)「乃」重修岳陽樓，增其舊制／「乃」奮臂以指撥眥，目光如炬 (C)竹工破「之」，刳去其節，用代陶瓦／蚤起，施從良人之所「之」 (D)自今「已」往，吾其無意於人世矣／松柏後凋於歲寒，雞鳴不「已」於風雨 (E)「亡」而為有，虛而為盈，約而為泰／司馬牛憂曰：人皆有兄弟，我獨「亡」。

*（　）14.〈黃岡竹樓記〉一文 (A)通篇以短句結構為主 (B)文字雕砌纖麗，刻劃精美 (C)融敘事、寫景、議論、抒情於一爐 (D)以一句「豈懼竹樓之易朽乎？」直道己身之瀟灑自在 (E)全篇最精彩動人之處，即在於以工筆描繪的「謫居之生活情趣」。

*（　）15.下列選項關於作者的生平事跡，何者敘述正確？ (A)曾鞏，宋建昌南豐人，人稱南豐先生，著有《南豐類稿》 (B)王禹偁為宋初古文運動的先驅，對宋代古文運動影

響深遠 (C)王安石字介甫，南宋人，文學深受蘇東坡影響，為唐宋古文八大家之一 (D)錢公輔，字君倚，王安石當政，公輔不願苟從，罷諫職，出知江寧府 (E)李白才華洋溢，文采豐贍，其詩眾體兼長，尤擅古體、歌行，世稱「詩仙」。

非選題

(一)古人常以「物」為知己，例如林和靖以「梅」為知己，所謂「梅妻」是也。下列人物之敘述，請從參考選項，填入最適當的代號：

1.王禹偁以（　）為知己　2.濂溪以（　）為知己

3.王右軍以（　）為知己　4.陶淵明以（　）為知己

5.李太白以（　）為知己

參考選項：

(A)酒　(B)蓮　(C)菊　(D)竹　(E)鵝

(二)語譯：

因作小樓二間，與月波樓通。遠吞山光，平挹江瀨，幽闃遼夐，不可具狀。

答：

書洛陽名園記後

選擇題（＊為多選題）

（　）1.本文旨在 (A)介紹洛陽名園的盛衰景致 (B)借園林興廢，告誡公卿大夫，不要為了圖一己之樂，而忘了天下治亂 (C)記述洛陽十九座名園的興廢 (D)告誡天子不可貪圖享樂，以致亡國。

（　）2.「洛陽處天下之中，挾殽、黽之阻，當秦、隴之襟喉，而趙、魏之走集，蓋四方必爭之地也」下列敘述何者為非？ (A)阻：險阻 (B)襟喉：意指要害之地 (C)走集：趨集的場所 (D)意謂洛陽之地理位置、形勢皆重要。

（　）3.「天下常無事則已，有事則洛陽必先受兵」的「受兵」指 (A)召集軍隊 (B)遭受戰禍 (C)揭竿起義 (D)發動戰爭。

（　）4.「洛陽之盛衰，天下治亂之候也」意指 (A)洛陽的盛衰，是天下治亂的徵兆 (B)洛陽的盛衰，會影響天下的治亂 (C)洛陽的盛衰，繫於天下的治亂 (D)洛陽的盛衰，天下的治亂都有一定的軌跡。

（　）5.「及其亂離，繼以五季之酷」乃謂 (A)後來天下動亂，接著又有五年的酷暑 (B)後來天下動亂，又有五年酷吏跋扈 (C)後來天下動亂，又連續五季沒有下雨 (D)後來天下動亂，接著又有五代的酷烈爭戰。

( ) 6. 「其池塘竹樹，兵車蹂蹴，廢而為丘墟；高亭大樹，煙火焚燎，化而為灰燼，與唐共滅而俱亡者，無餘處矣」下列敘述何者為非？ (A)蹂蹴：踐踏 (B)樹：曲折的迴廊 (C)焚燎：放火燒 (D)意謂昔時繁華富貴之地，隨國亡而成灰燼。

( ) 7. 「天下之治亂，候於洛陽之盛衰而知；洛陽之盛衰，候於園囿之興廢而得」運用下列何種修辭？ (A)夸飾 (B)頂針 (C)譬喻 (D)層遞。

( ) 8. 下列敘述何者為非？ (A)「放」乎一己之私以自為：放縱 (B)忘天下之「治忽」：治亂 (C)欲退享此，得乎：要想拒絕如此享受，辦得到嗎 (D)唐之「末路」是矣：結局；下場。

( ) 9. (甲)「殽」：ㄧㄠˊ；(乙)「黽」：ㄧㄥˊ；(丙)千「有」餘邸：ㄧㄡˇ；(丁)蹂「蹴」：ㄐㄧㄡˋ；(戊)園「囿」：ㄧㄡˋ；(己)焚「燎」：ㄌㄧㄠˊ。下列「 」內字音正確的選項是哪些？ (A)(乙)(丁)(戊) (B)(甲)(丙)(己) (C)(丙)(丁)(戊) (D)(甲)(戊)(己)。

( ) 10. 「公卿貴戚開館列第於東都者，號千有餘邸」請問作者所感懷的朝代為何？ (A)魏晉六朝 (B)唐 (C)五代 (D)北宋。

*( ) 11. 對於同範圍、同性質的幾個事物或意象，在分項列舉時以結構相同或相似的語句來表達，就是排比的修辭法。請問以下何者使用此種修辭法？ (A)池塘竹樹，兵車蹂蹴，廢而為丘墟；高亭大樹，煙火焚燎，化而為灰燼 (B)實籩豆、奉祭祀、供賓客 (C)所守者道義，所形者忠義，所惜者名節 (D)挾殽、黽之阻，當秦、隴之襟喉，而趙、魏之走集 (E)園囿之興廢，洛陽盛衰之候也。

*( ) 12. 如有兩個以上需要說明之事物，其又有大小輕重不同之比例，行文時依序層層遞進，稱為「層遞」。請問以下例句，何者使用此法？ (A)先父族，次母族，次妻族，而後及其疏遠之賢 (B)天下之治亂，候於洛陽之盛衰而知；洛陽之盛衰，候於園囿之興廢而得 (C)使天下之人，思之於心，則存之於目；存之於目，故其思之於心也固 (D)勝負之數，存亡之理，當與秦相較，或未易量 (E)公之恩在爾心，爾死，在爾子孫。

*( ) 13. 以下文句何者為因見景物樓臺盛衰而生歷史興懷之感？ (A)查德卿〈塞兒令・金陵故址〉：臨故國，認殘碑，傷心六朝如逝水，物換星移，城是人非，今古一枰棋 (B)

任昱〈清江引・錢塘懷古〉：吳山越山山下水，總是淒涼意，江流今古愁，山雨興亡淚，沙鷗笑人閑未得　(C)馬致遠〈天淨沙・秋思〉：枯藤老樹昏鴉，小橋流水人家，古道西風瘦馬，夕陽西下，斷腸人在天涯　(D)李格非〈書洛陽名園記後〉：及其亂離，繼以五季之酷，其池塘竹樹，兵車蹂蹴，廢而為丘墟；高亭大榭，煙火焚燎，化而為灰燼，與唐共滅而俱亡者，無餘處矣　(E)張養浩〈山坡羊・潼關懷古〉：峰巒如聚，波濤如怒，山河表裡潼關路，望西都，踟躕，傷心秦漢經行處，宮闕萬間都作了土。興，百姓苦；亡，百姓苦。

*（　）14.由哪些敘述可知洛陽地位之險要？(A)園囿之興廢，洛陽盛衰之候也　(B)天下常無事則已，有事則洛陽必先受兵　(C)洛陽處天下之中，挾殽、黽之阻，當秦、隴之襟喉，而趙、魏之走集　(D)四方必爭之地也　(E)天下之治亂，候於洛陽之盛衰而知。

*（　）15.作者如何說明「洛陽之盛衰，天下治亂之候也」？　(A)洛陽處天下之中，挾殽、黽之阻，當秦、隴之襟喉　(B)及其亂離，繼以五季之酷，其池塘竹樹，兵車蹂蹴，廢而為丘墟　(C)公卿大夫方進於朝，放乎一己之私以自為，而忘天下之治忽　(D)天下常無事則已，有事則洛陽必先受兵　(E)高亭大榭，煙火焚燎，化而為灰燼，與唐共滅而俱亡者，無餘處矣。

非選題

(一)注釋：

1.治忽：

2.蹂蹴：

3.襟喉：

4.「候」於洛陽之盛衰：

5.天下治亂之「候」：

(二)請將以下文句依句義重組：

(A)洛陽之盛衰　(B)候於洛陽之盛衰而知　(C)則《名園記》之作，予豈徒然哉　(D)且天下之治亂　(E)候於園囿之興廢而得

答：

嚴先生祠堂記

選擇題（*為多選題）

（　）1.本文旨在表揚　(A)漢光武能禮賢下士　(B)嚴光的高風亮節　(C)君臣和睦，必可再造盛世　(D)光武與嚴光的深厚友誼。

（　）2.下列敘述何者為非？　(A)先生，漢光武之「故人」也：老部屬　(B)相「尚」以道：

尊重 (C)握赤符，乘六龍：指光武即天子位 (D)得聖人之「時」：時機。

( ) 3. (甲)「臣妾」億兆；(乙)天下孰「加」焉；(丙)惟先生以節「高」之；(丁)惟光武以禮「下」之。上列「 」中何者是動詞？ (A)(甲)(乙) (B)(丙)(丁) (C)(乙)(丙)(丁) (D)(甲)(乙)(丙)(丁)。

( ) 4. 「既而動星象」的「動星象」是指哪件事？ (A)嚴光去世，而本命星消失 (B)嚴光歸隱，而本命星暗淡 (C)嚴光與光武同臥，而太史奏稱客星犯御座 (D)嚴光欲謀帝位，而本命星熾熱。

( ) 5. 下列敘述何者有誤？ (A)泥塗軒冕：視功名富貴如泥塗 (B)先生「以」之：有 (C)陽德方亨：指嚴光的前途正通達 (D)「微」先生不能成光武之大：沒有；不是。

( ) 6. 「〈蠱〉之上九」、「〈屯〉之初九」中的「蠱、屯、上九、初九」是何書的專有名詞？ (A)《尚書》 (B)《易經》 (C)《春秋》 (D)《詩經》。

( ) 7. 下列敘述何者為非？ (A)不事王侯，高尚其事：指嚴光之志節 (B)以貴下賤，大得民也：指光武與民同甘苦，不獨享富貴 (C)貪夫廉，懦夫立：使貪婪的人清廉，使懦弱的人自立 (D)名教：有關名分的教化。

( ) 8. 下列敘述何者為非？ (A)始構堂而「奠」焉：祭祀 (B)迺復其為後者四家：恢復嚴光後代四家的爵位 (C)以奉祠事：讓他們去處理祠堂的事 (D)江水「泱泱」：水深廣貌。

( ) 9. (甲)泥塗「軒」冕：ㄒㄩㄢ；(乙)在「蠱」：ㄍㄨˇ；(丙)在「屯」：ㄊㄨㄣˊ；(丁)「懦」夫立：ㄋㄨㄛˋ；(戊)以奉「祠」事：ㄙˋ；(己)江水「泱泱」：ㄧㄤˋ ㄧㄤˋ。上列「 」內的字，讀音完全正確的選項是 (A)(甲)(乙)(丁) (B)(乙)(丙)(己) (C)(丙)(丁)(戊) (D)(丁)(戊)(己)。

( ) 10. 「微先生不能成光武之大」句中的「微」字義，與下列哪個選項相同？ (A)「微」行，入古寺 (B)世衰道「微」 (C)「微」光武豈能遂先生之高哉 (D)「微」升古塞外，已隱暮雲端。

*( ) 11. 下列各組「 」內的字義，兩兩相異的選項是 (A)「相」尚以道／「相」迎不道遠 (B)「乘」六龍／區區安祿山一出而「乘」之 (C)高「尚」其事／「尚」友古人 (D)迺「復」其為後者四家／師道之不「復」，已久矣 (E)惟光武以禮「下」之／以貴「下」賤，大得民也。

*（　）12.下列成語形容品格高尚的正確選項是 (A)山高水長 (B)嶽峙淵渟 (C)光風霽月 (D)高風亮節 (E)滄海桑田。

*（　）13.下列成語，形容隱逸不仕的正確選項是 (A)冠蓋相望 (B)泥塗軒冕 (C)梅妻鶴子 (D)枕石漱流 (E)駟馬高車。

*（　）14.下列「　」內的詞語，解釋正確的選項是 (A)「臣妾億兆」：意謂臣妾有億兆之多 (B)「天下孰加焉」：意謂天下有誰能夠超過他呢 (C)「歸江湖」：意謂回到山野隱居 (D)「得聖人之清」，乃比擬孔子 (E)仲淹來「守」是邦：意指防守。

*（　）15.下列文句修辭屬於「譬喻」中省略喻詞的「略喻」選項是 (A)雲山蒼蒼，江水泱泱。先生之風，山高水長 (B)君子之交淡若水，小人之交甘若醴 (C)那河畔的金柳，是夕陽中的新娘 (D)舊恨春江流不盡，新恨雲山千疊 (E)夫天地者，萬物之逆旅；光陰者，百代之過客。

非選題

㈠字音測驗：

1.「蠱」惑：　2.「蠹」蟲：

3.「怏」然不悅：　4.江水「泱」泱：

5.「懦」夫立：　6.「蠕」動：

㈡字形測驗：

1.泥塗軒「ㄇㄧㄢˇ」：　2.奇「ㄆㄚ」異卉：

3.貪「ㄌㄧㄢ」懦立：　4.「ㄒㄧ」文召示：

5.為虎作「ㄔㄤ」：

岳陽樓記

選擇題（*為多選題）

（　）1.本文旨在 (A)實寫岳陽樓的勝景 (B)借樓湖勝景，自抒先憂後樂的懷抱，以勉好友及天下賢士 (C)記述岳陽樓乃歷代騷人墨客會聚之地 (D)讚美滕子京的政績。

（　）2.下列敘述何者為非？ (A)政通「人和」：同事之間相處融洽 (B)百廢具興：所有廢弛之政事，都興辦起來 (C)增其「舊制」：舊有的規模 (D)「屬」予作文以記之：通「囑」，請託。

（　）3.下列敘述何者為非？ (A)「前人之述」備矣：指前人對岳陽樓大觀的描述 (B)朝暉夕陰：指早晨出現太陽，傍晚出現月亮 (C)銜遠山，吞長江：指洞庭湖中含著君山，吸納長江的流水 (D)遷客騷人：指被流放遠方的官吏和多愁善感的文人。

（　）4.本文中三、四二段有關「雨悲」「晴喜」的描述，下列何者非作者描寫的原因？ (A)上

承「覽物之情，得無異乎」而來 (B)「不以物喜，不以己悲」的議論 (C)一正一反說明岳陽樓之勝景，帶出凡人以物喜以己悲的心理 (D)說明岳陽樓陰晴不定。

( ) 5. 下列敘述何者為非？ (A)連月不「開」：放晴 (B)濁浪「排空」：浪濤推擠衝向天空 (C)山岳「潛形」：隱沒形跡 (D)「去國」懷鄉：離開自己的國家。

( ) 6. 下列敘述何者為非？ (A)春和「景」明：同「影」 (B)沙鷗「翔集」：飛翔棲止 (C)「郁郁」青青：指香氣濃郁 (D)靜影「沉璧」：指月亮在水中的倒影。

( ) 7. 「或異二者之為」的「二者之為」意指 (A)不以物喜，不以己悲 (B)進亦憂，退亦憂 (C)遷客騷人之以晴喜以雨悲 (D)樂以天下，憂以天下。

( ) 8. 下列敘述何者為非？ (A)處江湖之遠：指退居在野 (B)居「廟堂」之高：指朝廷 (C)進亦憂，退亦憂：因為「憂其民」、「憂其君」 (D)「微」斯人：只有之意。

( ) 9. (甲)春和「景」明：ㄐㄧㄥˇ；(乙)岸芷「汀」蘭：ㄉㄧㄥ；(丙)郁郁「青」青：ㄑㄧㄥ；(丁)「薄」暮冥冥：ㄅㄛˋ；(戊)浩浩「湯」湯：ㄙㄤ；(己)「霪」雨霏霏：ㄧㄣˊ。上列「 」內字音正確的選項是哪些？ (A)(甲)(丙) (B)(甲)(己) (C)(乙)(丁) (D)(戊)(己)。

( ) 10. 以下數字的使用何者並非「虛數」？ (A)氣象「萬」千 (B)或異「二」者之為 (C)「百」廢具興 (D)皓月「千」里。

*( ) 11. 「借代」是指在語文中借用其他詞句或名稱來代替一般經常使用的詞句或名稱的一種修辭技巧，請選出以下使用這種修辭法的語句 (A)居「廟堂」之高 (B)處「江湖」之遠 (C)臣本「布衣」 (D)道是「無晴」還「有晴」 (E)錦「鱗」游泳。

*( ) 12. 「遊記」類記遊玩之情狀、景致，有些則藉「地」「事」抒發己見與胸懷，請問以下名篇何者與本文同類？ (A)〈遊褒禪山記〉 (B)〈義田記〉 (C)〈桃花源記〉 (D)〈黃州快哉亭記〉 (E)〈晚遊六橋待月記〉。

*( ) 13. 朱熹稱范仲淹為「天地間第一等人物」是因為他達觀的思想，請問下列哪一句旨在說明他如此之胸襟？ (A)浩浩湯湯，橫無際涯 (B)古仁人之心 (C)不以物喜，不以己悲 (D)進亦憂，退亦憂 (E)先天下之憂而憂，後天下之樂而樂。

*( ) 14. 有關「景」字的用法，何者相同？ (A)春和「景」明 (B)返「景」入深林 (C)贏糧

而「景」從 (D)以敍為美，正則無「景」 (E)承天「景」命。

*（ ）15.在〈岳陽樓記〉中使用了許多對比的手法，請問以下說明何者正確？ (A)色調的對比：薄暮冥冥對比一碧萬頃 (B)氣候的對比：霪雨霏霏，連月不開對比春和景明 (C)氣氛的對比：虎嘯猿啼對比沙鷗翔集，錦鱗游泳 (D)動靜的對比：陰風怒號，濁浪排空對比靜影沉璧 (E)情感的對比：感極而悲者對比其喜洋洋者。

非選題

(一)注釋：

1.「屬」予作文以記之：

2.越明年：

3.去國：

4.微斯人：

5.誰與歸：

(二)語譯：

而或長煙一空，皓月千里，浮光躍金，靜影沉璧，漁歌互答，此樂何極！

答：

諫院題名記

選擇題（*為多選題）

（ ）1.本文旨在 (A)記述諫官設立的過程 (B)強調宋代設諫官的用意 (C)戒勉諫官當以國家利益為先，不為己身私利設想 (D)力陳諫官的功用和職責。

（ ）2.「古者諫無官」意指 (A)古時政治清明，不需諫官 (B)古代沒有專設的諫官 (C)古代諫官沒有俸祿和地位 (D)古代沒有人想做諫官。

（ ）3.「夫以天下之政，四海之眾，得失利病，萃於一官使言之」乃謂 (A)諫官易於壟斷言論 (B)諫官足以欺上瞞下 (C)諫官一職，位越宰相 (D)諫官一職，身負政治得失之重任。

（ ）4.「居是官者，當志其大，舍其細；先其急，後其緩」下列敘述何者為非？ (A)志：志向 (B)舍其細：捨棄小事 (C)先其急，後其緩：能知事的輕重緩急，予以完善的處理 (D)言諫官應具有的能力。

（ ）5.「專利國家，而不為身謀」的「專利國家」意指 (A)諫官只會有利於國家而不會有害 (B)只有諫官能有利於國 (C)一心謀求國家利益 (D)諫官具有言論的專利。

（ ）6.「其間相去何遠哉」的「相去」，下列敘述

何者為非？ (A)相離 (B)相當 (C)相隔 (D)相距。

(　)7. 下列敘述何者為非？ (A)彼「汲汲」於名者：急切貌 (B)始書其名於「版」：指石版 (C)光恐久而「漫滅」：磨損消滅 (D)歷指其名而議之：一個個指著上面的名字議論。

(　)8. 「某也忠，某也詐，某也直，某也曲」這段文字，司馬光的用意在於 (A)警戒諫官盡忠職守，為國家圖利 (B)反映一般人好議論是非 (C)說明論人論事應公正客觀 (D)強調諫官中有忠直之人，亦有詐曲之人。

(　)9. 下列各組「　」內的字義，兩兩相同的選項是 (A)「萃」於一官使言之／諸氣「萃」然 (B)「舍」其細／漁父樵夫之「舍」 (C)其「間」相去何遠哉／其「間」不能容髮 (D)責「其」職事／「其」無知，悲不幾時，而不悲者無窮期矣。

(　)10. (甲)慶曆「中」；(乙)木直「中」繩；(丙)先帝創業未半，而「中」道崩殂；(丁)禮樂不興，則刑罰不「中」；(戊)由射於百步之外也，其至，爾力也，其「中」，非爾力也。上列「　」內的「中」字義共有幾種？ (A)二種 (B)三種 (C)四種 (D)五種。

*(　)11. 「後之人將歷指其名而議之」句中「將」字義，與下列哪個選項不同？ (A)明日「將」來射曹軍 (B)且「將」酒來，我與丈人回敬 (C)小嘍囉把鼓樂就廳前擂「將」起來 (D)「將」數百之眾，轉而攻秦 (E)使其中不自得，「將」何往而非病。

*(　)12. 下列文句屬於「排比」修辭的選項是 (A)舍其細，先其急，後其緩 (B)某也忠，某也詐，某也直，某也曲 (C)彼汲汲於名者，猶汲汲於利也 (D)黃蘆岸白蘋渡口，綠楊堤紅蓼灘頭 (E)南北百里，東西一舍。

*(　)13. 下列「　」內的字，屬於「轉品」中「名詞」活用為「動詞」的正確選項是 (A)「細細」欣賞山水 (B)「紅」入桃花嫩，「青」歸柳葉新 (C)公奈何不「禮」壯士 (D)錢君始「書」其名於版 (E)「桂」棹兮「蘭」槳。

*(　)14. 有關〈諫院題名記〉一文，下列敘述正確的選項是 (A)唐宋置臺、諫兩類官 (B)臺官負責糾劾百官；諫官負責侍從規諫皇帝 (C)諫院是諫官辦公的官署 (D)司馬光於宋仁宗朝任「知諫院」，即諫官之長，立碑刻列諫官姓名 (E)此文戒勉諫官當一心謀求國家利益，不當為自身謀名利。

*（　）15.下列有關司馬光之敘述，正確的選項是　(A)字君實，世稱涑水先生　(B)神宗時，與王安石同心輔政　(C)恭儉正直，動作有禮，自言：「吾無過人者，但平生所為，未嘗有不可對人言者耳」　(D)為文樸實明暢，以羽翼名教、端正世風為主　(E)獨撰《資治通鑑》。

非選題

(一)字形測驗：

1.出類拔「ㄘㄨㄟˋ」：　2.精「ㄘㄨㄟˋ」絕倫：

3.鞠躬盡「ㄘㄨㄟˋ」：　4.「ㄘㄨㄟˋ」礪奮發：

5.「ㄘㄨㄟˋ」口水：

(二)語譯：

居是官者，當志其大，舍其細；先其急，後其緩；專利國家，而不為身謀。

答：

義田記

選擇題（*為多選題）

（　）1.本文旨在　(A)介紹范文正公義田之規模遠舉　(B)讚美范文正公能效法晏子的行為　(C)表彰范文正公設置義田，救濟親貧疏賢的義行　(D)記述范文正公因置義田，而以貧終其身的事跡。

（　）2.下列敘述何者為非？　(A)負郭：靠近外城　(B)常稔：穀物常熟　(C)嫁娶凶葬皆有「贍」：補助；供給　(D)擇族之長而賢者「主其計」：計劃義田規模。

（　）3.下列敘述何者不是范仲淹救助的對象？　(A)仕而家居俟代者　(B)仕而居官者　(C)親而貧者　(D)疏而賢者。

（　）4.下列敘述何者為非？　(A)時其出納焉：按時收付財物　(B)「再嫁者」三十千：指嫁第二次　(C)葬者如再嫁之數：指葬者補助三十千　(D)「沛然」有餘而無窮：充裕。

（　）5.下列敘述何者為非？　(A)而「終」其志：完成　(B)此其「大較」也：大概情形　(C)仕而家居「俟代」者：等候補缺　(D)公既位「充」祿厚：充裕。

（　）6.「齊侯以晏子之觴而觴桓子」的二個「觴」字詞性分別為　(A)名詞，動詞　(B)動詞，名詞　(C)皆為動詞　(D)皆為名詞。

（　）7.下列敘述何者有誤？　(A)待臣而「舉火」者三百餘人：指生活　(B)惟以「施貧活族」之義遺其子而已：布施窮人，養活親族　(C)「賢」於身後：勝過　(D)規模「遠舉」：可以長久施行。

( ) 8.下列敘述何者為非？ (A)世之「都」二公位：居 (B)「廩稍」之充：指官吏的俸祿 (C)「瓢囊」為溝中瘠：名詞 (D)是皆公之罪人也：這些人在文正公面前都是罪人啊。

( ) 9.下列何者作動詞使用？ (A)瓢囊為溝中「瘠」 (B)以晏子之「觴」而觴桓子 (C)「獨」高其義 (D)歲「衣」，人一縑。

( ) 10.下列正確的詞語解釋選項是 (A)「巍巍乎！其有成功也。煥乎！其有文章」。「文章」此作「文學作品」解釋 (B)「公既位充祿厚」。「充」即「充滿」之意 (C)「齊國之士，待臣而舉火者三百餘人」。「舉火」借指炊飯，引申作維持生活 (D)「歸與！歸與！吾黨之小子狂簡」。「狂簡」即「狂狷」之意。

*( ) 11.有關〈義田記〉的敘述何者正確？ (A)晏平仲敝車羸馬，周濟親族，其施有等級，先父族，次母族，次妻族，而後及於疏遠之賢，此舉近於孟子「親親而仁民，仁民而愛物」之義 (B)「嫁女者五十千，再嫁者三十千；娶婦者三十千，再娶者十五千」意謂女子嫁人者，助其錢五萬枚；大死再嫁者三萬枚；男子之有娶婦者，助其錢三萬枚，再娶者一萬五千枚 (C)「擇族之長而賢者主其計，而時其出納焉。」義田之財物資金管理委由族中年高德劭者來負責 (D)世之顯達者，其享富貴，皆止乎一己；而族人持瓢囊成溝中之瘠者，是皆公之罪人也。此等人，范文正公皆嘗擯斥不與同列者也 (E)本文選自《范文正公集》，記述范文正公以其祿賜之人，購置義田，周濟親族，而自奉甚薄，一貧如洗之義行高風。

*( ) 12.(甲)仕而家居俟代者「與」焉／「與」嬴而不助五國也；(乙)「惟」以施貧活族之義／洪「惟」我祖先；(丙)因以遺於世「云」／乃親得之於史公「云」；(丁)「遺」其子而已／小學而大「遺」；(戊)常「稔」之田／十「稔」之間；(己)日有食，歲有「衣」／歲「衣」，人一縑。上列〈義田記〉中詞語解釋全相異者為何？ (A)(甲)(乙)(戊) (B)(甲)(丙)(己) (C)(乙)(丙)(戊) (D)(乙)(戊)(己) (E)(乙)(丁)(己)。

*( ) 13.下列有關〈義田記〉轉品修辭的敘述，正確的選項是 (A)「以晏子之觴觴桓子」之「觴」，前者為名詞，酒杯；而後者作動詞，罰酒之意 (B)「擇族之長而賢者主其計，而時其出納焉」的「時」為名詞作副詞，適時的意思 (C)「族之人，瓢囊為溝中瘠

者」的「瓢囊」為名詞作動詞，指背負行李出走之意 (D)「獨高其義」的「高」為形容詞作動詞，推崇的意思 (E)「歲衣，人一縑」的「衣」是名詞作動詞，穿衣的意思。

*（ ）14. 下列有關〈義田記〉修辭的敘述，正確的選項是 (A)「而族之人，不得其門而入者，豈少哉？」為激問 (B)「廩稍之充」的「廩稍」借代為財富 (C)「嫁女者五十千，再嫁者三十千」的「五十千」、「三十千」為夸飾 (D)「先父族，次母族，次妻族，而後及其疏遠之賢。」為層遞 (E)「都三公位，享萬鍾祿。」為對偶。

*（ ）15. 下列有關文章主旨的說明何者正確？ (A)〈廉恥〉以「廉」為主線，主張人人必須行己有恥 (B)〈義田記〉以「義」為主線，鋪陳范仲淹的義田義行 (C)〈墨池記〉以「池」為主線，敘須藉學習以提高道德修養 (D)〈縱囚論〉以「縱」字為貫串全文之字眼，論唐太宗縱囚之矯俗干名 (E)〈岳陽樓記〉以「謫」為主線，敘其「先憂後樂」之心。

非選題

(一)注釋：

1. 負郭：
2. 廩稍：
3. 邊隅：
4. 時其出納：
5. 敝車羸馬：

(二)語譯：

其下為卿、大夫、為士，廩稍之充，奉養之厚，止乎一己；族之人，瓢囊為溝中瘠者，豈少哉？況於他人乎？是皆公之罪人也。

答：

袁州學記

選擇題（＊為多選題）

（ ）1. 本文旨在 (A)闡明教育的功能和重要性，同時讚揚祖無擇和陳侁辦學的功勞 (B)記述秦亡的原因 (C)敘述袁州興學的艱辛 (D)說明正確的辦學心態。

（ ）2. 下列敘述何者為非？ (A)有「哲」有愚：智 (B)屈力殫慮：竭盡心力 (C)「祗」順德意：恭敬 (D)假官「僭師」：冒犯老師的尊嚴。

（ ）3. 「或連數城，亡誦弦聲。倡而不和，教尼不行」下列敘述何者為非？ (A)亡誦弦

聲：沒有誦經彈琴的聲音 (B)倡：指提倡者 (C)不和：沒有響應者 (D)尼：停止；停頓。

( ) 4.下列敘述何者為非？ (A)「苟」具文書：苟且；隨便 (B)「厥」土燥剛：其 (C)百「爾」器備：助詞，無義 (D)「爾」袁得聖君：無義。

( ) 5.下列敘述何者為非？ (A)厥材「孔」良：無義 (B)亡以「稱」上旨：符合 (C)知學宮「闕」狀：缺失 (D)「舍菜」且有日：開學典禮。

( ) 6.下列解釋何者為非？ (A)聞而是之：聽了以為很對 (B)議以克合：意見完全相合 (C)舉以法：提出作為模範 (D)草茅危言者：在野的直言之士。

( ) 7.「孝武乘豐富，世祖出戎行，皆孳孳學術」下列敘述何者為非？ (A)乘豐富：學富五車 (B)世祖：劉秀 (C)出戎行：出身軍旅 (D)孳孳：勤勉不懈的樣子。

( ) 8.下列敘述何者為非？ (A)秦以山西「鏖」六國：苦戰；激戰 (B)「折首」而不悔：伏首認罪 (C)不敢「去」臣位：離開 (D)則「禪」禮樂以陶吾民：傳授。

( ) 9.(甲)假官「僭」師：ㄑㄧㄢˊ；(乙)教「尼」不行：ㄋㄧˋ；(丙)知學宮「闕」狀：ㄑㄩㄝˋ；(丁)瓦甓「黝」堊：ㄧㄡˇ；(戊)「盱」江：ㄩ；(己)秦以山西「鏖」六國：ㄠˊ。上列「 」內的字，讀音完全正確的選項是 (A)(甲)(丙)(戊) (B)(乙)(丁)(己) (C)(丙)(戊)(己) (D)(丙)(丁)(戊)。

( ) 10.「亡誦弦聲」句中「亡」字義，與下列哪個選項相同？ (A)操則存，舍則「亡」 (B)追「亡」逐北 (C)忠志之士，「亡」身於外者 (D)今也則「亡」，未聞好學者也。

*( ) 11.下列各組「 」內的字義，兩兩相異的選項是 (A)亡以「稱」上旨／而其狀貌乃如婦人女子，不「稱」其志氣 (B)「苟」具文書／「苟」志於仁矣，無惡也 (C)范陽祖君無擇「知」袁州／始至，進諸生，「知」學宮闕狀 (D)故殿堂室房廡門，各得其「度」／寧信「度」，無自信 (E)草茅「危」言者，折首而不悔／蘇子正襟「危」坐。

*( ) 12.下列文句，屬於「因果關係」的正確選項是 (A)慎終追遠，民德歸厚矣 (B)今代遭聖神，爾袁得聖君，俾爾由庠序，踐古人之迹 (C)草枯鷹眼疾，雪盡馬蹄輕 (D)寺遠僧來少，橋危客過稀 (E)盤飧市遠無兼味，樽酒家貧只舊醅。

*( ) 13.下列文句，屬於「設問」中「提問」修辭

的選項是 (A)山中相送罷，日暮掩柴扉；春草明年綠，王孫歸不歸 (B)劉氏一呼，而關門不守，武夫健將，賣降恐後，何邪？詩書之道廢，人唯見利而不聞義焉耳 (C)多情自古傷離別，更那堪，冷落清秋節。今宵酒醒何處？楊柳岸，曉風殘月 (D)飄飄何所似？天地一沙鷗 (E)柔情似水，佳期如夢，忍顧鵲橋歸路。兩情若是久長時，又豈在朝朝暮暮。

*（ ）14.下列「 」內的詞語，解釋正確的選項是 (A)「關門不守」：把門關上，不能防守 (B)「功烈震主」：功業大到連皇上都不安 (C)「聞命而釋兵」：接到命令就交出兵權 (D)「代遭聖神」：國家欣逢聖明的皇帝 (E)「當伏大節」：更應當守大節。

*（ ）15.下列「 」內的詞語，解釋正確的選項是 (A)相舊「夫子廟」：指孔廟 (B)亡「誦弦聲」：指音樂演奏歌聲 (C)人材「放失」：散失 (D)若其弄筆墨以「徼」利達而已：謀求 (E)俾爾由「庠序」：學校名。

非選題

(一)字音測驗：

1.「禪」禮樂以陶吾民：　　2.「殫」精竭慮：

3.肆無忌「憚」：　　4.雞毛「撣」子：

5.「簞」食瓢飲：

(二)語譯：

今代遭聖神，爾袁得聖君，俾爾由庠序踐古人之迹。

答：

朋黨論

選擇題（*為多選題）

（ ）1.本文旨在 (A)闡明朋黨誤國 (B)力陳殺盡朋黨則國亡 (C)言小人之朋黨非真朋黨也，以駁斥當時朋黨一說的荒謬 (D)為自己的朋黨辯護。

（ ）2.「惟幸人君辨其君子小人而已」的「幸」意為 (A)幸好 (B)希望 (C)僥倖 (D)相信。

（ ）3.下列敘述何者非小人之朋黨的行徑？ (A)同利則暫相黨引以為朋 (B)見利而爭先 (C)利盡而交疏 (D)同道而相益。

（ ）4.「雖其兄弟親戚，不能相保」乃因小人 (A)爭利或利盡時，互相殘害 (B)爭利時，波及無辜 (C)爭利之時，讓外人漁翁得利 (D)爭利之時，事端一發不可收拾。

（ ）5.「紂有臣億萬，惟億萬心；周有臣三千，惟一心」乃謂 (A)紂臣渙散，周臣團結 (B)紂臣計策多，周無臣可用 (C)周與紂對峙，

寡不敵眾　(D)紂資源多，周資源少。

(　) 6.下列敘述何者為非？　(A)「更相」稱美：互相　(B)同心而「共濟」：互相扶持　(C)後世不「誚」舜為二十二人朋黨所欺：譏刺　(D)善人雖多而不「厭」也：嫌棄。

(　) 7.「禁絕善人為朋」者為　(A)紂　(B)漢獻帝　(C)唐昭宗　(D)舜。

(　) 8.下列何例不在說明朋黨對國家的好處？　(A)獻帝囚禁名士，而後國亡　(B)舜有朋黨二十二人　(C)堯時，共工、驩兜等四人為一朋　(D)周三千人為一朋。

(　) 9.(甲)「驩」兜：ㄍㄨㄢ；(乙)八「愷」：ㄎㄞˇ；(丙)皋「陶」：ㄊㄠˊ；(丁)「夔」：ㄎㄨㄟˊ；(戊)不「誚」：ㄒㄧㄠˋ；(己)誅「戮」：ㄌㄨˋ。上列「　」內字音正確的選項是哪些？　(A)(甲)(乙)(丙)　(B)(乙)(丁)(己)　(C)(甲)(丙)(己)　(D)(丙)(丁)(戊)。

(　) 10.作者在文中對君主多所期許，能用君子之真朋輔佐天下治亂，請問其前提為何？　(A)惟幸人君辨其君子小人而已　(B)故為人君者，但當退小人之偽朋，用君子之真朋　(C)善人雖多而不厭也　(D)興亡治亂之迹，為人君者可以鑒。

*(　) 11.〈朋黨論〉中以正例反例加強論證之說服力，尤其反面例證高潮迭起，請問作者歐陽脩舉了哪些例證？　(A)堯之時，小人共工、驩兜等四人為一朋　(B)昭宗時，盡殺朝之名士，或投之黃河　(C)舜自為天子，而皋陶、夔、稷、契等二十二人並列於朝　(D)周武王之臣，三千人為一大朋　(E)後漢獻帝時，盡取天下名士囚禁之，目為黨人。

*(　) 12.《論語》中的哪一句話正可以說明「君子與君子，以同道為朋；小人與小人，以同利為朋」的道理？　(A)君子喻於義，小人喻於利　(B)君子和而不同，小人同而不和　(C)君子之德，風；小人之德，草。草上之風必偃　(D)君子坦蕩蕩，小人長戚戚　(E)君子懷德，小人懷土。

*(　) 13.語文中，字數相等，句法相稱，有時還講究平仄相對者，稱為寬對。請問以下何句使用此種修辭？　(A)紂有臣億萬，惟億萬心；周有臣三千，惟一心　(B)所好者祿利也，所貪者財貨也　(C)以之修身，則同道而相益；以之事國，則同心而共濟　(D)所守者道義，所行者忠信，所惜者名節　(E)君子與君子，以同道為朋；小人與小人，以同利為朋。

*(　) 14.「小人無朋，惟君子則有之。其故何哉？」

作者如何說明小人之朋為「偽朋」？ (A)小人所好者祿利也，所貪者財貨也 (B)君子則不然。所守者道義，所行者忠信，所惜者名節 (C)見利而爭先，或利盡而交疏，則反相賊害 (D)當其同利之時，暫相黨引以為朋者，偽也 (E)以之事國，則同心而共濟，終始如一。

*（　）15.在論辯體散文中，「論」主要用於論斷事理，主要有論政、論史和論學、論文幾種。哪些並不屬於「史論類」？ (A)〈六國論〉 (B)〈典論・論文〉 (C)〈縱囚論〉 (D)〈過秦論〉 (E)〈朋黨論〉。

非選題

(一)注釋：

1.同心而共「濟」：

2.八「愷」：

3.不「誚」：

4.不「厭」：

5.黨引：

(二)請依句義將參考選項中適當詞句代號填入文中括弧處：

夫前世之主，能使人人異心不為朋，莫如（1.　）；能禁絕善人為朋，莫如（2.　）；能誅戮清流之朋，莫如（3.　），然皆亂亡其國。更相稱美推讓而不自疑，莫如（4.　），（5.　）亦不疑而皆用之。

參考選項：

(A)舜之二十二臣 (B)舜 (C)紂 (D)漢獻帝 (E)唐昭宗之世

縱囚論

選擇題（*為多選題）

（　）1.本文旨在 (A)說明君臣不可上下交相賊 (B)強調聖王之治在「不立異以為高，不逆情以干譽」，反對世人以唐太宗縱囚為美事的見解 (C)說明唐太宗縱囚乃本乎人情 (D)力陳縱囚只能偶一為之。

（　）2.「寧以義死，不苟幸生」下列敘述何者為非？ (A)寧：寧願 (B)義死：為正義而死 (C)幸生：幸運地存活下來 (D)苟：苟且。

（　）3.下列敘述何者為非？ (A)不「意」其必來以冀免：臆料 (B)而卒自歸無「後」者：逃脫；逃逸 (C)必來以「冀」免：希求 (D)不意其自歸而必獲「免」：赦免。

（　）4.「錄大辟囚三百餘人，縱使還家，約其自歸以就死」下列敘述何者為非？ (A)錄：收押 (B)大辟：死罪 (C)縱：釋放 (D)就：接受。

（　）5.「上下交相賊」的「上下」指 (A)君子、

小人 (B)唐太宗、世人 (C)唐太宗、凶犯 (D)唐太宗、歐陽脩。

( ) 6.「烏有所謂施恩德與夫知信義者哉」下列敘述何者錯誤？ (A)烏：發語詞，無義 (B)施恩德：指唐太宗 (C)知信義：指囚犯 (D)此句實否定有「施恩德」及「知信義」之說。

( ) 7.「是君子之所難，而小人之所易也」乃謂 (A)這對君子來說很難做到；對小人來說卻是很容易做到的事 (B)這是君子也難做到的，小人卻很容易地做到了 (C)這是君子所非難，而小人所喜愛的事 (D)這是讓君子受難，使小人倖免的事。

( ) 8.「不立異以為高，不逆情以干譽」下列敘述何者為非？ (A)立異：標新立異 (B)逆情：違背人情 (C)干譽：好的名譽 (D)此句言聖王之法「本於人情」。

( ) 9.(甲)大「辟」囚：ㄅㄧˋ；(乙)刑「戮」：ㄖㄨˋ；(丙)「冀」免：ㄐㄧˋ；(丁)「縱」囚：ㄗㄨㄥˋ；(戊)以「荻」畫地教之學書：ㄌㄧˊ；(己)卒「謚」文忠：ㄧˋ。上列「 」中的字，讀音完全正確的選項是 (A)(甲)(丙)(己) (B)(乙)(丙)(戊) (C)(丙)(丁)(戊) (D)(丁)(戊)(己)。

( ) 10.下列「 」中的字義，兩兩相同的選項是 (A)「縱」使還家，約其自歸以就死／「縱」而來歸，殺之無赦 (B)是以君子之難能，「期」小人之尤者以必能也／其囚及「期」而卒自歸無後者 (C)刑「入」於死者，乃罪大惡極／恩德「入」人之深而移人之速，有如是者矣 (D)不意「其」必來以冀免，所以縱之乎／不可為常者，「其」聖人之法乎。

*( ) 11.下列各選項「 」內的語詞可互相代換的選項是 (A)「罪大惡極」與「惡貫滿盈」 (B)「不苟幸生」與「鼎鑊如飴」 (C)「罄竹難書」與「擢髮難數」 (D)「逆情干譽」與「矯俗干名」 (E)「視死如歸」與「臨難苟免」。

*( ) 12.下列各「其」字之用法，屬於反詰語氣的正確選項是 (A)天下「其」有不亂，國家其有不亡者乎 (B)奔車朽索，「其」可忽乎 (C)然安知夫縱之去也，不意「其」必來以冀免，所以縱之乎 (D)不可為常者，「其」聖人之法乎 (E)微管仲，吾「其」被髮左衽矣。

*( ) 13.下列有關〈縱囚論〉的敘述，正確的選項是 (A)對於太宗首開縱囚風氣進行批評 (B)是翻案性質的史論文章 (C)闡發法律必

須本於人情，才能恆久執行　(D)作者表現了明辨是非、追求真理的精神　(E)認為太宗縱囚是干名求譽的作法。

*（　）14.下列何者運用了對襯修辭格？　(A)信義行於君子，而刑戮施於小人　(B)壯士軍前半死生，美人帳下猶歌舞　(C)寧為雞口，毋為牛後　(D)歡愉嫌夜短，寂寞恨更長　(E)事去千年猶恨速，愁來一日即知長。

*（　）15.宋代散文家往往自出機杼，言人之所未嘗言，由此顯示獨特見解，表現文章技巧，下列敘述正確的選項是　(A)蘇洵〈六國論〉認為三國以賂秦而亡，齊因親附秦，然五國既滅，齊亦不免　(B)歐陽脩〈縱囚論〉認為唐太宗縱囚還家又約其自歸以就死，實不近人情，是干譽求名的作法　(C)蘇轍〈上樞密韓太尉書〉，是蘇轍落榜後，回鄉前，寫信請求晉見受教，以便明年再應試　(D)曾鞏〈墨池記〉說王羲之的書法成就，非天成，乃後天勤學所致　(E)韓愈〈送董邵南序〉一文委婉規勸董邵南勿投靠藩鎮。

非選題

(一)注釋：

1.自歸以「就」死：

2.寧以義死：

3.恩德「入人」之深：

4.風俗「移」人：

5.「冀」免死罪：

(二)語譯：

罪大惡極，誠小人矣，及施恩德以臨之，可使變而為君子。蓋恩德入人之深而移人之速，有如是者矣。

答：

釋祕演詩集序

選擇題（*為多選題）

（　）1.本文旨在　(A)彰顯野有遺賢　(B)記述石曼卿和釋祕演的交情　(C)介紹釋祕演的為人和詩作，以彰顯天下奇士的才能　(D)表明自己求才的心意。

（　）2.下列敘述何者為非？　(A)然猶「以謂」國家臣一四海：以為　(B)國家「臣一」四海：統一　(C)休兵革：指沒有戰爭　(D)「伏」而不出：消失。

（　）3.下列敘述何者為非？　(A)山林屠販：指山林間和屠夫商販中　(B)「廓然」有大志：開闊的樣子　(C)庶幾「狎」而得之：輕薄無禮　(D)欲因以「陰」求天下奇士：暗中。

（　）4.「無所放其意，則往往從布衣野老，酣嬉

淋漓，顛倒而不厭」下列敘述何者為非？ (A)無所「放」其意：發舒 (B)布衣：白姓 (C)酣嬉：飲酒嬉遊 (D)顛倒：瘋狂。

( ) 5.「浮屠祕演者」的「浮屠」此指 (A)和尚 (B)道士 (C)法師 (D)佛陀。

( ) 6.歐陽脩用石曼卿之奇引出釋祕演之奇，是以石曼卿作為 (A)陪襯 (B)對比 (C)反諷 (D)以上皆是。

( ) 7.下列敘述何者為非？ (A)二人懽然無所「間」：距離 (B)以「適」天下之樂：適合 (C)「胠」其橐：打開 (D)巔崖「崛岉」：山勢高峻。

( ) 8.「祕演北渡河，東之濟、鄆，無所合，困而歸。曼卿已死，祕演亦老病。嗟夫！二人者，予乃見其盛衰，則予亦將老矣」下列敘述何者不是歐陽脩的感歎？ (A)祕演有奇才而無遇合之人 (B)曼卿已死，昔時歡樂不再 (C)已將老矣 (D)脩、祕演、曼卿三人的情誼破裂。

( ) 9.(甲)濟、「鄆」：ㄐㄩㄣ；(乙)無所「間」：ㄐㄧㄢˋ；(丙)「懽」然：ㄍㄨㄢ；(丁)胠其「橐」：ㄙㄨㄛˊ；(戊)崛「岉」：ㄌㄨˋ；(己)「胠」其橐：ㄑㄩˊ。上列「 」內字音正確的選項是哪些？ (A)(甲)(乙)(丙) (B)(乙)(丁)(戊) (C)(甲)(丙)(己) (D)(丙)(戊)(己)。

( ) 10.作者「足以知其老而志在也」，原因為何？ (A)祕演狀貌雄傑，其胸中浩然 (B)以為雅健，有詩人之意 (C)獨其詩可行於世，而懶不自惜 (D)聞東南多山水，其巔崖崛岉，江濤洶涌，甚可壯也，遂欲往遊焉。

*( ) 11.〈釋祕演詩集序〉中作者如何描寫其人其事？ (A)狀貌雄傑，其胸中浩然 (B)既習於佛，無所用 (C)詩辭清絕 (D)以為雅健，有詩人之意 (E)酣嬉淋漓，顛倒而不厭。

*( ) 12.有關「適」字義的用法何者相同？ (A)以「適」天下之樂 (B)以自「適」也哉 (C)無「適」也，無莫也 (D)其相似也「適」然 (E)而吾與子之所共「適」。

*( ) 13.「借代」是指在語文中借用其他詞句或名稱來代替一般經常使用的詞句或名稱的一種修辭技巧，請選出以下使用這種修辭法借代為「平民百姓」之義的語句 (A)今乃棄「黔首」以資敵國 (B)延及「齊民」 (C)從「布衣」 (D)「編戶之民」 (E)「黎民」不飢不寒，然而不王者，未之有也。

*( ) 14.「山林屠販，必有老死而世莫見者」其因為何？ (A)國家臣一四海，休兵革 (B)養息天下以無事者四十年 (C)智謀雄偉非常

之士，無所用其能者，往往伏而不出　(D)時人不能用其材　(E)盡交當世之賢豪。

*（　）15.作者寫釋祕演，以石曼卿為正襯，凸顯其為人，請問作者如何映照其行事性格？(A)曼卿為人，廓然有大志映襯祕演狀貌雄傑，其胸中浩然　(B)酣嬉淋漓，顛倒而不厭映襯既習於佛，無所用　(C)浮屠祕演者，與曼卿交最久，亦能遺外世俗，以氣節相高　(D)二人懽然無所間　(E)然喜為歌詩以自娛。當其極飲大醉，歌吟笑呼，以適天下之樂，何其壯也。

非選題

(一)注釋：

1.崛崒：

2.陰求：

3.淋漓：

4.兵革：

5.胠其橐：

(二)請依句義將參考選項中適當詞句代號填入文中括弧處：

1.二人（　）無所間

2.祕演（　）無所向

3.祕演狀貌雄傑，其胸中（　）

4.曼卿為人，（　）有大志

5.曼卿隱於酒，祕演隱於（　）

參考選項：

(A)懽然　(B)漠然　(C)浮屠　(D)廓然　(E)浩然

卷一〇 宋文

梅聖俞詩集序

選擇題（＊為多選題）

（　）1.本文旨在 (A)說明梅聖俞學詩過程 (B)說明自己和梅聖俞的交情 (C)感傷梅聖俞有才而不得志 (D)說明梅聖俞仕途坎坷。

（　）2.下列敘述何者為非？ (A)歐陽脩曾為梅聖俞整理詩稿 (B)歐陽脩以為詩「窮而後工」 (C)本文屬於序跋類 (D)歐陽脩讚美梅詩「二百年無此作矣」。

（　）3.「詩人少達而多窮」乃謂詩人 (A)年少發達，晚年貧窮 (B)小時了了，長大後，多江郎才盡 (C)顯達的少，窮困的多 (D)不求發達，故多貧窮。

（　）4.「以道羈臣寡婦之所歎」的「羈臣」指 (A)有罪待刑的臣子 (B)留滯在外的臣子 (C)好遊山玩水的臣子 (D)遠放他鄉的臣子。

（　）5.「然則非詩之能窮人，殆窮者而後工也」乃謂 (A)不是作詩會使人窮困，而是歷經窮困的人才能寫好詩 (B)不是作詩會使人窮困，而是窮困之後才能力求發達 (C)窮人不能寫詩，必須另謀生路 (D)不是窮人才寫詩，也不是窮人才能寫得好詩。

（　）6.下列敘述何者為非？ (A)累舉進士：考試一路順利直到考上進士 (B)輒抑於有司：每每不得主考官的欣賞 (C)簡古純粹：簡潔古樸、純粹不雜 (D)猶從「辟書」：徵召的文書。

（　）7.下列敘述何者為非？ (A)鬱其所「畜」：積畜的才華 (B)出語已驚其長老：一說話就讓長輩感到驚奇 (C)不求「苟說」於世：苟且取悅 (D)未有薦於上者：沒有人向朝廷推薦他。

（　）8.下列敘述何者為非？ (A)「多喜自放於山巔水涯之外」是因為士不得志 (B)「雅、頌」指盛世的音樂 (C)「次」為十卷：編 (D)「遽」喜謝氏之能類次也：驟然。

（　）9.(甲)凡士之「蘊」其所有：ㄩㄣˋ；(乙)以道「羈」臣寡婦之所歎：ㄐㄧ；(丙)少以「蔭」補為吏：ㄧㄣ；(丁)「掇」其尤者：ㄉㄨㄛˊ；(戊)猶從「辟」書：ㄆㄧˋ；(己)鬱其所「畜」：ㄔㄨˋ。上列「　」內的字，讀音完全正確的選項是 (A)(甲)(乙)(丁) (B)(乙)(丙)(戊) (C)(丙)(戊)(己) (D)(丁)(戊)(己)。

（　）10.(甲)凡士之蘊其所有，而不得「施」於世者；

㈠願無伐善，無「施」勞；㈡「施」及孝文王、莊襄王，享國日淺；㈢功「施」到今；㈣己所不欲，勿「施」於人。上列「　」內的字義，共有幾種？ (A)二種 (B)三種 (C)四種 (D)五種。

*（　）11. 下列各組「　」內的字義，兩兩相異的選項是 (A)多喜自「放」於山巔水涯之外／學問之道無他，求其「放」心而已矣 (B)「殆」窮者而後工也／學而不思則罔，思而不學則「殆」 (C)猶從「辟」書／百沴自「辟」易 (D)不求苟「說」於世／學而時習之，不亦「說」乎 (E)若使其「幸」得用於朝廷／唐玄宗「幸」蜀。

*（　）12. 下列「　」內的詞語，解釋正確的選項是 (A)「興於怨刺」：表現為怨恨譏刺 (B)少以「蔭補」為吏：因先世官職或功勳的餘蔭而得官 (C)「困於州縣」：在州縣受饑荒之困 (D)其為文章，「簡古純粹」：簡潔古樸、精純不雜 (E)「樂於詩而發之」：喜歡把自己不得意的心情，在詩裡表達出來。

*（　）13. 下列文句釋義正確的選項是 (A)「二百年無此作矣」：意謂二百年沒有這樣做事的 (B)「雖知之深，亦不果薦也」：雖然對聖俞了解得這樣深，但也還是沒有推薦他 (C)「薦之清廟」：指在宗廟裡演奏 (D)「乃徒發於蟲魚物類、羈愁感歎之言」意謂只是發表一些蟲魚物類、羈旅感歎的話呢 (E)「世徒喜其工」意謂世人只喜歡他的詩寫得好。

*（　）14. 有關〈梅聖俞詩集序〉，下列敘述正確的選項是 (A)歐陽脩為梅聖俞詩集作序 (B)歐陽脩提出「殆窮者而後工」的詩歌主張 (C)認為詩人「內有憂思感憤之鬱積，其興於怨刺」，才能寫出「人情之難言」的作品 (D)梅氏生平窮困，故其詩文精工 (E)集序是梅聖俞生前所完成。

*（　）15. 有關歐陽脩，下列敘述正確的選項是 (A)自號醉吟先生，晚號六一居士 (B)為北宋文壇領袖，詩文革新運動主將 (C)早年得韓愈遺稿，苦心探索，欲與並駕齊驅，遂倡為古文 (D)其文造語平易，而情韻綿邈，詩詞亦清新婉約 (E)蘇軾稱其「論道似韓愈，論事似陸贄，記事似司馬遷，詩賦似李白」。

非選題

㈠字形測驗：

1.「ㄌㄨㄛˊ」其尤者：

2.「ㄌㄨㄛˊ」刺：

3. 䌛「ㄔㄨㄛˋ」已極：　　4. 連「ㄓㄨㄟˋ」：

5. 「ㄔㄨㄛˋ」飲：

㈡語譯：

年今五十，猶從辟書，為人之佐。鬱其所畜，不得奮見於事業。

答：

送楊寘序

選擇題（＊為多選題）

（　）1. 本文旨在 (A)說明音樂對於人有治病的功能 (B)記敘自己學琴的過程 (C)援引琴德撫慰楊寘懷才不遇而鬱結悲憤的情懷 (D)記錄自己和楊寘一同練琴的過程。

（　）2. 下列敘述何者為非？ (A)本文屬於贈序類 (B)歐陽脩學琴的對象是楊寘 (C)以為音樂之憂深思遠如虞舜、文王、孔子之遺音 (D)作者以為音樂之極，可媲美《易》之憂患，《詩》之怨刺。

（　）3. 「予嘗有幽憂之疾」的「幽憂」乃謂 (A)過度憂勞 (B)憂患意識 (C)神志恍惚 (D)精神過度緊張。

（　）4. 「受宮聲數引」乃謂 (A)學會了彈奏五聲和幾支曲子 (B)聽了五聲和幾支曲子 (C)學會了五聲的發音 (D)學會了吹奏五聲。

（　）5. 下列何者不是形容琴聲？ (A)急者悽然以促 (B)如崩崖裂石，高山出泉 (C)如怨夫寡婦之歎息 (D)操絃驟作。

（　）6. 「道其堙鬱，寫其憂思」，下列敘述何者為非？ (A)道：訴說 (B)堙鬱：鬱結 (C)寫：同「瀉」，抒發 (D)此句言琴聲的功用。

（　）7. 下列何者不是歐陽脩寫〈琴說〉贈楊寘的原因？ (A)楊寘心有不平 (B)楊寘將往「區區在東南數千里外」 (C)楊寘將居「異宜之俗」 (D)楊寘有「幽憂之疾」。

（　）8. 下列敘述何者為非？ (A)雎雄「雍雍」之相鳴也：和諧融洽的聲音 (B)累以進士舉：屢次參加進士的考試 (C)及從「廕調」為尉：受皇上的庇護 (D)「區區」在東南數千里外：小小。

（　）9. (甲)「歎」息／「艱」難；(乙)操「絃」／扣「舷」而歌；(丙)「堙」鬱／「煙」霧瀰漫；(丁)劍「浦」／黃「埔」；(戊)「悽」然／「淒」清；(己)崩「崖」／生也有「涯」。上列「　」內字音相同的選項是哪些？ (A)(甲)(乙)(丙) (B)(乙)(丁)(戊) (C)(丙)(丁)(戊) (D)(丙)(戊)(己)。

（　）10. 楊君「以多疾之體，有不平之心，居異宜之俗，其能鬱鬱以久乎？」作者所給的建

議為何？ (A)好學有文 (B)學琴於友人孫道滋 (C)酌酒進琴以為別 (D)欲平其心，以養其疾，於琴亦將有得焉。

*（　）11. 序可分為「書序」和「贈序」兩類，「書序」主要說明寫作緣由，「贈序」如其名為贈人以言，請問以下作品何者為「贈序」類？ (A)〈送東陽馬生序〉 (B)〈送楊寘序〉 (C)〈贈黎安二生序〉 (D)〈臺灣通史序〉 (E)〈蘭亭集序〉。

*（　）12. 「喜怒哀樂，動人心深」作者用哪些事例來說明各種不同類型音樂對人的影響？ (A)其憂深思遠，則舜與文王、孔子之遺音也 (B)悲愁感憤，則伯奇孤子、屈原忠臣之所歎也 (C)純古淡泊，與夫堯、舜、三代之言語、孔子之文章、《易》之憂患、《詩》之怨刺無以異 (D)予友楊君，好學有文。累以進士舉，不得志 (E)學琴於友人孫道滋，受宮聲數引，久而樂之，不知疾之在其體也。

*（　）13. 「急者悽然以促，緩者舒然以和」以下何者為用具體形象來形容琴聲所做的譬喻？ (A)又如赴敵之兵，銜枚疾走，不聞號令，但聞人馬之行聲 (B)如波濤夜驚，風雨驟至 (C)如怨夫寡婦之歎息，雌雄雍雍之相鳴也 (D)如崩崖裂石，高山出泉，而風雨夜至也 (E)其觸於物也，鏦鏦錚錚，金鐵皆鳴。

*（　）14. 以下「區區」文義用法何者相同？ (A)是以「區區」，不能廢遠 (B)「區區」在東南數千里外 (C)「區區」之數 (D)「區區」小國 (E)「區區」之官。

*（　）15. 以下通同字說明何者正確？ (A)「道」其堙鬱：導 (B)「寫」其幽思：瀉 (C)時「羞」之奠：饈 (D)稍「解」：懈 (E)必勿使「反」：返。

非選題

(一)注釋：

1. 「區區」在東南：
2. 堙鬱：
3. 雍雍：
4. 「道」其堙鬱：
5. 「寫」其幽思：

(二)請依句義將參考選項中適當詞句代號填入文中括弧處：

夫琴之為技，小矣。及其至也，大者為宮，（1.　）。操絃驟作，（2.　），急者悽然以促，（3.　）。如崩崖裂石，（4.　），而風雨夜至也；如怨夫寡婦之歎息，（5.　）。

參考選項：
(A)高山出泉 (B)忽然變之 (C)細者為羽 (D)緩者舒然以和 (E)雝雝雍雍之相鳴也

五代史伶官傳序

選擇題（＊為多選題）

（ ）1.本文旨在藉後唐莊宗事跡闡說 (A)盛衰之理，是取決於人事，並非出於天命 (B)伶官亂政誤國 (C)善繼父志者必成大業 (D)積禍亡國皆源於天命。

（ ）2.「雖曰天命，豈非人事」乃謂 (A)若說是上天意旨，就非人力所能改變 (B)若說是上天意旨，人力豈能不遵行 (C)雖說是上天意旨，難道不也和人為有關 (D)雖說是上天意旨，難道人為就不能扭轉。

（ ）3.「原莊宗之所以得天下」的「原」乃謂 (A)發語詞 (B)原來 (C)推究事物的本原 (D)原因。

（ ）4.「爾其無忘乃父之志」的「爾」、「乃」分別為 (A)你；無義 (B)你；你的 (C)你；我的 (D)你；我們的。

（ ）5.「則遣從事以一少牢告廟」乃謂 (A)則派一官員以少牢的身分向宗廟禱祝 (B)則派一官員和一位少牢向宗廟祭祀 (C)則派遣一住持帶著豬、牛、羊三牲到宗廟祭祀 (D)則派遣一官員帶著羊、豬二牲到宗廟祭祀。

（ ）6.「係燕父子以組，函梁君臣之首」，下列敘述何者為非？ (A)係：捆綁，動詞 (B)組：鐵索 (C)函：用木匣裝盛，動詞 (D)對句。

（ ）7.下列何句和「至於誓天斷髮，泣下沾襟，何其衰也」形成強烈對比？ (A)入於太廟，還矢先王，而告以成功，其意氣之盛，可謂壯哉 (B)一夫夜呼，亂者四應 (C)君臣相顧，不知所歸 (D)身死國滅，為天下笑。

（ ）8.下列敘述何者為非？ (A)抑「本」其成敗之迹：推究根源 (B)而皆「自」於人：起源 (C)禍患常積於「忽微」：疏忽 (D)智勇多困於所「溺」：沉迷；嗜好。

（ ）9.「及仇讎已滅，天下已定，一夫夜呼，亂者四應。倉皇東出，未及見賊而士卒離散，君臣相顧，不知所歸」。可知莊宗之暴盛而猝衰的原因是 (A)盛衰之理，乃是天命 (B)憂勞可以興國，逸豫可以亡身 (C)亂極思治，治極變亂 (D)得民者昌，失民者亡。

（ ）10.下列各組「 」內的字義，兩兩相同的選項是 (A)契丹與吾「約」為兄弟／以「約」失之者，鮮矣 (B)背晉以「歸」梁／後五年，吾妻來「歸」 (C)「原」莊宗之所以

得天下／「原」君 (D)君臣相「顧」，不知所歸／三「顧」臣於草廬之中。

*（ ）11. 下列各組「 」內的字義，兩兩相異的選項是 (A)以三矢「賜」莊宗／且嘗為晉君「賜」矣 (B)盛以錦囊，「負」而前驅／尚書固「負」若屬耶 (C)「方」其係燕父子以組／壯之時，血氣「方」剛 (D)爾其無忘「乃」父之志／家祭毋忘告「乃」翁 (E)「盛」以錦囊／西湖最「盛」，為春為月。

*（ ）12. 「親賢臣，遠小人，此先漢所以興隆也」句中「所以」詞義，與下列哪個選項相同？ (A)釋先王之成法，而法其「所以」為法 (B)莊宗之「所以」得天下 (C)尚猶循表而導之，此其「所以」敗也 (D)師者，「所以」傳道、受業、解惑也 (E)此五帝三王之「所以」無敵也。

*（ ）13. 下列「 」內的詞語，解釋正確的選項是 (A)君臣「相顧」，不知所歸；兩生「相顧」慘沮，不敢再有問。上兩句「相顧」詞義不同 (B)「一夫夜呼，亂者四應」，意謂一人夜呼作亂，亂者四起 (C)「夫禍患常積於忽微，而智勇多困於所溺。」意謂謀國者當知防微杜漸，親賢遠佞 (D)方其「係」燕父子以組：繫 (E)逸「豫」可以亡身：預。

*（ ）14. 晉王之將終，以三矢賜莊宗，而告之曰：「……此三者，吾遺恨也」。晉王所遺恨的三事，包括 (A)討劉仁恭父子 (B)伐李嗣源 (C)擊耶律阿保機 (D)討莊宗 (E)滅朱溫。

*（ ）15. 下列有關〈五代史伶官傳序〉，敘述正確的選項是 (A)作者為北宋文壇領袖 (B)文中敘晉王授矢遺命滅朱溫、討劉仁恭父子、擊契丹 (C)本文緊扣「盛衰」二字著筆，夾敘夾議 (D)文中以為莊宗之所以盛，在於憂勞興國；其所以敗，在於困於所溺，逸豫亡身 (E)文中以為可以亡天下者，獨伶官一事而已。

非選題

㈠字音測驗：

1. 仇「讎」： 2. 「伶」人： 3. 逸「豫」：

4. 「少」牢： 5. 「盛」以錦囊：

㈡語譯：

《書》曰：「滿招損，謙受益。」憂勞可以興國，逸豫可以亡身，自然之理也。

答：

五代史宦者傳論

選擇題（*為多選題）

（ ）1. 本文旨在言 (A)宦官必亂國 (B)宦官亂國的伎倆，警告人君提早防範 (C)宦官亂國的步驟 (D)宦官弄權的模式。

（ ）2. 有關本文敘述，下列何者為非？ (A)作者以為宦官之禍「深於女禍」 (B)宦官亂國，往往是因為人君疏忽「漸積而勢使之然」 (C)作者以為宦者之害非一端也 (D)作者以為忠臣碩士應合力抵抗宦者。

（ ）3. 下列何者不是宦官易使人君信而親之的原因？ (A)以色惑之 (B)用事也近而習 (C)小信固人之心 (D)起居飲食、前後左右之親。

（ ）4. 下列敘述何者為非？ (A)其用事也近而「習」：親狎；親昵 (B)其為心也專而「忍」：善於隱忍 (C)小善「中」人之意：迎合 (D)「懼」以禍福而把持之：威脅；恐嚇。

（ ）5. 「前後左右者日益親」的「前後左右」指 (A)女色 (B)寵信的臣子 (C)宦官 (D)外戚。

（ ）6. 下列解釋何者為非？ (A)安危出「其」喜怒：指皇帝 (B)禍患伏於「帷闥」：宮廷之內 (C)則「嚮」之所謂可恃者：從前 (D)嚮之所謂「可恃者」：指宦官。

（ ）7. 「欲與疏遠之臣圖左右之親近，緩之則養禍而益深，急之則挾人主以為質」，下列敘述何者為非？ (A)圖：陷害 (B)挾：挾持 (C)質：人質 (D)可謂養禍之深，進退兩難，雖有聖智，不能與謀。

（ ）8. 下列解釋何者為非？ (A)而使姦豪得借以為「資」而起：理由；藉口 (B)至「抉」其種類：挑出 (C)蓋其「漸積」而勢使之然：漸漸累積、養成 (D)「捽」而去之可也：剷除。

（ ）9. (甲)「中」人之意／發於「中」；(乙)「宦」者／罪無可「逭」；(丙)「挾」人主／「俠」義；(丁)「捽」而去之／「摔」落；(戊)「抉」其種類／「決」定；(己)帷「闥」／「撻」伐。上列「 」內字音相同的選項是哪些？ (A)(甲)(乙)(丙) (B)(乙)(丁)(戊) (C)(甲)(丙)(己) (D)(乙)(戊)(己)。

（ ）10. 「忠臣碩士日益疏」主要原因是因為人主認為這些「忠臣碩士」如何所導致的結果？ (A)急之則挾人主以為質 (B)緩之則養禍而益深 (C)其為心也專而忍 (D)不若起居飲食、前後左右之親為可恃也。

*（　）11.「夫為人主者，非欲養禍於內而疏忠臣碩士於外，蓋其漸積而勢使之然也」作者用哪些「日益」句法來說明如此漸緩之勢之養成？ (A)前後左右者日益親 (B)忠臣碩士日益疏 (C)人主之勢日益孤 (D)勢孤則懼禍之心日益切 (E)把持者日益牢。

*（　）12.「自古宦者亂人之國」、「大者亡國，其次亡身」，請問哪些朝代之覆亡正是此因所導致？ (A)漢 (B)唐 (C)宋 (D)明 (E)清。

*（　）13.語文中上下兩句，字數相等，句法相稱，有時還講究平仄相對者，稱為寬對。請問以下何句使用此種修辭？ (A)緩之則養禍而益深，急之則挾人主以為質 (B)謀之而不可為，為之而不可成 (C)嚮之所謂可恃者，乃所以為患也 (D)安危出其喜怒，禍患伏於帷闥 (E)其用事也近而習，其為心也專而忍。

*（　）14.以下何句與「深於女禍」之「於」字用法相同？ (A)賢「於」長安君 (B)甚「於」婦人 (C)有功「於」國 (D)富「於」列國之君 (E)疏忠臣碩士「於」外。

*（　）15.「論」主要用於論斷事理，在論辯體散文中，以下哪些是屬於「史論類」？ (A)《典論・論文》 (B)〈過秦論〉 (C)〈留侯論〉 (D)〈五代史宦者傳論〉 (E)〈六國論〉。

非選題

(一)注釋：

1.「捽」而去之：

2.借以為「資」而起：

3.近而「習」：

4.抉其「種類」：

5.帷闥：

(二)「自古宦者亂人之國」、「大者亡國，其次亡身」，請問宦者亡國步驟之順序為何？請依句義將參考選項中適當詞句代號依序寫出：

(A)患已深而覺之，欲與疏遠之臣圖左右之親近，緩之則養禍而益深，急之則挾人主以為質。

(B)待其已信，然後懼以禍福而把持之。

(C)雖有聖智，不能與謀。謀之而不可為，為之而不可成，至其甚，則俱傷而兩敗。

(D)以小善中人之意，小信固人之心，使人主必信而親之。

(E)忠臣碩士列于朝廷，而人主以為去己疏遠，不若起居飲食、前後左右之親為可恃也。

(F)使姦豪得借以為資而起，至抉其種類，盡殺以快天下之心而後已。

答：

相州晝錦堂記

選擇題（＊為多選題）

（　）1.本文旨在 (A)說明晝錦堂建造的過程 (B)記述韓琦的富貴榮歸 (C)讚頌韓琦的志節風範 (D)表揚韓琦不求名利的淡泊心境。

（　）2.下列敘述何者為非？ (A)「困阨」閭里：窮困 (B)得「易」而侮之：輕視 (C)若「季子」不禮於其嫂：指張儀 (D)買臣「見棄」於其妻：被拋棄。

（　）3.「駢肩累迹」形容 (A)人眾多 (B)爭先恐後 (C)群起鬥毆 (D)眾志成城。

（　）4.下列解釋何者為非？ (A)瞻望「咨嗟」：交頭接耳 (B)奔走「駭汗」：驚駭而出汗 (C)此「一介」之士：一個 (D)衣錦之榮：富貴顯達榮歸故里。

（　）5.下列解釋何者為非？ (A)世有「令德」：美德 (B)為時名卿：指韓琦為一時有名的公卿 (C)已擢「高科」：進士 (D)聞下風而「望餘光」者：仰望其丰采。

（　）6.下列敘述何者為非？ (A)出於庸夫愚婦之不意：出於庸夫愚婦意料之外 (B)桓圭袞冕：指尊貴者所用之禮服禮器 (C)播之「聲詩」：文章 (D)以耀後世而「垂」無窮：流傳。

（　）7.「故能出入將相，勤勞王家，而夷險一節」，下列敘述何者為非？ (A)王家：王室 (B)夷險：不論太平或有危難 (C)一節：保持同一節操 (D)言韓琦之榮華富貴位極人臣。

（　）8.下列解釋何者為非？ (A)以「遺」相人：遺留 (B)其言以「快」恩讎：快意；滿足 (C)矜名譽為可「薄」：鄙薄 (D)其豐功盛「烈」：功業。

（　）9.(甲)困阨「閭」里：ㄌㄩˊ；(乙)瞻望「咨」嗟：ㄗ；(丙)已「擢」高科：ㄓㄨㄛˊ；(丁)驚駭而「夸」耀：ㄎㄨㄚˇ；(戊)桓「圭」袞冕：ㄍㄨㄚˋ；(己)乃作晝錦之堂於後「圃」：ㄈㄨˇ。上列「　」內的字，讀音完全正確的是 (A)(甲)(乙)(丙) (B)(乙)(丁)(戊) (C)(丙)(戊)(己) (D)(丁)(戊)(己)。

（　）10.「既又刻詩於石，以遺相人」句中「遺」字義，與下列哪個選項相同？ (A)故舊不遺，則民不偷 (B)「遺」恨失吞吳 (C)小學而大「遺」 (D)爾有母「遺」，繄我獨無。

＊（　）11.「矜名譽為可薄」句中「矜」字義，與下列哪個選項相異？ (A)「矜」寡孤獨廢疾者皆有所養 (B)其居于家，無所「矜」飾 (C)凡在故老，猶蒙「矜」育 (D)本圖宦達，

不「矜」名節 (E)願陛下「矜」愍愚誠。

*（ ）12.下列「 」內的詞語，解釋正確的選項是 (A)「庸人孺子」：平常人與小孩子 (B)「高車駟馬」：形容古代顯貴者的馬車 (C)「旗旄導前」：前有旌旗引導 (D)「羞愧俯伏」：羞愧得低頭伏地 (E)「高牙大纛」：形容儀從的榮顯。

*（ ）13.下列「 」內的詞語，解釋正確的選項是 (A)「德被生民」：恩德普及於百姓 (B)「功施社稷」：功業奉獻給國家 (C)「勒之金石」：鐫刻在鐘鼎碑石上 (D)「播之聲詩」：廣播唱詩的歌聲 (E)「嘗以武康之節，來治於相」：曾以武康軍節度使的身分來治理相州。

*（ ）14.下列文句屬於「借代」修辭格的正確選項是 (A)所以銘彝鼎而被「絃歌」者，乃邦家之光，非閭里之榮也 (B)而措天下於泰山之安，可謂「社稷」之臣矣 (C)何以解憂，唯有「杜康」 (D)終歲不聞「絲竹」聲 (E)「舳艫」千里，旌旗蔽空。

*（ ）15.有關〈相州晝錦堂記〉一文，下列敘述正確的選項是 (A)本文旨在讚頌韓琦的志節風範 (B)全文描繪晝錦堂的建築、裝設和景致之美 (C)著筆在韓琦一生的志向與德業 (D)讚歎韓琦以晝錦為榮 (E)讚美韓琦的功績德行足以垂耀無窮。

非選題

(一)注釋：

1.驚駭而「夸」耀之：

2.惟德「被」生民：

3.乃作晝錦之堂於後「圃」：

4.垂紳正「笏」：

5.「措」天下於泰山之安：

(二)語譯：

至於臨大事、決大議，垂紳正笏，不動聲色而措天下於泰山之安。

答：

豐樂亭記

選擇題（＊為多選題）

（ ）1.本文旨在說明 (A)豐樂亭四周的景物 (B)滁州地勢險要 (C)年豐民樂，感念皇恩浩蕩 (D)滁州的古蹟史實。

（ ）2.「脩既治滁之明年夏」乃謂 (A)我平定滁州在隔年的夏天 (B)我擔任滁州知州在隔年的夏天 (C)我整頓滁州的治安後第二年的夏天 (D)我治理滁州的第二年夏天。

（　）3.「中有清泉滃然而仰出」的「滃然」意為 (A)涓涓細流 (B)水勢浩大 (C)水流清澈 (D)水流時續時斷。

（　）4.「下則幽谷窈然而深藏」的「窈然」意為 (A)深遠 (B)黑暗 (C)曲折 (D)秀美。

（　）5.下列敘述何者不是描寫滁州？ (A)五代干戈之際，用武之地也 (B)太祖皇帝嘗破李景兵，得以平滁 (C)風霜冰雪，刻露清秀 (D)舟車商賈、四方賓客往來不絕。

（　）6.下列解釋何者為非？ (A)「按」其圖記：查考 (B)按其「圖記」：地圖與文字記載 (C)「遺老」盡矣：歷經世事的老人 (D)四方「賓客」之所不至：高官貴客。

（　）7.「漠然徒見山高而水清」的「漠然」意謂 (A)冷漠 (B)冷清平靜 (C)忽然 (D)無意間。

（　）8.下列敘述何者為非？ (A)所在為敵國者，何可勝數：到處互相敵對，哪裡數得清 (B)民生不見外事，而安於畎畝衣食：人民不管閒事，只圖三餐溫飽 (C)涵煦百年之深：經過百年德澤化育的深恩 (D)樂其地僻而事簡：喜歡這兒僻靜且人事簡單。

（　）9.下列各句「樂」字字音與其他不同者為何？ (A)「樂」生送死 (B)民「樂」其歲物之豐成 (C)「樂」其地僻而事簡 (D)顧而「樂」之。

（　）10.下列何句最能說明〈豐樂亭記〉之名由來旨趣所在？ (A)其上則豐山聳然而特立 (B)幸生無事之時 (C)幸其民樂其歲物之豐成 (D)樂其地僻而事簡。

*（　）11.凡是在語文中，同一句上下兩個詞語互相對偶的一種修辭技巧，叫做「句中對」，也叫「當句對」。請問以下哪一句使用此種修辭法？ (A)山高而水清 (B)疏泉鑿石 (C)風霜冰雪 (D)樂生送死 (E)掇幽芳而蔭喬木。

*（　）12.作者舉何種事例來說明「宣上恩德，以與民共樂」？ (A)百年之間，漠然徒見山高而水清 (B)舟車商賈、四方賓客之所不至 (C)海內分裂，豪傑並起而爭 (D)民生不見外事，而安於畎畝衣食，以樂生送死 (E)休養生息，涵煦百年之深也。

*（　）13.有關「勝」字的用法下列所舉何者與「所在為敵國者，何可『勝』數」不相同？ (A)悲傷憔悴不能「勝」者 (B)覽觀江流之「勝」 (C)窮耳目之「勝」 (D)巴陵「勝」狀 (E)其禍豈可「勝」言哉。

*（　）14.「借代」是指在語文中借用其他詞句或名稱來代替一般經常使用的詞句或名稱的一

種修辭技巧，請選出以下正確說明這種修辭法的語句 (A)安於「畎畝」衣食：農事 (B)滁於五代「干戈」之際：戰爭 (C)以衛「社稷」：國家 (D)卒以此死於「東市」：市場 (E)遺我「雙鯉魚」：書信。

*（ ）15.作者「俯仰左右，顧而樂之。於是疏泉鑿石，闢地以為亭」其原因為何？ (A)於五代干戈之際，用武之地也 (B)其上豐山聳然而特立，下則幽谷窈然而深藏，中有清泉滃然而仰出 (C)樂其地僻而事簡，又愛其俗之安閒 (D)仰而望山，俯而聽泉 (E)四時之景，無不可愛。

非選題

(一)注釋：

1.「劙」削消磨：

2.涵煦：

3.滃然：

4.民生：

5.「刻露」清秀：

(二)請依句義將參考選項中適當詞句代號填入文中括弧處：

其上豐山（1. ）而特立，下則幽谷（2. ）而深藏，中有清泉（3. ）而仰出。俯仰（4. ），顧而樂之。於是疏泉（5. ），闢地以為亭，而與滁人往遊其間。

參考選項：

(A)滃然 (B)鑿石 (C)窈然 (D)左右 (E)聳然

醉翁亭記

選擇題（*為多選題）

（ ）1.本文旨在 (A)說明醉翁亭建造的過程 (B)記醉翁亭的景致，敘與民同樂的情懷 (C)記敘滁州的特殊景致 (D)抒發貶官鬱悶唯醉可解的心情。

（ ）2.「有亭翼然臨於泉上者」的「翼然」乃謂 (A)高聳挺立 (B)如鳥展翅 (C)連綿不絕 (D)奇形怪狀。

（ ）3.「名之者誰？太守自謂也」乃謂 (A)誰這樣叫他？正是太守 (B)命了什麼名字？正是太守的名字 (C)是誰替亭子命名？正是太守自己 (D)該如何稱呼它呢？就用太守的自稱吧。

（ ）4.下列解釋何者為非？ (A)飲「少」輒醉：少量 (B)得之心而「寓」之酒：寄託 (C)日出而「林霏」開：林中之霧氣 (D)雲「歸」而巖穴暝：飄散。

（ ）5.「傴僂提攜」意指 (A)老人和小孩 (B)照顧老人 (C)彎著腰扶持孩子 (D)因照顧孩子過度疲勞。

（　）6. 下列解釋何者為非？ (A)佳木「秀」而繁陰：茂盛 (B)負者歌於「塗」：道路 (C)泉香而酒「洌」：清醇 (D)「射」者中：射箭。

（　）7. 下列敘述何者為非？ (A)觥籌交錯：酒杯酒籌，往來雜亂 (B)非「絲」非「竹」：泛指音樂 (C)蒼顏白髮：老人的容顏 (D)「頹然」乎其間者：頹喪失志。

（　）8. 「而不知太守之樂其樂也」，言太守之樂在於 (A)遊山玩水之樂 (B)以人們的快樂為樂 (C)閒適自在之樂 (D)野宴醉酒之樂。

（　）9. (甲)樹林陰「翳」：ㄧ；(乙)山之僧智「僊」：ㄑㄧㄢ；(丙)「觥」籌交錯：ㄍㄨㄥ；(丁)環「滁」皆山：ㄔㄨˊ；(戊)「傴」僂：ㄡˇ；(己)瑯「琊」：ㄒㄧㄝˊ；(庚)野「蔌」：ㄕㄨˋ；(辛)酒「洌」：ㄌㄧㄝˋ；(壬)巖穴「暝」：ㄇㄧㄥˊ。上列「　」內的讀音，何者正確？ (A)(甲)(乙)(丙)(丁) (B)(乙)(丁)(戊)(辛) (C)(丙)(丁)(辛)(壬) (D)(戊)(己)(庚)(壬)。

（　）10. 「佳木秀而繁陰」所描述之季節，與下列何句所描述者最為相近？ (A)最好西湖賣酒家，黃菊綻東籬下 (B)綠樹聽鵜鴂，更那堪，鷓鴣聲住，杜鵑聲切 (C)納涼時，波漲沙，滿湖香，芰荷蒹葭 (D)砌下落梅如雪亂，拂了一身還滿。

*（　）11. 古代文句常因時空轉變而產生新意。有關下列文句的敘述，正確的選項是 (A)現代常以「醉翁之意不在酒」喻人另有企圖，但歐陽脩〈醉翁亭記〉原謂其所醉者乃在山水之間 (B)現代常以「君子遠庖廚」表示男人不必下廚，但《孟子・梁惠王》原是指君子不忍聞見殺生 (C)現代常以「割雞焉用牛刀」喻人大材小用，但《論語・陽貨》中，孔子原是以此告誡弟子無須從政 (D)現代常以「青出於藍」喻學生的成就高於老師，但《荀子・勸學》原是藉此說明學習有助於能力或層次的提升 (E)現代常以「牛山濯濯」喻人禿頂無髮，但《孟子・告子》原是以牛山無木係肇因於人為砍伐，比喻人之為惡乃放失良心所致。

*（　）12. 〈醉翁亭記〉中彷彿電影運鏡般的寫景手法是最膾炙人口的部分。這種運用空間變化之意象在文學作品中常見，或由遠至近，或由近至遠。下列選項中何者空間變化的方式與〈醉翁亭記〉相同？ (A)茅簷長掃淨無苔，花木成蹊手自栽。一水護田將綠繞，兩山排闥送青來（王安石〈茅簷〉） (B)平林漠漠煙如織，寒山一帶傷心碧。暝色入高樓，有人樓上愁（李白〈菩薩蠻〉） (C)

碧雲天。黃葉地。秋色連波，波上寒煙翠。山映斜陽天接水，芳草無情。更在斜陽外（范仲淹〈蘇幕遮〉） (D)七八箇星天外，兩三點雨山前。舊時茅店社林邊，路轉溪橋忽見（辛棄疾〈西江月〉） (E)小山重疊金明滅，鬢雲欲度香腮雪。懶起畫蛾眉，弄妝梳洗遲（溫庭筠〈菩薩蠻〉）。

*（ ）13.在「巾幗不讓鬚眉」這句話中，「巾幗」與「鬚眉」均係借用人們外在形象上的特徵來代指某類人。下列文句「 」內的詞語，屬於同一用法的選項是 (A)君慮周行果，非久於「布衣」者也 (B)「傴僂」提攜，往來而不絕者，滁人遊也 (C)六軍不發無奈何，宛轉「蛾眉」馬前死 (D)黃髮「垂髫」，並怡然自樂 (E)談笑有鴻儒，往來無「白丁」。

*（ ）14.下列成語運用，何者妥切無誤？ (A)平日小氣的人，現在卻樂善好施，想必有「醉翁之意」，看他是何居心 (B)只要付出努力，相信「水落石出」，一定會獲得成功的 (C)只見那巡撫出巡，鳴鑼喝道，「前呼後應」，好不威風 (D)似此重大問題，只隔一晚就換了花樣，「朝三暮四」，令人莫測 (E)經理說話常常「出爾反爾」，讓我們這些屬下不知如何是好。

*（ ）15.下列各組「 」中的字義，兩兩相同的選項是 (A)雲「歸」而巖穴暝／太守「歸」而賓客從也 (B)佳木秀而繁「陰」／樹林「陰」翳，鳴聲上下 (C)太守與客來飲於此，飲少「輒」醉／每有警，「輒」數月不就寢 (D)雲歸而巖穴「暝」／山「暝」聽猿愁 (E)山肴野蔌，「雜然」而前陳／天地有正氣，「雜然」賦流形。

非選題

(一)改錯：

1.傴螻提攜： 2.朗頌詩歌： 3.烏雲籠照： 4.謙躬有禮： 5.輕歌妙舞：

(二)語譯：

臨谿而漁，谿深而魚肥；釀泉為酒，泉香而酒洌；山肴野蔌，雜然而前陳者，太守宴也。

答：

秋聲賦

選擇題（*為多選題）

（ ）1.本文旨在 (A)寫天地萬物生殺興衰的真相與感慨 (B)寫秋天之蕭條寂寥 (C)敘秋為肅殺之季，以此作為行事的警惕 (D)由秋

之蕭颯感歎人事無常。

（ ）2.「初淅瀝以蕭颯」乃謂 (A)起初是淅瀝瀝瀝的風聲 (B)起初是雨打在芭蕉葉上發出淅瀝的聲音 (C)起初是聽來蕭瑟的風聲 (D)起初像是淅瀝的雨聲和蕭颯的風聲。

（ ）3.「銜枚疾走，不聞號令」乃謂 (A)帶著箭令快速前進，聽不到號令 (B)帶著武器快速前進，聽不到號令 (C)口中含著枚快速前進，聽不到發號施令的聲音 (D)帶著箭令快速前進，不管號令的指示。

（ ）4.下列解釋何者為非？ (A)「明河」在天：銀河 (B)鏦鏦錚錚：指琴、箏之音 (C)天高「日晶」：指太陽明亮 (D)「砭」人肌骨：刺。

（ ）5.下列何者不是形容秋天？ (A)煙霏雲斂 (B)山川寂寥 (C)豐草綠縟而爭茂 (D)草拂之而色變。

（ ）6.下列敘述何者為非？ (A)煙霏雲斂：煙氣飄散，雲彩收斂 (B)佳木「葱蘢」而可悅：青翠茂密 (C)草拂之而色變：青草一被秋風吹過就變成黃色 (D)一氣之「餘烈」：遺留下來的成就。

（ ）7.下列解釋何者為非？ (A)又「兵象」也：用兵的徵象 (B)物過盛而當「殺」：摧殘減退 (C)天地之「義氣」：正義正氣 (D)有動于中，必「搖其精」：損耗其精神。

（ ）8.「宜其渥然丹者為槁木，黟然黑者為星星」，下列敘述何者為非？ (A)宜：適宜 (B)渥然丹者：紅潤的容顏 (C)黟然黑者：烏黑的頭髮 (D)星星：花白貌。

（ ）9.(甲)「黟」然：ㄧ；(乙)「悚」然：ㄗㄨㄥˇ；(丙)「淅」瀝：ㄒㄧ；(丁)「慄」冽：ㄙㄨˋ；(戊)葱「蘢」：ㄌㄨㄥˇ；(己)綠「縟」：ㄖㄨˋ。上列「 」內字音正確的選項是哪些？ (A)(甲)(乙)(丙) (B)(乙)(丁)(戊) (C)(甲)(丙)(己) (D)(丙)(戊)(己)。

（ ）10.下列有關〈秋聲賦〉的文句何者並非描寫秋天之景觀？ (A)其色慘淡，煙霏雲斂 (B)其容清明，天高日晶 (C)其意蕭條，山川寂寥 (D)豐草綠縟而爭茂，佳木葱蘢而可悅。

*（ ）11.以下有關「賦」的敘述何者正確？ (A)宋受古文影響變為散文賦，代表作有〈秋聲賦〉、〈赤壁賦〉 (B)源於《詩經》，興於《楚辭》，而盛於兩漢 (C)兩漢揚雄、司馬相如等多長於此文體，好堆砌冷僻文字 (D)南北朝時變為俳賦，唐變為律賦 (E)介於詩文之間的一種文體，屬於非韻文。

*（ ）12.有關〈秋聲賦〉的說明何者正確？ (A)主

旨在抒寫年華老去、世事多艱的感歎　(B)以具體事物描寫聲音的名篇之一　(C)散文賦　(D)內容為抒情文　(E)形式為散文，不押韻。

*（　）13.〈秋聲賦〉中如何說明秋天肅殺之氣的由來？　(A)赴敵之兵，銜枚疾走　(B)刑官也　(C)於時為陰　(D)兵象也　(E)商，傷也，物既老而悲傷；夷，戮也，物過盛而當殺。

*（　）14.以下對描述聲音具象化四大名篇的說明何者正確？　(A)〈琵琶行〉以「間關鶯語花底滑」寫聲音之清脆婉轉　(B)《老殘遊記》以繞黃山之譬喻形容聲音越唱越高的境界　(C)〈秋聲賦〉以人馬之行聲來形容秋聲奔騰澎湃　(D)〈赤壁賦〉以「舞幽壑之潛蛟」來形容聲音動人之力量　(E)此四大名篇為胡適所推崇。

*（　）15.譬喻是指「借彼喻此」的修辭法，由喻體、喻詞、喻依三者配合而成，而借喻直接以喻依入文，省略了喻體、喻詞。請問下列文句何者使用這種修辭法？　(A)渥然丹者為槁木，黟然黑者為星星　(B)松柏後凋於歲寒，雞鳴不已於風雨　(C)瓶之罄矣，維罍之恥　(D)牛驥同一皁，雞棲鳳凰食　(E)枯桑知天風，海水知天寒。

非選題

(一)注釋：

1.銜枚：

2.綠縟：

3.天高日「晶」：

4.天地之義氣：

5.戕賊：

(二)語譯：

草木無情，有時飄零。人為動物，惟物之靈，百憂感其心，萬事勞其形，有動于中，必搖其精。

答：

祭石曼卿文

選擇題（*為多選題）

（　）1.本文旨在　(A)追懷好友的生平行誼　(B)追念兩人相知相惜的情誼　(C)弔慰石曼卿雖死後淒涼，然其聲名必將流傳　(D)可憐石曼卿生前窮困，死後淒涼。

（　）2.對於本篇祭文，下列敘述何者為非？　(A)這是一篇不押韻的散體祭文　(B)首段是祭文的格式，包括致祭時間、致祭人、祭品、被祭人等的交代　(C)本文三次寫道「嗚呼曼卿」，表達哀傷嗚咽之聲　(D)尚饗：祭文

格式，希望被祭人享用祭品。

（　）3.下列敘述何者為非？ (A)猶能「髣髴」子之平生：依稀 (B)生而為「英」：善戰的英雄 (C)以「清酌庶羞」之奠：祭祀用的清酒及各種食物 (D)猶能髣髴子之「平生」：平日的樣子。

（　）4.「而著在簡冊者，昭如日星」的「簡冊」指 (A)詩作文章 (B)聖賢之著作 (C)史書 (D)古籍。

（　）5.「其軒昂磊落，突兀崢嶸」的「突兀崢嶸」形容石曼卿 (A)好出風頭 (B)高官厚祿 (C)行為怪異 (D)高邁特出。

（　）6.下列解釋何者為非？ (A)「走燐」飛螢：燐火游動 (B)悲鳴「躑躅」而咿嚶：猶豫不決 (C)感念「疇昔」：往日 (D)有媿乎「太上」之忘情：聖人。

（　）7.「但見牧童樵叟，歌唫而上下」的「上下」指 (A)往來行走 (B)歌聲一來一往 (C)歌聲一高一低 (D)童叟一高一矮。

（　）8.「此自古聖賢亦皆然兮，獨不見夫纍纍乎曠野與荒城」，下列敘述何者為非？ (A)纍纍：相連接重疊 (B)曠野：空曠的平野 (C)荒城：荒涼的廢城 (D)此句言凡人與聖賢，死後皆然，唯聖賢能留其名，以此告慰石曼卿。

（　）9.(甲)突「兀」：ㄨˋ；(乙)荊「棘」縱橫：ㄗㄠˇ；(丙)牧童樵「叟」：ㄙㄡ；(丁)躑「躅」：ㄕㄨˇ；(戊)咿「嚶」：ㄧㄥ；(己)狐「貉」：ㄏㄜˊ。上列「　」內的字，讀音完全正確的選項是 (A)(甲)(乙)(丁) (B)(甲)(戊)(己) (C)(乙)(丙)(丁) (D)(丁)(戊)(己)。

（　）10.雙音節衍聲複詞，古人稱為「聯緜詞」，合兩個字以成一詞，如「葡萄」，拆開之後個別的「葡」和「萄」都沒有意義，必須把兩字合起來才代表一個意義。下列選項不屬於雙聲衍聲複詞的正確選項是 (A)躑躅 (B)咿嚶 (C)靈芝 (D)崎嶇。

*（　）11.下列「　」內的詞語，解釋正確的選項是 (A)著在「簡冊」：史書 (B)「軒昂」磊落：高傲不群 (C)突兀「崢嶸」：超出尋常 (D)歌「唫」上下：通「吟」 (E)尚「饗」：享用。

*（　）12.下列文句屬於祈使語氣的正確選項是 (A)今固如此，更千秋而萬歲兮，安知其不穴藏狐貉與鼯鼪 (B)不覺臨風而隕涕者，有媿乎太上之忘情。尚饗 (C)教吾子與汝子，幸其成 (D)此悉貞亮死節之臣也，願陛下親之信之 (E)君人者，誠能見可欲，則思

知足以自戒。

*（　）13.「盛衰之理，吾固知其如此」句中「固」字義，與下列哪個選項不同？ (A)今「固」如此，更千秋而萬歲兮，安知其不穴藏狐貉與鼯鼪 (B)副元帥「固」負若屬耶 (C)梁使三反，孟嘗君「固」辭不往也 (D)至於顛覆，理「固」宜然 (E)且夫天下「固」有意外之患也。

*（　）14.有關〈祭石曼卿文〉，下列敘述正確的選項是 (A)漢魏迄唐，祭文或採駢文形式，或為四言韻文 (B)唐以後古文家的祭文才用散文來寫，間亦用韻 (C)歐陽脩表達對亡友的高度評價 (D)歐公刻意將曼卿比擬古之聖賢，不必感傷與草木同朽 (E)本篇純散文，不用韻。

*（　）15.下列文句釋義正確的選項是 (A)「清酌庶羞之奠」：意謂用清酒和各種佳肴做祭品 (B)「生而為英，死而為靈」：意謂在世時是個英才，死後必化為神靈 (C)「不與萬物共盡，而卓然其不朽者，後世之名」：意謂聲名可以卓然不朽，不與萬物同滅 (D)「此自古聖賢亦皆然兮，獨不見夫纍纍乎曠野與荒城」：意謂傷聖賢亡故，亦不過黃土一抔，與草木同朽 (E)「有媿乎太上之忘情」：意謂實在自慚無法達到忘情的最高境界。

非選題

(一)字形測驗：

1.狐「ㄏㄜˊ」：　2.賄「ㄌㄨˋ」：　3.「ㄌㄨㄛˋ」繹不絕：　4.觥「ㄔㄡˊ」交錯：　5.感念「ㄔㄡˊ」昔：

(二)語譯：

奈何荒煙野蔓，荊棘縱橫，風淒露下，走燐飛螢，但見牧童樵叟，歌唫而上下。

答：

瀧岡阡表

選擇題（*為多選題）

（　）1.本文旨在 (A)記述母親辛苦教養歐陽脩的過程 (B)記述自己不辜負父母的期望 (C)追述父母生前嘉言懿德，以揭於阡，以見有德者斯有後 (D)記述自己出身仕宦人家。

（　）2.對於本文，下列敘述何者為非？ (A)由脩之母敘述脩之父的故事中，可見脩之父在家能孝，為官好施 (B)以「有待」貫串全文 (C)脩母以「養不必豐，要於孝；利雖不得博於物，要其心之厚於仁」勉勵歐陽

脩 (D)歐陽脩以其列官於朝，顯揚父祖之德證明其不負於「有待」。

（ ）3.下列解釋何者為非？ (A)以長以教：撫養我、教導我 (B)「居」窮：生活 (C)「俾」至於成人：幫助 (D)毋以「是」為我累：指錢。

（ ）4.下列敘述何者為非？ (A)無一瓦之覆：指無屋可居 (B)以「庇」而為生：依靠 (C)不及事吾「姑」：婆婆 (D)然知汝父之「能養」也：有養活全家人的能力。

（ ）5.「嘗夜燭治官書，屢廢而歎」，下列敘述何者為非？ (A)燭：點燭 (B)治：處理 (C)廢：丟棄 (D)脩之父「屢廢而歎」的原因在其為官仁厚。

（ ）6.下列解釋何者為非？ (A)間「御」酒食：進用 (B)吾之始「歸」也：歸家 (C)此「死獄」也：死罪的案件 (D)回顧乳者「劍」汝而立於旁：挾於脅下。

（ ）7.下列敘述何者為非？ (A)利雖不得博於物：雖不能普遍從萬物得到好處 (B)其後常「不使過之」：不使開支超過限度 (C)脩以「非才」入副樞密：自謙詞 (D)必加「寵錫」：恩寵賞賜。

（ ）8.下列解釋何者為非？ (A)皇考、皇妣：指去世的父、母親 (B)今上「初郊」：春遊於城郊 (C)雖不克有於其「躬」：自身 (D)遭時竊位：謙稱自己幸逢時機能居高位。

（ ）9.(甲)一「壠」之植：ㄌㄨㄥˇ；(乙)祖「妣」：ㄅㄧˇ；(丙)「要」於孝：ㄧㄠˋ；(丁)「養」之薄：ㄧㄤˋ；(戊)〈「瀧」岡阡表〉：ㄌㄨㄥˇ；(己)「矧」求：ㄧㄣˇ。上列「 」內字音正確的選項是哪些？ (A)(甲)(乙)(丙) (B)(甲)(乙)(丁) (C)(甲)(丙)(己) (D)(丙)(丁)(戊)。

（ ）10.〈刑賞忠厚之至論〉之中言「過乎仁，不失為君子；過乎義，則流而入於忍人。故仁可過也，義不可過也」，在〈瀧岡阡表〉一文之敘述何者能闡發此意？ (A)太夫人守節自誓；居窮，自力於衣食，以長以教，俾至於成人 (B)歲時祭祀，則必涕泣曰：「祭而豐，不如養之薄也」 (C)無一瓦之覆，一壠之植，以庇而為生 (D)汝父為吏，嘗夜燭治官書，屢廢而歎。吾問之，則曰：「此死獄也，我求其生不得爾」。

*（ ）11.有關〈瀧岡阡表〉的敘述何者正確？ (A)「表」本意即「標明其事」，用以陳情，唐以後用途多樣化 (B)墓表多請代作，本篇為自為表之特例 (C)此篇為墓道碑文 (D)本篇通篇為韻文 (E)屬哀祭類散文。

*（　）12.雖同為祭文，寫作目的卻有不同，以下何篇為「墓誌銘」之用？ (A)〈祭十二郎文〉 (B)〈瀧岡阡表〉 (C)〈潮州韓文公廟碑〉 (D)〈柳子厚墓誌銘〉 (E)〈祭歐陽文忠公文〉。

*（　）13.「脩泣而志之，不敢忘」者為何？ (A)治其家以儉約，其後常不使過之 (B)好施與，喜賓客；其俸祿雖薄，常不使有餘 (C)利雖不得博於物，要其心之厚於仁 (D)祭而豐，不如養之薄也 (E)夫養不必豐，要於孝。

*（　）14.〈瀧岡阡表〉與〈三槐堂銘〉認為「仁者必有後」，以及「善惡之報，至於子孫，則其定也久矣」之思想相通者為何？ (A)為善無不報，而遲速有時，此理之常也 (B)惟我祖考，積善成德，宜享其隆 (C)雖不克有於其躬，而賜爵受封，顯榮褒大 (D)實有三朝之錫命，是足以表見於後世，而庇賴其子孫矣 (E)吾兒不能苟合於世，儉薄所以居患難也。

*（　）15.在文中改變原來詞彙的詞性的修辭法為「轉品」，以下何者使用「名詞作動詞用」之轉品法來修飾？ (A)「枕」藉乎舟中 (B)乳者「劍」汝而立於旁 (C)夜「燭」治官書 (D)「桂」棹兮「蘭」槳 (E)「手」長鑱。

非選題

(一)注釋：

1.「矧」求：

2.「劍」汝而立：

3.「間御」酒食：

4.猶失之死：

5.遭時竊位：

(二)語譯：

求其生而不得，則死者與我皆無恨也，矧求而有得邪？以其有得，則知不求而死者有恨也。

答：

管仲論

選擇題（*為多選題）

（　）1.本文旨在 (A)責備管仲臨死時未能薦賢自代，致使仲死國亂 (B)指出仲不能除三子乃最大過失 (C)說明齊無管仲則不能稱霸 (D)說明鮑叔、賓胥無之賢，遠不如仲。

（　）2.下列何者不是蘇洵的看法？ (A)管仲最大過失在不能「舉天下之賢者以自代」 (B)齊國禍亂之源在管仲 (C)管仲書「誕謾不足信」 (D)管仲死則天下無賢。

（ ）3.下列解釋何者為非？ (A)亦必有「所由兆」：發生的預兆 (B)非人情：沒有人情味 (C)桓公「聲」不絕乎耳，「色」不絕乎目：指音樂和美色 (D)則無以「遂」其欲：順；成。

（ ）4.「顧其用之者桓公也」的「顧」意為 (A)但是；不過 (B)回顧 (C)觀察 (D)因為。

（ ）5.下列解釋何者為非？ (A)「彈冠」相慶：潔其冠，準備做官 (B)可以「縶」桓公之手足邪：捆綁 (C)仲能「悉數」而去之邪：全部 (D)「誕謾」不足信也：誇張。

（ ）6.「而尚有老成人焉」的「老成人」指 (A)遺老 (B)倚老賣老的人 (C)見識廣、通世故的賢者 (D)未老先衰的人。

（ ）7.「身後之諫」乃謂 (A)以死相諫 (B)以屍為諫 (C)兒、孫繼續代為進諫 (D)私下相諫。

（ ）8.下列敘述何者為非？ (A)而又「逆知」其將死：預知 (B)且各「疏」其短：指出；指明 (C)蓋有有臣而無君者矣：指世上只有賢臣，沒有賢君 (D)彼管仲者「何以死哉」：為什麼就這樣死去呢。

（ ）9.(甲)桓公「薨」於亂：ㄇㄥˋ；(乙)可以「縶」桓公之手足邪：ㄓˊ；(丙)彼獨「恃」一管仲：ㄔˊ；(丁)「鮑」叔：ㄅㄠ；(戊)賓「胥」無：ㄒㄩ；(己)「蘧」伯玉：ㄑㄩˊ。上列「 」內的字，讀音完全正確的選項是 (A)(甲)(丙)(丁) (B)(乙)(丙)(戊) (C)(乙)(戊)(己) (D)(丁)(戊)(己)。

（ ）10.「彼固亂人國者，顧其用之者桓公也」句中「顧」字義與下列哪個選項相同？ (A)三歲貫女，莫我肯「顧」 (B)眷「顧」前途，若涉深淵 (C)「顧」人之常情，由儉入奢易，由奢入儉難 (D)浮雲蔽白日，遊子不「顧」返。

*（ ）11.「一國以一人興，以一人亡」句中「以」字義，與下列哪個選項相同？ (A)吾「以」仲且舉天下之賢者以對 (B)彼其初之所以不用者，徒「以」有仲焉耳 (C)舉天下之賢者「以」自代 (D)「以」其無禮於晉，且貳於楚也 (E)不「以」物喜、不「以」己悲。

*（ ）12.下列文句運用「排比」或「對偶」的修辭手法的有 (A)夫功之成，非成於成之日，蓋必有所由起；禍之作，不作於作之日，亦必有所由兆 (B)聲不絕乎耳，色不絕乎目 (C)五霸莫盛於桓、文，文公之才，不過桓公，其臣又皆不及仲 (D)一國以一人興，以一人亡 (E)為嚴將軍頭，為嵇侍中

血，為張睢陽齒，為顏常山舌。

＊（　）13.下列文句屬於「激問」修辭的正確選項是 (A)何者？其君雖不肖，而尚有老成人焉 (B)仲以為將死之言，可以縶桓公之手足邪 (C)不然，天下豈少三子之徒 (D)則仲雖死，而齊國未為無仲也。夫何患三子者 (E)問君能有幾多愁，恰似一江春水向東流。

＊（　）14.下列有關〈管仲論〉，敘述正確的選項是 (A)本文主旨在指管仲臨死時未能薦賢以自代，致桓公被小人包圍，而引發齊國的動亂 (B)以用人問題為功禍之關鍵，認為桓公責無旁貸 (C)抨擊管仲對桓公的答覆缺乏建設性 (D)拿晉文公和齊桓公相比，指出國家治亂原因在有無賢者在位 (E)主張國君之用心，當「不悲其身之死，而憂其國之衰」。

＊（　）15.下列「　」內的詞語，解釋正確的選項是 (A)「齊無寧歲」：齊國沒有一年安寧過 (B)「三匹夫耳」：這三個人不過是三個普通的人罷了 (C)「一亂塗地」：一敗塗地 (D)「各疏其短」：各自疏忽他們的缺點 (E)「故必復有賢者，而後有以死」意謂所以必須找到賢者，然後才安心死去。

非選題

(一)下列為《禮記‧曲禮》的一段文字，請參酌參考選項將空格填入適當的代號：

天子死曰1.＿＿＿，諸侯曰2.＿＿＿，大夫曰3.＿＿＿，士曰4.＿＿＿，庶人曰5.＿＿＿。

參考選項：(A)死 (B)薨 (C)卒 (D)崩 (E)不祿

(二)語譯：

吾觀史鰍以不能進蘧伯玉而退彌子瑕，故有身後之諫；蕭何且死，舉曹參以自代。大臣之用心，固宜如此也。

答：

辨姦論

選擇題（＊為多選題）

（　）1.本文旨在盼賢者能 (A)知山巨源、郭子儀之善觀人 (B)由盧杞、王衍之惡知：凡事之不近人情者，鮮不為大姦慝 (C)知如何辨別姦邪之人 (D)知王衍、盧杞之不近人情。

（　）2.「惟天下之靜者，乃能見微而知著」的「見微知著」意為 (A)觀察細微 (B)當機立斷 (C)明辨是非 (D)見小知大。

（　）3.下列敘述何者為非？ (A)「礎」潤而雨：門檻 (B)其「疏闊」而難知：疏遠迂闊 (C)

人事之「推移」：變化　(D)「孰與」天地陰陽之事：怎能相比。

(　)4.下列解釋何者為非？(A)僅得「中主」：中等才智的君主　(B)吾子孫無「遺類」矣：殘存的人　(C)不忮不求：不吝嗇，不貪求　(D)好惡亂其「中」：內心。

(　)5.「二公之料二子，亦容有未必然也」，下列敘述何者為非？(A)二公：山巨源、郭汾陽　(B)料：臆測　(C)二子：王衍、盧杞　(D)容：容許。

(　)6.下列解釋何者為非？(A)今有人：指王安石　(B)與人「異趣」：怪異的行為　(C)其禍豈可「勝言」哉：盡言　(D)衣垢不忘「澣」：洗衣。

(　)7.「囚首喪面」意為　(A)囚犯沒臉見人　(B)囚犯蓬頭垢面，一點都不體面　(C)髮亂如囚犯，面垢如居喪　(D)拘禁在獄，不得自由。

(　)8.下列敘述何者為非？(A)而「濟」其未形之患：助成；促成　(B)「衣」臣虜之衣：穿　(C)鮮不為大「姦慝」：奸惡；邪惡　(D)則「吾言為過」：我承認自己做錯了。

(　)9.(甲)不「忮」不求：ㄐㄧˋ；(乙)月「暈」：ㄩㄣˋ；(丙)犬「彘」：ㄓˋ；(丁)盧「杞」：ㄐㄧˇ；(戊)姦「慝」：ㄊㄜˋ；(己)衣垢不忘「澣」：ㄏㄢˇ。上列「　」內字音正確的選項是哪些？(A)(甲)(乙)(丙)　(B)(乙)(丁)(戊)　(C)(甲)(丙)(己)　(D)(乙)(丙)(戊)。

(　)10.「月暈而風，礎潤而雨」所指為何？(A)事有必至，理有固然　(B)見微而知著　(C)人事之推移疏闊而難知　(D)好惡亂其中，而利害奪其外。

*(　)11.以下有關〈辨姦論〉中所指之人物何者說明正確？(A)「二公之料二子」之「二公」指的是山濤與郭子儀　(B)「二公之料二子」之「二子」指的是王衍與盧杞　(C)「今有人，口誦孔、老之言，身履夷齊之行」之「今有人」暗諷王安石　(D)「是王衍、盧杞合而為一人也」此人指的是歐陽脩　(E)「非特二子之比也」之「二子」指的是王衍與盧杞。

*(　)12.作者以哪些人物明喻或暗諷「逆情以干譽」之「姦慝」？(A)豎刁　(B)易牙　(C)開方　(D)王安石　(E)盧杞。

*(　)13.「王衍、盧杞合而為一人」作者如何描述此人之「姦慝」行徑？(A)容貌言語，固有以欺世而盜名者　(B)陰賊險狠，與人異趣　(C)口誦孔、老之言，身履夷齊之行　(D)

收召好名之士、不得志之人，相與造作言語 (E)私立名字，以為顏淵、孟軻復出。

*（　）14.以下有關〈辨姦論〉之觀點說明何者正確？ (A)「賢者有不知，其故何也」不知者為「人事之推移，理勢之相因，其疏闊而難知，變化而不可測者」 (B)「天下之靜者，乃能見微而知著」山濤與郭子儀即能如此 (C)晉惠帝、唐德宗「不忮不求，與物浮沉」能不受姦慝所誘 (D)「衣臣虜之衣，食犬彘之食，囚首喪面，而談詩書」讚安石能儉以屈身 (E)「天下將被其禍，而吾獲知言之名，悲夫」是指不願己言成真，奸邪當道。

*（　）15.〈辨姦論〉以下哪些字句為作者暗諷王安石「事之不近人情者」之描述？ (A)好惡亂其中，而利害奪其外 (B)口誦孔、老之言，身履夷齊之行 (C)衣臣虜之衣，食犬彘之食 (D)囚首喪面，而談詩書 (E)私立名字，以為顏淵、孟軻復出。

非選題

(一)注釋：

1.豈可「勝言」：

2.「濟」其未形之患：

3.天下將「被」其禍：

4.亦「容」有未必然：

5.異趣：

(二)請依句義將參考選項中適當詞句代號填入文中括弧處：

事有必至，（1.　）。惟天下之靜者，乃能（2.　）。月暈而風，（3.　），人人知之。人事之推移，（4.　），其疏闊而難知，（5.　）者，孰與天地陰陽之事，而賢者有不知，其故何也？好惡亂其中，而（6.　）也。

參考選項：

(A)理勢之相因 (B)利害奪其外 (C)理有固然 (D)見微而知著 (E)礎潤而雨 (F)變化而不可測

心術

選擇題（*為多選題）

（　）1.本文旨在闡論 (A)將者帶兵、作戰應有的觀念和要領 (B)為將之道首重統御領導 (C)練兵之道，在絕對服從 (D)治軍，務必使兵好戰。

（　）2.下列解釋何者為非？ (A)然後可以「制」利害：判斷 (B)凡兵「上義」：崇尚正義 (C)麋鹿興於左而「目不瞬」：不眨眼 (D)夫惟義可以「怒」士：發怒。

（　）3.「謹烽燧，嚴斥堠」下列敘述何者為非？ (A)烽燧：邊地築臺瞭望，有事示警 (B)斥

堠：偵察；候望 (C)言使農人安心耕種 (D)乃謂「養其力」也。

( ) 4.「豐犒而優游之」的「優游」意指 (A)從容自在 (B)散步 (C)滿足 (D)無所事事。

( ) 5.下列敘述何者為非？ (A)士不厭兵：士卒不厭戰 (B)既勝「養其心」：心懷勝敗乃兵家常事的觀念 (C)用人不盡其所「欲為」：欲望 (D)彼固有所「侮」而動也：輕視。

( ) 6.下列敘述何者為非？ (A)知「節」而後可以用兵：調度 (B)彼將不與吾「校」：較量 (C)故「去就」可以決：繼續擔任將領或辭去將領職務 (D)能以兵「嘗敵」：試探敵人。

( ) 7.「冠冑衣甲，據兵而寢」有幾個動詞？ (A)一個 (B)二個 (C)三個 (D)四個。

( ) 8.下列敘述何者為非？ (A)使之「狎」而墮其中：輕忽 (B)吾「抗而暴之」：強力抵抗就會暴露缺點 (C)彼將強與吾「角」：角鬥 (D)「尺箠當猛虎，奮呼而操擊」是因為「有所恃」。

( ) 9.(甲)謹烽「燧」：ㄓㄨㄟˋ；(乙)嚴斥「堠」：ㄏㄡˋ；(丙)豐「犒」而優游之：ㄎㄠˋ；(丁)鄧艾「縋」兵於蜀中：ㄓㄨㄟˋ；(戊)知勢則不「沮」：ㄐㄩˇ；(己)使之「狎」而墮其中：ㄐㄧㄚˇ。上列「 」內的字，讀音完全正確的選項是 (A)(甲)(丁)(己) (B)(乙)(丙)(戊) (C)(丙)(丁)(戊) (D)(丁)(戊)(己)。

( ) 10.「吾之所短，吾抗而暴之，使之疑而卻」句中「暴」字義，與下列哪個選項相同 (A)思厥先祖父，「暴」霜露，斬荊棘 (B)邪說「暴」行又作 (C)竊時以肆「暴」，然卒迨于禍 (D)雖有槁「暴」，不復挺者。

*( ) 11.下列文句屬於「層遞」修辭的選項是 (A)凡戰之道，未戰養其財，將戰養其力，既戰養其氣，既勝養其心 (B)智則不可測，嚴則不可犯 (C)知理而後可以舉兵，知勢而後可以加兵，知節而後可以用兵 (D)善用兵者，使之無所顧，有所恃。無所顧，則知死之不足惜；有所恃，則知不至於必敗 (E)故善用兵者，以形固。夫能以形固，則力有餘矣。

*( ) 12.下列各組「 」內的字義，兩兩相異的選項是 (A)故雖并天下，而士不「厭」兵／奉之者有限，而求之者無「厭」 (B)此黃帝之所以七十戰而兵不「殆」也／思而不學則「殆」 (C)鄧艾「縋」兵於蜀中／夜「縋」而出 (D)使之「狎」而墮其中／輕霜露而「狎」風雨 (E)據「兵」而寢／甲

「兵」頓斂。

*（ ）13.下列「 」內的詞語，解釋正確的選項是 (A)「泰山崩於前而色不變，麋鹿興於左而目不瞬」比喻做將領者心神應鎮定不慌 (B)「小勝益急」意謂得到小勝，要加緊督促 (C)「小挫益厲」意謂遇到小挫，要嚴加厲斥 (D)「士常蓄其怒」意謂士兵要經常存有怒氣 (E)「變色而卻步」意謂臉色大變而後退。

*（ ）14.下列文句屬於「映襯」修辭的選項是 (A)一忍可以支百勇，一靜可以制百動 (B)尺箠當猛虎，奮呼而操擊；徒手遇蜥蜴，變色而卻步 (C)泰山崩於前而色不變，麋鹿興於左而目不瞬 (D)見小利不動，見小患不避 (E)吾之所長，吾出而用之，彼將不與吾校；吾之所短，吾蔽而置之，彼將強與吾角。

*（ ）15.下列有關〈心術〉一文，敘述正確的選項是 (A)本文為蘇洵感於宋和西夏久戰無功所作，旨在闡論為將者帶兵、作戰應有的觀念和要領 (B)為將者先治法令 (C)兵以義動，為全文論述之總綱 (D)主將之道，主要在於理、勢、節三者的掌握和運用 (E)「使之無所顧，有所恃」是善用兵、戰勝必具的心理條件。

非選題

㈠字音測驗：

1.知勢則不「沮」：　2.趑「趄」不前：

3.「殂」逝：　4.「詛」咒：

5.「狙」擊：

㈡語譯：

袒裼而按劍，則烏獲不敢逼；冠冑衣甲，據兵而寢，則童子彎弓殺之矣。

答：

張益州畫像記

選擇題（*為多選題）

（ ）1.本文旨在 (A)記述蜀人在成都淨眾寺內掛設張方平畫像的經過和原因 (B)說明張益州善於平亂 (C)說明張益州善治蜀人 (D)記敘為張益州畫像的過程。

（ ）2.下列解釋何者為非？ (A)「妖言」流聞：謠言 (B)眾言「朋興」：並興 (C)不可以「文令」：用公文命令 (D)「徹」守備：撤除。

（ ）3.下列敘述何者為非？ (A)寇來在吾：敵寇來了全由我負責 (B)有亂之萌：有亂的萌

動 (C)不可以有亂急：不可因亂而慌張急躁 (D)油然而退：和順地離開。

(　) 4.「重足屏息之民」的「重足屏息」指 (A)任重道遠 (B)害怕恐懼 (C)吃苦耐勞 (D)沉默寡言。

(　) 5. 下列解釋何者為非？ (A)於是民始「忍」以其父母妻子之所仰賴之身：忍耐 (B)以威劫「齊民」：百姓 (C)今夫「平居」聞一善：平日 (D)皆再拜「稽首」：叩頭。

(　) 6.「甚者或詰其平生所嗜好」、「蘇洵無以詰」的「詰」意乃 (A)問；問 (B)反駁；反駁 (C)問；辯論 (D)問；反駁。

(　) 7. 下列解釋何者為非？ (A)公可「屬」：託付 (B)公來「于于」：安詳自得貌 (C)春爾條桑：春天桑葉長得繁盛 (D)閨闥閑閑：在閨中從容自得。

(　) 8. 下列何者不是張益州對治民的想法？ (A)約之以禮 (B)肆意於法律之外 (C)民無常性，惟上所待 (D)吾以齊魯待蜀人，而蜀人亦自以齊魯之人待其身。

(　) 9. (甲)器之「敧」：ㄑㄧˊ；(乙)爾「繄」以生：ㄒㄧˋ；(丙)有「廡」：ㄨˇ；(丁)「稽」首：ㄐㄧ；(戊)股「肱」：ㄍㄨㄥ；(己)旗「纛」：ㄉㄠˋ。上列「　」內字音正確的選項是哪些？ (A)(甲)(乙)(丙) (B)(乙)(丁)(戊) (C)(丙)(丁)(戊) (D)(丙)(戊)(己)。

(　) 10.「將亂難治，不可以有亂急，亦不可以無亂弛」由此可知，「將亂」之治最忌者為何？ (A)約 (B)治 (C)文 (D)急。

*(　) 11.〈張益州畫像記〉中，蘇洵認為蜀亂之起因為何？ (A)訛言不祥，往即爾常。春爾條桑，秋爾滌場 (B)蜀人多變，於是待之以待盜賊之意，而繩之以繩盜賊之法 (C)重足屏息之民，而以碪斧令 (D)妖言流聞 (E)以齊魯待蜀人，而蜀人亦自以齊魯之人待其身。

*(　) 12. 以下何者正確說明蘇洵對於「亂」之「治」的論點？ (A)毋養亂，毋助變 (B)將亂難治，不可以有亂急，亦不可以無亂弛 (C)外亂不作，變且中起 (D)未亂，易治也 (E)既亂，易治也。

*(　) 13. 以下何者為張益州「為天子牧小民」所為之事？ (A)約之以禮，驅之以法 (B)民始忍以其父母妻子之所仰賴之身，而棄之於盜賊 (C)以齊魯待蜀人 (D)春爾條桑，秋爾滌場 (E)歸屯軍，徹守備。

*(　) 14. 如有兩個以上需要說明之事物，其又有大小輕重不同之比例，行文時依序層層遞進，

稱為「層遞」。請問以下例句，何者使用此法？ (A)愛蜀人之深，待蜀人之厚 (B)未亂，易治也；既亂，易治也 (C)使天下之人，思之於心，則存之於目。有之於目，故其思之於心也固 (D)不可以文令，又不可以武競 (E)公之恩在爾心，爾死，在爾子孫。

*（　）15. 譬喻是指「借彼喻此」的修辭法，由喻體、喻詞、喻依三者配合而成，而「借喻」直接以喻依入文，省略了喻體、喻詞。請問下列文句何者使用這種修辭法？ (A)重足屏息之民 (B)以碪斧令 (C)謀夫如雲 (D)（形勢危急）如器之欹，未墜於地 (E)天子股肱。

非選題

(一)注釋：

1. 旗纛：
2. 朋與：
3. 碪斧：
4. 天子「股肱」：
5. 重足屏息：

(二)請依句義將參考選項中適當詞句代號填入文中括弧處：

公在西囿，（1.　）。公宴其僚，（2.　）。西人來觀，（3.　）。有女娟娟，（4.　）。有童哇哇，（5.　）。

參考選項：

(A)草木駢駢 (B)亦既能言 (C)伐鼓淵淵 (D)閨闥閑閑 (E)祝公萬年

范增論

選擇題（*為多選題）

（　）1. 本文旨在評論 (A)范增不應投效項羽 (B)范增不明去就之分，以致受人離間 (C)項羽不知用賢 (D)范增剛愎自用。

（　）2. 下列何者不是蘇軾在本文中的看法？ (A)范增應早一點離開項羽 (B)義帝是天下賢主 (C)范增是人中豪傑 (D)項羽殘忍好殺。

（　）3.「願賜骸骨，歸卒伍」意謂 (A)希望能保存全屍，回到故鄉 (B)願以卑賤的性命貢獻軍隊 (C)希望能帶著老骨頭，退出行伍，回到故鄉 (D)希望能保留一條性命，不要處死。

（　）4. 下列敘述何者為非？ (A)「稍」奪其權：逐漸 (B)獨恨其不早爾：項羽只恨不早點殺了范增 (C)增「曷為」以此去哉：為何；為什麼 (D)如彼「雨」雪：動詞，降、下之意。

（　）5.「知幾其神乎」乃謂　(A)能預知事情徵兆的只有神吧　(B)能知道如此詳細的只有神吧　(C)幾乎如神仙一樣的完美　(D)就算聰明如神，又能預測多少未來。

（　）6.下列敘述何者為非？　(A)增與羽「比肩」而事義帝：地位相等　(B)羽既「矯」殺卿子冠軍：虛情假意　(C)識卿子冠軍於「稠人」之中：眾人　(D)義帝必不能「堪」：容忍；忍受。

（　）7.「中道而弒之」意指　(A)中途就把他殺了　(B)依正道將他殺了　(C)走到一半就被殺了　(D)走到一半就自殺了。

（　）8.關於本文下列敘述何者為非？　(A)項羽興起，在於立楚懷王孫心　(B)楚懷王孫心被立是范增的謀略　(C)項羽殺卿子冠軍是殺義帝之徵兆　(D)若項羽不疑范增，如陳平之智，依舊能離間項、范。

（　）9.(甲)「疽」發背死：ㄐㄩˇ；(乙)如彼雨雪，先集維「霰」：ㄒㄧㄢˋ；(丙)識卿子冠軍於「稠」人之中：ㄓㄡ；(丁)羽既「矯」殺卿子冠軍：ㄐㄧㄠˇ；(戊)增與羽「比」肩而事義帝：ㄅㄧˋ；(己)非羽「弒」帝：ㄕˋ。上列「　」內的字，讀音完全正確的選項是　(A)(甲)(乙)(丙)　(B)(甲)(丙)(戊)　(C)(乙)(丁)(己)　(D)(丁)(戊)(己)。

（　）10.(甲)增與羽「比」肩而事義帝；(乙)五音「比」而成《韶》、《夏》；(丙)君子周而不「比」；(丁)「比」之諸嶺，尚為娕桀；(戊)食之，「比」門下之客。上列「　」內的字義共有幾種？　(A)二種　(B)三種　(C)四種　(D)五種。

*（　）11.下列文句屬於反詰語氣的選項是　(A)羽之不殺，猶有君人之度也。增曷為以此去哉　(B)其弒義帝，則疑增之本也，豈必待陳平哉　(C)陳平雖智，安能間無疑之主哉　(D)識卿子冠軍於稠人之中，而擢為上將，不賢而能如是乎　(E)為增計者，力能誅羽則誅之，不能則去之，豈不毅然大丈夫也哉。

*（　）12.下列各組「　」內的字義，兩兩相異的選項是　(A)漢用陳平計，「間」楚君臣／陳平雖智，安能「間」無疑之主哉　(B)願賜骸骨，「歸」卒伍／之子于「歸」　(C)「識」卿子冠軍於稠人之中／多「識」鳥獸草木之名　(D)「中」道而弒之，非增之意也／木直「中」繩　(E)增之欲殺沛公，人臣之「分」也／「分」作溝中瘠。

*（　）13.下列文句屬於「因果關係」的正確選項是　(A)物必先腐也，而後蟲生之　(B)人必先疑也，而後讒入之　(C)慎終追遠，民德歸厚矣　(D)盤飧市遠無兼味，樽酒家貧只舊醅

(E)不才明主棄，多病故人疏。

*（ ）14.下列「 」內的詞語的解釋正確的選項是 (A)「稍奪其權」：逐漸削減范增的權力 (B)「疽發背死」：背上的疽瘡發作而死 (C)增勸羽殺「沛公」：指劉邦 (D)「先集維霰」：先有霜集結 (E)不以此明「去就」之分：屬偏義複詞用法，即「去」之意。

*（ ）15.下列有關〈范增論〉，敘述正確的選項是 (A)以君臣去就之分來論述范增遭讒見疑，與義帝、項羽勢難兩立 (B)宋義、義帝和范增的死生去就息息相關 (C)范增和義帝的悲劇性下場，實繫於一個「嫉」字 (D)項羽犯了「弒義帝」與「疑范增與漢有私」的兩項關鍵性錯誤 (E)漢高祖平天下後大宴群臣，曾指出「項羽有一范增而不能用」為其最大失敗原因。

非選題

(一)請寫出下列對聯所敘述的人物：（不限一人）

1.拔地山雄，舊跡猶留霸王廟。平潮浪靜，名區近接美人崖：

2.韓潮學派百川匯，公起文章八代衰：

3.父子高名重古今，江山故宅空文藻：

(二)語譯：

物必先腐也，而後蟲生之；人必先疑也，而後讒入之。

答：

刑賞忠厚之至論

選擇題（*為多選題）

（ ）1.本文旨在 (A)闡明仁德如堯，施政只用賞而不用罰 (B)闡明在位者如何行使刑賞，使人民歸向於善，才是用心忠厚的最高表現 (C)說明刑罰應重賞輕罰 (D)說明在上位者應賞罰分明。

（ ）2.篇中引用《傳》、《書》、《詩》三段引文，此三本書分別是 (A)《左傳》、《尚書》、《詩經》 (B)《春秋》、《尚書》、《楚辭》 (C)《尚書・孔安國傳》、《尚書》、《詩經》 (D)《左傳》、《尚書・孔安國傳》、《詩經》。

（ ）3.下列敘述何者有誤？ (A)故其「吁俞」之聲：嗟歎讚許 (B)而告之以「祥刑」：輕微的刑罰 (C)罰疑從去：懲罰若有可疑，寧可免除 (D)又從而「哀矜懲創」之：哀憐懲戒。

（ ）4.「鯀方命圮族」乃謂 (A)鯀接到毀滅同族的命令 (B)鯀常違抗命令，毀滅同族 (C)鯀下命令毀滅同族 (D)鯀不負責任，連累同族。

（ ）5.「罪疑惟輕，功疑惟重。與其殺不辜，寧失

不經」，下列敘述何者為非？　(A)罪疑惟輕：罪有可疑，當從輕發落　(B)功疑惟重：功有可疑，當從重獎賞　(C)殺不辜：殺無罪之人　(D)寧失不經：寧可誤罰為賞。

（　）6.「過乎義，則流而入於忍人」的「忍人」指　(A)殘忍的人　(B)意志堅定之人　(C)忍耐之人　(D)固執的人。

（　）7.「疑則舉而歸之於仁」乃謂　(A)既然懷疑就請教仁者　(B)既然無法決定，就讓仁者裁定　(C)賞罰有疑義時，就歸結到仁道上去　(D)賞罰有疑義時，就施仁義之心，賞而不罰。

（　）8.下列敘述何者為非？　(A)君子如「祉」：喜悅　(B)「制」其喜怒：控制　(C)亂庶「遄已」：迅速制止　(D)君子長者之道：指勿殺不辜。

（　）9.(甲)「吁」俞：ㄩ；(乙)鯀方命「圮」族：ㄧˇ；(丙)堯曰「宥」之三：ㄧㄡˋ；(丁)亂庶「遄」已：ㄔㄨㄞˇ；(戊)「皋」陶：ㄍㄠ；(己)皋「陶」：ㄧㄠˊ。上列「　」內字音不正確的選項是哪些？　(A)(甲)(乙)(丁)　(B)(乙)(丁)(戊)　(C)(甲)(丙)(己)　(D)(丙)(丁)(戊)。

（　）10.由〈刑賞忠厚之至論〉可知作者認為賞罰的目的為何？　(A)立法貴嚴，而責人貴寬　(B)仁可過也，義不可過也　(C)賞以爵祿，是賞之道　(D)使天下相率而歸於君子長者之道。

＊（　）11.〈刑賞忠厚之至論〉中蘇軾引何事例來說明「刑賞忠厚」的論點？　(A)先王知天下之善不勝賞，而爵祿不足以勸也；知天下之惡不勝刑，而刀鋸不足以裁也　(B)堯、舜、禹、湯、文、武、成、康之際，何其愛民之深，憂民之切　(C)當堯之時，皋陶為士，將殺人。皋陶曰殺之三；堯曰宥之三　(D)堯之不聽皋陶之殺人，而從四岳之用鯀　(E)穆王立而周道始衰，然猶命其臣呂侯，而告之以祥刑。

＊（　）12.在〈刑賞忠厚之至論〉中，蘇軾如何說明「仁義」與「刑賞」間輕重之關係？　(A)故仁可過也，義不可過也　(B)可以賞，可以無賞，賞之過乎仁　(C)可以罰，可以無罰，罰之過乎義　(D)過乎仁，不失為君子　(E)過乎義，則流而入於忍人。

＊（　）13.〈刑賞忠厚之至論〉中各經書對刑賞論點，以下說明何者正確？　(A)《傳》：賞疑從與，所以廣恩也；罰疑從去，所以謹刑也　(B)《書》：罪疑惟輕，功疑惟重。與其殺不辜，寧失不經　(C)《書》：立法貴嚴，

而責人貴寬 (D)《詩》：君子如祉，亂庶遄已。君子如怒，亂庶遄沮 (E)《春秋》：仁可過也，義不可過也。

*（ ）14.下列詞語皆為相反字義所組成，而上下字義皆有所指的詞語為何？ (A)稱其氣之「大小」 (B)制其「喜怒」 (C)以制「賞罰」 (D)因其「褒貶」之義 (E)曾不吝情「去留」。

*（ ）15.「映襯」法中的「對襯」是將兩種不同的人、事、物，用兩種不同或相反的觀點加以形容描寫，如此兩相輝映以彰顯其論述，請問下列使用此種修辭法者為何？ (A)立法貴嚴，而責人貴寬 (B)可以賞，可以無賞，賞之過乎仁；可以罰，可以無罰，罰之過乎義 (C)賞不以爵祿，刑不以刀鋸 (D)皋陶曰「殺之」三；堯曰「宥之」三 (E)有一善，從而賞之，又從而詠歌嗟歎之，所以樂其始而勉其終；有一不善，從而罰之，又從而哀矜懲創之，所以棄其舊而開其新。

非選題

(一)注釋：

1. 君子如「祉」：
2. 亂庶遄「沮」：
3. 祥刑：
4. 忍人：
5. 繇方命圮族：

(二)請將以下文句依句義重組：

(A)故仁可過也，義不可過也 (B)過乎仁，不失為君子 (C)過乎義，則流而入於忍人 (D)可以賞，可以無賞，賞之過乎仁 (E)可以罰，可以無罰，罰之過乎義

答：

留侯論

選擇題（*為多選題）

（ ）1.本文旨在論 (A)張良受書於圯上老人，故能就大謀 (B)劉邦得張良乃能勝項羽 (C)張良能就大謀在其能有所忍 (D)天下豪傑之士，必有過人之節。

（ ）2.篇中以何字貫串全文？ (A)忍 (B)勇 (C)志 (D)謀。

（ ）3.下列解釋何者為非？ (A)匹夫「見」辱：被 (B)無故「加」之而不怒：欺陵 (C)此其所「挾持」者甚大：手中握有的籌碼 (D)以為「鬼物」：鬼怪。

（ ）4.下列敘述何者為非？ (A)其間不能容髮：指千鈞一髮，危險萬分 (B)其「平居」無罪夷滅者：百姓 (C)而其末可「乘」：利用 (D)觀其所以「微見」其意者：隱約表

露。

（　）5.下列何者不是動詞？ (A)其君能「下」人 (B)肉袒牽羊以「逆」 (C)「臣妾」於吳者三年而不倦 (D)「油然」而不怪者。

（　）6.下列敘述何者為非？ (A)且其意不在書：況且他的用意並不在贈書 (B)千金之子：身體強健之人 (C)見於詞色：表現在言詞和臉色上 (D)不稱其志氣：和他的志氣不相配。

（　）7.「是故倨傲鮮腆而深折之。彼其能有所忍也，然後可以就大事，故曰『孺子可教』也」，下列敘述何者為非？ (A)倨傲鮮腆：傲慢無禮 (B)深折之：重重地挫折他 (C)其：希望；期望 (D)孺子可教：指張良能有所忍。

（　）8.下列敘述何者為非？ (A)其狀貌「乃」如婦人女子：竟然 (B)平生之「素」：交情 (C)命以僕妾之「役」：工作 (D)有「報人」之志：報答人。

（　）9.下列各句中的「舍」字，何者可通「捨」？ (A)漁夫樵父之「舍」 (B)南北百里，東西一「舍」 (C)其君能下人，必能信用其民矣。遂「舍」之 (D)唐浮圖慧褒始「舍」於其址。

（　）10.「我來圯橋上，懷古欽英風。唯見碧水流，曾無黃石公。歎息此人去，蕭條徐泗空。」上引李白詩詠懷的對象應是 (A)劉邦 (B)蕭何 (C)韓信 (D)張良。

*（　）11.下列敘述正確的選項是 (A)「匹夫見辱，拔劍而起」與「以匹夫之力，而逞於一擊之間」之「匹夫」皆指一般人 (B)「高祖忍之，養其全鋒以待其弊」，「其」字前者是「劉邦」，後者是「項籍」 (C)「卒然相遇於草野之間，而命以僕妾之役」，「僕妾之役」是指奴僕做的工作 (D)「子房之不死者，其間不能容髮」，「其間不能容髮」比喻情勢非常緊急。

*（　）12.關於〈留侯論〉，下列何說為是？ (A)東坡以為張良所以得為王佐者，乃得自圯上老人之兵書 (B)本文為東坡科舉應試成名之作 (C)蘇軾以為實無圯上老人授書之事 (D)初始，圯上老人惜張良之才而歎其不能忍，故出而折其氣 (E)終而張良以能忍獲圯上老人的器重。

*（　）13.〈留侯論〉所論，下列何者為是？ (A)蘇軾認為「圯上老人」可能是秦時的「隱君子」 (B)匹夫之勇不足道，惟大勇能忍，足以成大事 (C)圯上老人器重張良是因為

張良剛強壯烈，一如荊軻、聶政 (D)圯上老人命子房以「僕妾之役」，作者以為其目的在授書 (E)太史公曾歎惜子房狀貌如婦人女子。

*（　）14.關於三蘇之文，下列何說為是？ (A)軾、轍同法其父洵之文，皆得力於《國策》、《史記》，長於議論 (B)洵文風古勁簡直，軾文風汪洋宏肆，轍文風汪洋澹泊 (C)諺語云：「蘇文生，吃菜根；蘇文熟，吃羊肉」，三蘇策論被視為應制之範文 (D)蘇洵的〈六國論〉和蘇軾的〈教戰守策〉都指出了北宋對遼與西夏應有所警惕 (E)蘇洵著《嘉祐集》，軾著《東坡全集》，轍著《欒城集》。

*（　）15.下列有關文章主旨的敘述，正確的選項是 (A)賈誼〈過秦論〉評論秦始皇不行仁政的過失，勸使漢文帝實行仁政 (B)歐陽脩〈縱囚論〉稱頌唐太宗縱放死囚之舉，深具仁德感化之功 (C)蘇軾〈留侯論〉以韓信日後能成大事，乃因年少能忍小忿 (D)蘇洵〈六國論〉以六國賄秦而亡，諷諭東漢和親政策 (E)蘇洵〈管仲論〉主旨在指責管仲臨死時未能薦賢以自代，致桓公為小人包圍，而引發齊國的動亂。

非選題

(一)注釋：

1.「圯上」老人：

2.持法太急者：

3.其間不能容髮：

4.倨傲鮮腆：

5.肉袒牽羊以「逆」：

(二)語譯：

當韓之亡，秦之方盛也，以刀鋸鼎鑊待天下之士，其平居無罪夷滅者，不可勝數，雖有賁、育，無所復施。

答：

賈誼論

選擇題（*為多選題）

（　）1.本文旨在 (A)評論賈誼所以不見容於世，是因他不能自用其才 (B)責備漢文不能用賈生之才 (C)責備絳、灌之屬忌賈生之才 (D)感歎賈誼少年得志，不善處窮境。

（　）2.下列敘述何者為非？ (A)所以「自用者」實難：自我推薦 (B)夫君子之「所取者遠」：懷抱遠大 (C)皆有「可致」之才：可以致用 (D)雖三代何以「遠過」：超過。

（　）3.「將之荊」、「孟子去齊」的「之」和「去」

解釋為 (A)皆為到、往 (B)皆為離開 (C)到；離開 (D)離開；到。

（　）4.下列敘述何者為非？ (A)猶且以不用死：尚且因為不被重用而死 (B)盡棄其舊而謀其「新」：指賈生 (C)「趯然」有遠舉之志：超然 (D)「遠舉」之志：遠離塵世。

（　）5.「優游浸漬而深交之，使天子不疑，大臣不忌，然後舉天下而唯吾之所欲為」，下列何句為非？ (A)優游浸漬：悠閒從容逐漸深入 (B)天子：指漢文帝 (C)大臣：指絳、灌等老臣 (D)舉天下而唯吾之所欲為：篡位為王，唯我獨尊。

（　）6.「賈生志大而量小，才有餘而識不足」指賈誼 (A)沒有容人的氣度 (B)不能善用自己的才學，更不善處窮，以致自殘而死 (C)不能原諒漢文帝的過失 (D)沒有自知之明。

（　）7.「今稱苻堅得王猛於草茅之中」的「草茅」指 (A)屠場 (B)荒城 (C)商場 (D)鄉野。

（　）8.下列解釋何者為非？ (A)略有天下之半：擁有半個天下 (B)「遺俗」之累：喜好隱居世外 (C)有「高世」之才：高出世人的才能 (D)「狷介」之操：耿介自持。

（　）9.(甲)「遽」為：ㄐㄩˋ；(乙)「趯」然：ㄊㄧˋ；(丙)「紆」鬱：ㄒㄩ；(丁)「絳」侯：ㄒㄧㄤˊ；(戊)「狷」介：ㄐㄩㄢ；(己)病「沮」：ㄐㄩˇ。上列「　」內字音正確的選項是哪些？ (A)(甲)(乙)(丙) (B)(乙)(丁)(戊) (C)(甲)(乙)(己) (D)(丙)(戊)(己)。

（　）10.下列何者為蘇軾認為賈誼應採取之態度然其「狷介」之士難為之態？ (A)卒以自傷哭泣，至於死絕 (B)紆鬱憤悶，趯然有遠舉之志 (C)上得其君，下得其大臣 (D)默默以待其變。

*（　）11.以下論點何者為蘇軾對賈誼缺失之評論？ (A)王者之佐，而不能自用其才 (B)一朝盡斥去其舊臣而與之謀 (C)不善處窮者 (D)志大而量小 (E)才有餘而識不足。

*（　）12.此文可說是論君臣關係之文，以下何者為蘇軾認為國君應有之職？ (A)用 (B)忍 (C)識 (D)待 (E)敬。

*（　）13.蘇軾以哪二者事例說明賈誼「不能自用其才」之自誤，而非國君之罪也？ (A)苻堅得王猛於草茅之中，一朝盡斥去其舊臣而與之謀 (B)得君如漢文，猶且以不用死 (C)仲尼聖人，歷試於天下，苟非大無道之國，皆欲勉強扶持，庶幾一日得行其道 (D)絳侯親握天子璽而授之文帝 (E)孟子去齊，三宿而後

出晝。

*（ ）14.「而卒不能行其萬一者」之「萬一」為「萬分之一」之意，下列古文之數字用法亦為「分數」用法者為何？ (A)二，吾猶不足 (B)獨缺其西十二 (C)每歲大決，勾者十三四 (D)失者十一 (E)比好遊者尚不能十一。

*（ ）15.以下何者為蘇軾對君子未能用於世時如何「善處窮者」之論點？ (A)默默以待其變 (B)君子之愛其身，如此其至也 (C)君子之欲得其君，如此其勤也 (D)君子之不忍棄其君，如此其厚也 (E)夫君子之所取者遠，則必有所待；所就者大，則必有所忍。

非選題

(一)注釋：

1.「申」之以子夏：

2.三宿而後出「晝」：

3.草茅：

4.趯然：

5.不豫：

(二)請將參考選項中適當詞句代號填入文中括弧處：

仲尼聖人，歷試於天下，苟非大無道之國，皆欲勉強扶持，庶幾一日得行其道。將之荊，先之以冉有，申之以子夏。（1. ）孟子去齊，三宿而後出晝，猶曰：「王其庶幾召我。」（2. ）公孫丑問曰：「夫子何為不豫？」孟子曰：「方今天下，舍我其誰哉？而吾何為不豫？」（3. ）

參考選項：

(A)君子之不忍棄其君，如此其厚也。 (B)君子之愛其身，如此其至也。 (C)君子之欲得其君，如此之勤也。

鼂錯論

選擇題（*為多選題）

（ ）1.本文旨在 (A)說明鼂錯削弱七國的計謀是錯誤的 (B)說明鼂錯因為不能勇於負責，反遭殺身之禍 (C)責怪漢景帝聽了袁盎的離間 (D)感歎鼂錯忠而不能免其禍。

（ ）2.「不測之憂」乃謂 (A)不可測度的憂患 (B)一發不可收拾的憂慮 (C)杞人憂天的憂慮 (D)難以承受的憂慮。

（ ）3.下列解釋何者為非？ (A)坐觀其變而不為之「所」：處置 (B)天下「狃」於治平之安而不吾信：轉變 (C)為能「出身」為天下犯大難：挺身而出 (D)此固非勉強「期月」之間：短時間。

（ ）4.「事至而循循焉欲去之」的「循循焉」乃謂 (A)從容貌 (B)動作遲緩 (C)退縮貌 (D)猶豫不決之貌。

（ ）5.下列解釋何者為非？ (A)然後有以「辭」

於天下：謝罪 (B)以錯為「說」：討好 (C)「決」大河而放之海：疏導 (D)其為變：指起來造反。

( ) 6.「欲使天子自將而己居守」指 (A)讓天子堅持己見而我不勸諫 (B)讓天子為所欲為而我堅持己見 (C)讓天子自己決定要不要迎戰，而我是不管的 (D)讓天子親自領兵討伐而我自己留守京城。

( ) 7.下列解釋何者為非？ (A)日夜「淬礪」：喻刻意進修 (B)重違其議：指皇帝還要反對鼂錯的建議 (C)「東向」而待之：坐東向西 (D)可得而「間」哉：離間。

( ) 8.下列何者不是蘇軾本文的看法？ (A)錯不應「己為難首，擇其至安，而遺天子以其至危」 (B)錯之自全之計應是「為天下當大難之衝」 (C)錯之行為是忠臣義士憤惋不平的 (D)袁盎不應離間景帝和鼂錯。

( ) 9.(甲)則天下「狃」於治平之安：ㄋㄧㄡˇ；(乙)此固非勉強「期」月之間：ㄑㄧˊ；(丙)雖無袁「盎」：ㄤˋ；(丁)天子不察，以錯為「說」：ㄕㄨㄛ；(戊)昔者「鼂」錯盡忠為漢：ㄔㄠˊ；(己)蓋亦有「潰」冒衝突可畏之患：ㄍㄨㄟˋ。上列「 」內的字，讀音完全正確的選項是 (A)(甲)(丙)(戊) (B)(乙)(丙)(丁) (C)(丙)(丁)(己) (D)(丁)(戊)(己)。

( ) 10.(甲)天子不察，以錯為「說」；(乙)是以袁盎之「說」，得行於其間；(丙)此數寶者，秦不生一焉，而陛下「說」之，何也；(丁)世衰道微，邪「說」暴行有作；(戊)我將見秦王，「說」而罷之。上列「 」內的字義，共有幾種？ (A)二種 (B)三種 (C)四種 (D)五種。

( ) 11.下列文句屬於「映襯」修辭的選項是 (A)名為治平無事，而其實有不測之憂 (B)昔禹之治水，鑿龍門，決大河而放之海 (C)己欲居守，而使人主自將 (D)錯之所以自全者，乃其所以自禍歟 (E)不唯有超世之才，亦必有堅忍不拔之志。

*( ) 12.下列文句屬於「激問」修辭的選項是 (A)當此之時，雖無袁盎，錯亦未免於禍。何者？己欲居守，而使人主自將 (B)夫以七國之強，而驟削之，其為變，豈足怪哉 (C)己欲求其名，安所逃其患 (D)雖有百袁盎，可得而間哉 (E)且夫發七國之難者誰乎。

*( ) 13.下列「 」內的詞語，解釋正確的選項是 (A)「事至而循循焉欲去之」：如果事到臨頭，而想退避推卸 (B)「鑿龍門」：鑿開龍門山 (C)蓋亦有「潰冒衝突」可畏之患：

河堤潰決、河水亂衝 (D)夫以七國之強，而「驟削之」：驟然削弱他們 (E)「欲使天子自將而己居守」：想要天子親自領兵討伐而自己卻在京城留守。

*（ ）14.下列有關〈鼂錯論〉，敘述正確的選項是 (A)本文旨在說明鼂錯被殺的原因在其不能深謀遠慮 (B)只有「仁人君子豪傑之士」才能在太平治世中看出「不測之憂」而力矯其弊 (C)認為鼂錯虎頭蛇尾，禍由自取 (D)責備鼂錯「己為難首，擇其至安，而遺天子以其至危」是不可饒恕的錯誤 (E)全文主要論點在「世之君子，欲求非常之功，則無務為自全之計」三句。

*（ ）15.有關蘇軾，下列敘述正確的選項是 (A)字子瞻，仁宗時試禮部，主考官歐陽脩擢置第一，嘗云：「吾當避此人出一頭地」 (B)神宗時，軾上書反對新法，與王安石不合 (C)後因「烏臺詩案」被謫黃州團練副使 (D)為文遠師韓愈，近法歐陽脩。為「唐宋八大家」之一 (E)擅長史論之文，如〈鼂錯論〉、〈賈誼論〉、〈留侯論〉等。

非選題

(一)請寫出下列詞語所代表的時間：

1.期月：

2.一稔：

3.一秩：

4.一世：

5.一紀：

(二)語譯：

嗟夫！世之君子，欲求非常之功，則無務為自全之計。

答：

卷二 宋文

上梅直講書

選擇題（＊為多選題）

（　）1. 本文旨在 (A)盛讚梅聖俞有如聖人 (B)陳述孔子和周公的偉大事跡 (C)暢談士遇知己的快樂 (D)陳述求學的歷程。

（　）2. 「匪兕匪虎」中的「兕」字，音義為何？ (A)ㄍㄨㄥ，酒器 (B)ㄙˋ，野牛 (C)ㄜˋ，野豬 (D)ㄙˋ，祭器。

（　）3. 下列何者非蘇軾應試禮部被拔擢為第二名的原因？ (A)有孟軻之風 (B)不為世俗之文 (C)儒家之徒 (D)主試者賞識。

（　）4. 「周公之富貴，有不如夫子之貧賤」，其用意 (A)說明孔子德性高於周公 (B)言孔子不慕名利 (C)歎周公之不遇 (D)反襯作者與主試者的關係。

（　）5. 「執事與歐陽公實親試之」的「執事」乃指 (A)梅直講 (B)皇帝 (C)作者 (D)祕書官。

（　）6. 下列敘述何者為非？ (A)蘇軾七、八歲時始知讀書 (B)蘇軾試禮部，獲在第一，乃因歐陽永叔以為有孟子之風 (C)本文企圖表達賢者如何面對窮達的態度 (D)軾以孔門弟子自喻。

（　）7. 下列敘述何者為非？ (A)首段引周公與孔子反襯自己與歐陽脩、梅直講的關係 (B)二段向梅堯臣表達崇敬之情 (C)三段抒發理想 (D)末段以超越師長自許。

（　）8. 下列敘述何者為是？ (A)嚮：昔 (B)卒歲：一年 (C)先容：先行容納 (D)油然：光鮮貌。

（　）9. (甲)「曠」／「礦」；(乙)「兕」／「兇」；(丙)「嚮」／「響」；(丁)「鴟」／「鴞」；(戊)「奭」／「夾」；(己)「闔」／「檲」。上列「　」內字音相同的選項是哪些？ (A)(甲)(丙) (B)(乙)(丁) (C)(甲)(己) (D)(丙)(戊)。

（　）10. 「軾每讀《詩》至〈鴟鴞〉，讀《書》至〈君奭〉，常竊悲□□之不遇。」其□□處應填入何者為宜？ (A)孔子 (B)周公 (C)孟子 (D)顏淵。

＊（　）11. 「周公之富貴，有不如夫子之貧賤」其原因為何？ (A)以召公之賢，以管、蔡之親，而不知其（周公）心 (B)不容何病？不容然後見君子 (C)天下雖不能容，而其徒自足以相樂如此 (D)孔子厄於陳、蔡之間，

而絃歌之聲不絕；顏淵、仲由之徒，相與問答 (E)夫子之所與共貧賤者，皆天下之賢才。

*（　）12.「聞今天下有歐陽公者，其為人如古孟軻、韓愈之徒，而又有梅公者，從之遊，而與之上下其議論」由上述可知哪些學者有志一同？ (A)歐陽脩 (B)孟軻 (C)韓愈 (D)梅聖俞 (E)蘇軾。

*（　）13.與「非親舊為之請屬」之「屬」字音義相同者有哪些？ (A)「屬」予作文以記之 (B)舉酒「屬」客 (C)桑竹之「屬」 (D)名「屬」教坊第一部 (E)使人「屬」孟嘗君，願寄食門下。

*（　）14.以下「為」字用法相同者為何？ (A)能不「為」世俗之文 (B)有大賢焉而「為」其徒 (C)非左右「為」之先容 (D)方學「為」對偶聲律之文 (E)吾何「為」於此。

*（　）15.「必有所樂乎斯道也，軾願與聞焉」此所謂「所樂乎斯道」為何？ (A)優哉游哉，可以卒歲 (B)不怨天，不尤人 (C)夫子之道至大，故天下莫能容 (D)執事名滿天下，而位不過五品，其容色溫然而不怒 (E)文章寬厚敦朴而無怨言。

非選題

(一)注釋：

1.自「度」：

2.斗升：

3.先容：

4.不尤人：

5.匪兕匪虎：

(二)請將參考選項中適當詞句代號填入文中括弧處：

夫子曰：「(1.)(2.)」

顏淵曰：「(3.)(4.)」

夫子油然而笑曰：「(5.)」

參考選項：

(A)雖然，不容何病？不容然後見君子。 (B)回，使爾多財，吾為爾宰。 (C)吾道非邪？吾何為於此？ (D)夫子之道至大，故天下莫能容。 (E)『匪兕匪虎，率彼曠野。』

喜雨亭記

選擇題（*為多選題）

（　）1.本文旨在 (A)歡喜因雨而豐收 (B)表現作者親民之情 (C)說明作者喜雨的表現 (D)說明雨天作者遊於亭的喜悅。

（　）2.「為亭於堂之北」乃謂 (A)在亭子北方蓋了一座堂屋 (B)亭子的北邊有堂屋 (C)在堂上可見北方的亭子 (D)在堂北方造了一

座亭子。

（　）3.「農夫相與抃於野」乃謂　(A)農夫在田中辛苦耕種　(B)農夫在田中祈禱降雨　(C)農夫在田野拍手歡呼　(D)農夫在野外為田地之事械鬥。

（　）4.下列敘述何者為非？　(A)「雨麥」於岐山之陽：下麥雨　(B)以名其書：以「嘉禾」來名自己的文章　(C)以名其年：以「元鼎」來作為自己的年號　(D)其占為「有年」：豐年。

（　）5.下列敘述何者為非？　(A)歲且「薦饑」：連年饑荒　(B)「繄」誰之力：是；此　(C)屬客：叮囑賓客　(D)岐山之「陽」：山的南面。

（　）6.「病者以愈」乃謂　(A)病人忘卻病痛　(B)病人痊癒了　(C)病人的病更加嚴重　(D)病人愈來愈多。

（　）7.「越三月」乃謂　(A)到了三月　(B)超過三個月　(C)過了三月　(D)到第四個月。

（　）8.一雨三日，繄誰之力？　(A)太守　(B)天子　(C)造物　(D)以上皆非。

（　）9.「雨麥於岐山之陽」句中「雨」字，本為名詞，此處作動詞用。下列文句同樣是「名詞用作動詞」的選項是　(A)公奈何不「禮」壯士　(B)「落」英繽紛　(C)「蠶」食諸侯，使秦成帝業　(D)紅杏枝頭春意「鬧」。

（　）10.「於是舉酒於亭上以屬客，而告之」句中「屬」字義，與下列哪個選項相同？　(A)武仲以能「屬」文為蘭臺令史　(B)常有高猿長嘯，「屬」引淒異　(C)有良田、美池、桑、竹之「屬」　(D)舉匏樽以相「屬」。

＊（　）11.下列各組「　」內的字義，兩兩相異的選項是　(A)亭以雨名，「志」喜也／故非有「志」者不能至也　(B)雨麥於岐山之「陽」／以其在華山之「陽」名之也　(C)憂者以樂，病者以愈，而吾亭「適」成／懷抱利器，鬱鬱「適」茲土　(D)一雨三日，「繄」誰之力／爾有母遺，「繄」我獨無　(E)古者有喜則以「名」物，示不忘也／不可得而名，吾以「名」吾亭。

＊（　）12.下列文句屬於假設語氣的選項是　(A)使天而雨珠，寒者不得以為襦　(B)使天而雨玉，飢者不得以為粟　(C)教吾子與汝子，幸其成　(D)誠知其如此，雖萬乘之公相，吾不以一日輟汝而就也　(E)皆雨之賜也，其又可忘耶。

＊（　）13.下列文句屬於「層遞」修辭的選項是　(A)民曰太守。太守不有，歸之天子；天子曰不然，歸之造物；造物不自以為功，歸之

太空。太空冥冥 (B)周公得禾，以名其書；漢武得鼎，以名其年；叔孫勝狄，以名其子 (C)藏書不難，能看為難；看書不難，能讀為難；讀書不難，能用為難；能用不難，能記為難 (D)學而不思則罔，思而不學則殆 (E)然始發之時，終日可愈；三日，越旬可愈；今疾已成，非三月不能瘳。

*（　）14. 下列「　」內的詞語，解釋正確的選項是 (A)「以名其書」：以「嘉禾」來命名自己的文章 (B)「其占為有年」：占卜將有好的豐年收成 (C)「農夫相與抃於野」：農夫在田野一道拍手歡樂 (D)「寒者不得以為襦」：受寒的人不能拿它做衣服 (E)「歸之太空」：回到太空去。

*（　）15. 有關〈喜雨亭記〉，下列敘述正確的選項是 (A)本文旨在說明喜雨亭命名的緣由 (B)筆墨集中在「亭」字，說亭以寄託其欣喜之情 (C)以喜雨為名，暗寓著太守群僚的勤政愛民，表示歲饑訟繁則太守無心於遊樂 (D)以喜雨名亭，乃表示不忘 (E)「余至扶風之明年，始治官舍」可印證以治政為先，個人居息遊宴為後的態度。

非選題

(一)請寫出下列「　」內的字所代表的意義：

1. 山之「陽」：
2. 山之「陰」：
3. 水之「陽」：
4. 水之「陰」：
5. 「東家」：
6. 「南面」：
7. 「北堂」：

(二)語譯：

無麥無禾，歲且薦饑，獄訟繁興，而盜賊滋熾。

答：

淩虛臺記

選擇題（*為多選題）

（　）1. 本文主旨記敘 (A)人如何入太虛之境 (B)廢興成毀，在一夕之間 (C)登臺抒發興衰無常的感慨 (D)對人事處之泰然，不戀棧權位的態度。

（　）2. 下列敘述何者為非？ (A)悅然：恍惚貌 (B)狐虺：狐狸、毒蛇 (C)「國」於南山之下：建城 (D)從事：佐吏。

（　）3. 有關本文的敘述何者為是？ (A)記淩虛臺的興建以抒發其興衰無常之慨 (B)首段記鳳翔府城的位置與形勢 (C)末段抒發感慨

與見解 (D)以上皆是。

(　)4.「杖屨逍遙於其下」乃謂 (A)手持拐杖，腳穿草鞋，步履優游地在山下散步 (B)以木杖架起草篷，在篷內優游自得 (C)在離屨地有一丈之遠處優游自得 (D)扶杖散步終南山上。

(　)5.淩虛臺之命名是出自誰之口？ (A)蘇軾 (B)秦穆公 (C)相傳已久，不可考 (D)陳希亮。

(　)6.下列敘述何者為非？ (A)隋之「仁壽」、唐之「九成」都是宮殿名 (B)秦穆之「祈年」、「橐泉」皆為宮殿名 (C)「淩虛」、「快哉」、「超然」都是亭臺之名 (D)南山、麗山都是山名。

(　)7.「或者欲以夸世而自足」的「或者」是指 (A)或許 (B)有人 (C)抑是 (D)可能。

(　)8.有關淩虛臺的環境，下列敘述何者為非？ (A)前為池塘 (B)以土為原料 (C)與山勢相連 (D)比屋簷稍高。

(　)9.(甲)蒙「翳」：ㄧˋ；(乙)頹「垣」：ㄩㄢˊ；(丙)「橐」泉：ㄉㄨㄛˊ；(丁)「怳」然：ㄎㄨㄤˇ；(戊)其「髻」：ㄐㄧˋ；(己)杖「屨」：ㄌㄩˇ。上列「　」內字音正確的選項是哪些？ (A)(甲)(乙)(戊) (B)(乙)(丁)(戊) (C)(甲)(丙)(己) (D)(丙)(丁)(戊)。

(　)10.與「尋蒙國恩」之「尋」字義用法相同者為何？ (A)相「尋」於無窮 (B)「尋」病終 (C)「尋」君去就之際 (D)飛入「尋」常百姓家。

*(　)11.在〈淩虛臺記〉中蘇軾對「廢興成毀」之無常的感慨如何抒發？ (A)昔者荒草野田，霜露之所蒙翳，狐虺之所竄伏。方是時，豈知有淩虛臺耶 (B)廢興成毀，相尋於無窮 (C)臺之復為荒田野草，皆不可知也 (D)計其一時之盛，宏傑詭麗，堅固而不可動者，豈特百倍於臺而已哉 (E)數世之後，欲求其髣髴，而破瓦頹垣，無復存者，既已化為禾黍荊棘、丘墟隴畝矣，而況於此臺歟。

*(　)12.以下複詞之詞性組合方式相同者為何？ (A)踴躍奮迅 (B)丘墟隴畝 (C)荒草野田 (D)宏傑詭麗 (E)破瓦頹垣。

*(　)13.「國於南山之下」之「國」字，其古今義有所不同，古義多為「城市」，而今義則多指「國家」，此類古今義不同的字詞有哪些？ (A)涕 (B)走 (C)勸 (D)其實 (E)故事。

*(　)14.依作者之言：「世有足恃者，而不在乎臺之存亡也」，則以下文句屬「世有不足以恃者」的是 (A)計其一時之盛，宏傑詭麗，

堅固而不可動者　(B)人事之得喪，忽往而忽來者　(C)陳公欲以夸世而自足者　(D)物之廢興成毀　(E)秦穆之祈年、橐泉。

*（　）15.「雖非事之所以損益，而物理有不當然者」其中「損益」一辭可用何者替代？(A)利害　(B)善惡　(C)好壞　(D)利弊　(E)成敗。

非選題

(一)注釋：

1.「國」於南山之下：

2.而都邑之「麗」山者：

3.杖屨：

4.「相尋」於無窮：

5.旅行：

(二)請將以下文句依句義重組：

(A)然而數世之後，欲求其髣髴　(B)而破瓦頹垣，無復存者　(C)豈特百倍於臺而已哉　(D)而況於此臺歟　(E)計其一時之盛，宏傑詭麗，堅固而不可動者　(F)既已化為禾黍荊棘、丘墟隴畝矣

答：

超然臺記

選擇題（*為多選題）

（　）1.本文旨在勸人　(A)超然物外則無往不樂　(B)博觀約取則無往不樂　(C)行萬里路則無往不樂　(D)超脫客觀則無往不樂。

（　）2.「遊於物之內，而不遊於物之外」乃謂　(A)神遊於太虛之境　(B)未超然物外　(C)鑽牛角尖　(D)行之有規矩。

（　）3.「美惡橫生，而憂樂出焉」乃謂　(A)樂美憂惡　(B)善惡橫流，令人無所適從　(C)生出美醜的區分標準，引發憂樂的情感　(D)善惡不分，賢士盜賊並起。

（　）4.「人之所欲無窮，而物之可以足吾欲者有盡」乃謂　(A)擁有愈多，欲望愈大　(B)欲望無極，而資源有限　(C)生死有命，富貴在天　(D)富貴於我如浮雲。

（　）5.「彼挾其高大以臨我，則我常眩亂反覆，如隙中之觀鬥，又烏知勝負之所在」乃謂　(A)在體積上吃了先天不足的虧　(B)結局要等最後才知道，不可半途而廢　(C)以管窺天，物物盡在其中　(D)受制於物，而未能盡窺全貌。

（　）6.下列敘述何者為非？(A)弔其不終：憐憫他不能善終　(B)辭禍：避開災禍　(C)師尚父：齊太公呂尚　(D)苟完：如果完成。

（　）7.選出正確無誤者　(A)本文告訴我們，人生的悲與樂，關鍵在物　(B)物為我心悅樂泉源　(C)本文與其〈定風波〉詞的意境相似

(D)蘇軾宦途平順，乃有本文中之心境。

( ) 8. 常人何以總覺得悲多於樂？ (A)世一不如意事，十常八九 (B)人之所欲無窮 (C)生也有涯 (D)存在於本質。

( ) 9. (甲)「餔」糟：ㄅㄨˇ；(乙)「啜」醨：ㄓㄨㄟˋ；(丙)蔽采「椽」之居：ㄔㄨㄢˊ；(丁)釀「秫」酒：ㄕㄨˊ；(戊)「擷」園疏：ㄐㄧㄝˊ；(己)「瀹」脫粟而食之：ㄩㄝˋ。上列「 」內的字，讀音完全正確的選項是 (A)(甲)(乙)(丁) (B)(乙)(丙)(丁) (C)(丙)(丁)(戊) (D)(丙)(戊)(己)。

( ) 10. (甲)物有以「蓋」之矣；(乙)則其所能，「蓋」亦以精力自致者，非天成也；(丙)功「蓋」三分國，名成八陣圖；(丁)「蓋」亭之所見，南北百里，東西一舍；(戊)「蓋」亦反其本矣。上列文句「 」中的「蓋」字義，共有幾種？ (A)二種 (B)三種 (C)四種 (D)五種。

*( ) 11. 下列各組「 」內的字義，兩兩相異的選項是 (A)吾安往而不「樂」/仁者「樂」山 (B)美惡之辨戰乎「中」/禮樂不興，則刑罰不「中」 (C)釋舟楫之安，而「服」車馬之勞/君子不近，庶人不「服」 (D)歲「比」不登/君子周而不「比」 (E)處之「期」年/造飲輒盡，「期」在必醉。

*( ) 12. 下列文句屬於反詰語氣的選項是 (A)推此類也，吾安往而不樂 (B)夫求禍而辭福，豈人之情也哉 (C)如隙中之觀鬥，又烏知勝負之所在 (D)是以美惡橫生，而憂樂出焉，可不大哀乎 (E)出沒隱見，若近若遠，庶幾有隱君子乎。

*( ) 13. 下列文句屬於「排比」修辭的選項是 (A)擷園蔬，取池魚，釀秫酒 (B)臺高而安，深而明，夏涼而冬溫 (C)南望馬耳、常山，出沒隱見，若近若遠，庶幾有隱君子乎 (D)釋舟楫之安，而服車馬之勞；去雕墻之美，而蔽采椽之居；背湖山之觀，而適桑麻之野 (E)西望穆陵，隱然如城郭，師尚父、齊威公之遺烈，猶有存者。

*( ) 14. 下列文句屬於「映襯」修辭的選項是 (A)雨雪之朝，風月之夕，余未嘗不在，客未嘗不從 (B)夫所為求福而辭禍者，以福可喜而禍可悲也 (C)人之所欲無窮，而物之可以足吾欲者有盡 (D)美惡之辨戰乎中，而去取之擇交乎前，則可樂者常少，而可悲者常多 (E)彼遊於物之內，而不遊於物之外。

*( ) 15. 下列有關〈超然臺記〉，敘述正確的選項是 (A)人生的悲與樂，關鍵在心，而不在物 (B)

「樂」字是本篇主線 (C)世人多不樂，乃因欲望無窮而為物所役 (D)修臺乃因樂而起，樂本在心，而以臺為寄託 (E)作者之無所往而不樂，蓋遊於物之外也。

非選題

(一)字形測驗：

1. 餔糟「ㄔㄨㄛˋ」醨：　　2. 連「ㄓㄨㄟˋ」：
3. 緜「ㄔㄨㄛˋ」已極：　　4. 「ㄉㄨㄛˊ」拾物品：
5. 「ㄉㄨㄛˊ」刺：

(二)下列一段有關唐宋古文八大家的敘述，請寫出正確的人物：

1. 八大家之首，以發揚聖學為己任，力主載道之說，用散文代替駢體之時文。蘇軾稱其「文起八代之衰，而道濟天下之溺」：
2. 散文以山水遊記和寓言成就最大，詩以山水詩最為出色。〈永州八記〉為其山水遊記之代表作：
3. 北宋詩文革新運動領袖，遙承韓愈，主張文以明道，文以致用。其文造語平易，而情韻綿邈，詩詞亦清新婉約，亦為北宋史學家：
4. 歐陽脩讀其文，大加讚賞、歎為奇才。長於議論，為世人稱道，風格與歐陽脩相近：
5. 文章以六經為根柢，思慮縝密，簡勁鋒利。其詩亦清峭謹嚴。詩為北宋四大家之一：
6. 文章得力於《國策》、《史記》，長於議論，古勁簡直，有先秦之風：
7. 才氣橫溢，文章汪洋宏肆，如行雲流水，不可羈握。遠師韓愈，近法歐陽脩，又工書法、詩詞、繪畫，兼擅圍棋，並精研佛學，可謂全能之士。詞則開創豪放一派：
8. 性沉靜高潔，資稟敦厚，發為文章，汪洋澹泊，亦如其人，有秀傑之氣。作品以策論較為出色：

放鶴亭記

選擇題（＊為多選題）

(　) 1. 本文旨在藉放鶴亭抒寫 (A)南面之君的情趣 (B)養鶴的情調 (C)隱士生活的清遠閒放，超然塵垢 (D)放生的崇高價值。

(　) 2. 「或立於陂田」的「陂田」乃指 (A)山邊的田地 (B)高聳的田地 (C)疲弊土力的田地 (D)正在耕種中的稻田。

(　) 3. 「東山之陰」的「陰」乃指東山的 (A)陰涼處 (B)南面 (C)北面 (D)暗處。

(　) 4. 「黃冠草屨」乃謂 (A)頭戴黃冠，腳穿草鞋 (B)穿黃色上衣，戴著草帽 (C)黃色帽子，草色鞋子 (D)黃色上衣，草色褲子。

(　) 5. 下列敘述何者為是？ (A)本文中的「鶴」是個象徵，即作者自己 (B)本文雖是記亭，實是頌揚隱士和隱逸生活 (C)文末「西山

不可久留」中不可久留者是鶴 (D)文中以寫喜好入迷，必遭亡國為主旨。

( ) 6.下列敘述何者為非？ (A)半扉：大門的一半高 (B)〈酒誥〉：《尚書‧周書》篇名 (C)「狎」而玩之：偏斜不正 (D)雖南面之君未可與「易」也：交換。

( ) 7.下列敘述何者為非？ (A)《易經》、《詩經》把鶴鳥比做賢人和君子 (B)衛懿公喜歡養鶴，結果遭致亡國 (C)〈酒誥〉、〈抑戒〉的作者認為酒可全真名世 (D)劉伶、阮籍卻因嗜酒傳名後代。

( ) 8.下列敘述何者為非？ (A)縱其所如：任憑牠想飛到何處 (B)誥：文體之一種，屬詔令類，用以告誡，如〈康誥〉；用以任命或封贈官員，如〈誥命〉 (C)劉伶嗜酒，曾作〈詠懷〉詩八十餘首以見志 (D)周公以為酒乃荒惑敗亂之物，故作〈酒誥〉。

( ) 9.(甲)「陂」田：ㄆㄧˊ；(乙)酒「誥」：ㄏㄠˋ；(丙)九「皋」：ㄍㄠ；(丁)「愫」東山而歸：ㄙㄨˋ；(戊)適「當」其缺：ㄉㄤˋ；(己)「忻」然而笑：ㄐㄧㄣ。上列「 」內字音正確的選項是哪些？ (A)(甲)(乙)(丙) (B)(乙)(丁)(戊) (C)(甲)(丙)(丁) (D)(丙)(戊)(己)。

( ) 10.文中認為鶴被《易》、《詩》人以比賢人君子」之原因為何？ (A)甚馴而善飛 (B)高翔而下覽兮，擇所適 (C)雖南面之君可與易也 (D)清遠閑放，超然於塵垢之外。

*( ) 11.以下〈放鶴亭記〉文句中數字的用法何者為意有所指之實數？ (A)鶴鳴于九皋 (B)山人有二鶴 (C)獨缺其西十二 (D)千里一色 (E)俯仰百變。

*( ) 12.以下〈放鶴亭記〉文句何者為描寫「鶴」之姿態？ (A)啄蒼苔而履白石 (B)或立於陂田，或翔於雲表 (C)高翔而下覽兮 (D)翻然斂翼，宛將集兮 (E)矯然而復擊。

*( ) 13.作者以正論、反論兩面說明「鶴」、「酒」其實為中性之物，全因人之態度不同而產生不同的後果，請問以下文句何者為正面論述？ (A)清遠閑放，超然於塵垢之外，故《易》、《詩》人以比賢人君子 (B)隱德之士，狎而玩之，宜若有益而無損者 (C)衛懿公好鶴，則亡其國 (D)周公作〈酒誥〉，衛武公作〈抑戒〉，以為荒惑敗亂無若酒者 (E)劉伶、阮籍之徒，以此全其真而名後世。

*( ) 14.以下古文中有關「分數」的表示方法與本文「獨缺其西十二」相同者為何？ (A)二，吾猶不足 (B)比好遊者尚不能十一 (C)累三而不墜，則失者十一 (D)每歲大決，勾

者十三四　(E)今其室十無四五焉。

*(　)15.〈放鶴亭記〉一文主旨其實在讚頌「隱逸」生活之閒適為樂，以下文句何者即是寫此？(A)雖南面之君可與易也　(B)清遠閑放，超然於塵垢之外　(C)南面之君，雖清遠閑放如鶴者，猶不得好　(D)黃冠草屨，葛衣而鼓琴　(E)其為樂未可以同日而語也。

非選題

(一)注釋：

1. 九皋：
2. 南面：
3. 黃冠：
4. 半扉：
5. 「揖」山人而告之：

(二)請將以下文句依句義重組：

(A)雖清遠閑放如鶴者　(B)則亡其國　(C)南面之君　(D)猶不得好　(E)好之

答：

石鐘山記

選擇題（*為多選題）

(　)1.本文旨在藉考證石鐘山得名來闡明　(A)凡事須耳聞目見不可妄加臆斷　(B)人言不可輕信　(C)李渤對石鐘山之得名解釋有誤　(D)石鐘山得名，出自夜景。

(　)2.下列敘述何者正確？(A)「彭蠡」之口：洞庭湖　(B)有若老人「欬」且笑：咳嗽　(C)有大石當「中流」：中游　(D)南聲「函胡」：二胡別名。

(　)3.「窽坎鏜鞳之聲」的「窽坎鏜鞳」意指　(A)水流聲　(B)銅鑼聲　(C)鐘鼓聲　(D)暴風雨聲。

(　)4.「南聲函胡，北音清越」乃謂　(A)南方的聲音含糊，北方的聲音高亢　(B)南方的音樂低迷，北方的音樂激昂　(C)南面的巖石發出含糊不清之聲，北面的巖石則聲音清脆響亮　(D)南方有二胡的樂音，北方則有清越的樂音。

(　)5.「噌吰如鐘鼓」的原因乃　(A)水勢盛大，山下皆石　(B)老人欬笑聲　(C)舟人叫喊之聲　(D)以上皆是。

(　)6.作者考察名為石鐘山的原因為　(A)下臨深潭，水石相搏　(B)雙石於潭，扣而有聲　(C)漁工水師之笑　(D)山下皆石穴罅，與水相激而生。

(　)7.「磔磔雲霄間」的「磔磔」乃指　(A)鳥飛貌　(B)鳥鳴聲　(C)穿梭貌　(D)鳥類爭食貌。

（　）8.「事不目見耳聞而臆斷其有無，可乎」乃謂 (A)有感於酈道元言之不詳 (B)惋惜漁工水師，知而不能言 (C)闡揚科學實事求是的客觀精神 (D)譏笑李渤之鄙陋。

（　）9.(甲)「枹」止響騰：ㄆㄠˊ；(乙)棲「鶻」聞人聲：ㄍㄨˇ；(丙)「欬」且笑：ㄎㄞˋ；(丁)「鸛」鶴：ㄏㄨㄢ；(戊)「噌」吰：ㄔㄥ；(己)穴「罅」：ㄒㄧˋㄚ。上列「　」內的字，讀音完全正確的選項是 (A)(甲)(乙)(丁) (B)(乙)(丙)(丁) (C)(丙)(戊)(己) (D)(丁)(戊)(己)。

（　）10.下列詞語不屬於狀聲詞的選項是 (A)噌吰 (B)涵澹澎湃 (C)窾坎鏜鞳 (D)鏗然。

＊（　）11.下列「　」內的詞語屬於雙音節雙聲衍聲複詞的選項是 (A)南聲「函胡」 (B)「噌吰」如鐘鼓不絕 (C)涵澹「澎湃」而為此也 (D)與風水相吞吐，有窾坎「鏜鞳」之聲 (E)欲求其「髣髴」。

＊（　）12.下列文句屬於譬喻的正確選項是 (A)微風鼓浪，水石相搏，聲如洪鐘 (B)大石側立千尺，如猛獸奇鬼，森然欲搏人 (C)山上棲鶻聞人聲，亦驚起，磔磔雲霄間 (D)又有若老人欬且笑於山谷中者，或曰：「此鸛鶴也」 (E)噌吰者，周景王之無射也。

＊（　）13.「余自齊安舟行適臨汝」句中「適」字義，與下列哪個選項相同？ (A)遇岐亭，「適」見焉 (B)逝將去女，「適」彼樂土 (C)懷抱利器，鬱鬱「適」茲土 (D)將何「適」而非快 (E)君子之於天下，無「適」也，無莫也。

＊（　）14.下列「　」內的詞語，解釋正確的選項是 (A)「扣而聆之」：敲擊它聽聽 (B)「枹止響騰」：鼓槌停止了，響聲還在騰播 (C)「涵澹澎湃」：水震盪沖激的樣子 (D)「空中而多竅」：天空當中許多孔洞 (E)「漁工水師」：漁翁與水軍。

＊（　）15.下列文句屬於「倒裝句」的選項是 (A)古之人不余欺也 (B)余是以記之 (C)此世所以不傳也 (D)石之鏗然有聲者 (E)則山下皆石穴罅，不知其淺深。

非選題

(一)注釋：

1.水石相搏：

2.斧斤考擊：

3.小舟夜「泊」：

4.「磔磔」雲霄間：

5.「赴」饒之德興尉：

(二)語譯：

舟人大恐。徐而察之，則山下皆石穴罅，不知其淺深，

微波入焉，涵澹澎湃而為此也。

答：

潮州韓文公廟碑

選擇題（＊為多選題）

（　）1.本文主旨在讚美韓愈 (A)文思敏捷，氣暢辭達 (B)德如日月，學蓋山河 (C)文起八代之衰，道濟天下之溺 (D)倚馬可待，援筆立就。

（　）2.「忠犯人主之怒」乃謂 (A)以忠怒君 (B)忠而不怒 (C)君視其不忠 (D)不怒自威。

（　）3.「道濟天下之溺」乃指 (A)以夫子之道挽救天下人心的陷溺 (B)開闢救濟人民溺水的道路 (C)以救濟天下人為職志 (D)在道旁救濟貧困之人。

（　）4.「獨韓文公起布衣」的「起布衣」乃謂 (A)穿著簡樸 (B)平民出身 (C)穿著隨便 (D)起用百姓。

（　）5.「靡然從公」的「靡」用法同於 (A)所向披「靡」 (B)奢「靡」浪費 (C)民「靡」孑遺 (D)何不食肉「糜」。

（　）6.下列敘述何者為非？ (A)本文中「人主」是指唐憲宗 (B)文中「八代」指東漢、魏、晉、宋、齊、梁、陳、隋 (C)文中「異端」指佛、老而言 (D)文弊：指文壇頹弊凋零。

（　）7.下列敘述何者為非？ (A)蘇軾為首稱韓愈「文起八代之衰，道濟天下之溺」者 (B)房、「杜」、姚、宋：指杜甫 (C)去國指離開京師 (D)本文肯定韓文公一生的成就。

（　）8.下列敘述何者為非？ (A)延及「齊民」：指古齊地百姓 (B)下與濁世掃「粃糠」：喻濁世之衰風 (C)古今所傳，不可「誣」也：欺騙 (D)草木衣被昭回光：喻韓愈如日當空，人皆受其影響。

（　）9.(甲)滅沒倒「景」不可望：ㄐㄧㄥˇ；(乙)願新公廟者，「聽」：ㄊㄧㄥˋ；(丙)「期」年而廟成：ㄑㄧˊ；(丁)「於」粲荔丹與蕉黃：ㄩ；(戊)汗流籍、「湜」走且僵：ㄕˊ；(己)「賁」、育失其勇：ㄅㄣ。上列「　」內字音正確的選項是哪些？ (A)(甲)(乙)(丙) (B)(乙)(丁)(戊) (C)(甲)(丙)(己) (D)(乙)(戊)(己)。

（　）10.以下有關〈潮州韓文公廟碑〉文中所引用之典故，何者錯誤？ (A)追逐「李、杜」參翱翔：李白、杜牧 (B)汗流「籍、湜」走且僵：張籍、皇甫湜 (C)歷舜九嶷弔「英、皇」：娥皇、女英 (D)「賁、育」失其勇：孟賁、夏育。

*（　）11.以下哪些文句是蘇軾對韓文公的讚譽？ (A)匹夫而為百世師，一言而為天下法 (B)參天地、關盛衰、浩然而獨存者 (C)起布衣，談笑而麾之，天下靡然從公，復歸於正 (D)忠犯人主之怒，而勇奪三軍之帥 (E)文起八代之衰，而道濟天下之溺。

*（　）12.孟子曰：「我善養吾浩然之氣。」作者對浩然正氣的理解與描述為何？ (A)是氣也，寓於尋常之中，而塞乎天地之間 (B)卒然遇之，則王公失其貴，晉、楚失其富，良、平失其智，賁、育失其勇，儀、秦失其辯 (C)不依形而立，不恃力而行，不待生而存，不隨死而亡者矣 (D)君子學道則愛人，小人學道則易使也 (E)在天為星辰，在地為河岳，幽則為鬼神，而明則復為人。

*（　）13.作者用哪些事例說明韓文公其「公之所能者，天也；其所不能者，人也」？ (A)潮人未知學，公命進士趙德為之師。自是潮之士，皆篤於文行，延及齊民 (B)智可以欺王公，不可以欺豚魚；力可以得天下，不可以得匹夫匹婦之心 (C)公之精誠，能開衡山之雲，而不能回憲宗之惑 (D)能馴鱷魚之暴，而不能弭皇甫鎛、李逢吉之謗 (E)能信於南海之民，廟食百世，而不能使其身一日安於朝廷之上。

*（　）14.有關〈潮州韓文公廟碑〉之文句涵義說明正確者為何？ (A)「文起八代之衰，而道濟天下之溺」是指「公命進士趙德為之師。自是潮之士，皆篤於文行，延及齊民」 (B)「力可以得天下，不可以得匹夫匹婦之心」是指「能信於南海之民，廟食百世」 (C)「匹夫而為百世師」是指「朝散郎王君滌，來守是邦。凡所以養士治民者，一以公為師」 (D)「人無所不至，惟天不容偽」是指「公之精誠，能開衡山之雲」 (E)「智可以欺王公，不可以欺豚魚」是指「能馴鱷魚之暴」。

*（　）15.下列有關「景」字的字義用法相同者為何？ (A)滅沒倒「景」不可望 (B)春和「景」明 (C)贏糧而「景」從 (D)以敬為美，正則無「景」 (E)承天「景」命。

非選題

(一)注釋：

1.「於」粲荔丹與蕉黃：

2.異端：

3.下與濁世掃「粃糠」：

4.人無所不至：

5.申、呂自嶽降：

(二)請將參考選項中適當詞句代號填入文句中括弧處：

1. 參天地之化，（　）
2. 蓋公之所能者，天也；（　）
3. （　），小人學道則易使也
4. 忠犯人主之怒，（　）
5. （　），而道濟天下之溺
6. 匹夫而為百世師，（　）

參考選項：

(A)文起八代之衰　(B)關盛衰之運　(C)而勇奪三軍之帥　(D)其所不能者，人也　(E)一言而為天下法　(F)君子學道則愛人

乞校正陸贄奏議進御劄子

選擇題（＊為多選題）

（　）1. 本文旨在　(A)說明人君要吸取前賢建議，作為治國的龜鑑　(B)說明醫病巧在配方　(C)感歎陸贄生不遇時　(D)批評德宗的貪婪。

（　）2. 下列敘述何者為非？　(A)奏議是臣子上給皇帝的公文　(B)本文是上給宋哲宗的奏議　(C)本文是虛擬史實之例以薦皇帝　(D)本文實是作者借他人酒杯，澆自己心中塊壘之作。

（　）3. 「臣等不勝區區之意」的「區區」乃謂　(A)赤忱貌　(B)微小也　(C)一隅也　(D)謹慎貌。

（　）4. 「臣等猥以空疏，備員講讀」乃謂　(A)臣等是微不足道的，只能講授一點文章　(B)臣等以空乏疏陋的才學，充數當個侍讀的官　(C)臣等卑賤，只能為候補生員講授文章　(D)臣等出身卑微，才疏學淺，只能充當講讀之職。

（　）5. 「若陛下能自得師」乃謂　(A)如果陛下願自己找尋老師　(B)如果皇上能以自己為師　(C)如果皇上能自命為師　(D)如果陛下能不假外求。

（　）6. 「鍼害身之膏肓」的「鍼」、「膏肓」意喻為　(A)規諫／過失　(B)針砭／中藥　(C)彌封／藥石　(D)針灸／主張。

（　）7. 「德宗以苛刻為能」乃謂德宗　(A)以苛刻的標準對待自己　(B)視苛刻為有能力的表現　(C)以苛刻來對待臣下　(D)嚴以待人，寬以律己。

（　）8. 下列敘述何者為非？　(A)劄子是奏疏的一種，起自宋代　(B)文中以藥方多從古人傳來，勸哲宗不妨取古人成書為鑑　(C)文中認為陸贄最大的不幸在仕不遇時　(D)作者藉本文完成陸贄生前未竟之志。

（　）9. 下列「　」內的字，屬於「名詞用作動詞」的選項是　(A)「鍼」害身之膏肓　(B)飄飄

乎如遺世獨立，「羽」化而登仙　(C)有不虞之「譽」，有求全之「毀」　(D)「遷」客騷人，多會於此。

(　) 10.(甲)臣等不勝「區區」之意；(乙)是以「區區」，不能廢遠；(丙)然秦以「區區」之地，千乘之權；(丁)余「區區」處敗屋中，方揚眉瞬目；(戊)「區區」小事，何足縈懷。上列「　」內「區區」之義共有幾種？　(A)二種　(B)三種　(C)四種　(D)五種。

*(　) 11.下列文句含有自謙之詞的正確選項是　(A)臣等猥以空疎，備員講讀　(B)聖明天縱，學問日新　(C)臣等才有限而道無窮，心欲言而口不逮　(D)論深切於事情，言不離於道德　(E)伏見唐宰相陸贄，才本王佐，學為帝師。

*(　) 12.下列文句屬於「映襯」修辭的選項是　(A)臣等才有限而道無窮，心欲言而口不逮　(B)譬如醫者之用藥，藥雖進於醫手，方多傳於古人　(C)德宗以苛刻為能，而贄諫之以忠厚　(D)罪己以收人心，改過以應天道，去小人以除民患，惜名器以待有功　(E)德宗好聚財，而贄以散財為急。

*(　) 13.下列文句屬於「譬喻」修辭的選項是　(A)但聖言幽遠，末學支離，譬如山海之崇深，難以一二而推擇　(B)如贄之論，開卷了然　(C)願陛下置之坐隅，如見贄面，反覆熟讀，如與贄言　(D)竊謂人臣之納忠，譬如醫者之用藥　(E)智如子房而文則過，辯如賈誼而術不疏。

*(　) 14.下列「　」內的詞語，解釋正確的選項是　(A)上以「格」君心之非：匡正　(B)惜「名器」以待有功：指貴重的器皿　(C)如此之「流」：類　(D)「未易悉數」：不能一一盡舉　(E)實治亂之「龜鑑」：用以指借鑑前事。

*(　) 15.下列「　」內的詞語，解釋正確的選項是　(A)「才本王佐」：本有輔佐帝王之才　(B)「苦口之藥石」：指良藥　(C)但使聖賢之「相契」：互相約定　(D)則漢文為之「太息」：歎息　(E)成治功於「歲月」：指長時間。

非選題

(一)請寫出「六經」、「三史」、「九流十家」。

答：

(二)語譯：

但聖言幽遠，末學支離，譬如山海之崇深，難以一二而推擇。

答：

前赤壁賦

選擇題（＊為多選題）

（　）1. 本文旨在 (A)藉赤壁故事抒發盛衰消長的感觸 (B)描繪赤壁風景壯觀如畫 (C)抒發被貶謫後抑鬱不快之情 (D)弔古傷今，感歎人生短暫。

（　）2. 下列敘述何者為非？ (A)文中議論廣受莊子和佛家的影響 (B)以記古抒情的手法，寫出面對山水，緬懷歷史的人生感觸 (C)作者貶居黃州，作〈黃州快哉亭記〉，旅遊赤壁，作前、後〈赤壁賦〉二篇 (D)由本文可見作者曠達的人生觀。

（　）3. 「渺渺兮予懷，望美人兮天一方」其韻味最近於 (A)美人捲珠簾，深坐蹙蛾眉 (B)當窗理雲鬢，對鏡貼花黃 (C)想佳人，登樓顒望 (D)日暮鄉關何處是，煙波江上使人愁。

（　）4. 「蓋將自其變者而觀之，則天地曾不能以一瞬」乃因 (A)心動帆動 (B)輪迴無常 (C)花開花謝，自然之道 (D)宇宙運行不輟。

（　）5. 「寄蜉蝣於天地，渺滄海之一粟」意乃 (A)世事無常，生命短暫 (B)大小齊一 (C)心如螻蟻，不可捉摸 (D)人如蜉蝣，沉浮於宇宙之內。

（　）6. 「縱一葦之所如，凌萬頃之茫然」同於 (A)孟子「雖千萬人，吾往矣」 (B)莊子「不繫之舟」 (C)韓非子「用法守勢」 (D)墨子「兼愛天下」。

（　）7. 「洗盞更酌」中的「盞」指 (A)燈罩 (B)酒杯 (C)茶碗 (D)盤子。

（　）8. 「釃酒臨江，橫槊賦詩」者是 (A)曹植 (B)曹操 (C)周瑜 (D)孫權。

（　）9. (甲)「繚」：ㄌㄧㄠˊ；(乙)「櫂」：ㄧㄠˋ；(丙)「泝」：ㄙㄨˋ；(丁)「釃」：ㄌㄧˊ；(戊)「嫠」：ㄌㄧˊ；(己)「舳」：ㄓㄡˊ。上列「　」內字音正確的選項是哪些？ (A)(甲)(乙)(丁) (B)(甲)(乙)(己) (C)(乙)(丁)(戊) (D)(甲)(丙)(戊)。

（　）10. 「釃酒臨江，橫槊賦詩」所描述的英雄人物曾經慨歎之詩句為何？ (A)逝者如斯，而未嘗往也 (B)揀盡寒枝不肯棲，寂寞沙洲冷 (C)安得廣廈千萬間，大庇天下寒士盡歡顏 (D)對酒當歌，人生幾何。

＊（　）11. (甲)「侶」魚蝦而友麋鹿；(乙)「枕」藉乎舟中；(丙)「渺」滄海之一粟；(丁)擊「空明」兮泝流光；(戊)凌萬頃之「茫然」；(己)正「襟」

危坐。上列字詞為轉品用法的有哪些？ (A)(甲)(乙)(戊) (B)(乙)(丁)(己) (C)(甲)(乙)(己) (D)(乙)(丁)(戊) (E)(甲)(丙)(戊)。

*（　）12.下列描述三國時代人物的詩文說明何者正確？ (A)釃酒臨江，橫槊賦詩：曹操 (B)月明星稀，烏鵲南飛：曹操 (C)羽扇綸巾，談笑間，強虜灰飛煙滅：諸葛亮 (D)漁樵於江渚之上，侶魚蝦而友麋鹿：柳宗元 (E)舳艫千里，旌旗蔽空：周瑜。

*（　）13.以下有關文句或者思想之出處何者正確？ (A)月明星稀，烏鵲南飛：《詩經》 (B)渺渺兮予懷，望美人兮天一方：《楚辭》 (C)蓋將自其變者而觀之，則天地曾不能以一瞬；自其不變者而觀之，則物與我皆無盡也：《莊子》 (D)誦明月之詩，歌窈窕之章：《詩經》 (E)挾飛仙以遨遊，抱明月而長終：《老子》。

*（　）14.以下的人生態度相同或相近的有哪些？ (A)造物者之無盡藏也，而吾與子之所共適 (B)信於久屈之中，而用於至足之後 (C)連山絕壑，長林古木，振之以清風，照之以明月 (D)自放於山水之間，此其中宜有以過人者 (E)居廟堂之高，則憂其民，處江湖之遠，則憂其君。

*（　）15.能在「江上之清風，與山間之明月，耳得之而為聲，目遇之而成色」之自然情境中有所得者為何？ (A)江山風月本無主，得閒便是主人 (B)哀吾生之須臾，羨長江之無窮 (C)逝者如斯，而未嘗往也；盈虛者如彼，而卒莫消長也 (D)固一世之雄也，而今安在哉 (E)寓目理自陳，適我無非新。

非選題

(一)注釋：

1.屬客：

2.狼藉：

3.枕藉：

4.愀然：

5.相繆：

(二)語譯：

客亦知夫水與月乎？逝者如斯，而未嘗往也；盈虛者如彼，而卒莫消長也。

答：

後赤壁賦

選擇題（*為多選題）

（　）1.本文旨在 (A)記述赤壁山川的冬天景象

(B)記述續遊赤壁有感於「吾生須臾，長江無窮」 (C)強調夢中悟道 (D)藉孤鶴掠舟發抒羽化登仙的想望。

（ ）2.本文在描繪自然的文字運用上，含有 (A)恬澹之氣 (B)柔美之風 (C)肅殺之氣 (D)奔騰之美。

（ ）3.「攝衣而上」乃謂 (A)披著外衣爬上岸 (B)卸下衣物爬上岸 (C)摺好衣服再上岸去 (D)撩起衣服上岸。

（ ）4.「玄裳縞衣」的「玄」、「縞」乃謂 (A)黑色；白色 (B)紅色；黃色 (C)黑色；黃色 (D)黃色；黑色。

（ ）5.「放乎中流」乃謂 (A)把船放在中游 (B)讓船在河中逆流而上 (C)讓船在適中的水流速度中前進 (D)把船直放江心。

（ ）6.「披蒙茸」是指 (A)撥開叢生的雜草 (B)披著一般的雨衣 (C)披戴雨衣斗笠 (D)披著一件破衣。

（ ）7.本文的寫作方法是 (A)虛實相映 (B)前虛後實 (C)前抑後揚 (D)前實後虛。

（ ）8.下列敘述何者為非？ (A)「劃然」長嘯：譁然 (B)驚悟：從夢中驚醒 (C)羽衣「翩仙」：飄然起舞的樣子 (D)俯「馮夷」之幽宮：河伯。

（ ）9.「履巉巖，披蒙茸，踞虎豹，登虬龍，攀棲鶻之危巢，俯馮夷之幽宮。」除了描述蘇軾登山所遇之景，亦象徵 (A)這個地方的風氣不良，民風不淳樸 (B)蘇軾人生道路的坎坷不平 (C)山上的環境保護得很好，有許多的動物聚集 (D)蘇軾一生有許多貴人相助，沒遇到困難，故可時常遊山玩水。

（ ）10.下列敘述何者錯誤？ (A)文末寫到「我知之矣，疇昔之夜，飛鳴而過我者，非子也耶？」蘇軾所謂的「知」是指道士乃孤鶴所變 (B)文末「開戶視之，不見其處」，猶言只有一片虛無縹緲的老莊哲學 (C)文中有登舟之景，亦有舟中之景 (D)本篇文章是以實景實想寫成的。

*（ ）11.下列各組「 」內的字義，兩兩相異的選項是 (A)「顧」而樂之，行歌相答／「顧」安所得酒乎 (B)今者「薄」暮，舉網得魚／「薄」暮冥冥 (C)以待子不「時」之須／「時」則為水氣 (D)曾日月之幾何，而江山不可復「識」矣／默而「識」之 (E)問其姓名，「俛」而不答／「俛」首而包羞。

*（ ）12.下列文句屬於「排比」修辭的選項是 (A)山高月小，水落石出 (B)履巉巖，披蒙茸，

踞虎豹，登虬龍 (C)山鳴谷應，風起水湧 (D)故居處不莊，非孝也，事君不忠，非孝也，蒞官不敬，非孝也 (E)為嚴將軍頭，為嵇侍中血，為張睢陽齒，為顏常山舌。

*（ ）13. 下列文句屬於「譬喻」修辭的選項是 (A)踞虎豹，登虬龍 (B)適有孤鶴，橫江東來，翅如車輪，玄裳縞衣 (C)夢一道士，羽衣翩仙，過臨皋之下 (D)今者薄暮，舉網得魚，巨口細鱗，狀似松江之鱸 (E)劃然長嘯，草木震動。

*（ ）14.「適有孤鶴，橫江東來」句中「適」字義，與下列哪個選項相同？ (A)終不可以為榮，「適」足以見笑而自點耳 (B)「適」會召問，即以此指推言陵之功 (C)是造物者之無盡藏也，而吾與子之所共「適」 (D)子「適」衛，冉求僕 (E)過岐亭，「適」見焉。

*（ ）15. 有關〈後赤壁賦〉，下列敘述正確的選項是 (A)本文藉赤壁冬景的蕭索以抒寫其歲月悲感與登仙之想 (B)兩次出遊赤壁景色依舊，變動不大 (C)當象徵仙壽的孤鶴掠舟而去時，觸動了作者對長生登仙的欣羨和想望 (D)較諸〈前赤壁賦〉之通達超曠，本文似又掉入「哀吾生之須臾，羨長江之無窮」的悲情中 (E)文中孤鶴道士與夢境的玄虛，極富象徵的意境。

非選題

(一)字音測驗：

1. 履「巉」巖： 2. 登「虬」龍： 3. 攀「栖」鶻： 4.「戛」然長鳴： 5. 有酒無「肴」：

(二)語譯：

履巉巖，披蒙茸，踞虎豹，登虬龍，攀栖鶻之危巢，俯馮夷之幽宮。

答：

三槐堂銘

選擇題（*為多選題）

（ ）1. 本文旨在 (A)說明三槐堂的由來 (B)說明人事難敵天理 (C)稱揚王祐家世代積德，故得天理報償 (D)天道無常，人事有常。

（ ）2. 有關本文的敘述，下列何者為是？ (A)首段強調天理有其必然的報償 (B)二段記三槐堂命名的由來 (C)三段再次以史實印證天之「可必」 (D)以上皆是。

（ ）3.「惟德之符」中的「符」是 (A)符籙 (B)見證 (C)符合；相符 (D)「府」之諧音。

（ ）4. 下列敘述何者為是？ (A)不待其「定」：

安定　(B)射利：追求財利　(C)未「艾」：草名，可食　(D)惡者以「恣」：鬆懈。

(　) 5.「將帥三十餘年，位不滿其德」乃謂　(A)擔任將帥三十多年，這種地位其實還不能償足他的品德　(B)統領軍隊三十多年，尚且不能滿足　(C)統領將帥三十多年，下位的人不滿其品德　(D)擔任將帥一職三十多年，在下位者不滿其品德。

(　) 6.「皇卹厥德」乃謂　(A)皇帝體恤大德　(B)哪有時間憂心自己的德行　(C)皇帝憐恤那些有德行卻做不到大官的人　(D)謀利且不及，何暇留意修德。

(　) 7. 下列敘述何者為非？　(A)如持「左契」：契約的左半　(B)意見「相左」：不同　(C)「左遷」：升官　(D)「左馮翊」：官名。

(　) 8.「貫四時、閱千歲而不改者」的「四時」、「千歲」分別為　(A)四季；千年　(B)除夕、上、中、下元四個重要節氣；千歲爺誕辰　(C)四個時辰；千年　(D)清晨、正午、傍晚、深夜四個時段；千年。

(　) 9. (甲)盜「跖」：ㄕˊ；(乙)李「栖」筠：ㄕㄣˇ；(丙)吾「儕」小人：ㄔㄞˊ；(丁)如持左「契」：ㄑㄧˋ；(戊)困於蓬「蒿」：ㄍㄠ；(己)皇「卹」厥德：ㄒㄩˋ。上列「　」內字音正確的選項是哪些？　(A)甲乙丙　(B)乙丁戊　(C)甲丙己　(D)丙丁己。

(　) 10. 吾聞之申包胥曰：「人眾者勝天，天定亦能勝人。」其中「人眾者勝天」的例證為何？　(A)愚公移山　(B)庖丁解牛　(C)支公好鶴　(D)濠梁之辯。

*(　) 11.「世之論天者，皆不待其定而求之，故以天為茫茫。」作者認為天之「定」者「其定也久矣」，以下何者為作者所言之「定」？　(A)善者以怠，惡者以恣　(B)盜跖之壽，孔、顏之厄　(C)松柏生於山林，其始也，困於蓬蒿，厄於牛羊　(D)懿敏公，以直諫事仁宗皇帝，出入侍從，將帥三十餘年　(E)其子魏國文正公，相真宗皇帝於景德、祥符之間。朝廷清明，天下無事之時，享其福祿榮名者，十有八年。

*(　) 12. 以「銘」為篇的文章有「碑誌」與「箴銘」兩類，前者多為墓誌銘或以頌揚功德，後者多為寓意規戒的文體，請問以下名篇中何者為為死者頌揚功德而作？　(A)韓愈〈柳子厚墓誌銘〉　(B)崔瑗〈座右銘〉　(C)劉禹錫〈陋室銘〉　(D)王安石〈泰州海陵縣主簿許君墓誌銘〉　(E)蘇軾〈三槐堂銘〉。

*(　) 13. 以下何者為作者自謙之辭？　(A)國之將興，

必有世德之臣，厚施而不食其報　(B)其雄才直氣，真不相上下　(C)吾儕小人，朝不及夕。相時射利，皇䘏厥德　(D)庶幾僥倖，不種而穫　(E)修德於身，責報於天。

*（　）14.在文中改變原來詞彙詞性的修辭法叫做「轉品」，以下何者使用「轉品」法來修飾？　(A)其何能「國」　(B)如持左「契」　(C)吾以是「銘」之　(D)晉公所「廬」　(E)好德而「文」。

*（　）15.「善有善報，惡有惡報，不是不報，時候未到」請問以上思想符合作者所言的哪些事例？　(A)其終也，貫四時，閱千歲而不改者　(B)懿敏公之子鞏，與吾遊。好德而文，以世其家　(C)盜跖之壽，孔、顏之厄　(D)兵部侍郎晉國王公，顯於漢、周之際，歷事太祖、太宗。文武忠孝，天下望以為相，而公卒以直道不容於時　(E)晉公修德於身，責報於天，取必於數十年之後。

非選題

(一)注釋：

1.嗚呼「休」哉：

2.天之未「定」者：

3.二者將安取「衷」哉：

4.蓋未「艾」也：

5.射利：

(二)請將以下文句依句義重組：

(A)吾是以知天之果可必也　(B)而晉公修德於身，責報於天，取必於數十年之後　(C)如持左契，交手相付　(D)今夫寓物於人　(E)明日而取之，有得有否

答：

方山子傳

選擇題（*為多選題）

（　）1.本文旨在　(A)讚揚陳慥棄富貴而隱居　(B)說明陳慥稱為方山子的經過　(C)記陳慥愈貧志節愈高　(D)敘陳慥懷才不遇，一生清寒。

（　）2.「方山子亦矍然」的「矍然」意指　(A)高興　(B)吃驚　(C)害怕　(D)氣憤。

（　）3.「不與世相聞」乃謂　(A)不隨波逐流　(B)不受人牙慧　(C)不與外界相往來　(D)不聽信流言。

（　）4.「棄車馬，毀冠服」乃謂　(A)出世　(B)入世　(C)樸實　(D)失敗。

（　）5.「折節讀書」乃謂　(A)讀書一次讀一個章節　(B)修養節操，努力讀書　(C)束書高閣　(D)改行讀書。

（　）6.「然終不遇」的「不遇」乃謂 (A)不遇心儀之人 (B)不遇書中之人 (C)不遇他人賞識 (D)不遇故友親人。

（　）7.「環堵蕭然」乃謂 (A)履絲曳縞 (B)窮形盡相 (C)辱門敗戶 (D)家徒四壁。

（　）8.下列敘述何者為非？ (A)此豈古方山冠之「遺像」乎：遺留下來的樣子（法式） (B)庵居蔬食：住草屋，吃蔬菜 (C)余既「聳然」異之：矗立的樣子 (D)佯狂垢汙：假裝瘋狂不潔。

（　）9.(甲)「庵」居蔬食：ㄧㄢ；(乙)「矍」然：ㄐㄩㄝˊ；(丙)「鵲」起於前：ㄑㄩㄝˋ；(丁)「佯」狂垢汙：ㄧㄤˊ；(戊)「閭」里之俠：ㄏㄜˊ；(己)馳「騁」當世：ㄔㄥˇ；(庚)精「悍」之色：ㄍㄢˋ。上述「　」內的字音相同的選項是 (A)(甲)(丙)(丁)(戊) (B)(乙)(丙)(丁)(己) (C)(丙)(戊)(己)(庚) (D)(丁)(戊)(己)(庚)。

（　）10.關於〈方山子傳〉一文，下列敘述何者為非？ (A)方山子即陳季常 (B)陳妻柳氏，善妒且悍，蘇軾戲稱為「河東獅」，今以「季常癖」為懼內者之稱 (C)是一篇軼事 (D)所以稱「方山子」，乃見其所戴之帽，方屋而高，類古代之「方山冠」緣故。

*（　）11.下列各組文句「　」內字義，兩兩相異的選項是 (A)「薄」暮冥冥，虎嘯猿啼／其所厚者「薄」，而其所薄者厚，未之有也 (B)「屬」予作文以記之／舉酒「屬」客，誦明月之詩，歌窈窕之章 (C)晚乃「遯」於光、黃間，曰岐亭／攢蹙累積，莫得「遯」隱 (D)余謫居於黃，過岐亭，「適」見焉／子「適」衛，冉有僕 (E)方山子怒馬獨出，一「發」得之／不憤不啟，不悱不「發」。

*（　）12.下列敘述，符合方山子的行誼的正確選項是 (A)使酒好劍，用財如糞土 (B)馬上論用兵及古今成敗，自謂一世豪士 (C)庵居蔬食，不與世相聞 (D)世有勳閥，富等公侯 (E)顯貴揚名於當世。

*（　）13.下列有關修辭格的敘述，何者正確？ (A)「棄車馬，毀冠服」——對偶 (B)「用財如糞土」——誇飾 (C)「使從事於其間，今已顯聞」——轉化 (D)「方山子怒馬獨出，一發得之」——轉化 (E)「稍壯，折節讀書，欲以此馳騁當世，然終不遇」——轉化。

*（　）14.下列文句釋義，正確的選項是 (A)「少時，慕朱家、郭解為人，閭里之俠皆宗之。」意謂力學以求有用於世 (B)「棄車馬，毀冠服，徒步往來山中，人莫識也。」意謂

隱姓埋名，遯居山林 (C)『嗚呼，此吾故人陳慥季常也，何為而在此？』方山子亦矍然，問余所以至此者。」意謂不意相遇，俱出望外 (D)「環堵蕭然，而妻子奴婢，皆有自得之意。」意謂安貧樂道 (E)「鵲起於前，使騎逐而射之，不獲；方山子怒馬獨出，一發得之。」意謂精於騎射。

*（ ）15.關於古文運動的發展情況，下列敘述何者正確？ (A)元明二代古文大家輩出，盛況更勝宋代 (B)韓愈力主以散文代駢文，柳宗元和之 (C)宋代的古文運動以歐陽脩為領袖，拔擢後進，用力最多，遂使古文成為文章正宗 (D)韓、柳、歐、三蘇、范仲淹、司馬光為唐宋八大家，是古文運動的重要人物 (E)清代桐城派、湘鄉派、陽湖派皆匡濟古文有功。

非選題

(一)請寫出形容貧窮的成語五句：

答：

(二)語譯：

庵居蔬食，不與世相聞；棄車馬，毀冠服，徒步往來山中，人莫識也。

答：

六國論

選擇題（*為多選題）

（ ）1.本文旨在評 (A)六國不知合縱抗秦 (B)六國賂秦力虧而敗 (C)六國不能團結互助抗秦 (D)六國宜與秦和平相處。

（ ）2.「貪疆埸尺寸之利」是指 (A)貪圖疆域上一丁點的面積 (B)貪圖邊境上小小的土地利益 (C)貪求沙場上小小的利益 (D)貪求戰區內一尺一寸的戰鬥據點。

（ ）3.「諸侯藉之以蔽其西」的「以蔽其西」意謂 (A)用來掩護西境 (B)讓西方頹敝 (C)以西方當作掩蔽 (D)保衛各國的西方以防秦入侵。

（ ）4.「以四無事之國，佐當寇之韓、魏」意指 (A)藉四個無所事事的國家來保衛韓、魏二國 (B)利用四個無戰事紛擾的國家來保衛韓、魏二國 (C)利用東方四個優閒的國家來輔佐韓、魏二國 (D)以四個沒有外患的國家，幫助面臨敵寇的韓、魏。

（ ）5.「不能獨當秦」係指 (A)不能單獨對抗秦國 (B)不能單獨成為第二個秦國 (C)不能單獨取代秦國 (D)不能獨力完成秦國的野心。

（　）6.「為天下出身以當秦兵」的「出身」乃謂 (A)獻身 (B)出生 (C)奔波 (D)服務。

（　）7.下列敘述何者為非？ (A)「陰」助其急：暗中 (B)秦人得「間」其隙：離間 (C)以二國委秦：以拒秦之任務託付韓、魏二國 (D)安得不「折」而入於秦：屈服。

（　）8.下列敘述何者為非？ (A)昭王攻齊，而范雎以為憂：乃懼腹背受敵也 (B)秦之危道在於「越韓過魏而攻人之國都」 (C)作者以為六國自安之計：以二國委秦，而四國休息於內以陰助其急 (D)天下遍受秦禍乃因燕、趙折而入於秦。

（　）9.下列選項「　」中字義相同者為 (A)委「區區」之韓、魏，以當虎狼之強秦／是以「區區」，不能廢遠 (B)「竊」怪天下之諸侯／「竊」國者侯 (C)「暴」霜露，斬荊棘／「暴」虎馮河 (D)奉之「彌」繁，侵之愈急／仰之「彌」高。

（　）10.下列選項何者為假設語氣？ (A)天下之所重者，莫如韓魏也 (B)既其出，則或咎其欲出者，而予亦悔其隨之，而不得極夫遊之樂也 (C)向使三國各愛其地，齊人勿附於秦，刺客不行，良將猶在，則勝負之數，存亡之理，與秦相較，或未易量 (D)夫韓魏，諸侯之障，而使秦人得出入於其間，此豈知天下之勢邪。

*（　）11.下列各篇均屬「借題發揮」以抒發自己胸懷的作品，但哪一選項敘述是正確的？ (A)蘇轍〈黃州快哉亭記〉，藉覽物之情，以抒發「不以物喜，不以己悲」、「先憂後樂」的抱負 (B)白居易〈琵琶行〉，藉琵琶女之漂淪憔悴，抒發自身淪落之恨 (C)王安石〈遊褒禪山記〉，藉遊山探洞以闡論為學治事之道 (D)蘇轍〈六國論〉，藉六國之賂秦，引古鑑今，諷諫北宋納幣求和的不當政策 (E)范仲淹〈岳陽樓記〉，表面上為樓作記，實際上卻寓有勸諭之意。

*（　）12.蘇洵的〈六國論〉乃從反面「不賂者以賂者喪」立論，下列說明何者為是 (A)燕、趙兩國義不賂秦，齊與嬴不助五國 (B)魏國賂秦最早，而且最多 (C)燕以荊卿刺秦而速禍，趙因李牧讒誅而滅其國 (D)三國賂秦之因為積威之所劫 (E)趙亡於秦因用武而不終。

*（　）13.以下有關老蘇、小蘇二人的〈六國論〉一文中所做的說明何者正確？ (A)老蘇〈六國論〉對「以地事秦」憎惡，對「義不賂秦」讚賞 (B)小蘇〈六國論〉認為六國不

能團結，故為秦各別擊破　(C)老蘇〈六國論〉對「與嬴而不助五國」憤慨，而肯定「用兵之效」　(D)小蘇〈六國論〉以為當時天下之要塞，在於韓魏二國　(E)二文均期盼「用武」以解決六國心結。

*（　）14. 錯綜修辭法為了避免字面重複，而使用同義的詞語來替代，稱為「抽換詞面」。下列各選項中何者使用此種修辭法？　(A)勝負之數，存亡之理，與秦相較，或未易量　(B)燕、趙拒之於前，而韓、魏乘之於後　(C)齊人未嘗賂秦，終繼五國遷滅，何哉？與嬴而不助五國也　(D)范雎用於秦而收韓，商鞅用於秦而收魏　(E)奉之彌繁，侵之愈急。

*（　）15. 「夸飾」可以使敘述更為生動，理念更為鮮明。下列各選項中何者使用此種修辭法？　(A)以五倍之地，十倍之眾，發憤西向，以攻山西千里之秦　(B)以賂秦之地，封天下之謀臣；以事秦之心，禮天下之奇才　(C)今日割五城，明日割十城，然後得一夕安寢　(D)思厥先祖父，暴霜露，斬荊棘，以有尺寸之地　(E)較秦之所得，與戰勝而得者，其實百倍。

非選題

(一)注釋：

1. 衝：
2. 委：
3. 折：
4. 疆埸：
5. 腹心之疾：

(二)語譯：

不知出此，而乃貪疆埸尺寸之利，背盟敗約，以自相屠滅。秦兵未出，而天下諸侯已自困矣。

答：

上樞密韓太尉書

選擇題（*為多選題）

（　）1. 本文旨在　(A)說明為文重在養氣　(B)陳述仰慕，求請接見辱教　(C)說明文章寫作必須多加思考　(D)言讀書破萬卷，下筆如有神。

（　）2. 下列敘述何者正確？　(A)文者氣之所形：指文人是天所生　(B)周覽四海名山大川：指遍讀地理文獻　(C)動乎其言而見乎其文：指發表為言論，並且表現在文章上　(D)其文疏蕩，頗有奇氣：指文章淫野，充滿異地風情。

(　) 3.「文不可以學而能，氣可以養而致」的「氣」乃指創作中的　(A)技巧　(B)氣勢　(C)藝術　(D)修辭。

(　) 4.「稱其氣之小大」乃謂　(A)稱讚他的氣度很大　(B)衡量他氣度的大小　(C)和他的氣度大小相稱　(D)稱許他的胸襟氣度。

(　) 5.「轍生好為文」的「生」乃指　(A)自出生後　(B)學生時代　(C)生性；天性　(D)生長過程。

(　) 6.下列敘述何者為非？　(A)四夷之所憚以不敢發：四夷有所畏懼，不敢出兵進犯　(B)夫人之學也，不志其大，雖多而何為：言一個人的學習要從大處立志才有用　(C)賜歸「待選」：等候銓選任職　(D)恐遂「汨沒」：被水淹沒。

(　) 7.下列敘述何者正確？　(A)本文寫於作者弱冠之年　(B)作者推崇韓琦，是一位出將入相之奇才　(C)作者深信讀書必須博覽，方可無所欠缺　(D)作者以行遍天下自勵。

(　) 8.關於氣之說，下列敘述何者為非？　(A)起始於孟子的善養吾浩然之氣　(B)立論於曹丕的文章乃經國之大業、不朽之盛事　(C)史可法始將浩然之氣，名之為正氣　(D)蘇轍以為盡天下奇聞大觀，可以養其文氣。

(　) 9.下列選項「　」內的字詞，何者屬「偏義複詞」？　(A)今觀其文章，寬厚宏博，充乎天地之間，稱其氣之「小大」　(B)周覽四海名山大川，與燕、趙間豪俊交游，故其文「疎蕩」　(C)恐遂汨沒，故決然「捨去」，求天下奇聞壯觀，以知天地之廣大　(D)至京師，仰觀天子宮闕之壯，與倉廩府庫、城池「苑囿」之富且大也。

(　) 10.下列選項「　」內的「嚮」字，何者與「轍年少，未能通習吏事。嚮之來，非有取於斗升之祿」的「嚮」用法相同？　(A)門人治任將歸，入揖於子貢，相「嚮」而哭　(B)并力西「嚮」，則吾恐秦人食之不得下咽也　(C)己「嚮」其利者為有德　(D)然後知吾「嚮」之未始遊，遊於是乎始。

*(　) 11.下列選項「　」內的字音正確的選項是　(A)四夷之所「憚」以不敢發：ㄉㄢˋ　(B)「恣」觀終南、嵩、華之高：ㄗˋ　(C)恐遂「汨」沒，故決然捨去：ㄍㄨˇ　(D)倉「廩」府庫：ㄌㄧㄣˇ　(E)充乎天地之間，「稱」其氣之小大：ㄔㄥˋ。

*(　) 12.下列敘述正確的選項是　(A)「太尉以才略冠天下」與「天下之所恃以無憂」中的「以」字用法相同　(B)「太史公行天下，周覽四

海名山大川」中，「太史公」是指擔任修史工作的歐陽脩 (C)「我善養吾浩然之氣」中，「浩然之氣」是正大至剛之氣 (D)「太尉執事：轍生好為文……」中，「執事」是左右辦事之人，為書信中的敬辭 (E)「然文不可以學而能，氣可以養而致」中，「致」有獲得、達到之義。

*（ ）13. 下列各選項「 」內的語詞可互相代換的選項是 (A)「然幸得賜歸待選，使得優游數年之間」中，「優游」亦可寫作「優遊」 (B)「其氣充乎其中而溢乎其貌，動乎其言而見乎其文」中，「見」通「現」 (C)「然文不可以學而能，氣可以養而致」中，「致」通「至」 (D)「太史公行天下，周覽四海名山大川」中，「四海」可用「天下」替換 (E)「恣觀終南、嵩、華之高，北顧黃河之奔流，慨然想見古之豪傑」中，「慨」通「愾」。

*（ ）14. 從下列何者可看出蘇轍和韓太尉未曾謀面？ (A)太尉以才略冠天下，天下之所恃以無憂，四夷之所憚以不敢發。入則周公、召公，出則方叔、召虎。而轍也未之見焉 (B)過秦、漢之故都，恣觀終南、嵩、華之高，北顧黃河之奔流，慨然想見古之豪傑 (C)於山見終南、嵩、華之高，於水見黃河之大且深，於人見歐陽公，而猶以為未見太尉也 (D)願得觀賢人之光耀，聞一言以自壯，然後可以盡天下之大觀而無憾者矣 (E)太尉苟以為可教而辱教之，又幸矣。

*（ ）15. 關於〈上樞密韓太尉書〉的寫作背景，下列敘述何者正確？ (A)蘇轍當時才十九歲 (B)寫於蘇轍登進士之前 (C)寫作的地點在京師 (D)目的是為向韓琦表達崇仰，請求晉見受教 (E)韓琦和蘇轍的父親是相交極深的朋友。

非選題

(一)字音測驗：

1. 城池苑「囿」： 2.「賄」賂： 3.「鮪」魚： 4.「郁」馥： 5.原「宥」：

(二)語譯：

轍生好為文，思之至深。以為文者氣之所形，然文不可以學而能，氣可以養而致。

答：

黃州快哉亭記

選擇題（*為多選題）

（ ）1. 本文旨在論 (A)快哉亭命名的由來 (B)士生於世唯有心中坦然自得，方能無往而不

快　(C)張夢得遷謫之得失　(D)君民之樂弗同。

(　)2.下列敘述何者與「快哉」無關？　(A)濤瀾洶湧，風雲開闔……舉目而足　(B)岡陵起伏，草木行列……皆可指數　(C)長洲之濱，故城之墟，曹孟德、孫仲謀之所睥睨……其流風遺跡　(D)江出西陵，始得平地，其流奔放肆大。

(　)3.「蓬戶甕牖」是形容　(A)階級低下　(B)房屋簡陋　(C)顛沛流離　(D)無家可歸。

(　)4.作者以為楚王與庶民樂憂相左的原因是　(A)風向不同　(B)天生註定　(C)人的差別　(D)感覺各異。

(　)5.有關快哉亭的敘述，下列何者為是？　(A)蘇軾命名　(B)曹操、孫權曾經登臨賦詩　(C)楚襄王始建　(D)張夢得重修。

(　)6.「濯長江之清流，揖西山之白雲」的「濯」、「揖」意為　(A)洗滌；牽引　(B)洗滌；捕捉　(C)灌注；拉扯　(D)沖刷；舒捲。

(　)7.下列敘述何者為非？　(A)東西「一舍」：三十里　(B)稱快世俗：使世人稱心快意　(C)周瑜、陸遜之所「騁騖」：馳騁遊賞　(D)曹孟德、孫仲謀之所「睥睨」：傲視一切、不可一世。

(　)8.下列敘述何者為非？　(A)蓬戶甕牖，無所不快：乃心中坦然，不以物傷性的結果　(B)竊會計之餘功：利用上班中的休息時間　(C)連山絕壑，長林古木，振之以清風，照之以明月，此皆騷人、思士之所以悲傷憔悴而不能勝者，烏睹其為快也哉：乃心中不自得的結果　(D)此其中宜有以過人者：係指「坦然不以物傷性」。

(　)9.(甲)「蓬」戶甕牖／首如飛「篷」；(乙)騁「騖」／趨之若「鶩」；(丙)「睥」睨／「脾」胃不佳；(丁)「揖」西山之白雲／渭城朝雨「浥」輕塵；(戊)變化「倏」忽／「儵」魚悠游；(己)有風「颯」然至者／蓋有「諷」焉。上列「　」內字音相同的選項是哪些？　(A)(甲)(乙)(戊)　(B)(乙)(丙)(戊)　(C)(乙)(戊)(己)　(D)(甲)(乙)(丁)。

(　)10.「連山絕壑，長林古木，振之以清風，照之以明月，此皆騷人、思士之所以悲傷憔悴而不能勝者，烏睹其為快也哉」說明了這些騷人、思士如何看待「不遇」？　(A)其中有足樂者也　(B)其中宜有以過人者　(C)不以物傷性，將何適而非快　(D)使其中不自得，將何往而非病。

*(　)11.「連山絕壑，長林古木，振之以清風，照

之以明月」此為錯綜句法，其正常的語序應為「連山絕壑，照之以明月，長林古木，振之以清風」。請問以下何者亦為此種句法的運用？ (A)侶魚蝦而友麋鹿 (B)叫囂乎東西，隳突之南北 (C)南北百甲，東西一舍 (D)江上之清風，與山間之明月，耳得之而為聲，目遇之而成色 (E)晝則舟楫出沒於其前，夜則魚龍悲嘯於其下。

*（　）12.下列「舍」字用法相同的有哪些？(甲)東西一「舍」；(乙)「舍」生取義；(丙)屋「舍」儼然；(丁)退避三「舍」；(戊)漁父樵夫之「舍」；(己)鍥而不「舍」。 (A)(乙)(己) (B)(甲)(丁) (C)(丙)(戊) (D)(甲)(戊) (E)(丁)(戊)。

*（　）13.以下何者為「偏義複詞」？ (A)風雲「開闔」 (B)稱其氣之「小大」 (C)不宜「異同」 (D)曾不吝情「去留」 (E)忘懷「得失」。

*（　）14.以下詞語解釋不同者為何？ (A)流「風」／快哉此「風」 (B)寡人所「與」庶人共者耶／而風何「與」焉 (C)使其「中」坦然／此其「中」宜有以過人者 (D)將何「適」而非快／自「適」 (E)窮耳目之「勝」／悲傷憔悴而不能「勝」者。

*（　）15.「遇」或「不遇」的確是人生的轉捩點，以下何者可以說明如此「不以謫為患」的生命態度？ (A)使其中不自得，將何往而非病 (B)不以物喜，不以己悲 (C)自放山水之間，此其中宜有以過人者 (D)使其中坦然不以物傷性，將何適而非快 (E)自其不變者而觀之，則物與我皆無盡也。

非選題

(一)解釋：

1. 使其「中」不自得：
2. 「將」何往而非病：
3. 悲傷憔悴而不能「勝」者：
4. 「會計」之餘功：
5. 蓬戶甕牖：

(二)語譯：

士生於世，使其中不自得，將何往而非病？使其中坦然不以物傷性，將何適而非快？

答：

寄歐陽舍人書

選擇題（*為多選題）

（　）1.本文旨在 (A)為歐陽脩抱不平 (B)替歐陽脩洗雪冤屈 (C)讚揚歐陽脩的善言使天下

人樂於行善　(D)記和歐陽脩的書信往來。

(　)2.下列敘述何者為非？　(A)「銘誌」之作用在於使死者無所憾　(B)歐陽脩和曾子固皆為唐宋八大家之一　(C)本文為答謝歐陽脩之提拔　(D)歐陽脩曾為子固的祖父寫墓誌銘。

(　)3.下列敘述何者為非？　(A)銘的寫作必須以事實為根據　(B)銘象徵對某種顯赫勳業的追憶　(C)銘具有勸善懲惡的社會教育意義　(D)本文為史上第一篇銘文。

(　)4.下列敘述何者為非？　(A)「侈」於實：大也　(B)滯拙：笨拙　(C)議之「不徇」：不死心　(D)相懸：相差很大。

(　)5.「非公與是」乃謂　(A)不是歐陽公能參與的　(B)不公正、不真實　(C)不是歐陽公認同的　(D)不是歐陽公讚美的。

(　)6.「有情善而迹非，有意奸而外淑」的「意奸」、「外淑」意謂　(A)內心奸險，外貌良善　(B)用心奸險，外貌卻裝得良善　(C)城府深，外人不察　(D)居心不良，外人卻仍善待之。

(　)7.「不惑不徇，則公且是矣」意乃　(A)不受迷惑，不徇私情，歐陽公能做到如此　(B)不迷惑群眾，不徇私刑，如此才是客觀公正之道　(C)不迷惑，不徇私，便能做到公正、真實　(D)歐陽公做到了不迷惑、不徇私之舉。

(　)8.下列之敘述何者正確？　(A)先大父是自稱已故的父親　(B)曾鞏曾受歐陽脩的賞識，並在科舉中拔擢為第二　(C)銘誌一類的文章要與史書相同　(D)銘誌的作品，必須符合公與是。

(　)9.(甲)則以「媿」而懼：ㄍㄨㄟˋ；(乙)追「睎」：ㄒㄧ；(丙)傳之之「繇」：ㄧㄠˊ；(丁)淺薄「滯」拙：ㄓˋ；(戊)「屯」蹶：ㄊㄨㄣˊ；(己)「否」塞：ㄆㄧˇ。上列「　」內的字，讀音完全正確的選項是　(A)(甲)(丙)(戊)　(B)(乙)(丁)(己)　(C)(丙)(丁)(戊)　(D)(丁)(戊)(己)。

(　)10.「而善人喜於見傳，則勇於自立」句中的「見」字義與下列哪個選項相同？　(A)至於通材達識，義烈節士，嘉言善狀，皆「見」於篇，則足為後法　(B)寄身於翰墨，「見」意於篇籍　(C)生孩六月，慈父「見」背　(D)百姓之不「見」保，為不用恩焉。

*(　)11.「苟其人之惡，則於銘乎何有」句中的「惡」字義，與下列選項相同的是　(A)非畜道德者，「惡」能辨之不惑　(B)有善「惡」相懸而不可以實指　(C)又以其子孫之所請也，

書其「惡」焉　(D)故雖「惡」人，皆務勒銘以誇後世　(E)貧與賤，是人之所「惡」也。

*（　）12.下列文句屬於反詰語氣的選項是　(A)則世之魁閎豪傑不世出之士，其誰不願進於門　(B)然則孰為其人而能盡公與是歟？非畜道德而能文章者無以為也　(C)苟其人之惡，則於銘乎何有　(D)潛遁幽抑之士，其誰不有望於世　(E)善誰不為，而惡誰不媿以懼。

*（　）13.下列「　」內的詞語，解釋正確的選項是　(A)蒙賜書及所撰「先大父」墓碑銘：自稱已故的父親　(B)夫「銘誌」之著於世：泛指墓誌銘一類的文章　(C)「或納於廟」：有的安置在家廟裡　(D)「生者得致其嚴」：活著的人可以表達敬意　(E)「嘉言善狀」：嘉言善行。

*（　）14.下列「　」內的詞語，解釋正確的選項是　(A)非「畜道德」而能文章者無以為也：積德性　(B)「議之不徇」：議論而不徇私　(C)「雖或並世而有」：雖然可能要兩個世代之久才有　(D)先祖之言行「卓卓」：卓越的樣子　(E)「追睎祖德」：追慕先祖父的德行。

*（　）15.下列有關〈寄歐陽舍人書〉一文，敘述正確的選項是　(A)歐陽脩為曾鞏的祖父寫了一篇墓誌銘，曾鞏於是寫了這封信向他致謝　(B)銘誌和史傳的不同點在於史傳善惡並陳，銘誌僅記其美善者　(C)銘誌和史傳的相同點是均具有獎善懲惡的功用　(D)感歎銘誌流於虛假，失其「公」與「是」　(E)道德、文章兼勝者，方能做到「公與是」。

非選題

(一)字形測驗：

1.屯厥否塞：　2.尋私舞弊：　3.反覆觀頌：　4.拔前疐後：　5.毛塞頓開：

(二)語譯：

而人之行，有情善而迹非，有意奸而外淑，有善惡相懸而不可以實指，有實大於名，有名侈於實。

答：

贈黎安二生序

選擇題（*為多選題）

（　）1.本文旨在　(A)指明黎安二生的迂闊　(B)評論自己為人的迂闊　(C)期勉黎安二生要信古、志道　(D)期勉黎安二生同俗離道。

（　）2.下列敘述何者為非？　(A)本文為贈序　(B)

迂闊和解惑是本文論述重點　(C)二生不堪被里人譏為迂闊而求序於子固，可見兩人心境未可許為清明　(D)子固要二生採納眾議，明哲保身。

(　) 3.「迂闊」乃指　(A)迂遠而不切實際　(B)迂迴不通之人　(C)魯鈍之人　(D)散漫之士。

(　) 4. 下列敘述何者為非？　(A)庸詎：豈只　(B)魁奇：傑出　(C)辱以顧余：前來拜訪我，不以為辱　(D)學於「斯文」：時文。

(　) 5.「補江陵府司法參軍」的「補」意指　(A)補充缺額　(B)補充　(C)補助　(D)填補。

(　) 6.「謂為不善，則有以合乎世，必違乎古，有以同乎俗，必離乎道矣」乃指　(A)不必迎合世俗標準　(B)必須隨波逐流　(C)要合乎時代潮流　(D)要古今兼併。

(　) 7. 下列何者非為「贈」意？　(A)至京師「遺」余　(B)〈「贈」黎安二生序〉　(C)〈「送」孟浩然之廣陵〉　(D)「餽」余以千金。

(　) 8. 曾鞏讚美黎安二生者，下列敘述何者為非？　(A)文章閎壯雋偉　(B)材力之放縱，若不可極者也　(C)反復馳騁，窮盡事理　(D)里人笑其迂闊。

(　) 9.「生與安生之學於斯文」中「斯文」所指為何？　(A)文學　(B)四六文　(C)時文　(D)古文。

(　) 10.「患為笑於里之人」中的「為」字是被動語態的用法，請問下列何句亦為此種用法？　(A)得不「為」司馬懿所擒乎　(B)「為」除不潔者　(C)不足「為」外人道也　(D)解貂覆生，「為」掩戶。

*(　) 11. 序可分為「書序」和「贈序」兩類，「書序」主要說明寫作緣由，「贈序」如其名為贈人以言，請問以下作品何者為「贈序」類？　(A)〈蘭亭集序〉　(B)〈張中丞傳後敘〉　(C)〈贈黎安二生序〉　(D)〈臺灣通史序〉　(E)〈送東陽馬生序〉。

*(　) 12. 以下文句「顧」字字義相同者為何？　(A)辱以「顧」余　(B)自「顧」而笑　(C)「顧」我復我，出入腹我　(D)三「顧」茅廬　(E)「顧」人之常情，由儉入奢易，由奢入儉難。

*(　) 13.「自蜀以書至京師遺余」句中的「遺」字義為「餽贈給予」，請問下列何者同為此義？　(A)「遺」其子而已　(B)小學而大「遺」　(C)「遺」我雙鯉魚　(D)父母歲有裘葛之「遺」　(E)故舊不「遺」。

*(　) 14. 曾鞏在〈贈黎安二生序〉中對自己之「迂闊」自嘲，實則肯定，以下文句何者說明

作者之自信與自我了解？ (A)知信乎古，而不知合乎世 (B)知文不近俗 (C)此余所以困於今而不自知也 (D)世之迂闊，孰有甚於予乎 (E)余之迂為善，則其患若此。謂為不善，則有以合乎世，必違乎古，有以同乎俗，必離乎道矣。

*（　）15.以下對〈贈黎安二生序〉一文之說明何者正確？ (A)作者為唐宋古文八大家之一 (B)說明學文應信古志道 (C)說明作學問不應為合世同俗而違古離道 (D)形式為應用文 (E)內容為抒情文。

非選題

(一)注釋：

1. 庸詎：
2. 迂闊：
3. 魁奇特起：
4. 閎壯雋偉：

(二)請將以下文句依句義重組：

(A)有以同乎俗 (B)謂為不善 (C)謂余之迂為善，則其患若此 (D)必離乎道矣 (E)則有以合乎世，必違乎古

答：

讀孟嘗君傳

選擇題（＊為多選題）

（　）1.本文旨在評論 (A)孟嘗君不能得到真正的賢士 (B)孟嘗君不擅養士 (C)孟嘗君不擅為人 (D)孟嘗君最擅養死士。

（　）2.孟嘗君之所以得脫虎豹之秦，是依賴 (A)門下食客與所有士卒之力 (B)一己之力 (C)士卒與一己之力 (D)雞鳴狗盜之力。

（　）3.「宜可以南面而制秦」乃謂 (A)可以向南進攻秦國 (B)可以征服在南方的秦國 (C)可以讓孟嘗君制服秦國而南面稱王 (D)可使齊國一統天下，制服秦國。

（　）4.「雞鳴狗盜之雄」指孟嘗君 (A)廣納雞鳴狗盜的英雄 (B)只重視這些草莽英雄 (C)不過是雞鳴狗盜之徒的頭目 (D)善於訓練雞和狗之人。

（　）5.「擅齊之強」乃謂 (A)憑藉齊國的強盛 (B)憑藉孟嘗君在齊國的強大勢力 (C)憑藉齊桓公的威名 (D)憑藉齊國的城牆。

（　）6.下列敘述何者為非？ (A)本文痛斥孟嘗君為雞鳴狗盜之徒 (B)本文為翻案文章 (C)本文指出孟嘗君未嘗真正得士 (D)本文作者肯定孟嘗君廣納門客的行為。

（　）7.下列敘述何者為非？ (A)「擅」齊之強：據有 (B)「宜」可以南面：應 (C)孟嘗君「特」雞鳴狗盜之雄：特別 (D)「卒」賴

其力：終於。

（ ）8.下列敘述何者正確？ (A)由本文不可知秦國是否殘暴 (B)孟嘗君善於做人 (C)齊國的富強與否和孟嘗君門下食客的多寡成正比 (D)真正的賢士不出，和孟嘗君吸納門客的素質有關。

（ ）9.下列各組「 」的字，讀音相同的選項是 (A)「擅」齊之強／「嬗」變／「饘」粥餬口 (B)「遒」勁／史「鰌」／「蝤」蠐 (C)「詆」毀／「牴」觸／根「柢」 (D)「縝」密／「瞋」目／「嗔」怒。

（ ）10.(甲)以千百就盡之「卒」，戰百萬日滋之師；(乙)販夫走「卒」；(丙)王安石「卒」於哲宗年間；(丁)而「卒」賴其力，以脫於虎豹之秦；(戊)(仲永)「卒」之為凡人；(己)「卒」然臨之而不驚。以上六個「卒」字，共有幾種不同解釋？ (A)三種 (B)四種 (C)五種 (D)六種。

*（ ）11.「夫雞鳴狗盜之出其門，此士之所以不至也。」句中之「所以」，其用法與下列何者相同？ (A)「所以」我們同情別人不應存有優越感 (B)師者，「所以」傳道、受業、解惑也 (C)觀其「所以」微見其意者，皆聖賢相與警戒之義 (D)聖人之「所以」為聖，愚人之「所以」為愚 (E)親賢臣，遠小人，此先漢「所以」興隆也。

*（ ）12.下列「 」中之字義，何者兩兩相異？ (A)世皆「稱」孟嘗君能得士／令作詩，不能「稱」前時之聞 (B)士以故「歸」之／余建中辛巳始「歸」趙氏 (C)此其中「宜」有以過人者／「宜」可以南面而制秦 (D)「尚」何取雞鳴狗盜之力哉／夫人之有一能，而使後人「尚」之如此 (E)孟嘗君「特」雞鳴狗盜之雄耳／不為伊尹、太公之謀，而「特」出於荊軻、聶政之計。

*（ ）13.對於歷史上已有定論的史事，提出質疑，進行批判的文章，稱做「翻案文章」。下列何者即屬於「翻案文章」？ (A)韓愈〈師說〉 (B)蘇洵〈六國論〉 (C)歐陽脩〈縱囚論〉 (D)王安石〈讀孟嘗君傳〉 (E)蘇軾〈留侯論〉。

*（ ）14.文句中的方位詞，有的仍保留原來的作用，有的已不再屬於方位詞，下列何者仍保留著「方位」作用？ (A)「南」面而制秦 (B)追亡逐「北」 (C)越鳥巢「南」枝 (D)「南北」百里，東西一舍 (E)「南」征「北」討。

*（ ）15.有關王安石，下列敘述正確的選項是 (A)

字介甫，號半山，世稱王荊公，北宋人 (B)是失敗的政治改革者，成功的散文大家 (C)其散文簡潔明快，邏輯嚴密 (D)詩歌遒勁清新，自成一格，後人稱之為「王荊公體」 (E)與歐陽脩、蘇軾、黃庭堅並列為北宋四大家，並為唐宋古文八大家之一。

非選題

(一)「柳葉鳴蜩 1. 暗，荷花落日紅 2. 。三十六陂 3. □，白頭相見江南。」上引王安石六言絕句，依照詩意，請寫出最適當的選項：

參考選項：

(A)山 (B)春水 (C)香 (D)酣 (E)湖水 (F)綠 (G)雲 (H)水田

答：

(二)語譯：

不然，擅齊之強，得一士焉，宜可以南面而制秦，尚何取雞鳴狗盜之力哉？

答：

同學一首別子固

選擇題（*為多選題）

（ ）1.本文旨在說明 (A)賢者的言行皆相似，用以慰勉曾鞏 (B)賢人輩出，宜當自勵 (C)反躬自省，以賢人為目標 (D)賢人不可強力為之。

（ ）2.「辭幣未嘗相接也」乃謂 (A)未曾辭去惠贈的財物 (B)不願接受賄賂 (C)不願與他人金錢往來 (D)不曾以文章禮物相交接過。

（ ）3.「其相似也適然」乃謂 (A)他們的言行會那麼相似也是應該的 (B)他們恰巧有相似之處 (C)他們的相似很令人驚訝 (D)他們偶然在某些部分有相似之處。

（ ）4.「予考其言行，其不相似者何其少也」主要原因為 (A)兩人熟知對方優缺點 (B)兩人皆是聖人 (C)兩人皆是聖人之徒 (D)兩人際遇相近。

（ ）5.下列敘述何者為非？ (A)子固作〈懷友〉一首「遺」予：ㄧˊ，給 (B)「轥」中庸之庭：ㄌㄧㄣˋ，動詞，車輪輾過 (C)私有「繫」：ㄒㄧˋ，牽絆 (D)「舍」二賢人：ㄕㄜˇ，除去。

（ ）6.文中將曾鞏、孫正之二人相對照乃因 (A)說明曾優於孫 (B)說明孫優於曾 (C)推斷賢人之行相似 (D)因作者皆識兩人。

（ ）7.下列敘述何者為非？ (A)文中沒有寒暄 (B)文中三人相互標舉 (C)文中若無其事地

訴說著彼此相勉以共躋中庸的志向　(D)昔人謂君子之交淡如水，王、曾可謂得之。

（　）8.下列敘述何者正確？　(A)王安石作〈同學〉一首在先，曾鞏作〈懷友〉一首在後　(B)南方多出聖人　(C)淮南子固和江南正之並未交換文章禮物　(D)曾、王、孫三人皆期勉能達到中庸境地。

（　）9.以下選項與「舍二賢人者而誰哉」中「舍」字字義相同者為何？　(A)鍥而不「舍」　(B)不「舍」晝夜　(C)屋「舍」儼然　(D)「舍」生取義。

（　）10.以下何者與「為正之道子固」中的「為」字字義相同？　(A)不足「為」外人道也　(B)王與誰「為」不善　(C)解貂覆生，「為」掩戶　(D)得不「為」司馬懿所擒乎。

＊（　）11.王安石認為曾鞏與正之為人想法都很相似的原因與理由為何？　(A)學聖人而已矣　(B)學聖人，則其師若友，必學聖人者　(C)非今所謂賢人者　(D)足未嘗相過也，口未嘗相語也，辭幣未嘗相接也　(E)聖人之言行，豈有二哉？其相似也適然。

＊（　）12.以下選項中「過」字字義相同者為何？　(A)足未嘗相「過」也　(B)「過」司馬季主而卜焉　(C)揭其劍，「過」其友　(D)必有「過」人之節　(E)臣聞吏議逐客，竊以為「過」矣。

＊（　）13.描述一件事物時，轉變其原來的性質，呈現另一種與本質截然不同的事物，加以形容敘述，這種修辭法叫做「轉化」。以下文句何者使用「將虛擬實」「形象化」的手法？　(A)逮奉聖朝，「沐浴」清化　(B)夫安驅徐行，轥「中庸之庭」，而造於其堂，舍二賢人者而誰哉　(C)「銜」遠山，「吞」長江　(D)月出於東山之上，「徘徊」於斗牛之間　(E)從「生硬」的現實上挫斷足脛再站起來。

＊（　）14.以下有關〈同學一首別子固〉的敘述何者正確？　(A)「同學」是指王安石贈與曾鞏之詩名　(B)「官有守，私有繫，會合不可以常也」言「君子之交淡如水」　(C)「予考其言行，其不相似者何其少也？」是因為為學皆以「學聖人」為務　(D)作者與友交遊皆有共同志向，正所謂「德不孤，必有鄰」　(E)此文既為「贈序」亦為「詩序」。

＊（　）15.「安驅徐行，轥中庸之庭，而造於其堂」可知作者與其友皆以中庸作為聖人修身之標準，請問以下思想何者出自於《中庸》一書？　(A)天命之謂性；率性之謂道；修道之謂教　(B)喜怒哀樂之未發，謂之中，

發而皆中節，謂之和　(C)致中和，天地位焉，萬物育焉　(D)君子中庸；小人反中庸　(E)君子之中庸也，君子而時中。

非選題

(一)注釋：

1. 扳：
2. 轥：
3. 辭幣：
4. 適然：
5. 私有「繫」：

(二)請將以下文句依句義重組：

(A)學聖人，則其師若友，必學聖人者。　(B)曰：學聖人而已矣。　(C)予考其言行，其不相似者何其少也？　(D)聖人之言行，豈有二哉？　(E)其相似也適然。

答：

遊褒禪山記

選擇題（＊為多選題）

（　）1.本文旨在說明　(A)好察邇言，方能有所心得　(B)修禪是當今首要之務　(C)意志是成就為學、治事的憑藉　(D)天地與人合而為一的境界，是我們應當追尋的。

（　）2.「以其求思之深而無不在也」的「無不在也」意指　(A)無所不在　(B)無所不到　(C)無所忽略　(D)無所不察。

（　）3.「夫夷以近，則遊者眾」的「夷以近」乃謂　(A)未開發，且路途近的　(B)道路平坦而近的　(C)和夷狄接壤的地方　(D)風景怡人，讓人想親近。

（　）4.「無物以相之」乃謂　(A)沒有東西和它相似　(B)沒有東西與它相近　(C)沒有值得相信的東西　(D)沒有外物的幫助。

（　）5.「後世之謬其傳而莫能名者」乃謂　(A)後人傳說錯誤，而不能說出真確的事實　(B)後人不知道往昔的事而覺得莫名其妙　(C)後人不相信傳說而以為它是荒謬的　(D)後世傳說錯誤而不能給他真正的名譽。

（　）6.「於是予有歎焉。古人之觀於天地、山川、草木、蟲魚、鳥獸，往往有得」的「往往有得」乃指　(A)往往得到一些山珍海味　(B)往往得見一些奇珍異獸　(C)往往領悟到許多人生道理　(D)往往得到許多創作靈感。

（　）7.下列敘述何者為非？　(A)有碑「仆」道：倒　(B)何可「勝」道也哉：盡　(C)有穴「窈然」：美麗貌　(D)其文「漫滅」：磨滅。

（　）8.下列敘述何者正確？　(A)本篇屬遊記，全文重視寫景與風土人情而少感慨　(B)和王

介甫同遊的尚有蕭君圭、王回、王安國和王安純 (C)作者慨歎自己體力不支，無法看盡山洞全景 (D)作者以為學者應力求考古。

(　) 9. 下列各組「　」中字的讀音，相同的選項是：(甲)「煲」飯／「褒」揚；(乙)廬「冢」／觀「眾」；(丙)潔「癖」／「闢」謠；(丁)「擁」擠／慫「恿」；(戊)「硜」然／足「脛」；(己)痲「疹」／「畛」域；(庚)繾「綣」／「蜷」伏；(辛)「猶」豫／新「猷」。 (A)(甲)(丙)(戊)(辛) (B)(乙)(丁)(己)(庚) (C)(乙)(丙)(戊)(己) (D)(甲)(丁)(己)(辛)。

(　) 10. 對於王安石〈遊褒禪山記〉文中詞語的相關敘述，何者正確？ (A)「始舍於其址」、「以故其後名之曰褒禪」，二句中「舍」、「名」皆動詞作名詞用 (B)「今言『華』如『華實』之『華』者，蓋音謬也」，就語氣而言，此句為推測語氣 (C)「余與四人擁火以入」、「待臣而舉火者三百餘人」、「擁火」、「舉火」皆引申有「維生」之義 (D)「由山以上五六里，有穴窈然，入之甚寒」，句中「窈然」一詞義同於「岈然洼然」之「岈然」。

*(　) 11. 下列選項「　」中的字義，兩兩相異的選項是 (A)視「其」左右，來而記之者已少／「其」孰能譏之乎 (B)方是時，予之力「尚」足以入／此句他人「尚」不可聞，況僕心哉 (C)不出，火「且」盡／古之聖人，其出人也遠矣，猶「且」從師而問焉 (D)至於幽暗昏惑，而無物以「相」之／巫、醫、樂師、百工之人，不恥「相」師 (E)「以」其在華山之陽名之也／不「以」物喜，不以己悲。

*(　) 12. 古文中表示數學上的「幾分之幾」，多以兩個數字並列，前者為「分母」，後者為「分子」。下列文句「　」內「不」屬於此一表現方式的選項是 (A)蓋予所至，比好遊者尚不能「十一」 (B)安見方六七十，如五「六十」，而非邦也者 (C)夫物之不齊，物之情也，或相倍蓰，或相「什伯」 (D)飛來雙白鵠，乃從西北來，十十「五五」，羅列成行 (E)下士冤民，能至闕者，萬無數人；其得省問者，不過「百一」。

*(　) 13. 所謂「映襯」，是指在語文中，將兩種相反的人、事、物或觀念，對立並列，互相參照，以增強語氣，使意義更明顯的一種修辭技巧。下列何者屬之？ (A)夫夷以近，則遊者眾；險以遠，則至者少 (B)居廟堂之高，則憂其民；處江湖之遠，則憂其君

(C)東市買駿馬，西市買鞍韉，南市買轡頭，北市買長鞭　(D)臣欲奉詔奔馳，則劉病日篤；欲苟順私情，則告訴不許　(E)信義行於君子，而刑戮施於小人。

*（　）14. 下列對於各種文體特質的說明，何者正確？　(A)「說」為解釋義理，申述己見的文體。如韓愈〈師說〉　(B)「軼事」亦稱「逸事」，記史傳失傳之事。如方苞〈左忠毅公軼事〉　(C)「祭文」是祭祀時宣讀以告死者的文章。凡祭家屬者多用散文。如韓愈〈祭十二郎文〉　(D)「記」又作「志」，為雜記類的文體。通常可以分為：臺閣名勝記、山水遊記、書畫雜物記、人事雜記　(E)「策」可分對策、進策，為人臣著策上於朝廷，以探事獻說的文章。如〈教戰守策〉。

*（　）15. 〈遊褒禪山記〉一文中，王安石以「有志、有力、有物相之」為成大事的三條件。下列文字何者或正面或反面強調出「有志」的重要性？　(A)夫夷以近，則遊者眾；險以遠，則至者少　(B)盡吾志也，而不能至者，可以無悔矣，其孰能譏之乎　(C)然力足以至焉而不至，於人為可譏，而在己為有悔　(D)既其出，則或咎其欲出者，而予亦悔其隨之而不得極乎遊之樂也　(E)余於仆碑，又以悲夫古書之不存，後世之謬其傳而莫能名者，何可勝道也哉。

非選題

(一)請依據文意，填入適當的人物：

提到「古文運動」，大家一定會想到「文起八代之衰，道濟天下之溺」的提倡者1.＿＿＿＿；其次，是以山水遊記和寓言作品獨步天下的2.＿＿＿＿；其實，古文運動一直要到宋代的3.＿＿＿＿，才算真正成功；主要是因為他在擔任主考官期間身體力行、大力推動，還帶領著強大的學生團隊——這團隊有五位菁英：其中三位還是父子檔，父親是「二十七，始發憤讀書籍」的4.＿＿＿＿；小兒子5.＿＿＿＿，人品文風汪洋澹泊，最擅長寫策論；無奈風采被他那位才氣橫溢，詩詞書畫無所不精的全能兄弟6.＿＿＿＿所掩；這團隊中只有7.＿＿＿＿是主考官真正的入門弟子，他筆法精警，風格和老師相近；至於人稱「拗相公」的8.＿＿＿＿，在政治上是個失敗的改革者，在文學上倒是位成功的散文家哩！

(二)語譯：

余於仆碑，又以悲夫古書之不存，後世之謬其傳而莫能名者，何可勝道也哉？

答：

泰州海陵縣主簿許君墓誌銘

選擇題（＊為多選題）

（　）1.本文旨在 (A)悼念許平的懷才不遇，抱憾而終 (B)言掌握時機，不可輕易放過 (C)言要背離世俗，獨行其志 (D)論天意不可違。

（　）2.「其齟齬固宜」意指 (A)他和人吵嘴是當然的 (B)他的不合時宜是必然的 (C)他牙痛是應該的 (D)他咬牙切齒地恨世，是有其原因的。

（　）3.「自少卓犖不羈」的「卓犖不羈」乃謂 (A)放浪形骸，不拘流俗 (B)逃獄成功 (C)才能出眾不受拘束 (D)有才華卻不受重視。

（　）4.下列敘述何者為非？ (A)太廟「齋郎」：素食者 (B)「右武」之國：崇尚武勇 (C)而「輒」不遇者：往往 (D)某所之「原」：墓地。

（　）5.「窺時俯仰，以赴勢物之會」中的「俯仰」、「勢物」是指 (A)上下逢迎；權勢外物 (B)短暫；事物 (C)短暫；權位 (D)須臾片刻；天生萬物。

（　）6.「離世異俗」指 (A)離開人世，接受奇異風俗 (B)離開社會，隱居山林 (C)背離世俗，獨行意志 (D)告別社會，隱姓埋名。

（　）7.下列敘述何者為非？ (A)許君享年五十九歲 (B)許君一生無官可做 (C)許君葬於真州揚子縣 (D)許君不合流俗。

（　）8.下列敘述何者為非？ (A)許君有荊公本身人格投射之色彩 (B)本文末段可謂簡短的銘 (C)許平曾記述過荊公家世 (D)許君與其兄皆為時人所稱道。

（　）9.(甲)卓「犖」：ㄌㄨㄛˋ；(乙)不「羈」：ㄐㄧ；(丙)「齟」齬：ㄐㄩˇ；(丁)齟「齬」：ㄨˇ；(戊)「慨」然：ㄍㄞˋ；(己)「瓌」：ㄏㄨㄞˊ。上列「　」內字音正確的選項是哪些？ (A)(甲)(乙)(丙) (B)(乙)(丁)(戊) (C)(甲)(丙)(己) (D)(丙)(戊)(己)。

（　）10.以下何者與「不遇者，乃亦不可勝數」的「勝」字義相同？ (A)窮耳目之「勝」 (B)悲傷憔悴而不能「勝」者 (C)不「勝」感激 (D)略「勝」一籌。

＊（　）11.以「銘」為篇的文章有「碑誌」與「箴銘」兩類，前者多為墓誌銘或以頌揚功德，後者多為寓意規誡的文體，請問以下名篇何者與〈泰州海陵縣主簿許君墓誌銘〉同？ (A)劉禹錫〈陋室銘〉 (B)張載〈西銘〉 (C)韓愈〈柳子厚墓誌銘〉 (D)蘇軾〈三槐堂銘〉 (E)崔瑗〈座右銘〉。

*（　）12.以下何者為「墳墓」之義？(A)先「塋」在杭，江廣河深　(B)黃花崗上「一抔土」　(C)惟汝之「窀穸」　(D)願及未「塡溝壑」而託之　(E)葬真州之揚子縣甘露鄉某所之「原」。

*（　）13.「有拔而起之，莫擠而止之。嗚呼！許君而已於斯，誰或使之？」以下哪一文句描述了這種清介之士的人格特質造成這樣的人生結局？(A)離世異俗　(B)獨行其意　(C)罵譏笑侮　(D)困辱而不悔　(E)卓犖不羈，善辯說。

*（　）14.以下「說」字義的用法何者相同？(A)善辯「說」　(B)窮於用「說」之時　(C)此又何「說」哉　(D)邪「說」暴行有作　(E)學而時習之，不亦「說」乎。

*（　）15.以下哪些是作者認為智謀功名之士「終不得一用其智能以卒」的感歎？(A)辯足以移萬物，而窮於用說之時　(B)謀足以奪三軍，而辱於右武之國　(C)貴人多薦君有大才，可試以事，不宜棄之州縣　(D)窺時俯仰，以赴勢物之會，而輒不遇者　(E)君亦常慨然自許，欲有作為。

非選題

(一)注釋：

1.齟齬：

2.俯仰：

3.勢物：

4.右武：

5.卓犖不羈：

(二)請將以下文句依句義重組：

(A)嗟乎！彼有所待而不悔者，其知之矣　(B)謀足以奪三軍，而辱於右武之國，此又何說哉　(C)辯足以移萬物，而窮於用說之時　(D)若夫智謀功名之士　(E)窺時俯仰，以赴勢物之會，而輒不遇者，乃亦不可勝數

答：

卷十二 明文

送天台陳庭學序

選擇題（＊為多選題）

（　）1.本文旨在 (A)自歎學未成而不暇，不能遠遊 (B)讚揚陳庭學宦遊有得 (C)羨慕陳庭學有才學、又能遊歷 (D)記述四川山水之奇景。

（　）2.下列敘述何者為非？ (A)是一篇贈序。勉陳庭學於山水之外，要學習聖賢之道 (B)以山水為骨幹 (C)作者在欣羨陳庭學的壯遊後，更自我省察，以期了悟天人之道 (D)作者以自己宦遊心得，勉陳力爭上游。

（　）3.下列敘述何者正確？ (A)無所「投足」：舉止 (B)「齒」已加耄：牙齒 (C)余將「不一愧」：不只慚愧一下 (D)「極」海之際：北極。

（　）4.下列敘述何者為非？ (A)囊括於天地：指抱負遠大 (B)蓬蒿沒戶：指生活貧困 (C)齒益加耄：指年紀愈來愈老 (D)無所投足：指沒有朋友可以依靠。

（　）5.「陸有劍閣棧道之險，水有瞿唐、灩澦之虞」在修辭學上稱 (A)對偶 (B)夸飾 (C)頂針 (D)換位。

（　）6.「以例自免歸」乃謂 (A)以特殊案例自己免官歸去 (B)援例辭職而歸鄉里 (C)以特殊案例免了自己的罪 (D)在例假日，從免這個地方回到北京。

（　）7.下列敘述何者為非？ (A)司馬長卿：司馬相如，西漢賦家 (B)宋濂：人名，宋初文臣之首 (C)揚子雲：揚雄，西漢賦家 (D)諸葛武侯：諸葛亮，三國蜀相。

（　）8.「蓬蒿沒戶，而志意常充然，有若囊括於天地者」乃因 (A)雖是陋室，唯吾德馨 (B)無銀可貸 (C)自慚形穢 (D)門庭若市。

（　）9.(甲)「棧」道：ㄓㄢˋ；(乙)「耄」老：ㄇㄠˊ；(丙)「篁」竹：ㄏㄨㄤˊ；(丁)「杳」莫測其所窮：ㄧㄠˇ；(戊)遊「眺」飲射：ㄊㄧㄠ；(己)蓬「蒿」沒戶：ㄍㄠ。上列「　」內的字，讀音完全正確的選項是 (A)(甲)(丙)(丁) (B)(乙)(丙)(丁) (C)(丙)(丁)(戊) (D)(丁)(戊)(己)。

（　）10.「嘗有志於出遊天下，顧以學未成而不暇」句中的「顧」字義與下列哪個選項相同？ (A)孟嘗君「顧」謂馮諼曰：先生所為文市義者，乃今日見之 (B)三歲貫女，莫我肯「顧」 (C)猥自枉屈，三「顧」臣於草廬

之中　(D)「顧」自海通以來，西力東漸。

*（　）11.下列文句屬於「排比」的選項是　(A)故非仕有力者，不可以遊；非材有文者，縱遊無所得；非壯強者，多老死於其地　(B)其氣愈充，其語愈壯，其志意愈高　(C)庭學無不歷覽。既覽，必發為詩　(D)輕儵出水，白鷗矯翼　(E)西山暮雨晴蒼煙，南浦春風艤畫船。

*（　）12.「蓋得於山水之助者侈矣」句中「蓋」字義，與下列相同的選項是　(A)其間不能容髮，「蓋」亦已危矣　(B)玉之言，「蓋」有諷焉　(C)則其所能，「蓋」亦以精力自致者，非天成也　(D)其峽「蓋」自禹鑿以通江　(E)子「蓋」言子之志於公乎。

*（　）13.下列「　」內的詞語，解釋正確的選項是　(A)「累旬日不見其顛際」：一連十幾天都看不見山頂　(B)肝膽為之「掉栗」：戰慄　(C)「波惡渦詭」：波濤險惡，漩渦詭異莫測　(D)「舟一失勢尺寸」：船的大小尺寸之差誤　(E)詩人文士遊眺、飲「射」：射箭。

*（　）14.下列「　」內的詞語，解釋正確的選項是　(A)蓋得於山水之助者「侈」矣：奢侈　(B)「坐守陋室」：生活在簡陋的房屋之中　(C)「志意常充然」：意志卻經常充沛　(D)「得無有出於山水之外者乎」：莫非是有高出山水以外的陶冶吧　(E)「糜碎土沉」：粉碎如泥，沉沒水中。

*（　）15.有關贈序文，下列敘述正確的選項是　(A)唐宋以來，文人往往以詩文贈別，將這些詩文集合起來，再作一篇序，就稱之為贈序　(B)後世，儘管沒有詩文，只寫一篇臨別贈言的文章，也叫贈序　(C)其內容多為勸勉、賞譽之詞　(D)〈送天台陳庭學序〉屬贈序　(E)贈序又稱跋。

非選題

(一)字音測驗：

1.蓬「蒿」沒戶：　2.東阿之「縞」：

3.「犒」賞：　4.「嚆」矢：

5.枯「槁」：

(二)請寫出下列詩文所歌詠的人物：

1.折戟沉沙鐵未銷，自將磨洗認前朝。東風不與周郎便，銅雀春深鎖二喬：

2.功蓋三分國，名成八陣圖。江流石不轉，遺恨失吞吳：

3.為臣惟命敢辭難，脫遇艱難亦自安。試看子卿持節處，雪花如席不知寒：

4.不肯迂迴入醉鄉，乍吞忠梗沒滄浪。至今祠畔猿啼

月，了了猶疑恨楚王：

5.百戰疲勞壯士哀，中原一敗勢難回。江東子弟今雖在，肯與君王捲土來：

閱江樓記

選擇題（*為多選題）

（　）1.本文旨在 (A)讚揚皇恩浩蕩 (B)闡述帝王遊樂之餘，應多體恤民生 (C)敘述太祖興建閱江樓的來龍去脈 (D)記述興建閱江樓，意在與民同樂。

（　）2.下列敘述何者為非？ (A)本文可與蘇軾〈岳陽樓記〉媲美 (B)本文首段指出閱江樓的地點及得名由來 (C)結語指出刻石的用意，點出「記」字 (D)文章首尾圓合，不僅寫景，更兼有忠君憂民思想。

（　）3.「法駕幸臨」的「法駕」指 (A)法師 (B)皇帝 (C)佛像 (D)扶乩。

（　）4.「江、漢之朝宗」意乃 (A)江漢覲見皇上 (B)江漢之水匯入大海 (C)江水漢水之神面見玉帝 (D)江漢之神率眾晉見龍王。

（　）5.下列敘述何者為非？ (A)「委蛇」七千餘里：蜿曲貌 (B)一「旋踵」間：不久 (C)「宵旰」圖治：勤於政事 (D)管絃之「淫響」：巨大的聲音。

（　）6.「逢掖之士」指 (A)善於巴結之人 (B)算命之人 (C)儒士 (D)夾輔之士。

（　）7.「蠻琛聯肩而入貢」乃謂 (A)野蠻人琛，率眾來進貢 (B)蠻夷的珍寶，接連地來進貢到京師 (C)蠻和琛二人一同來入貢 (D)四方蠻邦，紛紛來朝。

（　）8.下列敘述何者為非？ (A)一豫一游：泛言一次遊樂 (B)一旦軒露：一旦被開發出來 (C)六朝：三國東吳、東晉、宋齊梁陳，均都金陵 (D)農女有「捋桑行饁」之勤：採桑送飯。

（　）9.(甲)灸膚「皸」足：ㄐㄩㄣ；(乙)捋桑行「饁」：ㄎㄜˋ；(丙)逢「掖」之士：ㄧㄝˋ；(丁)宵「旰」：ㄏㄢˋ；(戊)天「塹」：ㄑㄧㄢˋ；(己)「櫛」風沐雨：ㄐㄧㄝˊ。上列「　」內字音正確的選項是哪些？ (A)(甲)(乙)(丙) (B)(乙)(丁)(戊) (C)(甲)(丙)(己) (D)(甲)(戊)(己)。

（　）10.「此朕拔諸水火」句中「水火」二字為相反義之複詞，下列選項「　」中的詞語，哪一個不是此種結構？ (A)城池之「高深」 (B)「南北」一家 (C)覃及「外內」之所及也 (D)囹圄「朔南」。

*（　）11.宋濂之〈閱江樓記〉雖寫樓，其意在暗諫

君主「凭欄遙矚，必悠然而動遐思」，時時刻刻都須憂國憂民，其在文中如何步步引導君主有此思維？ (A)中夏之廣，益思有以保之 (B)四夷之遠，益思有以安之 (C)萬方之民，益思有以柔之 (D)樂管絃之淫響，藏燕、趙之豔姬，一旋踵間而感慨係之 (E)因物興感，無不寓其致治之思。

*（ ）12.下列形容工作辛勞的成語為何？ (A)櫛風沐雨 (B)披星戴月 (C)宵衣旰食 (D)風餐露宿 (E)摩頂放踵。

*（ ）13.下列有關「罔」字的用法，何者相同？ (A)「罔」間朔南 (B)同一「罔」極 (C)昊天「罔」極 (D)學而不思則「罔」 (E)君子可逝也，不可陷也；可欺也，不可「罔」也。

*（ ）14.凡是在語文中，同一句上下兩個詞語互相對偶的一種修辭技巧，叫做句中對，也叫當句對。請問以下哪一句使用此種修辭法？ (A)升其崇椒，「凭欄遙矚」，必悠然而動遐思 (B)此朕「櫛風沐雨」、戰勝攻取之所致也 (C)耕人有「炙膚皸足」之煩 (D)農女有「捋桑行饁」之勤 (E)故上推「宵旰圖治」之切者，勒諸貞珉。

*（ ）15.「一旋踵間而感慨係之」句中「一旋踵間」所表示的時間長短與下列何者相同？ (A)晌午 (B)俄頃 (C)少焉 (D)移時 (E)時候。

非選題

(一)注釋：

1.「錫」嘉名：

2.定鼎：

3.崇椒：

4.巒琛：

5.逢掖之士：

(二)請將參考選項中適當詞句代號填入文中括弧處：

見波濤之浩蕩，（1. ），番舶接跡而來庭，巒琛聯肩而入貢，必曰：「此朕德綏威服，（2. ）。」四夷之遠，益思有以柔之。見兩岸之間，（3. ），耕人有炙膚皸足之煩，農女有（4. ），必曰：「此朕（5. ），而登於衽席者也。」萬方之民，益思有以安之。

參考選項：

(A)捋桑行饁之勤 (B)覃及外內之所及也 (C)拔諸水火 (D)風帆之下上 (E)四郊之上

司馬季主論卜

選擇題（＊為多選題）

（ ）1.本文旨在借司馬季主論卜之語說明 (A)興衰禍福，各有際遇 (B)司馬季卜的神算 (C)東陵侯的愚昧 (D)天勢不可逆。

（ ）2. 下列敘述何者為非？ (A)本文為《郁離子・天道》中的一段 (B)本文標題為吳楚材所加 (C)在取材上，延續了《楚辭・卜居》和嵇康〈卜疑集〉的傳統 (D)以盛衰表達物極必反的道理。

（ ）3. 本文最強調 (A)天威難測、天命難違 (B)識時務者為俊傑 (C)順天者昌、逆天者亡 (D)盛衰禍福操之在己。

（ ）4. 本文最能表現不盡信命運，而以自我反省和自我完成為主的句子是 (A)一起一伏，無往不復 (B)蓄極則洩，閟極則達 (C)人，靈於物者也，何不自聽而聽於物乎 (D)天道何親，惟德之親。

（ ）5. 下列何者非言昔榮今衰，世事無常？ (A)一冬一春，靡屈不伸 (B)荒榛斷梗，昔日之瓊蕤玉樹 (C)秋荼春薺，昔日之象白駝峰 (D)丹楓白荻，昔日之蜀錦齊紈。

（ ）6. 下列敘述何者為非？ (A)濊：閟 (B)象白駝峰：名貴食物 (C)金釭華燭：燈火通明、富麗堂皇的景象 (D)瓊蕤玉樹：美好子弟。

（ ）7. 「熱極則風，壅極則通」意即 (A)物極必反 (B)靜極思動 (C)久屈欲伸 (D)茅塞頓開。

（ ）8. 下列敘述何者為非？ (A)通篇以一「思」字貫串 (B)東陵侯之「思」來自長期的壓抑 (C)司馬季主的建議有老子「福兮禍之所伏，禍兮福之所倚」思想色彩 (D)現象界可透過人的主體去掌控。

（ ）9. (甲)久「蟄」：ㄓˊ；(乙)「蓍」草：ㄑㄧˊ；(丙)春「薺」：ㄑㄧˊ；(丁)瓊「蕤」：ㄖㄨㄟˊ；(戊)久「濊」者思嚏：ㄇㄢˇ；(己)露「蛬」：ㄑㄩㄥˊ。上列「 」內的字，讀音完全正確的是 (A)(甲)(乙)(戊) (B)(甲)(丁)(己) (C)(乙)(丙)(丁) (D)(丙)(戊)(己)。

（ ）10. 「天道何親，惟德之親；鬼神何靈，因人而靈。」此句意同於 (A)一冬一春，靡屈不伸 (B)夫蓍，枯草也；龜，枯骨也，物也。人者靈於物者也，何不自聽而聽於物乎 (C)久臥者思起，久蟄者思啟，久濊者思嚏 (D)一起一伏，無往不復。

＊（ ）11. 下列各組「 」中的字義，兩兩相異的選項是 (A)「過」司馬季主而卜焉／揭其劍，「過」其友 (B)天道何親？「惟」德之親／他日繼吾志事，「惟」此生耳 (C)「若」是，則君侯已喻之矣／久不見「若」影亦不願汝曹為之 (D)金釭「華」燭／「華」開者謝 (E)父母唯其疾「之」憂／無恥「之」

恥，無恥矣。

*（　）12.下列「　」內的詞語釋義，正確的選項是 (A)「惟德之親」，是「惟親德」的倒裝句 (B)「秋荼春薺」，是指極美味的食物 (C)「露蛬風蟬」，意指原野的熱鬧景象 (D)「金釭華燭」，是指燈火通明，富麗堂皇的景象 (E)「象白駝峰」，是指普通的食物。

*（　）13.「靡屈不伸」句中「靡」字義，與下列哪個選項相同？ (A)出則銜恤，入則「靡」至 (B)於書「靡」不貫串 (C)吾性不喜華「靡」 (D)鉅細「靡」遺 (E)聞風披「靡」。

*（　）14.有關〈司馬季主論卜〉，下列敘述正確的選項是 (A)本篇屬寓言文章 (B)借問答以說理 (C)運用正反文義，作昔盛今衰之對比 (D)說明盛衰禍福各有其因果關係，世人不可以簡單的循環律之 (E)若有時運不濟，可求之於蓍龜，以指點迷津。

*（　）15.有關明清文人，下列敘述正確的選項是 (A)劉基善寓言故事，著有《郁離子》 (B)袁枚詩主性靈，風趣清新 (C)袁宏道為公安派人物，反對模擬之風，貴創作 (D)顧炎武才高學博，留心經世之術 (E)方苞論學以宋儒為宗，文學韓歐，嚴標義法，尤重「經濟」之學。

非選題

(一)字音測驗：

1.「閟」極則達：　2.秋「荼」春薺：

3.碎瓦頹「垣」：　4.荒「榛」斷梗：

5.金「釭」華燭：

(二)語譯：

昔日之所無，今日有之不為過；昔日之所有，今日無之不為不足。

答：

賣柑者言

選擇題（＊為多選題）

（　）1.本文旨在 (A)指責商賈童叟皆欺 (B)譏諷朝臣欺世盜名者多 (C)言政治清明人民安樂 (D)說明治理朝政須賴鯁臣輔弼。

（　）2.「洸洸乎干城之具也」乃謂 (A)彷彿都是守城的工具 (B)模模糊糊像是守城的工具 (C)隱隱約約如同守城的將士 (D)英勇的樣子像是守衛國家的人才。

（　）3.「今子是之不察，而以察吾柑」乃謂 (A)不明就裡 (B)明察秋毫 (C)緣木求魚 (D)捨本逐末。

（　）4.「盜起而不知禦」乃謂 (A)盜賊興起卻不

知去防止　(B)盜賊來了卻不知防衛之法　(C)盜賊蠭起卻不知皇帝何在　(D)盜賊敗逃卻不知追趕。

(　) 5.「峨大冠、拖長紳者」乃謂　(A)才俊之士　(B)富商者流　(C)仕宦之人　(D)牢獄之徒。

(　) 6.「孰不巍巍乎可畏，赫赫乎可象也」乃謂　(A)哪個不是崇高得令人害怕，顯赫得令人羨慕呢　(B)哪個不是威嚴得令人敬畏，偉大得令人嚮往呢　(C)哪個不是高大得令人害怕，顯赫得讓人神往呢　(D)哪個不是坐擁權勢，氣焰囂張呢。

(　) 7.「坐糜廩粟而不知恥」乃謂　(A)坐吃山空而不知羞恥　(B)坐食俸祿而不知羞恥　(C)盜用公款而不知廉恥　(D)坐享其成而不知廉恥。

(　) 8.下列敘述何者為非？　(A)不足：不滿意　(B)虎符：武將所持之節　(C)法斁而不知理：法令敗壞卻不知整飭　(D)醉醇醲而飫肥鮮：醉酒收賄。

(　) 9.(甲)法「斁」／「擇」良木而棲；(乙)「飫」肥鮮／人爭「鬻」之；(丙)皋「陶」／浪「淘」沙；(丁)「洸洸」／「光」輝；(戊)出之「煒」然／「諱」眾取寵；(己)皋「比」／「比」肩齊步。上列「　」內字音相同的選項是哪些？　(A)(甲)(乙)　(B)(甲)(戊)　(C)(丙)(己)　(D)(乙)(丁)。

(　) 10.下列「食」字在句中音義與其他不同的是　(A)士志於道而恥惡衣惡「食」者，未足與議也　(B)飯疏「食」飲水，曲肱而枕之　(C)日有「食」，歲有衣　(D)以「食」吾軀。

*(　) 11.以下何者為作者藉此對當世現況的抗議？　(A)盜起而不知禦　(B)民困而不知救　(C)吏姦而不知禁　(D)法斁而不知理　(E)坐糜廩粟而不知恥。

*(　) 12.「映襯」是指在語文中，把兩種不同，特別是相反的觀念或事實，對列起來，兩相比較，從而使語氣增強，使意義明顯的修辭方法。以下何句使用這種修辭法？　(A)實籩豆、奉祭祀、供賓客　(B)金玉其外、敗絮其中　(C)以膠漆之心，置於胡越之身　(D)不以物喜，不以己悲　(E)少壯不努力，老大徒傷悲。

*(　) 13.在文中改變原來詞彙的詞性的修辭法叫做轉品。以下與「峨大冠」的「峨」字的詞性轉變方式相同者為何？　(A)楚囚「纓」其冠　(B)「籠」鳥「檻」猿俱未死　(C)獨「高」其義，因以遺於世云　(D)「遠」罪豐家　(E)今當「遠」離。

*（　）14. 有關〈賣柑者言〉的敘述何者正確？(A)是一篇寓言 (B)文中借賣柑者的言語諷刺明末清初武將文臣尸位素餐的實況 (C)通篇以「欺」貫串全文主旨 (D)「今子是之不察，而以察吾柑」亦諷刺捨本逐末的論世態度 (E)「金玉其外，敗絮其中」生動地譬喻文武百官欺世盜名之態。

*（　）15. 以下何者為對「武官」的描述文字？(A)坐高堂、騎大馬、醉醇醴而飫肥鮮者 (B)授孫、吳之略 (C)峨大冠、拖長紳者 (D)洸洸乎干城之具 (E)佩虎符、坐皋比者。

非選題

(一)注釋：

1. 戮：
2. 皋比：
3. 籩豆：
4. 廟堂：
5. 洸洸乎：

(二)語譯：

今夫佩虎符、坐皋比者，洸洸乎干城之具也，果能授孫、吳之略耶？

答：

深慮論

選擇題（*為多選題）

（　）1. 本文旨在說明為政者 (A)須恃智術，籠絡天下 (B)應積至誠，深結天心 (C)應曲突徙薪，防患未然 (D)應多謀慮人事，少謀慮天道。

（　）2. 下列敘述何者為非？(A)禍常發於所忽之中，而亂常起於不足疑之事：言禍常積於忽微 (B)漢懲秦之孤立，於是大建庶孽而為諸侯，……而七國萌篡弒之謀：言智能謀天、不能謀人 (C)慮切於此而禍興於彼：乃言智不能謀天 (D)良醫之子，多死於病：乃言工於謀人、拙於謀天。

（　）3. 本文在寫作方式上 (A)採一正一反、一人事一天道的論述策略 (B)運用大量否定句逼顯主題 (C)具有高度的說服力 (D)以上皆是。

（　）4. 下列敘述何者為非？(A)「圖」其所難：謀慮 (B)「備」其所可畏：防範 (C)大建「庶孽」：囚犯 (D)治亂存亡之「幾」：徵兆。

（　）5. 「光武之懲哀、平」乃謂 (A)東漢光武帝懲戒哀、平為政之失 (B)東漢光武帝以西

漢哀帝、平帝時，外戚專權肇禍為鑑戒　(C)東漢光武帝以哀、平自懲　(D)東漢光武帝，懲罰哀、平時的罪魁禍首。

（　）6.「惟積至誠、用大德以結乎天心」可見作者以為治國應　(A)以德報怨、以直報仇　(B)敬天法祖、祈神祐民　(C)居仁由義、順應民情　(D)培養德性、出將入相。

（　）7.「漢帝起隴畝之匹夫」意乃　(A)漢武帝起用農夫為相　(B)漢高祖出身民間　(C)漢帝是耕田的小老百姓　(D)漢武帝以田地賞賜百姓。

（　）8.下列敘述何者為非？　(A)宋太祖杯酒釋兵權　(B)王莽卒移西漢國祚　(C)秦廢郡縣而行封建，國家大一統　(D)漢初鑑於秦亡，曾大行封建。

（　）9.(甲)「隴」畝：ㄌㄨㄥˇ；(乙)社「稷」：ㄐㄧˋ；(丙)庶「孽」：ㄋㄧㄝˋ；(丁)漢「祚」：ㄗㄨㄛˊ；(戊)「篡」弒：ㄗㄨㄢˇ；(己)不忍「遽」亡之：ㄑㄩˊ。上列「　」內的字，讀音完全正確的選項是　(A)(甲)(乙)(丙)　(B)(乙)(丙)(丁)　(C)(丁)(戊)(己)　(D)(丙)(丁)(戊)。

（　）10.(甲)當秦之世，而滅諸侯，「一」天下；(乙)不嗜殺人者能「一」之；(丙)「一」觴「一」詠；(丁)「一」治「一」亂；(戊)「一」家仁、「一」國興仁。上列「　」內的字義共有幾種？　(A)二種　(B)三種　(C)四種　(D)五種。

---

*（　）11.下列各組「　」內的字義，兩兩相異的選項是　(A)慮天下者，常「圖」其所難／「圖」窮匕見　(B)事父母「幾」諫／其於治亂存亡之「幾」　(C)於是大建庶「孽」而為諸侯／孤子「孽」子　(D)負「蓋」世之才／「蓋」亦反其本　(E)「備」其所可畏，而遺其所不疑／思之詳而「備」之審矣。

*（　）12.下列文句屬於「映襯」修辭的選項是　(A)慮天下者，常圖其所難而忽其所易　(B)備其可畏而遺其所不疑　(C)蓋智可以謀人，而不可以謀天　(D)良醫之子，多死於病；良巫之子，多死於鬼　(E)彼豈工於活人而拙於活己之子哉。

*（　）13.「然而禍常發於所忽之中，而亂常起於不足疑之事」，下列文句之文義可以與此句相呼應的選項是　(A)憂勞可以興國，逸豫可以亡身　(B)夫禍患常積於忽微，而知勇多困於所溺　(C)生於憂患，死於安樂　(D)泰山不讓土壤，故能成其大　(E)天下之事，常發於至微，而終為大患，始以為不足治，而終至於不可為。

*（　）14.下列「　」內的詞語，解釋正確的選項是　(A)「人事」之宜然：指人的智力　(B)方以為「兵革」可不復用：泛指軍備　(C)「稍剖析之」而分其勢：稍加分析道理　(D)「而不知子孫卒困於夷狄」，屬於「被動句式」　(E)「思之詳而備之審矣」：思慮得很精詳而防備得很周密。

*（　）15.有關〈深慮論〉，下列敘述正確的選項是　(A)主旨在強調治天下不可倚賴智術　(B)「惟積至誠、用大德以結乎天心」方可長保社稷　(C)由人事推及天道，言智慮有其局限　(D)歷代覆亡與亂之因由，歸結於「工於謀人而拙於謀天」　(E)天下後世之變，智慮所能及，法術所能制。

非選題

(一)請寫出形容防患未然的成語四句：

答：

(二)語譯：

而惟積至誠、用大德以結乎天心，使天眷其德，若慈母之保赤子而不忍釋。

答：

豫讓論

選擇題（*為多選題）

（　）1.本文旨在　(A)申論豫讓忠心愛國之行　(B)強調豫讓誓死效忠之心　(C)申論豫讓雖忠心有餘，但不能防患未然，不能算是國士　(D)盛讚豫讓義行，期勉後人效法。

（　）2.「智伯以國士待我，我故以國士報之」乃謂　(A)知恩必報　(B)有仇必報　(C)食其俸祿、盡其義務　(D)士為知己者死。

（　）3.「中行氏以眾人待我」乃謂　(A)中行氏率眾人善待我　(B)中行氏以對待眾人的方式待我　(C)滴水之恩，湧泉以報　(D)言投桃報李之謂也。

（　）4.「即此而論，讓有餘憾矣」乃因　(A)忠心不二　(B)以忠害身，親友遺憾　(C)忠於智伯，卻未在亂前加以防患　(D)作者忠義思想使然。

（　）5.「漆身吞炭」是為了　(A)誓死效忠　(B)掩飾身分　(C)摸黑行動　(D)自殺明志。

（　）6.「將以愧天下後世之為人臣而懷二心者也」乃謂　(A)愧對天下及後世為人臣子卻心懷謀逆的人　(B)使懷有二心的臣子感到羞愧　(C)事君二心，實感慚愧　(D)因自己心有二

意而覺愧對天下及後世子孫。

（ ）7.下列敘述何者為非？ (A)越人視秦人之肥瘠：喻痛癢不相關 (B)陳力就列：竭心盡力 (C)聲名「烈烈」：顯赫 (D)國士：濟國之士。

（ ）8.下列敘述何者為非？ (A)豫讓在愚夫愚婦心中是個忠臣義士 (B)豫讓是刺客之流 (C)豫讓是個國士 (D)豫讓自稱為國士。

（ ）9.(甲)庶「幾」：ㄐㄧ；(乙)「讎」敵：ㄓㄨㄟ；(丙)「殞」命：ㄩㄣˋ；(丁)「諄」諄然：ㄓㄨㄣ；(戊)「靦」然：ㄊㄧㄢˇ；(己)「郄」疵：ㄒㄧˋ。上列「 」內字音正確的選項是哪些？ (A)(甲)(乙)(丙) (B)(乙)(丁)(戊) (C)(甲)(丁)(己) (D)(丙)(戊)(己)。

（ ）10.根據〈豫讓論〉的內容，如果我們要查其事跡，應該查何書的哪一部分？ (A)《漢書．刺客列傳》 (B)《史記．刺客列傳》 (C)《史記．游俠列傳》 (D)《戰國策．觸龍說趙太后》 (E)《史記．滑稽列傳》。

＊（ ）11.方孝儒在〈豫讓論〉一文中認為「士君子立身事主」的原則為何？ (A)竭盡智謀，忠告善道 (B)銷患於未形 (C)保治於未然 (D)俾身全而主安 (E)捐軀殞命於既敗之後。

＊（ ）12.根據方孝儒「士君子立身事主」的原則，他認為豫讓沒有做到哪一項？ (A)竭盡智謀，忠告善道 (B)銷患於未形 (C)保治於未然 (D)俾身全而主安 (E)捐軀殞命於既敗之後。

＊（ ）13.「趙襄子殺智伯，讓為之報讎」，作了哪些行為犧牲自己？ (A)捐軀殞命於既敗之後 (B)釣名沽譽，眩世駭俗 (C)漆身吞炭 (D)斬衣三躍 (E)竭盡智謀，忠告善道。

＊（ ）14.史論常是文人對歷史事件重新檢視，藉以提出精闢見解，發表對於不同於史料人物所言的新觀點，此便是所謂的「翻案文章」，請問以下何者即使用此種題材？ (A)賈誼〈過秦論〉 (B)蘇軾〈留侯論〉 (C)王世貞〈藺相如完璧歸趙論〉 (D)方孝孺〈豫讓論〉 (E)歐陽脩〈縱囚論〉。

＊（ ）15.「借代」是指在語文中借用其他詞句或名稱來代替一般經常使用的詞句或名稱的一種修辭技巧，請選出以下借代為「史冊」的文句 (A)終歲不聞「絲竹」聲 (B)照耀「簡策」 (C)留取丹心照「汗青」 (D)寄身於「翰墨」 (E)一一垂「丹青」。

非選題

(一)注釋：

1.上鬼：

2.悻悻：

3.釣名沽譽：

4.陳力就列：

5.越人視秦人之肥瘠：

(二)請將參考選項中適當詞句代號填入文中括弧處：

當伯請地無厭之日，縱欲荒棄之時，為讜者，正宜（1. ），諄諄然而告之曰：「諸侯大夫，各受分地，無相侵奪，古之制也。今無故而取地於人，（2. ），而吾之忿心必生；與之，（3. ）。忿必爭，（4. ）；驕必傲，傲必亡。」諄切懇告，諫不從，再諫之；（5. ），三諫之；三諫不從，移其伏劍之死，死於是日。

參考選項：

(A)爭必敗 (B)人不與 (C)陳力就列 (D)再諫不從 (E)則吾之驕心以起

親政篇

選擇題（*為多選題）

（ ）1.本文旨在主張 (A)恢復古代的三朝制度，天子親理政事 (B)為政者須愛民如子 (C)君民上下溝通 (D)君臣各司其職。

（ ）2.「上下交而其志同」乃謂 (A)上下交相賊 (B)君臣相交貴在志趣相投 (C)君臣交好，故志意和同 (D)君臣相交，志同道合。

（ ）3.下列敘述何者為非？ (A)「刑名」法度：指君臣之名分 (B)上之情「壅閼」：阻塞不通 (C)元正：元旦 (D)路寢：行宮。

（ ）4.「嘉言罔伏」意指 (A)好意見不會被埋沒 (B)美言不露痕跡 (C)佳言沒有不讓人佩服的 (D)網羅天下佳言。

（ ）5.下列敘述何者為非？ (A)全篇所言，不過通、隔二字 (B)認為「外朝所以正上下之分」 (C)力主恢復外朝之制以增進君臣溝通之機會 (D)文中提及王朝朝會之法。

（ ）6.下列敘述何者為非？ (A)民之「無祿」：無福 (B)盡「剗」近世壅隔之弊：鏟除 (C)或免穿「韡」：靴 (D)「堂陛」懸絕：相鄰接近。

（ ）7.「惴惴而退」意指 (A)憂心不安地退下來 (B)憤怒地退下朝來 (C)害怕地退出門來 (D)緊張地退下來。

（ ）8.「五日一起居」指 (A)每五天齋戒沐浴一次 (B)每五天群臣入見一次 (C)每五天早起一次 (D)每個月五日齋戒沐浴一次。

（ ）9.(甲)上之情壅「閼」：ㄜˋ；(乙)鴻「臚」舉不如法：ㄌㄨˊ；(丙)「朔」望：ㄕㄨˋ；(丁)穿「韡」：ㄒㄩㄝ；(戊)大臣「蹇」義：ㄑㄧㄢ；

(己)盡「剗」近世壅隔之弊：ㄐㄧㄢˇ。上列「 」內的字，讀音完全正確的選項是 (A)(甲)(乙)(丁) (B)(乙)(丙)(丁) (C)(丙)(丁)(戊) (D)(丁)(戊)(己)。

（ ）10. 下列詞語敘述，錯誤的選項是 (A)「朔」：農曆每月初一日 (B)「望」：農曆每月十五日 (C)「既望」：農曆每月二十日 (D)「正旦」：元旦。

*（ ）11. 「蓋視朝而見群臣，所以正上下之分」，句中「所以」詞義與下列哪些選項相同？ (A)聖人之「所以」為聖，愚人之「所以」為愚，其皆出於此乎 (B)外朝「所以」上下之分，內朝「所以」通遠近之情 (C)太宗之為此，「所以」求此名也 (D)視其「所以」，觀其所由，察其所安 (E)然安知夫縱之去也，不意其必來以冀免，「所以」縱之乎。

*（ ）12. 下列文句屬於反詰語氣的選項是 (A)上何嘗問一事，下何嘗進一言哉 (B)於斯時也，豈有壅隔之患哉 (C)然非缺也，華蓋、謹身、武英等殿，豈非內朝之遺制乎 (D)外朝所以正上下之分，內朝所以通遠近之情，如此豈有近世壅隔之弊哉 (E)使古而無死者，則寡人將去此而何之。

*（ ）13. 下列「 」內的詞語，解釋正確的選項是 (A)「止於視朝數刻」：只在天子上朝的幾刻鐘 (B)非獨沿襲「故事」：舊例 (C)亦其「地勢」使然：土地的高低 (D)威儀「赫奕」：盛美顯赫 (E)「路門」之外為治朝：古代天子宮城最內層的門。

*（ ）14. 下列「 」內的詞語，解釋正確的選項是 (A)五日一員上殿，謂之「輪對」：輪班奏對 (B)「聖節」稱賀則大慶殿：指天子、皇后之誕辰 (C)三殿高「閟」：幽閉 (D)諸司有事「咨決」：請示裁奪 (E)陛下雖深居「九重」：指天子所居之處。

*（ ）15. 有關〈親政篇〉，下列敘述正確的選項是 (A)屬於政論文 (B)建議天子應恢復「內朝」之制。多與賢大夫交換意見，親理政事，以革除朝政之弊 (C)引《易經》〈泰〉、〈否〉兩卦彖辭，說明君臣情感和理念交流的重要性 (D)自明太祖取消宰相之職，遂由皇帝獨攬軍政大權 (E)明朝中葉以後，皇帝多半惰於理政，以致宦官弄權，皇命固不得下達，國情亦不得上通。

非選題

(一)字音測驗：

1.「惴」惴：　2.「遄」征：

3.「揣」摩：　4.「湍」急：

5.「喘」息：

(二)寫出下列「適」字之字義：

1. 退「適」路寢聽政：
2. 「適」長沙，觀屈原所自沉淵，未嘗不垂涕：
3. 吾與子所共「適」：
4. 終不可以為榮，「適」足以見笑：
5. 窮耳目之勝以自「適」也哉：

尊經閣記

選擇題（＊為多選題）

（　）1. 本文旨在闡述 (A)尊經在於尊天理常道 (B)增建尊經閣的意義 (C)陰陽生滅現象 (D)亂經、侮經、賊經之罪。

（　）2. 「習訓詁，傳記誦」乃謂 (A)發微言大義 (B)皓首以窮經 (C)習句讀之學 (D)通古今之變。

（　）3. 「侈淫辭，競詭辯」乃謂 (A)美辭是奢侈的，詭辭是辯證的 (B)文飾詞藻麗言，爭發欺詐言論 (C)競相辯論，辭多詭奇 (D)大放厥詞，不落人後。

（　）4. 「以塗天下之耳目」乃謂 (A)用來煽動天下人，以博取美名 (B)用來誇耀天下人，以求令譽 (C)用來濟助天下人，以經世致用 (D)用來教化天下人，使知禮義。

（　）5. 「逐世壟斷」乃謂 (A)追逐俗世名利，壟斷社會利益 (B)追逐極樂世界，斷絕紅塵俗世 (C)追隨世俗，操控把持專利 (D)剛愎自用，不顧世俗。

（　）6. 下列敘述何者為非？ (A)不明於世：不能為世人了解 (B)一朝一夕：喻短時間 (C)賊經：不良的經書 (D)奸心盜行：邪惡的居心、害人的行為。

（　）7. 下列何者非六經之學不明於世之因？ (A)亂經 (B)通經 (C)侮經 (D)賊經。

（　）8. 下列敘述何者正確？ (A)「記籍」其家之所有：帳簿 (B)以「諗」多士：思念 (C)聖人之扶「人極」：猶言人道 (D)囂囂然：指無欲自得。

（　）9. (甲)邪「慝」：ㄋㄧˋ；(乙)以「諗」多士：ㄋㄧㄢˋ；(丙)「窶」人：ㄌㄩˇ；(丁)「硜」硜然：ㄎㄥ；(戊)羞「惡」：ㄨˋ；(己)以「貽」之：ㄧˊ。上列「　」內字音正確的選項是哪些？ (A)(乙)(丁)(戊) (B)(甲)(丙)(己) (C)(丙)(丁)(戊) (D)(丁)(戊)(己)。

（　）10. 王陽明認為六經不僅具有普遍的宇宙法則之義，且是人心自然的反映，文章中哪一句正說明了此種學說定義？ (A)六經者非他，吾心之常道也 (B)聖人之扶人極，憂後世，而述六經也 (C)六經之實，則具於吾心 (D)經正則庶民興，庶民興，斯無邪

慝矣。

*（　）11.王守仁認為常道「通人物，達四海，塞天地，亙古今，無有乎弗具，無有乎弗同，無有乎或變者也」，呈現在哪些方面？(A)孔子所言五倫 (B)孟子所言四端 (C)聖人之六經 (D)天之命、人之性、身之心 (E)吾產業庫藏之積也。

*（　）12.以下王守仁對六經的定義說明，何者正確？(A)《易》也者，志吾心之陰陽消息者也 (B)《書》也者，志吾心之紀綱政事者也 (C)《樂》《詩》也者，志吾心之歌詠性情者也 (D)《禮》也者，志吾心之條理節文者也 (E)《春秋》也者，志吾心之誠偽邪正者也。

*（　）13.王守仁用怎樣的譬喻來說明後世「六經之學，其不明於世，非一朝一夕之故矣」？(A)聖人之扶人極，憂後世，而述六經也，猶之富家者之父祖，慮其產業庫藏之積 (B)其子孫者，或至於遺忘散失，卒困窮而無以自全也 (C)六經之實，則具於吾心。猶之產業庫藏之實積，種種色色，具存於其家，其記籍者，特名狀數目而已 (D)世之學者，不知求六經之實於吾心，而徒考索於影響之間，牽制於文義之末 (E)是猶富家之子孫，不務守視享用其產業庫藏之實積，日遺忘散失，至為窶人丐夫，而猶囂囂然指其記籍曰：「斯吾產業庫藏之積也！」

*（　）14.有關王守仁提出的「亂經」、「侮經」、「賊經」等等現象，請問下列說明何者正確？(A)尚功利，崇邪說，是謂亂經 (B)習訓詁，傳記誦，沒溺於淺聞小見，是謂侮經 (C)塗天下之耳目，是謂侮經 (D)侈淫辭，競詭辯，飾奸心盜行，是謂賊經 (E)逐世壟斷，而猶自以為通經，是謂賊經。

*（　）15.請問以下詞語之古今詞義何者有所轉變？(A)則為「惻隱」 (B)而徒考索於「影響」之間 (C)暮去朝來「顏色」故 (D)千金之子不死於「盜賊」 (E)逐世「壟斷」。

非選題

(一)注釋：

1. 訩：
2. 敷政：
3. 窶人：
4. 邪慝：
5. 硜硜然：

(二)語譯：

世之學者，不知求六經之實於吾心，而徒考索於影響

之間，牽制於文義之末，硜硜然以為是六經矣。

答：

象祠記

選擇題（＊為多選題）

（　）1.本文旨在借修象祠 (A)以明人性本善、天下無不可化之人 (B)嗟歎象之不恭 (C)感歎生不逢時 (D)說明象以德感化苗民。

（　）2.下列敘述何者為非？ (A)吾於是益有以信人性之善，天下無不可化之人：言我更堅信人性本善，天下無不可化之人 (B)今之諸夷之奉之也，承象之終也：當今諸夷崇奉象祠，是象死後的禮制 (C)唐人之毀之也，據象之始也：言唐人毀象祠，是根據象早期行為 (D)天子使吏治其國，象不得以有為也：天子派官員替他治理國事，象不能有所作為。

（　）3.「克諧以孝」乃謂 (A)克服不和諧的心境來行孝道 (B)以至孝和睦他人 (C)克制心境，使之和諧以行孝道 (D)用孝可以和諧家人。

（　）4.下列敘述何者為非？ (A)「有鼻」之祠：象之號 (B)象祠：象的祠堂 (C)瞽瞍小「允若」：信順 (D)斯祠之「肇」也：始。

（　）5.「推及於其屋之烏」乃謂 (A)怪罪屋上的烏鴉 (B)視烏鴉為不祥之物 (C)愛屋及烏 (D)愛烏及屋。

（　）6.「干羽既格」是指 (A)舜以文教使有苗歸服 (B)以干羽格殺有苗 (C)舜派兵鎮壓苗疆 (D)以戰止苗之亂。

（　）7.「烝烝乂，不格姦」的「烝烝」、「格姦」其意分別為 (A)上進貌／走上邪惡 (B)熱誠貌／去除邪惡 (C)奮發貌／滌除惡念 (D)消失貌／邪惡貌。

（　）8.下列敘述何者為非？ (A)陽明認為良知是人心本有 (B)本文與陽明之人性論密不可分 (C)本文分兩段，全用問答方式 (D)陽明借深責象之不善以讚揚舜德廣被。

（　）9.(甲)斯祠之「肇」：ㄓㄠˋ；(乙)「禋」祀：ㄧㄢ；(丙)古之「驁」桀：ㄠˋ；(丁)烝烝「乂」：ㄞˋ；(戊)瞽「瞍」：ㄙㄡ；(己)象猶不「弟」：ㄊㄧˋ。上列「　」內的字，讀音完全正確的選項是 (A)甲丙己 (B)乙丙丁 (C)丙戊己 (D)乙丁戊。

（　）10.「君子之愛若人也，推及於其屋之烏」句中「若」字義，與下列哪個選項相同？ (A)其言茲「若」人之儔也 (B)吾兒，久不見

「若」影 (C)乃「若」其情，則可以為善矣 (D)牛羊又從而牧之，是以「若」被濯濯也。

*(　)11.下列各組「　」內的字義，兩兩相異的選項是 (A)瞽瞍亦允「若」／雖「若」象之不仁，而猶可以化之也 (B)新之也，何「居」乎／「居」仁由義 (C)吾於是益有以「見」舜德之至／高祖發怒，「見」於詞色 (D)「克」諧以孝／「克」紹箕裘 (E)其「殆」傲於舜之封象歟／學而不思則罔，思而不學則「殆」。

*(　)12.下列文句屬於層遞修辭的選項是 (A)君子之愛若人也，推及於其屋之烏，而況於聖人之弟乎哉 (B)吾於是益有以見舜德之至，入人之深，而流澤之遠且久也 (C)然則唐人之毀之也，據象之始也；今之諸夷之奉之也，承象之終也 (D)象之道，以為子則不孝，以為弟則傲 (E)進治於善，則不至於惡；不抵於姦，則必入於善。

*(　)13.下列「　」內的字，屬於「致使動詞」的選項是 (A)「新」其祠屋 (B)「舞」幽壑之潛蛟 (C)昔楚襄王「從」宋玉、景差於蘭臺之宮 (D)不「抵」於姦 (E)「斥」於唐，而猶存於今。

*(　)14.下列「　」內的詞語，解釋正確的選項是 (A)「皆尊奉而禋祀焉」：都尊奉並祭祀他 (B)「斥於唐」：指祠堂在唐代被毀 (C)又烏知其終之不「見化」於舜也：被感化 (D)「瞽瞍亦允若」：瞽瞍也能夠和順 (E)「不抵於姦」：不能抵抗姦邪。

*(　)15.有關〈象祠記〉，下列敘述正確的選項是 (A)苗夷修祠只是基於一個不知原委的舊俗 (B)唐人毀祠是基於象為子不孝、為弟則傲 (C)立象祠意義，反推舜德入人之深 (D)引《尚書》、孟子之言證明舜德之厚與護持其弟象之周全 (E)天下無不可化之人，勉以修德化人之義。

非選題

(一)下列文句中，引號內的「見」字，屬於「被動句式」的請打○，不屬於者請打×：

(　)1.又烏知其終之不「見」化於舜也。

(　)2.「見」瓶水之冰，而知天下之樂，魚鱉之藏也。

(　)3.匹夫「見」辱，拔劍而起，挺身而鬥。

(　)4.百姓之不「見」保，為不用恩焉。

(　)5.生孩六月，慈父「見」背。

(二)語譯：

克諧以孝，烝烝乂，不格姦。

答：

瘞旅文

選擇題（＊為多選題）

（　）1.本文旨在 (A)悼念旅人並抒其抱負 (B)怨恨旅途當中瘴癘奪人性命 (C)藉悼旅人不該憂戚自取速死，實應達觀、隨遇而安 (D)因離鄉背井而感念故人。

（　）2.「遽然奄忽」乃謂 (A)突然很快地死去 (B)輕易地死去 (C)快速地經過 (D)不久便要死去。

（　）3.「苟能自全」乃謂 (A)若能保全自己的生命 (B)若能勉強存活 (C)若能苟且偷生 (D)若能因循苟且。

（　）4.「縱不爾瘞」乃謂 (A)即使我不生病 (B)就算你不與我交換 (C)縱使我不埋葬你們 (D)縱使我不來看你。

（　）5.「以吾未嘗一日之戚戚也」的「戚戚」乃謂 (A)憂傷 (B)疑慮 (C)怨恨 (D)愉悅。

（　）6.「吾何能為心」乃謂 (A)我怎能忍心 (B)我如何寬心 (C)我如何關心 (D)我怎能開心。

（　）7.下列敘述何者為非？ (A)遣人「覘」之：卜 (B)吾以「竄逐」而來此：流放 (C)「振援」崖壁：攀登 (D)登望故鄉而「噓唏」：悲泣。

（　）8.下列敘述何者為非？ (A)「重去其鄉」：猶言安土重遷 (B)作者自言歷瘴毒而苟能自全，係因從不憂愁恐懼 (C)吾與爾皆「中土之產」：旅途中的過客 (D)作者透過這篇文章表達了觸類傷懷之情。

（　）9.(甲)畚「鍤」：ㄔㄚ；(乙)往「瘞」之：ㄗㄨㄛˊ；(丙)遣人「覘」之：ㄓㄢ；(丁)文「螭」：ㄌㄧˊ；(戊)陰壑之「虺」：ㄏㄨㄟˇ；(己)暮猿與「棲」兮：ㄑㄧ。上列「　」內字音正確的選項是哪些？ (A)(甲)(乙)(丙) (B)(甲)(丙)(己) (C)(丙)(丁)(戊) (D)(丙)(戊)(己)。

（　）10.(甲)「薄」午／口「薄」西山；(乙)「將」二童子／攜一子一僕「將」之任；(丙)一僕將「之」任／〈送孟浩然「之」廣陵〉；(丁)古者重「去」其鄉／蜀地之「去」南海；(戊)不「勝」其憂者／所以悲傷憔悴而不能「勝」者；(己)達觀隨「寓」／「寓」言。上列「　」內字義相同的選項是哪些？ (A)(甲)(丙)(戊) (B)(乙)(丁)(戊) (C)(甲)(丙)(己) (D)(丙)(丁)(戊)。

＊（　）11.本文提到「去父母鄉國而來此」，歷來貶謫文人皆有佳作，此篇結合許多題材與文人

哲思，以下說明何者正確？ (A)「朝友麋鹿，暮猿與栖兮」與蘇軾〈前赤壁賦〉「侶魚蝦而友麋鹿」優遊於漁樵生活以自適之義同 (B)「驂紫彪而乘文螭兮，登望故鄉而噓唏兮」與屈原〈離騷〉「為余駕飛龍兮，雜瑤象以為車」同樣懷著高舉遠遊的夢想 (C)「歷瘴毒而苟能自全，以吾未嘗一日之戚戚也」與柳宗元〈捕蛇者說〉「觸風雨，犯寒暑，呼噓毒癘，往往而死者，相藉也」之遭遇相同 (D)「達觀隨寓兮莫必予宮」與蘇轍〈黃州快哉亭記〉「使其中坦然不以物傷性，將何適而非快？」有同工異曲之妙 (E)「道傍之冢累累兮，多中土之流離兮，相與呼嘯而徘徊兮」與蘇軾〈記承天寺夜遊〉「何夜無月，何處無松柏，但少閒人如吾兩人者耳」於貶謫之地亦有志同道合之好友，其遭遇相同。

*（　）12. 作者在文中提到「吾固知爾之必死，然不謂若是其速」，何以貶謫之途能置旅者於死地？ (A)幽崖之狐成群，陰壑之虺如車輪，亦必能葬爾於腹，不致久暴露爾 (B)瘴癘侵其外 (C)憂鬱攻其中 (D)夫衝冒霜露，扳援崖壁，行萬峰之頂，饑渴勞頓，筋骨疲憊 (E)蠻之人言語不相知兮，性命不可期。

*（　）13. 在文中改變原來詞彙的詞性的修辭法叫做轉品，以下何者使用「名詞作動詞用」轉品法來修飾？ (A)餐「風」飲「露」 (B)持畚鍤往「瘞」之 (C)嗟吁「涕洟」而告之 (D)「手」長鑱 (E)「陰」雨昏黑。

*（　）14. 有關本文內容之敘述何者正確？ (A)予曰：「嘻！吾與爾猶彼也！」可知作者感同身受，別有寄託 (B)「飛鳥不通」暗示作者自覺將長絕於故國 (C)「遊子懷鄉兮，莫知西東」暗示濃重瀰天難以跨越之鄉愁 (D)「吾為爾者重，而自為者輕」實則悲人亦悲己 (E)「無以無侶悲兮！」作者亦預知自己來日不遠。

*（　）15. 歷來文人貶謫而後輒有佳作，請問以下何者屬貶謫時之文學作品？ (A)〈琵琶行〉 (B)〈醉翁亭記〉 (C)〈黃州快哉亭記〉 (D)〈瘞旅文〉 (E)〈永州八記〉。

非選題

(一)注釋：

1. 往「瘞」之：
2. 遣人「覘」之：
3. 「扳」援：
4. 無為「厲」於茲墟兮：

5.文螭：

(二)請將以下文句依句義重組：

(A)不致久暴露爾 (B)縱不爾瘧 (C)亦必能葬爾於腹 (D)幽崖之狐成群 (E)陰壑之虺如車輪

答：

信陵君救趙論

選擇題（＊為多選題）

（ ）1.本文旨在評論信陵君 (A)竊符救趙徇私事小，目中無魏王罪大 (B)圍魏救趙是歷史功臣 (C)派兵救趙是出於不得已 (D)竊符救趙是為六國安危。

（ ）2.「脣齒之勢」意指 (A)利害關係 (B)密切關係 (C)遠近關係 (D)骨肉關係。

（ ）3.「人皆習於背公死黨之行」乃謂 (A)人們都習慣於在私底下組織小黨派的行為 (B)人們都習慣了背離公益，勾結死黨的行為 (C)世人皆練習背棄公理、為黨殉忠的行為 (D)人們對那些背棄公務，不能盡忠職守的行為都習以為常。

（ ）4.「蓋君若贅旒久矣」乃謂 (A)國君如果要裁汰冗官需要很長一段時間 (B)國君只是虛位，沒有實權已經由來已久 (C)國君好像是一顆毒瘤，而且已經很久都是如此 (D)大概國君好像是一塊贅肉的說法已經由來已久。

（ ）5.下列敘述何者正確？ (A)「不特」眾人不知有王：沒有什麼特別的 (B)內外莫敢不「肅」：嚴厲 (C)以「紓」魏之患：消除 (D)安得「銜」信陵之恩：感激。

（ ）6.下列敘述何者為非？ (A)本文屬翻案文章 (B)通篇藉史論以論公私之理 (C)作者以為信陵君以舉國之安危，孤注一擲 (D)信陵君救趙是大公無私的表現。

（ ）7.下列敘述何者為非？ (A)植黨：培植黨羽 (B)竊魏之「符」：兵符 (C)信陵君「不知有王」：目中無趙王 (D)安得：焉得；怎能。

（ ）8.「賤則夷門野人」是指 (A)看管夷門的侯生 (B)夷門外的皆為賤人 (C)賤民是夷門一帶的原住民 (D)賤民階級是夷門外的平民。

（ ）9.(甲)夫強秦之暴「亟」矣：ㄑㄧˋ；(乙)竊魏之符以「紓」魏之患：ㄕㄨ；(丙)是傾魏國數百年社稷以「殉」姻戚：ㄒㄩㄣˋ；(丁)蓋君若贅「旒」久矣：ㄌㄧㄡˊ；(戊)如秦人知有「穰」侯：ㄒㄧㄤ；(己)「翬」帥師：ㄐㄩㄣ。上列「 」

內的字，讀音完全正確的選項是 (A)甲戊己 (B)乙丙丁 (C)丁戊己 (D)丙丁戊。

(　) 10.下列「　」內的詞語，未使用「借代」的選項是 (A)則是趙王與「社稷」之輕重 (B)而魏之「兵甲」 (C)虞卿知有「布衣」之交 (D)曷若以「脣齒」之勢。

*(　) 11.「幸而戰勝，可」句中「幸」字義，與下列哪些選項相同？ (A)內則「幸」姬，外則鄰國 (B)「幸」賴先人餘業，得備宿衛 (C)憚，「幸」有餘祿，方羅賤販貴，逐什一之利 (D)「幸」其未發，以為無虞而不知畏 (E)寧以義死，不苟「幸」生。

*(　) 12.下列文句屬於「層遞」修辭的選項是 (A)曷若以脣齒之勢，激諫於王；不聽，則以其欲死秦師者，而死於魏王之前 (B)其竊符也，非為魏也，非為六國也，為趙焉耳。非為趙也，為一平原君耳 (C)少年讀書，如隙中窺月；中年讀書，如庭中望月；老年讀書，如臺上玩月 (D)然如發之時，終日可愈；三日，越旬可愈。今疾已成，非三月不能瘳 (E)青青河畔草，綿綿思遠道，遠道不可思，宿昔夢見之。

*(　) 13.下列「設問」的修辭，哪些選項用法相同？ (A)二人不負王，亦不負信陵君。何為計不出此 (B)則信陵安得樹私交於趙？趙安得私請救於信陵 (C)履霜之漸，豈一朝一夕也哉 (D)如姬安得銜信陵之恩 (E)信陵安得賣恩於如姬。

*(　) 14.下列「　」內的詞語，解釋正確的選項是 (A)未有「岌岌」於此者也：忙碌的樣子 (B)而「諄諄」焉請救於信陵：懇切不倦的樣子 (C)「履霜之漸」：指魏王之失權於上，亦非一朝一夕之故 (D)如姬安得「銜」信陵之恩：懷恨 (E)「木朽而蛀生」：木頭腐朽了才會生蛀蟲。

*(　) 15.有關〈信陵君救趙論〉一文，下列敘述正確的選項是 (A)性質類似翻案文章 (B)認為信陵君救趙實出於徇私 (C)無視於魏王的存在，其心可誅 (D)感歎亂世之臣存私背公，使國君徒居虛位 (E)「信陵君可以為人臣植黨之戒，魏王可以為人君失權之戒」，兼有諷諭當時政局之作用。

非選題

(一)寫出下列「　」內「樹」的字義：

1. 則信陵安得「樹」私交於趙：
2. 內自虛而外「樹」怨於諸侯：
3. 「樹」藝五穀：
4. 我知種「樹」而已，官理非吾業也：

5.十年「樹」木，百年「樹」人：

(二)語譯：

故信陵君可以為人臣植黨之戒，魏王可以為人君失權之戒。

答：

報劉一丈書

選擇題（＊為多選題）

（　）1.本文旨在 (A)報答劉一丈的恩情 (B)諷刺巴結權貴 (C)揭發趨附權貴的下場 (D)譏諷官場賄賂陋俗。

（　）2.篇中描繪的人物有三類，下列何者為非？ (A)當權者 (B)拜謁者 (C)門者 (D)學生。

（　）3.「門者故不入」乃謂 (A)守門的故意不讓他進入 (B)保鑣因故不讓他進入 (C)因為門壞了而不能進入 (D)因開小門故不入。

（　）4.下列敘述何者正確？ (A)「相公」倦，謝客矣：尊稱宰相 (B)得「長者」時賜一書：長官 (C)「官人」幸顧我：僕人 (D)幸「主者」出：主事之人。

（　）5.本文可以哪二句話為中心意旨？ (A)何至更辱饋遺，則不才益將何以報焉 (B)上下相孚，才德稱位 (C)人生有命，吾惟守分而已 (D)夫才德不稱，固自知之矣。

（　）6.下列敘述何者為非？ (A)作者干謁權貴不成而有此作 (B)劉一丈之「一」為排行 (C)作者諷刺當時的嚴嵩父子弄權是本文目的所在 (D)「固請」有堅請之意。

（　）7.拜謁者求見的表現不可用何字概括？ (A)候 (B)媚 (C)忍 (D)喜。

（　）8.下列敘述何者為非？ (A)且虛言狀：又誇大形容所厚待的情形 (B)斯則「僕之褊衷」：我心胸褊狹 (C)聞雞鳴，即起「盥櫛」：上廁所 (D)即門者持「刺」入：名片。

（　）9.「歲時伏臘」意指為何？ (A)臘月 (B)冬至 (C)逢年過節 (D)過年期間。

（　）10.以下字詞何者為「使役用法」？ (A)門者故不「入」 (B)袖金以「私」之 (C)「命」吏納之 (D)不「見」悅於長吏。

＊（　）11.以下何者使用轉品法來修飾？ (A)「袖」金以私之 (B)相公「厚」我 (C)「策」馬 (D)即起盥「櫛」 (E)揚「鞭」。

＊（　）12.下列何者說明了當世文人之間彼此猜忌較量的醜態？ (A)日夕策馬候權者之門 (B)即所交識，亦心畏相公厚之矣 (C)聞者亦心計交贊之 (D)甘言媚詞作婦人狀 (E)亡奈何矣，姑容我入。

*（　）13.有關本文的敘述何者正確？ (A)「上下相乎」意在反諷趨炎附勢的醜態 (B)「門者故不入」說明門者狐假虎威的醜態 (C)「則再拜，故遲不起」顯出主人禮賢下士的用心 (D)「主者出，南面召見」表示當權者自比帝王的傲慢 (E)「主者故固不受，則又固請」顯示主客二人的矯揉作態。

*（　）14.以下字詞的解釋何者正確？ (A)櫛：梳子 (B)策：馬鞭 (C)壽金：奠儀 (D)刺：名片 (E)槳：船槳。

*（　）15.有關本文的敘述下列何者正確？ (A)宗臣寫信給劉一丈對他甘言媚詞的行為予以勸誡 (B)文中所謂的主人暗指嘉靖年間嚴嵩父子 (C)拜謁者之狀可用候媚賄忍四字形容 (D)「故不受」、「故固不受」說明了拜謁者卑微求官的心態 (E)小說《官場現形記》中亦可清楚地了解官員趨炎附勢的醜態。

非選題

(一)注釋：

1.迂：

2.向：

3.相乎：

4.謝客：

5.匍匐：

(二)語譯：

立廄中僕馬之間，惡氣襲衣袖，即飢寒毒熱不可忍，不去也。

答：

吳山圖記

選擇題（＊為多選題）

（　）1.本文旨在 (A)藉〈吳山圖〉讚揚魏用晦的政績 (B)敘述〈吳山圖〉的巧奪天工 (C)歌頌〈吳山圖〉的功德 (D)讚美魏用晦知恩圖報。

（　）2.「令誠賢也」乃謂 (A)如果誠實賢能的話 (B)令他誠信又賢明 (C)縣令確實賢明 (D)使他誠愨賢惠。

（　）3.下列敘述何者為非？ (A)百姓「扳留」：挽留 (B)同年：同榜中舉者 (C)「尸祝」於浮屠：此當動詞，設神位而祭祀之 (D)何復「惓惓」於此山哉：疲倦貌。

（　）4.「展玩太息」乃謂 (A)一邊欣賞，一邊長歎 (B)一邊展示地圖，一邊停下來解說 (C)推展娛興節目，以供休閒 (D)一邊展示，一邊長歎。

( ) 5. 下列敘述何者為非？ (A)本文屬雜記類 (B)本文為倒敘結構 (C)本文富於戲劇藝術化的情趣 (D)本文以為山川草木對縣令之德有很大影響。

( ) 6. 「去黃州四十餘年」的「去」意同 (A)君子已「去」國兼旬 (B)此「去」黃州千里 (C)「去」年此時，小橋明月 (D)除「去」煩憂卻上心頭。

( ) 7. 「與余同在內庭」乃謂 (A)和我同在庭院之內 (B)和我同在宮禁之內 (C)和我都是廷內大臣 (D)和我同拜一個老師。

( ) 8. 「勝地」、「高第」分別為 (A)戰勝之地／最高名次 (B)風景名勝／優等考績 (C)風景名勝／最高名次 (D)戰勝之地／優等考績。

( ) 9. (甲)「穹」窿：ㄑㄩㄥ；(乙)支「硎」：ㄒㄧㄥˊ；(丙)巖「巒」：ㄌㄨㄢˊ；(丁)「惓惓」：ㄐㄩㄢˋ；(戊)西「脊」：ㄐㄧ；(己)「扳」留：ㄅㄢˇ。上列「 」內的字，讀音完全正確的選項是 (A)(甲)(乙)(丙) (B)(乙)(丙)(丁) (C)(丙)(丁)(戊) (D)(丁)(戊)(己)。

( ) 10. 下列詞語，不屬於梵語音譯的選項是 (A)浮屠 (B)剎那 (C)瑜珈 (D)因緣。

*( ) 11. 下列各組「 」內的字義，兩兩相異的選項是 (A)「分」境而治／禮者，法之大「分」 (B)尚有西子之「遺」跡／客從遠方來，「遺」我雙鯉魚 (C)支硎，皆「勝」地也／臣不「勝」受恩感激 (D)以高「第」召入為給事中／必躬造左公「第」 (E)其地之山川草木亦「被」其澤而有榮也／微管仲，吾其「被」髮左衽矣。

*( ) 12. 下列文章，與黃州有關的選項是 (A)〈黃州快哉亭記〉 (B)〈赤壁賦〉 (C)〈黃岡竹樓記〉 (D)〈醉翁亭記〉 (E)〈鈷鉧潭西小丘記〉。

*( ) 13. 下列「 」內的詞語，解釋正確的選項是 (A)余「同年」友：年紀相同 (B)由是「好事者」繪〈吳山圖〉以為贈：熱心好事的人 (C)「令」誠賢也：指知縣 (D)「異時」吾民將擇勝於巖巒之間：指將來 (E)君之「為」縣：治理。

*( ) 14. 有關歸有光，下列敘述正確的選項是 (A)明崑山人，九歲能寫文章，少年時，讀遍五經三史 (B)嘉靖間，連應鄉試八次，皆未中舉 (C)遷居嘉定安亭江上，讀書談道，門生常數百人，學者稱震川先生 (D)工古文，推尊《史記》、唐宋諸古文家，反對後七子摹擬之風 (E)姚鼐稱其直接唐宋八大

家，元明兩代沒有第二人。

*（　）15.有關〈吳山圖記〉，下列敘述正確的選項是 (A)吳縣的名山古蹟，為太湖七十二峰 (B)〈吳山圖〉繪畫者為魏用晦 (C)本篇屬倒敘結構 (D)議論縣令賢否不僅澤惠百姓，連山川草木也增光采 (E)本文選自《震川先生集》，屬雜記類。

非選題

(一)下列詩句都是歌詠女性，請寫出她們的姓名：

1.長安回望繡成堆，山頂千門次第開。一騎紅塵妃子笑，無人知是荔枝來：

2.腸斷烏啼夜嘯風，虞兮幽恨對重瞳。黥彭甘受他年醢，飲劍何如楚帳中：

3.絕豔驚人出漢宮，紅顏命薄古今同。君王縱使輕顏色，予奪權何畀畫工：

4.一代傾城逐浪花，吳宮空自憶兒家。效顰莫笑東村女，頭白溪邊尚浣紗：

5.瓦礫明珠一倒拋，何曾石尉重嬌嬈。都緣頑福前生造，更有同歸慰寂寥：

(二)語譯：

然後知賢者於其所至，不獨使其人之不忍忘而已，亦不能自忘於其人也！

答：

滄浪亭記

選擇題（*為多選題）

（　）1.本文旨在藉記敘滄浪亭變遷的經過指出 (A)世事變化無常 (B)士人想傳名後代，應從道德文章上努力 (C)即時行樂 (D)不爭一時，爭千秋。

（　）2.下列敘述何者為非？ (A)蠡：音ㄌㄧˇ，此指范蠡 (B)苑「囿」：音ㄧㄡˋ，種花木養禽獸之處 (C)「亟」求：音ㄐㄧˊ，同「急」 (D)迨：音ㄉㄞˋ，及；到了。

（　）3.「朝市改易」乃謂 (A)有如早晨的市集不斷改變 (B)早晨市街改道而行 (C)早晚市場位置不同 (D)早晨市集的攤位每不固定。

（　）4.「因亂攘竊」乃謂 (A)趁著混亂竊取政權 (B)因為戰亂負起攘外的責任 (C)因為亂世而遭竊 (D)趁著天下大亂，淪為盜賊。

（　）5.下列敘述何者正確？ (A)蘇子美即蘇軾 (B)子胥、種、蠡分別指伍員、文種和范蠡 (C)虞仲指舜的後裔 (D)錢鏐指魏侯錢其琛。

（　）6.「不與其澌然而俱盡者」乃謂 (A)不跟外界的事物同歸於盡 (B)與時俱進 (C)不圖國富兵強而只求盡力為之 (D)不與凡夫同

生同死。

（　）7.下列敘述何者為非？　(A)嘗登姑蘇之臺，望五湖之渺茫，群山之蒼翠：言視野開闊　(B)與「吾徒」游：我的學生　(C)治園於其「偏」：旁邊　(D)浮圖、禪者、釋子：皆指和尚。

（　）8.有關滄浪亭，下列敘述何者為非？　(A)蘇子美修建　(B)後改為大雲庵　(C)浮圖文瑛改建為亭　(D)歸有光續修此亭。

（　）9.(甲)「亟」求：ㄐㄧˊ；(乙)「治」園：ㄓˋ；(丙)「澌」然：ㄙ；(丁)「蠡」：ㄌㄧˇ；(戊)錢「鏐」：ㄌㄨˋ；(己)苑「囿」：ㄧㄡˋ。上列「　」內字音正確的選項是哪些？　(A)(乙)(丁)(戊)　(B)(甲)(丙)(己)　(C)(丙)(丁)(己)　(D)(丙)(戊)(己)。

（　）10.「亟求余作滄浪亭記」中的「亟」字與以下何者同義？　(A)以衛「社稷」　(B)「累次」建功　(C)深入「不毛」　(D)卒以此死於「東市」。

*（　）11.以下有關歸有光〈滄浪亭記〉的敘述何者正確？　(A)桐城派宗主歸有光　(B)歸有光的文學淵源，遠則取法六經、《史記》，近則規模唐宋八大家，尤其景仰韓愈、歐陽脩、曾鞏等人　(C)字熙甫，昆山人，徙居嘉定安亭江上，讀書談道。學徒常數百人，稱為震川先生　(D)「記」通常用以記「事」或「物」　(E)是少數記敘抒情古文，取材於家庭瑣事，描述親人故舊的生死聚散，文字之間散發出歡樂和傷懷的情緒，具有強烈的感染力。

*（　）12.雜記類的散文常常以「亭臺樓閣」為描寫的主題，請問以下作品何者即是以此作為題材？　(A)〈岳陽樓記〉　(B)〈黃岡竹樓記〉　(C)〈滄浪亭記〉　(D)〈蘭亭集序〉　(E)〈醉翁亭記〉。

*（　）13.以下何者是梵語「音譯」的詞彙？　(A)釋子　(B)浮圖　(C)沙門　(D)袈裟　(E)禪者。

*（　）14.古人常有因時地物事而有歷史興懷之感傷，以下何者具有如此之情懷？　(A)夫古今之變，朝市改易。嘗登姑蘇之臺，望五湖之渺茫，群山之蒼翠　(B)太伯、虞仲之所建，闔閭、夫差之所爭，子胥、種、蠡之所經營，今皆無有矣　(C)昔吳越有國時，廣陵王鎮吳中，治南園於子城之西南　(D)宮館苑囿，極一時之盛；而子美之亭，乃為釋子所欽重如此　(E)士之欲垂名於千載之後，不與其澌然而俱盡者，則有在矣。

†（　）15.下列哪一段說明了「士之欲垂名於千載之後，不與其澌然而俱盡者，則有在矣！」

究竟為何？ (A)蓋文章，經國之大業，不朽之盛事 (B)年壽有時而盡，榮樂止乎其身，二者必至之常期，未若文章之無窮 (C)古之作者，寄身於翰墨，見意於篇籍，不假良史之辭，不託飛馳之勢，而聲名自傳於後 (D)人生自古誰無死，留取丹心照汗青 (E)立德立功立言。

非選題

(一)注釋：

1.「亟」求：

2.朝市：

3.釋子：

4.「澌」然：

5.吾徒：

(二)語譯：

可以見士之欲垂名於千載之後，不與其澌然而俱盡者，則有在矣！

答：

青霞先生文集序

選擇題（＊為多選題）

（　）1.本文旨在強調沈鍊 (A)直言敢諫的道德勇氣，並盛讚其詩文之氣骨 (B)不屈不撓的精神 (C)其書可供後世觀民風、知得失的資料 (D)鑑賞的能力，足供後世景仰。

（　）2.下列敘述何者正確？ (A)沈鍊曾任錦衣衛 (B)沈鍊曾被發放邊疆 (C)沈鍊為文多諷刺，故人多畏之 (D)沈鍊的文章充滿悲愴之聲。

（　）3.「特薄其譴」乃謂 (A)特別鄙視他的差譴 (B)特別輕薄地對待他 (C)特地削弱他的職權 (D)特別減輕他的罪。

（　）4.下列敘述何者為非？ (A)纍然：疲憊羸弱貌 (B)疆埸：邊界 (C)方「力構」其罪：竭力羅織陷害 (D)幽人：囚犯。

（　）5.「不及飛一鏃以相抗」乃謂 (A)來不及射箭去抵抗 (B)連射一支箭去抵抗也沒有 (C)調度速度太慢，只得勉強和敵人對抗 (D)喻紮營速度太慢，態度不夠積極。

（　）6.就作者之意，下列敘述何者正確？ (A)伍子胥的爭諫近於脅迫 (B)劉蕡的對策近於高亢失禮 (C)賈誼的上疏近於激憤 (D)以上皆是。

（　）7.「古之中聲」乃指 (A)古代平和中正的樂聲 (B)古人不偏不倚的中庸樂音 (C)中古時期的音樂 (D)古代中國的樂聲。

(　)8.「菅刈我人民以蒙國家」乃謂 (A)殘害百姓，使朝廷蒙羞 (B)殘害我國百姓來蒙蔽朝廷 (C)提供百姓武器使國家蒙受利益 (D)割裂百姓的土地，並且矇騙國家。

(　)9.(甲)不及飛一「鏃」以相抗：ㄘㄨˋ；(乙)野行者之「馘」：ㄍㄨㄛˇ；(丙)菅「刈」：ㄧˋ；(丁)「欷」歔：ㄒㄧ；(戊)「煽」構：ㄕㄢ；(己)「閫」寄：ㄎㄨㄣˋ。上列「　」內的字，讀音完全正確的選項是 (A)(甲)(戊)(己) (B)(乙)(丙)(丁) (C)(丙)(丁) (D)(丁)(戊)(己)。

(　)10.「會北敵數內犯」，句中「數」字義，與下列哪個選項相同？ (A)引而置之莊、嶽之間「數」年 (B)今夫弈之為「數」，小數也 (C)「數」罟不入洿池 (D)予觀弈於友人所，一客「數」敗。

*(　)11.下列各組「　」內的字義，兩兩相異的選項是 (A)特「薄」其譴／省刑罰，「薄」賦斂 (B)「數」嗚咽欷歔／其「數」則始乎誦經，終乎讀禮 (C)豈皆古之「中」聲也哉／木直「中」繩 (D)特憫其人，「矜」其志／願陛下「矜」愍愚誠 (E)予謹「識」之／默而「識」之。

*(　)12.下列「　」內詞語，解釋正確的選項是 (A)於是「裒輯」其生平所著若干卷：搜集編纂 (B)「束手閉壘」：束手無策，緊閉城壘 (C)往往而是，無所「控籲」：控訴 (D)數「嗚咽欷歔」：失聲哭泣 (E)即集中所載諸「什」是也：十篇。

*(　)13.下列「　」內的詞語，解釋正確的選項是 (A)而一時「閫寄」所相與讒君者：困頓流離 (B)幽人、「懟士」：怨士 (C)「止乎禮義」：不逾越於禮義 (D)屈原之騷「疑」於怨：類似 (E)國家「采風」：風采。

*(　)14.下列「　」內的詞語，解釋正確的選項是 (A)「〈小弁〉之怨親」：指尹吉甫之子伯奇，作〈小弁〉以抒怨 (B)「〈巷伯〉之刺讒」：指太監孟子因被讒遭刑，故作〈巷伯〉以泄怨憤 (C)並列之為「風」：指《詩經》中的十五〈國風〉 (D)疏之為「雅」：指朝廷之樂歌 (E)而海內之「薦紳」大夫：指仕宦。

(　)15.下列關於「序」這種文體的說明，哪些是正確的？ (A)書序依位置不同，又分序和跋 (B)置於書前的叫跋，置於書後的叫序 (C)最早的序多置於書前，如：〈太史公自序〉、〈說文解字敘〉 (D)書序是用來陳述著作的旨趣和緣由 (E)贈序常用以表示敬愛或陳述忠告之誼。

非選題

(一)請寫出下列詩句所歌詠的人物是誰？

1.夫子何者為？栖栖一代中。地猶鄹氏邑，宅即魯王宮：

2.不肯迂迴入醉鄉，乍吞忠梗沒滄浪。至今祠畔猿啼月，了了猶疑恨楚王：

3.宣室求賢訪逐臣，賈生才調更無倫。可憐夜半虛前席，不問蒼天問鬼神：

4.一擊車中膽氣豪，祖龍社稷已驚搖。如何十二金人外，猶有人間鐵未銷：

5.此地別燕丹，壯士髮衝冠。昔時人已沒，今日水猶寒：

(二)請寫出《詩經》的體裁〈風〉、〈雅〉、〈頌〉之內容：

答：

藺相如完璧歸趙論

選擇題（＊為多選題）

（　）1.本文旨在借史論「完璧歸趙」的成功在藺相如 (A)善謀而成 (B)但憑天意 (C)智勇雙全 (D)欺詐得宜。

（　）2.「歸直於秦」乃謂 (A)直接歸還秦國 (B)直搗秦國咸陽 (C)使秦國得正直之理 (D)直接回到秦國。

（　）3.「天固曲全之哉」乃謂 (A)上天堅定地使他完整無缺 (B)必定是上天刻意幫忙 (C)本來就是上天成全的 (D)上天一再地加以保護。

（　）4.「設九賓，齋而受璧」乃謂秦王 (A)鄭重其事 (B)誇耀武功 (C)懾服諸國 (D)故弄玄虛。

（　）5.「一勝而相如族」乃謂 (A)打一次勝仗使相如家族蒙恩 (B)秦國戰勝而誅殺相如全族 (C)相如打勝仗贏回璧玉 (D)秦兵戰勝，相如就被免官。

（　）6.「厚怨大王以棄我如草芥」乃謂 (A)大大責怪秦王輕棄他們 (B)深深抱怨秦王刻薄他們 (C)嚴厲地指責秦王不顧國計民生 (D)深深地怨恨秦王侮辱他們。

（　）7.「大王弗予城而紿趙璧」的「紿趙璧」乃謂 (A)騙取趙國璧玉 (B)歸還趙國璧玉 (C)搶奪趙國璧玉 (D)贈送趙國璧玉。

（　）8.下列敘述何者為非？ (A)無所「曲直」：是非；對錯 (B)「僇」相如於市：殺 (C)相如「族」：終結 (D)使「舍人」懷而逃之：左右親近，此指門客。

（　）9.(甲)「脅」其璧：ㄒㄧㄚˊ；(乙)「邯」鄲：ㄏㄢˊ；

(丙)「藺」相如：ㄌㄧㄥˋ；(丁)「澠」池：ㄇㄧㄣˇ；(戊)「僇」相如：ㄌㄨˋ；(己)「紿」趙璧：ㄊㄞˊ。上列「 」內字音正確的選項是哪些？ (A)(甲)(乙)(丙) (B)(乙)(丁)(戊) (C)(丙)(丁)(戊) (D)(丙)(戊)(己)。

（　）10.「人皆稱之」句中「稱」字義與以下何者相同？ (A)「稱」快世俗 (B)「稱」帝 (C)以其名「稱」之 (D)「稱」頌一時。

*（　）11. 有關王世貞文學主張以及當世前後七子之文學流派說明何者正確？ (A)明初前七子倡言「文必秦漢，詩必盛唐」，以反對「臺閣體」 (B)前七子因拋棄了唐宋以來文學發展的既成傳統，亦墮入另一個「盲目尊古」的窠臼 (C)「後七子」以李攀龍、王世貞最著名 (D)王世貞主文壇二十年，主張「文必西漢，詩必盛唐，大曆以後書勿讀」 (E)因此建立了「公安派」，統治文壇的復古勢力才趨崩潰。

*（　）12. 史論常是文人藉以提出精闢見解，或對歷史事件重新檢視發表不同於史料贅語的議論，此後者便是所謂的「翻案文章」，請問以下何者即使用此種題材？ (A)王安石〈讀孟嘗君傳〉 (B)蘇軾〈留侯論〉 (C)王世貞〈藺相如完璧歸趙論〉 (D)蘇洵〈六國論〉 (E)歐陽脩〈縱囚論〉。

*（　）13. 在文中改變原來詞彙的詞性的修辭法叫做轉品，以下何者使用轉品法來修飾？ (A)「勁」澠池 (B)「柔」廉頗 (C)「僇」相如 (D)「齋」而受璧 (E)「遠」罪豐家。

*（　）14. 作者為藺相如設辭來想像如何逼秦兩難以返璧的理由為何？ (A)夫璧，非趙寶也；而十五城，秦寶也。今使大王以璧故而亡其十五城 (B)十五城之子弟，皆厚怨大王以棄我如草芥也 (C)大王弗予城而紿趙璧，以一璧故而失信於天下 (D)臣請就死於國，以明大王之失信 (E)秦意未欲與趙絕耳。

*（　）15.〈藺相如完璧歸趙論〉末段言相如有「三重危險」，請問是哪三重可能？ (A)秦王怒而僇相如於市 (B)武安君十萬眾壓邯鄲而責璧與信 (C)臣請就死於國 (D)怨大王以棄我如草芥 (E)一勝而相如族。

非選題

(一)注釋：

1. 脅：
2. 情：
3. 紿：
4. 草芥：

5. 族：

㈡語譯：

若其勁澠池，柔廉頗，則愈出而愈妙於用。所以能完趙者，天固曲全之哉！

答：

徐文長傳

選擇題（＊為多選題）

（　）1.本文旨在 (A)記敘徐渭的生平並惋惜他有奇才卻不為世所用 (B)感歎徐文長生不逢時 (C)指責徐文長不知世事 (D)勸勉徐文長應明哲保身。

（　）2.下列敘述何者為非？ (A)聲名「藉甚」：盛大 (B)屢試輒蹶：屢次應試都失敗 (C)膝語蛇行：猶言道路以目 (D)一切疏計：一切奏章報表。

（　）3.「放浪麴櫱」意指 (A)在海浪中浮沉 (B)在麥田和稻田間奔馳 (C)恣意飲酒 (D)流浪天涯。

（　）4.下列敘述何者為非？ (A)囹圄：音ㄌㄧㄥˊ ㄨˊ (B)麴櫱：音ㄑㄩˊ ㄋㄧㄝˋ (C)巾幗：音ㄐㄧㄣ ㄍㄨㄛˊ (D)藉甚：音ㄐㄧㄝˋ ㄕㄣˋ。

（　）5.下列敘述何者為非？ (A)徐文長晚年曾犯殺妻罪入獄 (B)作者以為徐的文章可和歐陽脩並稱 (C)作者蒐有徐晚年所作的詩文刻本 (D)文長所為詩風格偶有卑下。

（　）6.下列敘述何者為非？ (A)袁宏道為公安派的一員 (B)袁宏道以「奇」字稱許徐文長，與公安派的基本主張相同 (C)由於奇特，因此徐文長的遭遇不如意 (D)徐文長任何文體皆可為之，尤以巾幗而事人之文為最。

（　）7.「羈人之寒起」乃謂 (A)囚犯在寒夜中被叫醒 (B)異鄉客寒夜起身 (C)病人在寒冬中起牀、吃藥 (D)旅客在旅途中得了風寒。

（　）8.下列敘述何者為非？ (A)然竟「不偶」：不得志 (B)文長既雅不與「時調」：當代文風 (C)遂為「囹圄」：獄長 (D)「間世」豪傑：隔世。

（　）9.下列各組「　」內的字，讀音相同的選項是 (A)「奇」其才／然數「奇」 (B)聲名「藉」甚／相與枕「藉」 (C)是時公督「數」邊兵／先生「數」奇不已 (D)「屬」文長作表／隸「屬」。

（　）10.㈠是時公督「數」邊兵，威鎮東南；㈡然「數」奇，屢試輒蹶；㈢幕中禮「數」異等；㈣五陵年少爭纏頭，一曲紅綃不知「數」；㈤臣請為君「數」之，令知其罪

而殺之。上列「」內的「數」字義，共有幾種？ (A)二種 (B)三種 (C)四種 (D)五種。

*( ) 11. 下列各組「」內的字義，兩兩相異的選項是 (A)議者「方」之劉真長／卅之時，血氣「方」剛 (B)好奇計，談兵多「中」／談言微「中」，亦可以解紛 (C)雨鳴樹「偃」／草上之風，必「偃」 (D)呼下隸「與」飲／「與」其進也，不「與」其退 (E)「恣」情山水／諸侯放「恣」。

*( ) 12. 下列「」內的詞語，屬於「借代」修辭的選項是 (A)非彼「巾幗」而事人者所敢望也 (B)臣本「布衣」，躬耕南陽 (C)居「廟堂」之高，則憂其民 (D)何以解憂？唯有「杜康」 (E)私家收拾，半付「祝融」。

*( ) 13. 下列文句運用「頂針」兼「類疊」的選項是 (A)余謂文長無之而不奇者也。無之而不奇，斯無之而不奇也 (B)先生數奇不已，遂為狂疾；狂疾不已，遂為囹圄 (C)文長吾老友，病奇於人，人奇於詩 (D)不以模擬損才，不以議論傷格 (E)故其為詩，如嗔如笑，如水鳴峽，如種出土，如寡婦之夜哭。

*( ) 14. 下列「」內的詞語，解釋正確的選項是 (A)然竟「不偶」：指喪妻 (B)窮覽「朔漠」：北方沙漠 (C)「如嗔如笑」：像在發怒，像在嘲笑 (D)「韓、曾之流亞」：韓愈、曾鞏同一流人物 (E)當時「騷壇」主盟者：指文壇。

*( ) 15. 有關袁宏道，下列敘述正確的選項是 (A)號石公，明公安人 (B)年十六，中秀才，結社城南，自為社長 (C)工詩文，主妙悟，倡性靈 (D)反對王世貞、李攀龍等之模擬抄襲 (E)所作清新輕俊，時稱「公安體」。

非選題

(一)有關〈徐文長傳〉，描述徐渭的奇才共有哪些？

答：

(二)語譯：

先生數奇不已，遂為狂疾；狂疾不已，遂為囹圄。古今文人牢騷困苦，未有若先生者也。

答：

五人墓碑記

選擇題（*為多選題）

( ) 1. 本文旨在 (A)悲傷五義士之死 (B)記述五義士就義眾人之悲憤 (C)記敘五義士就義

之經過 (D)盛讚五義士討伐閹黨有功。

(　) 2.五義士合葬於魏閹祠廢址，其意義為 (A)反諷 (B)榮耀 (C)錯愕 (D)嘲笑。

(　) 3.下列敘述何者為非？ (A)魏閹：指魏忠賢 (B)周蓼洲：指周順昌 (C)吳因之：指吳默 (D)文起文公：指文天祥。

(　) 4.下列敘述何者為非？ (A)謚：死者之號 (B)逡巡：遲疑不前的樣子 (C)株治：以株樹之汁液醫治病患 (D)投繯：自縊。

(　) 5.「縉紳而能不易其志者」意指 (A)升官而能不改變初衷 (B)官員而能不改變操守的 (C)官員而能不改變五義士志向的 (D)雖身為大官卻不能更易其操守。

(　) 6.下列敘述何者為非？ (A)吾社之行「為士先者」：可以作為士人標竿的 (B)這五人都沒讀過聖賢書，卻能受大義感發，不吝生命而赴死 (C)五人之死是因周蓼洲先生被捕，激於義憤而被殺害的 (D)斂貲財以送其行：搜刮他家財產後送官查辦。

(　) 7.下列何者非為官名？ (A)冏卿 (B)太史 (C)大閹 (D)中丞。

(　) 8.下列敘述何者為非？ (A)鉤黨：結黨，此指東林黨 (B)「扼腕」墓道：表示振奮或惋惜之意 (C)加其「土封」：指墳墓 (D)溷藩：指藩鎮。

(　) 9.(甲)「蓼」洲：ㄌㄧㄠˇ；(乙)「逡」巡畏義：ㄑㄧㄣ；(丙)「抶」而仆之：ㄓˋ；(丁)「溷」藩：ㄏㄨㄣˊ；(戊)呼中丞之名而「詈」之：ㄌㄧˋ；(己)「脰」而函之：ㄉㄡˋ。上列「　」內字音正確的選項是哪些？ (A)(甲)(乙)(丙) (B)(乙)(丁)(戊) (C)(甲)(戊)(己) (D)(丙)(戊)(己)。

(　) 10.請問以下何者並非指平民百姓？ (A)臣本「布衣」 (B)編戶之民 (C)補「黑衣」之數 (D)黔首。

*(　) 11.有關〈五人墓碑記〉的說明何者正確？ (A)此篇體裁雖以「記」標名，但其內容實為「墓誌」 (B)此篇在後段加上「其詞曰」的韻文，為「墓誌」的標準體裁 (C)其地點用途其實為碑文 (D)此文對死者並不過度讚揚，而是表揚忠貞義行 (E)此篇以感歎句、疑問、反問句用法來表達作者心中的不滿。

*(　) 12.墓誌碑文或哀祭類散文往往頌揚死者生前功德或者緬懷其事跡，以下何者為此種題材？ (A)〈五人墓碑記〉 (B)〈柳子厚墓誌銘〉 (C)〈陋室銘〉 (D)〈瀧岡阡表〉 (E)〈潮州韓文公廟碑〉。

*(　) 13.「辱人賤行，視五人之死，輕重固何如哉？」

中所謂的「辱人賤行」在本文中有哪些人的行為比不上此五義士之忠貞義行？ (A)四方之士，無有不過而拜且泣者 (B)今之高爵顯位，一旦抵罪，或脫身以逃 (C)剪髮杜門，佯狂不知所之者 (D)富貴之子，慷慨得志之徒 (E)其疾病而死，死而湮沒不足道者。

*（　）14. 下列有關此五義士的身分地位及事跡，何者正確？ (A)死而湮沒不足道者 (B)當刑也，意氣揚揚，呼中丞之名而詈之，談笑以死 (C)保其首領，以老於戶牖之下，則盡其天年，人皆得以隸使之 (D)生於編伍之間，素不聞詩書之訓，激昂大義，蹈死不顧 (E)當蓼洲周公之被逮，激於義而死焉者也。

*（　）15.「吳之民方痛心焉，於是乘其厲聲以呵，則譟而相逐。中丞匿於溷藩以免」，此次義民暴動所產生的後果為何？ (A)以吳民之亂請於朝，按誅五人 (B)有賢士大夫發五十金，買五人之脰而函之，卒與屍合 (C)矯詔紛出，鉤黨之捕徧於天下 (D)大閹亦逡巡畏義，非常之謀，難於猝發 (E)待聖人之出，而投繯道路。

非選題

(一)注釋：

1. 抶：
2. 脰：
3. 溷藩：
4. 噭噭：
5. 首領：

(二)語譯：

凡四方之士，無有不過而拜且泣者，斯固百世之遇也。

答：

心得札記

心得札記

心得札記

答案暨解析

卷一 周文

鄭伯克段于鄢

選擇題

1.(A) 2.(A) 3.(D) 4.(D) 5.(C) 6.(C) 7.(C) 8.(A)
9.(D) 10.(B) 11.(A)(B)(C) 12.(A)(C)(E) 13.全 14.(B)(C)(D)
15.(B)(D)(E)

解析：

9.(A)張揚。(B)施行。(C)施加。(D)推及。

10.(甲)ㄑㄧˋ；(丁)ㄓˋ；(己)ㄐㄩㄝˊ。

11.(A)皆為「贈送」。(B)皆通「避」。(C)皆為「滿足」。(D)規矩／量。(E)兩位國君／兩地。

14.(A)是《春秋》的經文。(E)莊公陰狠，武姜私心，共叔段狂妄。

15.(A)對偶。(B)「公入而賦」當作「公（姜）入而賦」。(C)配字。(D)「姜出而賦」當作「（公）姜出而賦」。「不以物喜，不以己悲」當作「不以物（己）喜，不以（物）己悲」。(E)「筆落驚風雨，詩成泣鬼神」當作「筆落驚風雨（泣鬼神），詩成（驚風雨）泣鬼神」。

非選題

(一) 1.匱 2.潰 3.簣 4.瞶 5.憒

(二) 1.(A) 2.(B) 3.(E)

周鄭交質

選擇題

1.(C) 2.(D) 3.(A) 4.(C) 5.(B) 6.(D) 7.(D) 8.(A)
9.(B) 10.(A) 11.(B)(C)(D)(E) 12.(A)(B)(E) 13.(B)(C)(E) 14.(A)(B)(C)
15.(A)(B)(C)(E)

解析：

10.(A)人質。(B)離間／間隙。(C)進獻／美食。(D)內心／中途。

11.(A)《左傳》屬經部。(E)如本文尾段「君子曰」。

12.(C)(D)為名詞。

15.(D)僅為報復。

非選題

(一) 1.ㄌㄠˇ 2.ㄌㄧㄠˊ 3.ㄌㄧㄠˊ 4.ㄌㄧㄠˊ 5.ㄌㄧㄠˇ

(二)天子本有分政權的權柄，卻因鄭莊公的埋怨而有所不敢；鄭莊公身為臣子，卻越分與周交質，又出師侵周。

石碏諫寵州吁

選擇題

1.(D) 2.(A) 3.(D) 4.(B) 5.(C) 6.(A) 7.(D) 8.(C)

9.(C) 10.(D) 11.(B)(D) 12.(B)(D)(E) 13.(A)(C)(D)(E) 14.(A)(B)(D)(E) 15.(B)(E)

解析：

9.題幹：「將禍是務去」的「是」字為助詞，無義，表示賓語提前，意即「將務去禍」。(A)只也。(B)正確的。(C)助詞，無義，表示賓語提前，意即「惟依兄嫂」。(D)此也，「是賴」意即「賴是」。

10.(D)此即所謂的「能近取譬」。

11.(A)ㄨㄛˋ／ㄨˋ。(B)ㄑㄩㄥˊ。(C)ㄍㄨㄟ／ㄨㄟˋ。(D)ㄈㄟˇ。(E)ㄌㄧㄝˇ／ㄌㄧㄝˋ。

12.(A)介詞，的。(B)代詞，即所愛之「子」。(C)介詞，的。(D)代詞，禍。(E)代詞，其子。

13.(A)動詞，經由；導致；緣由。(B)名詞，軍事。(C)動詞，屈抑自己。(D)動詞，學習。(E)動詞，侵犯；凌駕。

14.本題問的是「譬喻法」。(A)落梅「如」雪亂。(B)孤獨「是」一匹衰老的獸。(C)純為判斷句，並無譬喻現象。(D)母愛「是」……，有太陽的氣味。(E)傷感……「如」遠去的船。

15.(A)並無諧音雙關的現象，「嫣」為姓。(B)梧桐子／吾子，為諧音雙關。(C)並無諧音雙關的現象，「弦」為弓弦，張弓射箭，弦必繃緊，取其「緊張」之義，此為象徵義。(D)「東宮」為太子所居之所，後借代「太子」。(E)晴天／愛情，為諧音雙關。

非選題

(一)1.手 2.領 3.齒 4.眉 5.目

(二)驕傲、奢侈、淫樂、放蕩，都是邪惡的根源。這四者之所以發生，是由於太過寵愛、賞賜過多。如果要立州吁為太子，那就趕快確定。

臧僖伯諫觀魚

選擇題

1.(A) 2.(C) 3.(A) 4.(D) 5.(D) 6.(D) 7.(A) 8.(D) 9.(B)(C)(E) 10.(A) 11.(C)(D) 12.(A)(B)(D) 13.(B)(D)(E) 14.(A)(B) 15.(A)(B)(C)(D)

解析：

9.(甲)ㄕㄤ；(丙)ㄒㄧㄢˇ；(戊)ㄕㄨˇ。

10.(A)ㄙㄡ／ㄨㄟˊ／ㄎㄨㄟˊ。(B)ㄒㄧㄢˇ／ㄇㄧˊ／ㄇㄧˊ。(C)ㄕㄜˊ／ㄕㄜˊ／ㄉㄨˋ。(D)ㄌㄧˋ／ㄌㄧˋ／ㄌㄧˋ。

11.(A)或。(B)像。(C)往。(D)往。(E)猶「然」，詞尾。

12.(C)法度。(E)屢次。

13.(A)春之獵。(C)祭告宗廟而後飲酒。

14.(D)配字，偏義複詞。

15.(E)對偶。

非選題

(一)這是諷刺隱公不合禮，並且表示棠地太遠，隱公是不該去的。

(二)1.ㄕㄨˇ 2.ㄐㄩ 3.ㄐㄩˇ 4.ㄐㄩˇ 5.ㄘㄨˊ

鄭莊公戒飭守臣

選擇題

1.(A)　2.(C)　3.(A)　4.(A)　5.(B)　6.(D)　7.(C)　8.(C)　9.(D)　10.(A)　11.(C)(E)　12.(A)(D)(E)　13.(A)(B)(D)　14.(B)(C)(E)　15.(B)(C)(D)(E)

解析：

9.(甲)ㄩˇ；(乙)ㄩˋ；(己)ㄔㄥˇ。

10.(甲)功業／秩序；(乙)使；(丙)放置；(丁)急／盡頭；(戊)子孫／庇佑；(己)逼近。

14.題幹：你。(A)如果。(D)且。

非選題

(一)1.誠敬齋潔以祭祀　2.旗名，為鄭莊公之旗　3.向四周揮動旗幟　4.終止降禍　5.寄食四方

(二)如果寡人能夠以壽而善終，上天也依禮終止降禍給許國，願意讓許公再度統治許國。

臧哀伯諫納郜鼎

選擇題

1.(A)　2.(D)　3.(A)　4.(D)　5.(D)　6.(D)　7.(C)　8.(B)　9.(D)　10.(C)　11.(D)(E)　12.(A)(B)(D)　13.(B)(C)(E)　14.(C)(E)　15.(B)(D)(E)

解析：

9.(A)青、黃、赤、白、黑。(B)日、月、星。(C)一說鑄鼎材料由九州所貢；一說鼎有九。(D)「百」言其多也。

11.(A)堅決的語氣。(B)感傷的語氣。(C)推測的語氣。(D)「苟」，表假設語氣的語氣副詞。(E)「使」，表假設語氣的語氣副詞。

12.(A)「榮辱」、(B)「有無」、(D)「曲直」，三者皆由兩個反義詞並陳。(C)偏在「去」義。(E)義偏在「東」。

13.(A)「孰」有「何」義。(D)「致」有「調和」之義。

14.(A)動詞／形容詞。(B)形容詞／副詞。(C)形容詞。(D)動詞／名詞。(E)動詞。

15.(A)《左傳》為編年體。《國語》、《戰國策》為國別史。(C)《戰國策》非一時一地一人之作。

非選題

(一)1.ㄍㄨㄣˇ　2.ㄈㄨˇ　3.ㄧㄢˊ　4.ㄌㄨㄢˊ　5.ㄗ

(二)1.　4.　5.

季梁諫追楚師

選擇題

1.(A)　2.(D)　3.(C)　4.(B)　5.(D)　6.(B)　7.(B)　8.(C)　9.(B)　10.(C)　11.(A)(C)(D)　12.(A)(D)　13.(A)(B)(C)(E)　14.(B)(D)(E)　15.(A)(B)(C)(E)

解析：

9.(乙)ㄆㄧ；(戊)ㄊㄨˊ；(己)ㄗ。

10.(甲)具備；(乙)被子；(丙)影響；(丁)蒙受；(戊)通「披」；

(己)通「披」。

11.(A)瘦病。(B)打算/謀取。(C)飢餓。(D)詐稱。(E)祭器/美。

12.(B)得逞其志，指擴大國土。(C)自傲。(E)祭祀所用的穀物。

13.(D)指父義、母慈、兄友、弟恭、子孝。

14.(A)「蠶」：名詞用作副詞。(C)「夏天」：名詞用作形容詞。

15.(A)(B)(C)(E)均為因果複句。

非選題

(一)1.○ 2.○ 3.×（假設語氣） 4.×（祈使語氣） 5.○

(二)所以奉獻犧牲時祝告著說「碩大而肥壯」，這是說人民的財力普遍富足，牲畜又多又肥大，並且沒有疥癬的疾病，又有各種好的品種。

曹劌論戰

選擇題

1.(A) 2.(D) 3.(B) 4.(B) 5.(C) 6.(B) 7.(D) 8.(A)
9.(A) 10.(D) 11.(A)(B)(D)(E) 12.(A)(B)(E) 13.(B)(C)(D)(E)
14.全 15.(A)(B)(D)(E)

解析：

9.(甲)ㄇㄧˇ；(丁)ㄅㄧㄢˋ；(己)ㄍㄨㄟˋ。

11.(C)描寫重心在曹劌對進攻追擊時機的掌握。

12.(A)(B)(E)誠信。(C)隨意。(D)信息。

13.(A)望風披靡。

15.(C)排比。

非選題

(一)1.倒。2.參與。3.取得信任。4.指在位者。5.祭品。

(二)1.(D) 2.(A) 3.(E) 4.(B) 5.(F) 6.(C)

齊桓公伐楚盟屈完

選擇題

1.(C) 2.(A) 3.(B) 4.(A) 5.(B) 6.(C) 7.(D) 8.(B)
9.(D) 10.(C) 11.(A)(D) 12.(B)(D) 13.(B)(C)(D)(E) 14.全
15.(B)(D)

解析：

10.(C)「洒家」為關西人自稱之詞，並無自謙之意。

11.(A)ㄎㄨㄟ。(B)ㄉㄧˋ/ㄉㄧˋ。(C)ㄒㄧㄥˊ/ㄐㄧㄥˋ。(D)ㄙㄨㄟ。(E)ㄅㄠ/ㄅㄠˋ。

12.(A)「是」，此也。(B)「吞舟是漏」→「漏吞舟」。(C)「是」，此也。(D)「豈不穀是為」→「豈為不穀」。(E)「是」，此也。

13.(A)「其」，應該也。本句為測度的語氣。

15.(A)動作先後。(B)前一句因，後一句果。(C)假設關係。(D)前三句因，後一句果。(E)並列關係。

非選題

(一)1.無義的語氣詞 2.用於字號中，有表示年輕、具

有德行之意味　3.對於有才學之士的敬稱　4.貴族的身分，子爵　5.女孩

(二)1.坐　2.圖　3.制　4.贓　5.咀

宮之奇諫假道

選擇題

1.(A)　2.(C)　3.(B)　4.(D)　5.(C)　6.(A)　7.(D)　8.(D)

9.(C)　10.(B)　11.(A)(B)(C)(D)　12.(A)(C)　13.全　14.全　15.全

解析：

11.(E)農曆初一。

12.(A)豈。(B)若。(C)豈。(D)大概。(E)將。

14.(A)「未之學也」是「未學之也」。(B)「非人實親」是「非親人」；「惟德是依」是「惟依德」。(C)「惟德是輔」是「惟輔德」。(D)「惟兄嫂是依」是「惟依兄嫂」。(E)「無恥之恥」是「恥無恥」。

非選題

(一)1.昧於虞、虢脣齒相依的關係　2.迷信鬼神之可據　3.利令智昏，剛愎自用，一意孤行

(二)1.倒裝句　2.句中對　3.轉品　4.類疊　5.激問

齊桓下拜受胙

選擇題

1.(D)　2.(B)　3.(A)　4.(C)　5.(D)　6.(B)　7.(C)　8.(A)

9.(B)　10.(A)　11.(A)(B)(D)(E)　12.(A)(D)　13.(A)(D)(E)　14.(C)(E)　15.(A)(B)(D)

解析：

9.(A)ㄌㄧㄝˋ/ㄑㄧˋ/ㄇㄠˋ。(B)ㄒㄩㄣˊ。(C)ㄗㄨㄛˋ/ㄗㄨㄛˋ/ㄗㄨㄛˊ。(D)ㄨㄟˊ/ㄨㄟˊ/ㄨㄟˇ。

13.(B)耆：六十、七十歲。(C)耄：八十、九十歲。

14.(A)通「燖」，重溫。(B)尋找。(C)不久。(D)平常。(E)不久。

15.(C)問答、提問。(E)疑問。

非選題

(一)1.祭祀用的肉。2.帶；給。3.離。4.重申前盟。5.顛墜，此指敗壞禮法。

(二)(B)(D)(F)(E)(C)(A)

陰飴甥對秦伯

選擇題

1.(D)　2.(A)　3.(B)　4.(A)　5.(A)　6.(A)　7.(C)　8.(B)

9.(D)　10.(D)　11.(A)(D)　12.(B)(D)　13.(D)(E)　14.(C)(D)　15.(A)(B)(C)

解析：

9.(D)陰飴甥強調晉國君子（士大夫）與小人（百姓）觀點雖不同，然不惜代價備戰的心態，卻是上下一致的。

10.君子是指勞心者，亦即上位者、士大夫；小人是指

勞力者，亦即平民百姓。

11.(A)ㄆㄥˊ。(B)ㄐㄧˊ/ㄑㄧˋ/ㄐㄧˊ。(C)ㄈㄟˇ/ㄈㄟˇ/ㄈㄟ。(D)ㄐㄩˋ。(E)ㄔㄨㄛˋ/ㄉㄨㄛˊ/ㄔㄨㄛˋ。

12.(A)名詞，羞恥。(B)動詞，以之為恥。(C)動詞，羞辱。(D)動詞，以之為恥。(E)名詞，恥辱。

13.題幹：「而」字作「卻」解釋。(A)也。(B)就。(C)就。(D)卻。(E)卻。

14.(A)(B)有才德者之稱。(C)(D)在位者、上位者之稱。(E)好學求道者。

非選題

(一) 1.ㄧˊ。2.ㄉㄢˋ。3.ㄔㄡˊ。4.ㄑㄧ。5.ㄎㄨㄟˋ。

(二) 1.吉人之辭寡，小人之辭多。

2.小人慼，謂之不免；君子怨，以為必歸。

3.親賢臣，遠小人，此先漢所以興隆也；親小人，遠賢臣，此後漢所以傾頹也。

子魚論戰

選擇題

1.(D) 2.(D) 3.(A) 4.(B) 5.(B) 6.(C) 7.(B) 8.(C)

9.(A) 10.(A) 11.(A)(B)(E) 12.(B)(C)(E) 13.(B)(C)(D) 14.(A)(C)(D)(E) 15.(A)(B)(C)(E)

解析：

9.(乙)ㄑㄧㄥˊ；(丙)ㄍㄡˇ；(丁)ㄔㄢˋ。

11.(A)渡水/救助。(B)列陣/貢獻。(C)再。(D)擊鼓。(E)應當/往。

12.(A)周歲。(D)四十歲。

13.(A)(E)皆偏義複詞。

14.(B)左右衛士全部陣亡。

15.(D)司馬魚與宋襄公顛倒敘述。

非選題

(一) 1.ㄐㄧㄢ 2.ㄒㄧㄢ 3.ㄑㄧㄢ 4.ㄔㄢˋ 5.ㄔㄣˋ

(二)軍隊是為求戰果而出動，金鼓則是用聲音來激勵勇氣。為求戰果而出動，那麼在險隘的地方扼阻敵人是可以的；鼓聲大作，士氣高昂，那麼攻擊尚未列陣的敵人也是可以的。

寺人披見文公

選擇題

1.(D) 2.(C) 3.(D) 4.(D) 5.(C) 6.(C) 7.(D) 8.(C)

9.(B) 10.(A) 11.(B)(C)(E) 12.(A)(C)(D)(E) 13.(A)(B)(C)(E)

14.全 15.(B)(D)

解析：

9.(A)ㄅㄧ/ㄅㄧ/ㄈㄨˊ。(B)ㄅㄧㄣ。(C)ㄒㄧㄚˊ/ㄒㄧㄚˊ/ㄐㄧㄚˇ。(D)ㄆㄨˊ/ㄅㄨ/ㄅㄨ。

13.以上皆是倒裝句，但(D)未使用賓語提前作用。

14.(A)名詞作形容詞。(B)動詞作名詞。(C)名詞作動詞。(D)名詞作動詞。(E)名詞作動詞。

非選題

(一) 1.責備 2.宦官 3.隔一夜 4.反之；改之 5.盡力而為

(二) 1.(E) 2.(B) 3.(D) 4.(C) 5.(A)

介之推不言祿

選擇題

1.(C) 2.(D) 3.(C) 4.(A) 5.(D) 6.(B) 7.(A) 8.(B)

9.(C) 10.(D) 11.(D)(E) 12.(A)(B)(D)(E) 13.(B)(E) 14.全

15.(C)(E)

解析：

9.(C)譯為：不再受他的俸祿。

10.(A)他的母親說：也讓他知道一下，怎麼樣？（這是詢問的語氣）(B)他的母親說：你能這樣嗎？（這是詢問的語氣）那我就和你一起遁隱。(C)他的母親說：何不前去討賞呢？（這是詢問的語氣）就這樣直到老死，你能怨誰？(D)這是天意立他為君，而那些人卻以為是自己的功勞，這不是欺騙嗎？（亦即欺騙，故為反詰語氣）

11.(A)ㄉㄧˇ／ㄓ。(B)ㄑㄧˋ／ㄐㄧˊ。(C)ㄖㄨㄟˋ／ㄋㄜˋ。(D)ㄏㄨˋ。(E)ㄉㄨㄟˋ。

12.(A)上下飛舞。(B)前面／後面。(C)唐太宗／死囚。(D)於公（朝廷）／於私（師長）。(E)四面八方，就空間而言。

13.(A)何也。(B)何不。(C)何也。(D)何也。(E)何不。

15.(A)互相。(B)彼此。(C)我。(D)互相。(E)我。

非選題

(一)言語是身體的文飾。身體要隱遁，哪用得著文飾呢？文飾就是求顯達了。

(二)介之推的母親：首先說：「盍亦求之？以死，誰懟？」這是一種反激的說法；其次說：「亦使知之，若何？」母親觀察介之推是否有忿忿不平之心，若有此心，則見其仍未脫離功名利祿的觀念；等到介之推說出「焉用文之」，母親便鼓勵他：「能如是乎？與汝偕隱」成就他的志向。足見介之推的清高，其母功不可沒。

展喜犒師

選擇題

1.(A) 2.(B) 3.(C) 4.(A) 5.(D) 6.(A) 7.(D) 8.(A)

9.(B) 10.(C) 11.(A)(B)(D) 12.(C)(D) 13.(A)(B) 14.(A)(D)

15.(A)(C)(D)

解析：

9.(甲)遵循；(乙)輕率；(丙)遵循；(丁)率領；(戊)遵循。

10.(A)年。(B)且。(C)記。(D)承運。

11.(A)皆形容貧窮。(B)皆形容工作辛勤、勞苦。(C)前一項形容節儉、樸素；後二項形容奢侈、揮霍。(D)皆形容怕妻。(E)前二項形容夫妻恩愛和睦；後一項形容婦女被棄。

12. (A)(B)(E)「君子」皆指才德出眾的人，「小人」皆指才德差的人。

13. (A)「股肱」，名詞作動詞。(B)為學問而「學問」，名詞作形容詞。(C)「桂」棹、「蘭」槳，名詞作形容詞。(D)「羽」化，名詞作副詞。(E)「遷」客，動詞作形容詞。

14. (A)邊境。(B)供使令之左右／工作。(C)主管，動詞／職責。(D)依賴。(E)缺失／空缺。

15. (B)彌補他們的缺失。(E)人民怕，士大夫則不怕。

非選題

(一)齊桓公因此聯合諸侯，來調解他們的不合，彌補他們的缺失，挽救他們的災難，這是彰顯舊有的職責啊！

(二)對曰（：）「恃先王之命（。）昔周公（、）大公（，）股肱周室（，）夾輔成王（。）成王勞之（，）而賜之盟，曰（：）（『）世世子孫（，）無相害也（。）（』）載在盟府，太師職之。（」）

燭之武退秦師

選擇題

1.(A) 2.(A) 3.(A) 4.(B) 5.(D) 6.(B) 7.(C) 8.(D) 9.(D) 10.(A) 11.(B)(D)(E) 12.(B)(C)(D) 13.(A)(E) 14.(B)(C) 15.(B)(C)(D)(E)

解析：

---

10. (A)均當「希望」解。(B)ㄑㄩㄝ，損害／ㄐㄩㄝˊ，通「掘」。(C)ㄩˇ，親善／ㄩˋ，參與。(D)何／然。

11. (A)處境危殆。(C)說話甜蜜卻內心險惡。

12. (A)三傳皆在十三經中。(E)《左傳》為古文家，《公》、《穀》為今文家。

13. (A)(E)交好；同盟。(B)讚許。(C)同；和。(D)助。

15. (A)「既東封鄭，又欲肆其西封」的第一個「封」字才是名詞作動詞用的轉品。

非選題

(一) 1.增加鄰國的土地 2.指築城牆 3.東方道路上的主人 4.指鄭與楚親近而對晉有二心 5.以分裂取代團結

(二) 1.(A) 2.(E) 3.(C) 4.(D) 5.(B)

蹇叔哭師

選擇題

1.(C) 2.(D) 3.(B) 4.(C) 5.(A) 6.(C) 7.(B) 8.(C) 9.(B) 10.(A) 11.(B)(D) 12.(A)(D) 13.(A)(C) 14.全 15.(B)(D)

解析：

9. (B)秦師覆滅非因忽略了戰略計謀，而是秦穆公「短視近利，不聽諍諫之言」。

11. (A)你。(B)假使；如果。(C)順著。(D)假使；如果。(E)同；如；似。

12.(A)(D)皆為主謂短語。(B)(C)(E)皆為述賓短語（動詞＋名詞）。

13.(A)(C)皆言見了利，便忘了正確的價值。(B)經由比較，遠不如人。(D)便利使用，富厚生活。(E)鞋反穿以迎接，喻熱切歡迎。

15.(A)何時／早；時候。(B)颳風下雨。(C)聖賢之道／古人從師問學之道。(D)可惜；可歎。(E)花俏；耍漂亮／瀟灑豪邁。

非選題

(一) 1.○ 2.○ 3.×（「其」通「豈」，為反詰語氣副詞）
4.○ 5.×（應為「蹇叔」）

(二) 1.(D)(F)(H) 2.(C)(E)(J)(L)

卷二 周文

鄭子家告趙宣子

選擇題

1.(C) 2.(D) 3.(A) 4.(D) 5.(B) 6.(D) 7.(B) 8.(D)
9.(C) 10.(B) 11.(A)(B) 12.全 13.全 14.(A)(B)(E) 15.(B)
(C)(D)(E)

解析：

9.(A)「洒家」：宋元時關西一帶男子的自稱。(B)「渾家」：舊時對妻子的俗稱。(C)「敝邑」、「寡君」：自謙之辭。(D)「執事」：尊稱對方。

10.(甲)ㄏㄨˋ；(丙)ㄐㄧㄤˋ；(己)ㄉㄧˊ。

11.(A)助／再。(B)朝見／早上。(C)近。(D)你。(E)無。

14.(C)祈使語氣。(D)推測語氣。

15.(B)皆形容不自量力。(C)皆形容容易之事。(D)皆形容謠言可畏。(E)皆形容由微小的徵兆，可測知結果。

非選題

(一) 1.塌 2.梧 3.筆 4.心 5.煞

(二) (乙)(丁)(丙)(甲)(戊)

王孫滿對楚子

選擇題

1.(A) 2.(B) 3.(A) 4.(B) 5.(A) 6.(C) 7.(C) 8.(D)
9.(A) 10.(B) 11.(A)(B)(D)(E) 12.(B)(E) 13.(A)(C)(D) 14.(A)
(B)(D) 15.(C)(D)(E)

解析：

9.(甲)ㄗㄨㄛˋ；(戊)ㄓˇ；(己)ㄌㄠˋ。

13.(A)(C)(D)美。(B)休息。(E)福佑。

非選題

(一) 1.遇。2.模仿。3.固定。4.不順；不利。5.奸邪。

(二) (D)(B)(E)(C)(A)

齊國佐不辱命

選擇題

1.(A) 2.(A) 3.(B) 4.(C) 5.(D) 6.(A) 7.(C) 8.(D) 9.(B) 10.(D) 11.(A)(C) 12.(A)(B)(C)(E) 13.(A)(D) 14.(A)(B)(C) 15.(A)(B)(D)(E)

解析：

9.(A)指禹、湯、文、武。(B)言其多。(C)指夏伯昆吾、商伯大彭、豕韋、周伯齊桓公、晉文公。(D)「背城借一」意謂以背向城，決一死戰。

10.(A)副詞。(B)形容詞。(C)形容詞。(D)動詞。

11.(A)ㄑㄧㄥˋ。(B)ㄙ／ㄒㄧˊ。(C)ㄎㄨㄟˋ。(D)ㄧㄡˊ／ㄑㄧㄡˊ。(E)ㄉㄧㄢˇ／ㄊㄧㄢˇ。

12.(D)將主語「吾子」與賓語「諸侯」對調位置，意思就完全不一樣了。

13.(A)「無乃」，恐怕，推測語氣。(B)委婉商榷的語氣。(C)命令的語氣。(D)「無乃」，恐怕，推測語氣。(E)請託的語氣。

15.(C)〈風〉為庶民之作，〈雅〉、〈頌〉則多為士大夫之作。

非選題

(一)1.(A) 2.(D) 3.(E) 4.(C) 5.(B)

(二)1.代「音樂」 2.代「青春」／「老年」 3.代「寶劍」 4.代「月光」 5.代「菊花」

楚歸晉知罃

選擇題

1.(A) 2.(A) 3.(D) 4.(D) 5.(C) 6.(D) 7.(A) 8.(B) 9.(C) 10.(B) 11.(A)(B)(C)(E) 12.(A)(B)(C)(E) 13.(B)(C) 14.(A)(C)(D)(E) 15.(A)(B)(C)(E)

解析：

9.(甲)ㄧㄥ；(乙)ㄍㄨㄛˊ；(戊)ㄧㄡˋ。

10.(B)上句「不任」：未嘗之意；下句「不任」：不勝之意。

11.(A)設想；打算。(B)答應；同意。(C)屍體。(D)回國／歸附。(E)抑止。

12.(D)以四兩撥千斤的手法，將楚王的問題輕輕推開。

13.(A)親附。(B)參與。(C)參與。(D)讚許。(E)幫助。

14.(A)「又敢怨誰」。(B)被動句。(C)「惟輔德」。(D)「莫若我也」。(E)「丟我在後門外」。

15.(D)福惠；恩德。

非選題

(一)1.俘虜。2.善。3.卿大夫對他國之君的自稱。4.囚臣。5.逃避。

(二)如果寡君不准許，而讓臣繼續宗子的位職，依次序承擔任務，而率領部分軍隊保衛邊境，即使遇到君王，也不敢逃避。

呂相絕秦

選擇題

1.(A) 2.(C) 3.(C) 4.(D) 5.(D) 6.(D) 7.(A) 8.(B)

9.(D) 10.(D) 11.(A)(C)(D)(E) 12.全 13.(C)(E) 14.全 15.(B)(D)

解析：

9.(甲)ㄐㄧㄠˇ；(乙)ㄧㄠ；(丙)ㄕㄢ。

15.(A)不才。(B)(D)不善。(C)不誠。(E)不成。

非選題

(一)1.後代。2.屠殺。3.割取。4.喻危害國家之人。5.表面答應，內心憎惡。

(二)(B)(D)(C)(A)(E)

駒支不屈于晉

選擇題

1.(B) 2.(A) 3.(B) 4.(C) 5.(D) 6.(A) 7.(A) 8.(D)

9.(A) 10.(C) 11.(C)(D) 12.(C)(E) 13.(A)(E) 14.(A)(B)(C)

15.(C)(D)

解析：

9.(A)范宣子這席話是別有用心，意在指責；駒支一方面表示感謝晉惠公的收留，二方面也指出南鄙實為荒鄙之地，戎人居此亦有開墾、退敵之功，顯示出忠心不貳。

11.(C)凡是在語文中，不直講本意，只用委婉閃爍的言詞，曲折地烘托或暗示出本意來的一種修辭技巧，叫做婉曲。(D)敬稱是表示敬意的一種說法，對尊長不直稱其名、職，改以身邊人、事代替，如「陛下」、「足下」、「左右」。

12.(A)榮譽與恥辱。(B)有與無。(C)去。(D)同義複詞。(E)東。

13.(A)實在。(B)小國或夷狄之君／貴族身分——公、侯、伯、子、男。(C)參與／同；跟；和。(D)侍奉／事情。(E)你。

15.(A)無義，助詞。(B)介詞，的。(C)代詞，指田。(D)代詞，指鹿。(E)無義，助詞，表示賓語提前。

非選題

(一)1.ㄓˊ，土 2.ㄓㄠ，月 3.ㄐㄩㄢ，虫 4.ㄅㄛˊ，足 5.ㄓˋ，貝

(二)1.戊 2.庚 3.壬 4.乙 5.辛

祁奚請免叔向

選擇題

1.(A) 2.(C) 3.(B) 4.(D) 5.(D) 6.(A) 7.(C) 8.(D)

9.(C) 10.(A) 11.全 12.(C)(D)(E) 13.(A)(C)(D) 14.(B)(C)(E)

15.(A)(B)(C)(E)

解析：

9.(甲)先生；(乙)老師；(丙)老師；(丁)丈夫；(戊)孔子。

10.(乙)蹋→塌；(丙)景→井；(戊)走→左。

11.(A)國家。(B)寶劍。(C)火災。(D)魚。(E)戰艦。

12.(A)疑問句。(B)推測語氣。(C)反詰語氣。(D)反詰語氣。(E)反詰語氣。

13.(A)遭遇／分離。(B)逃亡。(C)答應／期待。(D)正直／喚醒。(E)窮盡。
14.(A)姑且過一生。(D)家臣之長。
15.(D)子孫永遠保持恩惠。

非選題

(一)1.部 2.故 3.鋌 4.身 5.撩

(二)說到謀略少有過失，教誨不會倦怠，叔向是具備的，他是使國家安定的賢人，即使他的十代子孫有罪都還應該寬免，以鼓勵有能力的人。

子產告范宣子輕幣

選擇題

1.(A) 2.(C) 3.(A) 4.(D) 5.(A) 6.(C) 7.(C) 8.(D)
9.(C) 10.(C) 11.(C)(D)(E) 12.(A)(B)(C) 13.(B)(C)(D) 14.(A)(C) 15.(A)(C)(E)

解析：

9.(A)ㄑㄩㄢ／ㄐㄩㄣˋ／ㄑㄩㄣ。(B)ㄈㄣˊ／ㄌㄢˊ／ㄈㄢˋ。(C)ㄅㄧˋ。(D)ㄕㄢ／ㄍㄨˇ／ㄕㄨ。
12.(A)(B)(C)往。(D)至於。(E)或。
14.(B)形容詞。(D)(E)動詞。
15.(B)(D)排比。

非選題

(一)1.帛。2.深取；剝削。3.寄；託。4.僵仆，即死亡。5.昏昧；迷惑。

(二)(D)(E)(C)(B)(A)

晏子不死君難

選擇題

1.(D) 2.(A) 3.(B) 4.(B) 5.(B) 6.(D) 7.(D) 8.(D)
9.(B) 10.(D) 11.(B)(D) 12.(B)(C) 13.(A)(D) 14.(A)(E) 15.(A)(B)(C)(E)

解析：

9.晏子隨從／崔杼／崔杼身邊的人。
12.(A)崔杼。(D)二「是」字皆為無義助詞，在句中表示賓語提前。(E)晏子身邊的人。
13.(A)承擔。(B)責任。(C)通「妊」。(D)承擔。(E)保證。
14.(A)使動用法，「使」其人「安(居)」。(B)意動用法，意為「以」棠姜「為美」。(C)「把」屍體「靠在」大腿上哭。(D)意動用法，意為「以」其父「為賓客」。(E)使動用法，「使」其心志「受苦」。
15.(D)《史記》為紀傳體史書。

非選題

(一)1.○ 2.× 3.○ 4.○ 5.○

(二)所以國君為國家而死，就為他而死；國君為國家而逃，就為他而逃。如果國君為自己而死，為自己而逃，那除了他的寵臣，誰敢承擔此事？

季札觀周樂

選擇題

1.(D) 2.(D) 3.(A) 4.(B) 5.(D) 6.(D) 7.(C) 8.(A) 9.(B) 10.(B) 11.(A)(B)(C)(E) 12.(B)(C)(D) 13.(A)(B) 14.(A)(B)(C)(E) 15.(B)(C)(D)(E)

解析：

10.(甲)ㄆㄧㄣˋ；(丁)ㄅㄟˋ；(戊)ㄘㄢˊ。

12.(A)(E)皆反詰語氣。

13.(A)承受。(B)訪。(C)憂／思考。(D)表率／測量。(E)厭倦／滿足。

14.(D)能用正聲，自然宏大。

15.(A)哀傷而沒有二心。

非選題

(一)1.〈風〉：為各國民間歌謠，共有十五〈國風〉。2.〈雅〉：為朝廷燕饗朝會之樂章。有〈大雅〉、〈小雅〉。3.〈頌〉：為祭祀頌神的樂歌。有〈周頌〉、〈魯頌〉、〈商頌〉。4.賦：鋪陳直敘。猶今之敘述法。5.比：以彼物擬此物，擬物自況也。猶今之比喻法。6.興：託事引發，借物起興。猶今之聯想法。

(二)德行到達極點了，偉大啊！像天一樣，無不覆蓋；像地一樣，無不承載。

子產壞晉館垣

選擇題

1.(A) 2.(A) 3.(B) 4.(A) 5.(D) 6.(C) 7.(A) 8.(A) 9.(B) 10.(A) 11.(A)(B)(D) 12.(A)(B)(C)(E) 13.(A)(C)(D)(E) 14.(A)(C)(D)(E) 15.(B)(C)(D)(E)

解析：

9.(A)ㄉㄢ／ㄉㄢˋ／ㄉㄢ。(B)ㄧˋ。(C)ㄅㄧㄢˇ／ㄆㄧㄢ／ㄆㄧㄢ。(D)ㄏㄢˋ／ㄏㄨㄥˊ／ㄇㄧㄣˇ。

11.(A)名詞作動詞。(B)形容詞作動詞。(C)形容詞。(D)名詞作動詞。(E)名詞。

14.(A)小。(B)「臺」：四方而高的建築；「榭」：其上有屋的臺。(C)低小。(D)牆。(E)門。

非選題

(一)1.責備。2.送所貢於晉府庫。3.天災。4.安定。5.受，引申為接待。

(二)1.(F) 2.(B) 3.(E) 4.(D) 5.(C) 6.(A)

子產論尹何為邑

選擇題

1.(B) 2.(D) 3.(C) 4.(C) 5.(C) 6.(D) 7.(C) 8.(A) 9.(B) 10.(D) 11.(A)(C)(E) 12.(A)(E) 13.(C)(D) 14.(A)(C)(D) 15.(C)(D)

解析：

9.(B)有智慧的人／缺乏智慧的人。

11.(甲)無也；(乙)精微；(丙)無也；(丁)祕密地；(戊)無也。

12.(A)治理。(B)作；築。(C)被。(D)行為。(E)治理。

13.(甲)喻「愛人則以政，其傷實多」；(乙)喻子皮貴為大

臣，用人不當將貽害人民；(戊)喻小知。

14.(B)不可以。子產認為應有基本學養後，才去辦理政事。(E)「棟折榱崩」則喻子皮。

15.(A)應作「歸寧」，「歸」指女子出嫁。(B)對卑幼亦自稱「名」。(E)年未三十而亡謂「得年」，宜作「享壽七十」。

非選題

(一)1.× 2.○ 3.× 4.× 5.×

(二)看→瞰；條→倏；斤→鈞；煥→喚；骸→駭。

子產卻楚逆女以兵

選擇題

1.(B) 2.(B) 3.(C) 4.(C) 5.(B) 6.(D) 7.(A) 8.(B)

9.(A) 10.(A) 11.(A)(B) 12.(A)(C)(D)(E) 13.全 14.(B)(E)

15.全

解析：

9.(乙)ㄅㄧㄢˇ；(丙)ㄕㄢˋ；(己)ㄍㄠ。

10.(A)通「爾」，你。(B)若。(C)像。(D)且；又。

11.(A)憎厭。(B)迎接。(C)你／若。(D)回國／實踐。(E)違背／距離。

12.(B)不符合禮。

非選題

(一)1.ㄕㄢˋ 2.ㄉㄢ 3.ㄉㄢˋ 4.ㄔㄢˊ 5.ㄉㄢ

(二)如果因為小國失去依靠而使諸侯有所警惕，無不怨恨，抗拒君王的命令，使君王命令受阻而行不通，這是小國所怕的。

子革對靈王

選擇題

1.(C) 2.(C) 3.(C) 4.(A) 5.(A) 6.(A) 7.(D) 8.(B)

9.(D) 10.(A) 11.(A)(B)(C)(D) 12.(A)(B)(C)(E) 13.(B)(C)(D)(E)

14.(A)(C) 15.(B)(C)(D)

解析：

9.(乙)ㄌㄤˊ；(丙)ㄧˋ；(丁)ㄆㄧ。

10.(A)楚莊王欲問鼎中原。

12.(D)形容詞當動詞用，其他皆名詞當動詞用。

15.(A)簡陋的武器。(E)平民百姓。

非選題

(一)1.進奉；貢獻。2.破玉作為裝飾。3.軍隊臨時駐紮。4.晚上晉見。5.柴車、破衣。形容開天闢地的辛苦。

(二)1.(B) 2.(D) 3.(E) 4.(C) 5.(A)

子產論政寬猛

選擇題

1.(D) 2.(C) 3.(D) 4.(C) 5.(A) 6.(B) 7.(C) 8.(A)

9.(B) 10.(A) 11.(D)(E) 12.(C)(D)(E) 13.全 14.(B)(E) 15.(B)(C)(E)

解析：

9.(A)行嚴政之教。(B)行寬政之教。(C)施行寬政之教的結果→和諧的極致。(D)分論寬猛之教。

10.(B)旋，隨即也。(C)尋，不久。(D)已而，一會兒。

11.(A)同「然」，助詞，無義。(B)豈；何。(C)句末助詞，表感歎語氣。(D)(E)皆作代詞，之。

12.(A)名詞/動詞。(B)動詞/形容詞。(C)動詞/動詞。(D)動詞/動詞。(E)名詞/名詞。

13.(A)句讀之學/國民初級學校。(B)柔順/膽小。(C)突然迸出/表現優異；身材好。(D)無法旅行/不能；不可。(E)舊的事件/敘事文體。

14.(A)不快也不慢。(B)說了才痛快。(C)不剛猛也不柔弱。(D)不蔓生歧枝。(E)是愛。

15.(A)《左傳》為編年體，別稱《春秋內傳》。(D)起自魯隱公元年，迄於哀公二十七年。

非選題

(一)1.ㄒㄧㄢˇ，魚　2.ㄒㄧㄚˊ，犬　3.ㄙㄨㄟ，糸　4.ㄗㄨㄥˋ，彳　5.ㄐㄧㄥˋ，立

(二)子產告訴太叔，惟有德者方能以寬服民，若修養未臻高尚之境，德不足以服民，則寧用猛刑。若用猛刑，或失之太苛，然民不會輕視法令。若為政者德行修養不足，又寬以待民，則民必流於輕慢，而易觸法令。後來子產死了，太叔執政，未聽子產之言，而以寬待民，結果多盜，最後乃興兵，盡殺之，盜才少止。子產能慮事於未明之際，確實是個善於執政的人。

吳許越成

選擇題

1.(A)　2.(B)　3.(D)　4.(B)　5.(C)　6.(D)　7.(C)　8.(C)

9.(C)　10.(C)　11.(A)(B)(D)(E)　12.(B)(D)(E)　13.(A)(B)　14.(B)(C)(D)

15.(B)(C)

解析：

9.(甲)ㄉㄨㄣˋ；(乙)ㄍㄨㄟˋ；(戊)ㄆㄠˊ。

10.(A)ㄆㄠˊ/ㄈㄨ/ㄆㄠˊ。(B)ㄕㄣ/ㄕㄣˋ/ㄔㄣˊ。(C)ㄉㄨˊ。(D)ㄓㄠˇ/ㄊㄧㄠˊ/ㄊㄧㄠˊ。

11.(A)使越國壯大。(B)使天下人尊敬其父母。(D)使風雨驚嚇/使鬼神哭泣。(E)使楓葉紅/使人頭髮變白。

12.(A)反詰語氣。(C)假設語氣。

13.(A)立。(B)立。(C)種植。(D)樹木。(E)樹木。

14.(A)懷孕。(E)光復原有土地。

15.(A)動詞。(D)形容詞轉變為動詞。(E)動詞。

非選題

(一)1.疾　2.笈　3.棘　4.擊　5.輯

(二)句踐能親近別人而且致力施恩，施惠就不會失去人才，親近就不會拋棄有功的人。越國和我國同在一塊土地上，而世代為仇敵。

卷二 周文

祭公諫征犬戎

選擇題

1.(A) 2.(B) 3.(C) 4.(D) 5.(A) 6.(D) 7.(A) 8.(B) 9.(B) 10.(D) 11.(B)(C)(D)(E) 12.全 13.全 14.(B)(C)(D)(E) 15.(B)(C)(D)(E)

解析：

9.(甲)ㄍㄠ；(丁)ㄐㄧˊ；(己)ㄎㄜˋ

10.(D)指兒女孝順父母。

15.(A)形容詞。

非選題

(一)1.勉。2.生性敦樸。3.累世。4.幾乎要毀壞。5.弓袋，此用為動詞，斂藏之義。

(二)(D)(E)(C)(A)(B)

召公諫厲王止謗

選擇題

1.(C) 2.(C) 3.(B) 4.(B) 5.(A) 6.(C) 7.(A) 8.(A) 9.(A) 10.(B) 11.(B)(E) 12.(A)(B) 13.(A)(B)(C) 14.(A)(C) 15.(C)(D)(E)

解析：

11.(A)摧→催。(C)艱→堅。(D)仗→杖。

12.(A)人民。(B)人民。(C)意見。(D)民怨。(E)川。

13.(D)皆為實數。(E)「善敗」為並列關係，指好與壞。

14.(B)財用於是乎出。(D)以義行天下。(E)衣食足才能知禮節榮辱。

非選題

(一)1.不可 2.需要 3.不用 4.何不 5.之乎 6.之於

(二)人民用嘴巴發表意見，國家政事的好壞就從這裡反映出來。是好的就施行，壞的就加以防備，這是用來增加財富衣食的方法。

襄王不許請隧

選擇題

1.(C) 2.(B) 3.(A) 4.(B) 5.(A) 6.(D) 7.(C) 8.(D) 9.(B) 10.(A) 11.(A)(B)(C) 12.全 13.(B)(C)(D)(E) 14.(A)(C)(D) 15.全

解析：

9.(甲)ㄙㄨㄟˋ；(戊)ㄇㄠˋ；(己)ㄧˋ。

10.(A)ㄑㄧˊ/ㄕˋ/ㄓˇ。(B)ㄗㄥ/ㄗㄥ/ㄘㄥ。(C)ㄌㄨㄢˊ。(D)ㄈㄟ/ㄈㄟ/ㄈㄟ/ㄆㄞˊ。

11.(D)僕人。(E)功勞。

12.(A)酬謝/勞累。(B)辭謝不受/怨言。(C)計劃/圓規。(D)料想/懷疑。(E)恢復/再告。

13.(A)傳為左丘明所作。
14.(B)百官。(E)九嬪。

非選題

(一)1.典章制度 2.鞋樣尺寸 3.思忖 4.量 5.典章制度

(二)《穀梁氏》、《孟子》經部；《荀子》、《莊子》、《老子》子部；《國語》史部；〈離騷〉集部。

單子知陳必亡

選擇題

1.(B) 2.(B) 3.(D) 4.(C) 5.(D) 6.(D) 7.(B) 8.(B) 9.(D) 10.(B) 11.(B)(C)(D) 12.(A)(B)(E) 13.(B)(C)(D)(E) 14.(A)(B)(D)(E) 15.(B)(C)(D)(E)

解析：

9.(乙)ㄓˋ；(丙)ㄆㄧˊ；(己)ㄩㄥ。
11.(E)秩官之言，非周制。
13.(A)名詞。(B)(C)(D)名詞作動詞用。(E)名詞作形容詞用。
15.(A)火師為監督庭燎之人。

非選題

(一)1.疲勞。2.準備。3.湖沼漫溢而仍未築堤防範。4.草木枝節脫落。5.指收禾穀之事。

(二)1.(A) 2.(E) 3.(B) 4.(D) 5.(C)

展禽論祀爰居

選擇題

1.(A) 2.(D) 3.(A) 4.(C) 5.(D) 6.(C) 7.(A) 8.(D) 9.(C) 10.(B) 11.(A)(C)(D) 12.(A)(C)(D)(E) 13.(A)(E) 14.(A)(B)(D)(E) 15.全

解析：

9.(甲)ㄧㄡ；(乙)ㄏㄢˋ；(丁)ㄅㄟˋ；(戊)ㄗㄨˇ。
11.(B)「郤」，音ㄒㄧˋ，通「隙」。(E)「止」，停也。
12.(B)代詞，他的。
13.(B)《國語》有《春秋外傳》之稱，《左傳》又稱《春秋內傳》。(C)《左傳》為編年體，《國語》、《戰國策》皆為國別史。(D)《左傳》多記史事，《公羊傳》、《穀梁傳》多釋義例。
14.(C)故意以「老不中用」之意，怨懟鄭文公未能及早重用他。
15.(A)在疑問句中，疑問代詞（焉、安、何、孰、惡、誰……）作賓語，古人一般置之於述語之前。(B)為了強調或加強語氣，常把謂語提到主語之前。(C)肯定句中，為了強調賓語，用助詞（之、是）作標誌，把賓語提前。(D)為了強調介詞「以」字的賓語，常直接將此賓語放於（以）前。(E)帶有否定副詞（不、莫、未、無……）的否定句，代詞為賓語時，古人一般置之於述語之前。

非選題

(一)1.冬雪。冬。白居易〈江南遇天寶樂叟〉 2.春天。

春。杜甫〈白絲行〉 3.秋色。秋。劉滄〈秋日夜懷〉 4.夏夜。夏。劉禹錫〈聚蚊謠〉

(二) 1.山 2.竹 3.柳

里革斷罟匡君

選擇題

1.(A) 2.(B) 3.(D) 4.(A) 5.(D) 6.(A) 7.(C) 8.(B)

9.(A) 10.(D) 11.(B)(C)(D)(E) 12.(A)(C)(D)(E) 13.(B)(C)(E)

14.(A)(B)(C)(D) 15.全

解析：

9.(乙)ㄘㄜˋ；(丁)ㄔㄚˊ；(己)ㄕㄣˇ。

10.(D)貪心無度。

11.(A)魚網。(B)活動／啟發。(C)古代秋祭名／品嚐。(D)捕鳥網／羅列。(E)積蓄／養活。

12.(B)指水產。

13.(B)掌川澤之禁令。(C)掌鳥獸之禁令。(E)樂師。

14.(E)魚類懷卵。

15.(C)藏網以納諫。

非選題

(一) 1.ㄍㄠˇ 2.ㄏㄠ 3.ㄎㄠˋ 4.ㄍㄠˇ 5.ㄏㄠ

(二) 1.○，喻有獨立特行的節操。2.○，喻有恆心。3.○，喻聲名頓時高起。4.×，教唆壞人作惡。5.×，表示貧賤相貌。6.○，喻社會安定。7.×，喻到處鑽營。8.×，罵人相貌兇惡。

敬姜論勞逸

選擇題

1.(C) 2.(D) 3.(A) 4.(A) 5.(B) 6.(B) 7.(B) 8.(D)

9.(C) 10.(C) 11.(A)(C)(D)(E) 12.(A)(B)(C)(D) 13.(B)(C)(D)(E)

14.(A)(B)(C)(D) 15.(D)(E)

解析：

9.(甲)ㄗ；(乙)ㄉㄧˋ；(己)ㄍㄢ。

12.(A)未成年之男子。(B)(C)男女十五歲。(D)女子十六歲。(E)男子二十歲。

13.(A)動詞。

非選題

(一) 1.觸犯。2.封地之事。3.恭敬地觀察天象所顯示的法度。4.心志放縱不肯努力。5.冬季時呈現農事之成果。

(二) 1.ㄍㄢ 2.ㄏㄢˋ 3.ㄍㄢˋ 4.ㄏㄢˊ 5.ㄏㄢ

叔向賀貧

選擇題

1.(B) 2.(D) 3.(A) 4.(A) 5.(B) 6.(A) 7.(D) 8.(D)

9.(C) 10.(C) 11.(A)(D) 12.(C)(D)(E) 13.(A)(B)(C)(E) 14.(B)(E)

15.(A)(C)(D)(E)

解析：

9.(A)如果。(B)叔向為其字。(C)從前。(D)發語詞，無義。

11.(B)樂享含飴：賀人生孫。(C)賓至如歸：賀旅館開業。(E)天不假年：哀輓少年男喪。

12.(A)「暇」，空閒／「遐」，遠也。(B)「疚」，自慚，動詞／「咎」，過錯，名詞。

13.(A)宗廟／房屋。(B)如此／……的樣子。(C)比照／才。(D)卻。(E)常常／當時。

14.(A)詢問的語氣。(B)「其」，應該，屬推測的語氣。(C)「固」，本來，屬堅決的語氣。(D)「若」，如果，屬假設的語氣；「何……有」屬反詰的語氣。(E)「宜」，應該，屬推測的語氣。

非選題

(一)(乙)(丁)(戊)

解析：(甲)《明夷待訪錄》，黃宗羲著，為臣子為治國所發之議論，等待明君採用。(乙)《太平廣記》，李昉等人編，中國最早的小說總集，其中有豪俠類，包括〈虬髯客傳〉。(丙)《花間集》，趙崇祚編，十卷，收集唐末五代詞五百餘首。(丁)《水滸傳》施耐庵著，寫梁山泊一〇八條好漢的故事。(戊)《史記》司馬遷著，包括〈刺客列傳〉、〈游俠列傳〉。

(二)1.(D)　2.(A)　3.(C)

王孫圉論楚寶

選擇題

1.(B)　2.(A)　3.(D)　4.(C)　5.(D)　6.(B)　7.(A)　8.(D)

9.(C)　10.(C)　11.全　12.(A)(B)(D)　13.(B)(C)(D)(E)　14.(A)(B)(C)(D)　15.全

解析：

9.(甲)ㄩˇ；(乙)ㄏㄥˊ；(丁)ㄗㄤ。

10.(甲)悅；(乙)悅；(丙)言論；(丁)述說；(戊)說服。

12.(A)襄助／助禮的人。(B)事／人。(C)憎厭。(D)軍用物資／吟詠。(E)供給。

13.(A)用酒食招待賓客。

14.(E)助也。

非選題

(一)1.ㄅㄧˋ　2.ㄆㄧ　3.ㄆㄧ　4.ㄆㄧˊ　5.ㄆㄧˇ

(二)山林湖澤可以供給財物，可說一寶。至於只會叮噹作響的美玉，楚國雖然是蠻夷之邦，還不至於把它當寶貝呢！

諸稽郢行成於吳

選擇題

1.(C)　2.(C)　3.(A)　4.(A)　5.(B)　6.(B)　7.(B)　8.(D)

9.(B)　10.(A)　11.(A)(B)(C)(D)　12.(A)(D)(E)　13.(A)(B)(D)(E)

14.全　15.(A)(B)(C)(D)

解析：

9.(甲)ㄏㄨˊ；(戊)ㄧ；(己)ㄆㄧˊ。

12.(B)不才。(C)不誠。

13.(A)(B)(D)(E)名詞作動詞。(C)名詞。

非選題

(一)1.配戴決拾以學射箭。2.盛水器。3.叩頭。4.疲困。5.入侍王宮。

(二)1.(D) 2.(B) 3.(E) 4.(A) 5.(C)

申胥諫許越成

選擇題

1.(D) 2.(C) 3.(B) 4.(A) 5.(C) 6.(D) 7.(A) 8.(B)
9.(A) 10.(A) 11.(A)(E) 12.(D)(E) 13.全 14.(A)(B)(C)(E)
15.(A)(B)(C)

解析：

13.(A)動詞，離開／動詞，前往。(B)名詞，企圖；野心。(C)動詞，派／動詞，造成。(D)名詞，信約／名詞，誠信。(E)動詞，逃遁／動詞，走。

15.(A)初未信之。(B)君終不從我。(C)天下之權重望崇者莫若我也。

非選題

(一)何、安、烏、焉

(二)1.映襯、譬喻 2.頂針、排比 3.層遞

春王正月

選擇題

1.(D) 2.(D) 3.(B) 4.(A) 5.(C) 6.(A) 7.(B) 8.(D)
9.(C) 10.(B) 11.(A)(B)(C)(D) 12.(A)(B)(C)(E) 13.全 14.全
15.(A)(B)(D)(E)

解析：

11.(A)開始／才。(B)重視／偉大。(C)歸還／返回。(D)微小／無。(E)輔助。

12.(D)推辭被立為國君。

15.(C)桓公「幼而貴」，隱公「長而卑」。

非選題

(一)1.○ 2.×（排比） 3.○ 4.○ 5.×（頂針）

(二)隱公年長又賢能，為什麼不宜立為國君？因為立嫡子是從長不從貴，立眾子是從貴不從長。

宋人及楚人平

選擇題

1.(B) 2.(D) 3.(B) 4.(C) 5.(A) 6.(B) 7.(B) 8.(C)
9.(A) 10.(A) 11.(C)(E) 12.(D)(E) 13.全 14.(A)(E) 15.(B)(C)

解析：

9.(A)ㄧㄣ。(B)ㄏㄠ／ㄏㄠ／ㄍㄠ。(C)ㄍㄞˋ／ㄎㄞˋ／ㄎㄞˋ。(D)ㄏㄜˊ／ㄏㄜˊ／ㄎㄨㄟ。

11.(A)《公羊傳》。(B)「人」。(D)違反。

14.(A)(E)名詞作動詞用。(B)名詞。(C)名詞。(D)動詞。

非選題

(一)1.堆土為山，用以觀察敵情。2.小小的。3.講和的人是在下位的大夫。4.外國之間的講和，《春秋》不

記載。5.以木勒馬口使不能進食。

㈡ 1.(F) 2.(C) 3.(E) 4.(G) 5.(B) 6.(D) 7.(A)

吳子使札來聘

選擇題

1.(B) 2.(D) 3.(C) 4.(B) 5.(C) 6.(C) 7.(B) 8.(D) 9.(B) 10.(A) 11.(B)(E) 12.(A)(C)(E) 13.(A)(C)(E) 14.(B)(C)(D)(E) 15.(D)(E)

解析：

9.(A)句中停頓語氣助詞，無義／結束語氣助詞（一說：表判斷語氣的助詞）。(B)名詞，國君。(C)通「耳」，語氣助詞／代詞，你。(D)句末疑問助詞／連詞，和。

10.(A)記專諸刺殺王僚的經過，即〈吳子使札來聘〉中所言：「於是使專諸刺僚，而致國乎季子」一事。

11.(A)ㄆㄟˊ／ㄅㄛˊ。(B)ㄔㄨㄛˋ。(C)ㄨㄢˇ／ㄨㄢˋ。(D)ㄑㄧˋ／ㄐㄧˊ。(E)ㄧˊ。

12.(B)「魚」屬象形字，為獨體之文，應為「魚」部。(D)「昧」為形聲字，從日未聲，應屬「日」部。

13.(A)動詞，讚美。(B)名詞，一件事。(C)動詞，以……為輕。(D)名詞，災禍。(E)動詞，派。

14.(A)動詞，做了國君。(B)孟浩然謙稱自己。(C)歐陽脩自號醉翁。(D)白居易自稱。(E)連橫謙稱自己。

15.(甲)張良／徐志摩；(乙)白居易／屈原；(丙)陶潛／周瑜。

非選題

㈠ 1.室 2.倜 3.鈞 4.緘 5.磬

㈡ 1.蝴蝶 2.蟬 3.蚊 4.眉 5.螢

鄭伯克段于鄢

選擇題

1.(D) 2.(A) 3.(B) 4.(C) 5.(A) 6.(B) 7.(B) 8.(C) 9.(A) 10.(D) 11.全 12.(B)(C)(D)(E) 13.(B)(D) 14.(A)(B)(D)(E) 15.(A)(B)(D)(E)

解析：

10.(A)(B)(C)皆上為「名詞」，下為「動詞」。

12.(A)反詰語氣。

13.(A)兵眾。(C)稱。(E)責備。

14.(A)弟弟／孝悌。(B)殺害／等差。(C)貶低。(D)路遠／遠離。(E)逃跑／遺失。

15.(C)《左傳》起於魯隱公元年，終於魯哀公二十七年。

非選題

㈠嚴厲責備鄭伯老遠地動眾殺弟，如同從母親懷中奪而殺之。

㈡段是鄭伯的弟弟。怎麼知道段是弟弟？凡是殺世子和同母弟的，都稱君。因為經文稱君，就知道段是弟弟。

虞師晉師滅夏陽

選擇題

1.(A) 2.(B) 3.(A) 4.(B) 5.(C) 6.(A) 7.(A) 8.(D)
9.(D) 10.(C) 11.(C)(D)(E) 12.(A)(C)(D) 13.全 14.(A)(B)(C)(D) 15.(B)(C)(D)(E)

解析：

9.(A)ㄐㄧㄡˋ/ㄐㄧˋ/ㄐㄧˊ。(B)ㄐㄧˊ/ㄌㄚˋ/ㄐㄧˊ。(C)ㄍㄨㄛˊ/ㄏㄨˇ/ㄏㄨˇ。(D)ㄋㄨㄛˋ。

10.(A)形容詞。(B)名詞。(C)名詞當動詞用，出兵。(D)名詞，馬四匹，此指良馬。

14.(E)言君子之德經得起考驗。

非選題

(一) 1.馬四匹，此指良馬。2.主謀。3.不利。4.馬齒增長。5.內心明達，個性懦弱。

(二) 1.(B) 2.(A) 3.(E) 4.(F) 5.(C) 6.(D)

晉獻公殺世子申生

選擇題

1.(B) 2.(D) 3.(C) 4.(B) 5.(B) 6.(C) 7.(A) 8.(C)
9.(C) 10.(D) 11.(A)(E) 12.(A)(C) 13.(B)(C) 14.(A)(B)(D)
15.(A)(D)

解析：

11.(B)恭順退讓於人。(C)肩背緊湊畏寒狀。(D)兩手相合，敬禮作別。

12.題幹：音ㄏㄜˊ，通「盍」，何不。(A)ㄏㄜˊ，何不。(B)ㄍㄞˋ，因為。(C)ㄏㄜˊ，何不。(D)ㄍㄞˋ，大概是。(E)ㄍㄞˋ，傘。

13.題幹：往；到；去。(A)至於。(B)往；到；去。(C)往；到；去。(D)然。(E)或。

14.(C)傳《儀禮》之學。(E)以喪禮為主。

15.(B)《昭明文選》/《太平御覽》/《夢溪筆談》。(C)「古文運動」/「新樂府運動」/「五四運動」。(E)《靖節先生集》/《白氏長慶集》/《武林舊事》。

非選題

(一) 1. 2.

(二) 1. 3. 5.

曾子易簀

選擇題

1.(A) 2.(B) 3.(D) 4.(B) 5.(A) 6.(C) 7.(D) 8.(C)
9.(B) 10.(D) 11.(A)(B)(C)(D) 12.(A)(B)(C) 13.(A)(B)(C)(D)
14.(B)(C)(D)(E) 15.(B)(C)(D)(E)

解析：

9.(甲)ㄩˊ；(丁)ㄐㄩˋ；(戊)ㄐㄧˊ。

10.(甲)換；(乙)治也；(丙)換；(丁)改變；(戊)容易。

11.(E)病未康復，半臥半起。

12.(D)對偶。(E)層遞。

13.(E)指童子。

14.(A)老師。(B)父親。(C)先生。(D)丈夫。(E)孔子。

15.(A)《儀禮》。

非選題

(一) 1.ㄩˊ 2.ㄩˋ 3.ㄩㄥˊ 4.ㄡˇ 5.ㄡˇ

(二) 1.× 2.○ 3.○ 4.○ 5.○

有子之言似夫子

選擇題

1.(A) 2.(B) 3.(C) 4.(B) 5.(B) 6.(A) 7.(B) 8.(C)

9.(C) 10.(D) 11.(A)(B)(D)(E) 12.(B)(C)(E) 13.(A)(B)(D) 14.(B)(C)(D)(E) 15.(B)(C)

解析：

9.(A)ㄍㄨㄛˇ/ㄍㄨㄛ/ㄍㄨㄛ/ㄍㄨㄛ。(B)ㄇㄧˇ/ㄇㄧˊ/ㄇㄧˊ/ㄇㄧˊ。(C)ㄎㄡˋ。(D)ㄙㄨˋ/ㄕㄨˋ/ㄕㄨˋ。

10.(D)《小戴禮記》收入十三經。

12.(A)指不拘泥小學，重視義理之了解。(D)沒有驗證過的便不相信。

非選題

(一) 1.賄賂。2.奢侈浪費。3.在此指失去官祿爵位。4.有原因。5.以車載著珍寶去朝見魯君。

(二) 1.(F) 2.(B) 3.(E) 4.(A) 5.(C) 6.(D)

公子重耳對秦客

選擇題

1.(B) 2.(B) 3.(A) 4.(A) 5.(B) 6.(C) 7.(B) 8.(A)

9.(C) 10.(D) 11.(A)(B)(C) 12.(A)(B)(D) 13.(A)(C)(D)(E) 14.(A)(C)(D)(E) 15.(B)(E)

解析：

11.(A)皆作「替換」。(B)皆作「希望、庶幾，有勸使的意思」。(C)皆作「無」。(D)希望/思。(E)供給/共享。

12.(C)今文占優勢。(E)清顧炎武撰《天下郡國利病書》。

13.(B)已直接說出想法。

14.(A)「或」，若也。(B)陳述語氣。(C)「苟」，若也。(D)「若」。(E)「向使」，假使。

15.(A)端莊嚴肅的樣子/整齊的樣子。(C)那個人/對已婚婦女的敬稱。(D)使者/出行者所帶的物品。

非選題

(一) 1.偃 2.虞 3.臧 4.部 5.剔

(二) 1.× 2.× 3.○ 4.○ 5.○

杜蕢揚觶

選擇題

1.(A) 2.(A) 3.(B) 4.(A) 5.(D) 6.(B) 7.(B) 8.(D)

9.(A) 10.(B) 11.全 12.(A)(B)(D)(E) 13.(A)(C) 14.(A)(C)(D) 15.(A)(B)(C)(E)

解析：

9.(丁)ㄩㄝˋ；(戊)ㄊㄞˋ；(己)ㄧㄣˋ。

10.(甲)參與；(乙)參與；(丙)親附；(丁)參與；(戊)讚許。

11.(A)觶。(B)觴。(C)杯、斝。(D)樽。(E)缾、罍。

12.(C)北堂為主婦所居之堂，也是「母親」的代稱。
13.(A)奏樂。(B)喜好。(C)奏樂。(D)喜好。(E)快樂。
14.(B)寢宮。(E)忘了國君應忌諱的事。
15.(D)晉平公認錯並接受罰酒。

非選題

(一) 1.ㄉㄠˋ 2.ㄋㄠˋ 3.ㄔㄨㄛˋ 4.ㄓㄠˋ 5.ㄓㄠˋ

(二) 1.師曠：太師，樂官。2.李調：隨侍在側的近臣。3.杜蕢：膳夫，君王的廚師。

晉獻文子成室

選擇題

1.(C) 2.(B) 3.(C) 4.(A) 5.(B) 6.(B) 7.(A) 8.(D)
9.(A) 10.(B) 11.(A)(B)(C)(D) 12.全 13.(A)(B)(C)(E) 14.(A)(C)(D)(E) 15.(A)(B)(C)(D)

解析：

9.(A)ㄏㄨㄢˋ。(B)ㄌㄨㄣˊ／ㄌㄨㄣˊ／ㄩˋ。(C)ㄊㄧㄠˊ／ㄓㄠˇ／ㄕㄠˊ。(D)ㄐㄩˇ／ㄗㄨˇ／ㄐㄩ。
10.(A)(C)(D)形容文章之好。
13.(D)喻戒懼過甚。
14.(B)類字。
15.(E)「北堂」為主婦所居之堂，為母親之代稱；「北斗」為眾人景仰之人。

非選題

(一) 1.送禮致賀。2.高大。3.華麗。4.招待賓客及宗族。5.保全腰頸，得以善終。

(二) 1.(D)／(D) 2.(C)／(D) 3.(E) 4.(A) 5.(B)／(B)

卷四 秦文

蘇秦以連橫說秦

選擇題

1.(B) 2.(A) 3.(B) 4.(D) 5.(A) 6.(C) 7.(D) 8.(B)
9.(D) 10.(B) 11.(B)(E) 12.全 13.(B)(D)(E) 14.(A)(C)(E)
15.全

解析：

9.(D)通「窟」。
10.(A)《臨川集》→《臨川記》。(C)楷書→行書。(D)蘇軾→曾鞏。
12.(A)《戰國策．齊策》。(D)《孟子．公孫丑上》。
13.(A)到楚漢之起。(C)曾鞏。
14.(B)《戰國策》作者非一時一地一人之作；《左傳》相傳是左丘明之作。(D)《戰國策》有《國策》、《國事》、《事語》、《短長》、《長書》、《修書》之稱；《左傳》又稱《春秋內傳》、《左氏春秋》。《春秋外傳》是指《國語》一書，相傳亦為左丘明所寫。

非選題

(一) 1.《詩》、《書》、《易》、《儀禮》、《春秋》 2.斬、

齊、大功、小功、緦麻 3.齊桓公、晉文公、秦穆公、宋襄公、楚莊王 4.宮、商、角、徵、羽 5.紅、黃、藍、白、黑

(二)①狡兔三窟 ②虎頭老鼠尾 ③死馬當活馬醫 ④羊毛出在羊身上 ⑤豬不肥，肥到狗去

司馬錯論伐蜀

選擇題

1.(A) 2.(C) 3.(A) 4.(C) 5.(B) 6.(C) 7.(D) 8.(C)

9.(B) 10.(A) 11.(B)(C)(D)(E) 12.(A)(C)(D)(E) 13.(B)(C)(D)(E)

14.(A)(B)(C)(E) 15.(A)(B)(C)

解析：

9.(甲)親附；(乙)親附；(丙)參與；(丁)讚許；(戊)讚許。

10.(A)擋住屯留的通道。

12.(A)明喻。(B)誇飾。(C)隱喻。(D)略喻。(E)借喻。

13.(A)憑藉。(B)疲憊／壞。(C)滅亡／無。(D)容易／治。(E)劫持／最長時間。

14.(D)上自春秋，下迄楚漢之爭。

15.(D)秦尚未具備。(E)上下相反。

非選題

(一)1.(E) 2.(A) 3.(D)

(二)所以雖然滅了一個國家，而天下不會認為是殘暴；占盡蜀國的財富，諸侯不會認為是貪婪。我這樣做又可以名利兼收，還可以博得除暴定亂的美名。

范雎說秦王

選擇題

1.(A) 2.(B) 3.(C) 4.(D) 5.(B) 6.(A) 7.(B) 8.(A)

9.(C) 10.(A) 11.(A)(E) 12.(B)(C)(D) 13.(A)(B)(D)(E) 14.(A)(B)(D) 15.(C)(D)(E)

解析：

9.(甲)ㄅㄣ；(丙)ㄐㄧ；(戊)ㄢˋ。

11.(B)秦王時的力士。(C)春秋楚隱士。(D)跌倒，此指死亡。

12.(A)ㄘㄨˋ，同「猝」，突然。(B)(C)(D)終於；最後。(E)僕隸。

13.(A)名詞轉動詞。(B)名詞轉動詞。(D)形容詞轉動詞。(E)名詞轉副詞。

14.(C)不對之因。(E)秦昭王之言。

15.(A)用漆塗身，使皮膚腫癩。(B)伍子胥藏在袋子裡逃出昭關。

非選題

(一)1.厲 2.厲 3.礪 4.僻 5.媲

(二)如果臣能像伍子胥那樣進獻計謀，即使遭到幽禁，終身不再相見，但臣的主張已經實行，臣還有什麼憂愁呢？

鄒忌諷齊王納諫

選擇題

1.(C) 2.(C) 3.(A) 4.(C) 5.(B) 6.(B) 7.(C) 8.(D)
9.(A) 10.(A) 11.(B)(E) 12.(A)(E) 13.(A)(B)(C)(E) 14.(C)(E)
15.(C)(D)

解析：

9.(A)「；」用於對等、並列的分句中。

10.(A)如也，有比較的意思。(B)如果。(C)如果。(D)如果。

11.(A)ㄆㄢˋ/ㄆㄧㄣ。(B)ㄊㄢ。(C)ㄏㄨㄢˊ/ㄩㄢˊ。(D)ㄍㄞ/ㄏㄞˋ。(E)ㄉㄨㄟˋ。

12.(B)愛一人而推及其身邊一切。(C)指言語閃爍。(D)意謂執法公正。

13.(A)不久。(B)不久。(C)過了一會兒。(D)然後，連詞。(E)剛剛。

14.(A)「竊」，利用/「渠」為文言第三人稱。(B)「左右」意謂身邊近侍/「朕」為第一人稱。(D)「公」退之暇，「公務」之餘的閒暇時光/「京尹」，京師所在的地方長官。

15.(A)意謂治國者不當被敵寇積久以來的威勢脅迫。(B)朝見；晉見，動詞/朝廷，名詞。(E)形容音樂餘音繞樑，三日不絕。

非選題

(一)1.蚊 2.螢 3.蟬 4.蝶 5.蜂

(二)1.○ 2.色 3.○ 4.故 5.終

顏斶說齊王

選擇題

1.(B) 2.(C) 3.(C) 4.(A) 5.(C) 6.(C) 7.(A) 8.(C)
9.(C) 10.(A) 11.(A)(B)(D)(E) 12.(A)(C)(D) 13.全 14.(C)(D)
15.(B)(C)(D)(E)

解析：

9.(甲)悅；(乙)述說；(丙)悅；(丁)說服；(戊)言論。

10.(B)(C)(D)皆疑問。

11.(C)距離。

12.(A)距離/離開。(B)竟。(C)恥辱/病痛。(D)娛/懷疑。(E)質樸。

14.(A)驚視貌。(B)憂愁貌。(C)(D)皆怒氣貌。(E)憂愁貌。

15.(A)男喪。

非選題

(一)1.懈 2.榭 3.褻 4.邂 5.瀣

(二)1.(A) 2.(F) 3.(H) 4.(B)

馮諼客孟嘗君

選擇題

1.(B) 2.(D) 3.(A) 4.(C) 5.(A) 6.(D) 7.(B) 8.(B)
9.(A) 10.(B) 11.(A)(B)(C)(D) 12.(A)(B)(C)(D) 13.(A)(B)(C)(E)
14.(A)(C)(D)(E) 15.(A)(D)(E)

解析：

9.(甲)ㄎㄨㄞˋ；(乙)ㄓㄞˋ／ㄗㄜˊ；(丙)ㄎㄨㄟˋ；(丁)ㄋㄨㄛˋ；(戊)ㄑㄩㄢˋ／ㄐㄩㄢˋ；(己)ㄐㄧ／ㄓㄞ。

11.(E)動詞。

非選題

(一)1.持物贈人。2.小小的。3.假命令。4.因憂煩而糊塗。5.祖先所降臨的災禍。

(二)我私下思量著，您宮中堆滿了珠寶，外面的馬棚裡養滿了狗馬，又有眾多美女侍立在堂下，您家只缺少義罷了，因此我為您買了義。

趙威后問齊使

選擇題

1.(D) 2.(B) 3.(B) 4.(B) 5.(B) 6.(A) 7.(D) 8.(B)
9.(A) 10.(A) 11.(D)(E) 12.(A) 13.(A)(C)(D) 14.(A)(C)(D)(E)
15.(A)(B)(E)

解析：

9.(A)派遣／問候。

10.(A)無義助詞，相當於「的樣子」。(B)(C)(D)皆為代詞，「如此」。

11.(A)ㄗ／ㄗ／ㄗˋ。(B)ㄓˋ／ㄗˋ／ㄓˋ。(C)ㄒㄧㄝˋ／ㄒㄩㄝˋ／ㄒㄩㄝˋ。(D)ㄌㄢˊ。(E)ㄌㄧㄥˊ。

12.(C)「章」通「彰」。(D)「敝」為破敗之意／「蔽」則有遮蔽之意。(E)「徹」通「撤」。

13.(A)（若）不悱（則）不發。(B)「不怨天，不尤人」應為並列關係。(C)（若）其身不正，（則）雖令不從。(D)（若）不在其位，（則）不謀其政。(E)二者為並列關係。

14.(B)為排比。

15.(C)「跽」，音ㄐㄧˋ，挺身而跪之義，意即「長跪」。古人席地盤足而坐，起身則膝著地如同跪姿。當樊噲闖入，項羽警覺，故按劍挺身，由坐而跽，以防不測。(D)古人的座位，以坐西向東為尊，其次是坐北朝南，再次是坐南朝北，最末是坐東向西。

非選題

(一)1.纖 2.忑 3.機 4.黔 5.忮

(二)1.樹→豎；跟→根；移→宜；繼→濟。2.簡→檢；攔→瀾；慊→倩。

莊辛論幸臣

選擇題

1.(B) 2.(C) 3.(B) 4.(B) 5.(A) 6.(C) 7.(B) 8.(D)
9.(A) 10.(B) 11.(B)(C)(D)(E) 12.全 13.(B)(D)(E) 14.(A)(B)(C)
15.全

解析：

9.(乙)ㄇㄥˊ；(丁)ㄏㄜˊ；(戊)ㄓㄨㄛˊ。

10.(A)前二句皆言為時未晚／求學不專志。(B)皆形容事前不準備，臨時抱佛腳。(C)前句形容保守／後二句形容改革。(D)前二句形容兄弟和睦友愛／後一句形

容兄弟不睦。

11.(A)亡失／滅亡。(B)低頭向下。(C)箭繩。(D)吃。(E)腋下挾持。

13.(A)僅；只。(C)目標。

非選題

(一)1.×（象形） 2.〇 3.〇 4.〇 5.×（會意）

(二)1.兔 2.牛 3.虎 4.鼠 5.龍 6.蛇 7.豕 8.羊 9.雞 10.猴 11.馬 12.狗

觸龍說趙太后

選擇題

1.(A) 2.(C) 3.(B) 4.(D) 5.(C) 6.(B) 7.(D) 8.(A) 9.(C) 10.(A) 11.(A)(B)(D) 12.(C)(E) 13.(B)(C)(E) 14.(A)(B)(C) 15.(B)(D)(E)

解析：

11.(A)「填溝壑」借代死亡。(B)「山陵崩」借代帝王崩殂。(D)「黑衣」借代衛士。

12.(A)到。(B)向。(C)比。(D)對於。(E)比。

非選題

(一)1.忖度；推想。2.肥沃的土地。3.緊抓著她坐車後面的橫木。4.剛剛執掌政事。5.古稱帝王之死。

(二)1.父母疼愛子女，就要為他做長遠的打算。

2.國君的兒子，骨肉的至親，都還不能仗著沒有功勳的高位、沒有勞績的俸祿，而保住他的尊貴，何況是臣子呢？

魯仲連義不帝秦

選擇題

1.(A) 2.(B) 3.(A) 4.(C) 5.(C) 6.(A) 7.(B) 8.(D) 9.(B) 10.(A) 11.(B)(E) 12.(A)(B)(C) 13.(A)(E) 14.(C)(D)(E) 15.(C)(D)(E)

解析：

10.(A)為何。(B)(C)(D)皆作「用來」解。

11.(A)ㄔㄜˋ／ㄔㄞ。(B)ㄩㄝ。(C)ㄇㄠˊ／ㄇㄠˋ。(D)ㄜˋ／ㄜˊ。(E)ㄏㄢ。

12.(D)(E)二者屬「小我」利害之考量，不能說是「義」不帝秦。

13.(B)「明日黃花」形容事物變遷，不是形容閒情。(C)「清新脫俗」形容給人清爽潔淨，有別凡俗的感受。(D)「小心翼翼」指做事小心謹慎。

14.(A)春、夏。(B)第三人稱，通「他」(它)。

15.(A)詰問、感歎語氣。(B)「惡」，焉也；安也，為反詰語氣。(C)「苟」，若也；如果也，為假設語氣。(D)「使」，假使，為假設語氣。(E)「即」，若也；如果也，為假設語氣。

非選題

(一)1.七夕，農曆七月七日 2.元宵節，農曆正月十五日 3.重陽節，農曆九月九日 4.寒食節，清明前

二日 5.春節，農曆正月初一

(二) 1.「浴」著朝陽，化抽象為具體，屬「轉化」修辭；「愉悅的」一詞將白鴿賦予人性，亦屬「轉化」修辭 2.「高摩天際」的大樹，屬「誇飾」修辭；「小鳥快樂地叫跳著」，屬「轉化」修辭 3.「美麗而驕傲」的牽牛，屬「映襯（雙襯）」修辭；「滿心都是淚」，將露水比擬為淚，屬「譬喻（借喻）」修辭與「移情」作用

魯共公擇言

選擇題

1.(B) 2.(D) 3.(A) 4.(C) 5.(B) 6.(A) 7.(D) 8.(D) 9.(B) 10.(D) 11.全 12.全 13.(A)(D)(E) 14.(B)(C)(D) 15.(A)(B)(C)(D)

解析：

9.(甲)動詞，設宴席請人喝酒；(乙)名詞，酒杯；(丙)前一字名詞，酒杯；後一字動詞，罰酒；(丁)名詞，酒杯。

10.(A)ㄈㄢˊ/ㄅㄛ/ㄆㄢˊ。(B)ㄑㄧㄝˋ/ㄑㄧㄢ/ㄒㄧㄢˊ。(C)ㄏㄢˊ/ㄏㄢ/ㄍㄢ。(D)ㄕㄤ。

13.(B)商紂——妲己。(C)周幽王——褒姒。

14.(A)起立。(E)指方皇之水流。

15.(E)儀狄是造美酒者，易牙是廚師，白臺是美女名。

非選題

(一) 1.ㄆㄧˊ 2.ㄆㄛ 3.ㄆㄛ 4.ㄅㄧˋ 5.ㄅㄛˇ

(二) 1.×，激問 2.○，略喻 3.×，頂針、層遞 4.○，明喻 5.○，略喻 6.○，略喻

唐雎說信陵君

選擇題

1.(B) 2.(A) 3.(C) 4.(A) 5.(C) 6.(A) 7.(B) 8.(D) 9.(A) 10.(D) 11.(C)(D) 12.(A)(B)(E) 13.(A)(E) 14.(A)(B)(D) 15.(A)(B)

解析：

9.(乙)ㄗㄥ；(丁)ㄘㄨˋ；(己)ㄍㄞ。

11.(A)(B)相反。(E)趙王自郊迎。

12.題幹和(A)(B)(E)同「猝」，突然。(C)終養。(D)終於。

13.題幹和(A)(E)排比。(B)層遞。(C)回文。(D)錯綜。

14.(C)勝利之後。(E)信陵君從善如流。

15.(C)記言為主。(D)曾鞏。(E)歷史散文。

非選題

(一)唐雎——藉賓形主；馮諼——高瞻遠矚；觸龍——迂迴攻堅……

(二)「現在趙王親自到郊外迎接，很快就會見到趙王，臣希望您忘了救趙的事吧！」信陵君說：「無忌謹接受您的教誨。」

唐雎不辱使命

選擇題

1.(B) 2.(C) 3.(A) 4.(C) 5.(A) 6.(B) 7.(B) 8.(C) 9.(B) 10.(C) 11.(A)(D)(E) 12.(A)(E) 13.(B)(C)(D) 14.(C)(E) 15.(B)(C)(E)

解析：

9.(B)「跣」是指「赤腳」。

10.(A)ㄏㄥˊ／ㄏㄥˋ。(B)ㄐㄧㄣ／ㄍㄨㄢ。(C)ㄕˇ。(D)ㄏㄠˇ／ㄏㄠˋ。

11.(A)用。(B)憑藉。(C)因。(D)用。(E)用。

12.(A)「其」，應該。為推測、商量的語氣。(E)應為反詰、反問的語氣。

13.(A)茸→葺。(E)憾→撼。

14.(A)屬問而無答的「懸問」。(B)提問。(C)激問，答案在反面。(D)提問。(E)激問，答案在反面。

15.(A)「稽首」在「九拜」中表最重之禮。(D)芳齡二八，表一十六歲。(按：中壽，中等之壽，在上壽、下壽之間。說法不一，《左傳》以中壽為百歲；《莊子》以中壽為八十歲；《淮南子》以中壽為七十歲；《呂氏春秋》以中壽為六十歲。)

非選題

(一)1.× 2.○ 3.× 4.○ 5.×

(二)從前有一海鳥在魯郊野休憩，魯國國君將之迎接到太廟，不但以佳餚美酒宴請這隻海鳥，還以「九韶」之樂助興。這隻海鳥憂傷的顧視，不敢吃一片肉，也不敢喝一杯酒，三日之後，便死了。

樂毅報燕王書

選擇題

1.(B) 2.(C) 3.(B) 4.(C) 5.(C) 6.(B) 7.(D) 8.(A) 9.(D) 10.(C) 11.全 12.(B)(D)(E) 13.(B)(C) 14.全 15.(B)(C)(D)

解析：

9.(甲)寵幸；(乙)僥倖；(丙)慶幸；(丁)寵幸；(戊)天子所至；(己)希望。

10.(A)技藝。(B)多。(C)屢次。(D)細密。

12.(A)高出世俗之心。(C)直接而便捷。

13.(A)責備／勸食。(B)棄。(C)正好。(D)敗壞／不鋒利。(E)施加恩德／延。

15.(A)頂針。(E)映襯。

非選題

(一)1.孔子 2.句踐 3.王羲之 4.荊軻 5.項羽

(二)1.《國語》 2.《史記》 3.《漢書》 4.《史記》 5.《竹書紀年》

諫逐客書

選擇題

1.(D) 2.(D) 3.(B) 4.(D) 5.(A) 6.(B) 7.(C) 8.(D) 9.(C) 10.(B) 11.(A)(B)(C)(D) 12.(A)(B)(C)(E) 13.(A)(D)(E) 14.(A)(D)(E) 15.(B)(C)

解析：

9. (乙)ㄊㄨㄛˊ；(戊)ㄅㄧˋ；(己)ㄐㄧ。

11. (A)「拔并收取包制據割」等字義皆同。(B)「數」、「理」，抽換詞面。(C)「秦」、「贏」，抽換詞面。(D)「彌」、「愈」，抽換詞面。(E)排比。

12. (A)平民。(B)百姓。(C)侍妾。(D)戰爭。(E)遊湖之遊客。

14. (B)無此說。(C)「傅璣之珥」是裝飾品。

15. 題幹與(B)(C)之「易」為改變。(A)替換。(D)容易。(E)治。

非選題

(一) 1.窈 2.黔 3.腴 4.ㄅㄧˋ 5.ㄔㄡˊ

(二)因此泰山不推辭土壤，所以才能形成它的高大；河海不捨棄細流，所以才能造成它的深闊；帝王不排斥百姓，所以才能顯揚他的德行。

卜居

選擇題

1.(A) 2.(D) 3.(A) 4.(C) 5.(A) 6.(A) 7.(B) 8.(D)

9.(B) 10.(A) 11.(C)(E) 12.(A)(C)(D) 13.(C)(D)(E) 14.(A)(B)(E) 15.(A)(B)(D)(E)

解析：

11. (A)輕重之重／敬重。(B)安適／安定。(C)智慧。(D)端正／只。(E)道歉。

12. (B)懷寶迷邦，懷才不為世用。宜改為「超然高舉」。(E)痛定思痛，遭受痛苦後，追想以前的痛苦。宜改為「手忙腳亂」。

13. (A)危險。(B)柔軟。

14. (C)楚懷王時，屈原被放逐到漢北。(D)頃襄王時被流放到江南。

15. (C)王逸。

非選題

(一) 1.樸 2.障 3.智 4.絜 5.抗

(二)世間混濁而不清，認為蟬翼是重的，卻說千鈞是輕的；黃鐘被毀壞拋棄，瓦釜卻像雷鳴般的響動。

對楚王問

選擇題

1.(C) 2.(B) 3.(D) 4.(D) 5.(C) 6.(B) 7.(D) 8.(B)

9.(C) 10.(A) 11.(D)(E) 12.(A)(B)(E) 13.(B)(D) 14.全 15.(B)

(A)(C)(D)(E)

解析：

9. (甲)ㄒㄧㄝˋ；(乙)ㄓˇ；(戊)ㄠˊ。

11. (A)主旨說明曲高和寡，聖賢寂寞。(B)〈下里巴人〉。(C)引商刻羽，雜以流徵。

12. (A)過失／贈送。(B)接續／勸飲。(C)橫渡。(D)顯露。(E)言辭／推辭。

13. (A)反詰語氣。(C)反詰語氣。(E)祈使語氣。

15. (B)內容偏重幻想。

非選題

㈠(A)(B)(D)

㈡1.形容音樂或歌唱美妙響亮。2.比喻樂曲高妙。3.鄉野民歌。4.曲調愈高，唱和的人愈少。5.以金鐘開端、玉磬結尾，演奏完美。

卷五 漢文

五帝本紀贊

選擇題

1.(C) 2.(B) 3.(A) 4.(C) 5.(D) 6.(B) 7.(B) 8.(D)
9.(D) 10.(C) 11.(A)(B)(C) 12.(B)(C)(D) 13.(B)(C) 14.(A)(C)(D)(E) 15.(A)(C)(D)

解析：

9.(乙)ㄩˊ；(丙)ㄓㄨㄛˊ；(丁)ㄉㄧˋ。

10.(甲)(戊)入；(乙)漸進；(丙)(己)開端；(丁)浸泡。

11.(A)上。(B)雅正。(C)本來。(D)現／看見 (E)對；正確／此。

12.(A)《尚書》記載從唐堯開始 (E)無。

13.(A)百家言黃帝，多附會且文辭不雅。(D)散見其他古籍。(E)薦紳先生以為不真、不雅，故不談。

14.(B)各國史書之名稱。

15.(B)魏晉後。(E)《史記》中變例——項羽列為「本紀」；孔子、陳涉列為「世家」。

項羽本紀贊

非選題

㈠1.司馬遷 2.孔子

㈡每到一處，長老們常常講述一些某處與黃帝或某處與堯舜有關的事情，可見風俗教化原本各處不同。總之，不背離古文典籍的就近於真實。

選擇題

1.(B) 2.(C) 3.(A) 4.(D) 5.(B) 6.(A) 7.(D) 8.(C)
9.(C) 10.(D) 11.(A)(B)(E) 12.(B)(C)(E) 13.(A)(B)(C)(E) 14.(A)(D)(E) 15.(A)(C)(E)

解析：

11.(A)三綱，君臣、父子、夫婦。(B)九族，高祖、曾祖、祖、父、自己、子、孫、曾孫、玄孫。

12.(A)「好行小慧」意謂好賣弄小聰明／「好施小惠」意謂給人一點點好處。(D)「才說嘴，就打了嘴」意謂才一自誇，就出了差錯／「說曹操，曹操就到」意謂言語頗為靈驗。

13.(D)「尺寸」意謂些許的土地，言其少也。

14.(A)三閭大夫即屈原，聯中之〈招魂〉、〈九歌〉皆是其作品。(B)此聯吟的是項羽，諸葛武侯祠祭祀的是諸葛亮。(C)此聯吟詠的對象是周瑜，而非關羽。(D)臺南延平郡王祠中之聯，詠鄭成功開拓臺灣之功績。

(E)臺南孔廟之聯，以《論語》、《孟子》書中的篇名連綴而成。

15.(B)《資治通鑑》為編年體史書，所載史事上起戰國，下迄五代。(D)《詩經》篇名取自首句一至數字，與全篇詩意無密切關聯。

非選題

(一) 1.歐陽脩 2.王安石 3.司馬光 4.白居易 5.方孝孺

(二) 1.梅花 2.梅花 3.柳樹 4.牡丹 5.菊花

秦楚之際月表

選擇題

1.(A) 2.(B) 3.(B) 4.(D) 5.(B) 6.(C) 7.(D) 8.(C)

9.(B) 10.(C) 11.(A)(B)(C)(D) 12.(A)(E) 13.(A)(D) 14.(B)(C)

15.(A)(D)

解析：

9.(甲)ㄋㄢˋ；(丙)ㄕㄢˋ；(戊)ㄏㄨㄟ。

10.(C)墮，通「隳」。

11.(E)顯赫。

12.(B)動詞。(C)名詞作動詞。(D)動詞作名詞。

13.(A)因。(B)依。(C)為；做。(D)因。(E)用。

14.(A)韓信。(D)張良。(E)張良。

15.(A)反抗；叛亂／艱難。(B)登上。(C)多。(D)分封／開拓疆域。(E)從前。

非選題

(一) 1.李白（蔣勳〈寄李白〉） 2.李煜（蔣勳〈南朝的時候〉） 3.李白、屈原、蘇軾（余光中〈大江東去〉） 4.項羽（淡瑩〈楚霸王〉）

(二)然而帝王的興起，卻出於鄉里，聯合天下英雄討伐暴秦，其成就遠超過夏、商、周三代。從前秦朝的禁令，恰好幫助有才能的人排除困難罷了。

高祖功臣侯年表

選擇題

1.(C) 2.(B) 3.(D) 4.(B) 5.(C) 6.(A) 7.(C) 8.(D)

9.(A) 10.(C) 11.(C)(D) 12.(B)(C) 13.(C)(D)(E) 14.(C)(D)

15.全

解析：

9.(甲)ㄈㄢˊ；(乙)ㄐㄧㄤˋ；(戊)ㄍㄨㄣˇ。

10.(甲)同「礪」，磨刀石；(乙)厲王；(丙)(己)害也；病也；(丁)勝過；(戊)嚴正。

11.(A)表明功勞等級的稱為伐。(B)憑進言立功的稱為勞。(E)恩澤延及子孫。

12.題幹：何以，同(B)(C)。(A)(E)用來；用以。(D)所為。

13.隕命亡國——當句對／社稷——借代／若厲——譬喻。

14.(A)古制已有。(B)自全且能蕃衛天下。(E)上下皆有失。

15.(A)往／像。(B)看見／ㄒㄧㄢˋ，呈現。(C)總之／ㄧㄠ，

同「邀」。(D)鞏固／固陋。(E)天子／上；久遠。

非選題

(一) 1.張良 2.韓信

(二)處在現在的時代，記取古道，正是用來作為自我鑑戒，但也未必完全一樣。做帝王的，各有各的禮教，各有各的事務。總之以成功做標準就是了，哪裡可以強合的呢？

孔子世家贊

選擇題

1.(A) 2.(D) 3.(B) 4.(B) 5.(A) 6.(C) 7.(C) 8.(C)
9.(A) 10.(D) 11.(C)(E) 12.(C)(D)(E) 13.全 14.(A)(B)(C)
15.(A)(D)

解析：

3.(B)下指遵行。

9.(A)詠土地公廟。(B)詠孔子。(C)詠孔子。(D)趙普對宋太宗說：「我有《論語》一部，以半部佐太祖定天下，半部佐陛下至太平。」

10.(A)語末助詞，增加音節用，無意義／指群聚而笑之人。(B)代詞，指孔子／大概；想來，表推測的語氣副詞。(C)傳聞／聽到，引申「懂得」。(D)如此；這樣。

11.(A)「大相逕庭」謂看法相差很多。(B)「匠氣十足」謂缺乏創意。(D)「童山濯濯」謂山不長草木，今作禿頭解。

12.(A)引經據典以表示對孔子的推崇。(B)句中「若」字為喻詞，作「如」解釋。(C)「而」。(D)「使」、「果」。(E)「如果」。

13.(B)「甫」為男子美稱，即「美」也；「熙」乃明亮貌，同「光」。(C)「愈」，進也，與「退之」反義；「頫」同「俯」，故以「昂」補足。

14.(D)應為：仁者不憂，智者不惑，勇者不懼。(E)贊成↓反對。

15.(B)乃孔子自述其好學過人。(C)孔子自言其有教無類之精神。(E)孔子自述其為學進德之次序。

非選題

(一) 1.篳 2.兢兢 3.觥 4.韁 5.朵

(二) 1.高山可以仰望，大道可供循行。
2.從天子、王侯，到全天下講六經的人，都以夫子為準則。

外戚世家序

選擇題

1.(A) 2.(D) 3.(C) 4.(A) 5.(C) 6.(D) 7.(D) 8.(B)
9.(A) 10.(C) 11.全 12.(A)(B)(C)(D) 13.(A)(C)(D) 14.(A)(B)(C) 15.(B)(C)(D)

解析：

9.(A)何。(B)憎厭。(C)粗劣的。(D)罪惡。

12.(E)談命運。

14. (D)引禮、樂。(E)引《尚書》、《春秋》。
15. (A)紀傳體之祖。(E)本紀，記帝王。

非選題

(一) 1.《尚書》 2.《史記》 3.《尚書》 4.《史通》 5.《國語》

(二) 1.《易》 2.《詩》 3.《書》 4.《春秋》 5.禮 6.樂

伯夷列傳

選擇題

1.(D) 2.(D) 3.(B) 4.(B) 5.(C) 6.(A) 7.(C) 8.(D)
9.(B) 10.(C) 11.(A)(C)(D) 12.(C)(E) 13.(A)(B)(C) 14.(A)(D)(E) 15.(B)(C)(D)

解析：

9. (甲)ㄘㄨˊ；(乙)ㄐㄧㄝˊ；(戊)ㄎㄨㄚ。
10. (乙)乃；於是（連）；(丁)四岳九牧（名）。
11. (B)通「早」。(E)盍，何不。
12. (A)采，採也。(B)唉！死期到了。(D)左右之人欲殺他們。
13. (A)種別／大抵。(B)終／死亡。(C)說／稱揚。(D)因此。(E)讚許。
14. (B)四分之一寫伯夷、叔齊，四分之三是感歎、議論。(C)質疑。
15. 題幹：借喻。(A)(E)借代。(B)(C)(D)借喻。

非選題

(一) 1.ㄐㄩ 2.ㄘㄨˊ 3.ㄐㄩ 4.ㄌㄧㄝˋ 5.ㄌㄧˋ

(二) 鄉里小民，想要砥礪，建立名聲，不依附德高望重的人，怎能流傳於後世呢？

管晏列傳

選擇題

1.(C) 2.(A) 3.(B) 4.(C) 5.(B) 6.(D) 7.(D) 8.(D)
9.(A) 10.(B) 11.(A)(B)(D) 12.(B)(C) 13.(A)(C) 14.(B)(D) 15.(A)(C)(E)

解析：

9. (乙)ㄅㄟˊ；(丙)ㄓㄠ；(戊)ㄊㄧㄢˇ；(辛)ㄕㄨˋ。
10. (乙)杜甫；(丁)蘇轍。
11. (A)如；假使。(B)如；假使。(C)則。(D)如；假使。(E)曰；又。
12. (A)細小／輕視。(B)由於。(C)衰微。(D)他／豈。(E)卻／你。
13. (B)(D)從事；做。(E)是。
14. (A)若；假使。(B)豈。(C)則。(D)豈。(E)此。
15. (B)史傳中未載之事，常以寓言說理，無法取證於正史應稱為「軼事」。(D)《臺灣通史》與《臺灣府志》是不同的兩本書。

非選題

(一) 1.《詩》、《書》、《易》、《禮》、《樂》、《春秋》。

2. 禮、樂、射、御、書、數。
3. 象形、指事、會意、形聲、轉注、假借。
4. 吏部、戶部、禮部、兵部、刑部、工部。
5. （三國）吳、東晉、（南朝）宋、齊、梁、陳。

(二)夏宜急雨，有瀑布聲；冬宜密雪，有碎玉聲；宜鼓琴，琴調和暢；宜詠詩，詩韻清絕；宜圍棋，子聲丁丁然；宜投壺，矢聲錚錚然。皆竹樓之所助也。

屈原列傳

選擇題

1. (C) 2. (D) 3. (C) 4. (B) 5. (A) 6. (A) 7. (B) 8. (C)
9. (A) 10. (C) 11. (A)(C)(D)(E) 12. 全 13. (A)(C)(E) 14. (A)(B)
15. (B)(C)(D)

解析：

9. (乙)ㄎㄨˋ；(丙)ㄋㄠˋ；(己)ㄅㄨ。
10. (A)或者。(B)像。(C)往。(D)如果。
11. (A)適；正在／綴輯文字。(B)自誇。(C)痛心／忌諱。(D)通「贅」／人質。(E)希望／親近。
13. (B)拘泥固執。(D)洗髮。
14. (C)荊軻。(D)賈誼。(E)王嬙。
15. (A)項羽（淡瑩〈楚霸王〉）。(B)(C)皆節錄洛夫〈水祭〉。(D)余光中〈淡水河邊弔屈原〉。(E)李白（宋弱水〈神譜〉）。

非選題

(一) 1. ㄔㄨㄛˋ 2. ㄌㄨㄛˋ 3. ㄓㄨㄟˋ 4. ㄌㄨㄛˋ 5. ㄔㄨㄛˋ

(二)既然世上都混濁，何不隨波逐流一起瞎混呢？大家都迷醉，何不吃酒糟，喝薄酒，與他們同醉呢？

酷吏列傳序

選擇題

1. (A) 2. (D) 3. (B) 4. (A) 5. (B) 6. (C) 7. (D) 8. (D)
9. (B) 10. (C) 11. (C)(D) 12. (A)(B)(C)(D) 13. (C)(E) 14. (A)(B)(C)(D)
15. 全

解析：

9. (丙)ㄧˋ；(丁)ㄨㄟˋ；(戊)ㄨ。
10. (甲)(丙)何；(乙)(己)憎厭；(丁)不好的；(戊)歎詞。
11. (A)知恥且能改邪歸正。(B)無濟於事／防患未然。(E)喻法令寬大。
12. (A)介詞。憑／是以＝以是＝因此，所以。(B)代詞。(C)此。(D)動詞。治理／停止。(E)刑罰（名）／同「型」，做模範（動）。
13. (A)嚴格冷酷的官吏。(B)十一人皆漢武帝時人，以刺漢武帝。(D)刑罰只能治標，不能治本。
14. (E)層遞法。
15. 題幹：指示代詞。(A)豈。(B)如果。(C)推測；大概。(D)則。(E)希望。

非選題

(一) 2. 稱司馬遷 3. 李陵 4. 改志為書 7. 紀傳體 8.

三國志

(二)法令是治理天下的工具，並不是政治清濁的根源。從前秦朝的法網可算得嚴密了，然而奸詐虛假的事層出不窮，甚至到了上下通通作弊，鑽法律漏洞的地步，弄得國家衰頹不振。

游俠列傳序

選擇題

1.(D) 2.(C) 3.(A) 4.(A) 5.(C) 6.(C) 7.(B) 8.(D) 9.(B) 10.(B) 11.(A) 12.(D)(E) 13.(A)(B)(D) 14.(B)(C)(E) 15.(B)(C)

解析：

10.(A)待→代。(C)陌→漠。(D)憑→平。

11.(A)文中□處均為「序」字，林紓認為作序者必須對所序之書和求序之人有深切的了解，否則很難把序寫好。

12.(A)ㄙㄡ/ㄎㄨㄟˊ/ㄏㄨㄞˊ。(B)ㄗㄨˇ/ㄐㄩˇ/ㄐㄩ。(C)ㄒㄧˊ/ㄐㄧㄠˇ/ㄧㄠ。(D)ㄌㄩˇ/ㄌㄡˊ/ㄌㄡˋ。(E)ㄍㄨˋ/ㄍㄠˋ/ㄍㄠˋ。

13.(C)〈桃花源記〉類詩序；〈春夜宴桃李園序〉屬記序。(E)亦有他人代序。

14.(C)排比、類疊。(E)映襯。

15.(A)李白〈春夜宴桃李園序〉屬序跋體。(D)王羲之〈蘭亭集序〉文中記敘蘭亭宴會的盛況，並針對人生的無常、有限性提出深沉的概歎。李白〈春夜宴桃李園序〉才是為諸弟之詩集作序。(E)陶潛有〈桃花源詩〉，〈桃花源記〉一若其詩序，故非屬贈序。

非選題

(一)1.姑→孤；2.癖→僻；3.長→常；4.持→恃；5.忌→嫉

(二)1.(B) 2.(A) 3.(D) 4.(C)

解析：1.唐王昌齡〈閨怨〉 2.宋蘇軾〈出潁口初見淮山是日至壽州〉 3.唐吳融〈途中見杏花〉 4.宋蘇軾〈惠崇春江晚景〉

滑稽列傳

選擇題

1.(D) 2.(A) 3.(B) 4.(D) 5.(A) 6.(B) 7.(C) 8.(D) 9.(B) 10.(D) 11.全 12.(A)(B)(D)(E) 13.(A)(B)(C)(D) 14.(A)(B)(D) 15.(A)(B)(C)(D)

解析：

9.(甲)ㄎㄨㄣ；(丙)ㄈㄟ；(己)ㄒㄧˋ。

10.(A)細密。(B)數目。(C)方法。(D)屢次。

11.(A)說明/治理。(B)暗/無。(C)謎語/憐憫傷痛。(D)召見/朝服。(E)何/憎厭。

12.(C)五穀豐收，堆滿我家。

13.(E)捧著酒杯敬酒，非祝壽。

14.(C)對偶。(E)排比。

15.(E)以國中之大鳥喻威王。

非選題

(一)1.湎 2.齎 3.蓄 4.眙 5.藉

(二)1.本紀 2.世家 3.列傳 4.書 5.表

貨殖列傳序

選擇題

1.(C) 2.(D) 3.(A) 4.(C) 5.(D) 6.(B) 7.(B) 8.(C)
9.(B) 10.(D) 11.(B)(D) 12.(C)(D) 13.全 14.(A)(B)(C)(D)
15.(A)(E)

解析：

9.(甲)ㄍㄡˋ；(丙)ㄧㄠˋ；(己)ㄆㄧ。

11.(C)太公望。(E)此非經濟基礎建立之因。

12.(A)映襯。(B)回文。(E)明喻。

非選題

(一)1.通「闢」，開發 2.堵塞；粉飾 3.像繩索般相連而至 4.像車輻向車轂集中一樣的聚集而至 5.平民

(二)1.來源大就富足，來源小就缺乏。

2.東西便宜了，就是貴的徵兆；貴了，就是便宜的徵兆。

3.齊國的衣帽鞋帶，流通於天下；海、岱一帶，諸侯都恭敬地到齊國來朝見。

太史公自序

選擇題

1.(D) 2.(C) 3.(D) 4.(C) 5.(B) 6.(A) 7.(B) 8.(C)
9.(D) 10.(C) 11.(B)(E) 12.(A)(C)(D) 13.(B)(C)(D) 14.(A)(C)
15.(D)(E)

解析：

10.貿然，輕率、冒昧的樣子／寄託，託付；喟然，歎氣的樣子／鬱結，心意鬱積糾結。

11.(A)副詞，只有。(B)動詞，思。(C)介詞，因為。(D)副詞，只有。(E)動詞，思。

12.(A)(C)(D)皆作「被」解。(B)音ㄒㄧㄢˋ，表現；顯現。(E)音ㄐㄧㄢˋ，看見。

13.(A)《史記》，司馬遷所撰，通史，記黃帝至漢初史事。(E)范仲淹非屬「唐宋八大家」。

14.(B)(D)皆一家之言。

15.(D)目的與孔、孟相同。(E)《老子》，又名《道德經》；《莊子》，又名《南華真經》。

非選題

(一)1.○ 2.○ 3.○ 4.○ 5.○

解析：1.章句之學／今義：初級學校 2.拿來／今義：未來 3.臉色／今義：色彩 4.突然發出／今義：身裁凹凸有致或成就過人 5.過往的事例／今義：以人物、事件為中心的敘事體裁

(二) 1.尾 2.條 3.帖 4.則 5.座

報任少卿書

選擇題

1.(A) 2.(A) 3.(D) 4.(B) 5.(B) 6.(A) 7.(B) 8.(C)
9.(B) 10.(A) 11.(B)(C)(D)(E) 12.(A)(B)(C) 13.(A)(C)(D)(E)
14.(A)(B)(C)(E) 15.(A)(B)(D)(E)

解析：

9.(甲)ㄘㄢˇ；(丁)ㄓㄢ；(己)ㄗˋ。
10.(甲)往；(乙)恰；正；(丙)往；(丁)恰；正；(戊)往。
11.(A)恰；正。(B)突然／僕役。(C)酷刑／模範。(D)失／忘。(E)志趣／趨向。
12.(A)形容隱居不仕。(B)形容微小數目。(C)形容文章之好。(D)前二項形容勤學，後一項形容怠惰不學。(E)前二項形容工作辛勤勞苦，後一項形容怠惰。
13.(B)身體。
14.(D)映襯。
15.(C)非奉武帝之命。

非選題

(一) 1.(D) 2.(H) 3.(B) 4.(E) 5.(G)
(二)我不自量力，近來也想借不通的文筆把自己的心意表現出來，搜集天下散佚的舊聞遺事，簡略地加以考證，綜合它的始末，考察它成敗、興衰的道理。

卷六 漢文

高帝求賢詔

選擇題

1.(D) 2.(B) 3.(D) 4.(D) 5.(A) 6.(A) 7.(B) 8.(C)
9.(A) 10.(C) 11.(A)(D) 12.(C)(D)(E) 13.(A)(B)(C) 14.(A)(B)
15.(A)(C)(D)(E)

解析：

9.(乙)ㄨˊ；(戊)ㄕㄨˋ；(己)ㄌㄨㄥˊ。
10.(甲)(乙)ㄨˊ，無；(丙)亡失；(丁)逃亡；(戊)忘；(己)死亡。
12.(A)靠上天的保佑。(B)以天下為一家。
13.(D)對各級官吏的指示。(E)自剖原因。
14.(C)統一天下之後。(D)年老癃病，勿遣。(E)語言樸實。
15.題幹：憑著，同(B)。(A)把……當作……。(C)因。(D)依照。(E)唯；只是。

非選題

(一) 1.項羽 2.韓信 3.張良
(二)現在天下一定也有具備智能的賢人，難道只有古人才有嗎？令人擔心的是人主不能和他們交接罷了，這樣的話，賢士怎能進身呢？

文帝議佐百姓詔

選擇題

1.(B) 2.(D) 3.(A) 4.(C) 5.(A) 6.(C) 7.(C) 8.(B)
9.(D) 10.(C) 11.(B)(C)(E) 12.(D)(E) 13.(B)(C)(D)(E) 14.(B)(C)
15.(A)(B)(C)(E)

解析：

11.(A)衡度／踱步。(D)過錯／自責。
12.(A)朋比；偏私。(B)等到。(C)連續。(D)最近。(E)最近。
13.(A)ㄗ。(B)ㄐㄧㄝˊ／ㄐㄧㄝ／ㄐㄧㄝˊ。(C)ㄒㄧㄣ／ㄒㄧㄣ／ㄧˊ。(D)ㄏㄨㄞˊ／ㄌㄨㄛˇ／ㄎㄜ。(E)ㄉㄠˊ／ㄇㄡˊ／ㄐㄧㄠ。
14.(A)即「我」，自秦始皇以後，專為帝王的自稱，並無自謙之意。(B)「在下」，猶言鄙人，自謙詞。(C)「僕」為謙詞。(D)「我」為自稱詞，並無自謙之意。(E)「陛下」乃臣民對皇帝的敬稱。
15.(D)為議事、命令的語氣，並無示現之現象。

非選題

(一)1.× 2.× 3.○ 4.× 5.×
解析：1.「群起效尤」謂一窩蜂地學習效法他人的錯誤。2.「櫛風沐雨」形容旅途或工作上奔波之辛苦。3.「緣木求魚」喻徒勞無功或不可能的事。4.「松柏後凋於歲寒」言君子處亂世不改節操。5.「我無爾詐，爾無我虞」言我不詐騙你，你不防備我，此有坦誠相待之意。宜改為「爾虞我詐」。

(二)1.× 2.○ 3.○ 4.× 5.○
解析：1.亦稱秀才。4.會試中試者稱貢生，貢生第一名稱會元。殿試中試者稱進士，進士第一名稱狀元。

景帝令二千石修職詔

選擇題

1.(C) 2.(A) 3.(D) 4.(B) 5.(B) 6.(C) 7.(B) 8.(A)
9.(A) 10.(C) 11.(B)(C)(D) 12.(A)(B)(D)(E) 13.(B)(C)(D)(E)
14.(B)(C)(E) 15.(B)(C)(D)

解析：

9.(乙)ㄗㄨㄢˇ；(丙)ㄍㄨㄥ；(己)ㄑㄧˊ。
10.(甲)欺陵；(乙)曝曬；(丙)暴虐；(丁)暴露；(戊)曝曬。
11.(A)失。(E)逃亡。
12.(C)女子所做的紡織、刺繡、縫紉等工作。
13.(A)減少宮中的飲食官吏。
14.(A)(D)皆上為動詞，下為名詞。
15.(A)(E)皆「交蹉語次」的錯綜。

非選題

(一)1.ㄑㄧˊ 2.ㄇㄠˋ 3.ㄉㄧㄝˊ 4.ㄍㄡˇ
(二)也許是詐偽的小人當了官吏，把賄賂看作買賣一樣，掠奪百姓，侵蝕萬民。

武帝求茂才異等詔

選擇題

1.(A) 2.(B) 3.(C) 4.(A) 5.(A) 6.(B) 7.(D) 8.(C)

9.(C) 10.(A) 11.(C)(D) 12.(A)(C) 13.(A)(D) 14.(C)(D) 15.(A)(B)(D)(E)

解析：

9.(A)ㄉㄧˋ。(B)ㄓㄠˋ。(D)ㄒㄧˊ。

11.(A)大概；殆。(B)勝過。(C)(D)發語詞，同題幹。(E)通「盍」，何不。

12.題幹：希望，表期許的語氣，同(A)(C)。(B)語助詞。(D)將。(E)則。

14.(B)用「直」者。(E)只用本國人，不用客卿（重視其出身）。

非選題

(一) 1.(G) 2.(D) 3.(E) 4.(B) 5.(C) 6.(A) 7.(F)

(二)所以有的馬會狂奔踢人卻可以奔馳千里，有的士人被世俗所譏論卻能建立功名。那不循軌道的馬，不自檢束的士人，全在於如何駕御而已。

過秦論上

選擇題

1.(C) 2.(D) 3.(B) 4.(B) 5.(A) 6.(A) 7.(D) 8.(D) 9.(B) 10.(A) 11.(A)(D)(E) 12.(C)(D) 13.全 14.(A)(C)(D) 15.全

解析：

10.(A)依循。(B)憑藉。(C)憑藉。(D)因為。

11.(A)ㄓㄜˊ。(B)ㄑㄧㄢˊ/ㄘㄣˊ。(C)ㄋㄧㄝˋ/ㄕㄜˋ。(D)ㄩˊ。(E)ㄈㄨˇ。

14.(B)成為被大家攻擊的對象。(E)輓詞。

非選題

(一) 1.ㄉㄧˊ 2.ㄒㄧㄝˊ 3.ㄗㄨˊ 4.黔 5.牖

(二)農具和棍棒，比不上鉤戟長矛鋒利；被罰守邊的兵卒，比不上九國的正規軍隊；深謀遠慮，行軍用兵的方法，也遠不及從前那些謀士將領。

治安策一

選擇題

1.(B) 2.(D) 3.(C) 4.(D) 5.(C) 6.(C) 7.(B) 8.(A) 9.(A) 10.(D) 11.(A)(B) 12.全 13.(B)(C)(E) 14.(B)(C)(E) 15.(A)(B)(C)(D)

解析：

9.(丁)ㄐㄩ；(戊)ㄓㄨㄥˇ；(己)ㄕㄣ。

10.(D)「胸」不通「兇」。

11.(A)屢次。(B)向。(C)被/顯現。(D)無/逃亡。(E)腰/邀請。

13.(A)依肌肉之紋理而剖解。(D)等待。

14.(A)假喻（舉例）。(B)略喻。(C)略喻。(D)排比。(E)明喻。

15.(E)〈六國論〉非賈誼所作。應改為〈過秦論〉。

非選題

(一) 1.ㄐㄩ 2.ㄐㄩˇ 3.ㄐㄩ 4.ㄗㄨˇ 5.ㄘㄨˊ

(二) 1.隳 2.鈍 3.痼

論貴粟疏

選擇題

1.(C) 2.(D) 3.(A) 4.(C) 5.(D) 6.(B) 7.(B) 8.(B)
9.(A) 10.(B) 11.(C)(E) 12.(C)(E) 13.(A)(D) 14.(B)(D)(E)
15.(B)(C)(D)(E)

解析：

9.(乙)ㄐㄧˊ；(丁)ㄐㄧ；(己)ㄒㄧㄝˋ。
10.(甲)(乙)(丙)(戊)ㄨˊ，無；(丁)逃亡；(己)忘也。
11.(A)一天吃不到兩頓飯，就會飢餓。(B)治理。(D)沒有餘糧的人家，以雙倍的利錢借貸。
12.(A)先求溫飽，後求輕煖甘旨。(B)民之所趨，取決於君王的喜好。(D)極言商人生活的闊綽。
13.(B)原因：務民於農桑，薄賦斂，廣畜積，以實倉廩，備水旱。(C)法律賤商人。(E)入粟拜爵、除罪的效果。
15.(A)皆「無」。(B)因／由。(C)食物／吃。(D)重量輕／輕易。(E)價／商人。

非選題

(一)1.趨 2.故 3.斂 4.粱 5.施
(二)有糧食的，逼得半價賤賣；沒有的，就以加倍的利息去向人借貸。於是就有賣田地房產、賣子孫還債的事了。

獄中上梁王書

選擇題

1.(C) 2.(C) 3.(D) 4.(A) 5.(D) 6.(C) 7.(A) 8.(B)
9.(C) 10.(D) 11.(A)(D)(E) 12.(C)(D) 13.(A)(C)(D) 14.(A)(B)(D)(E)
15.(A)(C)(D)(E)

解析：

9.(甲)ㄕㄚ；(丁)ㄉㄨㄛˋ。
11.(A)相互也。(B)代詞性助詞，代第二人稱。(C)幫助。(D)相互也。(E)相互也。
12.(A)為「豈」字的借用，通「其」，表祈使語氣。(B)為「豈」字的借用，通「其」，表測度語氣，但語氣偏向於「疑而肯定」，也就是婉轉的肯定。(C)(D)為「豈」字的本用，表反詰語氣。(E)為「豈」字的借用，通「其」，表推測語氣。
14.(C)不加理會，掉頭就走，形容憤怒的離去。
15.(B)見鄭伯之機智。

非選題

(一)3.步驟三：須扣除部首的筆畫，因此可在山部十畫處查到「嵬」字。
(二)□中依序宜填入：：；。。

上書諫獵

選擇題

1.(B) 2.(C) 3.(D) 4.(B) 5.(B) 6.(D) 7.(B) 8.(C)
9.(B) 10.(D) 11.全 12.(A)(B)(D)(E) 13.全 14.(A)(C)(D)

15. (B)(C)(D)

解析：

9. (甲)ㄧㄝˇ；(戊)ㄇㄥˊ；(己)ㄅㄣ。
10. (A)終養。(B)終於。(C)十卒。(D)突然。
11. (A)類別／似。(B)施展／延。(C)使用／因。(D)期望／週年的喪服。(E)中間／半。
12. (C)天子的車駕。
14. (B)利足者，其走甚捷。(E)齊桓公之廚師。

非選題

(一) 1. 軾 2. 軫 3. 轅 4. 轂 5. 櫪

(二) 因為明察的人，能夠在事變沒有發生前及早察覺；聰明的人，能夠在危險沒有形成前及早避免。禍患本來多藏在隱微的地方，常在人們忽略的時候發生。

答蘇武書

選擇題

1. (A) 2. (B) 3. (C) 4. (C) 5. (D) 6. (D) 7. (B) 8. (C)
9. (D) 10. (A) 11. (A)(B)(C)(D) 12. (A)(D)(E) 13. (C)(E) 14. (A)(C)(E)
15. (C)(D)(E)

解析：

9. (甲)ㄘㄨㄟˋ；(丙)ㄋㄧˊ；(戊)ㄑㄧㄢ。
10. (A)不能勝任作戰。(B)(C)(D)戰勝貌。
11. (E)戴罪立功之例。
12. (B)對偶。(C)排比。
13. (A)皮的臂套，指皮衣。(B)殺戮。(D)遠去，不被用。
14. 題幹：真誠的，同(A)(C)(E)。(B)(D)愛慕；愛戀。
15. (C)鼂錯受戮，韓、彭葅醢。(D)李廣。(E)蘇武。

非選題

(一) 第五段言戰鬥慘烈，不得已投降的部分，皆使用示現摹寫「單于臨陣……故陵不免耳」。

(二) 誰能夠再屈身磕頭，回到朝廷，讓那些獄吏賣弄他們的文墨呢？請您不要再希望我回去了。

尚德緩刑書

選擇題

1. (B) 2. (C) 3. (B) 4. (D) 5. (D) 6. (D) 7. (B) 8. (C)
9. (A) 10. (A) 11. (A)(D) 12. (B)(C)(D) 13. (A)(C) 14. (A)(B)(C)(D)
15. (A)(B)(D)

解析：

9. (B)舛→喘。(C)經→京。(D)莓→梅。
10. (B)糜→靡。(C)柱→注。(D)刮→括。
11. (A)ㄐㄩㄢˋ。(B)ㄘㄨㄟˋ／ㄘㄨˋ。(C)ㄗㄥ／ㄙㄥ。(D)ㄅㄧˋ。(E)ㄧㄢˋ／ㄧㄢ／ㄧㄢˇ。
12. (A)滅亡。(B)無。(C)無。(D)無。(E)滅亡。
13. (A)用。(B)因。(C)用。(D)原因。(E)於；在。
14. (A)副詞／名詞。(B)介詞／名詞。(C)名詞／動詞。(D)名詞／動詞。(E)介詞。
15. (A)「唯」，祈使語氣。(B)「庶」，祈使語氣。(C)「豈」，

反詰語氣。(D)「冀」，祈使語氣。(E)判斷語氣。

非選題

(一) 1.×（應是送信人對收信人的稱呼） 2.×（應是請對方讀信的意思） 3.○ 4.×（這是對晚輩的用語） 5.○

(二)(丁)，應將「敝伉儷」改為「愚夫婦」。

報孫會宗書

選擇題

1.(A) 2.(B) 3.(A) 4.(C) 5.(B) 6.(C) 7.(D) 8.(B)
9.(A) 10.(A) 11.(B)(C)(D)(E) 12.全 13.(B)(C)(D) 14.(A)(B)(C)(E) 15.(A)(B)(C)(E)

解析：

9.(乙)ㄢˇ；(丙)ㄨㄟˇ；(己)ㄐㄧ。
10.(A)農曆十二月。
11.(A)被／表現。(B)慶幸。(C)終於。(D)掩飾。(E)竟。
12.(A)參與／讚許。(B)遭／披。(C)喜悅／述說。(D)倒／無。(E)與／偽裝。
13.(A)缺失。(E)指仰頭對天，手敲著瓦盆，快樂唱起歌。
14.(D)隨眾議而相毀。
15.(D)排比。

非選題

(一) 1.⿰糹翟 2.糴 3.濯 4.戳 5.躍

(二)種田南山下，荒蕪沒治理。一百畝豆田，只有長豆

其。

臨淄勞耿弇

選擇題

1.(D) 2.(C) 3.(A) 4.(B) 5.(A) 6.(D) 7.(B) 8.(B)
9.(C) 10.(C) 11.(A)(B)(C)(D) 12.(C)(D)(E) 13.(A)(C)(E) 14.(A)(B)(C) 15.(B)(C)(D)(E)

解析：

9.(丙)ㄜ；(丁)ㄌㄧˋ；(己)ㄑㄧㄥˊ。
11.(A)正。(B)當。(C)才。(D)方向；方位。(E)比擬。
12.題幹：ㄊㄧㄥˋ，聽任，同(C)(D)(E)。(A)(B)ㄊㄧㄥ。
13.(B)比田橫。(D)張步。
14.(D)愚賢不分。(E)相互依賴。
15.(A)高祖／田橫。(D)(E)見〈與陳伯之書〉。

非選題

(一) 1.戮 2.黃 3.鍥 4.駑 5.敉

(二)將軍以前在南陽，提出這遠大的策略，我以為疏闊而難以成功。現在才曉得有志氣的人，事情畢竟會成功啊！

誡兄子嚴敦書

選擇題

1.(A) 2.(B) 3.(D) 4.(D) 5.(B) 6.(D) 7.(A) 8.(C)
9.(A) 10.(D) 11.(B)(C)(E) 12.(A)(B)(C)(E) 13.全 14.(A)(E)

15.(B)(E)

解析：

10.(A)鍛→鍛。(B)掘→崛。(C)概→愾。

11.(A)ㄑㄧˋ／ㄑㄧˇ。(B)皆音ㄅㄧˋ。(C)皆音ㄑㄧˋ。(D)ㄐㄧ／ㄑㄧ。(E)皆音ㄅㄧˋ。

12.(A)(E)而，你也。(B)汝，你也。(C)女，汝；你。(D)吾，我也。

14.(B)假設關係。(C)表態句型，前句又有互文現象，宜作「岸汀（之）芷蘭，（皆）郁郁青青」。(D)陳述關係。

15.(A)屈原面對挫折，以投江自盡表明心跡。(B)司馬遷雖下獄、遭腐刑，仍發憤著書。(C)元結樂天知命，安分固窮。(D)王安石自信剛愎，溝通不良。(E)馬援曾說：「男兒要當死在邊野，以馬革裹屍還葬，何能臥病床上在兒女手中邪？」

非選題

(一) 1.× 2.○ 3.× 4.×

解析：1.「門」為象形字。3.「下」為指事字。4.「山」「琴」為象形字，「聞」為形聲字。

(二) 1.支 2.面 3.頂 4.輪 5.封

前出師表

選擇題

1.(C) 2.(D) 3.(B) 4.(C) 5.(C) 6.(D) 7.(C) 8.(D) 9.(B) 10.(B) 11.(A)(C)(E) 12.(A)(E) 13.(B)(C)(D)(E) 14.(B)(C)(D)(E) 15.(A)(C)(E)

解析：

9.(甲)ㄆㄧˋ；(丙)ㄑㄧㄥ；(己)ㄗㄡ。

10.(甲)半；(乙)合；(丙)中間；(丁)合；(戊)合。

11.(A)時候／秋天。(B)無論。(C)行事／行伍。(D)遠離。(E)成功／任務。

12.(A)異也。(E)遠也。

13.(A)自謙低劣的才能。(B)借代「平民」。(C)借代「老人」。(D)借代「酒」。(E)借代「火災」。

14.(C)秦（漢）時明月（秦）漢時關。(D)帶月（披星）行，（帶月）披星走。(E)叫囂乎東西（南北），隳突乎（東西）南北。

15.(A)自謙自己低劣的才能。(B)指先帝，非自謙。(C)自謙，「不才的我」。(D)尊稱「後主」。(E)自謙自己如牛馬供人役使，為人奔走。

非選題

(一) 1.裨 2.睥 3.婢 4.稗 5.捭

(二) 1.楊貴妃 2.劉備 3.項羽 4.諸葛亮 5.荊軻

後出師表

選擇題

1.(D) 2.(A) 3.(B) 4.(D) 5.(C) 6.(B) 7.(D) 8.(D) 9.(A) 10.(D) 11.(A)(C) 12.(A)(B) 13.(B)(C)(D) 14.(A)(C)(D)

15. (B)(C)(D)

解析：

9. (乙)ㄋㄨˊ；(丁)ㄘㄨㄥˊ；(己)ㄐㄧ。

11. (B)彷彿。(D)滿一年。(E)拍手。

12. 題幹：預先，同(A)(B)。(C)違背。(D)(E)迎接。

13. (B)平定南方。(C)說明曹操建立政權前的危難。(D)二人優柔寡斷，錯失良機。

14. (A)(B)兩篇皆寫給劉禪。(E)相反。

15. (A)關羽。(E)華佗。

非選題

(一) 1. ㄘㄨㄛ　2. ㄐㄧㄝ　3. ㄘㄨㄛˊ　4. ㄑㄧㄤˇ　5. ㄑㄧㄤˊ

(二) 討賊之事不可中止，既然不可中止，那麼攻和守的勞苦和費用正是相等，卻不儘早去做，而想拿一州的地方和敵人持久，這是臣不懂的第六點。

卷七　六朝唐文

陳情表

選擇題

1. (C)　2. (C)　3. (C)　4. (D)　5. (B)　6. (A)　7. (B)　8. (A)
9. (B)　10. (B)　11. (B)(D)　12. (A)(C)(D)　13. (A)(B)(C)(E)　14. (A)(B)(D)(E)
15. (A)(C)

解析：

---

9. (A)不久／尋找。(B)皆為代詞性助詞。(C)憐恤／愛惜。(D)愛戀／渺小。

10. (A)陟→陡。(C)掉→弔。(D)梭→逡。

11. (A)ㄓㄨㄛˊ／ㄓㄨㄛˊ／ㄓㄞˊ。(B)ㄓㄨˇ。相「屬」於道：連；續。(C)ㄩ／ㄩ／ㄒㄩ。(D)ㄨㄛˋ。(E)ㄨㄟˋ／ㄩㄣˋ／ㄨㄟˊ。

12. (B)(E)皆無通同字。

13. (D)罵人痴心妄想。

14. (C)前後為並列關係，並無對比之現象。

15. 「青山依舊在，幾度夕陽紅」感慨人事已非，為《三國演義》卷頭語。(A)語出唐劉禹錫〈西塞山懷古〉。(B)語見《增廣昔時賢文》，比喻人事之新陳代謝。(C)語出唐劉禹錫〈石頭城〉。(D)語出清黃景仁〈都門秋思〉，寫秋日的閒散愁思。(E)語出杜甫〈閣夜〉，寫寒夜清晨之所見所聞。

非選題

(一) 1. ○　2. ×　3. ×　4. ○　5. ○

解析：2. 風雨飄搖：形容時局或地位動盪不穩定。

3. 喻人不知振作有如行屍走肉。

(二) 1. ×　2. ○　3. ○　4. ×　5. ×

解析：1. 數典忘祖：喻人忘本　4. 寵辱偕忘：榮寵和屈辱都不放在心上。形容胸襟曠達　5. 朝令夕改：形容政令變化無常

蘭亭集序

選擇題

1.(B) 2.(A) 3.(C) 4.(D) 5.(B) 6.(D) 7.(C) 8.(B) 9.(B) 10.(B) 11.(B)(C)(D) 12.(A)(C)(D)(E) 13.(A)(B)(E) 14.全 15.全

解析：

9.(甲)ㄒㄧˋ；(丙)ㄈㄨˇ；(己)ㄑㄩˋ。

10.(A)ㄊㄨㄢ／ㄔㄨㄢˊ／ㄓㄨㄟˋ。(B)ㄊㄚˋ。(C)ㄐㄩㄣˋ／ㄑㄩㄣ／ㄙㄨㄢ。(D)ㄔㄥˇ／ㄆㄧㄥ／ㄆㄧㄣˋ。

11.(A)如果。(B)(C)(D)皆「以前」。(E)接近。

12.(A)周旋；應付／讚許。(B)聚集。(C)盛況／美。(D)長／舉行。(E)才／本來。

13.(C)用行書寫成。(D)不認同。

15.(C)勤於攻讀。

非選題

(一)春蚓秋蛇，婢學夫人，鬼畫桃符。

(二)一波三折，顏筋柳骨，龍飛鳳舞。

歸去來辭

選擇題

1.(C) 2.(A) 3.(C) 4.(B) 5.(D) 6.(C) 7.(C) 8.(B) 9.(C) 10.(D) 11.全 12.(B)(D)(E) 13.(A)(B)(D) 14.(A)(E) 15.(A)(B)(C)(D)

解析：

9.(丙)ㄋㄠˋ。

11.(A)(B)(E)出處：〈歸園田居〉。

13.(E)〈雜詩〉其五。

15.出處：(A)〈庚子歲五月從都還阻風於規林〉。(B)〈辛丑歲七月赴假還江陵夜行塗口〉。(C)〈乙巳歲三月為建威參軍使都經錢溪〉。(D)〈辛丑歲七月赴假還江陵夜行塗口〉。(E)〈飲酒〉其十六。

非選題

(一)1.看。2.僅能容納雙膝，形容居處狹小。3.日光逐漸黯淡。4.拿著手杖。5.寄身於天地之間。

(二)我覺悟過去的已無法挽回，也確知未來的還可以補救，幸好迷途還不太遠，就察覺到今日的正確和從前的錯誤。

桃花源記

選擇題

1.(D) 2.(C) 3.(C) 4.(A) 5.(D) 6.(B) 7.(C) 8.(B) 9.(B) 10.(A) 11.(A) 12.全 13.(B)(D) 14.(A)(B)(D) 15.(B)(E)

解析：

11.(A)義偏在「異」。

12.(A)沿著。(B)不久。(C)邀請。(D)都。(E)竟然。

13.(A)三十歲。(B)借指兒童。(C)小兒周歲。(D)四十歲。(E)二十歲。

14.(C)劉子驥於《晉書》有傳。(E)六朝。

15.(A)心裡為外象所蒙蔽。(C)形容花落雜亂繁多。

非選題

(一) 1.× 2.○ 3.○ 4.○ 5.×

解析：5.提問。

(二) 1.○ 2.○ 3.○ 4.○ 5.○

五柳先生傳

選擇題

1.(D) 2.(D) 3.(C) 4.(B) 5.(A) 6.(C) 7.(C) 8.(A)
9.(A) 10.(C) 11.(A)(B)(D)(E) 12.全 13.(A)(B)(C)(D) 14.(B)(C)(D) 15.全

解析：

9.(丁)ㄉㄨˇ；(戊)ㄏㄜˊ；(己)ㄉㄢ。

10.(甲)則；(乙)曾經；(丙)增；(丁)竟；(戊)竟。

11.(A)稱號／稱呼。(B)習性／本性。(C)至。(D)憂懼／內心有感動的樣子。(E)此／你。

13.(E)心有不捨。

非選題

(一) 1.柳，唐賀知章〈詠柳〉 2.柳，唐趙嘏〈東亭柳〉 3.梅花，宋陸游〈落梅〉 4.荷花，唐盧照鄰〈曲池荷〉

(二)常寫些文章自己欣賞，很能夠顯示自己的志向。不把得失放在心上，他就這樣地過了一生。

北山移文

選擇題

1.(A) 2.(C) 3.(B) 4.(A) 5.(D) 6.(B) 7.(B) 8.(D)
9.(B) 10.(B) 11.(C)(E) 12.(A)(B)(C)(D) 13.(A)(D) 14.(A)(B)
15.(A)(B)(C)(D)

解析：

9.(乙)ㄐㄩㄣˋ；(丙)ㄏㄜˊ；(己)ㄇㄡˊ。

10.(甲)船槳（名詞），柵；(乙)動詞，關閉；(丙)名詞，風；(丁)動詞，繫；(戊)動詞，拋棄；(己)動詞，視……如草芥。

11.(A)濫竽充數。(B)隱者。(D)佛家說法的講壇。

12.(E)指周顒眉飛袖舉，得意洋洋。

13.(B)自命不凡，欲勝過古隱士。(C)隱時言談的高遠。(E)山林拒絕周子進入。

14.(A)(B)真隱士的美行。

15.(A)以洗耳汙淥池。(B)游躅塵蕙路。(C)白雲侶誰。(D)慨遊子之欺我。(E)對偶。

非選題

(一) 1.王子喬 2.務光 3.伯夷、叔齊 4.許由 5.巢父

(二)秋桂春蘿，也不需風月傳香增美了。於是西山發出高士的清議，東皋宣告隱者的心聲。

諫太宗十思疏

選擇題

1.(C) 2.(C) 3.(B) 4.(B) 5.(D) 6.(A) 7.(C) 8.(C) 9.(D) 10.(C) 11.(A)(D)(E) 12.(A)(D) 13.(A)(C)(D)(E) 14.(B)(C)(E) 15.(C)(E)

解析：

7. 題幹與(C)皆喻極端危險。
11. (B)吊↓弔。(C)擔↓殫。
12. (A)南越北胡，喻相距遙遠。(B)大／日光。(C)是／只。(D)通「豈」。(E)欲；打算／如；若。
13. (A)選擇／竹簡。(B)樂。(C)窮盡／至。(D)包容／下屬。(E)打算／即使。
14. (A)文天祥之自喻。(D)指元稹。
15. (A)駢文非韻文。(B)以人為鏡，可以明得失；以古為鏡，可以知興替。(D)為「排比」之修辭。

非選題

(一) 1.(F) 2.(J) 3.(B) 4.(E) 5.(H)
(二) 1.×（醫界） 2.×（商界） 3.○ 4.○ 5.×（婚嫁）

為徐敬業討武曌檄

選擇題

1.(A) 2.(D) 3.(C) 4.(A) 5.(B) 6.(B) 7.(C) 8.(D) 9.(B) 10.(D) 11.(C)(D) 12.(A)(B)(D) 13.(A)(B)(D) 14.全 15.(C)(D)

解析：

9. (甲)ㄐㄧˋ；(戊)ㄧㄣ；(己)ㄓㄚˋ。
11. (A)無。(B)衰微。(C)卑賤。(D)卑賤。(E)幽微。
12. (C)指武后年紀稍大以後。(E)雉羽。
13. (C)天下。(E)指米粟變紅腐爛。
14. (A)太子。(B)帝位。(C)國家。(D)兵車。(E)墳墓。
15. (A)類疊。(B)類疊。(E)對偶。

非選題

(一) 1.歧 2.旗 3.蠟 4.戡 5.遷
(二) 戰馬嘶鳴激起怒吼的北風，劍光上沖而與南斗星相齊等。怒氣一發，山岳都會崩塌；怒聲一吼，風雲就會變色。

滕王閣序

選擇題

1.(B) 2.(C) 3.(C) 4.(C) 5.(A) 6.(D) 7.(A) 8.(D) 9.(D) 10.(D) 11.(C)(E) 12.(A)(D) 13.(B)(C)(D) 14.(A)(C)(D) 15.(A)(E)

解析：

9. (甲)ㄊㄚˋ；(乙)ㄌㄠˇ；(丁)ㄉㄧˋ。
10. (A)楊得意。(B)鍾子期。(C)徐孺子。
11. (A)簫管之聲。(B)雕飾的屋脊。(D)短序。

12.(B)此閣臨於江上，所見皆水不見地。(C)純粹寫秋水美景。(E)早年失意，晚年還可有所作為。
13.(B)歎命運不好、未逢機遇。(C)雖不為世用，亦不可頹廢消沉。(D)展現過人文才，盡力表現。
15.(B)非韻文。(C)詩序。(D)滕王早已逝，請託者乃都督閻氏。

非選題

(一)1.巒、霄 2.閭、鐘 3.虹、衢 4.賒、搖
(二)落霞和孤單的野鴨同時飛舞，秋水和無邊的藍天連成一色。傍晚的漁歌響起，一直傳到鄱陽湖邊；雁陣受寒驚叫，聲音消失在衡陽的水濱。

與韓荊州書

選擇題

1.(C) 2.(B) 3.(D) 4.(A) 5.(B) 6.(D) 7.(C) 8.(C)
9.(B) 10.(B) 11.(B)(C) 12.全 13.(A)(B)(E) 14.(B)(C)(E)
15.(A)(C)(D)

解析：

9.(A)ㄔㄡˊ/ㄊㄠ/ㄔㄡˊ。(B)ㄇㄡˊ。(C)ㄘㄢ/ㄘㄣ/ㄘㄢ。
(D)ㄓㄣ/ㄧㄣ/ㄧㄣ。
11.(A)副詞，一次。(B)(C)連詞，一旦。(D)副詞，全部。
(E)副詞，竟然。
13.(C)指韓荊州之政績。(D)推崇韓荊州的成就。
14.(A)引用。(D)語氣豪壯。

15.(B)宜用「道鑒」、「函丈」等。(E)用"PS"有礙體式之一致，以不用為宜。

非選題

(一)1.前者——制禮作樂的省稱，此借代「政績」。2.後者——指所作詩文。
(二)大家都認為，只要一登龍門，聲譽就增加十倍嗎？所以那些高才的士人，都希望能夠在您那裡獲得名譽和定評。

春夜宴桃李園序

選擇題

1.(D) 2.(C) 3.(D) 4.(C) 5.(D) 6.(A) 7.(B) 8.(B)
9.(D) 10.(B) 11.(A)(B)(C)(E) 12.全 13.(B)(C)(D) 14.(A)(C)
(D)(E) 15.(B)(C)(D)(E)

解析：

11.(D)李白以惠連喻群弟，卻自愧不如康樂。
12.(A)樂府〈長歌行〉。(B)屈原〈離騷〉。(C)〈古詩十九首〉「驅車上東門」。(D)〈古詩十九首〉「青青陵上柏」。
(E)陶潛〈雜詩〉。
13.(A)迎接。(B)原因/用。(C)聚集/恰巧。(D)坐/徒然。
(E)像。
14.(A)扣「桃李園」。(C)扣「夜」。(D)扣「從弟」。(E)扣「宴」。
15.(A)李白無曲作。

非選題

(一) 1.(B) 2.(E) 3.(H)

(二) 1.青蓮 2.香山 3.易安 4.稼軒 5.東坡

弔古戰場文

選擇題

1.(C) 2.(D) 3.(B) 4.(D) 5.(C) 6.(B) 7.(C) 8.(D)

9.(D) 10.(D) 11.(C)(D) 12.(A)(B)(D)(E) 13.(B)(C)(D)(E) 14.(B)(D)

15.(B)(C)(E)

解析：

9.(乙)ㄒㄩㄥˋ；(丙)ㄅㄧˋ；(己)ㄆㄨ。

10.(甲)或是；還是；(乙)且；(丙)把；持；(丁)了（語助詞）；(戊)率領；(己)則；那麼。

11.(A)野獸狂奔，離散失群。(B)聲音之大，可以分裂江河。(E)心中憂悶。

12.(A)中州：中原，指中國。(B)組練：戰袍，指士兵。(D)繒纊：絲織品及棉絮，此指棉衣。(E)觴：酒杯，此指酒。

13.(A)感歎句。

14.(A)以德服人的王道被認為是迂腐疏闊，沒有人肯去實行。(C)父母擔憂子女不能長命。(E)敵人殺氣騰騰，非殺即搶。

15.(A)通篇用韻且換韻。(D)秋冬二季。

非選題

(一) 1.就 2.究 3.咎 4.營 5.螢

(二)秦朝築起了長城，東邊一直到海為止，設立了許多關塞，因此殘害了無數人民，使萬里的土地，染滿了殷紅色的血跡。漢朝攻擊匈奴，雖然奪得陰山，但是積屍遍野，得不償失啊！

陋室銘

選擇題

1.(B) 2.(B) 3.(A) 4.(C) 5.(C) 6.(D) 7.(C) 8.(D)

9.(C) 10.(D) 11.(B)(E) 12.(A)(E) 13.(A)(E) 14.(A)(D) 15.(A)(B)

解析：

9.(A)紅色。(B)青綠色。(C)不加雕飾的／白色。(D)黑色。

12.(A)(E)二者皆有吃苦安貧，注重才學之意。

13.(A)無義助詞。(B)繫詞／對的。(C)見識淺薄的／白色。(D)爬上／上頭。(E)助詞，表示賓語提前。

14.(B)用泥金書寫的佛經。(C)有學識的人。(E)君子居之。

15.(A)(B)皆指任由草木自然生長之意。

非選題

(一) 1.○ 2.× 3.× 4.× 5.○

解析：名／名／動／名／形。

(二) 1.× 2.× 3.○ 4.×

阿房宮賦

選擇題

1.(C) 2.(C) 3.(B) 4.(D) 5.(A) 6.(B) 7.(B) 8.(D) 9.(D) 10.(C) 11.(A)(E) 12.(A)(E) 13.全 14.(A)(B)(C)(D) 15.(B)(D)(E)

解析：

9.(甲)ㄐㄩㄣ；(乙)ㄔㄨˋ；(丙)ㄆㄧㄣˊ。

10.(C)指烏髮紛紛。

11.(A)宮室結構參差錯落／各逞機謀智巧。(B)皆比喻於事無濟。(C)皆比喻居心深密。(D)皆比喻飲食奢侈。(E)眼鏡摔破了／出乎專家預料。

12.(B)類疊。(C)排比。(D)對偶。

14.(E)散亂連延的樣子。

15.(A)屬於散文賦。(C)由遠而近，自外而內。

非選題

(一) 1.ㄐㄧˋ 2.ㄓㄞ 3.ㄐㄧ 4.ㄐㄧ 5.ㄐㄧˋ

(二) 1.錙 2.諮 3.粢 4.髭 5.趑

原道

選擇題

1.(D) 2.(C) 3.(A) 4.(A) 5.(B) 6.(C) 7.(B) 8.(D) 9.(C) 10.(D) 11.全 12.(C)(E) 13.(B)(E) 14.(A)(B)(C)(D) 15.(A)(C)(D)(E)

解析：

9.(甲)ㄧ；(丁)ㄔㄥˊ；(戊)ㄒㄧˇ。

10.(A)徽荊舒。(B)從孰而聽之。(C)惟欲聞怪。

11.(A)焚／行黃老之術。(B)行／依賴；藉。(C)改為民舍／奉為正統。(D)貶斥／律；約束。(E)做／祭祖。

12.(A)虛位：無固定具體的內容。(B)將所歸附的學派視為正統，所排斥的學派當作奴隸。(D)儒、釋、道。

13.(A)倡儒學，斥佛老。(C)無荀子、揚雄。(D)抨擊道家。

14.(A)四句主語省略，各為：尋者、童子、隱者、隱者。(B)命（之）曰。(C)予（馮諼）。(D)力足以至焉（而不至）。

15.(B)提問。

非選題

(一) 1.梗 2.鯁 3.耿耿 4.鱗 5.麟

(二) 心存博愛叫做仁，行事合宜叫做義，照著仁義做叫做道，發自內心、無求於外叫做德。

原毀

選擇題

1.(A) 2.(B) 3.(C) 4.(D) 5.(B) 6.(C) 7.(D) 8.(D) 9.(A) 10.(A) 11.(A)(B)(D)(E) 12.(C)(D) 13.(A)(D) 14.(A)(B)(C)(E) 15.(A)(B)(C)

解析：

11.(C)「老謀深算」是指一個人善於謀劃，計慮深遠；用來說明自己不妥。宜改用「左思右想」、「深謀遠慮」、「搜索枯腸」。

12.(A)殆也／預兆。(B)學習／成也。(E)缺點／憂慮。

13.(B)「制義」、「時文」與「四書文」三者為「八股文」的異稱。(C)原，屬論說文，乃「探究本原」之義。(E)多用於「論說」。
14.(A)十種反省的功夫。(B)指廢封建、鑄金人、築長城、造阿房、焚書、坑儒、營驪山之塚、求不死之藥、使太子監軍、用治獄之吏。(C)十次。(D)虛指其他眾多的優點。(E)「九月修路，十月造橋」。
15.(D)永州司馬。(E)柳世稱柳柳州，因其曾任柳州刺史。

非選題

1.①②③。2.①②④⑤。3.①②③④。4.①③⑤。

獲麟解

選擇題

1.(C) 2.(B) 3.(A) 4.(C) 5.(B) 6.(A) 7.(D) 8.(D)
9.(D) 10.(C) 11.(B)(C)(D)(E) 12.全 13.(A)(B)(C)(D) 14.(B)(C)(D)(E) 15.全

解析：

9.(A)(B)(C)皆形容數量很少。
10.(C)生女。
11.(A)顯明。(B)記載／書本。(C)畜養／家畜。(D)歸類／種類；階級。(E)畢竟／究竟。
13.(A)喻烈士暮年。(B)喻有獨立特行的節操。(C)喻成功。(D)貴官所乘的駟馬高蓋之車。(E)喻顛倒是非。
14.(A)喻有恒心。(B)喻教唆壞人作惡。(C)幫助惡人做惡事。(D)比喻假借別人的威勢來恐嚇他人。(E)盜賊人物。

非選題

(一)1.(H) 2.(B) 3.(C) 4.(D) 5.(F)
(二)麟之所以為麟，是因為牠的德行，不是因為牠的形狀。如果麟不等待有聖人就出現，那麼說牠不吉祥也是可以的。

雜說一

選擇題

1.(C) 2.(B) 3.(A) 4.(D) 5.(B) 6.(C) 7.(B) 8.(D)
9.(C) 10.(A) 11.(A)(B)(C) 12.(B)(C)(D)(E) 13.全 14.(B)(C)(D) 15.全

解析：

9.(甲)近也；(乙)輕微；(丙)輕視；(丁)刻薄；(戊)近也。
10.(A)日光。(B)影。(C)景致。(D)大。
11.(D)(E)為對偶。
12.(A)意動詞。(B)使之神奇。(C)使他驚嚇。(D)使嫠婦哭泣。(E)使他進入。
14.(A)言語真實。(B)(C)(D)皆「真的」、「確實」之意。(E)隨意。

非選題

(一)1.ㄒㄩ 2.ㄍㄨˇ 3.ㄇㄤˊ
(二)然而，龍如果沒有雲，就沒有法子使牠的靈異神妙

莫測。龍失去牠所依憑的東西，就真的不可以嗎？奇怪得很啊！牠所依憑的，竟然是牠自己吐出來的。

雜說四

選擇題

1.(A) 2.(B) 3.(D) 4.(B) 5.(C) 6.(A) 7.(B) 8.(C)
9.(B) 10.(D) 11.(C) 12.(A)(B)(C)(E) 13.(D)(E) 14.(A)(D)(E)
15.(A)(E)

解析：

11.(A)誇／鰥。(B)因／徒然。(C)將。(D)失／喪事。(E)通「豈」，難道，副詞／應該是；恐怕是，表推測語氣之副詞。

12.(A)「千里馬」象徵人才。(B)比喻兩人皆身在官場，行不由己。(C)象徵情感宣洩後的舒暢。(E)借指意中人，或指國君。

13.(A)〈正氣歌〉屬五言古詩。〈隨園記〉為園林文學的名篇，散文。(B)《昭明文選》屬詩文總集，非文批之作；《典論》僅〈論文〉一篇屬文學批評。(C)此三句應為「並列關係」。(D)正確。(E)「侶」、「友」／「棄」、「捐」／「彌」、「愈」。

14.(B)乃孟浩然自薦之詩。(C)歎時間流逝迅速，人生短暫。

15.(A)為賦體慣有之虛擬對話人物。(B)王安石自稱。(C)歐陽脩自稱。(D)白居易自稱。(E)餵養馬匹之人。

非選題

(一) 1.○ 2.○ 3.× 4.○ 5.○
解析：3.「財神爺」仍為本義。

(二) 1.○ 2.× 3.○ 4.○
解析：2.「輕諾寡信」是指人不守信約。

卷八 唐文

師說

選擇題

1.(A) 2.(A) 3.(C) 4.(D) 5.(B) 6.(A) 7.(C) 8.(D)
9.(D) 10.(B) 11.(B)(C)(D) 12.(A)(B)(C)(D) 13.(C)(D) 14.(A)(B)(D)
15.(A)(C)

解析：

9.(甲)ㄕㄨˊ；(乙)ㄉㄡˋ；(丙)ㄈㄡˇ。

10.題幹詩為〈左遷至藍關示姪孫湘〉。

11.(A)揚古抑今。(E)道之所存，師之所存也。

12.(E)屬「排比」，非「對比」。

13.(A)流傳／後賢解經的書。(B)勝過／才能。(C)之。指稱代詞。(D)輩。(E)恢復／實踐。

14.(C)名詞，酒杯／動詞，罰酒。(E)名詞，老師／動詞，學習。

15.(A)孩子。(B)慈愛。(C)孩子。(D)有德者之尊稱。(E)爵

位名。

非選題

(一)1.錯綜、類疊 2.類疊 3.錯綜、類疊 4.映襯 5.回文、頂針 6.回文、頂針、類疊

(二)1.韓愈 2.歐陽脩 3.武則天

進學解

選擇題

1.(B) 2.(C) 3.(D) 4.(D) 5.(B) 6.(A) 7.(A) 8.(B) 9.(C) 10.(D) 11.(C)(D) 12.(B)(C) 13.(A)(B)(E) 14.(A)(B)(C)(D) 15.全

解析：

9.(甲)ㄒㄧㄚˋ；(乙)ㄌㄨㄛˋ；(丁)ㄙㄡ。

10.(A)惟輔德。(B)迴既倒狂瀾。(C)尋茫茫墜緒。

11.(A)喻訓練、培養人才。(B)不論大小（心得）都不捨棄。(E)喻命運不佳。

12.題幹：被。(A)(D)代詞性助詞。(B)(C)被。(E)ㄒㄧㄢˋ，顯現。

13.(C)亦肯定其為人處事。(D)孟子、荀子。

14.(A)大木為宗。(B)細木為桷。(C)豨苓主滲泄。(D)昌陽引年。(E)從容舒緩者為美材。

非選題

(一)1.ㄐㄩ 2.ㄐㄩˇ 3.ㄐㄩ 4.俎 5.詛

(二)凡是記事的書一定要摘錄綱要，凡是立言的書必定探求精義。力求廣泛而有心得，不論大小都不放棄。夜晚點燈繼續白天的攻讀，一年到頭勤奮不息。先生在學業方面，可說是夠勤勉的了。

圬者王承福傳

選擇題

1.(B) 2.(B) 3.(C) 4.(D) 5.(C) 6.(D) 7.(D) 8.(B) 9.(D) 10.(C) 11.(A)(B) 12.(C)(E) 13.(A)(C)(E) 14.(B)(C)(D) 15.(C)(D)(E)

解析：

11.(C)宜改為〈原君〉。〈原毀〉為韓愈所作。(D)〈師說〉、〈捕蛇者說〉非寓言作品。(E)〈岳陽樓記〉非描寫岳陽樓之記文，僅藉之以興感。

12.(A)願。(B)庶。(C)豈→反詰語氣。(D)冀。(E)陳述語氣。

13.(A)婉轉表達「父親早死與母親改嫁」的殘酷事實。(B)直接說明「文人相輕，自古而然」之由。(C)朱慶餘以詩作委婉地詢問張籍是否合格，可以參與科考。(D)交代王承福生平梗概。(E)言「不知其仁也」，實言子路仁德不足。

14.(B)借代為「刑場」。(C)借代為「兒童」。(D)借代為「國都」。

15.(A)小信。(B)贈送。(C)因／定罪。(D)滅亡／隱姓埋名。(E)安然／通「焉」，有「豈」之意。

非選題

(一) 3. ✓
(二) 1. ○ 2. × 3. ○ 4. ○ 5. ×

諱辯

選擇題

1.(B) 2.(A) 3.(B) 4.(C) 5.(D) 6.(C) 7.(D) 8.(A)
9.(A) 10.(D) 11.(D)(E) 12.(A)(B)(C)(D) 13.全 14.全 15.(A)(B)(D)

解析：
8.(A)終究；到底。(B)徹底。(C)終養父母。(D)突然。
9.(丁)ㄏㄨˇ；(戊)ㄐㄧ；(己)ㄒㄧㄢˊ。
10.(甲)對照；(乙)禮物；(丙)人質；(丁)內在的本質；(戊)本性。
11.(A)(B)(C)皆「疑問」。
12.(E)「進士」與「晉肅」字本不同，故不犯二名律。
15.(C)於史無據，諷刺宦官宮妾拘泥於避諱的錯誤。(E)犯了「家諱」。

非選題

(一) 1.「國諱」：避皇帝本人及其父祖之名　2.「家諱」：避個人父祖及長輩名字　3.「聖賢諱」：避聖人名字　4.「官諱」：自恃權勢的官員私自訂定的避諱
(二)周公作詩並不避諱，孔子對於兩個字的名字，也不避諱其中單一的字。《春秋》並不譏諷沒有避諱讀音相近的字。

爭臣論

選擇題

1.(C) 2.(D) 3.(A) 4.(A) 5.(C) 6.(B) 7.(C) 8.(A)
9.(A) 10.(D) 11.全 12.(B)(D) 13.全 14.(A)(B)(C)(D) 15.(A)(B)(C)(D)

解析：
9.(丁)ㄑㄧㄠˊ；(戊)ㄏㄠ；(己)ㄎㄨˋ。
10.(D)爻辭。
11.(A)重視／改變。(B)名聲／知道。(C)烏／討厭。(D)大概／豈。(E)對／此。
12.(A)忠直貌。(C)謀略。(E)煙囪。
13.(A)布衣——百姓／蓬蒿之下——民間。(B)骨鯁——借代正直。(C)巖穴之士——隱士。(D)闕下——借指朝廷。(E)堯舜——借指賢君。
15.(A)此為駁斥點。(B)喻對朝政漠不關心。(C)任職就必須善盡其責。(D)大臣宰相之事，非陽子之所宜行也。

非選題

(一) 1.耿耿 2.梗 3.鯁 4.曠 5.獷
(二)國武子沒有遇到善人，又喜歡在亂世中直言不諱，因此被殺。

後十九日復上宰相書

選擇題

1.(B) 2.(A) 3.(B) 4.(D) 5.(D) 6.(B) 7.(D) 8.(B)

9.(D) 10.(C) 11.(A)(C)(D)(E) 12.(A)(C) 13.(B)(E) 14.(A)(B)(D) 15.(A)(B)(D)(E)

解析：

11.(A)招致。(B)舊日／所以。(C)至；到達。(D)當。(E)先前。

12.(A)水深火熱。(B)漂泊；飄零／輕舉飛揚貌，可譯作「輕飄飄」或「飄飄然」。(C)可惜；可歎。(D)「秋月春風」借指美好的時光／「淚溼春風鬢腳垂」中「春風」為「春風面」之省，借指「美麗的容顏」。(E)動了同情惻隱之心／搖動心志。

13.(A)(因)君子多欲，則貪慕富貴→(果)枉道速禍。(B)三句為平行並列關係。(C)(因)操心也危，其慮患也深→(果)達。(D)(因)先王知兵之不可去也→(果)故天下雖平，不敢忘戰。(E)推測、詢問的語氣。

14.(C)兩人並無師徒關係。(E)王安石和蘇轍同為唐宋八大家，兩人並無師生關係。

15.(C)偏「實」義。

非選題

(一) 1.× 2.× 3.○ 4.× 5.○

解析：3.、5.非實指其數，僅言其多，及約略之數。

(二) 1.！ 2.： 3.， 4.、

後廿九日復上宰相書

選擇題

1.(B) 2.(D) 3.(D) 4.(A) 5.(D) 6.(C) 7.(A) 8.(C)

9.(B) 10.(B) 11.全 12.(A)(C)(E) 13.(A)(B)(D)(E) 14.(C)(D)(E) 15.(C)(D)(E)

解析：

9.(甲)ㄍㄜˊ；(丁)ㄆㄧ；(己)ㄌㄨˊ。

10.(甲)豈；(乙)豈；(丙)安葬；(丁)豈；(戊)安定。

12.(A)吃／供養。(B)洗頭。(C)覆蓋／披。(D)類。(E)看見／表現。

13.(C)沒有憂慮。

14.(A)方法。(B)責罪。(C)(D)(E)皆「屢次」。

15.(A)晚唐駢文再度抬頭，北宋初仍尚華麗無實之文。(B)當時未能蔚為風氣。

非選題

(一) 1.ㄌㄨˊ 2.ㄌㄡˋ 3.ㄌㄨˊ 4.ㄕㄨˊ 5.ㄌㄧˊ

(二) 1.○ 2.○ 3.○ 4.× 5.×

與于襄陽書

選擇題

1.(C) 2.(D) 3.(A) 4.(B) 5.(C) 6.(C) 7.(B) 8.(A)

9.(D) 10.(C) 11.(A)(E) 12.(B)(C) 13.(A)(D) 14.(B)(C) 15.(A)(B)(C)(E)

解析：

9. (乙)ㄐㄩㄢˇ；(丁)ㄔㄨˊ；(戊)ㄉㄧˊ。

10. (C)豈；其也。此句為推測的語氣。

11. (B)得到以禮相待。(C)雇用。(D)一日之所用，喻所費不多。

12. 題幹：仗恃，同(B)(C)。(A)擁有。(D)辜負。(E)背著。

13. (B)上無可攀附之人，下無可推薦之人。(C)才高的人，往往處於憂傷的窮困中。(E)推測于襄陽未推薦後進之因。

14. (A)(D)(E)類疊。

15. (D)較擔憂後者。

非選題

(一) 1.○　2.○　3.○　4.×　5.○　6.×

解析：4、6.言貧窮。

(二) 現在我只為每天的柴米和雇用僕役的費用而焦急，這些不過花費您一天的享用就夠了。

與陳給事書

選擇題

1.(C)　2.(B)　3.(B)　4.(C)　5.(D)　6.(C)　7.(A)　8.(B)

9.(B)　10.(C)　11.(A)(C)(E)　12.(A)(D)　13.(A)(B)　14.(B)(D)

15.(A)(B)(E)

解析：

9. (A)不敏。(C)左右。(D)再拜。以上三者皆有表敬之意。

11. (A)ㄓㄨˇ。(B)ㄧㄥˊ／ㄧㄥˊ／ㄑㄩㄥˊ。(C)ㄌㄨㄢˊ。(D)ㄐㄩˋ／ㄐㄩˋ／ㄐㄩ。(E)ㄓㄨ。

12. (B)蜀漢後主。(C)晉李密所作，旨在請求憐恤愚誠，准以先孝養祖母，頤養天年，再報國恩。(E)韓愈〈與陳給事書〉並非奏議文書，乃書信類。

13. (A)孟浩然〈歲暮歸南山〉，「不才明主棄」是為線索。(B)孟浩然〈留別王維〉，「知音世所稀」是為線索。(C)于鵠〈公子行〉，描寫公子冶遊。(D)吳融〈古離別〉，寫別離惆悵。(E)韓愈解釋自己不被稱許以及召來嫉妒的原因，並無懷才不遇之歎。

14. (A)「如」在句中有「前往」之意。(B)「如」在句中作喻詞用，解釋為「像」。(C)句中「許由」、「務光」為舉例說明，並非比喻。(D)句中以「驥騄」比喻七子。(E)對偶兼層遞。

15. (A)出自《墨子・尚賢上》，意謂得到賢才之助，便能振興國政。(B)蘇轍〈論所言不行札子〉，喜愛良善卻不能重用賢良，厭惡邪惡卻不能罷黜奸邪之人，這就是國家滅亡的原因。(C)韓愈〈與陳給事書〉，解釋陳給事為何不加晉見的原因。(D)德國詩人歌德之語，說明合群與團結的重要。(E)屈原〈離騷〉，強調用人唯才，不計較出身。

非選題

(一) 1.○　2.×（李淑英）　3.×（吳連旺）　4.×（爺爺）

(二)1.○ 2.○ 3.×（信封中路啟封詞不可用「敬啟」，師長宜用「道啟」；寫給（祖）父母才用「安啟」） 4.×（「宜室宜家」用於賀女子出嫁）

應科目時與人書

選擇題

1.(A) 2.(D) 3.(D) 4.(B) 5.(A) 6.(C) 7.(C) 8.(B) 9.(B) 10.(D) 11.(B)(E) 12.(A)(D)(E) 13.全 14.全 15.(B)(C)

解析：

9.(丙)ㄏㄜˊ；(丁)ㄊㄚˋ；(戊)ㄈㄨˇ。

11.(A)匹配相等。(B)憑藉／背負。(C)寧願。(D)姑且。(E)哀憐／可愛。

12.(B)指普通的水族。(C)八尺。

15.(A)出生於河南河陽，昌黎為韓氏郡望。(D)奇崛險怪之詩風。(E)蘇軾稱讚。

非選題

(一)1.韓愈、柳宗元、歐陽脩、王安石、曾鞏、蘇洵、蘇軾、蘇轍。
2.歐陽脩、王安石、蘇軾、黃庭堅。
3.關漢卿、馬致遠、白樸、鄭光祖。

(二)1.〈獲麟解〉：以麒麟自喻，而慨歎生不逢辰。
2.〈雜說一〉：借龍雲關係談君臣際遇，一說指朋友交誼，文中鼓勵意味甚明顯。
3.〈雜說四〉：借馬為喻，旨在慨歎知遇之難。

送孟東野序

選擇題

1.(B) 2.(D) 3.(A) 4.(C) 5.(B) 6.(A) 7.(A) 8.(A) 9.(A) 10.(D) 11.(B)(D) 12.(C)(D)(E) 13.(B)(D)(E) 14.(B)(C)(D)(E) 15.全

解析：

9.(丁)ㄆㄠˊ；(戊)ㄉㄨㄛˊ；(己)ㄐㄧㄠˇ。

12.(A)(B)隔句對。

14.(A)其在唐、虞，咎陶、禹其善鳴者也，而假以鳴。

非選題

(一)1.優異；傑出 2.放蕩無節制 3.推移變遷 4.逐漸接近 5.廣大無邊際

(二)1.(E) 2.(B) 3.(A) 4.(D) 5.(C)

送李愿歸盤谷序

選擇題

1.(C) 2.(A) 3.(B) 4.(A) 5.(B) 6.(B) 7.(C) 8.(D) 9.(C) 10.(D) 11.(C)(E) 12.(B)(C) 13.(C)(D)(E) 14.(A)(B)(E) 15.(C)(D)(E)

解析：

11.(A)文言中表示副詞與動詞連接的助詞。(B)表並列關係，且。(C)表轉折關係，但；卻。(D)表順承關係，

後項對前項在時間上有順承性。(E)表轉折關係，但；卻。

12.(A)「稍」→「梢」。(D)「蓄」→「搐」。(E)「綻」→「顫」。

13.(A)ㄓㄨˇ。(B)ㄧㄢˊ。(C)ㄐㄩ／ㄐㄩˋ。(D)ㄧㄥˊ／ㄑㄩㄥˊ。(E)ㄏㄞˊ／ㄏㄞˋ。

14.(C)櫛風沐雨：以風梳髮，以雨洗浴，用以形容一個人奔走勞苦，常受風雨之侵襲。(D)福壽全歸：用在哀輓類之題辭。

15.(A)仍稱之為序。(B)〈送李愿歸盤谷序〉屬「贈序類」。

非選題

(一) 1.(D) 2.(E) 3.(H) 4.(A)

(二)與其當面被人讚美，何如背後不被毀謗；與其身體享受快樂，何如心中沒有憂愁。

送董邵南序

選擇題

1.(B) 2.(B) 3.(A) 4.(B) 5.(C) 6.(D) 7.(A) 8.(B)
9.(A)(B)(C)(E) 10.(D) 11.(A)(C)(D)(E) 12.(A)(C) 13.(A)(C)(D) 14.(A)
15.(A)(B)(D)

解析：

9.(甲)正；恰；(乙)往；(丙)正；恰；(丁)往；(戊)往。

10.(A)於是。(B)憑藉。(C)順。(D)因為。

11.(A)此。(B)改變／治。(C)暫且。(D)何。(E)往。

12.(B)未中進士。(D)非屠狗者之徒。(E)董生非燕趙人。

13.(B)委婉含蓄。(E)前者針對「董生之行」，後者針對「燕趙之風俗」。

14.(D)〈師說〉屬贈序。

15.(C)柳宗元並未斥佛老、駢文。(E)似司馬子長。

非選題

(一) 1.ㄕㄠˋ 2.ㄓㄠˇ 3.ㄕㄠˊ 4.ㄕㄠˋ 5.ㄊㄧㄠˊ

(二)請你替我憑弔一下望諸君的墳墓，並且去那裡的市街，看看是否還有像從前那種隱於屠狗行業中的豪傑？

送楊少尹序

選擇題

1.(C) 2.(C) 3.(A) 4.(D) 5.(B) 6.(C) 7.(B) 8.(B)
9.(B) 10.(C) 11.(A)(B)(D) 12.全 13.(A)(B)(E) 14.(D)(E)
15.(C)(D)

解析：

13.(C)十五。(D)十五。

15.(A)(B)(E)為暗引。

非選題

(一) 1.勉勵。 2.冠禮，男子二十歲。 3.祭土神之所。 4.供帳，陳設帳幕以供宴會或行旅駐足之需。 5.鄉賢之長者。

(二)(D)(E)(A)(C)(B)

送石處士序

選擇題

1.(A) 2.(C) 3.(A) 4.(B) 5.(C) 6.(B) 7.(D) 8.(D)
9.(A)(C)(D)(E) 10.(B) 11.(A)(B)(C)(E) 12.(B)(C)(E) 13.(B)(E) 14.(B) 15.(A)(B)(C)

解析：

11.(A)推辭／言辭。(B)為了／替。(C)給／和。(D)卜卦；占卜。(E)前／崇尚。

12.(A)六一居士。(D)在香山寺結香火社，自稱香山居士。又號醉吟先生。

14.(A)杜甫為盛唐社會寫實派詩人。

15.(D)「與人為善」原指效法別人做好事，今指善意助人；此說與題幹要求並不相符。(E)祝禱之詞。

非選題

(一)1.○ 2.× 3.× 4.× 5.○
解析：3.蹶角受化：叩首臣服。

(二)譬喻（他們像陽光、綠野、花一樣）、類疊（有活力的）、轉化（物性化）。

送溫處士赴河陽軍序

選擇題

1.(B) 2.(D) 3.(B) 4.(C) 5.(C) 6.(A) 7.(D) 8.(A)
9.(B) 10.(A) 11.全 12.全 13.(B)(C)(D)(E) 14.(A)(B)(C)(D) 15.(A)(C)(E)

解析：

9.(甲)ㄕˋ；(戊)ㄇㄧˊ；(己)ㄧㄚˊ。

10.(A)本來。(B)堅固。(C)堅決。(D)固陋。

13.(A)指良馬。

14.(E)屬贈序。

15.(B)排斥佛學。(D)詩風怪誕險僻。

非選題

(一)1.多 2.技藝 3.屢次 4.細密 5.責罪

(二)愈被羈絆在這裡，無法自己引退，依靠二位先生到老。現在都被有力的人將他們奪走，叫我怎能不耿耿於懷呢？

祭十二郎文

選擇題

1.(A) 2.(C) 3.(B) 4.(A) 5.(D) 6.(C) 7.(A) 8.(C)
9.(D)(E) 10.(D) 11.(D)(E) 12.(A)(B)(C)(E) 13.(C)(E) 14.(B)(D) 15.全

解析：

9.(甲)表達／招至；(乙)靈柩／喪期；(丙)責怪；(丁)表賓語提前之助詞；(戊)幸運／希望。

11.(A)軟，通「輭」。(B)撫，通「拊」。(C)彊，通「強」。

14.(A)〈祭十二郎文〉為散體祭文。(C)不宜誇張。

非選題

(一)1.妻與子之統稱。2.下葬。3.墳地。4.應時的食物。
5.祭文中之收尾語，希望死者來享用祭品。

(二)我的行為對不起神明，才使你早死，我不孝不慈不能和你生活在一起，相守到老死，一個在天涯，一個在地角，你活著的時候身影不能和我的形體相依，死後靈魂也不夢中來和我相會。

祭鱷魚文

選擇題

1.(A) 2.(A) 3.(B) 4.(D) 5.(C) 6.(D) 7.(C) 8.(D)
9.(A) 10.(A) 11.(A)(B) 12.(C)(E) 13.(A)(B)(C) 14.(C)(D)
15.(C)(D)(E)

解析：

11.(A)無義，發語詞。(B)介詞，的。(C)語氣副詞，應該／代詞，他的。(D)動詞，安分地居於……／副詞，豈。(E)介詞，用來／連詞，而也。
12.(A)由→尤。(B)就→究。(D)撼→憾。
13.(A)動詞。(B)動詞。(C)動詞。(D)動詞／副詞。(E)語氣副詞／代詞。
14.(A)ㄑㄧㄣ／ㄐㄧㄣ／ㄍㄨㄢ／ㄑㄧㄢˊ。(B)ㄍㄨㄢ／ㄌㄨㄣˊ／ㄌㄨㄣˊ／ㄌㄨㄣˋ。(C)ㄌㄢˊ。(D)ㄌㄟˋ／ㄌㄜˋ／ㄌㄜˋ／ㄌㄜˋ。(E)ㄏㄢˋ／ㄍㄢˇ／ㄍㄢˇ／ㄏㄢˋ。
15.(A)(B)為排比。

非選題

(一)1.「覬覦」為負面批評的詞彙。
2.「效尤」專用在效法不法之事，亦為負面詞彙。
3.「青梅竹馬」用於小兒女間，為其情感真摯純真，不宜用於同性之間。

(二)1.…… 2.？ 3.； 4.「 」或『 』

柳子厚墓誌銘

選擇題

1.(A) 2.(D) 3.(B) 4.(D) 5.(D) 6.(C) 7.(D) 8.(B)
9.(A)(D)(E) 10.(D) 11.(C)(D) 12.全 13.(A)(E) 14.全 15.(A)(B)

解析：

9.(乙)ㄓㄨㄛˊ；(丙)ㄙˋ；(丁)ㄓˋ。
10.(A)並。(B)朋比；阿附。(C)依從。(D)及；等到。
11.(A)放縱不羈。(B)於；在。(C)相似／等到。(D)閒散／……之地方。(E)顯現。
13.(B)韓愈，非昌黎人。昌黎為其郡望。(C)韓愈因諫憲宗迎佛骨事，貶潮州刺史。(D)非首倡。
15.(C)由形容詞轉品為名詞。

非選題

(一)1.(C) 2.(E) 3.(B) 4.(A) 5.(G) 6.(D) 7.(F)

(二)1.踔 2.淖 3.綽 4.棹 5.悼

卷九 唐宋文

駁復讎議

選擇題

1.(A) 2.(C) 3.(B) 4.(C) 5.(D) 6.(D) 7.(C) 8.(D)
9.(B) 10.(D) 11.(A)(C)(D)(E) 12.(A)(B)(C)(E) 13.(B)(C)(D)(E)
14.(A)(C)(D)(E) 15.(A)(B)(C)(E)

解析：

9.(甲)ㄐㄧㄢˋ；(丙)ㄧㄢˋ；(丁)ㄠˊ。
11.(B)應是弊在賂秦。
12.(A)名詞作動詞。(B)動詞作名詞。(C)名詞作動詞。(D)動詞。(E)名詞作動詞。
14.(B)動詞、名詞、代詞性助詞、動詞。其餘皆為動名動名的型態。
15.(A)借指父仇。(B)借指火災。(C)借指冥報。(D)表示隨時準備復仇。(E)借指平民百姓。

非選題

(一) 1.越分 2.吝惜 3.訊問審判 4.違法不馴 5.呼叫喊冤
(二) 1.(B) 2.(D) 3.(E) 4.(C) 5.(A)

桐葉封弟辨

選擇題

1.(A) 2.(B) 3.(B) 4.(C) 5.(B) 6.(A) 7.(C) 8.(A)
9.(D) 10.(B) 11.(C)(D) 12.(C)(E) 13.(A)(B)(D)(E) 14.(B)(D)
15.(C)(D)(E)

解析：

10.(B)柳宗元認為：王者行事，當求至當；苟有不當，不妨更易之，乃為正道。周公佐政，必無為君掩過之理，亦無須箝制國君之行。故斷言此事不可信。
11.(A)慫→聳。(B)斧→釜。(E)匿→溺。
12.(A)不可信。(B)婦人與宦官。(D)年紀小。
13.(C)「別有用心」，另外有私心或用意，是負面的用語。(E)「虛左以待」，留一個尊位等待賢者或有才之人。
14.(A)代詞，此也。(B)無義助詞。(C)代詞，如此。(D)無義助詞，形容詞詞尾。(E)語氣副詞，若；如果。
15.(A)柳宗元試圖調和儒釋道三家之思想，韓愈則尊儒排佛。(B)《郁離子》是明朝劉基的作品，柳宗元以〈三戒〉最有名。

非選題

(一) 1.○ 2.× 3.× 4.×
解析：2.3.4.都犯了「以部分取代全體」的毛病。
(二) 1.埸 2.裼 3.惕 4.蜴

箕子碑

選擇題

1.(B) 2.(D) 3.(C) 4.(A) 5.(B) 6.(A) 7.(C) 8.(D)
9.(B) 10.(D) 11.(A)(D) 12.(A)(B)(C)(D) 13.(B)(C)(E) 14.(A)(B)(C)(D) 15.全

解析：

9.(甲)ㄐㄧ；(丙)ㄇㄛˊ；(己)ㄘㄨㄥˊ。

10.(A)參與。(B)親附。(C)讚許。(D)幫助。

11.(A)和／幫助。(B)於是。(C)遵循。(D)大概／期望。(E)假如。

12.(E)冒死進諫，不顧生命。

13.(A)屈辱自身以保存宗廟社稷的祭祀。(D)雖然時代昏暗，他卻不做奸邪的事。

14.(E)凸顯其謀國之忠勤。

非選題

(一)1.ㄊㄨㄟˊ 2.ㄎㄨㄟˋ 3.ㄎㄨㄟˋ 4.ㄎㄨㄟˋ 5.ㄍㄨㄟˋ

(二)推行德教，不分賢愚；教化人民，不論遠近，因此擴大了殷朝的宗祀，使夷狄變為華夏。

捕蛇者說

選擇題

1.(B) 2.(D) 3.(C) 4.(A) 5.(C) 6.(A) 7.(C) 8.(B)
9.(D) 10.(B) 11.(B)(D) 12.(A)(B)(C) 13.(A)(B)(E) 14.(C)(D)
15.(A)(B)(D)

解析：

9.(甲)ㄋㄧㄝˋ／ㄔˇ；(乙)ㄉㄢ／ㄔㄢˊ；(丙)ㄏㄨㄟ；(丁)ㄋㄤˇ／ㄖㄤˇ；(戊)ㄒㄧˊ；(己)ㄒㄩㄣˊ／ㄒㄩㄣˋ；(庚)ㄕˇ；(辛)ㄅㄛˊ。

10.(A)論辯文。(C)捕蛇者。(D)言之者無罪，聞之者足以誡。

12.(A)(B)(C)名詞作動詞。(D)形容詞。(E)名詞。

13.(C)從前。(D)相疊。

非選題

(一)1.年齡。2.乾肉。3.衝撞破壞。4.安樂的樣子。5.十家剩不到一家。

(二)他們已經竭盡田裡的出產，家裡的收入來應付賦稅，還是呼號求救遷徙流離，挨餓受凍，顛沛困頓，頂著風雨，冒著寒暑，呼吸著瘴疫毒氣，因此而死去的人，往往屍體堆積。

種樹郭槖駝傳

選擇題

1.(C) 2.(C) 3.(D) 4.(D) 5.(A) 6.(B) 7.(D) 8.(B)
9.(C) 10.(B) 11.(A)(B)(C) 12.(A)(B)(D) 13.(A)(B)(C)(E) 14.(A)(C)
15.(A)(C)(D)(E)

解析：

10.(A)「襁抱提攜」指對小孩子的照顧。(B)「乘瑕抵隙」指乘敵人缺失而加以打擊。(C)「雄深雅健」不能用來形容人。(D)「好煩其令」指命令煩瑣。

11.題幹與(A)(B)(C)皆為順接連詞。(D)逆接連詞，當「然而」講。(E)指稱詞，當「你」或「你的」講。

12.(C)〈三戒〉應為：〈永某氏之鼠〉、〈黔之驢〉、〈臨江之麋〉。(E)其寓言風格具獨創性，非受韓愈影響。
13.(D)往往為「虛構」。
14.(B)就形式來說，源自《莊子》，就思想言，源自《老子》。(D)就題目言，第三段是主，第四段是賓。(E)就主旨言，第四段是主，第三段是賓。
15.(B)韓愈因宋神宗時追封為昌黎伯，故世稱「韓昌黎」。柳宗元卒於柳州刺史任內，故世稱「柳柳州」。

非選題

(一) 1.動詞 2.動詞 3.動詞 4.代詞 5.副詞
(二) 1.(B) 2.(D) 3.(A)

梓人傳

選擇題

1.(C) 2.(B) 3.(B) 4.(D) 5.(C) 6.(A) 7.(B) 8.(C)
9.(A) 10.(D) 11.(A)(B)(C)(E) 12.(A)(B)(C)(D) 13.(A)(B)(E)
14.(C)(D)(E) 15.(A)(B)(C)

解析：
9.(丁)ㄧㄣˇ；(戊)ㄆㄧˇ；(己)ㄗˇ。
10.(A)只。(B)正直。(C)正當。(D)薪俸。
11.(A)量。(B)近。(C)近。(D)誇／憐憫。(E)誇張。
12.(E)承擔；承受。
13.(C)區分。(D)爭辯的樣子。
15.(D)類疊、層遞。(E)映襯。

非選題

(一) 1.屈→曲 2.勞→牢 3.邈→藐 4.朦→矇 5.萃→粹
(二)不炫耀自己的才能，不誇大自己的名聲，不做瑣碎的小事，不侵犯眾官的職權。

愚溪詩序

選擇題

1.(D) 2.(C) 3.(D) 4.(A) 5.(C) 6.(B) 7.(C) 8.(A)
9.(D) 10.(A) 11.(B)(C)(D)(E) 12.全 13.(B)(C)(D)(E) 14.(B)
15.(A)(B)(C)(E)

解析：
9.(乙)ㄋㄧㄥˋ；(丙)ㄞˋ；(丁)ㄑㄧㄤ。
14.(A)倒裝。(B)「姓」名詞作動詞用。(C)略喻。(D)映襯。(E)「牢籠」名詞作動詞用。
15.(D)映襯。

非選題

(一) 1.渾然的元氣 2.有道之世 3.水中灘石 4.包羅；包含 5.爭辯不休的樣子
(二) 1.(C) 2.(F) 3.(E) 4.(A) 5.(G) 6.(D) 7.(H) 8.(B)

永州韋使君新堂記

選擇題

1.(C) 2.(B) 3.(A) 4.(D) 5.(A) 6.(A) 7.(D) 8.(C) 9.(D) 10.(B) 11.(C)(D) 12.(A)(C)(E) 13.(A)(B)(C) 14.(A)(B)(C) 15.全

解析：

10.(B)孟子，予豈好辯哉！予不得已也。(C)桓子，驕泰奢侈，貪欲無藝。(D)郤昭子，其富半宮室，其家半三軍，恃其富寵，以泰於國。

11.(A)ㄓㄨㄟˋ／ㄔㄨㄢˇ／ㄉㄨㄢ。(B)ㄘㄨㄢˊ／ㄗㄨㄢ／ㄗㄢˋ。(C)ㄐㄩˋ。(D)ㄕㄤ。(E)ㄇㄧㄡˋ／ㄇㄡˊ／ㄇㄡ／ㄌㄨˋ。

12.(B)主張「文者以明道」。(D)出仕之前→貶謫之後。

13.(A)表假設語氣的副詞，假如；假使／時間副詞，先前。(B)動詞，放置；放牧／動詞，寄託。(C)時間副詞，將也。(D)動詞，依照／語氣助詞，通「然」。(E)副詞，彼此／動詞，音ㄒㄧㄤˋ，幫助。

14.(A)深陷的樣子。(B)至。(C)以前。(D)特別／但；只。(E)然而／全；都。

非選題

(一) 1.○ 2.× 3.× 4.×

(二) (1)(C) (2)(D) (3)(G) (4)(B) (5)(F) (6)(A)

鈷鉧潭西小丘記

選擇題

1.(C) 2.(B) 3.(D) 4.(D) 5.(A) 6.(B) 7.(A) 8.(D) 9.(B) 10.(A) 11.(C)(D)(E) 12.(A)(E) 13.(A)(B)(D)(E) 14.全

15.(B)(C)(D)

解析：

9.(甲)ㄐㄧㄢˇ；(丁)ㄆㄧˊ；(戊)ㄧˋ。

10.(A)副詞，相互；彼此。(B)稱代第二人稱。(C)稱代第一人稱。(D)稱代第二人稱。

11.(A)順著／單位詞，古代八尺為一尋。(B)迎著／面對；臨靠。(C)美景。(D)好像。(E)通「價」。

12.(A)排比。(B)誇飾兼轉品。(C)擬人。(D)對偶。(E)排比。

13.(C)寫西山的廣大久遠，亦為柳宗元對於自己人格的自況。

14.(A)名詞轉為動詞用。(B)形容詞轉為動詞用。(C)名詞轉為動詞用。(D)名詞轉為動詞用。(E)名詞轉為動詞用。

15.(A)皆創作於永州。(E)篇幅均短小。

非選題

(一) 1.湍 2.踹 3.喘 4.惴 5.揣

(二) 1.山 2.風 3.流 4.波 5.地 6.雲 7.草 8.卯 9.節 10.行

小石城山記

選擇題

1.(A) 2.(A) 3.(C) 4.(D) 5.(A) 6.(C) 7.(A) 8.(B) 9.(D) 10.(A) 11.(A)(D) 12.全 13.(B)(D)(E) 14.(A)(C)(D)(E) 15.(A)(B)(C)

解析：

9.(D)南北朝。

14.(B)《浮生六記》非描寫亭臺樓閣的遊記，而是屬雜記類。

15.(A)隱喻。(B)明喻。(C)略喻。

非選題

(一)1.似乎；或許。2.一直往北。3.稠密。4.屋樑。5.亦作「埤堄」，城上短牆，排列如鋸齒，有小孔以望城外。

(二)(A)(D)(E)(B)(C)

賀進士王參元失火書

選擇題

1.(A) 2.(B) 3.(B) 4.(C) 5.(C) 6.(D) 7.(A) 8.(B)

9.(A) 10.(D) 11.(B)(C) 12.(A)(B)(D)(E) 13.(A)(B)(C)(D) 14.(C)(D) 15.(C)(D)

解析：

9.(丁)ㄑㄧㄢˊ；(戊)ㄓㄜˇ；(己)ㄧㄡˋ。

10.(A)學習句讀小的地方/研究文字形音義的學問。(B)說明/創造新事物。(C)同僚/隊伍。(D)火神。

11.(A)幸運。(B)僥倖。(C)僥倖。(D)親近。(E)希望。

12.(C)勤謹地奉養父母，快樂地過日子。

13.(E)我深恨自己的修養不好。

14.(A)名詞→形容詞。(B)動詞→形容詞。(C)形容詞→動詞。(D)形容詞→動詞。(E)形容詞→副詞。

15.(A)(B)皆人性化。(C)(D)皆物性化。(E)形象化。

非選題

(一)1.ㄒㄧㄢˊ 2.ㄑㄧㄝˋ 3.ㄧㄡˋ 4.ㄧㄡˋ 5.ㄨㄟˇ

(二)那些主持考試的官員，給您功名，也不會害怕。即使想要和以前一樣隱忍畏縮，擔心受人家的譏笑，還有可能嗎？

待漏院記

選擇題

1.(A) 2.(C) 3.(B) 4.(D) 5.(D) 6.(C) 7.(D) 8.(A)

9.(D) 10.(D) 11.(B)(C)(E) 12.(B)(C)(E) 13.(A)(B)(C)(E) 14.(A)(B)(C)(D) 15.(A)(B)(D)

解析：

9.(乙)ㄍㄠ；(丙)ㄓˋ；(己)ㄏㄨㄟˇ。

12.(A)帝位。(B)百姓。(C)百姓。(D)皇帝。(E)百姓。

非選題

(一)1.聊以充數 2.宰臣等候上早朝時休息的地方 3.指春夏秋農忙之時 4.眾人進則進，眾人退則退，與眾人共進退 5.災禍接連而至

(二)1.(D) 2.(B) 3.(C) 4.(A)

黃岡竹樓記

選擇題

1.(D) 2.(C) 3.(A) 4.(D) 5.(B) 6.(A) 7.(B) 8.(A) 9.(A) 10.(D) 11.(A)(D) 12.(C)(D)(E) 13.(B)(E) 14.(A)(C)(D)(E) 15.(B)(D)(E)

解析：

9.(乙)ㄎㄨ；(丙)ㄌㄧㄝˊ；(戊)ㄑㄩˋ。

10.(A)等到。(B)阿附。(C)比較。(D)並列；相連。

11.(B)陳述語氣。(C)反詰語氣。(E)判斷句。

12.(A)一年。(B)十年。

13.(A)預料／職分。(B)於是。(C)代詞，指竹／往。(D)以／停止。(E)無。

14.(B)平易自然，不務藻飾，古雅簡淡。

15.(A)《元豐類稿》。(C)北宋人，不受蘇軾影響。

非選題

(一)1.(D) 2.(B) 3.(E) 4.(C) 5.(A)

(二)因此我在這裡蓋了兩間小樓，和月波樓相通。從樓上遠望高處的山野風光，盡入小樓，低處的江水湍急奔流而來。既幽靜，又遼闊，無法一一形容。

書洛陽名園記後

選擇題

1.(B) 2.(C) 3.(B) 4.(A) 5.(D) 6.(B) 7.(D) 8.(C) 9.(D) 10.(B) 11.(B)(C)(D) 12.(A)(B) 13.(A)(B)(D)(E) 14.(B)(C)(D)(E) 15.(A)(D)

解析：

9.(乙)ㄇㄧㄣˇ；(丙)ㄧㄡˋ；(丁)ㄘㄨˋ。

12.(C)頂針、回文。

非選題

(一)1.治亂。2.蹂躪；踐踏。3.衣襟和咽喉。比喻要害之地。4.動詞，觀察。5.名詞，徵候；徵兆。

(二)(D)(B)(A)(E)(C)

嚴先生祠堂記

選擇題

1.(B) 2.(A) 3.(D) 4.(C) 5.(C) 6.(B) 7.(B) 8.(B) 9.(A) 10.(C) 11.(A)(B)(C)(D) 12.(A)(B)(C)(D) 13.(B)(C)(D) 14.(B)(C) 15.(A)(D)(E)

解析：

9.(丙)ㄓㄨㄣ；(戊)ㄘˊ；(己)ㄧㄤ ㄧㄤ。

10.(A)暗。(B)衰微。(C)非。(D)稍微。

11.(A)彼此；互相／代詞，你。(B)乘騎／利用。(C)尊崇／往上。(D)免除賦稅／恢復。(E)敬重；謙下。

12.(E)形容世事變化無常。

13.(A)(E)皆是形容富貴顯達。

14.(A)統治萬民。(D)比擬伯夷。(E)任職太守。

15.(B)明喻。(C)隱喻。

非選題

(一)1.ㄍㄨˇ 2.ㄌㄨˋ 3.ㄧㄤˋ 4.ㄧㄤ 5.ㄋㄨㄛˋ 6.ㄖㄨㄢˇ

(二)1.冕 2.葩 3.廉 4.橄 5.倀

岳陽樓記

選擇題

1.(B) 2.(A) 3.(B) 4.(D) 5.(D) 6.(A) 7.(C) 8.(D)
9.(B) 10.(B) 11.(A)(B)(C)(E) 12.(A)(D) 13.(B)(C)(D)(E) 14.(A)(B) 15.全

解析：

9.(乙)ㄊㄧㄥ；(丙)ㄐㄧㄥ ㄐㄧㄥ；(丁)ㄅㄛˊ；(戊)ㄕㄤ ㄕㄤ。

11.(A)指在朝為官。(B)指退居在野。(C)百姓。(D)雙關「情」。(E)部分代替全體，指魚。

13.(A)指洞庭景觀。

14.(A)日光。(B)日光。(C)影子。(D)景觀。(E)大。

非選題

(一)1.請託。2.到了明年。3.離開京城。4.沒有這種先憂後樂的仁人。5.歸附誰。

(二)有時雲煙消盡，皓月當空，一望無際；水面月光閃爍如黃金，湖底月影倒映如白璧，漁人的歌聲，相互應答，這樣的快樂哪裡有窮盡呢？

諫院題名記

選擇題

1.(C) 2.(B) 3.(D) 4.(A) 5.(C) 6.(B) 7.(B) 8.(A)
9.(A) 10.(C) 11.全 12.(A)(B) 13.(C)(D) 14.全 15.(A)(C)(D)

解析：

9.(A)聚集。(B)捨棄／屋舍。(C)之間／距離。(D)他們／假如。

10.(甲)年間；(乙)合乎；(丙)半；(丁)合乎；(戊)箭射中靶標。

11.題幹：將會。(A)拿。(B)拿。(C)助詞，了。(D)率領。(E)則。

12.(C)類疊。(D)(E)皆對偶。

13.(A)形容詞用作副詞。(B)形容詞用作名詞。(E)名詞用作形容詞。

15.(B)與王安石不合，退居洛陽。(E)非獨撰。

非選題

(一)1.萃 2.粹 3.瘁 4.淬 5.啐

(二)當這種官的人，應當牢記那些大事，捨棄那些小事，先諫緊要的事，後諫可以緩辦的事，一心謀求國家利益，不要為自身打算。

義田記

選擇題

1.(C) 2.(D) 3.(B) 4.(B) 5.(D) 6.(A) 7.(C) 8.(C)
9.(D) 10.(C) 11.(A)(C) 12.(A)(D)(E) 13.(A)(B)(D) 14.(A)(D)(E) 15.(B)(D)(E)

解析：

9.(A)屍體，名詞。(B)酒杯，名詞。(C)特別，副詞。(D)

提供衣物供人穿，動詞。

10.(A)文章：指禮樂制度。(B)充：高。(D)狂簡：志大而略於事。

11.(B)再嫁，指嫁次女。再娶，指娶次媳。(D)蓋此等擁財自奉的官員皆應愧對范文正公的義行。(E)選自《宋文鑑》。

12.(甲)給予／親附；(乙)只／思；(丙)語末助詞，無義；(丁)留／遺漏；(戊)穀熟／年；(己)衣服／給人穿。

13.(D)持瓢囊行乞。(E)提供衣物供人穿著。

14.(B)借代為俸祿。(C)「五十千」「三十千」為實數。

13.(A)恥。(C)學。

非選題

(一)1.靠近外城　2.官吏的俸祿　3.邊疆　4.按時收付財物　5.破車瘦馬

(二)其次是那些卿、大夫、士，俸祿的充足，奉養的富厚，也同樣是他一家人享受，他族裡的人，帶著瓢囊行乞，最後餓死在溝壑中的，難道是少數嗎？何況要他周濟其他的人呢？這些人在文正公面前都是罪人啊！

袁州學記

選擇題

1.(A)　2.(D)　3.(A)　4.(D)　5.(A)　6.(C)　7.(A)　8.(B)

9.(B)　10.(D)　11.(B)(C)(D)　12.全　13.(B)(C)(D)　14.(B)(C)(D)(E)　15.(A)(C)(D)(E)

解析：

9.(甲)ㄐㄧㄢˋ；(丙)ㄑㄩㄝ；(戊)ㄒㄩ。

10.(A)亡失。(B)逃亡。(C)忘。(D)無。

11.(A)符合。(B)苟且；隨便／如果。(C)主持／了解。(D)法度／鞋樣。(E)正。

13.(A)懸問。(E)激問。

14.(A)指函谷關守不住。

15.(B)指學生的讀書聲。

非選題

(一)1.ㄕㄢˋ　2.ㄉㄢ　3.ㄉㄢˋ　4.ㄉㄢˇ　5.ㄉㄢ

(二)現在國家欣逢聖明的皇帝，你們袁州因為有聖君，才使你們可以到學校去學習古人的典範。

朋黨論

選擇題

1.(C)　2.(B)　3.(D)　4.(A)　5.(A)　6.(D)　7.(B)　8.(C)

9.(B)　10.(A)　11.(A)(B)(E)　12.(A)(B)(E)　13.(B)(C)(E)　14.(A)(C)(D)　15.(B)(E)

解析：

9.(甲)ㄏㄨㄢ；(丙)ㄧㄠˊ；(戊)ㄑㄧㄠˋ。

13.(A)映襯。(D)排比。

非選題

(一)1.幫助；扶持。2.和樂。3.譏刺；嘲笑。4.通「饜」，

滿足。5.互相勾結援引。

(二)1.(C) 2.(D) 3.(E) 4.(A) 5.(B)

縱囚論

選擇題

1.(B) 2.(C) 3.(B) 4.(A) 5.(C) 6.(A) 7.(B) 8.(C)

9.(C) 10.(A) 11.(A)(B)(C)(D) 12.(A)(B)(D) 13.(B)(C)(D)(E)

14.全 15.(A)(B)(D)(E)

解析：

9.(甲)ㄆㄧˋ；(乙)ㄌㄨˋ；(己)ㄕˋ。

10.(A)釋放。(B)期望／期限。(C)至／感化。(D)代詞，指囚犯／豈。

11.(E)意義相反。

12.(C)代詞，指囚犯。(E)推測語氣。

13.(A)《後漢書・戴封傳》已載縱囚之事。

15.(C)中進士後，求見韓太尉。

非選題

(一)1.接受。2.寧願為守信義而死。3.感動人。4.改變。5.希求。

(二)罪大惡極，的確是小人了，但是到了用恩德對待他，也可以使他變為君子。本來恩德感動人心的深刻、改變人性的快速，就會是這樣的。

釋祕演詩集序

選擇題

1.(C) 2.(D) 3.(C) 4.(D) 5.(A) 6.(A) 7.(B) 8.(D)

9.(B) 10.(D) 11.(A)(B)(D) 12.(B)(E) 13.全 14.(A)(B)(C)(D)

15.全

解析：

9.(甲)ㄩㄣˋ；(丙)ㄏㄨㄢ；(己)ㄑㄩ。

11.(C)(E)言石曼卿。

12.(A)得；到。(B)閒適。(C)專主；絕對。(D)當然。(E)閒適。

非選題

(一)1.形容山勢高峻。2.暗中求。3.酣暢快意的樣子。4.戰爭。5.打開他的袋子。

(二)1.(A) 2.(B) 3.(E) 4.(D) 5.(C)

卷一〇 宋文

梅聖俞詩集序

選擇題

1.(C) 2.(D) 3.(C) 4.(B) 5.(A) 6.(A) 7.(B) 8.(D)

9.(A) 10.(C) 11.(A)(B)(C)(E) 12.(A)(B)(D)(E) 13.(B)(C)(D)(E)

14.(A)(B)(C)(D) 15.(B)(C)(D)(E)

解析：

8.(D)意外。

9.(丙)ㄧㄣˋ；(戊)ㄅㄧˋ；(己)ㄒㄩˋ。
10.(甲)施展；(乙)張揚；(丙)延；(丁)延；(戊)施加。
11.(A)放縱／亡失。(B)大概／危殆。(C)徵召／逃避。(D)喜悅。(E)僥倖／至。
12.(C)被困在州縣的小職位上。
13.(A)二百年來沒有這樣的好作品。
14.(E)乃梅氏死後歐陽脩整理遺稿而作。
15.(A)自號醉翁。

非選題

(一) 1.掇 2.剟 3.惙 4.綴 5.啜

(二)現在已經五十歲了，還要接受徵聘的文書，做別人的僚屬。委屈他滿腹的才學，不能奮發表現在事業上。

送楊寘序

選擇題

1.(C) 2.(B) 3.(A) 4.(A) 5.(D) 6.(A) 7.(D) 8.(C)
9.(B) 10.(D) 11.(A)(B)(C) 12.(A)(B)(C)(E) 13.(C)(D) 14.(B)(C)(D)(E) 15.全

解析：

9.(甲)ㄊㄢˋ／ㄐㄧㄢ；(乙)ㄒㄧㄢˊ；(丙)ㄧㄣ／ㄧㄢ；(丁)ㄆㄨˇ；(戊)ㄑㄧ；(己)ㄧㄞˊ／ㄧㄚ。
13.(A)(B)(E)形容秋聲，出於〈秋聲賦〉。
14.(A)其義為愛戀。

非選題

(一)1.小小的。2.鬱結；鬱悶。3.形容聲音和諧融洽。4.同「導」，疏導。5.同「瀉」，宣洩；抒發。

(二)1.(C) 2.(B) 3.(D) 4.(A) 5.(E)

五代史伶官傳序

選擇題

1.(A) 2.(C) 3.(C) 4.(B) 5.(D) 6.(B) 7.(A) 8.(C)
9.(B) 10.(C) 11.(A)(B)(C)(E) 12.(B)(C)(E) 13.(B)(C)(D) 14.(A)(C)(E) 15.(A)(B)(C)(D)

解析：

10.(A)結盟／節約。(B)歸順／嫁。(C)推究。(D)視／拜訪。
11.(A)賞賜／恩惠。(B)揹／辜負。(C)當／正。(D)汝。(E)裝著／美。
12.題幹：因何。(A)用來。(B)因何。(C)因何。(D)用來。(E)因何。
13.(A)相同。(E)逸也。
15.(E)非獨伶官一事。

非選題

(一)1.ㄔㄡˊ 2.ㄌㄧㄥˊ 3.ㄩˋ 4.ㄕㄠˋ 5.ㄔㄥˊ

(二)《尚書》說：「自滿會招致損傷，謙虛能得到助益。」憂思勤勞可以使國家興盛，安逸享樂可以使人喪身，這是自然的道理。

五代史官者傳論

選擇題

1.(B) 2.(D) 3.(A) 4.(B) 5.(C) 6.(A) 7.(A) 8.(D) 9.(D) 10.(D) 11.全 12.(A)(B)(D) 13.(A)(B)(D)(E) 14.(A)(B)(D) 15.(B)(C)(D)(E)

解析：

9.(甲)ㄓㄨㄥˋ／ㄓㄨㄥ；(乙)ㄏㄨㄢˋ；(丙)ㄒㄧㄝˊ／ㄒㄧㄚˊ；(丁)ㄗㄨˊ／ㄕㄨㄞ；(戊)ㄐㄩㄝˊ；(己)ㄊㄚˋ。

14.(C)對於。(E)在。

15.(A)文論。

非選題

(一)1.揪出來。2.藉口；理由。3.親狎；親暱。4.同類同黨。5.指宮廷之內。

(二)(D)(B)(E)(A)(C)(F)

相州晝錦堂記

選擇題

1.(C) 2.(C) 3.(A) 4.(A) 5.(B) 6.(C) 7.(D) 8.(A) 9.(A) 10.(D) 11.(A)(C)(D)(E) 12.全 13.(A)(B)(C)(E) 14.(B)(C)(D)(E) 15.(A)(C)(E)

解析：

9.(丁)ㄎㄨㄚˇ；(戊)ㄍㄨㄟˋ；(己)ㄆㄨˇ。

10.(A)遺棄。(B)遺留。(C)遺漏。(D)贈送。

11.(A)老而無妻。(B)誇張。(C)憐憫。(D)愛惜。(E)憐憫。

13.(D)在詩歌中流傳。

14.(B)國家。(C)美酒。(D)音樂。(E)戰艦。

15.(B)未曾提及晝錦堂建築、裝設和景致之美。(D)讚歎韓琦不以晝錦為榮。

非選題

(一)1.誇耀。2.施加。3.園地。4.手版。5.安置。

(二)至於面臨大事，決定大計，從容莊重，不動聲色，而使天下如泰山般的安定。

豐樂亭記

選擇題

1.(C) 2.(D) 3.(B) 4.(A) 5.(D) 6.(D) 7.(B) 8.(B) 9.(C) 10.(C) 11.全 12.(B)(D)(E) 13.(A)(B)(C)(D) 14.(A)(B)(C)(E) 15.(B)(C)(D)(E)

解析：

9.(C)音ㄧㄠˋ。(A)(B)(D)皆音ㄌㄜˋ。

13.(A)承受。(B)勝景。(C)勝景。(D)勝景。(E)盡；完。

14.(D)刑場。

非選題

(一)1.削平。2.滋潤覆照，比喻德澤化育的深厚。3.水勢浩大的樣子。4.民性；民風。5.顯現。

(二)1.(E) 2.(C) 3.(A) 4.(D) 5.(B)

醉翁亭記

選擇題

1.(B) 2.(B) 3.(C) 4.(D) 5.(A) 6.(D) 7.(D) 8.(B)
9.(C) 10.(C) 11.(A)(B)(D)(E) 12.(B)(D) 13.全 14.(A)(D)(E)
15.(B)(D)(E)

解析：

9.(甲)ㄧˋ；(乙)ㄒㄧㄢ；(戊)ㄩˇ；(己)ㄧㄝˊ；(庚)ㄙㄨˋ。

10.(A)秋天。(B)春天。(C)夏天。(D)春天。

11.(C)孔子原是以此讚許弟子以禮樂施政。

12.(A)(C)(E)由近而遠。

14.(B)真相大白。(C)前面呼喊，後面回應。

15.(A)聚攏／返回。(B)蔭。(C)就／往往。(D)昏暗。(E)紛雜。

非選擇題

(一)1.傴 2.誦 3.罩 4.恭 5.清

(二)到溪邊捕魚，溪水深而魚兒肥；用泉水來釀酒，泉水甘美而酒色清澄；山間的野味野菜，錯雜地陳列在面前，那是太守在宴客。

秋聲賦

選擇題

1.(A) 2.(D) 3.(C) 4.(B) 5.(C) 6.(D) 7.(C) 8.(A)
9.(C) 10.(D) 11.(A)(B)(C)(D) 12.(A)(B)(C)(D) 13.(B)(C)(D)(E)
14.(A)(C)(D)(E) 15.全

解析：

9.(乙)ㄙㄨㄥˇ；(丁)ㄌㄧˋ；(戊)ㄌㄨㄥˊ。

12.(E)押韻，為韻文。

14.(B)上泰山。

非選擇題

(一)1.口中含著枚。行軍時令士卒銜枚以防喧譁。2.碧綠而繁茂。3.光明瑩潔。4.天地間的肅殺之氣。5.傷害。

(二)草木沒有感情，時候一到就會飄零。何況人是動物，是萬物中最具靈性的。各種憂慮感動他的心，各種事情勞累他的形，心中有所感動，精神必定損耗。

祭石曼卿文

選擇題

1.(C) 2.(A) 3.(B) 4.(C) 5.(D) 6.(B) 7.(A) 8.(C)
9.(B) 10.(C) 11.(A)(C)(D)(E) 12.(B)(C)(D) 13.(A)(B)(C) 14.(A)(B)(C)
15.(A)(B)(C)(D)

解析：

9.(乙)ㄐㄧˊ；(丙)ㄙㄡˇ；(丁)ㄓㄨˊ。

10.(C)屬於非雙聲非疊韻衍聲複詞。

11.(B)意氣高超不凡。

12.(A)反詰語氣。(E)假設語氣。

13.題幹：本來。(A)已經。(B)豈；難道。(C)堅決。(D)本

來。(E)本來。

14.(D)傷聖賢亡故，亦不過黃土一抔，與草木同朽。(E)屬用韻祭文。

15.(E)自慚無法達到聖人不動情的境界。

非選題

(一) 1.貉 2.賂 3.絡 4.籌 5.疇

(二)無奈您墳前卻是荒煙蔓草，荊棘叢生，在淒風雨露下，燐火游動，流螢飛舞，只見牧童和樵夫，往來歌吟。

瀧岡阡表

選擇題

1.(C) 2.(A) 3.(C) 4.(D) 5.(C) 6.(B) 7.(A) 8.(B)
9.(B) 10.(D) 11.(A)(B)(C)(E) 12.(B)(C)(D) 13.(B)(C)(D)(E)
14.(A)(B)(C)(D) 15.(A)(B)(C)(E)

解析：

9.(丙)ㄧㄠ；(戊)ㄕㄨㄤ；(己)ㄕㄣˇ。

11.(D)此篇為散文。

15.(D)名詞作形容詞用。

非選題

(一) 1.何況。2.將嬰兒挾於脅下，如帶劍。3.偶而進用。4.還不免判人死罪。5.幸逢時機，自謙雖無才德而居高位。

(二)替他找過生路而找不到，那麼死囚和我都沒有遺憾了，何況有時是找得到的呢？正因為有時可以找得到，就可以知道不替他找就判他死刑會有遺憾。

管仲論

選擇題

1.(A) 2.(D) 3.(B) 4.(A) 5.(D) 6.(C) 7.(B) 8.(C)
9.(C) 10.(C) 11.(B)(D)(E) 12.(A)(B)(D)(E) 13.(B)(C)(D) 14.(A)(C)(D) 15.(A)(B)(C)(E)

解析：

9.(甲)ㄏㄨㄥ；(丙)ㄕˋ；(丁)ㄅㄠˋ。

10.(A)照顧。(B)念。(C)但是。(D)念。

11.(A)以為。(B)因。(C)連詞。(D)因。(E)因。

12.(C)層遞。

13.(A)提問。(E)提問。

14.(B)認為管仲責無旁貸。(E)大臣之用心。

15.(D)分別指出他們的短處。

非選題

(一) 1.(D) 2.(B) 3.(C) 4.(E) 5.(A)

(二)我看衛國的史鰌因為不能舉薦蘧伯玉並黜退彌子瑕，所以有死後的屍諫；漢代蕭何將死的時候，保舉曹參來代替自己。大臣的用心，固然應當如此。

辨姦論

選擇題

1.(B) 2.(D) 3.(A) 4.(C) 5.(D) 6.(B) 7.(C) 8.(D)
9.(D) 10.(B) 11.(A)(B)(C)(E) 12.(A)(B)(C)(D) 13.(B)(C)(D)(E)
14.(A)(B)(E) 15.(C)(D)

解析：

9.(甲)ㄓˋ；(丁)ㄑㄧˇ；(己)ㄏㄨㄢˇ。
11.(D)王安石。
13.(A)指王衍。

非選題

(一)1.盡言；全部說出來。2.助成；促成。3.遭受。4.或許。5.不同的趨向。

(二)1.(C) 2.(D) 3.(E) 4.(A) 5.(F) 6.(B)

心術

選擇題

1.(A) 2.(D) 3.(D) 4.(A) 5.(B) 6.(C) 7.(D) 8.(B)
9.(B) 10.(A) 11.(A)(D)(E) 12.(A)(B) 13.(A)(B)(D)(E) 14.全
15.(A)(C)(D)(E)

解析：

9.(甲)ㄙㄨㄟˋ；(丁)ㄓㄨㄟˋ；(己)ㄒㄧㄚˊ。
10.(A)暴露。(B)殘暴。(C)橫行。(D)曝曬。
11.(B)對偶。(C)排比。
12.(A)討厭／滿足。(B)懈怠／危疑不安。(C)繫於繩索而使之下。(D)輕忽。(E)兵器。
13.(C)遇到小挫折，要越發奮厲。
15.(B)為將者先治心。

非選題

(一)(1)ㄐㄩˇ (2)ㄐㄩ (3)ㄘㄨˊ (4)ㄗㄨˇ (5)ㄐㄩ

(二)露臂赤膊拿著劍，就算是古代的勇士烏獲也不敢逼近；戴著頭盔穿著鐵甲，拿著兵器睡覺，連小孩子都敢拉弓來射殺他。

張益州畫像記

選擇題

1.(A) 2.(C) 3.(C) 4.(B) 5.(A) 6.(D) 7.(C) 8.(B)
9.(D) 10.(D) 11.(B)(C) 12.(B)(D)(E) 13.(A)(C)(D)(E) 14.(C)
15.(A)(B)(E)

解析：

9.(甲)ㄑㄧ；(乙)ㄧ；(丁)ㄑㄧˇ。
14.(A)(B)(D)為對偶。
15.(C)(D)明喻。

非選題

(一)1.大旗。2.並興；同時出現。3.碪刀斧鉞，皆戮人之具。此指嚴刑峻法。4.大腿和胳膊。引申指帝王左右的得力大臣。5.形容極為恐懼的樣子。

(二)1.(A) 2.(C) 3.(E) 4.(D) 5.(B)

范增論

選擇題

1.(B) 2.(D) 3.(C) 4.(B) 5.(A) 6.(B) 7.(A) 8.(D)
9.(C) 10.(C) 11.全 12.(B)(C)(D)(E) 13.全 14.(A)(B)(C)
15.(A)(B)(D)(E)

解析：

9.(甲)ㄐㄩ；(丙)ㄔㄡˊ；(戊)ㄅㄧˋ。
10.(甲)並；(乙)並；(丙)阿附；(丁)比較；(戊)比照。
12.(A)離間。(B)退出／出嫁。(C)賞識／認識。(D)半／合乎。(E)本分／預料。
14.(D)先有小雪珠結集。(E)屬並列用法，意指「去留」。
15.(C)繫於一個「獨」字。

非選題

(一)1.項羽 2.韓愈 3.三蘇
(二)大抵物體一定自身先腐敗，然後才會生蟲；人必定先有了疑心，然後讒言才能乘機而入。

刑賞忠厚之至論

選擇題

1.(B) 2.(C) 3.(B) 4.(B) 5.(D) 6.(A) 7.(C) 8.(D)
9.(A) 10.(D) 11.(A)(C)(D)(E) 12.全 13.(A)(B)(D) 14.(B)(C)(D)(E) 15.全

解析：

9.(甲)ㄒㄩ；(乙)ㄆㄧˇ；(丁)ㄔㄨㄢˊ。

非選題

(一)1.喜悅。2.終止。3.用刑須審慎。4.殘忍的人。5.鯀常抗命，毀害同族。
(二)(D)(E)(B)(C)(A)

留侯論

選擇題

1.(C) 2.(A) 3.(C) 4.(B) 5.(D) 6.(B) 7.(C) 8.(D)
9.(C) 10.(D) 11.(B)(C)(D) 12.(C)(D)(E) 13.(A)(B)(E) 14.全
15.(A)(E)

解析：

9.(A)屋舍。(B)三十里。(C)捨。(D)建築。
11.(A)第二個「匹夫」是指「一個人」。
12.(A)東坡以為實無其事。(B)東坡科舉成名之作為〈刑賞忠厚之至論〉，本文為考才識兼茂、明於體用科時繳交給考官考評的作業。
13.(C)是因為張良能忍。(D)目的在挫其志。
15.(B)〈縱囚論〉為翻案文章，認為唐太宗縱囚之舉為沽名釣譽，非真深具仁德。(C)〈留侯論〉是討論張良而非韓信。(D)〈六國論〉以六國賄秦而亡，諷諭北宋當時對契丹、西夏納幣求和之退怯政策。

非選題

(一)1.橋上。2.執法嚴峻急切的統治者。3.空隙極小，容不下一根頭髮。比喻形勢非常危急。4.傲慢無禮。5.迎接。
(二)當韓國滅亡後，秦朝正強盛的時候，用嚴刑峻法來

對付天下的士人，平日無罪而被殺的人，多得數不清，即使有孟賁、夏育那樣的勇士，也無法施展本事。

賈誼論

選擇題

1.(A) 2.(A) 3.(C) 4.(C) 5.(D) 6.(B) 7.(D) 8.(B) 9.(C) 10.(D) 11.(A)(C)(D)(E) 12.(A)(C) 13.(C)(E) 14.全 15.全

解析：

9.(丙)ㄩ；(丁)ㄐㄧㄤˋ；(戊)ㄐㄩㄢ。

非選題

(一)1.繼；又。2.齊邑。3.鄉野。4.形容心情急迫的樣子。5.不快樂。

(二)1.(C) 2.(A) 3.(B)

鼂錯論

選擇題

1.(B) 2.(A) 3.(B) 4.(C) 5.(A) 6.(D) 7.(C) 8.(D) 9.(A) 10.(B) 11.(A)(C)(D) 12.(B)(C)(D) 13.全 14.(B)(C)(D)(E) 15.(B)(C)(D)(E)

解析：

9.(乙)ㄐㄧ；(丁)ㄩㄝˋ；(己)ㄎㄨㄟˋ。

10.(甲)悅；(乙)言論；(丙)悅；(丁)言論；(戊)說服。

11.(B)(E)皆排比。

12.(A)提問。(E)懸問。

14.(A)不能勇於負責。

15.(A)擢為第一。

非選題

(一)1.一個月 2.一年 3.十年 4.三十年 5.十二年

(二)唉，世間的君子，想求得非常的功業，就不要專為自身的安全著想。

卷一一 宋文

上梅直講書

選擇題

1.(C) 2.(B) 3.(C) 4.(D) 5.(A) 6.(B) 7.(D) 8.(A) 9.(C) 10.(B) 11.(A)(C)(D)(E) 12.(A)(B)(C)(D) 13.(A)(E) 14.(A)(A)(D) 15.(A)(B)(D)(E)

解析：

9.(甲)ㄎㄨㄤˋ；(乙)ㄙˋ/ㄒㄩㄥ；(丙)ㄒㄧㄤˋ/ㄒㄧㄤˇ；(丁)ㄔ/ㄒㄧㄠ；(戊)ㄕˋ/ㄐㄧㄚˊ；(己)ㄌㄩˊ。

13.(A)ㄓㄨˇ，請託。(B)ㄓㄨˇ，勸請。(C)ㄕㄨˇ，類。(D)ㄕㄨˇ，隸屬。(E)ㄓㄨˇ，請託。

14.(A)作文。(B)當。(C)替。(D)作文。(E)為何。

非選題

(一) 1.推測。2.言其少。3.事先介紹推薦。4.不怨恨人。5.非野牛也非老虎。

(二) 1.(E) 2.(C) 3.(D) 4.(A) 5.(B)

喜雨亭記

選擇題

1.(B) 2.(D) 3.(C) 4.(C) 5.(C) 6.(B) 7.(A) 8.(D) 9.(A) 10.(D) 11.(A)(C) 12.(A)(B)(C)(D) 13.(A)(C)(E) 14.(A)(B)(C)(D) 15.(A)(C)(D)(E)

解析：

9.(B)動詞用作形容詞。(C)名詞用作副詞。(D)動詞用作形容詞。

10.(A)連綴。(B)連續。(C)類。(D)勸飲。

11.(A)記／志向。(B)南遷。(C)正／往。(D)是。(E)稱名。

12.(E)反詰語氣。

13.(B)排比。(D)映襯。

14.(E)歸功於天空。

15.(B)筆墨集中在「述雨」、「說雨」。

非選題

(一) 1.南 2.北 3.北 4.南 5.主人 6.君王 7.母親

(二) 沒有麥子沒有稻穀，年歲就會饑荒，訟案增加，盜賊猖獗。

淩虛臺記

選擇題

1.(C) 2.(A) 3.(D) 4.(A) 5.(D) 6.(D) 7.(B) 8.(C) 9.(A) 10.(B) 11.全 12.(C)(E) 13.全 14.全 15.(A)(C)(D)

解析：

9.(丙)ㄊㄨㄛˊ；(丁)ㄏㄨㄤˇ；(己)ㄐㄩˋ。

10.(A)循環。(B)不久。(C)尋求。(D)平常。

12.(A)皆動詞。(B)皆名詞。(C)形＋名＋形＋名。(D)皆形容詞。(E)形＋名＋形＋名。

13.(A)眼淚→鼻涕。(B)跑→行走。(C)鼓勵→規勸。(D)它的成果→事實上。(E)舊事之事例→傳說。

非選題

(一) 1.城市，此為動詞，建城。2.附著；靠近。3.扶著手杖，穿著鞋子，此指老人出遊。4.相互循環。5.眾人成群而行。

(二) (E)(C)(A)(B)(F)(D)

超然臺記

選擇題

1.(A) 2.(B) 3.(C) 4.(B) 5.(D) 6.(D) 7.(C) 8.(B) 9.(D) 10.(D) 11.全 12.(A)(B)(C)(D) 13.(A)(B)(C)(D) 14.(B)(C)(D)(E) 15.全

解析：

9.(甲)ㄅㄨ；(乙)ㄔㄨㄛˋ；(丁)ㄕㄨˊ。
10.(甲)遮蔽；(乙)大概；(丙)壓倒；(丁)發語詞；(戊)何不。
11.(A)快樂／喜好。(B)內心／合乎；恰當。(C)適應／佩帶。(D)接連／阿附。(E)滿一年／期望。
12.(E)推測語氣。
14.(A)互文。

非選題

(一)1.啜 2.綴 3.惙 4.掇 5.剟
(二)1.韓愈 2.柳宗元 3.歐陽脩 4.曾鞏 5.王安石 6.蘇洵 7.蘇軾 8.蘇轍

放鶴亭記

選擇題

1.(C) 2.(A) 3.(C) 4.(A) 5.(B) 6.(C) 7.(C) 8.(C)
9.(C) 10.(D) 11.(B)(C) 12.全 13.(A)(B)(E) 14.(B)(C)(D)
15.(A)(B)(D)(E)

解析：
9.(乙)ㄍㄠˋ；(戊)ㄉㄤ；(己)ㄒㄧㄣ。
14.(A)「十分之二」的「十分之」省略。(E)十家僅有四五家存活。

非選題

(一)1.水澤深處。2.面向南。古代君臣見面，君南面而臣北面。3.道士所戴的帽子。4.大門的一半高。5.斟酒。
(二)(C)(A)(D)(E)(B)

石鐘山記

選擇題

1.(A) 2.(B) 3.(C) 4.(C) 5.(A) 6.(D) 7.(B) 8.(C)
9.(C) 10.(B) 11.(A)(C)(D)(E) 12.(A)(B)(D)(E) 13.(B)(C)(D)
14.(A)(B)(C) 15.(A)(B)

解析：
9.(甲)ㄈㄨˊ；(乙)ㄏㄨˊ；(丁)ㄍㄨㄢˋ。
11.(B)疊韻。
12.(A)明喻。(B)明喻。(C)摹寫。(D)明喻。(E)略喻。
13.(A)正；恰。(B)往。(C)往。(D)往。(E)專主。
14.(D)中間空的，又多孔洞。(E)指漁夫船家。
15.(A)「不欺余」也。(B)余「以是」記之。

非選題

(一)1.波浪和巖石相撞擊。2.拿斧頭敲打。3.停泊。4.形容鳥鳴聲。5.前往。
(二)船夫非常恐懼。我慢慢地察看，原來山下都是些巖洞和縫隙，不知有多深，小水波流入巖洞和縫隙中，震蕩沖激才發出這種聲音來。

潮州韓文公廟碑

選擇題

1.(C) 2.(A) 3.(A) 4.(B) 5.(A) 6.(D) 7.(B) 8.(C)

9.(D) 10.(A) 11.全 12.(A)(B)(C)(E) 13.(C)(D)(E) 14.(B)(D)(E) 15.(A)(C)

解析：

9.(甲)ㄧㄥˇ；(丙)ㄐㄧ；(丁)ㄨ。

15.(A)影子。(B)日光。(C)影子。(D)景觀。(E)大。

非選題

(一)1.表讚歎的語氣詞。2.與正統不合的思想、學說，此指佛、老。3.穀物的皮殼，此喻濁世之衰風。4.人事可運用巧智而無所不通。5.申伯、呂侯皆由嶽神降靈而生。

(二)1.(B) 2.(D) 3.(F) 4.(C) 5.(A) 6.(E)

乞校正陸贄奏議進御劄子

選擇題

1.(A) 2.(C) 3.(A) 4.(B) 5.(A) 6.(A) 7.(B) 8.(D) 9.(A) 10.(B) 11.(A)(C)(E) 12.(A)(C)(E) 13.(A)(C)(D)(E) 14.(A)(C)(D)(E) 15.(A)(B)(D)

解析：

9.(B)名詞用作副詞。(C)動詞用作名詞。(D)動詞用作形容詞。

10.(甲)赤誠；(乙)愛戀；(丙)小；(丁)小；(戊)小。

11.(A)「猥」、「空疏」、「備員」。(C)「才有限」、「口不逮」。(E)「伏」。

12.(B)譬喻兼頂針。(D)排比。

13.(B)舉例，非譬喻。

14.(B)指爵號與車服。

15.(C)互相投合。(E)指短時間。

非選題

(一)1.六經：《詩》、《書》、《易》、《禮》、《樂》、《春秋》。

2.三史：《史記》、《漢書》、《後漢書》。

3.九流十家：儒家、道家、法家、墨家、名家、農家、雜家、縱橫家、陰陽家（以上為九流）、小說家。

(二)但是聖人的經典太幽深高遠，後人的注釋又支離破碎，譬如山海的高深，很難憑其一、二點來推衍選擇。

前赤壁賦

選擇題

1.(A) 2.(C) 3.(D) 4.(A) 5.(A) 6.(B) 7.(B) 8.(B) 9.(D) 10.(D) 11.(A) 12.(A)(B) 13.(C)(D) 14.(A)(C)(D) 15.(A)(C)(E)

解析：

9.(乙)ㄓㄠˋ；(丁)ㄙ；(己)ㄓㄨˊ。

12.(C)周瑜。(D)無。(E)曹操。

13.(A)曹孟德〈短歌行〉。(B)《詩經》。(E)道教。

非選擇

(一)1.勸客飲酒。2.散亂不整。3.相枕而臥。4.神色改

變的樣子。5.互相糾纏圍繞。

(二)你也知道流水和月亮嗎？世間事物，看起來就像這水一樣，不停地在消逝，其實並未嘗消逝！世間事物看起來又像這月亮一般，雖是有盈有虛，其實並沒有消長！

後赤壁賦

選擇題

1.(B) 2.(C) 3.(D) 4.(A) 5.(D) 6.(A) 7.(D) 8.(A)

9.(B) 10.(D) 11.(A)(C)(D) 12.(B)(D)(E) 13.(A)(B)(D) 14.(A)(B)(E) 15.(A)(C)(D)(E)

解析：

10.(D)以實景虛想寫成。

11.(A)四周看/但。(B)近。(C)時候/此。(D)認識/記。(E)低頭。

12.(A)(C)皆對偶。

13.(A)略喻。(B)明喻。(C)摹寫。(D)明喻。(E)摹寫。

14.題幹：正；恰。(A)正；恰。(B)正；恰。(C)享用。(D)往。(E)正；恰。

15.(B)景色變動非常大。

非選題

(一)1.ㄔㄢˊ 2.ㄑㄧㄡˊ 3.ㄑㄧ 4.ㄐㄧㄚˊ 5.ㄧㄠˊ

(二)踩上高峻的巖石，撥開叢生的雜草，蹲在奇形怪狀的石頭上，爬上盤曲的樹木，攀登蒼鷹棲宿的高崖，俯覽河伯居住的水宮。

三槐堂銘

選擇題

1.(C) 2.(D) 3.(B) 4.(B) 5.(A) 6.(B) 7.(C) 8.(A)

9.(D) 10.(A) 11.(D)(E) 12.(A)(D) 13.(C)(D) 14.(A)(C)(D) 15.(A)(B)(E)

解析：

9.(甲)ㄓˊ；(乙)ㄒㄧ；(戊)ㄏㄠ。

14.(A)名詞作動詞。(B)名詞。(C)名詞作動詞。(D)名詞作動詞。(E)名詞。

非選題

(一)1.美。2.結局。3.折衷。4.盡。5.追求財利，如獵人射箭。

(二)(D)(E)(B)(C)(A)

方山子傳

選擇題

1.(A) 2.(B) 3.(C) 4.(A) 5.(D) 6.(C) 7.(D) 8.(C)

9.(B) 10.(C) 11.(A)(B)(D)(E) 12.(A)(B)(C)(D) 13.(A)(B)(D)(E)

14.(B)(C)(D)(E) 15.(B)(C)(E)

解析：

9.(甲)ㄢ；(戊)ㄌㄩˊ；(庚)ㄏㄢˋ。

10.(C)是一篇傳狀文章。

11.(A)迫近／薄待。(B)囑託／勸請。(C)遁。(D)正巧／往。(E)發箭／啟發。
12.(E)未顯貴揚名於當世。
13.(C)轉品，「聞」，動詞作名詞。
14.(A)意謂少時志在任俠仗義。
15.(A)元明的古文創作不若宋代之盛。(D)范仲淹、司馬光不屬於唐宋八大家。

非選題

(一)環堵蕭然、甑塵釜魚、甕牖繩樞、蓬戶甕牖、家徒四壁。
(二)他住草屋，吃蔬菜，不和外界相往來，放棄車馬，毀壞衣冠，步行往來於山中，沒有人認識他。

六國論

選擇題

1.(C) 2.(B) 3.(A) 4.(D) 5.(A) 6.(A) 7.(B) 8.(D)
9.(D) 10.(C) 11.(B)(C) 12.(A)(C)(E) 13.(A)(B)(C)(D) 14.(A)(C)(E) 15.(C)(D)(E)

解析：

9.(A)小小的／愛戀不捨的樣子。(B)私下／偷竊。(C)冒也／徒手搏鬥。(D)愈；更加。
11.(A)(E)敘述正好相反。(D)蘇洵〈六國論〉。
14.(A)「數」、「理」，抽換詞面。(C)「秦」、「嬴」，抽換詞面。(E)「彌」、「愈」，抽換詞面。

非選題

(一)1.交通要道。2.拋棄。3.屈服。4.邊界。5.比喻根本的禍患。
(二)不知道用這種計謀，卻貪圖邊境上尺寸土地的小利，違背盟誓，破壞條約，甚至自己互相殘殺併吞。秦國的軍隊還沒有出來，天下諸侯已經各自疲困了。

上樞密韓太尉書

選擇題

1.(B) 2.(C) 3.(B) 4.(C) 5.(C) 6.(D) 7.(B) 8.(C)
9.(A) 10.(D) 11.全 12.(C)(D)(E) 13.(A)(B)(D) 14.(A)(C)(D)(E) 15.(A)(C)(D)

解析：

9.(A)偏「大」之義。
10.(A)通「向」。(B)通「向」。(C)通「享」。(D)昔；從前。
12.(A)前者是「因……」，後者相當於「而」。(B)司馬遷。
15.(B)登進士之後。(E)當時蘇家三父子初至京師，蘇洵當未熟識韓琦。

非選題

(一)1.ㄧㄡˋ 2.ㄏㄨㄟˋ 3.ㄨㄟˇ 4.ㄩˋ 5.ㄧㄡˋ
(二)轍生性喜歡寫文章曾深入思考過為文之道。認為文章是個人氣質的具體展現。但作文不是光靠下工夫就可以有成就，不過氣質卻是可以經由培養而達到一定的程度。

黃州快哉亭記

選擇題

1.(B) 2.(D) 3.(B) 4.(C) 5.(A) 6.(A) 7.(C) 8.(B)
9.(D) 10.(D) 11.(A)(D) 12.(B)(C) 13.(B)(C)(D) 14.全 15.全

解析：

9.(甲)ㄆㄥˊ；(乙)ㄨˋ；(丙)ㄅㄧˋ/ㄆㄧˊ；(丁)ㄧˋ；(戊)ㄕㄨˋ/ㄔㄡˊ；(己)ㄙㄚˋ/ㄈㄥ。
11.(B)互文。(C)(E)對偶。
12.(甲)古時軍隊日行三十里而休息之謂；(乙)捨棄；(丙)屋舍；(丁)古時軍隊日行三十里而休息之謂；(戊)屋舍；(己)止息。
14.(A)風範/自然之風。(B)和/參與；關聯。(C)內心/裡面。(D)往/舒暢。(E)勝景/承受。

非選題

(一)1.心。2.則；那麼。3.承受。4.公務。5.形容房屋的簡陋。
(二)讀書人活在世上，假使心中不能自在，那麼，到哪兒才不會憂傷呢？假如心中坦然，不因外物傷害到本性，那麼，有哪兒會感到不愉快呢？

寄歐陽舍人書

選擇題

1.(C) 2.(C) 3.(D) 4.(C) 5.(B) 6.(B) 7.(C) 8.(D)
9.(B) 10.(A) 11.(B)(C)(D) 12.(A)(D)(E) 13.(B)(C)(D)(E) 14.(A)(B)(D)(E) 15.全

解析：

9.(甲)ㄎㄨㄟˋ；(丙)ㄧㄡˊ；(戊)ㄓㄨㄣ。
10.題幹：記載。(A)記載。(B)顯現。(C)代詞性助詞，我。(D)被。
11.題幹：壞。(A)何。(B)(C)(D)壞。(E)憎厭。
12.(B)提問。(C)假設語氣。
13.(A)自稱已故的祖父。
14.(C)雖然可能在當代就有。

非選題

(一)1.蹶 2.徇 3.誦 4.跋 5.茅
(二)人的行為，有的用意良善結果卻不好；有的用心奸險，外表卻裝得很好；有的善惡相差很大，卻不能具體指出來，有的實際大過名望，有的名望大過實際。

贈黎安二生序

選擇題

1.(C) 2.(D) 3.(A) 4.(D) 5.(A) 6.(A) 7.(C) 8.(D)
9.(D) 10.(A) 11.(C)(E) 12.(A)(D) 13.(C)(D) 14.(A)(B)(D)(E)
15.(A)(B)(C)(E)

解析：

10.(A)被。(B)偽裝。(C)向。(D)替。
12.(A)拜訪。(B)看。(C)照顧。(D)拜訪。(E)但是。
13.(A)遺留。(B)遺漏。(E)遺棄。
14.(C)實則自知。

非選題

(一)1.補充缺額。2.豈止;何止。3.迂曲高遠不切實際。4.特別傑出。5.規模宏大、意味深長。

(二)(C)(B)(E)(A)(D)

讀孟嘗君傳

選擇題

1.(A) 2.(D) 3.(D) 4.(C) 5.(A) 6.(D) 7.(C) 8.(D)
9.(C) 10.(C) 11.(D)(E) 12.(A)(B)(D) 13.(C)(D)(E) 14.(A)(C)(D) 15.全

解析:
9.(A)ㄕㄢˋ/ㄕㄢˋ/ㄓㄢ。(B)ㄑㄧㄡˊ/ㄑㄧㄡ/ㄑㄧㄡ/ㄑㄧㄡˊ。(C)ㄉㄧˇ。(D)ㄓㄣˇ/ㄔㄣ/ㄔㄣ。
10.(甲)兵卒;(乙)供使役的人;(丙)死亡;(丁)(戊)皆「終於」;(己)突然。
11.題幹:因何。(A)因此;是故。(B)(C)皆作「用來」。(D)(E)皆作「因何」。
12.(A)說/合。(B)歸附/女子嫁人。(C)應該。(D)又/推崇。(E)只。
14.(B)「北」作「敗亡」之意。(E)屬「鑲嵌」用法,不特指哪一方向。

非選題

(一)1.(F) 2.(D) 3.(B)
解析:可由第二句中的紅,推想首句為「綠」,紅綠相對。由首句及末句韻腳「暗」、「南」,推敲合韻的只有「酣」。

(二)不然的話,憑著齊國的富強,只要得到一個賢士,齊國就應該可以南面稱王而制服秦國,哪裡還用得著雞鳴狗盜的力量呢?

同學一首別子固

選擇題

1.(A) 2.(D) 3.(A) 4.(C) 5.(A) 6.(C) 7.(B) 8.(D)
9.(D) 10.(A) 11.(A)(B)(E) 12.(A)(B)(C) 13.(A)(B)(D)(E) 14.全 15.全

解析:
9.(A)(B)止息。(C)屋舍。(D)捨棄。
10.(A)向。(B)做。(C)替。(D)被。
12.(A)(B)(C)拜訪。(D)超過。(E)過失。
13.(C)擬人。(D)擬物。
14.(E)贈子固亦在其後有〈同學〉之詩。

非選題

(一)1.援引。2.車輪輾過。3.文章與幣帛。4.當然。5.牽絆。

(二)(C)(B)(A)(D)(E)

遊褒禪山記

選擇題

1.(C) 2.(D) 3.(B) 4.(D) 5.(A) 6.(C) 7.(C) 8.(B)
9.(D) 10.(B) 11.(A)(C)(D) 12.(B)(C)(D)(E) 13.(A)(B)(D)(E)
14.全 15.(B)(C)(D)

解析：

9.(甲)ㄅㄠ；(乙)ㄓㄨㄥˇ／ㄓㄨㄥˋ；(丙)ㄆㄧˇ／ㄆㄧˋ；(丁)ㄩㄥˇ；(戊)ㄎㄥ／ㄐㄧㄥˋ；(己)ㄓㄣˇ；(庚)ㄑㄩㄢˊ／ㄑㄩㄢˋ；(辛)ㄧㄡˊ。

10.(A)名詞作動詞。(C)「擁火」，舉著火把。「舉火」，謂升火煮飯。(D)「窈然」，幽暗深邃的樣子。「岈然」，山隆起的樣子。

11.(A)稱代詞／則。(B)還。(C)將要／尚且。(D)幫助／互相。(E)因。

13.(C)鑲嵌。

15.(A)(E)與「有志」無涉。

非選題

(一)1.韓愈 2.柳宗元 3.歐陽脩 4.蘇洵 5.蘇轍 6.蘇軾 7.曾鞏 8.王安石

(二)我對於倒地的石碑，又悲傷古書沒有留存下來，以致後代傳聞錯誤而不能弄清真相，這種事情怎說得完呢？

泰州海陵縣主簿許君墓誌銘

選擇題

1.(A) 2.(B) 3.(C) 4.(A) 5.(A) 6.(C) 7.(B) 8.(C)
9.(A) 10.(C) 11.(C)(D) 12.(A)(B)(C)(E) 13.(A)(B)(C)(D) 14.(A)(C) 15.(A)(B)(D)

解析：

9.(丁)ㄩˇ；(戊)ㄎㄞˋ；(己)ㄍㄨㄟ。

10.(A)勝景。(B)承受。(C)盡。(D)越過。

12.(D)死亡。

14.(A)(C)述說。(B)說服。(D)言論。(E)通「悅」。

非選題

(一)1.比喻與世俗不合。2.隨俗而應變。3.權勢與利祿。4.崇尚武勇。5.才能出眾而不受拘束。

(二)(D)(E)(C)(B)(A)

卷三 明文

送天台陳庭學序

選擇題

1.(B) 2.(D) 3.(C) 4.(D) 5.(A) 6.(B) 7.(B) 8.(A)
9.(A) 10.(D) 11.(A)(B) 12.(B)(C)(D) 13.(A)(B)(C) 14.(B)(C)(D)(E)
15.(A)(B)(C)(D)

解析：

9. (乙)ㄇㄠˋ；(戊)ㄊㄧㄠˋ；(己)ㄏㄠ。
10. (A)回視。(B)照顧。(C)拜訪。(D)但是。
11. (C)頂針。(D)對偶。(E)對偶。
12. (A)實在是。(B)大概。(C)大概。(D)大概。(E)通「盍」，何不。
13. (D)船隻航行只要尺寸差錯。(E)投壺。
14. (A)大也。
15. (E)贈序不稱跋。

非選題

(一) 1. ㄏㄠ　2. ㄍㄠˇ　3. ㄎㄠˋ　4. ㄏㄠ　5. ㄍㄠˇ

(二) 1. 周瑜（杜牧〈赤壁〉）　2. 諸葛亮（杜甫〈八陣圖〉）　3. 蘇武（張養浩〈蘇武〉）　4. 屈原（汪藻〈屈祠〉）　5. 項羽（王安石〈烏江亭〉）

閱江樓記

選擇題

1. (B)　2. (A)　3. (B)　4. (B)　5. (D)　6. (C)　7. (B)　8. (B)
9. (D)　10. (A)　11. (A)(B)(C)(E)　12. 全　13. (A)(B)(C)　14. (B)(C)(D)
15. (B)(C)(D)

解析：

9. (乙)ㄧㄝˋ；(丙)ㄧˋ；(丁)ㄍㄢˋ。
10. (D)朔：北。
13. (A)(B)(C)不。(D)迷惘。(E)蒙蔽。

---

15. (A)中午。(E)時令和氣候。

非選題

(一) 1. 賜。2. 定都。3. 山之高處。4. 異國珍寶。5. 指儒士。

(二) 1. (D)　2. (B)　3. (E)　4. (A)　5. (C)

司馬季主論卜

選擇題

1. (A)　2. (D)　3. (D)　4. (C)　5. (A)　6. (D)　7. (A)　8. (D)
9. (B)　10. (B)　11. (C)(D)　12. (A)(D)　13. (A)(B)(D)　14. (A)(B)(C)(D)
15. (A)(B)(C)(D)

解析：

9. (乙)ㄕˋ；(丙)ㄐㄧˋ；(戊)ㄇㄣˊ。
11. (A)拜訪。(B)僅。(C)如此／汝。(D)華麗／花。(E)助詞。
12. (B)指普通的食物。(C)指草野中的蟲鳴。(E)指名貴的食物。
13. 題幹：無。(A)無。(B)無。(C)華麗。(D)無。(E)傾倒。
14. (E)不可迷信，以致輕忽自身所應有的反省與作為。
15. (E)未重「經濟」之學。

非選題

(一) 1. ㄅㄧˋ　2. ㄊㄨˊ　3. ㄩㄢˊ　4. ㄓㄣ　5. ㄍㄤ

(二) 過去沒有的，現在有了也不算過分；過去有的，現在沒有了也不算不足。

賣柑者言

選擇題

1.(B) 2.(D) 3.(D) 4.(A) 5.(C) 6.(A) 7.(B) 8.(D)

9.(D) 10.(D) 11.全 12.(B)(C)(D)(E) 13.(C)(D) 14.(A)(C)(D)(E)

15.(B)(D)(E)

解析：

9.(甲)ㄉㄨˋ/ㄗㄜˊ；(乙)ㄩˋ；(丙)ㄧㄠˊ/ㄊㄠ；(丁)ㄍㄨㄤ；(戊)ㄧㄝˋ/ㄏㄨㄚˊ；(己)ㄆㄧˊ/ㄅㄧˋ。

10.(A)(B)(C)「食」皆音ㄕˊ，表「食物」。(D)「食」音ㄙˋ，動詞，養活。

12.(A)排比。

13.題幹：形容詞作動詞。(A)名詞作動詞。(B)名詞作形容詞。(E)形容詞作副詞。

14.(B)元末明初。

非選題

(一)1.敗壞。2.虎皮，武將之座席。3.盛果實肉脯的禮器。4.宗廟和朝堂，指朝廷。5.威武的樣子。

(二)如今佩帶虎符、坐在虎皮座椅上的人，威武得像是個捍衛國家的人才，他們果真能策劃出孫武、吳起的謀略嗎？

深慮論

選擇題

1.(B) 2.(B) 3.(D) 4.(C) 5.(B) 6.(C) 7.(B) 8.(C)

9.(A) 10.(B) 11.(A)(B)(D) 12.全 13.(A)(B)(C)(E) 14.(A)(B)(D)(E)

15.(A)(B)(C)(D)

解析：

9.(丁)ㄗㄨㄛˋ；(戊)ㄘㄨㄢˋ；(己)ㄐㄩˋ。

10.(甲)統一；(乙)統一；(丙)助詞，無義；(丁)助詞，無義；(戊)一個。

11.(A)謀慮/地圖。(B)委婉/徵兆。(C)庶子。(D)掩蓋/何不。(E)防範。

13.(D)喻有容乃大。

14.(C)稍微割裂他們的土地。

15.(E)非智慮之所能周，非法術之所能制。

非選題

(一)未雨綢繆、防微杜漸、曲突徙薪、三年畜艾。

(二)只有積累至誠、施用大德來結合天心，使上天顧念他的德澤，如同慈母愛護嬰兒，不忍心放棄。

豫讓論

選擇題

1.(C) 2.(D) 3.(B) 4.(C) 5.(B) 6.(B) 7.(B) 8.(C)

9.(C) 10.(B) 11.(A)(B)(C)(D) 12.(A)(B)(C)(D) 13.(A)(C)(D)

14.(C)(D)(E) 15.(B)(C)(E)

解析：

1.(乙)ㄔㄡˊ；(丙)ㄩㄣˇ；(戊)ㄇㄧㄢˇ。

15.(A)樂器。(D)文章。

非選題

(一) 1.上德之鬼。2.忿恨的樣子。3.謀求聲名，騙取名譽。4.居其職位，盡力而為。5.喻漠不相關。

(二) 1.(C) 2.(B) 3.(E) 4.(A) 5.(D)

親政篇

選擇題

1.(A) 2.(C) 3.(D) 4.(A) 5.(C) 6.(D) 7.(A) 8.(B)
9.(A) 10.(C) 11.(B)(C) 12.(A)(B)(C)(D) 13.(A)(B)(D)(E) 14.全 15.(B)(C)(D)(E)

解析：

9.(丙)ㄕㄨㄛˋ；(戊)ㄐㄧㄢˇ；(己)ㄔㄢˇ。

10.(C)農曆每月十六日。

11.(A)因何。(B)用來。(C)用來。(D)所為。(E)因此。

12.(E)假設語氣。

13.(C)地位尊卑的形勢。

15.(A)屬於奏章。

非選題

(一) 1.ㄓㄨㄟˋ 2.ㄔㄨㄢˊ 3.ㄔㄨㄞˇ 4.ㄊㄨㄢ 5.ㄔㄨㄢˇ

(二) 1.往 2.往 3.享用 4.正 5.舒暢

尊經閣記

選擇題

1.(A) 2.(C) 3.(B) 4.(B) 5.(C) 6.(C) 7.(B) 8.(C)
9.(D) 10.(A) 11.(B)(C)(D) 12.(A)(B)(D)(E) 13.(A)(B)(C)(E)
14.全 15.(B)(C)(D)

解析：

9.(甲)ㄊㄜˋ；(乙)ㄕㄣˇ；(丙)ㄐㄩˋ。

11.(A)孟子所言。

12.(C)《詩》也。

15.(B)古義為影子與聲響。(C)古義為容顏。(D)「盜」、「賊」二字古今義恰相反。

非選題

(一) 1.告訴。2.施政。3.窮人。4.邪惡。5.固執的樣子。

(二) 而世間的學者，不懂得從我們的內心去求六經的實質，卻在影子和聲響之間去探末，被枝枝節節的文義所牽制，固執地以為那就是六經的真義。

象祠記

選擇題

1.(A) 2.(B) 3.(B) 4.(A) 5.(C) 6.(A) 7.(A) 8.(D)
9.(A) 10.(A) 11.(A)(B)(C)(E) 12.(A)(B)(E) 13.(A)(B)(C) 14.(A)(B)(C)(D) 15.全

解析：

9.(乙)ㄧㄣ；(丁)ㄧˋ；(戊)ㄙㄡˇ。

10.(A)此。(B)你。(C)順。(D)像。

11.(A)和順／像。(B)故／存。(C)看／顯現。(D)能。(E)或

許／危疑不安。

13. (A)使之新。(B)使之舞。(C)使之從。

14. (E)不至於姦邪。

非選題

(一) 1. ○ 2. × 3. ○ 4. ○ 5. ×

(二) 舜能夠以至孝使家庭和睦，使家人進而以善自治，不致於走上邪惡。

瘞旅文

選擇題

1. (C) 2. (A) 3. (B) 4. (C) 5. (A) 6. (A) 7. (A) 8. (C)
9. (D) 10. (A) 11. (A)(B)(D) 12. 全 13. (C)(D) 14. (A)(B)(C)(D)
15. 全

解析：

9. (甲)ㄔㄚˊ；(乙)ㄧˋ；(丁)ㄔ。

10. (甲)近；(乙)率領／將要；(丙)往；(丁)離開／距離；(戊)承受；(己)居止／寓藏。

13. (A)名詞。(B)動詞。(C)名詞作動詞。(D)名詞作動詞。(E)形容詞。

14. (E)對未知命運絕望的自勉。

非選題

(一) 1. 埋。2. 探視。3. 攀。4. 惡鬼。5. 身有文彩的螭。

(二) (B)(D)(E)(C)(A)

信陵君救趙論

選擇題

1. (A) 2. (A) 3. (B) 4. (B) 5. (D) 6. (D) 7. (C) 8. (A)
9. (B) 10. (D) 11. (B)(C)(D) 12. (B)(C)(D) 13. (B)(C)(D)(E) 14. (A)
(B)(C)(E) 15. 全

解析：

9. (甲)ㄐㄧˊ；(戊)ㄖㄤˊ；(己)ㄏㄨㄟ。

10. (A)借代「國家」。(B)借代「軍隊」。(C)借代「平民」。(D)屬譬喻。

11. (A)寵幸。(B)慶幸。(C)慶幸。(D)慶幸。(E)僥倖。

12. (A)譬喻兼假設語氣。(E)雙關兼頂針。

13. (A)疑問。(B)(C)(D)(E)皆激問。

14. (A)危險的樣子。(D)感激。

非選題

(一) 1. 立 2. 結 3. 種 4. 樹木 5. 種／立

(二) 所以信陵君可以作為人臣結黨的警戒，魏王可以做為國君失去實權的警戒。

報劉一丈書

選擇題

1. (B) 2. (D) 3. (A) 4. (A) 5. (B) 6. (A) 7. (D) 8. (C)
9. (C) 10. (A) 11. (A)(B)(C)(D) 12. (B)(C) 13. (A)(B)(D)(E) 14.
(A)(B)(D) 15. (B)(C)(E)

解析：

10.(A)使役用法，使之入。(B)動詞，私下給他。(C)動詞，命令。(D)「見」為代詞性助詞，不悅我。

11.(A)名詞作形容詞。(B)形容詞作動詞。(C)名詞作動詞。(D)名詞作動詞。(E)名詞。

14.(C)禮物。(E)長矛。

15.(A)表明自己不肯自汙的心跡。(D)說明當權者矯作但實際上貪婪虛偽的面貌。

非選題

(一)1.不切實際。2.先前。3.互相信任。4.謝絕見客。5.伏地。

(二)站在馬房中和僕及馬匹混在一起，臭氣熏人衣袖，即使凍餓酷熱得無法忍受，也不敢離去。

吳山圖記

選擇題

1.(A) 2.(C) 3.(D) 4.(A) 5.(D) 6.(A) 7.(B) 8.(B)
9.(A) 10.(D) 11.全 12.(A)(B)(C) 13.(B)(C)(D)(E) 14.全
15.(A)(C)(D)(E)

解析：

9.(丁)ㄑㄩㄢˊ ㄑㄩㄢˊ；(戊)ㄐㄧˇ；(己)ㄆㄢ。

11.(A)分界／根本。(B)遺留／贈送。(C)美／盡。(D)等／府第。(E)蒙受／披。

13.(A)稱同榜中舉者。

非選題

(一)1.楊貴妃 2.虞姬 3.王嬙 4.西施 5.綠珠

(二)我這才明白賢者在他所到的地方，不但使當地百姓忘不了他，而他自己也不會把百姓忘了。

滄浪亭記

選擇題

1.(B) 2.(C) 3.(A) 4.(A) 5.(B) 6.(A) 7.(B) 8.(D)
9.(C) 10.(B) 11.(A)(B)(C)(D) 12.(A)(B)(C)(E) 13.(B)(C)(D)
14.(A)(B)(D)(E) 15.全

解析：

9.(甲)ㄑㄧˋ；(乙)ㄔˊ；(戊)ㄌㄧㄡˊ。

10.(A)國家。(C)蠻荒地區。(D)刑場。

11.(E)此為〈項脊軒志〉。

12.(D)序跋類。

14.(C)僅有敘述，未有緬懷之語氣。

非選題

(一)1.屢次。2.早晨的市集。3.僧徒。4.盡。5.吾輩。

(二)可見士人要想留名千年，不跟外界的事物同歸於盡，自有它的道理。

青霞先生文集序

選擇題

1.(A) 2.(B) 3.(D) 4.(D) 5.(B) 6.(D) 7.(A) 8.(B)

9.(C) 10.(D) 11.(B)(C)(E) 12.(A)(B)(C)(D) 13.(B)(C)(D) 14.全 15.(A)(D)(E)

解析：

9.(甲)ㄗㄨˊ；(乙)ㄍㄨㄛˊ；(己)ㄎㄨㄣˇ。

10.(A)多。(B)技藝。(C)細密。(D)屢次。

11.(A)減輕。(B)屢次／方法。(C)平和中正／合乎。(D)同情。(E)以文字記載／背誦記憶。

12.(E)篇章。

13.(A)委以重要的軍職。(E)採集民間歌謠。

非選題

(一)1.孔子 2.屈原 3.賈誼 4.張良 5.荊軻

(二)1.〈風〉：有十五〈國風〉，為民間歌謠。

2.〈雅〉：有〈大雅〉、〈小雅〉，為朝廷宴饗或集會的樂歌。

3.〈頌〉：有〈周頌〉、〈魯頌〉、〈商頌〉，為祭祀時頌讚的樂歌。

藺相如完璧歸趙論

選擇題

1.(B) 2.(C) 3.(C) 4.(A) 5.(B) 6.(A) 7.(A) 8.(C)

9.(B) 10.(D) 11.(A)(B)(C)(D) 12.(A)(C)(E) 13.(A)(B)(D)(E)

14.(A)(B)(C)(D) 15.(A)(B)(E)

解析：

9.(甲)ㄒㄧㄝˊ；(丙)ㄌㄧㄣˋ；(己)ㄉㄞˋ。

10.(A)稱意。(B)自居。(C)稱呼。(D)讚譽。

11.(E)「公安派」批評王世貞復古之說。

13.(A)形容詞作動詞。(B)形容詞作動詞。(C)動詞。(D)名詞作動詞。(E)形容詞作動詞。

非選題

(一)1.以威力迫人。2.實情。3.欺詐。4.比喻輕賤之物。5.滅族。

(二)至於他在澠池會上對秦王的強硬，在趙國用柔弱的方式對待廉頗，真是越來越神妙了。他之所以能保全趙國，實在是天意成全了他。

徐文長傳

選擇題

1.(A) 2.(C) 3.(C) 4.(A) 5.(C) 6.(D) 7.(B) 8.(C)

9.(B) 10.(D) 11.(A)(D)(E) 12.全 13.(A)(B)(C) 14.(B)(C)(D)(E) 15.全

解析：

9.(A)ㄑㄧˊ／ㄐㄧ。(B)ㄐㄧㄝˋ。(C)ㄕㄨˇ／ㄕㄨˋ。(D)ㄓㄨˇ／ㄕㄨˇ。

10.(甲)督導；(乙)命運；(丙)禮節；(丁)數目；(戊)責罪。

11.(A)比擬／正。(B)切合。(C)倒。(D)和／讚許。(E)盡情／放縱。

12.(A)婦女。(B)平民。(C)朝廷。(D)美酒。(E)火災。

13.(D)對偶。(E)排比、譬喻、類疊。

14.(A)不得志。

非選題

(一)詩奇、文奇、畫奇、多奇計。

(二)先生命運始終不好，因此變為狂妄病，狂妄病老是不好，因此招來牢獄之災。古今文人抑鬱不平，窮困苦難，沒有一個像先生這樣悲慘的。

五人墓碑記

選擇題

1.(C) 2.(B) 3.(D) 4.(C) 5.(B) 6.(D) 7.(C) 8.(D)

9.(C) 10.(C) 11.(A)(C)(D)(E) 12.(A)(B)(D)(E) 13.(B)(C)(D)(E)

14.(B)(D)(E) 15.(A)(B)(D)(E)

解析：

9.(乙)ㄑㄩㄣ；(丙)ㄔˋ；(丁)ㄏㄨㄣˋ。

10.(C)借指衛士。

11.(B)無「其詞曰」之韻文。

14.(A)作者已作記為之留名。(C)此為作者假設。

15.(C)以吾郡之發憤一擊，不敢復有株治。

非選題

(一)1.擊打。2.脖子。3.廁所。4.明亮的樣子。5.頭顱。

(二)舉凡四方的人士，經過他們的墓前沒有不祭拜哭泣，這真是百代的禮遇啊！